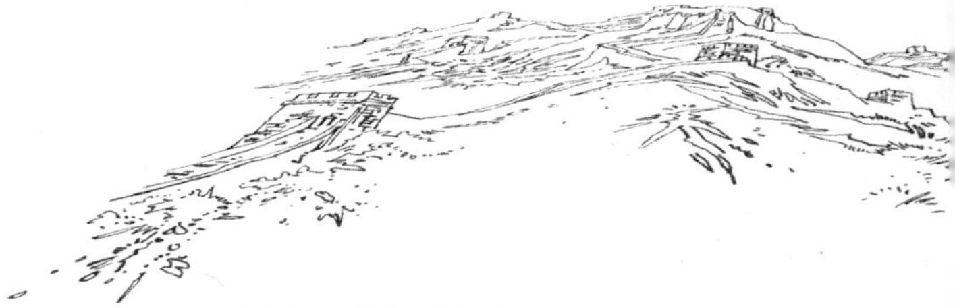

林汉达通俗历史经典

东周列国故事㊤

文匯出版社

图书在版编目(CIP)数据

东周列国故事/林汉达著;钱定华绘. —上海:文汇出版社,2006.8
(林汉达通俗历史经典)
ISBN 978-7-80741-009-6

Ⅰ.东… Ⅱ.①林…②钱… Ⅲ.历史故事-作品集-中国-当代
Ⅳ.I247.8

中国版本图书馆 CIP 数据核字(2006)第 072263 号

林汉达通俗历史经典

东周列国故事(上、下册)

著　　者 / 林汉达
插　　图 / 钱定华
责任编辑 / 陈飞雪
装帧设计 / 周夏萍

出版发行 / 文匯出版社
上海市威海路 755 号
(邮政编码 200041)
经　　销 / 全国新华书店
照　　排 / 南京理工出版信息技术有限公司
印刷装订 / 上海长阳印刷厂
版　　次 / 2006 年 8 月第 1 版
印　　次 / 2009 年 1 月第 3 次印刷
开　　本 / 640×960　1/16
字　　数 / 500 千(插图 20 幅)
印　　张 / 32.5
印　　数 / 12 001—14 200

ISBN 978-7-80741-009-6
定价:50.00 元(上、下册)

出 版 说 明

上世纪四十年代到六十年代，林汉达先生编写了一系列堪称优秀的通俗历史读物，《东周列国志新编》、《前后汉故事新编》、《三国故事》、《上下五千年》等等，意在用通俗又规范、人人看得懂的现代语文，精短有趣的故事形式，普及真实的历史知识。作者在《东周列国故事新编》的序（写于 1964 年 6 月）里说：

> 我当初写中国历史故事的动机只是想借着这些历史故事来试验通俗语文的写作，换句话说，是从研究语文出发的。在写作的过程中，越来越感觉到我国的历史故事实在丰富，内容也真有价值，有必要而且有可能用现代口语翻译或改写出来，让一般不大接触古文的读者也可以自由阅读。

> 我一直希望能贡献给读者一些正确的历史知识，使读者大致能看到一些时代的演变和社会的发展。在主观的努力上我注意到三件事，就是：要介绍真实的历史知识；要有教育意义；读起来要有趣味。

在这样的创作宗旨下，作者以几十年的心力反复琢磨修改，最终使他的这些作品形成了独特而鲜明的特点：一是取材可信，形式虽然是讲故事，骨架子却老老实实地依据“正史”所记载的史料搭建而成；二是剪裁得当，人物关系和事件发展交代得简洁清晰，不蔓不枝；三是数百个故事既相互关联，又独立成篇，翻开任何一节都能顺利地读下去；四是语言特别通俗生动，真正具有故事书的语言特征，好看，顺口，连读带讲地就把中国古代史的脉络勾划得清清楚楚——这些特点使他的书在读者中引起了热烈而持久的影响，出版社也一版再版，如《东周列国志新编》就有 1948 年生活书店版、1956年三联书店版、1962和1979年的中华书局版（书名为《东周列国故事新编》），《上下五千年》（由曹余章先生续完）更是脍炙人口，成为无数青少年记忆深刻的历史启蒙读物。周有光先生在《怀念林汉达先生》一文中也道出了同样受其裨益的读者群的心声：

> 用“规范化普通话”编写的通俗历史故事，不但青年读来容易懂，老年读来也津津有味，是理想的历史入门书。这样的书，在我们这个历史悠久的文明古国里，实在太少了。

承林汉达先生的子女林文虎先生、林蜜地女士等家属信任，授权我社出版“林汉达通俗历史经典”系列丛书（《东周列国故事》、《前后汉故事》、《三国故事》），以飨读者。丛书分别以中华书局1979年10月第2版《东周列国故事新编》、中华书局1978年8月第1版《前后汉故事新编》和少年儿童出版社1979年12月第1版《三国故事》为底本，对古今地名的注释和人名、地名的注音进行了核对、校订，修订了少量文字上的错漏讹误，其他均照原样。作者在《东周列国故事新编》和《前后汉故事新编》的序言中写下了他对历史故事写作非常严肃细密的思考和探索心得，很有价值，故此次重版分别附录于后。所有插图均由钱定华先生重新画配。

文汇出版社

2006年7月

目次

1 逮妖精

周朝的天王周宣王四十年那会儿(公元前788年)，有个谣言，说周朝的天下将来得灭在一个女妖精手里。周宣王向来算是贤明的，这回一听见有妖精来夺他的天下，可就吓糊涂了。他派了一个大臣叫杜伯，去逮女妖精，把有些有嫌疑的女人都逮来办罪。有几个不幸的女人就这么给害了。

过了三年，就是公元前785年(周宣王四十三年)，这位害怕妖精的天王做了个梦。梦里瞧见的，不用说就是妖精了。他吓得从梦里嚷醒，心里还直扑腾扑腾地跳着。第二天临朝的时候，他问杜伯："妖精的事怎么着啦？"杜伯倒是个老实人，他不乐意乱杀人，再说他也不信真有什么妖精，这三年来他早就把这个没有道理的命令扔在一边了。这会儿天王问了他，他就说："有几个有嫌疑的女人早都杀了。要是再搜查啊，就得弄个鸡犬不宁，不是叫全国老百姓不安生吗？我就没往下办啦。"

周宣王听了这话，直发脾气，骂着说："你好大的胆子，敢不服从我的命令！我要你这么不忠心的人干什么？"他对武士们说："把他推出去砍了！"这下子大臣们一个个吓得脸都白了。里头有个大臣叫左儒，他赶紧挡住武士，对天王说："不能杀！不能杀！"那些个脑袋缩在肩膀里的大臣们这会儿全都朝着左儒发愣。周宣王板着脸，说："你有什么要说的？"

左儒磕了一个头，对周宣王说："唐尧的时候闹过九年水灾，成汤的时候闹过七年旱灾。唐尧和成汤还是当了中国顶贤明的君王。老百姓呐，过着太平的日子。天灾都不怕，还怕什么妖精？再说这妖精，连影儿都没有，哪儿就能信呐？要是天王把杜大夫杀了，全国老百姓还当真有了妖精，弄得都害怕了。这个事给列国诸侯听见，准得小看咱们。我央告天王还是饶了他吧。"

周宣王鼻子里笑了一声，说："我知道你是杜伯的朋友。明摆着，你把朋友看得比君王还重！"左儒说："要是君王对，朋友错，我怎么着也得顺着君王；要是君王错，朋友对，那我就得顺着朋友了。"周宣王气得什么似的，大声嚷道："你找死吗？敢跟我顶嘴！"那些个歪着脑袋发愣的大臣们全替左儒担心。左儒自己可不在乎，他把身子一挺，说："大丈夫不能贪生怕死，成心把黑的说成白的，把白的说成黑的。杜大夫并没有死罪，天王要是把他杀了，天下的人就会说您不对；我要是不拦住您，天下的人就会说我不对。"周宣王不理他，还说非杀杜伯不可。左儒就说："好吧，天王既然非杀他不可，干脆请您把我也一块儿杀了吧。"

左儒这份不怕死的劲头倒叫周宣王对他软了下去。那个杜伯，一声不言语，反倒叫周宣王直冒火儿。他换了个口气，对左儒说："用不着你多嘴。"回头又对武士们说："把杜伯杀了吧！"武士们就把他推出去杀了。左儒叹了一口气，不言语。他闷闷不乐地回了家，就在那天晚上自杀了。

周宣王听见左儒自杀的信儿，心里倒有点下不去。他想实在不应该杀杜伯。就为一时挂火儿，死了两个大臣，真太太糊涂了。

又过了三年（周宣王四十六年），有一天，他自己也带上弓箭跟诸侯们凑热闹一起去打猎。一天下来，因为太累了，脑袋发胀，胸口也有点闷痛，就提早回来了。半道上，他在车里打起盹儿来。忽然前面来了一辆小车，上面站着两个人，穿戴着大红的衣帽，拿着大红的弓箭，向他射来。周宣王一瞧，一个是上大夫杜伯，一个是下大夫左儒。他正想喝退他们，胸脯上已经中了一箭。周宣王"哎呀"一声，原来是个梦。回到宫里，他就病了。病得厉害的时候，他迷迷糊糊地就好像瞧见杜伯和左儒站在他跟前，他更不安生了。这么着，他的病越来越厉害，没有几天就死了。临死他还当妖精没逮着，自己倒给冤魂逮去了。

2 烽 火 台

周宣王死了以后，他儿子即了王位，就是周幽王（公元前 781—前 771 年）。这位天王什么国事也不管，光讲究吃、喝、玩、乐，除了酒肉，就是女人。他打发人上各处去找美人儿，国家大事压根儿就没往心里搁。谁奉承他，他就喜欢；谁劝告他，他就头疼。顶叫他头疼的是赵叔带大夫，因为他乍着（乍 zhà）胆子奏了一本，说："这会儿正是国家有难的时候，地震、山崩、饥荒这么些灾害都有。天王应当想法子找些能干的人来办事才是正理。怎么能在这会儿去找美人儿呐！"

两个人穿着大红的衣帽，拿着大红的弓箭，向他射来。……周宣王“哎呀”一声，原来是个梦。

周幽王不听这话也就罢了，他反倒恼羞成怒，革去赵叔带的官职，把他轰出去了。这本来是“杀鸡给猴儿看”的意思，省得别人再去唠叨。没想到惹起了另外一位大臣，叫褒珦(Bāoxiàng)，他凭着一股忠臣的劲儿去见天王，说：“天王不怕天灾，不问国事，反倒亲近小人，轰走大臣。您这么下去，咱们的国也要保不住啦。”周幽王挺生气，也不乐意跟他争，吆喝了一声，当时就把他下了监狱。从这儿起，再也没有人敢劝他了。

褒珦在监狱里呆了三年，眼看着没有放出来的指望了，他家里的人一直给他想法儿。他们想：“天王既然顶喜欢美人儿，我们得在这上头打主意。”他们就上各处去找美女。还真给他们找着了。他们花了些绢、帛，买了一个顶好看的乡下姑娘。小姑娘怎么也不乐意，哭哭啼啼，就是不走。她爹娘给穷逼得没有法子，不肯错过这笔好买卖，一边哭着，一边劝女儿发发孝心，照顾照顾他们这又穷又苦的老两口子。小姑娘叹了口气，一咬牙，跟着人家上京城里来了。褒家把她训练了一下，教了些歌舞，把她献给周幽王，算是来赎褒珦的。这就是在中国历史上挺出名的美人儿褒姒(sì)。

周幽王一看见褒姒，那股子高兴劲儿就不用提了。褒姒那份儿漂亮，他梦也没梦见过，他觉着宫里头的美人儿都加到一块儿也抵不上褒姒的一丁点儿。他当时就免了褒珦的罪，把他放了。从这儿起，天王日日夜夜陪着这位天仙，把她看成心肝宝贝儿。周幽王这么宠着褒姒，褒姒可不喜欢他。她是个苦命的女子，被人家买了来听人家摆布的。从她进了王宫，就老皱着眉头子，连笑都没笑过一回。周幽王想尽法子要她开个笑脸，她可怎么也笑不出来。天王就出了个赏格：“有谁能叫娘娘笑一下的，赏他一千两黄金。”

这赏格一出去，就有好些人赶着想来发财。可是他们光能叫褒姒生气，有的简直给她骂出去。有一个顶能奉承天王的小人，叫虢石父(虢Guó)，挺有点小聪明，还真给他想出了一个“好”法子来。他对周幽王说：“从前的君王为了防备西戎(西方游牧部族的总称，也叫犬戎)侵犯咱们的京城(就是镐京，在陕西省长安县西；镐 hào)，就在骊山(在陕西省临潼县东南)那一溜儿起造二十多座烽火台。万一敌人打进来，就一连串点起烽火来，让临近的诸侯瞧见，好出兵来救。这会儿天下太平，烽火台早就没有用了。我想请天王跟娘娘上骊山去玩儿几天。到晚上，咱们把烽火点着，叫诸侯们上个大当。娘娘见了这么些兵马一会儿跑过来，一会儿跑过去，没个不笑的。您说我这个法儿好不好？”周幽王眯着眼睛，拍着手，说：

“那还不好？ 就这么办吧。”

他们说走就走，带着褒姒到了骊山。 有一位伯爵诸侯（那时候诸侯分为公、侯、伯、子、男五等，伯爵是第三等诸侯），就是周宣王的兄弟，周幽王的叔叔郑伯友，得了这个信儿，怕他们出乱子，赶紧跑到骊山，劝天王别这么着。 周幽王正在兴头上，这种话哪儿听得进去。 他气着说：“我在宫里闷得慌，难得跟娘娘出来一趟，放放烟火，解解闷儿。 这也用得着你管吗？”

真的，烽火一点起来，半夜里满天全是火光。 一眼瞧过去，不论远近，全是火柱子。 临近的诸侯看见了烽火，赶紧带领着兵马跑到京城。 听说天王在骊山，又急着赶到骊山。 没想到，到了那儿，一个敌人也看不见，也不像打仗的样子，光听见音乐和唱歌的声音。 大伙儿你看看我，我看看你，都不知道是怎么回事。 周幽王叫人去对他们说：“辛苦了，各位！没有敌人，你们回去吧！”诸侯们这才知道上了天王的当，一个个气得肚子都快破了。

褒姒压根儿不知道他们闹的是什么玩意儿。 她瞧见了这许多兵马忙来忙去，一点意思也没有，跟掐了脑袋的苍蝇似的在那儿瞎撞。 她问周幽王：“这是怎么回事？”周幽王一五一十地告诉了她，还歪着脖子，带笑地问：“好看吗？”褒姒觉得又好气又好笑，不由得冷笑了一声，说：“呵呵，真好看！ 亏您想得出这玩意儿！”这位糊涂到家的天王还当褒姒真笑了呐，心里一高兴，就把一千两黄金赏给了那个小人虢石父。 这才欢欢喜喜地回来了。

褒姒生了个儿子，叫伯服。 公元前777年（周幽王五年），周幽王把原来的王后和太子宜臼废了，立褒姒为王后，伯服为太子。 宜臼的母亲是申侯的女儿。 宜臼逃到他姥姥家申国（古国名，在河南省南阳市北）去了。 申侯知道了周幽王要办他的罪，还要杀害宜臼，就勾结了西戎向周室进攻。周幽王叫虢石父赶紧把烽火点起来。 那些诸侯上回上了当，这回就当天王又在开玩笑，全都不理他。 烽火黑天白日地点着，也没有一个救兵来。 京城里的兵马本来不多，只有一个郑伯友算是大将，出去抵挡了一阵。 可是他的人马太少，末了，给敌人围住，被乱箭射死了，周幽王和虢石父，还有伯服，慌忙逃到骊山，全都给西戎杀了，连那个老关在宫里没有真正开过一次笑脸的美人儿，也给他们抢去了。

这回打仗死了不少人。 那些逃难的大臣们虽说没有用处，可是记性挺好。 这会儿，他们想起周宣王叫杜伯逮妖精那回事来了。 他们说：“褒姒这一笑，烽火台就不灵了，这还不是个妖精祸害？ 给人逮了去，活该！”老百姓可都说周幽王、虢石父他们该死，也怪申侯不该借了西戎的兵马来打自己人。郑伯友为国尽忠，死得可怜，老百姓全盼望着能有人像他那样出来抵抗西戎。

3 黄泉相见

郑伯友是郑国（那时候郑国在陕西省华阴县，周平王东迁以后，改封在河南省新郑县）头一个君主。他死了，人们就管他叫郑桓公（据说古时候天王和诸侯的称号是等他们死了，由大臣们大伙儿商量着起的）。郑桓公的儿子叫掘突，一听到他父亲给西戎杀了，就穿上孝，带着三百辆兵车，从郑国一直赶到京城去跟西戎拼命。他胆儿大，人又机灵，加上郑国的兵马平素训练得好，一下子就杀了不少敌人。别的诸侯也带着兵车上镐京去打敌人。西戎的头目一看诸侯的大兵到了，就叫手下的人把周朝积攒（zǎn）的货物、宝器全抢了去，放了一把火，乱七八糟地退了兵。

原来申侯只想借着西戎的兵马去强迫周幽王仍旧让他女儿做王后，外孙子宜臼做太子。他一见他的如意算盘落了空，西戎的兵马不但杀了天王，而且占据了京城赖着不走，他后悔了，就偷偷地写信给临近的诸侯请他们火速发兵来救。中原诸侯打退了西戎，大伙儿立原来的太子宜臼为天王，就是周平王（公元前770—前720年）。诸侯们都回去了，就剩下掘突给周平王留住，请他在京城里办事。想不到各路诸侯一走，西戎又打过来。周朝西半边的土地一多半儿给他们占了去还不说，一步步地又打到镐京的边上来了。周平王恐怕镐京保不住，再说镐京的房子已经给西戎烧了不少，库房里的财宝也给抢了个一干二净，要盖宫殿又盖不起。这么着，周平王就打定主意扔了镐京，搬到东边去，把陪都洛阳当作京城，以后的周朝就称为“东周”。东周的天王连自己的地盘都保不住，名义上虽然还是各国诸侯的共主，实际上他只是个中等国的国君罢了。

周平王扔了西周的地盘，上了洛阳，虽说丢脸，可是“搬家”总算是个喜事，诸侯都来道喜。周平王因为秦国（那时候秦国在甘肃省天水县，是个附庸小国，还不算是诸侯国）在西边，上回也派人来跟郑国一同打退西戎，这回又派兵来护送他迁都，就封秦国的国君当正式的诸侯，就是秦襄公。周平王对他说："岐丰(在陕西省)那边的土地一多半给西戎占了。你要是能够把他们赶出去，我就把这些土地赏给你。"(后来秦襄公回到本国，训练兵马，逐渐收复岐丰那边的土地，变成了西方大国。)周平王又把洛阳东边的一些城和土地封给掘突，叫他接着他父亲当周朝的卿士，同时又是郑国的君主，就是郑武公。

郑武公掘突有两个儿子，一个叫寤生(寤 wù)，一个叫段。小儿子段生得一表人才，夫人武姜顶宠他，老在郑武公跟前夸奖小儿子怎么怎么好，将来最好把君位传给他。郑武公可不答应，还是立大儿子寤生为继承人。郑武公去世后，寤生即位，就是郑庄公。他接着他父亲当了周朝的卿士。他母亲姜氏眼见心爱的小儿子段没有个好地位，就对郑庄公说："你接着你父亲当了诸侯，你兄弟也大了，还没有自个儿的地方住，老跟在我身边，成什么样儿？"郑庄公说："母亲看怎么着？"姜氏说："你把制邑(在今河南省荥(xíng)阳县内)封给他吧。"郑庄公说："制邑是郑国顶要紧的地方，父亲早就说过，这个城谁也不能封。"姜氏说："那么京城(在荥阳东)也行。"郑庄公不言语。姜氏生了气，说："这座城不许封，那座城不答应，你还是把你兄弟赶出去，让他饿死得了！"郑庄公赶紧赔不是，说："娘别生气，事情总可以商量的。"

第二天，郑庄公要把京城封给兄弟段。大夫祭足(祭 Zhài)拦住说："这哪儿行啊？京城是大城，跟都城荥阳一样是要紧的地方。再说叔段是太夫人宠爱的，要是他得了京城，势力更大了，将来必有后患。"郑庄公说："这是母亲的意思，我做儿子的怎么能不依呐？"他不管这些大臣乐意不乐意，就把京城封给叔段。从此，人们管段叫"京城太叔"。京城太叔打算动身上那边去的时候，先向他母亲姜氏辞行。姜氏拉着他的手，摸着他的胳臂肘(zhǒu)，好像怕他衣裳穿得少了似的。京城太叔想不起来要说什么，就说："妈！我走了，您放心吧！"姜氏又拉住他，说："别忙！我还有话说呐。"她就轻轻地嘱咐他，说："你哥哥一点没有亲弟兄的情分。京城是我逼着他封给你的。他答应是答应了，心里准不乐意。你到了京城，得好好地办事，给你娘争口气。顶要紧的是操练兵马，积聚粮草，赶明儿找个空儿，你从外头往里打，我在里头帮着你。要是你当了国君，我死了也能闭上眼睛啦。"

这位年轻的太叔住在京城倒挺得意，一面招兵买马，一面行军打猎，天天记着他娘的话。他在京城干的事慢慢地传到郑庄公耳朵里来了。有几个大臣请郑庄公快点去管一管京城太叔。郑庄公反倒说他们说话没有分寸。他替太叔争理，说："太叔能这么不怕辛苦，还不是为咱们操练兵马吗？"

大臣们私下里都替郑庄公着急，说他气量太大，这会儿这么由着太叔，将来“虎大伤人”，后悔也就来不及了。祭足说：“蔓草不除，越蔓越厉害，何况他是太夫人所宠爱的太叔呐？”郑庄公说：“坏事干多了，自己一定灭亡。你等着瞧吧。”没有多少时候，真的，京城太叔占了临近京城的两个小城。那两个地方官向郑庄公报告太叔收管两个城的情形。郑庄公听了，慢慢地点着头，眼珠子来回地转着，好像算计着什么似的，可不说话。朝廷里的大臣都不服气，说：“京城太叔操练兵马，又占了两个城，这不明明是造反吗？主公就该立刻发兵去打！”郑庄公把脸往下一沉，说他们不懂理。他说：“太叔是母亲顶喜欢的，我宁可少了几个城，也不能不听母亲的话，伤了弟兄的情分。”大将公子吕说：“主公这会儿由着太叔，将来太叔不由着主公，可怎么好呐？”郑庄公说：“你们不用多说。到了那会儿，谁是谁非，大伙儿就都知道了。”

过了几天，郑庄公吩咐大夫祭足管理国事，自己去洛阳给天王当差去了。姜氏得了这个消息，赶紧发信，打发一个心腹上京城去约太叔发兵来打荥阳。

京城太叔接到了姜氏的信，一面写回信定日子，一面对手底下的士兵说：“我奉主公的命令上朝廷办事去。”说着就发动兵车，打算动身。哪儿知道郑庄公早就派公子吕把什么都预备好了。公子吕先叫人在半道上埋伏着。这就拿住了那个给姜氏送信的人，搜出信来，交给郑庄公。郑庄公原来是假装上洛阳去，他可偷偷地绕一个弯儿带领着两百辆兵车往京城这边来了。到了京城附近，就埋伏下，等着太叔动手。

公子吕先派了一些士兵打扮成买卖人的模样，混进京城。赶到太叔的兵马离开了京城，他们就在城门楼子上放起火来。公子吕瞧见火光，立刻带领着大军打进京城去。

太叔出兵不上两天，听到京城丢了的信儿，连夜赶回来。士兵们也知道了太叔原来是要他们去打国君，乱哄哄地跑了一半。太叔知道军心变了，夺不回京城，就跑到鄢城(在河南省鄢陵县;鄢 yān)，又打个败仗，接着就逃到共城(在河南省辉县)。郑庄公和公子吕就去攻打共城。共城多小哇，怎么禁得起两路大军的夹攻呐？一会儿就打下来了。太叔叹着气，说：“娘害了我了。”他只好自杀。早有人报告给郑庄公。郑庄公赶紧跑去一瞧，太叔真死了。他抱着尸首，流着眼泪，大声哭着：“兄弟，兄弟，你干么寻死呀？就是你有什么不是，我还不能原谅你吗？”哭得旁边的人也有擦眼泪擤(xǐng)鼻涕的，还夸奖郑庄公是天底下少有的好哥哥。郑庄公哭了一会儿，在太叔身上搜出了姜氏那封信。他把去信和回信叫人送到荥阳，嘱咐祭足交给姜氏，还叫他送姜氏上城颍（河南省临颍县）去住，起下了誓，说："不到黄泉，再也别见面了。"

过了几天，郑庄公回到荥阳。灭了太叔段，去了他心上一块病，不用说够多痛快。可是再也见不着母亲了，不免又有点儿难受。再说这个一嘴，那个一嘴，风言风语地说他闲话，轰走亲娘就是不孝，如此这般。自己认为高人一等的郑庄公做儿子也得做个"孝子"，可是他又起过誓了，不到黄泉不再见面。起了誓不算数，不光得挨报应，还怕人家说往后的话也不算数。大英雄怎么也不能说话不算话，至少在外表上不能这样。

郑庄公正为难，有个城颍的小官叫颍考叔，给郑庄公进贡来了。他献上一只特别的鸟。郑庄公问他："这是什么鸟？"颍考叔说："这叫夜猫子，白天瞧不见东西，黑夜里什么都瞧得见，真是日夜颠倒，不知好歹的坏东西。小时候母鸟养它，长大了就把它妈吃了，是个恶鸟，所以我逮来，请主公办它。"郑庄公知道这话里有话，也不出声，由着他说。可巧到了吃饭的时候，郑庄公就叫颍考叔一块儿吃，还夹了一些羊肉给他。颍考叔把顶好的一块留着包起来，搁在一边。郑庄公问他为什么不吃。他说："我妈上了岁数，我们不容易吃上肉，今天主公赏给我这么好的东西，我想起我妈还没吃过，自个儿哪儿咽得下去？我想带点给她吃去。"郑庄公叹了一口气，说："你真是个孝子。我做了诸侯，还不能像你那么奉养母亲。"颍考叔装着挺纳闷的样子，说："太夫人不是好好地享着福吗？"郑庄公又叹了一口气，就把姜氏约定太叔来打荥阳和他发誓不到黄泉不再见面的事说了一遍。颍考叔说："主公这会儿惦记着太夫人，太夫人准也惦记着主公！虽说起过誓，可是人不一定死了才能见到黄泉。黄泉就是地下。咱们挖个地道，地底下盖一所房子，请太夫人坐在里头，主公到地底下去，不就跟她见面了吗？"郑庄公觉得这倒是个遵守誓言的好法子，就派颍考叔去办。

颍考叔用了五百个人，连挖地道带盖地底下的房子，不多日子，一齐办好了。一面接姜氏到地底下的房子里，一面请郑庄公从地道里进去。郑庄公见了他妈，跪在地下，说："儿子不孝，求母亲原谅！"说着，就跟个孩子似的咧着嘴哭了。姜氏又害臊又伤心，赶紧搀起郑庄公，说："是我不好，哪儿能怪你！"娘儿俩抱着头，哭了一顿。郑庄公亲手扶着他母亲，出了地道，上了车，一块儿转了好几条大街，才慢慢地回到宫里去了。

郑庄公留下颍考叔，拜他为大夫，和公子吕、公孙子都一同管理军队。

郑庄公因为自己国里事忙，好些日子没上洛阳去了。可是朝廷里有他的“耳报神”。有那么一天，他得了个信儿，说天王有意思不用他。这回他可真要上洛阳去了。

4 太子做抵押

郑庄公到了洛阳，见了周平王，就向他辞职，说：“多蒙天王大恩，叫我父亲做卿士，我父亲死了，天王又把我收在朝廷里当差。可是我没有什么能力，实在不配占这么高的位子，求您准我辞职吧。”周平王没想到郑庄公有这一招儿。他原来暗暗地和虢公忌父(平王东迁之后的虢国在河南省陕县东南)商量，要他做卿士。虢公忌父知道郑伯的厉害，不敢答应。这种私底下说的话，怎么都给郑伯知道了呐？脸上有点儿挂不住。只好说：“我好些日子没瞧见你，心里直惦记着。这会儿你来了，我就跟鱼儿见了水似的那么痛快。你怎么说要不干了呐？”郑庄公说：“因为我的能力抵不上虢公啊。”周平王一听见他提到虢公，当时脸就红了，使劲地压住自己，一边说：“那阵子我怕你太忙，正好虢公来了，我想叫他暂时代理几天。可是虢公又一死儿不答应，我早让他回去了。你别为了这事多心。”天王越是低声下气，郑庄公就越是趾高气扬，怎么说也是不干，弄得周平王就差给他磕头了。他说：“你们一家对朝廷都有功，这才叫你们在朝廷里当卿士，从桓公、武公、到你，已经四十多年了。这会儿你疑心我不用你，我怎么能叫你明白我的心意呐？要是你再不信的话，我就把太子送到郑国去，好不好？”郑庄公推辞说：“这可不行。用人不用人，本来都由着大王，怎么能把太子送到我那儿去做抵押呐？”周平王说：“不是这么说。都因为你把国事管理得很好，我叫太子上你那儿学习学习去，一面也好叫你放心。这有什么不行？”朝廷里的大臣们听了他们君臣俩的话，又要顾到周平王的面子，又不敢得罪郑庄公，就说：“依我们瞧，要是太子不去，去不了郑伯的疑心；单叫太子去，也没有这个道理。还不如一边送太子上郑国去学习管理国事，一边叫郑伯把他的公子送到这儿来做抵押，这才说得过去。”周平王和郑庄公都同意了。往后太子狐就住在郑国，公子忽住在洛阳。

公元前720年(周平王五十一年，郑庄公二十四年)，周平王去世了。郑庄公和周公黑肩一同管理国事。他们叫公子忽回郑国去，又打发人去接太子狐回来。太子狐一直在郑国做抵押，连他父亲怎么害病，怎么死去，都没见着，心里挺别扭，一路上哭着回来。他本来就病病歪歪的，这回又伤心过度，一到洛阳，死了。太子狐早就有了儿子，大臣们就立太子狐的儿子，也就是周平王的孙子，做天王，就是周桓王（公元前 719—前 697 年）。周桓王因为他父亲在郑国做抵押，已经够丢脸的了，这回又为着奔丧，伤心太过而死，就把郑庄公恨到骨髓里去了。他和周公黑肩商量，干脆不用郑庄公，用虢公忌父做卿士。周公黑肩说："现在郑是强国，郑伯又挺厉害。天王不用他，他准得恨您。万一他不服，恐怕要出事。这还得多想想。"周桓王气呼呼地说："我偏不用他，他敢怎么着！"

周桓王就在朝堂上对郑庄公说："你是先王的大臣，我不好意思委屈你在我手下当差，请你自便吧。"郑庄公说："我早就要求辞职，就是先王不体谅我。这会儿天王答应我回去，我打心眼里感激您！"说着就回到本国，把天王不用他的话跟大臣们说了。他们听了，一个个拧眉毛、瞪眼睛地直生气。有的说："打到洛阳去，把那个昏王废了。"有的说："先忍耐一下，赶明儿再去朝见他，看他后悔不后悔。"大夫祭足说："还是这样吧：我带领一队人马上洛阳那边去借点粮食。要是天王派人来责备咱们，咱们就有了话了，一直打过去就得了。要是他不跟咱们为难，那会儿主公再去朝见他。"郑庄公点了点头。

祭足带领着人马到了天王的温邑（在河南省温县西南），对温大夫说："我们国内正闹饥荒，打算跟您借点粮食。"温大夫说："没有天王的命令，我不敢作主。"祭足说："救命如救火。我们等不了天王的命令。眼前正是麦子熟了的时候，你帮不了忙，我们自己来吧。"说着就叫过那些士兵来，都拿着镰刀，把地里的麦子割下来，运到郑国去。祭足指挥兵马，来来去去地接应着。温大夫见了，连气都不敢出，哪儿还敢跟他争呐！

到了秋天，祭足又带领着兵马上成周（在河南省洛阳市东北）去。那会儿成周的谷子全都熟了。他叫将士们各处埋伏着，等到半夜，一块儿下手，把谷子也全割了。第二天，成周那一溜儿的庄稼全给割了。等到成周的地方官知道了，郑国的人马早就满载而归了。

温邑和成周的地方官一先一后地都向天王报告，说郑国人偷割麦子和谷子。周桓王气极了，就要兴兵问罪。周公黑肩说："这不过是边界上的小事，郑伯自己不一定知道。要是真办起来，反倒把事情闹大了。不如让它去，郑伯知道了，心里准不安，说不定会亲自来赔不是。"周桓王只得告诉守边界的士兵，多留点神，别让外面的人马进来。割谷子和麦子的事也不追问。郑庄公这才掂出了天王的斤两，打算去朝见他了。

5 乱臣贼子

郑庄公正和大臣们商量着去朝见天王的时候，卫国（在河南省淇县东北，是周公封给他兄弟康叔的，先头是伯爵，后来封为侯爵，到卫桓公已经是第十三代的君主了）的使臣来了，说卫桓公去世，公子州吁（xū）即位。郑庄公起了疑，叫祭足去探听内里到底是怎么回事。祭足说："外头早就传开了，说卫侯是给州吁谋害的。"郑庄公当时皱紧了眉头子，说："了不得啦！州吁谋害了国君，还得打到咱们这儿来。咱们不得不早点防备呀。"大臣们听了，都不明白卫国有了内乱，怎么会打到郑国来呐？

原来卫桓公有两个兄弟，一个就是公子晋，一个叫州吁。州吁有些武艺，喜欢打仗。他瞧见哥哥卫桓公是个老实人，软弱无能，不像能做大事的，就瞧不起他。他和他的心腹石厚天天商量着怎么去抢君位。公元前719年（周桓王元年），卫桓公动身上洛阳去朝见天王，州吁在西门外摆下酒席，给他送行。他端着一杯酒，对卫桓公说："今天哥哥出门，兄弟敬您一杯。"卫桓公说："我去去就来，兄弟何必这么费心？"说着也斟了一杯回敬。州吁俩手去接，成心装作接不着，那酒盅就掉在地下了。他赶紧拣起来，转到卫桓公背后，拿出匕首从背后扎过去。卫桓公就这么给他杀了。周围都是州吁的人，还有谁敢说话？

州吁杀了国君，拜石厚为大夫，只说卫侯是得急病死的，就这么去向诸侯报丧。可是卫国的人都说国君是给州吁和石厚害死的。古时候的国君也怕大伙儿派不是。要是国内的老百姓和国外的诸侯不服，君位就怕保不住。州吁和石厚这就挺担心，总得想法子叫人家佩服才好哇。他们认为顶能叫人佩服的事就是打个胜仗，趁机会还可以掳掠些粮食来。要打仗可总不能一点理由都没有，就是成心打哪一国，去抢些粮食来，也得有个名义才说得过去。他们就在这些国里挑开错儿啦。石厚晃着脑袋，说："有了！郑伯寤生杀了他兄弟，赶走他母亲，不该受责备吗？"州吁直点头，挺正经地说："对！咱们得讲道理。像寤生那么不孝顺母亲，不爱护兄弟的家伙，非重重地治他一治不可！”

州吁想约会陈国（在河南省开封市东，是周武王封给虞舜的后人胡公的）和蔡国（在河南省上蔡，后来迁到新蔡，是周武王封给他兄弟叔度的）共同出兵。石厚说：“顶好能约上宋国（在河南省商丘县，是周武王封给商朝的后人微子的）和鲁国（在山东省曲阜县，是周武王封给他的兄弟周公旦的）一块儿出来，才打得过郑国。”州吁说：“陈国和蔡国向来顺从天王，这会儿天王跟寤生有了意见，他们要想讨天王的好儿，准答应咱们去打郑国。可是宋国和鲁国怎么能帮助咱们呐？”石厚说：“现在的宋公是宋穆公的侄子。宋穆公自己的儿子公子冯（píng）倒躲在郑国，宋公老害怕郑伯帮助公子冯去抢他的君位。咱们约他去打郑国，就是帮他去灭公子冯，他还能不愿意吗？说到鲁国，大权全在公子翚（huī）手里。只要多送他点礼，他没有不答应的。”

事情正同石厚说的一模一样，宋、鲁、陈、蔡，都按着州吁规定的日子，出兵帮卫国来了。五国的兵马把荥阳的东门围了个结实。郑国的大臣急得没有法子。有的要讲和，有的要打。郑庄公说：“这五国里头，除了宋国为着公子冯这件事以外，哪一国跟咱们也没有仇。州吁夺了君位，不得民心，要打个胜仗，好叫老百姓服他。只要稍微给他一点面子，就能退兵。”他就叫公子冯上长葛（郑国地名，在河南省长葛县）去躲着，另外打发人去向宋公说：“公子冯躲到我们这儿来，我们不好意思杀他。他这会儿又逃到长葛去了，杀他不杀他，都不碍我们的事，请宋公自己拿主意吧。”宋公出兵本来为的是要消灭公子冯，一听这话，就把军队开往长葛去了。陈、蔡、鲁三国的将士看见宋国兵马走了，也都想回去。

郑庄公就派公子吕去跟卫国人交战，嘱咐他：“总得给他们留点面子。”公子吕领着一队人马出去应战。石厚就上来招架。另外三国的将士全都抱着胳臂肘，在旁边看热闹。公子吕对付对付石厚，就往西门跑去。石厚带着人马追到西门。公子吕的军队进了城，关上城门，不出来了。石厚叫士兵们把西门外的谷子全割下来，运到卫国去，大模大样地总算打了胜仗。四国的兵马就这么散了。

州吁、石厚“得胜回朝”，满以为给卫国争了脸面，国内的人都该服他们了。哪儿知道老百姓背地里全都说开了，恨他们无缘无故地发动战争，害得人们不能好好地过日子。有的简直说要派人上洛阳告诉天王去。州吁对石厚说：“他们还不服我，怎么办？”石厚说：“我父亲当初在朝廷里人人佩服，后来因为他……”他本来想说“因为他看不过您的行为”，一想不对，赶紧闭上嘴，另外想出了一个说法：“后来因为他老了，才住在家里休养。要是把他老人家请出来，大伙儿一定没有话说，您的君位也就稳了。”州吁也想着有个德高望重的老大臣出来支持他，说不定比打郑国更有意思。他就叫石厚去求他父亲去。

石厚见了父亲石碏(què)，就问：“新君怕人心不安，君位不定，想问您有什么好主意？”石碏说：“诸侯即位应该得着天王的许可。只要天王答应了，还有什么说的？”石厚点了点头，说：“错是不错。可就怕天王不答应。总得有人从旁说个情才好哇。”石碏说：“给你们说情的人总少不了吧，等我想想。”他一边摸着银白色的胡子，一边说：“陈侯跟天王挺亲密，跟咱们也有交情。你们先上陈国去，请陈侯在天王跟前说说，过后你们再去朝见，还怕不行吗？”

石厚把他父亲的好主意告诉了州吁。两个人高兴得拍手叫好，就带了些礼物，君臣俩亲自跑到陈国去。石碏也写了一封信，暗地里打发人送给他的好朋友陈国的大夫子针，求他帮忙。

州吁和石厚到了陈国，陈桓公(陈国第十二代的君主)叫子针招待他们，请他们在太庙里相见。子针早把太庙摆设得整整齐齐的，还安排了好些武士预备伺候这两位贵宾。两位贵宾由子针招待着到了太庙门口，只见门外搁着一块牌子，上头写着：“不忠不孝的人不许进去。”州吁和石厚倒抽了一口凉气，进去也不好，不进去也不好。石厚问子针：“这牌子搁在这儿是什么意思？”子针说：“这是敝国的规矩，没有什么别的意思。”他们才放下心，大胆地进去了。到了庙堂上，州吁和石厚刚要向陈桓公行礼，就听见陈桓公大声地说：“天王有令：逮住杀害卫侯的乱臣州吁和石厚！”他刚说了这一句，旁边的武士早把他们俩抓住了。子针拿出石碏的那封信，向着大伙儿念起来，大意说：

> 外臣石碏磕头写信给敬爱的陈侯：我国不幸，闹出了谋害国君的大祸。这全是州吁和石厚干出来的。这么不忠不孝的人要是不治罪，往后乱臣贼子准得更多。我老了，没有力量处治他们，只好想法子叫他们上贵国来。请您本着正理，把他们办罪。这不光是给卫国除害，也是给天下除害！

临到这会儿，州吁和石厚才知道他们上了石碏的当。陈桓公就想把他们俩当场杀了。子针说：“先别杀。石厚是石碏的亲生儿子，咱们不好意思杀他。还是通知卫国让他们自己瞧着办吧。”陈桓公就吩咐人把那两个人各关各的，一面打发使臣去通知石碏。

石碏自从告老回家，早就不过问朝廷里的事了。今天接见了陈国的使臣，才上朝堂去见大臣们。大伙儿知道了那两个乱臣已经给抓住了，都说："这是国家大事，请国老作主。"石碏说："他们俩犯的是死罪，咱们只要派了人上陈国去杀他们就是了。"有位大臣说："乱臣贼子人人都可杀得。我去杀州吁吧。"大臣们都说："好！主犯办了死罪，从犯就减轻刑罚吧。"他们这么说，为的是要讨石碏的好。大伙儿替石厚央告了又央告。他们认为上了年纪的父亲总有点疼儿子的心，就是不好意思当着大伙儿护着自己的亲骨肉；只要大伙儿真心实意地替石厚求情，他准会顺水推舟地同意他们的。石碏可发了脾气，瞪着眼睛说："州吁的罪全是没出息的小子弄出来的。你们替他求情，这明摆着是光顾人情，不讲道理了！你们当我是个什么人。……谁杀石厚去？……谁杀石厚去？"问了两声，没有人言语。朝堂上像死了似的没有一点声音。石碏气得呼呼的，就像得了气喘病。大伙儿都拿眼睛看他的嘴，只见他老人家的嘴挺急地哆嗦着，哆嗦着，到底迸出声音来了，说："没有人去？好！那我老头儿自己去！"他的一个家臣说："国老别生气。我去就得了。"这么着，两个人就依照卫国大臣们的意见去处治州吁和石厚。

他们到了陈国，谢过了陈桓公，就分头去干，一人杀一个。州吁见了来人，大声吆喝着说："你是我的臣下，怎么敢来杀我？"那个人说："你不是先杀了国君吗？我不过是学你的样儿！"州吁什么也说不出来了。石厚见了来人，央告着说："我是应当死的。求你让我见见我父亲再死，行不行？"那个家臣说："行！我带着你的脑袋去见他吧！"

石碏和卫国的大臣们治死了州吁和石厚，立公子晋为国君，就是卫宣公。卫宣公因为上回卫国约会了四国攻打郑国，怕郑伯来报仇。这回打发使臣去聘问，也算是向郑国赔不是的意思。

6 "奉天讨罪"

郑庄公接待了卫国的使臣，大大方方地说："侵犯我们的是州吁。他已经给治死了，我也不乐意再添麻烦。那事跟你们的新君不相干，你们好好地回去吧。”他回头对大臣们说：“宋国借着州吁出兵也来打咱们，这倒非回敬一下不可。再说公子冯从长葛回来，老对我哭着诉他的委屈，我也得帮帮他。”祭足说：“上回来打咱们的有宋、鲁、卫、陈、蔡五国，怎么这回咱们单单去打宋国？”郑庄公说：“这几国里头，宋国的爵位顶高。擒贼先擒王，只要宋国服了咱们，别的小国准会归附。再说这里头还有公子冯的事。”祭足说：“要是咱们去打宋国，那四国准会害怕。要是再合起来打咱们，那就麻烦了。依我说，不如先去联络陈国和鲁国。宋国一孤单，事情就好办了。”郑庄公就打发使臣去和陈国交好。陈桓公认为郑伯来和陈国交好，那还不是“黄鼠狼给鸡拜年”——没安好心？他回绝了。这下子可把郑庄公气坏了。祭足说：“主公不用生气，陈侯不跟咱们和好，准有缘故。陈是弱国，郑是强国。强国向弱国求和，少不了叫人生疑。还是先想个法子叫他们知道咱们要求和好是出于真心，那他们就放心了。”

郑庄公眼珠子一转，就转出一个法子来了。他私下里叫边界上的士兵假装操练，冲进陈国去抢陈国的东西和青年男女。那些士兵一得到命令，很快地把这事办完了。陈国边界上的官长急得什么似的跑去报告陈桓公。大臣们都怪陈桓公当初不应该回绝郑国。这回人家打过来了，招架吧，招架不起；求情吧，“敬酒不喝，喝罚酒”，多丢脸哪！他们正你一嘴、我一嘴地说着，猛听得有人报告，说：“不得了，郑国的大将颍考叔来了！”陈桓公和大臣们脸色都变了，他们想：糟了！准是来下战书的。可是人家都到了，只好硬着头皮让他进来。颍考叔进来，向陈桓公行了礼，奉上国书。陈桓公一看，暗地里直害臊，原来郑伯是派他来赔不是的。内里的意思是这样的：

> 君侯是天王所最器重的，我也对付着当了天王的卿士。咱们本该一条心，为朝廷出力办事，才是正理。上回君侯不答应我们交好，边界上的士兵就当我们两国闹了气，这才打起来了。我听了这个信儿，当时就办了他们的罪。还怕您见怪，一夜都没睡好。这会儿把他们抢来的人、牛、羊、粮食和别的东西如数奉还，特意打发使臣颍考叔向君侯赔不是，请您多多原谅。要是君侯能体谅我的心意，和我结为兄弟，两国相帮相助，这就是我的造化了。

陈桓公和大臣们这才知道郑伯来求好原来是出于真心，就打发使臣跟着颍考叔上郑国去回拜。

郑庄公见过了陈国的使臣，就对祭足说：“陈国收服了，咱们能不能发兵啊？”祭足说：“宋国是公爵诸侯，原来是商朝的后代，天王还像对待客人似的对待宋公，咱们怎么能轻易打他呐！主公本来打算去朝见天王，因为州吁打来了，才耽误到这会儿。主公还是先去朝见天王，往后再借着天王的命令，约会几个国家，一块儿出兵的好。这么着，才有个名义。”郑庄公就叫公子忽管理朝政，自己带着祭足上洛阳朝见天王去了。

周公黑肩劝天王好好地招待郑伯，算是对列国诸侯的一种鼓励。可是周桓王不听。他见郑伯来朝见，就想着自己到底还是天王，胸脯就挺起来了。他问郑庄公：“今年郑国的收成不错吧。”郑庄公回答说：“托天王的洪福，我们没有水灾，也没有旱灾。”周桓王见他回答得这么低声下气，就像自己的身子又高了一截似的，酸溜溜地从鼻子眼里笑了一声，说：“嗯，那今年温邑的麦子和成周的谷子，我能留着自个儿吃了。”郑庄公闭着嘴说不出话来，挺不痛快地出来了。周桓王也不叫人去招待他，反倒派人给他十车谷子，成心气气他，对他说：“下回再闹饥荒，别再来借粮了。”郑庄公哪儿受得了这口气，直想把谷子都倒在大街上，要不就拿火烧了，谁乐意真把这现眼的东西带回去呀！祭足对他说：“诸侯凭什么瞧得起郑国啊？还不是为着郑国的君主历来当了朝廷的卿士，主公又老在天王旁边吗？要是天王跟主公闹别扭的事给列国诸侯知道了，咱们的地位就不能这么高了。还不如将计就计，把这十车谷子正经八百地收下，算是天王格外的恩典。”郑庄公还是皱着眉头子，总觉着这种“格外的恩典”实在太难受了。

他们说着，说着，周公黑肩来了。他怨天王太孩子脾气，怕郑庄公受不了，就私底下送他两车绸缎，还挺殷勤地说了很多好话。周公黑肩走了以后，祭足对郑庄公说：“真巧！咱们把这些绸缎往谷子上一披，回去的时候，沿路给人家瞧瞧，让大伙儿都知道天王这么看重主公，赏了十大车绸缎！”郑庄公乐得直拍祭足的肩膀，说：“好主意！好主意！”

他们出了洛阳，大模大样地带着十大车“绸缎”，全是天王赏的。各国诸侯哪儿有给天王宠爱得这个样儿的呐？他们走了一段路，就传出去，说：“宋公不朝见天王，这会儿天王有命令下来，叫郑伯去征伐。”他们在道上这么一边招摇着，一边说着，凡是看见的和听见的人都认为郑伯是奉了天王的命令去征伐宋国的。一传十，十传百，没有几天，各国诸侯全都知道了，就剩下天王一个人还蒙在鼓里。

郑庄公回到本国，借着“奉天讨罪”的幌子约会鲁国、齐国（都城在山东省淄博市临淄，是周武王封给太公望的；淄 zī），和临近的一个许国（在河南省许昌市，是个男爵诸侯，就是第五等诸侯），一块儿出兵。许是小国，不怕不来。鲁国虽说早先跟着州吁一同围困过荥阳，可是郑庄公明白公子翚的心，特意派人去对他说："要是公子答应出兵去打宋国，将来从宋国拿过来的土地全是鲁国的。"公子翚答应了。鲁国和齐国向来挺有交情，鲁国一答应，齐国也就跟着过来了。到了约会的日子，鲁国派公子翚，齐国派夷仲年，各带各的兵车，跟着郑国的大军往宋国杀过去。许国没派人来，那也不要紧。三国的兵马还怕不够吗？公子翚挺卖力气，一上来就打垮了宋国的一队兵马，逮了二百五十多个俘虏。郑庄公挺得意地又派了颍考叔、公子吕跟着鲁国的公子翚去打郜城（在山东省城武县东南；郜 gào）；派公孙子都、高渠弥跟着齐国的夷仲年去打防城（在山东省金乡县西）。三国的兵马分两路进攻，吓得宋殇公哭丧着脸，直发愣。大司马（掌管军事的大官）孔父嘉说："郑伯自己带兵在这儿，国里一定空虚。咱们多送点礼给卫国和蔡国，叫他们出兵帮咱们直往荥阳打过去。郑伯知道本国给人打了，没有不退兵的。"

宋殇公就叫孔父嘉带了两百辆兵车去打荥阳，又打发使臣带了黄金、白玉、绸缎好些礼物上卫国和蔡国去借兵。卫宣公受了礼，当时就出兵，跟着宋国人从小路上去打荥阳。公子忽和祭足一边下令守城，一边派人去向郑庄公报告。

郑庄公已经打下了郜城和防城，正想进攻宋国的都城，没想到本国的警报到了。他就立刻下令退兵。公子翚和夷仲年正在兴头上，哪儿舍得退兵？郑庄公对他们说："我是奉了天王的命令来责问宋国的。这会儿凭着你们两位的威力拿下了两座城，宋公已经受到惩罚，就饶了他吧。也好叫他改改错儿。那两座城，一座给齐国，一座给鲁国。"夷仲年怎么也不接受，要让给郑庄公。郑庄公说："既是齐国客气，就都给鲁国吧，也算是酬劳公子翚的头功。"公子翚老实不客气，谢过了郑庄公和夷仲年，收下了郜城和防城。夷仲年真服了郑庄公，心里想，这么大公无私的诸侯，怪不得天王重用他。公子翚更是从心眼里喜欢，谁不赞成他当诸侯的头儿才怪呐！三个人分手的时候，订了约：往后要有军事，都得帮忙，谁不守约，老天爷不容他。

郑庄公在半路上，又接着本国的报告，说："宋国人和卫国人上戴城（郑国的附属国，在河南省商丘市）去了。"原来孔父嘉料到郑伯得着报告，准得离开宋国，就赶着叫手下的将士儿郎们在城外抢了一批青年男女、牛羊和粮食，这才下令退兵。他们这回由大路上回去，路过戴城，向戴君借道。戴君怕挨抢，关上城门，不让他们进去。孔父嘉就借着这个因由要吞并戴国。他叫人请蔡国兵马快点上来，一块儿攻打戴城。

宋、卫、蔡三国的兵马一同攻打戴城，满想一下子就能够把这座小城打下来。没想到戴城守得挺紧，不让他们占半点便宜。宋国人只好把兵马驻扎在那儿，另想法子。戴国人正想派使臣上郑国去求救，忽然听到有人报告说："郑国派大将公子吕救戴城来了！"戴君谢天谢地地把郑国人接了进去。可没料到郑庄公的大军进了城，就把戴君赶出去了。郑庄公能把郜城、防城送给别人，可是临近的戴城不能放弃。一会儿，孔父嘉打来了，只见城头上插满了郑国的旗子，公子吕站在城楼上，大声地说："宋国、卫国、蔡国各位将军辛苦了。你们帮助我们得了戴城，我在这儿多谢各位了。"孔父嘉气得眼睛翻白，起誓说："我跟郑国势不两立！"说着，双脚直跳，非得跟郑伯拼个死活不可。哪儿知道压根儿用不着他挑战。颍考叔、高渠弥、公孙子都他们早就把他围困住了。公子吕开了城门，杀出来。宋、卫、蔡这三国的人马给郑国人打了个落花流水。孔父嘉扔了车马，自己跑着回去。赶到他跑回宋国，那两百辆兵车的大军，就剩下二十几个人了。卫、蔡这两国的人马多半都给杀了。那些从城外抢来的人、牛、羊、粮食和三国从本国带来的车马、粮草，全给郑国人拿走了。

郑庄公打了胜仗回去，大伙儿都管他叫诸侯的首领。他本来就是。可是颍考叔脾气特别，批评他，说："哪儿像个首领？您奉了天王的命令，约会诸侯去打宋国，连那么小的一个许国还不服呐。卫国、蔡国反倒帮了宋国，这哪儿行？"郑庄公说："卫国、蔡国已经全军覆没了，总算受到了惩罚。许君不听命令，倒不能不征伐他一下子。"

7 放冷箭

公元前712年（周桓王八年，郑庄公三十二年），郑庄公约定齐国和鲁国打算秋天去打许国。这会儿先在本国练兵。他做了一面很大的旗子，上头绣着"奉天讨罪"四个大字，光是旗杆就有三丈三尺高，又把那面大旗插在一辆兵车上，当做旗车。还出了一道命令："谁能拿着这面大旗走的，就派他当先锋，这辆兵车也赏给他。”这道命令刚一下去，就有一位黑脸膛、重眉毛、满脸胡子的将军上来，说：“我能！”郑庄公一瞧，原来是瑕叔盈（瑕 Xiá），他一手拔起旗杆，紧紧握住，朝前走三步，往后退三步，又把大旗插在车上。将士们见了，大声叫好。瑕叔盈正要把车拉走，又来了一位红脸大汉，把他一挡，说：“单是拿着走三步，不算稀罕。我能拿着旗子当长矛耍！”大伙儿一瞧，原来是颍考叔。他拿起旗杆，左抡右转，一会儿前，一会儿后，耍得那面大旗扑噜扑噜地飘着直响。看的人伸着舌头，缩不回去。好些脑袋都跟着那面大旗晃。郑庄公越发乐了，夸奖说：“真是老虎一样的大将，当得起先锋。车给你。”话刚说完，又出来了一位挺漂亮的白脸将军，就是公孙子都。他原来是贵族，骄横惯了的，跟颍考叔向来不和。这会儿大叫着说：“你行，我就不行？”颍考叔见他上来得凶猛，赶紧一手拿着旗子，一手拉着车，飞快地跑开了。公孙子都嫌他太不讲理，就拿着一枝方天画戟直追过去。郑庄公赶紧叫人把他劝回来，他才住了手，嘴里还咕噜着：“没这个理！不要脸的东西！”

郑庄公说：“两只老虎不可相争。你也别生气，我自有道理。”说着，另外赏了两套车马，一套给公孙子都，一套给瑕叔盈，也没派颍考叔的不是。这时候公子吕早死了，郑庄公格外爱惜这几个将军。公孙子都争了面子，也就不说什么了。颍考叔本来是个直心人，隔了一宿，早把抢车的事忘了。大伙儿还跟往常一样地练兵，准备去打许国。

到了七月里，郑庄公打头，带着郑国、齐国、鲁国联合的兵马去打许国。顶卖力气的当然是郑国的将士。颍考叔立了头功，格外高兴。大伙儿正围攻许国的时候，他拿着一面旗子，一下子跳上了城墙。公孙子都一见他一个人上了城墙，妒嫉的火直冲出来，就在人堆里对准颍考叔，偷偷地射了一箭，正射中了他后心，颍考叔连人带旗子一个跟头从城头上摔下来。瑕叔盈见了，还当他是给敌人打伤了，气呼呼地拿起那面旗子，跳上城墙，回身摇晃着旗子。那些士兵一瞅见，大伙儿吆喝着，全上了城头，把许国守城的人杀了，打开城门，三国兵马好像发大水似的涌进去。许君扮作老百姓，早就逃了。

郑庄公进了城，出榜安民。许国给郑、齐、鲁三国的兵马打下来了，这个地盘应该归给谁呐？郑庄公让给齐僖公，齐僖公让给鲁隐公，鲁隐公又让给郑庄公。正在推让着呐，许国的大夫百里带着一个小孩求见三国的诸侯来了。他趴在地下直哭。齐僖公问他：“怎么回事？你是谁？这孩子又是谁？”他擦着眼泪，说：“我是亡国大夫百里。我们国君没有儿子，只有这个小兄弟。求你们可怜可怜，让这孩子活着吧。”那孩子也挺乖，挨着个儿给三位诸侯磕头。齐僖公和鲁隐公心里都有点发酸，眼睛直瞅着郑庄公。齐僖公的鼻子一搧一搧的，差点流下鼻涕来。鲁隐公不大体面，眼眶已经湿了。郑庄公瞧着这个样儿，就对许国的大夫说：“我们并不是贪图许国的土地，因为许君不服从天王，这才打他。这会儿既然有他兄弟在这儿，又有你这么个忠臣愿意帮他，我们就把许国交给他吧。”百里回答说：“这可不敢当。我们只求您把这孤儿的命留下，已经是您的恩典了。许国的土地总该归您才行。”郑庄公说：“我是诚意地要恢复许国，你别多心。就是小君主岁数太小，我不能不派人帮他，要不，说不过去。”齐僖公和鲁隐公没想到郑庄公有这么难得的好心眼，又大方，又痛快。这么一衬，就显着自个儿太小，小到没有影儿了。想着他真是天下少有的好人，打心眼里佩服他办事公平讲理。这么着，郑庄公推也推不了，就派人去管理许国。三国诸侯办完了“奉天讨罪”的大事，就各回各的国里去。

郑庄公回到荥阳，赏赐有功劳的将士。这就想起老虎似的将军颍考叔来了。他也模模糊糊地听见人说，颍考叔是给本国人射死的，要不，那枝箭怎么能由后心穿进去呐？郑庄公起了疑。他想：“要是本国人的话，谁是他的仇人呐？也许是跟他争闹过的公孙子都吧？可是他哪儿能干这种事？大丈夫不能暗箭伤人。不，不能是他。”他就叫人上供，咒骂那个射死颍考叔的人。这么一来，兵营里的将士们就大伙儿猜疑起来了。有的说是这个人，有的说是那个人，大伙儿都愁眉苦脸，心里别别扭扭的。公孙子都也只好跟着别人显出愁眉苦脸的样子。他听着大伙儿诅咒那个暗杀颍考叔的人，骂他躲躲闪闪，不敢出头，是个胆小鬼。他也假装着诅咒那个人，骂他是个胆小鬼。这么上供诅咒下来，公孙子都真受不了啦。他一合上眼，就瞧见颍考叔向他瞪眼睛，笑他冒功领赏，卑鄙无耻。他睁开眼睛向四周围看了看，四周围的人好像都变成了颍考叔，都向他瞪眼睛，暗暗地都笑他卑鄙无耻，是个胆小鬼。他害怕了，就像什么时候都有人算计他似的。天天这么受罪，还不如干脆死了呐。他就上郑庄公跟前直说：“颍考叔是我射死的！”说着就自杀了。郑庄公赶紧叫人救他，已经来不及了。

郑庄公为着打许国，死了这么两只老虎，心里挺难受。可是拿下了戴国和许国，总算还补得过来。这就想起齐僖公和鲁隐公这么帮他，应该去谢谢人家才对。

8 打算养老

郑庄公打发两个使臣带了礼物和信，分头去聘问齐僖公和鲁隐公。那个上齐国去的使臣办完了事回来了。那个上鲁国去的使臣可把那份礼物和信原封不动地带了回来。郑庄公问他怎么回事。他说："我一到鲁国，就听说鲁侯给人刺死了，新君即位。主公的信是写给前一个鲁侯的，怎么能交给这一个鲁侯呐？"郑庄公挺纳闷地说："鲁侯是个忠厚人，怎么会给人害死了呐？"那个使臣说："我都打听得清清楚楚。"他就把鲁隐公给人刺死的事全都说了出来：

鲁隐公的父亲是鲁惠公。鲁惠公的夫人死得挺早，他把一个妃子扶正当夫人，生了个儿子叫公子轨。鲁隐公是另一个妃子生的。论岁数他比公子轨大，论地位可比公子轨低。鲁惠公的君位，按一般的规矩说来，是应该传给公子轨的。后来鲁惠公死了，大臣们瞧公子轨岁数太小，大伙儿立他的哥哥当国君，就是鲁隐公。鲁隐公是个忠厚人，他一直口口声声地说："我是代理的，等公子轨长大了，我就把君位还给他。"就这么过了十一年。公元前712年，公子翚从许国回来，觉着他上次拿下了宋国的郜城和防城，这次又在许国打了胜仗，挺有功劳，就央告鲁隐公给他做太宰（和后来的宰相差不多）。鲁隐公说："我这国君也是长不了的，你要当太宰，还是等公子轨当了国君的时候去央告他吧。"

公子翚听了这话，心里挺不舒坦。他当不了太宰倒没有什么，反正鲁国的大权本来就在他手里，太宰也就是好听点罢了。他可真替鲁隐公难受。他想："主公是先君的大儿子，又是大臣们立的，当国君也十一年了。这该稳如泰山了吧。这会儿眼见公子轨长大了，他总得存点心。可怜的老实人哪，不让位吧，怕人说，让位吧，又舍不得，多不痛快！我央告他让我当太宰，凭他一句话就行。答应就答应，不答应就不答应。干么顾着公子轨呐？还说：'我这国君也是长不了的。'对啦！他准是不愿意让位。"这么一想，就得替鲁隐公打算不让位的法子。可是反过来一想："也许主公真要让位，也难说啊。不对！真要让位的话，怎么还不让呐？还嫌公子轨太小吗？他大概得代理一辈子了。谁不喜欢当国君？别人抢都抢不着，哪儿有当了十几年的国君，还肯轻易让给别人？”

公子翚越想越有理。有一天，趁着旁边没有人，就对鲁隐公说：“主公当了十多年国君，全国人都佩服您，满朝文武没有一个不真心尊敬您的。主公要是不让位，还能把君位传给子孙。可是公子轨这会儿长大了，再下去，准得招出麻烦来。我给您想，还不如……还不如杀了他，省得往后出事。”鲁隐公赶紧捂上耳朵，说：“你疯了吗？怎么这么胡说八道的！我已经派人到菟裘(在山东省泗水县北;菟 tù)去盖房子，打算养老去，君位这就还给公子轨，你怎么说杀他呐？”公子翚后悔也来不及，马屁拍在马腿上，自找没趣，一声没言语，退了出去。

他回到家里，越想越担心。话说出去，收不回来。要是国君把他的话告诉了公子轨，公子轨能放过他吗？他想：俗语说“先下手为强，后下手遭殃”，还是早点下手吧。他就转身上公子轨那儿去，对他说：“主公见您长大了，怕您去抢他的君位。今天把我叫进去，嘱咐我暗杀您。”公子轨听了，吓得魂儿都没了，直打哆嗦，央告他说：“你……你……你给我想个法儿，救……救我吧。”公子翚挠着耳朵，想了一会儿，说：“他不顾兄弟的情分要害您，您就不能先去杀他吗？”公子轨说：“他当了多少年的国君了，本国的人民、列国的诸侯没有一个不佩服他的，我凭什么去杀他呐？”公子翚说：“那您就干等着他下手吧！”公子轨又急着说：“别这么说。你出个主意吧。”公子翚伸出一个手指头，在屋子当间儿画圆圈儿，好像他想的什么事都在这圆圈儿里了，说：“有了。年年冬天，主公都上城外祭神去，回回都在寪大夫(寪 Wěi)家住一宿(xiǔ)。到那会儿，我先派一个勇士扮作当差的混在里头，半夜里神不知、鬼不觉地把他刺死，比杀一只鸡还容易呐。”公子轨愣了半天才说：“好倒是好，就怕人家说我谋害国君，怎么办？”公子翚说：“叫刺客一跑不就结了吗？谋害国君的罪名落不到您头上，要落就落到寪大夫头上。”公子轨只得把心一横，对他说：“全拜托你了。等办成了，我准叫你当太宰。”

公子翚就一手包办下来，刺死了鲁隐公，立公子轨为国君，就是鲁桓公。鲁桓公拜他为太宰，一边向诸侯报丧，一边办寪大夫的罪。大臣们差不多都知道这回事，就是怕公子翚，谁也不敢说。

郑庄公听了那个使臣的报告，对大臣们说：“怎么着？咱们是责问鲁国去呐，还是跟他们交好呐？”祭足说：“按说，谋害国君的应该受到责备，可是鲁侯既是个代理的，早就该让位了。他光嘴里说打算养老，可没这么做，自己也有不是的地方。依我说，咱们跟鲁国向来挺好，还是好到底吧。说不定他们还会派人来说情呐。”

说着，鲁国的使臣真到了，说新君即位，特意派他来聘问，还求郑庄公跟他们订盟约。郑庄公一心想拉拢列国，满口答应了。后来他还和鲁桓公当面订了盟约，挺不错的。就是宋国为着公子冯那事儿，老跟郑国不对劲儿。可巧有一天，宋国也打发使臣聘问来了。郑庄公直纳闷儿：宋国向来跟郑国不和，怎么能送国书来呐？这里头准有鬼。

9 传位给兄弟

祭足听见宋国派人接公子冯来了，就跟郑庄公说："这一定又是宋国捣鬼，要诳他回去，想害他。公子冯在这儿，宋君怕他去抢君位，上回就跟着州吁来打咱们。公子冯上长葛，宋君就去打长葛。这会儿公子冯来了，咱们正提防着宋国打咱们呐。怎么倒派人接他来了？"郑庄公说："等问明白了来人再说吧。"

原来宋国头一代的国君叫微子，儿子死了，就把君位传给他兄弟，可没传给他孙子。大伙儿都夸奖他是个贤君，到了第十三代的国君宋宣公，也想学微子的样子，不把君位传给他儿子，倒传给他兄弟，就是宋穆公。宋穆公挺惦记着这事儿，一心想报答他哥哥这番好心。他得病的时候，对大司马孔父嘉说："先君不把君位传给他儿子，反倒传给了我。我死了，你们可别立我的儿子做国君，一定得请我的侄儿即位。"孔父嘉说："这怕不大好，大臣们不是都帮着公子冯吗？"宋穆公不听，说："别这么着。如果你们立了公子冯，我怎么对得起我哥哥呐？"他就打发儿子公子冯上郑国去住，要把君位传给他侄儿。宋穆公一死，大臣们就依着他的话，立宋宣公的儿子当国君，就是宋殇公。没想到宋殇公给卫国的州吁说活了心，怕郑伯帮助公子冯去抢君位，就一回一回地直打郑国，想杀公子冯。太宰华督向来跟公子冯是一边的，挺不乐意跟郑国打仗。孔父嘉倒依了宋殇公，自己带领着兵马去打郑国。华督这就跟他不大对劲了。孔父嘉本来想要争争气，可又老打败仗。宋国还为这个多了一大批孤儿、寡妇，谁都怨宋殇公，说他不该无缘无故地去攻打邻国，叫老百姓受苦。自从孔父嘉掌权以来，十年当中发动了十一次侵略战争，害得老百姓再也活不下去了。华督趁这事儿，私底下叫人散布谣言，说好几回打仗全是孔父嘉的主意。众人一听，就把怨气都推在他身上。说他不知道自己有多大能耐，连国家也给糟蹋了。华督心里偷偷地直乐。

公元前710年(周桓王十年，宋殇公十年，郑庄公三十四年)，华督听见孔父嘉又练兵了，号令很厉害，小兵背地里直埋怨他。华督就打发心腹混在军队里，说这回练兵为的是去打郑国。那些士兵本来就不想打仗，听说又要去打郑国，更不乐意了。一散了队、三三两两地上太宰府去诉苦，求他央告国君别叫他们去送死。华督叫人关上大门，不让他们进来。一边派人好言好语地跟他们说话。门口的人越来越多。太宰越不答应见他们，他们越要见。眼看着天黑了，众人还不散。有的捶门，有的叫唤，乱哄哄地非请太宰出来不可。华督一想，是时候了。一边叫人预备车马，一边带着宝剑，把大门开了，站在门口，叫大伙儿安静下来。这一大群闹哄哄的士兵才不吵了。

华督表同情的脸神就把他们的心抓住了。他还说好话："孔司马要打仗，咱们只得依他。主公还信他呐，叫我怎么着？听说这三天里头又得去打郑国。没有法子，你们再辛苦一趟吧！就是老百姓可要受点苦了。"说着又叹了口气。士兵呐，一个个恨得直咬牙，嚷着说："跟他说理去！跟他拼了吧！""杀！干脆杀了他！"华督赶紧摆手，说："你们别这么胡闹。给孔司马听见了，咱们的脑袋可不是玩儿的呐。"他们嚷着说："年年打仗，打仗，打得我们家破人亡。这会儿又叫我们去打郑国，不是无缘无故地去送死吗？反正是一个死，还不如先杀了那个家伙，死也死得痛快点！"华督对他们说："别这么说。孔父嘉就算有点不是，他到底是主公信得过的红人儿。你们不服他，不就得罪了主公吗？"他们大声嚷着说："只要您作主，连那个昏君我们也不怕！"说着就扯住太宰的袖子不放。太宰府里的底下人早就把车马拉到门口了。没等他说话，他们就把他塞进车里，一直冲着孔父嘉的家里去了。华督吩咐说："你们别吵嚷，围住房子，我叫门去。"

孔父嘉那会儿正在吃晚饭，家里的人告诉他，说："太宰自己来了，有要紧的事。"孔父嘉赶紧出来迎接。门刚一开，众人就涌进去。孔父嘉一瞧不对，赶紧往回走，才一转身，脑袋就掉下去了。

华督回到家里，有人来报告，说："主公知道孔司马给太宰杀了，气得什么似的。他叫太宰这就去。"华督就跟带头的说："你们知道孔司马是主公顶宠用的，这会儿你们把他杀了，主公准得办你们的罪。"他们说：

“太宰给我们拿主意吧！”华督说：“咱们都知道当初先君穆公不把君位传给公子冯，本来是出于好意。哪儿知道这昏君反倒以怨报德，一心想杀害公子冯。这会儿孔父嘉已经治死了，咱们干脆一不做二不休，杀了这个忘恩负义的昏君，接公子冯来当国君，这是名正言顺的。你们瞧怎么着？”士兵们嚷着说：“好极了！”他们就去逼宫，杀了宋殇公。华督就打发使臣上郑国去接公子冯。

郑庄公看了国书，拿定主意要送公子冯回宋国去。公子冯跪在他跟前，说：“我受了您的恩典活到这会儿，又蒙您送我回国，叫我拿什么报答您呐！我这一辈子当定了您的外臣，怎么着也得听您的话。”说着就哭了。郑庄公直拿好话给他宽心。当时派了一队兵马护送他回去。公子冯回到宋国，大臣们立他为国君，就是宋庄公。他恐怕各国诸侯说话，就把库房里顶值钱的东西送给各国诸侯。各国诸侯收了礼物，全堵住了嘴。郑庄公又替宋庄公约会鲁桓公和齐僖公，开了一次会，正式确定了宋国的君位。

10 射伤了肩膀

郑庄公开了会，确定了宋庄公冯的君位。没有多少时候，在公元前707年（周桓王十三年，郑庄公三十七年，宋庄公三年），天王亲自带领陈、蔡、卫的兵马打到郑国来了。郑庄公叫祭足去探听到底是怎么回事。祭足说：“用不着打听，我早知道了。为的是主公没去朝见天王，上回又假借着他的命令打了宋国，这才派了陈、蔡、卫三国来打咱们。”郑庄公挂了火儿，说：“十年前我不是去朝见他了吗？他一点不顾自己的身份，冷言冷语地笑话我，还拿十车谷子臊我呐！这会儿倒怪上我来了！”祭足说：“话是这么说，可是他到底是天王啊！”郑庄公听了这话，气更大了，一撇嘴，说：“天王怎么着？天王就不讲理了？我们三代都当卿士，在朝廷有功，他不让我当卿士也就罢了，还出兵来打我呐！要是咱们再不给他点厉害看看，不单咱们的国家保不住，就连列国诸侯也得叫他欺负了。我得为列国诸侯争个理，可不能给昏王当奴才。”大臣们听了这话，一个个都挺起胸脯，将士们摩拳擦掌地要为列国争理。郑庄公就派兵遣将，前去对敌。

周桓王虽说有三国的兵马，可是那三国的兵马都是出来应应景的，没有谁肯真给他卖命，再说郑国的将士又那么厉害，两边一交手，天王那边就败下去了。大伙儿各逃各的。周桓王眼看着不行了，就叫兵马快退，自己在后头压队，一边抵御，一边往后退。

郑国的将军祝聃(dān)远远地瞧见天王，就拿起弓箭，对准了他，嗖地一箭射过去，射在天王的肩膀上。亏得他穿的是挺厚的铠甲，伤得还不怎么重。这可是指着他的皮肉说的。要说呐，这一箭实在是诸侯给周朝王室的一个致命伤。打这儿往后，东周所有的天王全都伤了肩膀，统治诸侯的担子再也挑不起来了。祝聃正要追上去，猛听到自己这边打起锣来了(擂鼓是往前进，打锣是收兵)。他就回来，见到了郑庄公，说："我射中了天王的肩膀，刚要赶上去逮住他，怎么打起锣来了？"郑庄公说："咱们并不是要打仗，为的是天王不明白，以怨报德，逼得咱们无路可走，咱们才抵挡一阵子。这会儿凭着你们的力气，能保住国家就行了，干么多杀人呐？再说我也担当不起杀害天王的罪名，叫人家派不是。"祭足插嘴说："说得是啊！这会儿咱们把天王打败，他不敢再欺负人就得了。要想太平，不如趁他过不去的时候，派人去慰问慰问他，给他个台阶儿，好叫他们早点回去。"郑庄公本来就不是不讲理的。他好面子，想比别人强，可是什么都有分寸。谁要是横，他就比谁还横；谁要是当自己了不得，他就比谁更了不得；谁要是使坏，他使的坏就比谁更阴；谁要是推让，他就推让得到了家了。要是人家给他打得趴下了，他就怎么也不能显出自己打赢了的样儿再去踢人家一脚。他要双手把他扶起来，给他拍打拍打身上的土。这份脾气，祭足是明白的。他这才请郑庄公去慰问那个伤了肩膀的天王。郑庄公说："还是你辛苦一趟吧。"

祭足带了十二头牛，一百只羊和好些粮草，连夜赶到天王的兵营里去请罪。他见了天王，先磕了三个头，说："寤生没管住将士，弄得他们把天王得罪了，实在不是成心。这会儿他在那儿吓得直打哆嗦，特意叫我来给您赔不是，还带了一点礼物送给将士们。求求天王可怜寤生，饶了他吧！"周桓王没想到郑庄公有这一手，臊得他就剩下没钻到地里去，浑身热乎乎的，歪着脑袋，说不出话来。站在旁边的虢公林父接过来说："寤生知道自己有罪，就饶了他吧！快谢谢天王！"祭足又磕了三个头，出来了。他还到了三个诸侯的兵营里，一个个地问了好。看他们那副别扭的脸相，真比挨了郑庄公一顿揍还难受呐！

11 过河拆桥

公元前701年(周桓王十九年,郑庄公四十三年,宋庄公九年),郑庄公得了重病。他对祭足说:"我有十个儿子,从子忽数起,子突、子仪、子亹(wěi)都差不多。我这么仔细瞧着,还是子突能耐顶大。我想传位给他。你说呐?"祭足说:"君位按说就该传给大儿子。再说公子忽又立过好几回功。他上天王那儿当过抵押,又帮着齐侯打退过北戎(也叫山戎,是杂居在中原的部族)。齐侯挺看重他,还想把女儿许配给他。他在诸侯中间也有点名气,怎么可以把他废了呐?"郑庄公说:"要是子忽当了国君,子突准不服气,怎么办?"祭足说:"先把子突送到别国去,省得他来争夺君位。可是不知道送到哪一国才好?"郑庄公咳嗽了一阵子,说:"就送到宋国去吧。宋国是他姥姥家。再说宋公冯又受过咱们的好处,没有不依的。"他又叹着气,说:"唉,往后郑国太平不了啦。"

祭足退出来,耳朵里还听见郑庄公在叹气:"唉,往后郑国太平不了啦!"他知道郑庄公有先见之明,那句话大概是指着子突将来要抢子忽的君位说的。他老想着子忽不该回绝齐国的亲事。齐僖公看上了子忽,想把他的女儿文姜许配给他,屡次三番地托人做媒,可是子忽坚决回绝了。他不答应,理由倒挺足的,什么"郑是小国,齐是大国,门不当,户不对,不能高攀";什么"大丈夫应该自立,不能借着亲事靠别人"。依祭足说,他太不懂世故人情了,抓住大国的一条裙带要比多一支兵马还强呐!祭足是子忽的一派,就直替他担心。

郑庄公去世以后,祭足立公子忽为国君,就是郑昭公。郑昭公打发使臣上各国去聘问。这是新君即位联络联络的意思。他派祭足上宋国,顺便探听探听子突的动静。子忽和祭足顶不放心的就是子突。祭足到了宋国,见了宋庄公,还没说话,就给武士们绑上了。他叫唤着说:"我犯了什么罪呀?"宋庄公说:"慢慢地告诉你吧。"他们就把祭足关起来。

到了晚上,太宰华督来瞧他,还带了点酒菜,算是来给他压惊的。祭足问他为什么关他。华督说:"你还不知道宋国是子突的姥姥家吗?他一到这儿,他姥姥雍家就央告我们主公出来帮助子突。这会儿我们主公要你把子忽废了，立子突为国君。”祭足说：“这从哪儿说起？他是先君立的，我要把他废了，不是叫天下人笑话，派我的不是吗？”华督说：“你可太傻了。谋君篡位的事有的是。有势力就行，谁还敢说谁？鲁国公子轨不也是这么得着君位的吗？你再瞧我们主公，不也是这个样儿的吗？你能大着胆子干就行！天塌下来有宋公接着，怕什么！”祭足急得直皱眉头子，答应也不好，不答应也不好。华督逼着说：“要是你不答应，宋公先杀了你，再叫大将南宫长万(南宫姓；长万名)护送着子突打进郑国去。到那会儿你早埋在地底下，后悔也来不及了。好汉不吃眼前亏，我瞧你还是依了吧。”祭足给他逼得没有法子，自己豁着一死也不能保住子忽的君位，就答应了。两个人对天起誓，谁也不能说了不算数。

第二天宋庄公叫子突进去，挺关心地对他说：“你们新君打发使臣来，托我把你杀了，还答应谢我三座城。我可没有这份儿狠心，这才特意告诉你，你得想个法子。”子突跪着说：“我的命都在您手里。要是您给我出个主意，任什么我都依，哪儿光是三座城呐？”宋庄公说：“你要回郑国，少不了祭足。咱们商量着办吧。”他就把祭足、华督一块儿叫进去。宋庄公说得挺好听，说什么他本来不想帮助子突，为的是当初郑庄公待他挺不错的，再说子突也挺有出息，他这才不能不给子突出主意。话呐，可得先说在头里，省得将来后悔。他也不图什么谢礼，只要子突给他三座城，一百对白璧，一万两黄金，另外年年再给他两万石谷子就行了。子突一心想回国，老老实实地都答应下来了。宋庄公是个“规矩人”，办事不马虎，叫子突和祭足落个笔迹，签字画押。又怕子突和祭足不一条心，郑国太平不了，就叫子突答应把郑国的大权交给祭足，又叫祭足把闺女许配给宋雍氏的儿子雍纠，再拜雍纠当郑国的大夫。这么敲钉转脚地都说妥了，才叫子突跟着祭足私下里回到郑国去。

祭足回到郑国，躲在家里装病。大臣们都上他家去问候。他们一见祭足不像有病，就问他：“听说您病了？”他说：“倒不是我有病，是咱们国家病了！先君把子突托付给宋公。这会儿宋公叫南宫长万当大将率领大军护送子突回来，眼看就打进来了。怎么办？”大臣们听了这话，你瞪着我、我瞪着你，都说不出话来。祭足又说：“要想宋国兵马退回去，只要立子突当国君这一个办法。好在他早就在这儿了。咱们大伙儿商量商量吧。”高渠弥原来是子亹一派的，素来跟子忽不对劲儿。他倒不是真心要帮助子突，可是先废了子忽也不错。这会儿他挺坚决地按着宝剑，说：“这是咱们国家的造化。我们愿意拜见新君。”大伙儿当他早就跟祭足约定了，就有七八分害怕，又瞧见屋子角落里都是武士，就怕到十分了，缩着脑袋，都依了他。祭足当下请出子突跟大臣们见面。他又拿出预先写好了的一个奏章，叫大臣们签了字，再送去给子忽。奏章上写着："宋国出兵护送子突进来，我们没有别的法子可想，只好请主公退位。"祭足又偷偷地对子忽说："请主公暂时退避一下，将来瞧准了时候，我一定来接您。这是实话，决不失信。"子忽想着一个巴掌拍不响，就上卫国躲着去了。随后，祭足立子突为国君，就是郑厉公。

郑厉公刚即位，宋庄公就打发人来给他道喜，还提醒他要他说话算数，把当初许下的东西交出来。郑厉公对祭足说："当初急着回国，他要什么我都答应了。这会儿要是真的照办，郑国的库房眼看就要空了。再说断送三个城，也叫人瞅着笑话。"祭足说："黄金、白玉，多少先送点去，跟他们说：往后再补上。三个城是郑国的土地，不好做人情，改送粮食吧。"他们就这么办了。宋庄公是"好了疤拉忘了疼"，早已把郑庄公待他的好处忘了，一见才这么一点谢礼，气就上来了。他满心当子突多有出息，没想到他当了国君，这么舍不得给，怎么不叫人替他可惜呐！他立刻逼着郑国交割三座城。黄金、白玉、粮食，也得照数补足。他说他倒不是贪图财物，为的是要子突说话算话，做事学着大方点儿！这么来来去去地折腾了好几回。郑国还托鲁桓公转弯说情。鲁桓公真卖力气，直给郑国讲价，当面跟宋庄公说了好多回。到了儿，宋庄公不光不给面子，反倒跟鲁桓公说："这是我跟子突的事，别人管不着。"鲁桓公跟他气得翻了脸，上郑国约子突一块儿去打宋国。

宋庄公听见鲁国和郑国的兵马都打进来了，吓了一大跳。马上把大臣们叫到一块儿，商量怎么样去对付。公子御说(yuè)说："打仗虽说要讲兵力，也得看有理没理。早先郑伯一片好心收留了主公，又护送主公回国，还约会了诸侯正式确定主公的君位。这么大的恩典，咱们也不能过河拆桥。这会儿咱们贪图谢礼，这么逼着郑国，把鲁国也得罪了。咱们的理亏，他们的理长。我说还不如跟他们讲和吧。"南宫长万不乐意，嚷着说："人家已经打到咱们的城门底下来了，咱们连打都不打一下，就去求和。还像个诸侯吗？"太宰华督随着说："这话不错！"

宋庄公就叫南宫长万出去对敌。没想到"理亏理长"的话倒给公子御说说着了。南宫长万打了败仗，死伤了不少人马。宋庄公亲眼瞧着郑国人和鲁国人打了胜仗回去。谢礼没要着，倒挨了一顿揍，怎么能甘心呐？他就打发使臣上齐国去请齐僖公出兵。

宋国的使臣对齐僖公说："郑国子突忘恩负义，过河拆桥。我们的主公直后悔当初送他回国。现在想约您一同去征伐他，再叫子忽出来当君主，请您帮帮忙。"齐僖公本来想把闺女嫁给子忽，虽说没结上亲，心里还是挺看重他，就说："子突赶走他哥哥，我都替子忽委屈。这会儿可巧我要去打纪国（在山东省寿光县南），顾不上贵国那一头。要是贵国先帮我去打纪国，我准帮贵国去打郑国。"宋国就真依了齐僖公。

齐僖公又打发人去约卫宣公来帮忙。卫宣公是齐僖公的女婿，要他来他是不会不来的。可是直到宋国的使臣又来订出兵的日子，卫宣公还没派人来。卫国准是出了什么岔儿了！

12 哥儿俩坐船

卫宣公就是当初石碏治死了州吁和石厚之后立的那个公子晋。他还没当国君的时候，就跟夷姜要好，生了一个儿子叫急子。赶到他即了位，也有了夫人，还跟急子的妈好得什么似的。后来把她立为二夫人，就这么定了夷姜的名分，又把急子立为太子，打算将来把君位传给他。急子十六岁上，卫宣公张罗着给他娶媳妇儿。听说齐僖公有两个闺女，大的叫齐姜，小的叫文姜，都是挺聪明挺漂亮的姑娘。他就托人做媒。齐僖公答应把齐姜送过来。不想齐姜长得太漂亮了，卫宣公就自己留下了。齐姜做了卫宣公的三夫人，就是后来称为宣姜的。

宣姜生了两个儿子，就是公子寿和公子朔。卫宣公爱上了宣姜，就把早先的心上人夷姜搁在一边，还想把君位传给公子寿。可是急子早当了太子，一时不好废他。这就把他看成了眼中钉。公子寿和公子朔哥儿俩都是宣姜生的，可不是一个样儿。哥哥公子寿是个忠厚人，瞧见兄弟公子朔又黑心又虚伪，私底下还养了好些不三不四的武士，心里挺腻烦他。他愈瞧不起公子朔，就愈显着跟急子亲近，老在他父亲跟前说急子哥哥怎么怎么好。他妈和他兄弟倒像是争着要把他夸奖急子的话压下去似的，老在卫宣公耳朵旁说急子怎么怎么坏。卫宣公信了宣姜的话，想把这眼中钉拔去。可巧齐僖公约卫国出兵去打纪国，卫宣公和宣姜商量了半天，依了宣姜的主意，打发急子上齐国去订出兵的日子，还交给他一面旗子当记号。

公子寿觉出来他们偷偷地商量，准没安好心。当天就上他母亲那儿去探听消息。宣姜瞧着他是自己亲生的儿子，就一五一十地告诉了他，说："我们早在莘野(卫国地名，在山东省聊城市西南)地方设下了埋伏，赶到急子一到那儿，你就是太子了。"公子寿一想，事情都闹到这步田地，说什么也没有用。他谢过了他妈给他打算的"好心"，带着笑出来了。一出了宫门，就赶紧往急子那边跑，把他们的鬼主意都告诉了他，还说："这回哥哥出去，凶多吉少，还不如趁早上别的地方去吧。"急子说："天下哪儿有没有父亲的儿子啊？父亲的话我怎么也不能不依。"他还是带着那面旗子，连夜上船走了。

公子寿一想："哥哥真是好人。他这回出去，半道上准得给他们杀害，爸爸就立我为太子。我可受不了。哥哥又不愿意到别的地方去，可真把人急死了。"他愁眉苦脸地瞧着窗户外头的天，好像央告它出个主意似的。他心里直发虚，什么父母、兄弟、君位，早都扔到一边去了。半天，他才拿定了主意："有了！我替他死吧。也许能够把爹娘的主意扭过来。"他就坐上另一只船，还预备下了酒食叫划船的赶紧划到急子的船旁边，请他过来喝酒。急子回答说："多谢兄弟费心。可是君父有令叫我办事去，我不能上你那儿去了。"公子寿没有法子，就自己带了酒食，上了急子的船。

哥儿俩喝着酒。公子寿敬急子一盅，算是送行。端住酒盅还没说话，眼泪就掉在酒盅里。急子见了，连忙接过酒盅来，一口喝下去。公子寿说："啊，哥哥！那盅酒都脏了，怎么还喝呐？"急子说："哪儿是脏了？是顶干净顶宝贵的一盅酒，里头满是兄弟的情义呀！"公子寿抹着眼泪，说："今儿喝的是咱们哥儿俩的长别酒，哥哥得多喝上几盅。"急子说："我不会喝酒，今天可得领兄弟的情。"这就两个人一边流着眼泪，一边喝着。公子寿成心要灌醉急子。急子本来酒量不大，一会儿就醉了，倒在船里睡着了。

过了大半天，他醒过来，没瞧见公子寿。手下的人递上公子寿留下的一个条儿。急子一看，上头写着："我顶了哥哥去了。哥哥快跑吧！"急子疯了似的嚷着说："赶上去！快！快！别叫他们害了我兄弟！"说着，眼泪就跟下雨似的掉下来。划船的不知道是怎么回事，一个劲儿地拼命赶。

那天晚上，月亮照得那条河透亮。那只船就像射出去的箭，那个快劲儿正像天河里的一颗流星。急子站在船头，瞪着两只眼睛瞧着。一心想瞧着公子寿的船。还不错，他瞧见那船还在前头呐，就对划船的说："快着点儿，赶上前头的船！"划船的说："用不着赶，前头的船是往这边来的。"急子直纳闷。怎么回事啊？赶到两只船靠到一块儿，急子就问那只船上的士兵："公事办完了吗？"士兵们不认得急子，还当他是国君打发来的，就回答说："办完了。他一上岸，我们就把他杀了。"说着还把公子寿的脑袋拿给他瞧。

急子捧着公子寿的脑袋大哭，"天哪！天哪！"地直嚷。那伙子士兵都愣住了。急子本来不愿意跟父母兄弟明争暗斗地当做敌人，他早就认了输。这会儿士兵们杀了公子寿，他回去有口难辩。反正是个死，他就铁了心，骂士兵们说："该死的家伙！你们的眼睛哪儿去了？怎么把公子寿杀了呐？"士兵一听说杀错了人，吓得直叫急子饶命。急子说："是我得罪了君父。你们把我杀了，还能将功折罪。"士兵里头有几个认得急子的，一瞧，说："糟了！真杀错了。我们光知道那个拿旗子的，谁知道换了个人呐？"他们就把真的急子也杀了。

他们连夜赶进城，先去拜见公子朔，挺小心地赔错儿，把错杀公子寿的因由说明白了。哪儿知道"一箭双雕"正合了公子朔的心。他就先重重地赏了他们，再到宫里去见他妈。宣姜听到公子寿也死了，她也心疼，可是杀了急子的这份儿痛快劲儿就把那心疼减少了。卫宣公呐，听见两个儿子都给杀了，当时脸色发青，手脚冰凉，光流眼泪，话都说不出来；想起公子寿的厚道，急子的孝心，夷姜的恩爱，心里好像给刀子扎了三下儿似的。打这会儿起，他就唉声叹气地得了病，不上半个月死了。卫国不能打发人去会见齐僖公，就为了这个。

13 救谁好呐？

卫宣公死了，公子朔即位，就是卫惠公。他还办着丧事，就出兵跟着齐僖公打纪国去了。齐僖公带着齐、宋、卫三国人马，把纪国围住。纪国和鲁国是亲戚。鲁桓公为着郑厉公的事跟宋国记下了仇，纪国就向鲁国求救。鲁桓公约了郑厉公赶着上纪国来。纪国人一见鲁国和郑国的救兵到了，就从城里往外杀出去，两下夹攻。六国的人马乱打一阵子。鲁、郑、纪倒占了上风，把齐、宋、卫的兵马打得乱跑。齐僖公回头对着纪国起着誓，说：“有我没有纪国，有纪国没有我！”

他回到了临淄（齐国的都城，今山东淄博市东北），直生气。公元前699年冬天病倒了，他对儿子诸儿说：“纪国是我们的仇人，你总得给我报仇。”后来诸儿即了位，就是齐襄公。他正想替他父亲报仇，可巧宋庄公冯又来约他打郑国，他马上就出兵。宋国捞不上郑国的三个城，干脆把子突送来的头一批礼物分送给齐、卫、陈、蔡的诸侯，要他们一块儿去打郑国。诸侯们见了黄金、白玉，都摇旗呐喊地跟着宋庄公打到郑国去。

郑厉公听见宋庄公带领着五国兵马又来“要谢礼”，实在忍不住了。他叫祭足出兵跟他们打去。祭足可另有好主意，下令说：“光许守城，不许出战！谁要打，谁就有罪！”这个法子倒叫宋庄公为难了，五国的兵马又不能老在郑国等着。他们就在东门外乱抢了一阵，总算没有空手回去，也就下了台阶。

祭足的法子倒是好，就是把郑厉公惹急了，一心怪他太专权。

过了一年（公元前697年，周桓王二十三年），郑厉公听说天王去世，想叫人去吊丧。祭足拦着他，说：“他是先君的仇人，祝聃还射过他肩膀。咱们要是去吊丧，准得让人家笑话，干么自找没趣！”郑厉公也就拉倒了，心里可更恨他，嫌他太不把自己搁在眼里了。

有一天，郑厉公在花园里溜达，只有大夫雍纠一个人陪着他。郑厉公瞧见小鸟儿随便飞着，就叹了一口气。雍纠说：“眼前正是好景致、好天儿，小鸟儿都快活呐。主公怎么反倒唉声叹气的？”郑厉公说：“当了国君还比不上小鸟儿！”雍纠说：“做儿子的帮不了父亲就是不孝，做臣下的帮不了国君就是不忠。主公有什么心事，我得给您想法子。要是有用得着我的地方，水里火里我也敢去。”郑厉公说：“你不是他的女婿吗？”雍纠立时脸红了，说：“唉，别提了！这门亲事是怎么逼成的，主公是明白的呀。”郑厉公说：“要是你能想法子把他去了，我就叫你顶他的位子。”雍纠想了一想，就说：“东门外给宋国人打坏了，这会儿正修着。主公叫他上那边去慰问慰问老百姓，瞧瞧活计。我摆上酒席，替主公慰劳他。酒里搁上毒药，把他毒死，不是挺容易的吗？”郑厉公就叫他留神着干去。

雍纠回了家，一瞧见他媳妇儿，就有点心慌。一来怕她看透他的心事，二来明天要害死她爸爸，少不了有点别扭。没想到祭氏先问了：“朝廷里出了什么事儿啦？”雍纠愣了一下，吞吞吐吐地说：“没……没……没有什么。”祭氏瞧他神气不是味儿，又逼着说：“我瞧你不对劲儿，准是出了什么事情。你瞒着我干什么？俗语说，‘嫁鸡随鸡，嫁狗随狗’，两口子本来就跟一个人儿似的，有福同享，有祸同当。你有什么为难的事，我也能帮帮忙啊。”雍纠听她说得入情入理的，又想多一个亲人帮忙也不错，就一五一十地告诉她了。祭氏眉头儿一皱，眼珠子朝眼角上一溜，说：“我瞧不怎么好。万一他不去呐，你还能上家去拉他吗？”雍纠压根儿没想到这一层，这会儿倒没有主意了。还是他媳妇儿聪明，她出个主意，说：“我说没有我帮你不行，是不是？还是我自个儿跑一趟吧。我回娘家去，从旁劝他，叫他去，准保没错儿。”雍纠嘱咐她：“小心点儿，我的命全在你手里呐。”她啐(cuì)了他一口，说：“别傻了！我的命不是也在你手里吗？”

她回到娘家，见了爹妈，闲聊了一会儿，就去睡了。她不能从国家大事着想，也不去分析事情的是非曲直。她着急的只是她丈夫和她父亲的命运。在家里，她光给男人想，见了爹妈，她又为爹妈想。折腾了一宵，合不上眼。心里打开仗了：一边是丈夫，一边是父母，两边都是亲人，她不能不管这件事。她必定得害死一个。救谁好呐？救丈夫就得害父亲，救父亲就得害丈夫。想来想去，越想越没有主意了。她倒愿意把自个儿这条命豁出去，把他们俩全救了，可是没有这么好的事！她就跑到她妈跟前，问：“妈！爸爸跟男人谁亲？”她妈说：“傻丫头！我当什么事呐，一大早就来问我！一样，都亲。”她又问：“比起来呐，谁更亲点儿？”“那当然是爸爸喽！没出门子的时候，谁知道男人是谁？出了门子，男人死了，还能再嫁。爸爸呐，可就只一个。”祭氏听了，就哭着说：“哎呀！那我可就得对不起男人了！”她就把雍纠打算怎么害死她父亲的事全说出来了，急得那老婆子歪歪斜斜地跑去告诉祭足。

到底是雍纠给祭足杀了，郑厉公子突只好逃到别国去。祭足打发使臣上卫国去接子忽回来，仍旧请他做了国君。

子忽回来之后，简直就没有一天太平日子。宋、鲁、蔡、卫都帮着子突来打郑国。祭足还是用光守不攻的法子，一回一回地过了难关。可是他觉着郑国太孤单了，总得有别的人帮助才行。他打算跟齐国交好。齐是大国，鲁桓公又是齐襄公(齐僖公的儿子)的妹夫，要是齐国和鲁国能答应帮着子忽，郑国就有了靠山了。这么着，祭足亲自上齐国去见齐襄公。齐襄公答应了，想打发使臣回拜郑国。忽然传来个消息，说郑国的高渠弥趁着祭足不在本国，杀了子忽，另立子亹做了国君。新君派人召祭足回去，祭足只好回去。齐襄公气得要命，当时就想去打子亹和高渠弥。正好鲁桓公和夫人文姜来了，齐襄公只好把打郑国的事搁一搁。文姜来一趟多难哪！依齐襄公瞧来，什么事都没像招待文姜那么要紧。

14 害死妹夫

齐襄公为什么要这么殷勤地招待鲁桓公和夫人文姜呐？原来是这么回事：齐僖公有两个闺女，大的叫宣姜，挺漂亮，她就是当初嫁给卫宣公，生了公子寿和公子朔，杀害急子的那个女人；小的叫文姜，比她姐姐更漂亮。不光好看，还博古通今，挺有才气，就起名叫文姜。文姜有个哥哥，叫诸儿，也是个美男子。他们不是一个妈养的，可都是齐僖公的亲生儿女。两个人怎么要好，究竟是兄妹。公元前709年（就是公子翚刺死鲁隐公的第三年），公子翚给鲁桓公做媒，要娶文姜。齐僖公为着郑国的公子忽不答应这门亲事，就答应了公子翚，把文姜许给鲁桓公，订的是九月里娶。

日子一天天过去，文姜出门子的日子到了。公子翚上齐国来迎亲，齐僖公答应他自己送去。诸儿对他父亲说："妹妹出门子，咱们一定得有亲人送去才好。父亲事儿多，抽不开身，还是我替您去吧。"齐僖公说："我已经答应人家了。你还是好好儿在家吧。"诸儿没有什么说的，只好垂头丧气地退出去。赶到文姜临走，诸儿挨到车马旁边，两个人说了几句私情话，就分了手。

诸儿和文姜一直盼着见面。一直盼了十五个年头，鲁桓公才带着文姜到齐国来。当初的诸儿就是现在的齐襄公，他一见文姜来了，就把打郑国的事儿搁下，挺殷勤地招待他的妹妹和妹夫。宫女们把这位姑奶奶迎到宫里去。齐襄公早给她安排下了一间屋子，当天晚上就在那儿歇了。早上太阳晒了老半天，鲁桓公还没见文姜回来，自然就犯了疑心。他叫人去打听，才知道兄妹俩原来是在一块儿。气得他脸发青，心火儿直往上撞。正气着呐，文姜回来了。鲁桓公气冲冲地问她："昨天晚上你为什么不回来？"文姜说："跟宫女们多喝了几盅，醉了，不便出来。"鲁桓公又逼一句："你睡在哪儿？"文姜心里一急，眉毛一挑，说："怎么着？宫里连个过夜的地方都没有？"鲁桓公不再说话，只是连连冷笑。文姜看着这情形，知道再说也没有用了，就撒开了赖，哭哭啼啼骂鲁桓公败坏她的名声。

鲁桓公身在齐国，又不好说出来，只好忍气吞声地打发人去向齐襄公辞行。

齐襄公自己也放心不下，就派个心腹去打听。那个人回来把两口子拌嘴的事这么一说，凑巧鲁桓公派来告辞的人也到了。齐襄公一想："糟了！"他就一死儿地留妹夫多玩儿一天，约他上牛山（在山东省淄博市临淄南）逛逛去。

齐襄公在牛山大摆酒席，大臣们一个一个地向鲁桓公敬酒。鲁桓公一肚子的气正没有地方出，就一个劲儿地喝开了。喝得差不多了，齐襄公叫公子彭生扶着他上车，送他回公馆，嘱咐他"留神抱着"。公子彭生在车里抱着醉了的鲁桓公。公子彭生是个大力士，两根胳膊就跟铁棍似的。到了半路上，一使劲，就把鲁桓公的肋条全弄折了。

他对大伙儿说："哎呀！姑爷中了酒疯了！"大伙儿心里明白，分头去告诉齐襄公和文姜。文姜又哭又闹，直要死在齐国。齐襄公赶紧把死人落了棺材，一边通知鲁国派人来接灵。

鲁国的大臣们得了这个信儿，一个个气得要命，想跟齐国打仗。谋士施伯说："家丑不可外扬，再说咱们是弱国，齐是强国，打起来也不准赢得了。还不如先忍一忍，只要齐国办了公子彭生，也就算了。"鲁国就这么跟齐国打交道。齐襄公知道自己理亏，就拿"伺候不周"的罪名办了公子彭生，两国还跟从前一样。天大的事就这么马马虎虎地了啦。单苦了公子彭生，他不光白当了差，还赔上一条命。知道这事的人也有替他叫屈的。

15 压服人心

齐襄公不该叫公子彭生害死鲁桓公，更不该把过错都推给公子彭生。国内国外都说他是个暴君。他心里挺别扭，想干几件轰轰烈烈的大事来压服人心。他想："郑国的子亹和高渠弥杀害了国君，就是乱臣贼子。要是我能够惩罚他们，本国的老百姓和别国的诸侯就准得服我。"他就先写信给子亹，请他到齐国来订盟约。子亹和高渠弥乐极了。齐国肯出来帮忙，还怕什么啊。祭足说是有病，不能出门。子亹就带着高渠弥去了。

他们到了齐国，就瞧见会场两边有好些武士伺候着，真够威风的。他们按着规矩上了台阶，向齐襄公行礼。齐襄公抓住子亹的手，问他："贵国先君子忽是怎么死的？”子亹吓得说不出话来。高渠弥回答说：“先君是病死的，君侯问这个干么？”齐襄公说：“他不是叫刺客害死的吗？”高渠弥知道遮不住了，换了个口气，说：“先君本来有病，碰上刺客就更支不住了。”齐襄公说：“国君旁边就没有防备吗？刺客怎么进去的？”高渠弥说：“他们哥儿几个夺君位，也不是一天的事。每个公子都有私党，什么时候都能出岔子，谁能提防得那么周到？”齐襄公一听，说得还挺有理。又问：“刺客逮着了没有？”高渠弥回答说：“正搜查呐，还没拿着。”齐襄公大声嚷着说：“你没拿着，我可拿着了，叫你看吧！”他往屋子当间儿一抓，好像抓住了刚飞过去的一个蚊子似的，武士们就把他们俩绑上了。齐襄公指着高渠弥说：“你当了郑国的大臣，不该为着私仇害了国君。我今天不能不给子忽报仇！”子亹直打哆嗦，说：“这全是高渠弥干的，没有我的事，饶了我吧。”齐襄公说：“你明知道是高渠弥干的，为什么不把他办罪？”君臣俩给齐襄公问得没有话说。齐襄公朝着台阶底下一招手，大将成父和管至父嚷了一声，跑了上去，把子亹和高渠弥推下去杀了。

齐襄公打发人去通知郑国：“你们的乱臣贼子，我们已经替你们办了。你们立个新君吧！我们还是照旧交好。”祭足就立郑庄公第四个儿子子仪当国君。郑国为着子忽、子突、子亹、子仪四个公子抢君位，年年不能太平，国事也管得不好。打这儿就成了个弱国，老得跟着大国跑了。郑国的威风早就跟着郑庄公一块儿过去了。

齐襄公头一件“压服人心”的大事算是办成了。第二件就是给先君齐僖公报仇，出兵打纪国去。纪国又央告鲁国和郑国帮忙。鲁桓公死了，他儿子刚即位，不敢得罪齐国。郑国呐，子仪是仗着齐襄公当上国君的，更不敢跟他作对。纪国没有人帮助，齐国就挺容易地把它并吞了。这第二件“压服人心”的大事也办到了。

第三件大事是帮助卫惠公朔去打卫国。当初公子朔杀了公子寿和急子，接了卫宣公的君位。卫国的大臣里有一伙儿人是向着急子的，想给他报仇。那年卫惠公朔跟着宋、齐、鲁、陈、蔡去打郑厉公，那伙儿大臣随着公子职另立急子的兄弟黔牟(Qiánmóu)当国君，重新给急子办了一回丧事，一边出兵挡住卫惠公的归路。卫惠公没有法子，就上齐国去央告他舅舅齐襄公。齐襄公答应他出兵，可是为了招待文姜，连着害死鲁桓公，谋杀子亹，加上打纪国这几件大事，忙都忙不过来，只好把这件事搁下了。

齐襄公灭了纪国，正想替卫惠公去打黔牟，可巧妹妹文姜给他道喜来了。鲁桓公一死，夫人文姜没有脸回鲁国去。她儿子鲁庄公派人来接她。

她死了男人，不能跟儿子再闹翻了，一步挨一步地回去。她到了齐、鲁交界的地方，就不再往前走了。她没有脸回去见儿子和鲁国人，可也不能住在齐国。她想：“这儿不是齐国，也不是鲁国，我就呆在这儿直到死吧。”鲁庄公本来左右为难：把她接回来呐，她是杀他父亲的仇人；报仇呐，她又是他亲妈。还不如盖一所房子，请她在那儿住下去吧。

这回文姜借着齐襄公灭了纪国的名目来道喜。齐襄公说起他外甥央告他去打卫国。文姜还瞧见了外甥朔，就念叨着她姐姐宣姜，直劝齐襄公快点叫卫惠公再去当国君，好叫他们娘儿俩见面。

公元前689年(周庄王八年)冬天，齐襄公约会了宋、鲁、陈、蔡四国的诸侯，浩浩荡荡地向卫国打了过去。卫国的新君黔牟是周庄王的女婿，就向天王求救。转过了年，天王凑合着发出两百辆兵车去救卫国。诸侯们哪儿把天王的兵马搁在眼里，一下子就把他们打败了。齐襄公杀了公子职他们一批大臣，又叫卫惠公当了国君。黔牟呐，瞧他是天王的女婿，饶他一条命，让他上洛阳去了。

齐襄公要压服人心的几件大事都办了。可是越来越不得人心，再说，他打败了天王的兵马，又加了一件心事，他怕天王来打他，老要想个法子挡住他那一边，才安得下心去。

16 吃瓜换班

齐襄公怕周庄王来打他，就叫大夫连称当大将，管至父当副将，带兵去守葵丘(在山东省淄博市临淄西)。两位将军临走央告齐襄公，说：“这是苦差使，我们也不敢推托，求您给个期限。”那会儿齐襄公正吃着甜瓜，一口一口地光顾着咬，还没嚼完呐，又咬了一大口。他们瞧着他的嘴一张一闭地吃着甜瓜，可不搭理他们，就说：“倒不是我们受不了苦，士兵也有家啊。”齐襄公又拿了一个甜瓜在手心上掂着，好像要知道那甜瓜有多沉，又好像想着怎么去回答他们的话。忽然他点了点头，说：“好吧！明年吃瓜的时候我叫人去接防吧。”他们很满意，擦了擦头上的汗，走了。

过了一年。有一天，他们俩吃着甜瓜，就想起期限满了，为什么国君还不派人来接防？是不是这儿甜瓜上市早呐？就叫人上临淄去打听。那个人回来，说："主公没在都城。跟文姜逛去了。说是有一个月没回去了！"连称听了直气，说："这个昏君！他本来娶了我的叔伯妹妹，这会儿有了那狐狸精，把我妹妹也扔了。依我说，咱们干脆打进去，杀了他吧！"管至父说："别这样！也许他忘了。咱们先去催他一声吧。"他们派了一个小兵送点甜瓜去，顺便问问他什么时候换班。可巧齐襄公回来了，瞧见他们送甜瓜来，不是明摆着骂他吗？就发了脾气，顺手抄起一个甜瓜，往那个小兵脑袋上一砸。"啪"一下子，脸上全是瓜瓤、瓜子，水拉呱唧地从脑门子流到鼻子尖儿，又从鼻子尖儿流到嘴唇，害得那个小兵舔也不好，不舔也不好。齐襄公骂着说："我叫你们怎么着就怎么着！回去跟他们说，过年吃瓜的时候再说！急什么？"

那个人回去这么一说。连称和管至父差点气炸了肺，直骂着。士兵们呐，也都盼着回家。好容易熬了一年，到日子了，恨不得回去见家里人。没想到还得一年，谁不恨呐？他们就凑到一块堆儿，全都气得什么似的要两位将军给他们做主。连称就想出兵。管至父拦住，说："这可不是闹着玩儿的，要行大事也得有个名目。再说就凭着咱们这点兵力也不准打得了他。顶好里面有个联络，才能下手。"连称说："跟谁联络呐？"管至父低头一想，说："人倒有一个。先君本来不是顶喜欢公孙无知吗？后来诸儿即位，跟他不和，减了他的俸禄。他恨透了。老想干一下子，就是一个巴掌拍不响，不敢跟诸儿翻脸。依我说，咱们不如去跟他联络，约定立他为国君。这才有了名目，也有了内应。"连称说："对！就这么办吧。我妹妹在宫里也恨透了这个昏君。咱们叫公孙无知跟她商量商量。三下里下手，事情就好办了。"

公孙无知和连氏都乐意这么办，天天等着机会下手。公元前686年（周庄王十一年，齐襄公十二年）冬天，连氏听见齐襄公要上贝丘（在山东省博兴县南）去打猎，赶紧叫人去告诉公孙无知。公孙无知连夜带信给连称和管至父，叫他们偷偷地出兵上贝丘去围住他。

齐襄公带了几个贴身人和一队兵马到了贝丘，在树林子里放起火来。不多一会儿就劈劈啪啪地着起来了，把树林子里的野兽烧得没处躲，连蹦带跳地四处乱窜。齐襄公看着将士们个个勇敢，有使刀戟的，有使弓箭的，有空手逮住一只野兽的，不由得指手画脚地乐得直打哈哈。正在这会儿，一只挺大的野猪，猛一下子朝着齐襄公冲过来，吓得他手忙脚乱，赶紧拿起弓箭来乱射一气。那野猪凶极了，跑上一步，直直地像人一样地站起来，挺吓人地叫了一声。这一声叫把齐襄公吓得从车上摔下来。亏得旁边的人乱哄哄地把那怪物打跑了，搀起齐襄公来。他这一摔，摔坏了腿。皱着眉头子直叫疼。士兵里有知道公子彭生的冤屈的，就咬着耳朵说："善有善报，恶有恶报。那怪物跟人似的站着叫，也许是公子彭生显灵了吧。"一传俩，俩传仨，不大一会儿，大家伙儿都见神见鬼地说公子彭生现形申冤了。

当天晚上，齐襄公为着腿疼就在离宫（国君的别墅）过夜。一来因为伤了的腿发疼，二来因为听说公子彭生显了灵，心里直烦，翻过来掉过去怎么也睡不着。三更了，还摸着疼脚呐。忽然有个臣下叫孟阳，慌慌张张地跑来，说："糟了！连称和管至父带领着葵丘的兵马杀进来了！"齐襄公一听，魂儿都没了。跑又跑不了，走又走不动，只好呆在屋子里等死。孟阳说："让我躺在床上，您快点躲到外头去吧！"孟阳就假装国君，躺在床上。齐襄公给他盖上了被子，满眼眼泪地朝他瞧了一下，一瘸一拐地走了。

他刚出了屋子，连称就进来了。瞧见"国君"朝里躺着，跑上几步，一刀把他砍了。拿着脑袋一瞧，虽说模模糊糊的，看不真着，模样可到底不对。他抽身出来，四处找去。齐襄公躲在漆黑的角落里缩成一团，一时倒也不容易找着。就是他那条腿弯不了，大模大样地伸在外头，给连称瞧见了，一下子跟逮小鸡似的把他抓出来，骂着说："你这个昏君，年年打仗杀人，就是不仁；不听先君的命令，不要公孙无知，就是不孝；拿自个儿的妹妹当媳妇儿，就是无礼；甜瓜的约期过了，还不派人去换班，就是无信。你这个不仁，不孝，无礼，无信的家伙！我今天杀了你也是为国除害，给鲁侯报仇！"齐襄公给他骂得没有话说，脑袋昏昏沉沉的，就瞧见好多甜瓜、野猪、公子彭生，透亮地一层罩着一层地在他眼里颠颠倒倒地转悠，摇晃。一下子"轰"地一声，天昏地黑，什么也没有了。

连称和管至父杀了齐襄公，带领兵马，直打到都城里去。公孙无知早叫手下的士兵开了城门，接他们进去。他们立刻把大臣们都叫来，向他们宣告，说："我们受了先君的命令，立公孙无知为国君。"大伙儿都不敢出声，低着头拜见新君。公孙无知即位，立连氏为夫人，连称为上卿，又叫国舅，管至父为亚卿。有一两个大臣装病不上朝，公孙无知也不难为他们。管至父直怕人心不服，君位长不了，就劝公孙无知各处找人才，请他们一块儿来办事。他想起他本家里有个挺有能耐的侄儿。要是他愿意出来，不愁君位长不了。公孙无知听了他这话，就叫人带着礼物去请去。

17 管鲍分金

管至父的侄儿叫管仲，是当时数一数二的人才。他有个好朋友叫鲍叔牙。他们两个人一块儿做过买卖，打过仗。买卖是合伙的，鲍叔牙的本钱多，管仲的本钱少。赚了钱呐，本钱少的倒多拿一份。鲍叔牙的手下人不服，都说管仲"揩油"。鲍叔牙偏护着他，说："没有的话，他家里困难，比我缺钱，等着使，我乐意多分点给他。"朋友之间这么分配金钱，在我国有句成语叫"管鲍分金"，就是这么来的。说起打仗更得把人笑坏了。一出兵，管仲老躲在后头；退兵呐，他就跑在前头。人家瞧见都笑，说他贪生怕死。鲍叔牙又给他争理儿，说："他能贪生怕死吗？照实说吧，像他那么有勇气的人天下都少有。为的是他母亲老了，又多病，他不能不留着自个儿去养活她。你们当他真不敢打仗吗？"管仲听见了这些话，就说："唉！生我的是父母；了解我的呐，只有鲍叔牙！"

齐襄公正在荒淫暴虐的时候，他的两个兄弟怕遭祸害，都跑到姥姥家去了。一个叫公子纠，是鲁国的外甥；一个叫公子小白，是莒国（莒 jǔ，在山东省莒县）的外甥。公子纠的师傅就是管仲，公子小白的师傅就是鲍叔牙。这两个好朋友各帮一个公子，投奔了姥姥家。连称和管至父弄死齐襄公的时候，公子小白和鲍叔牙正在莒国，管仲和公子纠正在鲁国。公孙无知派人上鲁国去召管仲，管仲一想："他们连自己都保不住，还要带累别人吗？"干脆回绝了。不上一个月，他听说公孙无知、连称、管至父都给齐国的大臣们杀了。待了几天，齐国的使臣也来了，说是大臣们派他来接公子纠去即位的。鲁庄公亲自出兵，叫曹沫当大将，护送公子纠和管仲回齐国去。管仲禀告鲁庄公，说："公子小白在莒国，离齐国不远。万一他先进去就麻烦了。请让我先带领一队人马去截住他吧。"鲁庄公依了他。

管仲带着几十辆兵车赶紧往前走。到了即墨（在山东省平度市东南），听说莒国的兵马在吃一顿饭的工夫之前就过去了。他就使劲地往前追。一气儿跑了三五十里，真追着了。两个师傅和两国的兵车碰上了。管仲瞧见公子小白坐在车里，就跑过去，说："公子上哪儿去呀？"小白说："回国办丧事去。”管仲说：“有您哥哥，您就别去了，省得叫人家说闲话。”鲍叔牙虽说是管仲的好朋友，可是他为了护着自己的主人，就睁大了眼睛，说：“管仲，各人有各人的事，你管得着吗？”旁边的士兵们挺横地吆喝着，好像就要动手似的。管仲不敢多说，跟斗败的公鸡似的退下来，心里直不舒坦，总得想个法子不叫小白进去才好哇。他就偷偷地拿起弓箭，对准公子小白，嗖地一箭射过去。公子小白大叫一声，口吐鲜血，倒在车里，眼看活不成了。鲍叔牙赶紧去救，也来不及了。大伙儿一见公子给人害了，全哭了起来。管仲赶紧带着人马逃跑。跑了一阵，想着公子小白已经死了，公子纠的君位稳了，就不慌不忙地保护着公子纠回到齐国去。

谁知道管仲射中的是公子小白的带钩。公子小白吓了一大跳，又怕再来一箭，就故意大叫一声，咬破舌尖，摔在车里，连鼻子带门牙都摔出血来了。等大伙儿一哭，他才睁开眼睛，松了一口气。鲍叔牙叫人抄小道使劲地跑。管仲他们还在道上，他们早到了临淄了。鲍叔牙跟大臣们争论着要立公子小白。有的说：“已经派人上鲁国接公子纠去了，怎么可以立别人呐？”有的说：“公子纠大，照理应该立他。”鲍叔牙说：“齐国连着闹了两回内乱，这会儿非立一位有能耐的公子不可。再说，要是让鲁国立公子纠，他们准得要谢礼。从前郑国让宋国立了子突，把国库都闹空了。宋国年年向他们要谢礼，弄得老不太平。咱们还得学郑国的样儿吗？”他们听了这话，觉得也有道理，就立公子小白为国君，就是齐桓公。又打发人去对鲁国说，齐国已经有了国君，请他们别送公子纠来了。可是鲁国的兵马已经到了齐国地界。齐国就发兵去抵抗。鲁庄公就说是泥人儿，也有土性子，就跟齐国打起来了。没想到在乾时(齐地，在山东省淄博市临淄西南)打了个败仗，大将曹沫差点丧了命。鲁国的兵马败退下来，连鲁国汶阳(汶阳，在山东省宁阳县北)的土地也给齐国夺了去。

鲁庄公正在气头上，齐国又打上来了。要鲁国杀了公子纠，交出管仲。要不，就不退兵。齐国多强啊，鲁国没有法子，都依了，就逼死了公子纠，拿住了管仲。谋士施伯说：“管仲本事大，别放他回去。咱们留下他，自己用吧。要不，就杀了他。”齐国的使者央告说：“他射过国君，国君非得把他亲手杀了不能解恨。”鲁庄公就把公子纠的脑袋和活着的管仲交出去。管仲在囚车里想：“让我活着回去，准是鲍叔牙的主意。万一鲁侯后悔，叫人追上来怎么办？”他就在路上编了个歌，教随从的人唱。他们一边唱，一边赶路，越走越带劲，两天的道儿一天半就走了啦。赶到鲁庄公后悔了，再叫人追上去，他们早出了鲁国地界了。

齐桓公听从鲍叔牙的举荐，拜管仲为相国。

管仲到了齐国，好朋友鲍叔牙先来接他，还把他介绍给齐桓公。齐桓公说：“他拿箭射过我，要我的命，你还叫我用他吗？”鲍叔牙说：“那会儿他帮着公子纠，是他的忠心！论本领，他比我强得多。主公要是能够用他，他准能给您干出大事来。”齐桓公就依了他的话，拜管仲为相国。

18 一鼓作气

齐桓公拜管仲为相国的信儿传到了鲁国，鲁庄公气得直翻白眼。他说：“我当初真不该不听施伯的话，把他放了。什么射过小白，要亲手杀他才出气。他们原来把我当作木头人儿，捏在手里随便玩儿，随便欺负，压根儿就没把鲁国放在他们的眼里。照这么下去，鲁国还保得住吗？”他就开始练兵，造兵器，打算报仇。齐桓公听了，想先下手，就要打到鲁国去。管仲拦着他，说：“主公才即位，本国还没安定下来，可不能在这会儿去打人家。”齐桓公正因为刚即位，想出风头，显出他真比公子纠强得多，也好叫大臣们服他，叫公子纠在地底下不敢怨他，要是依着管仲先把政治，军队，生产一件件都办好了，那还不知道要等到什么时候。他就叫鲍叔牙当大将带领大军，一直打到鲁国的长勺（shuò；长勺，古地名，在山东省莱芜市东北）去。

鲁庄公气了个半死，脸红脖子粗地说：“齐国欺负咱们太过分了！施伯，你瞧咱们是非得拼一下子不可吧？”施伯说：“我推荐一个人，准能对付齐国。”鲁庄公急着问他：“谁呀？”施伯说：“这人叫曹刿（guì），挺有能耐，文的武的都行。要是咱们真心去请他，他也许能出来。”鲁庄公就叫施伯快请去。

施伯见了曹刿，把本国给人欺负的事说明白了，又拿话激他，想叫他出来给本国出点力气。曹刿笑着说：“怎么？你们做大官吃大肉的还要跟我们吃苦菜的小百姓商量大事吗？”施伯陪着笑脸说：“好兄弟，别这么说了。”他一死儿央告，怎么也得求曹刿帮助国君过了这道难关。曹刿就跟着他去见鲁庄公。鲁庄公问他怎么打退齐国人。他说：“那可说不定。打仗是个活事儿，要随机应变，没有什么不变的死法子。”鲁庄公相信他有本事，就同他带着大军上长勺去。

到了长勺，摆下阵势，远远地对着齐国的兵营。两国军队的中间隔着一片平地好像是一条干了的大河，两边的军队好像是挺高的河堤。哪一边都能往中间倒下，什么时候都能把这河道填满。鲍叔牙上回打赢了，知道对面不能先动手，就下令打过去。鲁庄公一听见对面的鼓声响得跟打雷似的，就叫这边也打鼓。曹刿拦住他，说："等等。他们打赢了一回，这会儿正在兴头上。咱们出去，正合了他们的心意，不如在这儿等着，别跟他们打。"鲁庄公就下令，不许嚷，不许打，光叫弓箭手守住阵脚。齐国人随着鼓声冲过来，可没碰上对手。瞧瞧对手简直像铁一般地硬，没法打进去，就退回来了。待了一会儿，又打鼓冲锋。对手呐，好像在地下扎了根似的动也不动，一个人也不出来。齐国人白忙了半天，使不出劲儿去，真没有意思，嘴里直叨唠。鲍叔牙可不灰心，他说："他们不敢打，也许是等着救兵呐。咱们再冲一回，不管他们出来不出来，一直冲过去，准能赢了。"这就打第三通鼓了。那伙子士兵都腻烦死了。明知道鲁国人只守不战，干么还去呐？命令又不能不依，去就去吧。就又跑过去了。谁知道对面忽然"咚咚咚"鼓声震天价响，鲁国的将士"哗"一下子都冲出来，就跟雹子打荷叶似的打得齐国兵马全垮了。鲁庄公就要追。曹刿说："慢着，让我瞧瞧再说。"他就站在兵车上，手搭凉棚往前瞧，瞧了一阵，又下来看看敌人的车印和脚印，才跳上车去，说："追上去吧！"就这么追了三十多里，得着了好些敌人的兵器和车马。

鲁庄公赢了，问曹刿："头两回他们打鼓，你为什么不许咱们打鼓呐？"曹刿说："打仗全凭一股子劲儿。打鼓就是叫人起劲儿。头一回的鼓顶有力。第二回就差了。第三回就是响得怎么厉害，也没有劲儿了。趁着他们没有劲儿的时候，咱们'一鼓作气'打过去，怎么不赢呐？"鲁庄公直点头，可还不明白人家跑了为什么不赶紧追上去。曹刿说："敌人逃跑也许是假的，说不定前面有埋伏，非得瞧见他们旗子也倒了，车也乱了，兵也散了，才能够大胆地追上去。"鲁庄公挺佩服地说："你真是个精通兵事的将军。"

齐桓公打了败仗，直不痛快，手指头净擦着冒汗珠的鼻子，好像汗一擦了，他就能把受到的欺负洗干净似的。他那鼻子可不听话，刚一擦干，汗珠又冒出来。齐桓公直生气，更恨鲁国。他叫人上宋国借兵去。管仲也不理他。管仲是有主意的：他知道齐桓公不碰几回钉子，不会懂得请教别人。齐桓公就又出了一回兵。宋闵公（宋庄公冯的儿子）派南宫长万帮齐国打鲁国。齐国又打败了，连宋国的大将南宫长万也给抓了去，当了俘虏。齐桓公连着打了两回败仗，自己认了输，向管仲认错。管仲就请他整顿内政，开发富源。开铁矿，设置铁官，用铁制造农具，这就大大提高了耕种的技术；设置盐官煮盐，鼓励老百姓捕鱼。离海较远的诸侯国不得不依靠齐国供应食盐。管仲自己原来是经商出身，他很重视通商和手工业。他说服了齐桓公，分全国为士乡(就是农乡)和工商乡。优待工商，不服兵役，让他们成为专门职业；优待甲士，不要他们耕种，让他们专练武艺。这些事都做得很不错，齐国富强起来了。一边加紧训练兵马，用青铜制造兵器。齐桓公信服他极了，就听他的话去跟鲁国交好，还叫鲁国别跟宋国计较从前的事。鲁国有了面子，把宋国的俘虏南宫长万也放回去了。打这儿起，三国交好。齐桓公就想多多联络别的诸侯，大伙儿订立盟约，辅助王室，抵抗外族，自己做个霸主。

19 北杏大会

公元前681年(周庄王的儿子周僖王元年，齐桓公五年，鲁庄公十三年)，齐桓公对管仲说："这会儿齐国兵精粮足，能不能会合各国诸侯？"管仲说："咱们凭什么去会合诸侯呐？周朝的天王虽说不强，到底是列国诸侯共同的主子。主公能够奉着天王的命令，才能够把天下的诸侯都会合起来，大伙儿才能商量办法，订立盟约，共同保卫中原，抵抗外族；往后谁有难处，大伙儿帮他；谁不讲理，大伙儿管他。到了那会儿，主公就是不做霸主，别人也得推举您。"齐桓公说："你说得对。可是怎么着手呐？"管仲说："名目倒有一个，天王(周庄王)归天，新王(周僖王)才即位，主公可以派人去道喜，顺便跟他说起宋国有内乱，新君也才即位，请天王出令规定宋国的君位。只要主公得了天王的命令，就能够会合列国诸侯了。"齐桓公同意照办。

说到周朝，从郑庄公跟周桓王对打，祝聃射伤了天王的肩膀，后来齐襄公又会合了宋、鲁、陈、蔡打败了周庄王，早就没有什么势力了。列国诸侯都不去朝见他。本来嘛，诸侯定期朝贡，是王室重要的收入。东周的天王失去了这笔重要的收入，连带失去了天王的威风，就这么成了又穷又弱的一个大傀儡。这会儿周僖王刚即位，看见齐国派使臣来朝见，直欢喜。他就请齐桓公去规定宋国的君位。齐桓公奉了这道命令，大大方方地通告宋、鲁、陈、蔡、卫、郑、曹(在山东省定陶县西北)、邾(在山东省邹城市东南，邾国后来称为邹国)各国，约他们三月初一到北杏(齐国地名，在山东省东阿县北)来开大会，一块儿决定宋国的事情。

宋国的事是从宋闵公起的。为的是南宫长万给鲁国抓了去，当过俘虏，宋闵公就老冷言冷语地笑他。大夫仇牧劝他别这么着。宋闵公有点孩子气，老喜欢闹着玩儿，说话占便宜。有一天，宋闵公跟南宫长万比戟，宋闵公输了。他心里害臊，想比别的，好叫面子上过得去。就跟南宫长万下棋，说定谁输一盘，罚酒一大盅。南宫长万连着输了五盘，喝了五大盅。宋闵公得意洋洋地说："你是给人家打败了的将军，怎么能跟我比呐？"旁边伺候的人都笑了。南宫长万没有说的，只好压住这口气。正好天王归天的信儿到了。南宫长万就说："要是主公打算叫人去吊孝，派我去得了。我还没上过洛阳，也好叫我见见世面。"宋闵公说："宋国就没有人了吗？怎么能派一个俘虏去当使臣呐？"大伙儿知道这是成心臊他，都跟着直笑。南宫长万实在耐不住了，再说又多喝了几盅，当时起了牛性子，大声地说："你这昏君！你知道俘虏也能杀人吗？"宋闵公也挂了火儿，说："你敢！"说着就抄起戟来刺南宫长万。南宫长万手快，拿起棋盘，一下子把宋闵公的脑袋砸破了。手下的人吓得四处乱跑。南宫长万顺手拿了一枝戟出来，碰见了大夫仇牧。仇牧问他："主公在哪儿？"他说："早给我打死了。"仇牧一听直气，明知道不是南宫长万的对手，可还赶过去跟他拼命。南宫长万把他也杀了。太宰华督听见了这件事，赶紧坐上车，要出兵。半路上碰见南宫长万，倒叫南宫长万当胸一戟，也丧了命。

南宫长万立宋闵公的叔伯兄弟公子游为国君。宋闵公的亲兄弟御说跑到外国借兵给他哥哥报仇。宋国的老百姓和公子御说的兵马合在一块儿，杀了公子游和南宫长万，立公子御说为国君。

管仲就借着这个题目，要齐桓公奉着天王的命令召集列国诸侯规定公子御说的君位。齐桓公说："这回开会，得带多少兵车？"管仲说："主公奉了天王的命令开大会，要兵车干什么？咱们开的是'衣裳之会'(不带兵车的和平会议)。"齐桓公就叫人先上北杏去布置会场，会场上有天王的座儿。

到了二月底，宋公子御说先到了，谢过了齐桓公定位的一片好意。接着陈国、蔡国、邾国的诸侯也到了。他们一看齐桓公不带兵车，就挺不好意思地把自己的兵车撤到二十里开外去了。通知了八个诸侯，才来了四个，怎么办？ 齐桓公直皱眉头子，想改个日期。 管仲说：“三人成众，这会儿已经有了五个国家，也不算少了。 要是改了日期，倒显着自己说的话算不了数。”五个诸侯就依照原定的日子开会。

齐桓公拱着手对四国的诸侯说：“王室失了势，各国诸侯好像没有个共同的主人似的，弄得国内常出事儿，国外乱打一气。 天下大乱，人心惶惶。 鄙人奉了天王的命令，请各位来规定宋国的君位，再商量办法，大伙儿扶助王室，抵御外族。 今天要这么做，得推一人为主，才带得起来。”

他们听说要推一个人做头儿，就咬开耳朵了。 推谁呐？ 论地位，宋国是公爵（第一等诸侯），齐国是侯爵（第二等诸侯），宋公的爵位比齐侯的高。 论实情呐，宋公的君位还得齐侯来定，怎么能推他呐？ 这就嘁嘁喳喳地推不出来了。 后来还是陈宣公找出了一个挺正当的理由，他站起来说：“天王托付齐侯会合诸侯，就该推他为主，还用说吗？”大伙儿都赞成。 齐桓公少不了推让了一阵子，就正经八百地当上领袖了。 他领着诸侯们先向天王的座儿行礼，再大伙儿行礼。 当时商量了一下，订了盟约，大意说：

某年某月某日，齐小白、宋御说、陈杵臼、蔡献舞、邾克等，奉了天王之命，在北杏开会。共同决定：一心扶助王室，抵御外族，并帮助弱小的和有困难的诸侯；有违反本约者，共惩罚之。

这会儿管仲走上台阶，说：“鲁、卫、曹、郑不听天王的命令，不来开会，非得惩罚他们不可。”齐桓公说：“敝国的兵马有限，请各位帮忙。”陈、蔡、邾三国的诸侯一齐说：“当然！ 当然！”就是宋公御说不出声。

当天晚上，宋公御说对同来的人说：“齐侯自己以为了不得，真叫人生气。 咱们宋国是头等诸侯，倒听人家二等诸侯的？ 再说咱们这次来是要他们定我的君位。 这会儿君位也定了，还跟着他们干么？”那批臣下都说：“是啊！ 咱们先回去得了。”没等天亮，他们就偷偷地走了。

第二天齐桓公听说宋公御说没告辞走了，就要出兵去追。 管仲说：“宋国远，鲁国近。 要打先打鲁国。”齐桓公问他：“别的诸侯呐，叫他们也出兵吗？”管仲说：“齐国的威信还不大，他们未必乐意听咱们的。 再说这回也用不着别人帮忙。 还是让各位君主回去吧。”他们就散了会，走了。 齐桓公出兵直往鲁国。 鲁庄公向大臣们讨主意。 施伯说：“不如和了吧。 人家奉了天王的命令叫咱们去开会，咱们不该不去。”正商量呐，又接着齐桓公的信。 太夫人文姜听见了，也叫她儿子跟齐国交好。 鲁庄公回了信，要求齐国先退兵，他随后就去会盟。

齐桓公就先退了兵，再请鲁庄公到柯（齐国地名，在山东省阳谷县东北）去订盟约。鲁庄公带着大将曹沫到了柯地，就瞧见会场前后全是齐国的兵马，挺怕人的，吓得鲁庄公心里直发毛。曹沫紧跟着他上了台阶。鲁庄公见了齐桓公，就像小媳妇儿见了恶婆婆似的，心头扑腾扑腾地直跳。才说了几句话，齐国的大臣就捧着装着牛血的铜盘，请两位君主“歃血为盟”（是一种郑重的会盟仪式。蘸点牛血抹在嘴上，表示对天起誓的意思；歃shà）。正在这一眨巴（眨zhǎ）眼儿的工夫，曹沫跑上一步，一手拿着剑，一手拉住齐桓公的袖子，就像要行刺似的。管仲赶紧遮住齐桓公，说：“大夫干么？”曹沫说：“敝国好几回给人欺负，国都快亡了。你们不是说‘帮助弱小的和有困难的诸侯’吗？怎么不给鲁国想想呐？”管仲说：“你要怎么着？”曹沫说：“你们欺负我们，霸占了我们汶阳的土地。你们要是真心订立盟约的话，就得先退还这块地！”管仲回头对齐桓公说：“主公答应他吧！”齐桓公擦着鼻子上的汗珠，对曹沫说：“大夫别着急，我答应就是了。”曹沫这才收起剑，接过铜盘，请两位诸侯“歃血”。等他们歃完了，他又对管仲说：“您是管齐国政事的，我也跟您‘歃血’吧！”齐桓公说：“不用了。你放心，我对天起誓，准退还汶阳之田。”曹沫这才放下铜盘，向齐桓公拜了两拜。

散了会，齐国的大臣全都挺生气地说：“他们在这儿就跟网里的鱼似的，还逃得了吗？干脆杀了他们得了，也出出刚才的气！”齐桓公也有点后悔，听了这话，更想治他们一下。管仲可变了脸，说：“这叫什么啊？咱们答应了就不能反悔。有了那块地，天下的人都不信服咱们；没有那块地，天下的人都信服咱们。哪样儿值啊？”齐桓公到底是齐桓公，就好好地招待了鲁庄公。当天把土地交割清楚。鲁庄公他们心满意足地回去了。各国诸侯听见退地的信儿，不由得都服了齐桓公。接着卫国、曹国都派人来赔不是，要求订立盟约。齐桓公就约他们一块儿去打宋国。

20 一个看牛的

公元前680年（周僖王二年，齐桓公六年），齐桓公打发使臣上周朝报告宋桓公御说不听天王命令的事，央告天王出兵去征伐宋国。天王就出兵去会齐桓公。陈国、曹国也出兵帮忙。齐桓公派管仲先带着一队人马去接他们，自己在后头带领着大队兵马往前走。

管仲到了猺山（在山东省淄博市临淄；猺 náo），瞧见一个看牛的，穿着短衣短裤，光着腿，戴着一顶破草帽，唱着山歌，看起来一点不像个粗人。管仲想："这个人瞧着好像挺有本领。不说别的，光他那对眼睛就够聪明的。"他就叫人找他来聊聊。那个人拴了牛，整一整破衣裳，来了。管仲问他叫什么。他说："我叫宁戚，卫国人。听说齐国的相国挺了不起，我就离开了本国，想在相国手下找个出身。就是没有人引见，自己又穷，没法子，只好给人家看牛。"管仲问了好些话，他对答得好极了。可真是个人才。管仲对宁戚说："我就是相国，我们的国君在后边。我给你写一封信，你拿着去见他，他准会重用你。"他当时写了一封信，走了。

宁戚在猺山底下等着齐国的大军。过了三天，他瞧见前面来了好些兵马。临近的庄稼人都躲开了。他可拿着破草帽，站在大道旁边等着。等到国君的车马过来，他就提高嗓门唱开了，唱的是：

沧浪水，白洋洋，
有鲤鱼，尺半长；
恨尧舜，碰不到，
肚中饥，身上凉；
路难行，暗摸索，
哪时候，天才亮？

他唱了一遍又一遍，齐桓公听见了，叫他上来，问他："你是什么人？敢在这儿讽刺朝廷？"他说："我叫宁戚，卫国人，是个看牛的。光知道唱歌，不敢讽刺谁。"齐桓公仰着鼻子，说："这会儿上头有天王管理天下，下头有我会合诸侯，大伙儿相帮相助，老百姓全都安生。尧舜的时候也不过如此。你怎么说'恨尧舜，碰不到'，还说'哪时候，天才亮？'难道说这会儿天还黑着吗？你说说！"说着，挺横地瞧着宁戚。宁戚不慌不忙地回答说："您要我说，我就说吧！北杏开会，宋国的君臣半夜偷着跑了。柯地会盟，曹沫行刺。尧舜的时候是这样的吗？年年打仗，闹得老百姓妻离子散，叫苦连天。您还当'老百姓全都安生'吗？您借着天王的名儿，打了东边打西边，对弱小的诸侯就吓唬他们，欺负他们。这算是天亮了吗？ 您说说！”齐桓公听了，一肚子的火往上冒，太阳穴旁边的青筋都直跳，嚷着说：“反了，反了！ 来人哪！ 把这个看牛的给我杀了。”武士们一窝蜂似的把宁戚绑了。 宁戚脸色不变，还挺得意地笑着说：“桀王（桀jié）杀了关龙逄（páng），纣王（纣 zhòu）杀了比干，今天您杀了我，我宁戚当上第三条好汉了！ 哈哈！ 哈哈！”齐桓公想了一下，叫人把他放了，说：“我怎么真能把你杀了呐？ 我试试你的胆量啊！ 你够得上个好汉！”

到这会儿宁戚才把管仲写的那封信拿出来交给齐桓公。 齐桓公瞧了，咕嘟着嘴，翻了一下白眼，说：“真有你的！ 怎么不早点拿出来呀！”宁戚笑着说：“国君用人得挑选挑选，还得试试他的胆量。 我帮国君也得挑选挑选，试试他的度量啊！”齐桓公笑了一笑，把他拉上车，走了。

到了晚上，兵马驻扎下来。 齐桓公赶紧叫人找衣裳、帽子。 有个臣下说：“是不是要给宁戚拜官？”齐桓公说：“不错，你去把官衣官帽拿来吧！”那个臣下说：“干么这么急？ 他说他是卫国人，咱们也得去打听打听。 他要真是个能人，再叫他做官也不晚！”齐桓公说：“打听什么？ 相国推荐的还能错吗？ 要用他就得相信他。”就连夜在烛光底下拜他为大夫。

宁大夫跟着齐桓公的大军到了宋国的边界上。 陈国、曹国和管仲的兵马都等在那儿了。 天王的兵马也随着到了。 齐桓公就准备进攻。 宁戚说：“主公奉了天王的命令会合诸侯，顶好是讲理不动武。 实在没有法子要用武的话，也得先礼后兵。 让我先去见宋公，劝他跟咱们和了，好不好？”齐桓公拍着他肩膀说：“你真行！”

宁戚见了宋公御说就说：“宋国真危险哪！”宋公说：“怎么？”他说：“天王失了势力，上头没有人管，诸侯大伙儿乱打，谋君篡位的事连着不断。 哪一个国君不想找个办法好好地管理国家？ 齐侯奉了天王的命令，在北杏开会，确定了您的君位，订了盟约。 这对宋国、对天下都有好处。您可不守盟约，半道走了。 这已经不对了。 这会儿天王带着各国诸侯来责问您，您怎么还想回手呐？ 天王责问您，名正言顺；您要还手，可就没有理了。 哪一边理长，哪一边理短，哪一边能打胜，哪一边要打败，您这么贤明的君主还能瞧不出来吗？ 得赶快想法子，别跟着糊涂人，您也糊涂起来了。”宋公一直听着他，听得只能连连点头，插不进嘴。 等他说完了，他才低着头，问：“大夫有何高见？”宁戚说：“依我说，不如送点礼表表心意，再跟齐国订个盟约。 这么着，天王和各国诸侯都跟您交好，宋国就稳了。”宋公怕没有这么容易，就说：“这会儿齐国的大军已经到了这儿，还能随随便便地收我的礼吗？ 再说厚礼送不起，薄礼又拿不出手去。 送什么才好呐？”宁戚说：“齐侯多宽大啊，一点不记仇。 您瞧管仲放过冷箭，这会儿还当着相国呐。 鲁国不也跟您一个样儿吗？ 齐侯怎么待他来着？ 柯地一订盟约，连汶阳之田都退还了。 我说的礼，只在心意，不在值钱不值钱。”宋公就托他先去跟齐桓公说情，接着派人带了礼物，上齐侯跟前认了错。

齐桓公把那份礼物奉给天王的使者，答应宋国再加入盟约。 大伙儿这才高高兴兴地散了。 这么一来，当初北杏开会通知的九个诸侯，已经有了八国（就是齐、宋、鲁、陈、蔡、卫、曹、邾）订了盟约，只剩下一个郑国还站在“南蛮子”那一边。

21 老马识途

有一天，管仲对齐桓公说：“郑国向来不服天王，这时候又跟楚国（都城在湖北省秭 zǐ 归县东，后来迁都到郢 yǐng，就是湖北省江陵县，中原诸侯把楚国看作蛮族，到了战国的时候，楚国扩张到现在的湖南、湖北、安徽、江苏、浙江等地方）拉拢到一块儿。 主公要扶助王室，抵御蛮族，非得先收服郑国不可。”宁戚也说：“郑国从郑庄公死了以后，四个公子抢君位，简直闹得不像话。 咱们先君（指齐襄公）杀了子亹，原来想叫子突回去复位，没想到祭足立了子仪。 现在祭足死了，要是主公帮助子突复位，他一定一辈子也忘不了您，还不听您的话来订盟约吗？”

齐桓公听了他们的话，帮助子突打进郑国去，杀了子仪。 子突又做了国君，加入了中原的联盟。 没想到楚国跟着就打郑国，郑国给楚国打得没有办法，只好退出齐国这一边，又依附了楚国。 齐桓公知道要叫郑国一心归附，非把楚国打败不可。

齐桓公这儿正和管仲算计着怎么去征伐楚国，燕国（在北京市大兴县，是周武王封给召公的）派使者来请救兵，说北边的山戎侵略进来，来势非常凶猛，燕国人已经打了几个败仗，眼瞧老百姓都要给山戎杀害了，央告齐侯快点去救。 管仲对齐桓公说：“主公要征伐楚国，先得打退山戎。 北方太平了，才能够专心对付南方的蛮族。”齐桓公就带领着大队人马去救燕国。

公元前663年(周僖王的儿子周惠王十四年,齐桓公二十三年,鲁庄公三十一年,燕庄公二十八年),齐国的大队人马到了济水(齐、鲁分界线,东边叫齐济,西边叫鲁济),鲁庄公来迎接他们。齐桓公把去征伐山戎的事告诉了他。鲁庄公说:“您出来抵御北方的外族,不让他们侵略进来,不光是燕国,就是对我们鲁国也有好处。我愿意派一队人马跟着您去。”齐桓公正想建立武功,征伐山戎很有把握,就说:“北方路远,道上又有危险,我不敢麻烦您。万一需要更多的人马,那时候我再请您帮忙。”鲁庄公就依了齐桓公的话。

齐国的大队人马到了燕国,山戎早已抢了一批壮丁和女子和无数值钱的东西逃回去了。管仲说:“山戎没打就走,等到咱们一走,他们准又来抢掠。要安定北方,非打败山戎不行。”齐桓公就决定再向前进。燕庄公(燕国第十七代国君)要带领着本国的人马作为前队。齐桓公说:“贵国的人马刚跟敌人打了仗,已经辛苦了,还是放在后队吧。”燕庄公又对齐桓公说:“离这儿八十里地,有个小国,叫无终国(在河北省玉田县),跟我们有点交情。要是把他们请出来帮帮忙,咱们可就有了带道的了。”齐桓公立刻派人带了礼物去请无终国国君。无终国国君也真派了大将来助战。齐桓公就请无终国的人马带路。

齐国、燕国、无终国的人马打败了山戎。山戎的头儿密卢向北边跑去,抛下了马、牛、羊、大豆、帐篷等不少东西,都给中原的人拿回来了。他们又救出了不少从燕国掳去的壮丁和女子。山戎的老百姓投降了。齐桓公打算收服山戎,嘱咐将士们不许杀害他们。山戎人做梦也想不到打了胜仗的会这么宽待他们,简直感激得要哭出来了。齐桓公问他们:“你们的头子逃到哪儿去了?”他们实话实说:“到孤竹国(在辽宁省朝阳县到河北省卢龙县一带地方)借兵去了。”齐桓公和管仲决定再去征伐孤竹国,好叫中国的北方能有太平的日子。三国的人马就又往北前进。

中原的大队人马到了孤竹国附近的地方,就碰见山戎的头儿密卢和孤竹国的大将黄花,每人带着一队人马前来对敌。他们又给齐国打了一个败仗。齐桓公一瞧天也不早了,就安营下寨,打算休息一夜,明天再去攻打孤竹国。到了头更天的时候,齐国的士兵带着孤竹国的大将黄花来见齐桓公。齐桓公一瞧他双手捧着一颗人头,就问他:“你来干什么?”黄花跪在地下,奉上人头,说:“我们的头子答里呵不听我良言相劝,非得帮助山戎不行。这会儿我们打了败仗,答里呵把老百姓都带走,还亲身到沙漠去请救兵。我就杀了山戎的头子密卢来投降,情愿在大王手底下当个小兵。您的人马去追赶答里呵,我可以带路,省得他回来报仇。”齐桓公和管仲把那颗人头仔细瞧了一阵子，又叫将士们认了认，真是密卢的脑袋。大概他们是窝里反了。齐桓公就把黄花留下。第二天，齐桓公和燕庄公跟着黄花进了孤竹国的都城，果然是一座空城。齐桓公叫燕庄公带着燕国人，守住孤竹国的都城，自己带着全部人马跟着黄花去追答里呵。

黄花在前头带道，中原的队伍在后头跟着，浩浩荡荡，一路走去。到了快掌灯的时候，他们到了一个地方，当地人把它叫“迷谷”，又叫“旱海”。那地方就跟大海一样，没边没沿，别说是在晚上，就是在大天白日，也分不出东南西北来。中原人哪儿到过这样的地方啊！大家伙儿全迷了道儿。齐桓公和管仲急得什么似的赶紧去问黄花。喝！哪儿还有他的影儿？大伙儿才知道中了黄花的诡计。原来黄花杀了山戎的头子密卢，自己想做头子，倒是真的；投降中原可是假的。天一会儿比一会儿黑，又碰上冬天，西北风一个劲儿地刮着。大伙儿冻得直打哆嗦。

往后越来越黑，真是天昏地暗，什么也瞧不见。他们就在这没边没沿黑咕隆咚的迷谷里冻了一夜。好容易盼到天亮，可是又有什么用呐？眼前还是黄澄澄的一片，道儿在哪儿呐？这块鬼地方连一滴水都没有。就因为没有水，不打算喝的也渴了；想喝的就更渴了。你有多大的力气也没法跟这冷清清的荒地斗哇！大伙儿正干瞪眼没辙的时候，管仲猛然想出一个主意来了。一只狗、一只鸽子，还有蜜蜂，不管离家多远，向来不会迷路的。他就向齐桓公说：“马也许能认得路。不如挑几匹无终国的老马，让它们在头里走，咱们在后头跟着，也许能走出这块地方。”齐桓公说：“试试瞧吧。”他们就挑了几匹老马，让它们领路。这几匹老马居然领着大队人马出了迷谷，回到原来的路上。大家伙儿这才透了一口气。

齐桓公的大队人马出了迷谷，走到半路，瞧见一批老百姓走着，好像搬家一样，就派几个人打扮成过路的老百姓，问他们：“你们这是干什么呐？”他们说：“我们的大王打退了燕国的人马，现在叫我们回去。”齐桓公和管仲这才明白当初所瞧见的空城也是黄花和答里呵使的诡计。管仲就叫一部分士兵打扮成孤竹国老百姓，混进城去。到了半夜，混进城里的士兵放了一把火，从城里杀出来，城外的大军从外边打进去，直杀得敌人叫苦连天。黄花和答里呵全给杀了，孤竹国也就这么完了。

齐桓公对燕庄公说：“山戎已经赶跑了，这一带五百多里的土地都是燕国的了，别再放弃。”燕庄公说：“这哪儿行啊！托您的福，打退了山戎，救了燕国，我们已经感激不尽了。这块土地当然是属于贵国的了。”齐桓公说：“齐国离这儿那么远，叫我怎么管得了哇？燕国是中国北边的屏障，管理这个地方是您的本分。您一方面向天王朝贡，一方面守着中国的北部，我也有光彩！”燕庄公不好再推，就谢了谢齐桓公。燕国一下子增加了五百多里的土地，变成了大国。

北半边算是平定了，齐桓公领着大队人马动身回去，燕庄公当然亲自欢送。他非常感激齐桓公，真舍不得分开，送着送着，不知不觉地送到了齐国的长芦(在河北省沧县西北)，出了燕国有五十多里地了。可是“送客千里，终须一别”。齐桓公跟燕庄公分手的时候，猛然想起来一件事。他说：“依照朝廷的规矩，诸侯送诸侯不能离开本国的地界。我怎么能叫您不守规矩呐？您就送到这儿为止，五十里齐国的土地全送给您！”燕庄公再三推辞，齐桓公一心要人家认他是诸侯的领袖，一定要他守规矩。燕庄公只好答应了。

22 平定鲁国

齐桓公到了离鲁国不远的地方，就瞧见鲁庄公在那儿等着他了。齐桓公把那些从山戎和孤竹国拿来的东西分了一部分给鲁国。这些东西里有从来没见过的，尤其是从山戎带来的一种豆子，要比中原的绿豆、豇豆大得多，黄澄澄的简直跟金子似的，大家伙儿全把它叫“大豆”。鲁庄公谢了谢齐桓公，也像燕庄公一模一样，真舍不得离开他。鲁庄公正为了自己哥儿们中间的不和还有往后鲁国的事情，心里非常不得劲儿，一肚子的话满打算跟这位诸侯的领袖谈一谈。可是又由哪儿谈起呐？左思右想心不定，他只好跟齐桓公分手，别别扭扭地回去了。

原来鲁庄公有个哥哥，叫庆父，还有两个兄弟，一个叫叔牙，一个叫季友。庆父和叔牙是姨太太生的。他们俩是一派。鲁庄公和他亲兄弟季友又是一派。这两个母亲所生的哥儿四个分为两派，已经够麻烦的了，再加上鲁庄公有四个媳妇儿，三个儿子，家里就更乱了。

鲁庄公还没娶正夫人以前，就有了两个姨太太，一个叫党孟任，一个叫风氏。党孟任挺有见识，她怕国君未必真能爱她，因此鲁庄公私底下想娶她的时候，她不答应。可是她越不答应，鲁庄公越想娶她，低声下气地对她说：“你要是答应了，我将来一定立你为夫人。”他还对天起过誓。党孟任怕他起誓当白玩儿，就把自个儿的胳膊咬出血来，叫他抹在他嘴上，算是对老天爷“歃血为盟”。这一对有情人，你爱我怜地都满意了。过了也就有一年吧，党孟任给他生了个儿子叫公子般。鲁庄公打算立党孟任为夫人，公子般为太子。可是他母亲文姜不答应，一定要他跟齐襄公的女儿订婚，她说：“齐是个大国，咱们要是亲上加亲，往后鲁国也有个依靠。”鲁庄公只好听他妈的话。他跟党孟任订的盟约就算吹了。可是他那未婚妻还只是个怀抱里的小娃娃！真要打算娶她的话，还得再过十多年呐。在这空儿，党孟任虽说不是夫人，事实上也等于是夫人了。

鲁庄公第二个姨太太叫风氏，也给他生了个儿子，叫公子申。风氏知道党孟任不是夫人，公子般也不是太子，说不定公子申也能当上太子。她就找叔叔季友，求他帮忙，往后好叫公子申做国君。季友倒是大公无私的。他说：“论岁数公子般比公子申大，我可不能答应你这个。可是我一定尽力辅助公子申就是了。”风氏听了这话，也只能就这样算了。

鲁庄公有了党孟任和风氏，已经生了公子般和公子申以后，才依从了母亲文姜临终的嘱咐，正式娶齐襄公的女儿做夫人，就是以后叫哀姜的。就在那时候，党孟任病了，没有多少日子她死了。鲁庄公忘不了当初跟党孟任订的盟约，可是他以前不敢不听他母亲的话，这会儿更不敢得罪夫人哀姜，只好眼里瞧着党孟任的尸首，心里祷念着：“反正我心里把你当夫人看待就是了。”他跟没事似的把党孟任用安葬姨太太的仪式安葬了。党孟任一直到死也没当上夫人，胳膊上的血算是白流了。

鲁庄公对不起党孟任，可并不喜爱哀姜，就因为她是仇人的闺女。鲁庄公要打算孝顺他爹，就得甩了哀姜；要打算听他妈的话，就该爱哀姜。这可怎么办呐？鲁庄公有他自己的主意。为了孝顺母亲，他娶了哀姜；为了孝顺父亲，他不爱她。就这样心安理得的了。哀姜也没生过儿子。她妹妹叔姜是跟着姐姐陪嫁过来的。她倒生了个儿子，叫公子开。这么着，鲁庄公有四个媳妇儿，三个儿子。四个媳妇儿是：党孟任、风氏、夫人哀姜和叔姜。三个儿子是：公子般、公子申和公子开。夫人哀姜虽然得不到丈夫的欢心，可是另有爱她的人。这位情人长得甭提多漂亮，学问甭提多好，要比鲁庄公可强得多了。他不是外人，正是哀姜的大伯子，鲁庄公的异母哥哥公子庆父。公子庆父不但跟哀姜挺热乎，还拉上了公子叔牙，三个人成为一党，打算鲁庄公死了以后，一个做国君，一个做夫人，一个做相国。

公子般有个马夫叫荦(luò)。有一天，马夫荦鼻青脸肿、一瘸一拐地来见庆父，说公子般打了他，求他做主。庆父问他：“他为什么打你呀？”马夫荦半吞半吐地说出来了。原来马夫荦向公子般的未婚妻调情，给公子般撞上了。公子般打了他三百鞭子，打得马夫荦身上一块儿好肉都没有。公子庆父就把他收留下来，叫人给他上了药，又好言好语地安慰了他。就这档子事来说，庆父断定公子般没有多大的出息。他认定公子般没有鲁庄公那么忠厚，可也不像齐襄公那么狠。马夫荦是个大力士，要用他，干么在这件事上认真呐？要不然的话，也用不着打他三百鞭子。拉出去一刀砍了，不是更干脆吗？打这儿，庆父断定公子般不够忠厚，也不够狠，就没把他放在眼里。

到了公元前662年(鲁庄公三十二年，齐桓公二十四年)，鲁庄公在济水送齐桓公回来以后，更看出庆父没安着好心。到了八月里，鲁庄公得了重病。他打算听听兄弟季友的口气，就偷偷地对他说："叔牙对我说，庆父很有才能，劝我立他为国君，你瞧怎么样？"季友摇了摇头，说："您本来跟党孟任立过盟约，立她为夫人。这事根本就没办到，您已经对不住她了。怎么还要再委屈她的儿子呐？庆父跟叔牙只贪图自己的好处，不顾大局！我只能一心一意地辅助公子般。您也别着急，好好地养病吧！"鲁庄公点点头，话就说不上来了。季友一瞧他活不了啦，又怕叔牙闹出事来，就出来口头传出国君的命令，打发人把叔牙扣起来，又送药酒给他，对他说："你喝了，还能给子孙留个地步；要不然，也许全家都得灭了。"叔牙为了要立庆父，就这么给季友药死了。那天晚上，鲁庄公死了。季友立公子般为国君。

那年冬天公子般的外祖父党氏死了。在办丧事期内，公子般住在党氏家里。庆父就叫马夫荦半夜里去刺公子般。天刚亮，马夫荦一直奔进他睡的屋子。公子般吓了一大跳，问他："你来干么？"马夫荦说："上回你打了我三百鞭子，这回来跟你算算账！"一边说着，一边就拿刺刀刺过去。公子般连忙拿起床头上的宝剑，劈了过去，把马夫荦的脑袋劈下了一块。可是那把刺刀也已经刺进了公子般的胸口。两个人一块儿完了。吓得公子般手下的人你碰我撞地找季友去了。

季友一听到公子般给人害了，就知道是庆父干的。自己没有力量，只好逃到别的地方去了。庆父假装替公子般报仇，把马夫荦全家的人都杀了。哀姜就打算立大伯子庆父为国君。庆父说："别忙！还有公子申跟公子开呐。得先叫他们上了台，才看不出破碴儿来。可是公子申岁数不小了，怕不听咱们的话，还是立公子开吧！"八岁的小孩儿公子开做了国君，就是鲁闵公。

您别瞧鲁闵公岁数小，可真够聪明的。他知道哀姜跟庆父不是玩意儿，季友可是正人君子。他请他舅舅又是诸侯的领袖齐桓公帮忙。齐桓公就帮着季友回到鲁国去做相国。公子申也挺顾全大局，同鲁闵公跟季友联在一块儿。庆父和哀姜干瞧着不敢下手。

到了鲁闵公第二年，这位大伯子和这位兄弟媳妇儿可沉不住气了，暗地里派人刺死鲁闵公。季友听见鲁闵公被刺，连夜叫醒公子申，一块儿跑了。鲁国人向来是恨庆父，佩服季友的，一听到鲁闵公被害，季友带着鲁庄公唯一活着的儿子公子申逃到别国去了，大伙儿都起来跟庆父拼命，全国罢市。庆父一瞧惹起了公愤，怕吃眼前亏，赶快逃到莒国去。夫人哀姜坐立不安，跑到邾国去了。他们俩一跑，季友就带着公子申回来，还请齐桓公来定君位。齐桓公打发大臣到鲁国去，和季友共同立公子申为国君，就是鲁僖公。

鲁僖公听了季友的话，赶快派人带了礼物到莒国去，请莒君代他惩办庆父。庆父逃到汶水。在那儿碰见了公子奚斯，求他去向季友说说，饶了他这条命。奚斯走了以后，庆父天天等着信儿。这会儿他可到了山穷水尽的田地，只指望季友让他当个老百姓，就知足了。过了几天，他听见门外有哭声。仔细一听，原来是奚斯的声音。庆父叹了一声，说："他哭得这么难受，不来见我，我还有什么指望呐？"他就自杀了。

季友逼死了庆父，就仗着齐桓公的势力把鲁国的内乱平定了。可是还留了一个不太好办的事：怎么处理逃在邾国的夫人哀姜呐？他打发人去问问齐桓公的意见。齐桓公派他手下的人叫竖刁的到邾国去，说是送哀姜回鲁国去的。走到半路，竖刁对哀姜说："鲁国两位国君被害，都跟夫人有关。鲁国人和齐国人谁不知道哇！夫人就算回去，还有什么脸去见人呐？"哀姜仔细这么一想：鸡也飞了，蛋也打了，事情闹到这步田地，就是再活下去，也没有什么劲儿了。她哭了半宵，就在驿舍里吊死了。

鲁国全仗着季友料理，把庆父一党灭了。鲁僖公封给他一座城。季友说："我跟庆父、叔牙，全是先君桓公的儿子。为了国家，我逼死了他们哥儿俩。现在他们还没有继承的人，我倒享受富贵，怎么对得起桓公呐？再说他们两个人全是自尽的，这跟国君定他们的罪、治死他们不一样。我想还是封他们的后代，叫老百姓知道主公不忘祖宗。"鲁僖公就立公孙敖继承庆父，称为孟孙氏；立公孙兹继承叔牙，称为叔孙氏；季友一家叫季孙氏。这三家——孟孙氏、叔孙氏、季孙氏——因为全是鲁桓公的子孙，所以叫"三桓"。三桓一块儿统治鲁国，势力一天比一天大，鲁国的国君反倒衰下去了。

23 仙鹤坐车

齐桓公自从打退山戎，救了燕国，定了鲁国的君位以后，各地方的诸侯全都佩服他，把他当作安定列国的领袖。齐桓公要当霸主的心愿早就做到了。到了公元前661年，他没有事的时候，喝喝酒、打打猎。这么一享福，可更发福了，腮帮子的肉都要嘟噜(下垂的意思)下来了。万没想到来了一个卫国的使臣，说北狄(北狄是北方游牧部族的总称，一部分进入渭水流域，一部分进入河北平原。灭卫、灭邢的就是进入河北平原的北狄)侵犯进来，情况非常严重，请霸主出去抵御。齐桓公打了个哈欠，说："齐国的兵马到现在还没好好地休息呐！等到明年开春再说吧！"哪儿知道没过几个月工夫，卫国的大夫跑到齐国来报告，说："国君给北狄杀了。卫国的老百姓活不了啦，大伙儿全逃到漕邑(在河南省滑县东南)去了。他们派我到您这儿来报告，请霸主作主。"齐桓公听了，很害臊地说："这全是我的不是，没有早点去救。可是现在还来得及，我去打退北狄，给你们的国君报仇。"他就准备出兵到卫国去。

那个给北狄杀了的国君叫卫懿公。他是卫惠公朔(就是杀了急子和公子寿的那个人)的儿子。他有个特别的爱好，他喜欢玩儿仙鹤。国家大事他全不管。他把养仙鹤的人都封为大官，那些原来的大官有的反倒没有了职位。为了养仙鹤，老向老百姓要粮。老百姓冻死饿死，他可不管。公子毁(卫宣公的孙子)一想这么下去，卫国非亡不可，他就投奔齐桓公，住在齐国。卫国老百姓向来想念着急子的委屈，痛恨着卫惠公。哪儿知道昏君的儿子又是个昏君，他们大伙儿就把希望全搁在公子毁的身上。往后公子毁也跑了，老百姓就更恨透了卫懿公。

有一天，卫懿公带着几车仙鹤出去玩儿。车是依照地位的高低分等级的，甚至把大夫坐的棚儿车也给仙鹤坐。那些坐棚儿车的仙鹤叫"鹤将军"。卫懿公一出去，就有不少"鹤将军"前呼后拥地"保着驾"。他觉着倒也不错，那股子神气劲儿好像一队官儿似的。那一天，他正玩得得意洋洋的时候，忽然来了个报告，说北狄打进来了。这可太扫兴了。他一边忙着回宫，一边叫人去守城。万没想到老百姓全忙着逃难，士兵们不拿兵器，不穿铠甲。卫懿公问他们怎么不去打北狄呐？他们说：“打北狄也用不着我们。您还是叫‘将军’去吧！”卫懿公说：“哪个将军？”他们大伙儿冷笑了一声，说：“当然是鹤将军喽，那还用提吗！”到了这时候，卫懿公才明白失了民心，连连拍着脑袋，皱着眉头子，哭丧着脸地向老百姓认错，把仙鹤全放了。可是那些惯坏了的鸟儿轰也轰不走，睁眼看着国君，伸着脖子，扑扇着翅膀，还向他献殷勤呐。卫懿公急得要哭出来了。这时候他只怪仙鹤的毛长得太漂亮，顶也太红了，要是稍微灰点儿，也许能遮盖遮盖。明摆着，叫他失去民心的仙鹤，现在变成了他犯罪的证据了，越是活活泼泼地在大伙儿跟前现眼，越叫他难受。他可真后悔了。他掐死了一只仙鹤，狠心地把它扔了，表示自己真改过。这样，才凑合着召集了一队人马。

卫懿公一瞧北狄在那儿杀卫国人，他火儿了，一下子变成了一个好样儿的了。他亲自出马抵抗敌人。可是人数实在太少，挡不住如狼似虎的北狄。士兵们请卫懿公打扮成老百姓的样子逃出去。他可不依。他说：“我已经对不起全国的人了，到这时候再要贪生怕死，那不是罪上加罪了吗？我一定得跟狄人拼命。”末了，卫国全军覆没，卫懿公也给北狄杀了。敌人进了城，来不及跑的老百姓，差不多全都给杀了。卫国的库房，还有城里值钱的东西全给抢空。这些北狄原来是草原上的人，平常就会牧马、放羊，也不种地，打进卫国来，为的是来抢些值钱的东西，不一定要占领地盘。他们为了下一回抢着方便，把卫国的城也拆了。赶到卫国的使臣到了齐国，北狄早就抢够了跑了。

齐桓公知道了卫国国破人亡，立刻就派公子无亏带领一队人马，把公子毁送回去。公子毁到了漕邑，就瞧见那地方一片荒凉，只能算个小村子，哪儿像个都城呐！他直掉眼泪。他把遗留下来的卫国的男女老少集合起来，一共才七百三十人。又从别的地方召集了一些老百姓来。费了好大的劲儿才凑了五千多人。这五千多人重打锣鼓另开张地建立国家，立公子毁为国君，就是卫文公。卫文公倒没有一点国君的架子，他跟着老百姓一块儿过活，穿的是粗麻布，吃的是糙粮食，住的是草房子。黑天白日安慰老百姓，叫他们刻苦耐劳，好恢复卫康叔（卫国第一代的国君）的旧底儿。他这种跟老百姓一同吃苦的劲头不但叫老百姓喜爱他，就连齐国的将士也都伸大拇哥儿。

公子无亏一瞧北狄跑了，就打算回去。可是漕邑连城墙都没有，万一北狄再来，那可怎么挡得住呐？他一琢磨这滋味，决定留下三千齐国人扎在那儿，拿他们当做保护漕邑的城墙，自己跟卫文公毁告别了。

公子无亏见了他父亲，报告了卫国的这份惨劲儿。齐桓公叹着说：“咱们得好好地去帮帮卫国。”管仲说：“留下三千人也不是办法，咱们不如替卫国砌上城墙，盖点房子，就这一下往后可当大事了。”齐桓公很赞成这个主意，就打算召集列国诸侯，大家伙儿出点力，去帮助卫国。

24 替邢、卫造城

齐桓公正要会合诸侯去替卫国砌城墙，没想到邢国（周公儿子的封地，在河北省邢台县西南）派人来求救，也说是北狄打了进去，邢国眼瞧着要完了。齐桓公皱着眉头子，问管仲：“怎么办，去不去救？”管仲回答说：“列国诸侯都尊敬主公，还不是因为齐国帮助有困难的诸侯吗？去年咱们没去救卫国，已经不对了。要是再错过这机会，霸主的威信怕保不住。”他们就先去救邢国，完了再去给卫国砌城墙。

齐桓公发出通知，召集宋、鲁、曹、邾等国，派兵马到聂北（邢地，跟齐国交界的地方，在山东省聊城市）会齐，共同去打北狄。哪儿知道只有宋国和曹国的人马赶到，其余的诸侯都没来。按理说不妨先发动三国的人马去跟北狄交战，就算不能把北狄打败，多少也可以叫邢国人少受点罪。可是齐桓公和管仲都知道北狄挺厉害，邢国人多少也还有点力量。要是齐国立刻动手，那就太费劲了。不如先等一等，等到北狄和邢国打得一死一伤的时候，他们再动手，就能用力少而成功大。这么着，他们大大方方地说：“咱们还是等鲁国、邾国的人马到齐了一起动手吧。”这三国的人马就在聂北驻扎下来，呆了两个来月。

就在这两个来月里头，邢国的老百姓天天像油煎一样，北狄日夜攻打，邢国的老百姓可真受不了啦。反正是一个死，就开了城门，冲出一条血路，男男女女、老老少少，都涌出来了。这些跑出来的老百姓沿道上有给狄人杀害的，有给自己人踩死的，真惨极了。邢国的国君叔颜好容易死里逃生，跑到齐桓公面前，趴在地下直哭。齐桓公赶快把他搀起来，说：“这都是我的不好，没早点出力，我这就去请宋公（宋桓公御说）和曹伯（曹昭公班）一块儿去！”

北狄一听说三国的救兵打过来，就把能够带走的东西都抢了去，放了一把大火，跑了。三国的人马一到，就瞧见满城大火，没有一所好房子。他们赶紧救火，可是已经太晚了，整个的城早烧成了一片焦土。齐桓公问叔颜："这城还能修吗？"叔颜耷拉着脑袋，说："修好了也是一座空城。老百姓大半都到夷仪(在河北省邢台县西)那边去了。我还是跟他们上那儿去吧！"齐桓公就带领着三国的人马到了夷仪，大家伙儿动手砌城。齐桓公挺得意，他的好心眼真叫人佩服。他派人到齐国去运木料、粮食、衣料什么的，还赶了些牛马来。这一来，大家伙儿干起活儿来特别有精神。真是"众志成城"，没有几个月工夫，他们砌好了一座城，还给邢国盖了庙堂、宫殿和一些民房。邢国的难民集合起来，重新建立了他们的家园。他们把齐桓公看成"重生父母，再造爷娘"。齐桓公自己也觉得不坏。

宋公和曹伯一瞧邢国的城墙已经全造好了，就打算回本国去。齐桓公说："你们已经辛苦了。按理呐，早就该歇歇。可是卫国的城还没动工呐。咱们扶助弱小的和有困难的诸侯，最好不要分出轻重远近来。你们看怎么样？"他们说："您说得对。我们听您的。"三国的人马又到了卫国。

卫文公毁早就远远地来迎接。齐桓公一瞧他穿着粗麻布孝衣，也难受起来了。他说："贵国总得有个城才行，可不知道盖在哪儿好？难得宋公和曹伯一番热心，到这儿来，他们都挺愿意出点力。"卫文公说："我们打算是打算在楚丘(在河南省滑县东)砌一座城，可是哪儿有这份力量！"齐桓公说："您放心吧，我们一定给您办好。"说着，就向宋公和曹伯使了个眼色。他们跟着也说："好吧！我们一定给您办成。"三国的人马就开到楚丘去砌城墙。齐桓公又派人到齐国去运木料什么的。卫国人没有一个不感激齐桓公的。

齐桓公的功劳可真不小。说实在的，春秋时代，北方和西方的游牧部族，纷纷向中原进攻。西戎占据了不少周朝西边的疆土，山戎和北狄不断地抢掠边界，甚至在内地灭了邢国和卫国，南方的群蛮百濮阻止楚国向南发展，楚国就往北跟中原诸侯争地盘。周朝的天下实际上已经给这些部族包围起来了。齐桓公会合诸侯打退了山戎和北狄，帮助燕国加强中国北边的屏障，阻住了山戎和北狄向中原进攻。这是齐桓公保卫周室最大的功劳。他又立了鲁僖公，平了鲁国的内乱；建造夷仪，恢复了邢国；建造了楚丘，恢复了卫国。就因为这几件大事，齐桓公的名声更大了。列国诸侯，不管愿意不愿意，不能不承认他是霸主了。大伙儿认为各国向霸主进贡，那是理所当然的。

25 进贡包茅

齐桓公做了霸主，名声越来越大，中原诸侯都佩服他，向他进贡。可是南方的楚成王，不但不服他，还真跟他对立起来，要争个高低。楚国在中国南部，向来不跟中原诸侯来往。中原诸侯把楚国当作蛮族，好像看待西戎和北狄一样。楚国虽说是"南蛮子"，可也是个第四等诸侯，就是所谓"子爵"。这个小国，可比中原诸侯更有向外伸展的余地。楚国人一面跟中原列国争夺地盘，一面向南边伸张势力。他们开垦荒地，收服临近的小部族，慢慢地变成了大国。到了公元前704年(郑庄公打败周桓王的第四年)，楚国不但不愿意接受这子爵诸侯的封号，就是给它一个公爵诸侯的封号也不稀罕。楚国的国君干脆自称为王，跟周朝的天王对立起来了。到了楚成王的时候，改进政治，发展生产，楚国已经很强了。楚成王听说齐桓公打退了山戎和北狄，又帮助了邢国和卫国，做了诸侯的领袖，就打算跟齐桓公比个上下高低。因为郑国夹在南北之间，要进攻中原，首先得占领郑国，楚成王就发兵去打郑国(公元前657年)，郑文公捷(子突的儿子)派使臣向齐国求救。

管仲对齐桓公说："与其去救郑国，不如直接去打楚国。可是要打楚国就得会合列国诸侯。"齐桓公说："会合诸侯是件大事，不免声张出去。这不是叫楚国事前作准备吗？"管仲说："蔡国得罪过主公，您早就想去征伐。蔡国临近楚国，咱们只说去征伐蔡国，冷不防地打到楚国去，准能打个胜仗。"

原来齐桓公第三个太太蔡姬就是蔡侯的妹妹。有一天，两口子坐着小船在莲花池里玩儿。蔡姬去采莲花，那只小船侧歪得挺厉害，齐桓公嚷起来。蔡姬一见他怕水，成心跟他开开玩笑，用水撩他。他慌里慌张地叫她别撩。蔡姬乐个没完，索性站在船上，两条腿分开，左右来回晃悠。就为了这件事，齐桓公气得什么似的，马上把蔡姬休回娘家。蔡侯也挂了火儿，骂齐桓公不通人情，一赌气把他妹妹改嫁给楚国，做了楚成王的夫人。齐桓公早想借着这个因由去征伐蔡国。

公元前656年(周惠王二十一年，齐桓公三十年，鲁僖公四年，卫文公四年，楚成王十六年）齐桓公带着齐、宋、鲁、陈、卫、郑、曹、许八国兵马去攻打蔡国。蔡国的军队哪里抵挡得住，蔡侯连夜跑到楚国，故意对楚成王说："听说他们还要打到您这儿来。"楚成王立刻派人去打听。

八国的兵马偷偷地向楚国进发。他们满想冷不防地打进去，没想到边界上早已有个楚国的大夫，叫屈完的，等待多时了。齐桓公对管仲说："楚国怎么会知道咱们来了呐？"管仲说："一定有人走漏消息，叫他们有了准备。不过楚国既然派使臣来，咱们也许能够跟他们说理。"齐桓公就叫管仲去会见屈完。两个人见了面，对作揖，行了礼。屈完可先说了话了："我们的大王听说贵国发兵来，派我来问一声：贵国在北海，敝国在南海，井水不犯河水，为什么你们的兵马跑到这儿来了？"管仲回答说："贵国和敝国都是周天王封的。当初齐国受封的时候有个使命：有谁不服从天王，就由齐国去责备。你们楚国本来每年向天王进贡包茅，让天王祭祀的时候可以滤酒。这几年来，你们不进贡包茅，天王就责问我们，我们也只好责问责问你们了。这是一件事。第二呐，从前昭王（公元前1052—前1002年）到楚国的时候，楚国叫他坐只破船，就为这个他死在汉水。这事情也得问问楚国。"屈完回答说："没进贡包茅是我们的不是。至于昭王死在水里的事，您要问的话，那只有去问问汉水吧！"说着扭过头去就走了。

管仲回来对齐桓公说："楚人挺硬，光向他们说理还不够，一定得用兵马逼上去。"中原的兵马就开到汉水附近的地方。楚成王早已派了斗子文为大将，把兵马扎在汉水那边，单等着八国的兵马渡汉水的时候，迎头干他们一下子。斗子文一瞧中原的兵马不过河，就对楚成王说："管仲挺懂兵法，轻易不冒险。他统领着八国大军还不过来，一定有什么用意。咱们倒不如派个人过去探听探听，他们有多大的兵力，到底干什么来的，然后再决定或是打仗或是讲和。大王您看怎么着？"楚成王说："派谁去呐？"斗子文说："屈大夫已经见过管仲了，还是请他再辛苦一趟！"屈完说："上回见面，管仲问我为什么不进贡包茅，我已经认了错。要是大王打算跟他们订盟约的话，我愿意再走一趟；要是打仗的话，那还是请别人去好！"楚成王说："还是你去好。和好不和好，由你随机应变，瞧着办吧。"

这回屈完见了齐桓公和管仲，受到了挺有礼貌的招待，心里就有几分打算讲和的意思。他说："我们没进贡包茅是不对的。可是拿武力来压人，我们也忍不下去。要是你们退兵三十里，咱们有商量。"齐桓公说："大夫能这么帮助楚国服从天王，我还有什么可说的呐？"

屈完回去报告了楚成王，楚成王派人去一看，八国的兵马果然退了三十里。他又不打算送包茅了。屈完和斗子文都说："人家八国诸侯全说了就算，咱们可别说了不算。"楚成王只好叫屈完带了一车包茅，另外还带了八份礼物送到那边去。八国诸侯都挺高兴地收下了。一边招待屈完，一边验过了包茅，请屈完带回去，让楚国直接进贡给天王。

事情就这么算是办好了。齐桓公得意洋洋地对屈完说："您瞧见过中原的兵马吗？"屈完说："我们生长在南边，地方偏僻，哪儿见过中原的大军呐？要是能够见识见识，那太好了。"齐桓公就带着屈完，坐上车，去看看各路兵马。这八国兵马，各占一方，一方连一方地扎了好几十里地。屈完正看着，忽然听到齐国营里一声鼓响，七国军营接着打鼓相应，真是惊天动地，比打雷还震得慌。那些打鼓的人一个劲儿地打着，好像要在"南蛮子"面前把中原的威力凭着这一阵鼓声全显出来似的。齐桓公是别提有多痛快了，仰着鼻子对屈完说："您瞧瞧，有这么强的兵马，还怕打不了胜仗吗？"屈完笑着说："君侯服从天王，讲道义，扶助弱小，爱护百姓，人家才佩服您。要是讲武力的话，那么，敝国的城还算结实，又有汉水，兵力多少也有点。您就是再多带点人马来，也未必用得上。"就这几句话说得齐桓公脸红起来，赶着说："大夫可真是楚国的能人。我打算跟贵国交好，订个盟约，可不知道大夫觉得怎么样。"屈完说："您能这么照顾敝国，我们怎么能不识抬举呐？"

第二天，楚国派大夫屈完和中原八位诸侯在召陵（在河南省郾城县东）订立盟约。屈完又替蔡国赔礼，齐桓公也替郑国说情，两下里算是说开了。管仲下令退兵，诸侯各自回国。

鲍叔牙在路上问管仲："楚子自称为王，这是个大罪名，您不责备，倒要起什么包茅来了。我不明白您这是什么意思。"管仲说："就因为自称为王的罪名太大了，我才不提。您想，这么大的罪名，他怎么能承认呐？一提，就弄僵，不是得打起仗来吗？一打起来，没个完，老百姓可就苦了。我借着他们不进贡包茅的事跟他们说理，事情不大，他们容易承认。只要楚国能认个错，就算是服了。我们对天王和列国诸侯也说得过去。那要比没结没完地打仗好得多。"鲍叔牙更服管仲了。

楚成王派屈完带了包茅去朝见周惠王，周惠王乐得眉开眼笑，赏给屈完一些东西，又把祭祀太庙的"祭肉"赏给楚国，还说："好好地镇守着南方，别跟中原诸侯相争。"同时，齐国派来了使臣隰朋（隰 Xí）来报告收服楚国的经过。天王夸奖齐桓公尊重天王的好意，准备好好地招待隰朋。

26 三个大会

隰朋听说天王家里有纠纷，想要拜见太子。周惠王可就有点不大高兴，又怕错待了霸主的使臣，只好叫太子郑和第二个儿子公子带一块儿出来见面。原来太子郑是王后生的，公子带是妃子生的。王后死了以后，周惠王立那个妃子为正宫，就是后来称为惠后的。周惠王因为宠爱惠后，喜爱她的儿子，有意要废去太子郑，改立公子带为太子。这会儿隰朋要见见太子，天王可叫他们哥儿俩一块儿出来，隰朋就明白了八九分。他回去告诉齐桓公，说："主公做了霸主，可得替太子想个法儿。"齐桓公叫管仲出个主意。管仲说："主公可以上一道奏本，就说列国诸侯要会见太子。只要太子能出来，跟列国诸侯见了面，大家伙儿拜见了他，君臣的地位全定死了，还怕他废去吗？"

公元前655年5月，齐、宋、鲁、陈、卫、郑、许、曹八国诸侯在首止（卫地，在河南睢县东南）开个大会。天王因为齐国强大，再说诸侯要拜见太子也是名正言顺的事，他只好打发太子郑去会见他们。诸侯们要用大礼拜见太子，太子再三推辞。齐桓公说："小白等见到太子就像见到天王一样，怎么能不拜呐？"太子弄得坐也不好、站也不好地让他们行了大礼。当天晚上太子郑请齐桓公到行宫里来，半吞半吐地说出了他的心事。齐桓公说："小白和到会的众位大臣打算订立盟约，辅助太子，请太子不必担心。"太子万分感激，就住在行宫里，等候他们订立盟约。诸侯们也不敢回国，都在公馆里等候霸主的命令。八国诸侯轮流请客招待太子，差不多天天有宴会。太子怕太麻烦人家，说要回去了。齐桓公说："我们这么跟太子在一块儿，为的是要让天王知道我们怎么爱戴太子，不愿意离开太子。再说这会儿天热，等到秋凉的时候，我们再送太子回去。"齐桓公就决定在八月里订盟约。诸侯也就在首止过了伏天。这可把周惠王气坏了。

周惠王不见太子回来，本来就不高兴了，再加上惠后和公子带天天跟他闹着。他就对太宰周公孔（简称宰孔）说："齐侯耀武扬威地去打楚国，可又不敢真打。现在楚国进贡包茅，顺从王室，跟以前大不相同了。谁说楚国不如齐国呐！小白领着诸侯扣留太子，这简直太叫我下不去了。我想还是请太宰去通知郑伯捷，叫他去联络楚国，请楚国去对付齐国，好好地来扶助王室。”宰孔说：“楚国进贡包茅全是齐国的力量啊！齐侯尊重王室，功劳不小。天王您怎么反倒甩了中原诸侯去依靠南蛮子呐？”周惠王说：“谁知道齐侯安着什么心？我一定这么办，你别替小白说话了！”

天王写了一封信，偷偷地派人送给正在首止开会的郑文公捷。郑文公一瞧，上面写的是：“太子郑叛逆父母，树植私党，不配为太子。我要改立公子带。你如果能够约同楚国，一心辅助公子带，我愿意请你管理朝政。”郑文公高兴得什么似的，他对大夫们说：“本来嘛，咱们的先君武公、庄公，历来都做了王室的卿士，号令诸侯，有权有势。谁不知道郑国是霸主！不知道怎么一来，半路途中势力就没有了，变成个弱国。现在天王又看中了郑国，叫我出来，眼瞧着郑国的光荣又要回来了。”大夫孔叔说：“齐侯为了咱们去打楚国。他帮助了咱们，您怎么反倒甩了他？楚国侵犯咱们，您怎么反倒去归附？再说辅助太子也是正经的事，主公怎么能不顾正理呐？”郑文公说：“不是那么说的。归附这个，归附那个，全一样。还不是向他们年年进贡，有事没事听他们的使唤吗？再说，听天王的话总比听齐侯的话更要紧吧！”大夫申侯伸着挺长的脖子，说：“主公的话没错。天王下的命令谁敢不听？只要咱们一走，别的诸侯准起疑。大家起了疑，分散了，还订得了盟约吗？”郑文公依了申侯，说是国内有事，就这么走了。

齐桓公听说郑伯跑了，就要去征伐。管仲说：“这一定是周人的诡计，咱们得另想办法去对付。这儿咱们先跟诸侯订了盟约再说。”七国诸侯就在首止“歃血为盟”，太子郑到场监视。盟约上说：“凡我同盟，共辅太子，尊重王室；谁违盟约，天打雷劈。”会盟完了，七国诸侯各派车马护送太子郑回去。只有郑国反倒派了申侯偷偷地给楚国送礼去了。

往后，齐国打郑国，楚国去救；楚国打郑国，齐国去救。你来我去，弄得郑国团团转。公元前652年，齐桓公又去打郑国，郑国人全怪国君当初不听孔叔的话，说申侯不是好人。郑文公到了这时候也后悔了。他杀了申侯，向齐国赔罪，要求订立盟约。齐桓公答应了。可是郑文公自己觉得难为情，不敢露面，打发他儿子公子华去会盟。公子华因为父亲疼小兄弟公子兰，恐怕以后弄不到君位，曾经和郑国的大夫孔叔、叔詹、师叔商量过。这三位大夫劝他听父亲的话，别起坏念头。这原来是正正当当的劝告。公子华认为他们成心不帮忙，就打算灭了他们。这回见了齐桓公，偷偷地对他说：“敝国的大权全在孔叔、叔詹、师叔三个大夫手里。上回叫我父亲逃跑的就是他们。要是您能把他们三个人除了，我情愿一辈子做您的外臣。”齐桓公说：“好吧。”他就把公子华的话告诉了管仲。管仲一听，变了脸。他说：“主公可不能听他的鬼话！那三个大夫是郑国的好人，郑国人把他们叫‘三良’。公子华一心想篡位，就因为有‘三良’，才不敢下手。”齐桓公听了，很生气，叫管仲马上派人去通知郑文公。

郑文公就杀了公子华。为了这件事，他非常感激齐桓公，立刻派孔叔去跟齐国订盟约。

公元前652年冬天，周惠王死了。齐桓公恐怕周室出了岔儿，一转过年就召集诸侯在洮城（曹地，在河南省濮阳市东南）开个大会。郑文公亲自到会。齐、宋、鲁、卫、陈、郑、许、曹八国诸侯立太子郑为天王，就是周襄王。惠后和公子带只好背地里叫苦。

周襄王祭祀了太庙，正式即位。他打发宰孔送祭肉给齐桓公，算是表扬他尊重王室的意思。齐桓公就在葵丘（宋地，在河南省兰考县境内，齐襄公派连称和管至父去把守的葵丘是另一个地方）会合诸侯，招待天王的使臣。管仲在半路上对齐桓公说：“周室为了王位，差点起了内乱，全仗着主公，新王才顺利地即了位。现在主公也上了年纪了，总该早点有个打算，免得诸位公子将来争夺君位。”齐桓公说：“我那六个儿子全不是正夫人生的。论年岁，要算无亏最大；论才能，还是昭儿最好。我也不能决定立哪个好。”管仲说：“既然全不是夫人生的，就不一定立长子。再说齐国要继续做霸主，就非有个贤明的君主不可。主公既然知道公子昭最好，就立他为太子吧。”齐桓公说：“可就怕无亏拿长子的名分去跟他争。”管仲说：“主公不如在这回会盟的诸侯中间挑一个最可靠的人，把公子昭托付给他。将来也有个帮手。”齐桓公点了点头。

他们到了葵丘，列国诸侯和宰孔前前后后全都到了。这时候，宋桓公御说已经死了。宋国的太子让位给公子目夷，公子目夷不接受，又让给太子。太子这才即位，就是宋襄公。宋襄公挺尊重霸主，就在守孝期间，穿着孝服来开会。管仲对齐桓公说：“宋公肯让位，一定是一位贤明的国君，这回穿着孝服来开会，可见他挺尊重齐国。咱们把公子昭托付给他，您看怎么样？”齐桓公就叫管仲请宋襄公过来。宋襄公规规矩矩地来见齐桓公。齐桓公握着他的两只手，诚诚恳恳地把公子昭托付给他。宋襄公哪儿想到有这么一套，简直是“受宠若惊”，连着说：“我不敢当！我不敢当！”心里可十分感激齐桓公。

到了开会那天，宰孔上了台，列国诸侯挨着先后上去。先向天王的座位行了大礼，然后彼此行礼，各自坐下。齐桓公把大家商议好了的公约念了一遍，其中最有意义的有这么一条："防水患、修水利，不准把邻国作为水坑；邻国因灾荒来买粮，不准禁籴(dí)。"末了，大家起誓，说："凡是同盟的人，订立盟约之后，言归于好。"完了，宰孔捧着祭肉，传达新王的命令，说："天王赏祭肉给齐侯！"齐桓公就要跪下去接受，宰孔拦着他，说："天王还有命令：因为齐侯上了年纪，加升一级，不必行大礼。"齐桓公就站起来。管仲在旁边说："这是天王的恩典，主公不可不恭敬！"齐桓公说："当然，当然！小白怎么敢不恭敬？"说着，他就大模大样地跪下去，磕了三个头，然后接过祭肉来。诸侯全都称赞他，说他有礼。

宰孔从葵丘回去，道上碰见一位从西方赶来开会的国君。宰孔说："已经散会了。"那位国君跺着脚，说："唉，敝国离这儿太远了，赶不上大会，真真可惜！"宰孔说："您既然来晚了，也就算了吧。"那位国君只好垂头丧气地回去。

27 蜜 蜂 计

那位赶不上葵丘大会的诸侯是晋国(是周成王封给他兄弟叔虞的，在山西省太原地方)的君主晋献公。他跟夫人生了一男一女，男的就是太子申生，女的就是秦穆公的夫人穆姬。夫人去世，晋献公又娶来了狄人(就是进入渭水流域的北狄；狄，也写做翟)狐家的两个姑娘，大的生个儿子叫重耳，小的生个儿子叫夷吾。后来晋献公打败了骊戎(西方的部落，是西戎的一派，住在陕西省临潼县骊山一带)。骊戎求和，进贡美女骊姬。骊姬生个儿子叫奚齐，还有她陪嫁的妹妹生个儿子叫卓子。这么着，晋献公就有了五个儿子，就是：申生、重耳、夷吾、奚齐、卓子。

骊姬年纪轻，天分高，长得漂亮，晋献公给她弄得迷里迷糊，正像太子申生说的那样："我父亲没有她，睡也睡不着，吃也吃不下去。"后来晋献公干脆立骊姬为夫人，还想废去太子申生，立奚齐为太子。骊姬一听见老头子有意立奚齐为太子，就跪下，说，"您早已立了申生了，各国诸侯也全知道，太子又是个很有能耐的人，您怎么可以为了咱们俩的私情，不顾全大局，把太子废了呐？"晋献公只好把这件事搁下，心里头可真佩服这位"贤德”夫人。

这位“贤德”夫人知道大夫荀息是晋国的红人儿，就要求晋献公请荀息做奚齐和卓子的师傅。晋献公当然答应了。她又要求说：“主公已经上了年纪，我那两个孩子岁数又小，以后我们得依靠太子，您好不好请他来，说我要见见他？”晋献公就派人到曲沃（在山西省闻喜县东）召太子申生进宫。申生可是个孝子，立刻动身来见他父亲和后妈。骊姬请他到后宫去喝酒。他也依顺了，陪着后妈喝了几杯，聊了一会儿就出来了。骊姬要他第二天陪她去逛花园，申生不敢不依，也答应了。

那天晚上，骊姬撒娇打滚地哭起来，直急得晋献公给她擦眼泪，问她：“好好儿的干么哭哇？”骊姬只是揉着胸口，好像里面全是委屈似的，可又不敢说。老头子横说竖劝地叫她说出来。她只好一抽一抽地说：“太子……他……他欺负我！呜！呜！呜！……他说：‘爹老了，您怎么守得住呐？’说着说着他就嬉皮笑脸地来摸我的手，急得我慌忙把他推开。呜……呜……”晋献公说：“什么话！他敢？”骊姬皱了皱眉头子，瞪着眼睛说：“喝！您知道什么？他还约我去逛花园呐？您不信，明儿个您自个儿瞧瞧去吧！”

第二天晋献公躲在花园里，要瞧个明白。他一想：儿子调戏老子的姨太太本来不稀罕，可别轮到自个儿的身上来才好哇。哎呀！那边慢慢地走过来的不是申生跟骊姬吗？他赶快缩下身子，躲在树后头，睁大了眼睛，使劲地瞧着。

骊姬预先把蜂蜜当做头油，抹在头发上。她正跟申生走的时候，有几个蜜蜂围着她头上飞，骊姬对申生说：“这些蜜蜂儿可真讨厌，老在我脑袋上打转儿。申生给我掸一掸，轰一轰。”申生就举起又长又肥好像风袋似的袖子向她头上掸去。骊姬说：“申生，在这边呐！”他又举起一只手向那边轰去。晋献公老眼昏花远远地一瞧，真像太子抱住了骊姬的脑袋。这股子火儿怎么也压不下去了。当天就要治死太子申生，倒是给骊姬劝住了。她说：“太子是我请进宫里来的，千万别杀他，别怪他。要是为了这件事杀了他，别人还当我弄好了招儿去害他呐。这回饶了他吧！”晋献公只好把这口气忍了，好像没事似的叫太子申生回到曲沃去。

太子申生到了曲沃，不多几天又得到了骊姬那边捎来的一个口信，说她梦见了申生的母亲向她要饭吃，叫太子好好地祭祀祭祀。申生就在曲沃祭祀了他母亲。依照那时候的规矩，祭祀过的酒肉得分给亲人吃。申生就打发人把酒肉送给父亲去。可巧晋献公打猎去了。他一回来，骊姬就向他报告太子申生祭祀了他母亲，有酒肉送来。献公正饿得慌，拿起肉来就要吃。骊姬连忙拦住，说："从外边拿来的东西可得留点神，别吃坏了肚子。"晋献公听了这话，把已经拿在手里的肉扔给狗。那条狗吃了就死了。骊姬慌里慌张地说："有这样的事！难道里边有毒药吗？"她又拉了一个小丫头叫她喝酒，小丫头说什么也不喝。骊姬使劲地掐住她的脖子，把酒灌下去。可怜那丫头也给药死了。晋献公一瞧躺在地上的狗跟丫头，他只能睁着眼，张着嘴，不能动弹；就瞧骊姬浑身哆嗦，发疯似的哭起来："天哪！天哪！谁不知道君位是太子的呐？怎么还要来害我们呐？奚齐！卓子！来呀！干脆咱们娘儿三个吃了这毒药吧！"一边哭，一边来抢酒肉。晋献公连忙把她抱住，说："我早就要治死他，是你哭哭啼啼地给他告饶儿。这回可不许你再多嘴了。"

晋献公立刻召集了大臣，对他们说："申生造反，该当死罪。"这时候晋国的一班大臣，像狐突、里克、丕郑他们，为了要保全自己的命，都不管朝政了。朝廷里就剩下了一些个"磕头虫"。国君要怎么着就怎么着，谁敢说个"不"字。那个老大臣狐突，尽管不去上朝，倒还关心着朝廷大事。他听了这个消息，赶快派人到曲沃去送信，叫太子快逃。申生接到了信，说："父亲已经上了年纪，只有她能伺候到家。要是我去分辩，她也就没有脸做人了。父亲还受得了吗？"说着，他哭了一场，自杀了。

太子一死，重耳和夷吾知道第二步就要轮到他们哥儿俩了。还是早点逃命吧。晋献公听说他们哥儿俩跑了，就认为他们是跟申生一党的，立刻派人去杀那两个公子。可是夷吾早已跑到梁国(伯爵小国，在陕西省韩城西南)，重耳早已跑到蒲城(在陕西省蒲城县)去了。那个追赶重耳的叫勃鞮(tī)非常卖力气，一直追到蒲城，赶上重耳，拉住袖子，一刀砍过去。重耳还活得了吗？可是古人的袖子又长又肥也有好处。勃鞮只砍下了重耳的一块袖子，可给他跑了。他一直跑到了他姥姥家狄国。

这么一来，死了一个太子，跑了两个公子，奚齐就做了晋国的太子。公元前651年，晋献公赶不上葵丘大会，垂头丧气地回去，半道上又着了凉，得了病，回到宫里，把奚齐和卓子托付给大臣荀息，就死了。荀息立十一岁的奚齐为国君。里克和丕郑在吊孝的时候把奚齐杀了。荀息不肯罢休，情愿为了他的小主人尽忠。他又立九岁的卓子为国君，里克又杀了卓子和荀息。到了那个时候，骊姬好比"竹篮子打水"——落了一场空，也自杀了。晋国弄得没有国君，变成个没有人管的国家了。齐桓公已经老了，不能再出来管别人的事。西方的一位国君乘着这个机会出来扩张势力，要做中原的霸主。

28 唇亡齿寒

那位西方的霸主比齐桓公还有两招儿，气量大，毅力强，什么事都沉得住气。他就是秦国的国君秦穆公。秦穆公一向低着头苦干，也不跟中原诸侯争地盘。他认为要做大事得有人才，单凭一两个人是不顶事的。他就想尽办法搜罗天下人才。还真给他找到了好些个。第一个人物叫百里奚。他和宁戚一样，也是给人家看牛的，秦穆公可请他来当相国。

百里奚是虞国人（虞国，在山西省平陆县东北，在三门峡附近）。三十多岁才娶了个媳妇儿杜氏，生个儿子叫孟明视（孟明视，姓百里，名视，字孟明，所以叫孟明视；中国历史上有不少人就这么连字带名地叫，而不提姓，例如下文有蹇叔的儿子西乞术和白乙丙等）。两口子恩恩爱爱，就是家里贫寒。他打算出去找点事做，可又舍不得媳妇儿和孩子。有一天，杜氏对他说："大丈夫志在四方，怎么能老呆在家里呐？你现在年富力强，不出去做事，难道赶到老了才出去吗？家里的事你放心，我也有一双手呐！"百里奚听了他媳妇儿的话，决定第二天就出门。当天晚上，两口子直聊了大半夜。第二天杜氏预备些酒菜，替男人送行。家里还有一只老母鸡，杜氏把它宰了。可是灶底下连劈柴也没有，杜氏就把破门的门闩当柴火烧。又煮了些小米饭，熬点儿白菜，叫他阔阔气气地吃一顿饱饭。他临走的时候，杜氏抱着小孩儿，拉住男人的袖子，眼泪是再也忍不住了，就抽抽嗒嗒地说："你要是富贵了，千万别忘了我们娘儿俩。"百里奚也眼泪汪汪地劝了她一番。他离开家乡，到了齐国，想去求见齐襄公，可是没有人给他引见，只好流落他乡，过着困苦的日子。后来他什么都没有了，又害了病，只好要饭过日子。等到他到了宋国，已经四十多岁了。在那边他碰见个隐士叫蹇叔（蹇 Qiān）。两个人一聊，挺对劲儿，就成了知己朋友。可是蹇叔也不是挺有钱的，百里奚不能跟着他过活，只好在乡下给人家看牛。

后来这两个好朋友跑了好几个地方，想找一条出路，可是怎么也找不到个适当的主人。蹇叔说："大丈夫宁可没有事干，可不能投错了主人，失了节操。要是投靠个坏主人，半途而废，这就是不忠；跟着他一块儿受罪，又是不智。做不成大事，落个不忠不智的名儿，何苦呐？还是回去吧！”百里奚想着他的媳妇儿，打算回到虞国去。蹇叔说：“也好，虞国的大夫宫之奇是我的朋友。我也想瞧瞧他去。”他们俩就到了虞国。蹇叔去看他朋友，百里奚去瞧他媳妇儿。百里奚到了本乡，找到了以前的住处。可是他的媳妇儿和孩子哪儿去了呐？问问街坊四邻，全说不知道。也许改嫁了，也许死了。百里奚好像掉了魂似的在门口愣了半天，想起他媳妇儿劈门闩炖母鸡的情形，不由得直掉眼泪。他媳妇儿的声音还挂在他耳朵边：“你要是富贵了，千万别忘了我们娘儿俩！”他鼻子里哼哼地苦笑了一声，说：“还说富贵呐！”他不能老在那儿站着，就很伤心地走了。他去瞧蹇叔。蹇叔带着他去见大夫宫之奇。宫之奇请他们留在虞国，还说他一定引他们去见虞君。蹇叔摇了摇头，说：“虞君爱小便宜，不像个大人物。”百里奚说：“我已经奔忙了这么些年了，就留在这儿吧。”蹇叔叹了一口气，说：“这也难怪你，不过我还是回去。以后您要瞧瞧我，就上鸣鹿村好了。”打这儿起，百里奚跟着宫之奇在虞国做大夫。哪儿知道果然不出蹇叔所料，虞君为了爱小便宜，连国也亡了。

公元前655年(就是齐桓公会合诸侯在首止开会那一年)，晋献公派大夫荀息到了虞国，送上一匹千里马和一对最名贵的玉璧，说：“虢国(又叫北虢，在山西省平陆县，在三门峡附近)老侵犯我们，我们打算跟他们打一阵。贵国可以不可以借给我们一条道儿让我们过去？”虞公只顾玩着玉璧，一会儿又瞧瞧千里马，说：“可以，可以！”宫之奇拦住他，说：“不行，不行！虢国跟咱们贴得那么近，好像嘴唇跟牙齿一样。俗语说‘唇亡齿寒’，就因为两个小国相帮相助，还不至于给人家灭了，万一虢国给人家灭了，虞国一定也保不住。”虞公说：“人家晋国送来这无价之宝跟咱们交好，难道咱们连一条道儿都不准人家走走？再说晋国比虢国强上十倍，就算失了一个小国，可是交上了一个大国，还不好吗？”宫之奇还想再说几句，倒给百里奚拉住了。宫之奇退了出来，对百里奚说：“你不帮我说话也就罢了，怎么还拦着我呐？”百里奚说：“跟糊涂人说好话就好像把珍珠扔在道儿上。”宫之奇知道虞国一定灭亡，就偷偷地带着家小跑了。

晋献公派大将里克带领大军经过虞国灭了虢国。回头一顺手把虞国也灭了，取回了千里马和玉璧。虞公和百里奚都做了俘虏。虞公后悔万分，对百里奚说：“当初你为什么不拦拦我呐？”百里奚说：“宫之奇说的您都不听，难道您能听我的？那时候我不说什么，就为的是今天可以跟着您呐！”

晋献公给虞公一所房子，另外送他一部车马和一对玉璧给他玩玩，说：“我可不能白白地借你的道儿。”晋献公还要重用百里奚。百里奚宁可做俘虏，不愿在敌国做官。

29 五张羊皮

就在那一年（公元前655年，周惠王二十二年，齐桓公三十一年，晋献公二十二年，秦穆公五年，楚成王十七年），秦穆公派公子絷（zhí）到晋国去求婚。晋献公答应把大女儿（就是申生的妹妹）嫁给他。他还要送几个人过去，作为陪嫁的奴仆。有人说：“百里奚不愿意做官，不如拿他做个陪嫁的奴仆吧！”晋献公就叫百里奚跟着公子絷和别的陪嫁的奴仆一同到秦国去。百里奚只好自叹命苦。半道上人家一不留神，他就偷偷地跑了。东奔西逃，一点准主意也没有。后来居然到了楚国。楚国人把他当作奸细，绑起来了。他们说：“你是干什么的？”他说：“还提呐？我是虞国人，亡了国，逃难出来的。哪儿还作什么奸细呐？”大家伙儿一瞧他上了年纪，又挺老实，就问他：“你是干什么营生的？”他说：“看牛的。”他们就叫他看牛。他也不推辞，就看起牛来了。他居然还有看牛的本领，他看管的牛慢慢地都比别人的牛强。楚国人给他起个外号叫“看牛大王”。看牛大王出了名，连楚成王也知道了，就叫他到南海去看马。

当初公子絷以为跑了个老奴仆，算不了什么，一路回来没把这事搁在心里。有一天，他瞧见一个大汉在地里干活。他那锄头比别人的大好几倍，往地上一锄，就进去一尺来深。公子絷越看越有意思。他叫手下的人拿那锄头来瞧瞧。喝！手下的人拿都拿不动。公子絷问那个大汉：“你叫什么？我带你到秦国去好不好？”那个大汉说：“我叫公孙枝，晋国人。您能引见，那太好了。”公子絷就带他去见秦穆公。

秦穆公结了婚。他瞧见名单上有百里奚的名字，就问公子絷：“怎么没有这个人呐？”公子絷说：“他是虞国人，是个亡国的大夫，跑了。”秦穆公回头问公孙枝："你在晋国知道不知道他是怎么样的一个人。"公孙枝说："他是挺有本领的，可惜英雄无用武之地。"秦穆公一听又是一位英雄，就派人去打听百里奚的下落。后来居然给他们打听着了。百里奚原来在楚国看马呐。秦穆公就要送厚礼给楚成王，请他派人把百里奚送回来。公孙枝说："这可千万使不得。楚国人叫他看马是因为还不知道他有多大的能耐。要是主公这么去请他，分明是告诉楚王去重用他，还能放他到这儿来吗？"秦穆公就依照当时一般奴隶的价钱，派人带了五张羊皮去见楚成王，说："我们有个奴隶叫百里奚，他犯了法，躲在贵国。请让我们把他赎回去，办他的罪，免得叫别的奴隶学他的样儿。"楚成王叫人把百里奚逮住，装上囚车，交给秦国派去的人。

百里奚一到秦国，就有公孙枝来迎接他。秦穆公一瞧是个白头发的老头子，问他有多大岁数了。他说："我才七十。"秦穆公叹了一口气，说："唉！可惜老了！"百里奚可不服气，他说："主公要是叫我去打老虎，我是老了。要是叫我坐下来商议商议朝廷大事，那我比姜太公还少十岁呐！"秦穆公觉得他的话也有道理。就跟他聊聊富国强兵的大道理。想不到越聊越对劲儿，越觉得他是个了不起的人物。一连聊了三天，就要请他当相国。百里奚可不答应。他说："我算什么？我的朋友蹇叔比我强得多！主公真要搜罗人才，最好把他请来。"秦穆公见了百里奚，就觉着他是万中不挑一的能人，非常信任他。现在听说还有比他更能干的人，怎么能轻易放过呐？他立刻叫百里奚写信，派公子絷上鸣鹿村去迎接蹇叔。

蹇叔可真不愿意出去做官，直急得公子絷什么似的。他说："要是先生不去，恐怕百里奚也不会一个人儿留在秦国。"蹇叔皱了皱眉头子，过了一会儿，叹了一口气，说："百里奚有才能，一向没有地方去使，现在找到个好主人，我得成全他。"回头对公子絷说："好吧，我就为了他走一趟吧。可是以后我还得回来种我的地。"公子絷又跟蹇叔的儿子西乞术和白乙丙聊了一会儿，觉得他们也是了不起的人物，一定请他们一块儿到秦国去。蹇叔也答应了。

公子絷带着蹇叔和他两个儿子见了秦穆公。秦穆公问蹇叔怎么样才能够做个开明的君主。蹇叔一条一条地说了出来，乐得秦穆公连晚饭也忘了吃了。第二天，秦穆公就拜蹇叔为右相，百里奚为左相，西乞术、白乙丙为大夫。这么着，秦国新得了五位能人——蹇叔、百里奚、公孙枝、西乞术、白乙丙。没有几天又来了个勇士，就是百里奚的儿子孟明视。

原来百里奚的媳妇儿自从她男人走了以后，靠着双手凑合着过日子。

后来碰上荒年，只好带着儿子去逃荒。也不知道受了多少磨难，末了到了秦国，给人家缝缝洗洗，娘儿俩过着苦日子。没想到孟明视长大成人，不好好地干活，就喜欢跟着一群小伙子使枪弄棒，反倒叫上了岁数的妈去养活他。有一天，孟明视听那群小伙子说："我们的国君用了两个老头儿做相国，已经够有意思了。最新鲜的是一个叫百里奚的相国，说是用五张羊皮买来的，真是听也没听说过。"孟明视一听，心想："也许是我爸爸吧。"回来告诉了他妈。杜氏也起了疑，想尽了法子到"五羊皮"的相府里去洗衣裳。手底下的人见她作事利落，全挺喜欢她。可是她哪儿能见得到相国呐？有一天，百里奚在家里请客，乐工在堂下作乐，有的弹琴，有的唱歌，挺热闹。杜氏在大厅外头，想瞧瞧这位相国。相府里头的人知道她是洗衣裳的老妈子，也不去管她。她瞧了一会儿，好像这位老头儿有几分像她的男人，可也瞧不准。她瞧见一个弹琴的出来，就挺小心地跟他探听一下，又说："我从小也弹过琴，让我弹弹，行不行？"乐工起了好奇心，就把琴交给她。她拿过来一弹，居然跟乐工差不了多少。他们高兴极了，叫她唱个歌儿。她说："好吧！不过得请示相国。"百里奚正在兴头上，顺口答应了。杜氏对相国跟来宾行了礼，唱了起来：

百里奚，
五羊皮，
可记得——
熬白菜，煮小米，
灶下没柴火，
劈了门闩炖母鸡？
今天富贵了，
扔了儿子忘了妻！

百里奚听得愣住了，叫过来一问，果然是自己的媳妇儿杜氏。他也不顾别人，抱着她哭起来了。两口子一伤心，引出了大家伙儿的眼泪。秦穆公听说他们夫妻父子相会，特意赏给他们不少东西。又听说孟明视武艺高强，就拜他为大夫，和公孙枝、西乞术、白乙丙共同管理军事。

秦国搜罗人才，操练兵马，开发富源，努力生产，国家越来越强起来了。可是临近的姜戎还不断地来侵犯边疆。秦穆公就叫孟明视他们发兵去征伐，把姜戎打得远远地逃走了。秦国占有了瓜州（就是甘肃省敦煌县）一带的土地。西戎的头子赤斑，听到姜戎给秦国打败了，就打发他的臣下由余聘问秦国，去看看秦穆公到底是怎么样的一个国君。百里奚、公孙枝他们都知道由余原来是晋国数一数二的人才，晋君不能用他，才给西戎用了去。秦穆公一心要留住他，就好好地招待他，还叫蹇叔、百里奚、公孙枝他们轮流作伴，不断地请客。一面预备了一些能歌能舞的美人儿，派人送给赤斑，算是回报他来聘问的好意。把由余留了一年，才让他回去。赤斑疑心由余跟秦国私通，就不像以前那么重用他了。再说赤斑自从得了美人儿以后，整天躲在后宫，不理朝政，由余苦口婆心地劝告了几回，更叫他讨厌。秦穆公暗地里派人去把由余请来。由余就这么做了秦国的大臣，跟着蹇叔、百里奚共同帮助秦穆公管理朝政。

30 立个坏的

秦穆公的夫人穆姬是晋献公的女儿，太子申生的妹妹。她怕自己的父母之邦灭亡，天天催着秦穆公去帮帮晋国。秦穆公派公子絷去向晋公子重耳和夷吾吊唁(yàn)。公子絷到了狄国，对重耳说："丧事得赶快办，时机万不可失。公子您怎么不趁着机会打算打算呐？"重耳说："父亲刚过世，做儿子的只感到悲痛，哪儿还敢有什么妄想，丢先人的脸。"他流着眼泪谢过使者和秦伯吊唁的好意，别的话什么也没说。公子絷接着到了梁国向夷吾去吊唁，跟他说了同样的话。夷吾没哭，他私底下对公子絷说："敝国的大臣里克已经答应帮助我，我答应给他上等田地一百万亩。丕郑也答应帮助我，我答应给他七十万亩。要是你们的国君肯帮助我回到晋国去即位，我愿意把河外五座城作为谢礼。另外还有黄金四十镒(二十四两为一镒)，洁白的玉佩六双，这些不敢奉给公子，只是送给公子左右的一点儿小意思罢了。"

公子絷回去向秦穆公照实报告了。秦穆公说："重耳是正派人，他心眼儿好。可是咱们该不该帮助他呐？"公子絷说："为了秦国的利益，不如立个坏的。立了这种人做国君，他一定会把国家弄糟，咱们从中可以得到好处。"秦穆公同意公子絷的看法。同时，他又得到了一个消息，说齐桓公也答应立夷吾为国君。他就打发百里奚、公孙枝，带领兵马帮助夷吾回到晋国去。

他们到了晋国，可巧齐桓公也派隰朋带领着诸侯的兵马到了，就共同立夷吾为国君，就是晋惠公。晋惠公夷吾谢了秦国和齐国的将士，打发他们回去。公孙枝可留在那儿，预备接收河外那五座城。晋惠公对大臣们说："当初为了不能回来，晋国的土地还是别人的，所以我做了人情。如今我已经做了国君，怎么能把自个儿的土地白白送给人家呐？"大臣里克说："主公刚即位，不可失信。"大将郤芮（Xìruì）奉承新君，反对里克，说："话可不能这么说呀！先君千辛万苦，南征北战，才得到几座城。现在一送，就是五座！晋国能送几回呀？"郤芮一派的人都说："咱们自己的土地说什么也不能送！"里克说："既然知道不能送，当初为什么许人家呐？"晋惠公说："有什么两全的办法没有？"里克还想再说下去，丕郑在后边直拉他。他只好不说了。晋惠公给秦穆公写了一封信，大意说："我本来打算把城交给您，可是大臣们都不同意，我一时也没有办法。请您把这件事儿先搁一搁，以后再说吧！"写好了信，他派丕郑到秦国去。

秦穆公看了那封信，很生气地说："夷吾这小子忘恩负义，说了不算，简直不配当国君！"丕郑私底下对秦穆公说："晋国人都愿意立公子重耳当国君。您立了夷吾，都挺失望的。这回他跟您失信，全是吕省和郤芮的主意。请您照顾晋国的老百姓，再出个主意。"秦穆公点了点头，写了一封回信，打发大夫泠至（泠 Líng）跟着丕郑到晋国去。

丕郑带着泠至到了晋国的边界，就听说里克给晋惠公夷吾杀了。丕郑一想："里克杀了奚齐和卓子，夷吾这才作了国君。按说里克的功劳可不小哇。怎么反倒给他杀了呐？"心里起了疑，不敢进城。可巧在城外碰见了大夫共华，丕郑就好比半夜里迷路的人瞧见了灯光似的急忙拉住他的手，详细问他国内的事。共华说："那天里克反对主公和吕省、郤芮，分明是说公道话。他们可把他看成是公子重耳的一党，说他成心反对国君。主公就命令郤芮把里克杀了。"丕郑问："凭什么罪名呐？"共华一边撇嘴，一边说："凭什么！他说，'没有你，我做不了国君，我不能忘了你的功劳；可是你杀了两个国君，一个大夫，现在我做你的国君也太不容易了！'这就是里克的罪名。"丕郑愣了一愣，说："他杀了里克，咱们也跑不了。我还是逃到秦国去吧！"共华很天真地说："这倒用不着。站在里克这边的人多着呐！可是国君只杀了一个里克，别人全没有事。您要是不回去，反倒叫他们把您看成是公子重耳的一党了。"丕郑只好硬着头皮，带着秦国的使臣泠至，回到朝廷。泠至把那封回信呈上去，晋惠公一瞧，上面写的大意是：

> 晋秦二国，本是亲戚。城在晋国如在秦国。贵国大臣不愿交战，正是他们的忠心，我也不愿辜负他们的好意。但愿贵国上下一心，好自为之，于我亦有光荣。贵国大夫吕省、郤芮，才能出众，令人钦佩。可否请他们二位来敝国一行，以便请教一二。

晋惠公就打算叫那两位大夫到秦国去。郤芮私下里对吕省说："秦国待咱们太好了。我想不能这样。里克和丕郑原来是一党。咱们杀了里克，他还能跟咱们合得来吗？这里头准有鬼。咱们得留点神。"他们俩就把这个意思偷偷地告诉了晋惠公。晋惠公也疑心起来了。一面打发泠至先回去，对他说："敝国现在还没安定下来，过几天等我们这两个大夫一有空儿，就去拜访贵国。"一面叫吕省和郤芮监视着丕郑。

丕郑原来是向着公子重耳的。这回又看到晋惠公夷吾杀害大臣，就更恨他了。他偷偷地约了八位大臣，暗地里商量着要轰走夷吾去迎接公子重耳。有一天，丕郑正要睡觉的时候，有个将军叫屠岸夷的（屠岸，姓；夷，名）来叫门，说是有重要的事情来求见大夫。丕郑叫人对他说："睡了，有话明儿再说。"屠岸夷不走，差不多快到半夜了，还在门口站着。丕郑只好把他让进来。屠岸夷一瞧见丕郑，就跪下，说："大夫救救我！"丕郑问他什么事。他说："新君怪我当初帮助里克杀了卓子，现在他要杀我了！"丕郑说："你怎么不去找吕省、郤芮他们呐？"屠岸夷说："唉！别提了！杀里克的还不是他们吗？现在主公要杀我也是他们的主意。我恨不得吃他们的肉，喝他们的血，还说得上去找他们呐？"丕郑不信。他琢磨着："说不定他是吕省他们派来套我的话呐！"他就说："你说怎么办？"屠岸夷站起来，说："晋国的人哪一个不向着公子重耳！就拿秦国来说吧，因为夷吾说了不算，也想立公子重耳。要是您能写上一封信，我立刻就到公子重耳那边去，请他会合秦国和狄人的兵马打进来。咱们在里头会合公子重耳和太子申生的一批大臣，里外夹攻。先砍了吕省和郤芮两个狗头，再把夷吾轰出去，立公子重耳为国君。这是上合天意，下合民心的大事。大夫您要是能这样办，不但救了我的命，也救了晋国人的命啊！"丕郑冷笑了一声，说："喝！你倒说得好听！这是谁教给你的？你们想想我能信吗？"屠岸夷受了委屈，立刻咬破中指，鲜血直流，对天起誓，说："老天爷在上，我要是三心二意，叫我不得好死。”弄得丕郑不得不信，就对他说：“好！ 明儿晚上三更天再来商量吧！”

到了第二天晚上，屠岸夷很小心地又到了丕郑家里。 到会的一共有十位大臣。 大家伙儿商量好了，写了一封公信。 丕郑、共华、屠岸夷……等十位大臣全都签了字。 丕郑把信交给屠岸夷，嘱咐他千万小心，赶快去送给公子重耳。 屠岸夷恭恭敬敬地把那封信藏在贴身的地方，向大家伙儿拱了拱手，连夜动身走了。 大家伙儿见了屠岸夷这么热心，全挺满意。 回家没睡多大一会儿，就是上朝的时候了。 他们好像没有事似的到了朝房，和吕省、郤芮他们还像平常似的敷衍着。 没有多大工夫，晋惠公上殿了。 大臣们行了礼。 晋惠公就问丕郑：“你们为什么要去迎接公子重耳？”丕郑一听，可就愣了，一想：“糟了！”郤芮大声地说：“你们做的好事，哼！”说着就掏出那封信来，把里边签字的人一个一个地全念出来，就是没念着屠岸夷。 九位反对夷吾的大臣全都一网打尽。 武士们把那九位大臣全杀了。就为了这件事，屠岸夷升了官，得了赏。

丕郑的儿子丕豹得到了这个消息，连忙跑到秦国向秦穆公哭着告诉夷吾乱杀大臣的惨劲儿，还求他去征伐晋国。 秦穆公一面安慰着丕豹，一面问大臣们：“这事该怎么办？”蹇叔说：“咱们可不能单听丕豹这两句话就去打晋国。”百里奚说：“夷吾这么下去，晋国人一定不服，也许要出事。 到那时候，咱们再打过去也不迟。”秦穆公就把丕豹留下，拜他为大夫，一边等着合适的时候去攻打晋国。

那些反对夷吾的大臣，杀的杀，跑的跑，夷吾的国君还真给他做下去了。 可是接连着年成都不好，老百姓没有法子活下去。 到了第四年，就是公元前 647 年，晋国闹着从来没见过的大灾荒，什么庄稼都没有收成，国内眼看着要乱了。 秦国要打晋国，这可是个时候了。

31 荒年买粮

晋国闹着这样的灾荒，国内没有粮食，晋惠公夷吾打算派人上各国去买粮食。 郤芮说：“秦国离咱们这儿顶近，倒不如上那儿去。”晋惠公说：“咱们河外的五座城还没给人家，人家还能给咱们粮食？”郤芮说：“咱们先去试一试。要是他们不答应，就是跟咱们绝交，咱们可就有话说了。”晋惠公就打发使臣上秦国去。

秦穆公听了晋国使臣的话，召集大臣们商量起来。他说：“晋国许下咱们五座城，到现在还没交割。今年他们有了饥荒，派人来买粮食。咱们答应不答应呐？”丕豹说：“请别答应。他们没有粮食，咱们正好趁这个时候打过去！”公孙枝说：“人家没有粮食，还是帮助帮助的好。”蹇叔、百里奚都说：“天灾流行，哪一国能免得了？救济灾荒，帮助邻国，是好事情。”丕豹想起他父亲的仇，可真沉不住气了，他说：“夷吾是个昏君。天有眼睛，给他们灾难。咱们立刻打过去才是啊。”由余说：“人家正遭难，还要打过去，太不合理了。”秦穆公说：“得罪咱们的是晋国的国君，遭难的是晋国老百姓。咱们怎么能够为了一个国君的不是，让老百姓受罪下去呐？”蹇叔听了，用眼犄角瞧了瞧百里奚，好像告诉他，说：“行了！我不回鸣鹿村去了。”

秦穆公派了不少人，把大批的粮食送到晋国去。渭水、黄河、汾水这几条河里前前后后接连着全是运粮的大船。晋国千千万万老百姓的命全在这些船上呐。晋国老百姓编了些小曲儿，大家伙儿唱着。吃饭的时候，一想起秦国的好处，也会不知不觉地哼上两句。

说起来也真怪，第二年（公元前 646 年），秦国遭了大饥荒，晋国倒是五谷丰收。秦穆公对大臣们说：“幸亏去年咱们帮助了晋国。要不然，现在哪儿有脸向人家买粮食呐？可真是好心有好报！”大家伙儿全都佩服秦穆公有先见之明。可是丕豹说：“夷吾只贪便宜，不讲信义，咱们跟他买粮食，他准不卖。”秦穆公可不这么想，他就派泠至到晋国去买粮食。

泠至见了晋惠公，说了买粮的事。晋惠公请他先歇一歇，自己同吕省、郤芮等一班人商量这件事。他们都认为上回秦国送粮食来，那是他们错了一着。咱们可不能像他们那么傻。有的说：“不如趁着秦国正闹饥荒，咱们约上梁国打过去。就算灭不了它，多少也弄它几座城。”有几个大臣劝晋惠公别这么干，可是“胳膊扭不过大腿去”，说了还是没用。晋惠公就回答泠至，说：“敝国一连好几年闹灾荒，今年收成虽说好点儿，也只能凑合着过，还没有力量帮助人家。”泠至说：“晋国跟秦国本来是亲戚，我们也不提那五座城。再说去年还把大批的粮食送了过来。我们有了灾难，您要是不帮帮忙，您说我怎么回去交代呐？”吕省和郤芮大声骂着说：“上回你跟丕郑来，打算谋害我们；幸亏给我们看破了，总算没上你们的套儿。如今你又干什么来着？回去对你们的国君说，要拿晋国的粮食，也行，得派大军来！”泠至碰了钉子，垂头丧气地回去了。

秦穆公和大臣们听说晋国不但不帮忙，还打算来侵犯，大家伙儿气得咬牙切齿，都要跟晋国见个上下高低。

公元前645年（周襄王七年，齐桓公四十一年，秦穆公十五年，晋惠公六年，楚成王二十七年）秦穆公听到晋惠公真发兵打过来了，就叫蹇叔、由余帮助太子管理国内的事情，孟明视镇守边界，防备西戎，丕豹作先锋，公孙枝率领右军，公子絷率领左军，自己带领着百里奚、西乞术、白乙丙，统领中军，发出四百辆兵车，浩浩荡荡地向晋国打过去，到了韩原（晋地名，在陕西省韩城县西南）。晋国发出六百辆兵车去迎敌。晋惠公派人去说：“鄙人早就等着你们了。你们能退兵的话，最好；要是不退的话，那就算我要退，将士们可也不能答应啊！”秦穆公冷笑着说：“这小子可真狂啊！”就叫公孙枝去告诉他，说：“你要当国君，我立你当了国君；你要粮食，我给了你粮食；现在你要打仗了，我怎么能不答应呐？”

秦穆公对将士们说：“晋国以怨报德，欺负咱们到了极点了。要是天下还有公理的话，咱们一定能打胜仗。”两边一交手，一队一队的兵马对打起来了。秦穆公的一队跟晋国的大将韩简的一队对打；白乙丙的一队跟屠岸夷的一队对打；公孙枝的一队跟晋惠公的一队对打。公孙枝，就是当初使大锄头锄地的那位大力士，大声嚷嚷着说：“会打仗的一齐上来！”好像半空中打了一个响雷，吓得那边的士兵捂着耳朵，差点儿摔倒。

晋惠公车上套着的四匹很漂亮的新马，没上过战场，给公孙枝一声嚷，吓得连蹦带跳，把晋惠公拉到烂泥塘里去了。拿鞭子怎么打，它们也起不来。秦国的士兵还没把这儿的晋惠公围住，那边的秦穆公倒给晋国的士兵围住了。秦穆公这一队的西乞术给韩简打坏了，白乙丙给屠岸夷挡住了。四周围全是晋国人，眼瞧着秦穆公就要给韩简逮住了。他叹了一口气，说：“唉！我今天反倒要做晋国的俘虏了。”正在要命的时候，突然来了一队勇士，有三百多人。秦穆公睁眼一瞧，见他们披头散发，身上穿着破衣裳，脚上穿着草鞋，手里抡着斧子，就好像是混世魔王一般，没头没脑地乱杀乱砍，把晋国的人马杀得七零八落，东逃西跑。逃得快的还许有命，慢点儿的就别想再跑了。这三百多个勇士杀散了晋国的兵马，救出了秦穆公和西乞术，再跟着秦国的大军追上去，杀得晋国的人马十停里只剩下三停，连晋惠公和大将韩简也都做了俘虏。

那三百多人一齐回到了秦国的兵营，向秦穆公磕头。秦穆公问他们：

“你们是哪儿来的？怎么能为我这么拼命？”其中有个带头的回答说：“主公忘了吗？我们全是偷马的大老粗哇！”原来秦穆公有一回正在梁山（在陕西省岐山县）上打猎，晚上短了几匹马。第二天有几个士兵在山坳（ào）里瞧见几百个乡下人正在那儿大吃马肉。他们立刻向秦穆公报告，请他派一队兵马去剿灭。秦穆公说：“算了吧！马已经宰了，现在再去逮他们，反倒叫人家说我为了几匹马屠杀老百姓。”他索性叫小兵送几坛子好酒给他们，告诉他们，说：“主公说了，你们吃的是好马。吃了这么油腻的东西，不喝点酒，不化。主公怕你们伤了身子，赏给你们几坛子酒喝。”这些老粗听了，都跪下去磕头认罪。打这儿起，他们天天惦记着国君。这回听说国君亲自出马去跟晋国打仗，他们就赶到战场上来了。可巧碰见秦穆公给敌人包围，他们不顾死活，把他救了出来。秦穆公一听说是偷马的，就叹了一口气，说：“唉！老百姓这么有义气，夷吾这小子倒这么待我，真不知道还有没有心肝！”公孙枝指着他逮来的俘虏，说：“主公要知道他有没有心肝，回去把他宰了瞧瞧就知道了！”到这个时候，夷吾只好耷拉着脑袋流眼泪。

秦穆公请那三百多人做官。他们说：“我们就会种地，不会做官。”秦穆公只好叫人拿出不少金银财宝赏给他们，他们也不要，只拿着自己的斧子回梁山去了。

秦穆公点了点将士，不见了白乙丙，连忙派人去找。还真找到了。瞧见他跟屠岸夷两个人互相扭着，躺在山坡下，还没断气，可是已经跟死人差不了多少。秦穆公先派人给白乙丙送回去医治。当时就把屠岸夷杀了。

秦国人打了胜仗，押着晋国的君臣一同回来。到了城外，就瞧见一群穿孝衣的宫女和内侍。秦穆公吓了一大跳，问他们：“谁死了？”其中有个宫女说：“夫人（秦穆公夫人，夷吾的异母姐姐）听说晋国的君主给秦国拿住了，心里挺难受。她在花园里搭了一座台，台底下堆满了柴火，自己坐在台上，叫我们穿着孝衣来回禀主公：秦晋两国失了和气，真是不幸。晋侯给您拿住了，夫人也没有脸再见主公。晋侯什么时候带进城，夫人只好什么时候自杀。主公能饶了他，那就是饶了夫人，请主公原谅。”秦穆公搔了搔耳朵，待了一会儿对他们说：“你们快回去，对夫人说：我一定放他回去，请夫人放心。”

秦穆公把晋国的君臣留在城外。他们认了错，再三恳求秦穆公重新和好。结果是：晋国交割了当初许下的河外五座城，又叫太子圉（yǔ）到秦国作抵押，秦国这才放了晋国的君臣回去。

32 送块土疙瘩

晋惠公夷吾留在秦国两个多月，就怕公子重耳趁着这个机会去抢君位。现在回到了晋国一瞧，还能平安无事，这才放了心。郤芮说："重耳在外头终究是个后患。主公要保住君位，最好去把他杀了。"晋惠公就打发勃鞮再去行刺。

当初重耳给勃鞮砍断了袖子，跑到他姥姥家狄国，就在那边住下了。晋国有才能的人大多数全跑出来去跟着他。其中顶出名的有狐毛、狐偃、赵衰(cuī)、胥臣、魏犨（chóu)、狐射姑(狐偃的儿子；射 yè)、颠颉(xié)、介子推、先轸(zhěn)等。他们住在狄国，差不多有十二年光景。大家伙儿全娶了媳妇儿成了家。重耳娶了个赤狄的女子叫季隗(wěi)。赵衰娶的是季隗的姐姐叔隗。两个人全都有了儿子，看那样子也能太太平平地住下去了。有一天，狐毛、狐偃接到父亲狐突(重耳的舅舅)的信，上边写着："主公叫勃鞮三天之内来刺公子。"他们赶快去通知重耳，重耳跟大家伙儿商量逃到哪儿去。狐偃说："还是上齐国去吧。齐侯虽说老了，他终究是霸主。最近齐国又死了几个老大臣，他正需要人。公子去投奔他，正是时候。"

那天晚上，重耳跟他媳妇儿季隗说："夷吾派人来行刺，我只好逃到别国去，也许到秦国，也许到楚国。只要我有了大国的帮助，将来总能回到本国去的。你好好地养活两个孩子。要是过了二十五年，我还不能来接你，那你就另嫁别人吧。"季隗哭哭啼啼地说："男子汉志在四方，你只管去。可是我现在就二十五了，再过二十五年哪，差不多也离死不远了。就说不死，五十岁的老婆子嫁给谁去？你不必担心，我等着你就是了。"

到了第二天，重耳叫那管庶务的仆人叫头须的，赶紧收拾行李，打算晚上动身。就瞧见狐毛、狐偃慌慌张张地跑来，报告说："我父亲又来了个急信，说勃鞮提早一天赶来了。"重耳听了，急得回头就跑，好像刺客已经跟在身后似的，也不去通知别人。他跑了一程子，跟着他的那班人前前后后全到了。那个平时管车马的壶叔，也赶了一辆车马来了，就差一个头须。这可怎么办？行李、盘缠在他那儿，别人全没带什么。赵衰最后赶上，说："听说头须拿着东西、钱财跑了。"他这一跑，累得重耳这一帮人更苦了。

这一帮"难民"一心要到齐国去，可得先经过卫国。卫文公毁为了当初诸侯建造楚丘的时候，晋国并没帮忙，再说重耳是个倒霉的公子，何必去招待他呐！就嘱咐管城门的不许外人进城。重耳和大伙儿气得直冒火儿，可是有难的人还能怎么样。他们只好绕了个大圈子过去。一路走着，一路饿着肚子。到了一个地方，叫五鹿(卫地，在今河南省濮阳市南)，就瞧见几个庄稼人正蹲在地头上吃饭。那边是一大口一大口地吃，这边是咕噜咕噜地肚子直叫。重耳叫狐偃去跟他们要点儿。他们笑着说："哟！老爷们还向我们小百姓要饭吗？我们要是少吃一口，锄头就拿不起来，锄头拿不起来，就更没有吃的了。"其中有一个庄稼人开玩笑，说："怪可怜的，给他一点儿吧！"说着就拿起一块土疙瘩，嘻嘻哈哈地送了过去，嘴里说："这一块好吗？"魏犨是个火绒子脑袋——沾火就着，一瞧那个人拿他们开心，火儿就上来了，嚷嚷着要揍他们一顿。重耳也生了气，嘴里不说什么，心里可向魏犨点了头。狐偃连忙拦住魏犨，接过那块土疙瘩来，安慰公子，说："要打算弄点粮食到底不算太难，要弄块土地可不容易。老百姓送上土来，这不是一个吉兆吗？"重耳也只好这么下了台阶，苦笑着向前走去。

又走了十几里，缺粮短草，人困马乏，真不能再走了。大家伙儿只好叫车站住，卸了马，放放牲口，坐在大树底下歇歇乏儿。重耳更没有力气，就躺下了，头枕在狐毛的大腿上。剩下的人掐了一些野菜，煮了些野菜汤。自己还不敢吃，先给重耳送去。重耳尝了尝，皱着眉头子，又还给他们。他哪儿喝得下去这号东西呐？狐毛说："赵衰还带着一竹筒的稀饭，怎么他又落在后面了？"魏犨撇了撇嘴，说："别提了！一筒稀饭，他自个儿也不够吃，还留给我们才怪呐。"正在这儿没有主意的时候，介子推拿来了一碗肉汤，捧给重耳。重耳一尝，这滋味还算不错，吃得连碗底也给舔了个一干二净。吃完了，才问介子推，说："你这肉汤哪儿来的？"介子推说："是我大腿上割下来的。"大家伙儿一听，你瞧瞧我、我看看你，都觉得这可太难了。重耳流着眼泪，说："这……这是怎么说的……我……我可怎么对得起你呀！"介子推说："但愿公子回国，做一番事业就是了。我这一点疼算什么呐？"这时候赵衰也赶到了。他说："脚底下全起了大泡，走得太慢了！"说着，把一竹筒的稀饭奉给重耳。重耳说："你吃吧！"赵衰哪儿能依。他拿点水和在稀饭里，分给大家伙儿，每人来一口。狐毛向魏犨眨了眨眼，魏犨低着头，当作没瞧见。

重耳和大家伙儿就这么有一顿没一顿地到了齐国。齐桓公大摆筵席给他们接风。他问重耳，说："宝眷带来了没有？"重耳说："逃难的人自顾不暇，哪儿还能带着她们呐？"齐桓公就挑了一个本家的姑娘嫁给重耳，又送给他二十辆车，八十匹马，不少房子，叫每一个跟随公子的人全有车有马，又有屋子，还派人给他们预备饭食。重耳非常感激，跟大家伙儿说："耳闻不如眼见，齐侯可真是个霸主。"大家伙儿全都钦佩齐桓公那个大方、豪爽的派头。

33 五公子抢位

齐桓公本来是个很能干的人，不但把齐国治理得挺不错，还能帮助别的诸侯。可是他也犯了古时候王公贵族媳妇儿太多的毛病。他娶了十几个太太，生了十几个儿子。其中比较有势力的有五个，就是公子无亏、公子元、公子昭、公子潘、公子商人。他们都不是"一奶同胞"，没有一个是齐桓公的正夫人生的。每个公子的母亲都要求丈夫立她的儿子为太子。老头子为了讨好，也就迷里迷糊地瞎敷衍着。不过在这许多太太当中，卫姬伺候他最长久，再说她的儿子无亏是长子，齐桓公就答应卫姬立无亏为太子。从前他跟管仲提到这件事，说："论岁数，无亏最大，论能力，昭儿最强。"管仲说过：既然全不是正夫人生的，不妨把君位传给最有才能的一位。要打算保住霸业，更非有个贤明的国君不可。因此，在葵丘开会的时候，齐桓公和管仲当面托付宋襄公帮助公子昭，将来立他做国君。公子昭就这么做了太子。可是齐桓公最心爱的三个臣下，叫作竖刁、易牙、开方的，都不向着公子昭。竖刁和易牙帮着长子无亏。开方和公子潘交好。公子元和公子商人连成一党。剩下的几个公子都觉得自个儿势力小，倒也不去瞎争。不过这五个公子已经够瞧的了。"清官难断家务事"，连管仲也没法儿办。他临死的时候(公元前 645 年)，就劝过齐桓公别跟竖刁、易牙、开方这三个人接近，省得他们利用公子来扰乱齐国。

齐桓公可真喜爱他们三个人，还在管仲面前替他们辩护，说："先说易牙吧，他听见我说了一句'可不知道人肉是什么滋味儿'，就把自己的孩子杀了，煮了给我吃。他这样爱我不是过于爱自己的骨肉吗？竖刁为了要伺候我，自愿地受了宫刑。他爱我不是过于爱他自己的身子吗？卫公子开方（卫懿公的儿子）连太子的地位也不要，来伺候我，父母死了也不回去。他爱我不是过于爱他自己的父母吗？他们这份忠心可真难得。你怎么叫我不理他们呐？”管仲说：“爱儿子、爱身子、爱父母都是天性。他们连自己的骨肉也忍心杀害，自己的身子也不爱惜，自己的父母也不尊敬，还能爱别人吗？他们亲近主公是另有贪图的。请主公听我最后的一句话，这种人万万近不得！”他又叹了一口气，说：“唉！可惜宁戚死了。”

管仲死了以后，隰朋、鲍叔牙也都接连着死了。齐桓公是个能人，可是全仗着管仲做他的助手，发挥了他的长处，干了一番事业。赶到管仲一死，好像短了一只胳膊。再说他又上了年纪，就慢慢地懒起来了，把国家大事全交给了竖刁、易牙、开方三个人去瞧着办，自己就好像躺在火炉旁边的老猫似的伸伸懒腰，打打哈欠，迷迷糊糊地连叫也懒得叫一声了。

公元前643年，七十三岁的霸主齐桓公害了重病。竖刁、易牙、公子无亏、卫姬这一批人抓住时机，派武士把守宫门，就说国君要清净，不许任何人进宫问安。过了三天，竖刁、易牙把伺候病人的底下人，不论男女，一概轰走。卧室的四周完全关结实了，就留着一个很大的“狗洞”。每到夜里派个小丫头钻进去探听探听生死信儿。平时不许有人出入，就让齐桓公一个人躺着。齐桓公叫这个喊那个，没有人答应。这时候他跟外边完全隔离了。他只好瞧着“狗洞”，他的指望全在这儿了。就是一只狗、一只猫、一只耗子，多少也能叫他有点安慰。可是整个屋子静得比死还可怕。他愣愣磕磕地瞧着“狗洞”，那“狗洞”也愣愣磕磕地瞧着他。他瞧得头晕眼花，就闭上眼睛，休息一会儿。他正闭着眼休息，忽然打“狗洞”里钻进一个宫女来。齐桓公一愣，问她：“你是谁？”她说：“我是主公的小丫头晏蛾！”齐桓公睁开眼睛仔细一瞧，说：“哦！原来是你。我肚子饿得慌，你去给我弄点稀粥来。”晏蛾说：“哪儿有稀粥哇！”齐桓公说：“热水也行，我正渴着呐！”她说：“没法儿拿来。”齐桓公说：“为什么？”她说：“竖刁、易牙造反，叫武士们把守宫门，内外不通信儿。我冒充探听主公生死的人，才混了进来。”齐桓公说：“公子昭在哪儿呐？”晏蛾说：“给他们挡在外头，不许进宫。”齐桓公流着眼泪，叹着气，说：“天哪，天哪！我小白就这么死去吗？”接着吐了几口血。晏蛾不住地替他揉胸口。齐桓公哆里哆嗦地握着她的手，说：“我有这么多的女人，这么多的儿子，可没有一个在我眼前，只有你一个人来送终。我真没有脸，平时没好好地待你。唉，晏蛾！我可后悔了！我有什么脸去见管仲呐！”他说着，叹着气，还哭着，气喘喘地瞧着晏蛾。晏蛾说：“主公有什么话尽管说吧！”他挣扎着说：“晏蛾……你……你……能不能通知公子昭，叫他赶快逃到宋国去。”晏蛾明明知道办不到，可是为了安慰病人，就显出挺有把握似的口气，说：“好吧，您放心，休养休养要紧！”齐桓公用袖子挡住自己的脸，只是唉声叹气。晏蛾一只手托住他的脖子，一只手揉着他的心口，直到齐桓公睡熟了。晏蛾刚想把他放下去，才知道他已经没有气儿了。

她赶快钻出“狗洞”，往外一跑，不料迎头撞见了竖刁。她避也没法儿避，就跑上一步，禀告说：“他死了！”竖刁哼了一声，说：“知道了，去吧！”竖刁跟易牙商量，先不把消息传出去。他们只通知卫姬，一面立公子无亏为国君，一面发兵去包围东宫，捉拿公子昭。万没想到公子昭早已得到了信儿，逃去了。另一面，公子元、公子番、公子商人跟着开方，带领着自己的家丁攻打竖刁、易牙和公子无亏。四个孝子只顾争夺君位，害得老头子的尸首搁了六十七天，还没落棺材。尸体一烂，那些大尾巴蛆爬到宫门外，那股子臭味就别提了。齐国有两个老大臣，一个叫高虎，一个叫国懿仲，他们说：“立长子为国君是名正言顺的。”他们就请出公子无亏做了丧主，先办丧事。其他三个公子一瞧齐国最有势力的两个大臣出来主持，倒也不敢相争，大家散了武士，穿了孝服，共同跟着公子无亏办了丧事。一场内乱满想打这儿就算消停了。没想到公子昭跑到宋国，请宋襄公作主。宋襄公一来受了齐桓公和管仲的托付，二来他也想趁着这个机会去联络诸侯，扩张势力，接着齐桓公作个霸主，就答应了公子昭，准备会合诸侯立公子昭为齐国的国君。

34 欺软怕硬

宋襄公通知诸侯，请他们共同护送公子昭到齐国去即君位。诸侯当中，有的主张多一事不如少一事，就让公子无亏做下去吧；有的不敢得罪宋国，开一次大会也无所谓。可是大多数把宋国的通知搁在一边。到了开会的日子，卫、曹、邾三个小国带了点兵车来了。宋襄公就带领着四国的兵车打到齐国去。齐国的大臣高虎、国仲懿等全是没有脊梁骨的软皮囊。当初立公子无亏，说他是长子，现在一瞧四国的兵马打来了，就改口说公子昭本来是太子。他们杀了公子无亏和竖刁，轰走了易牙，投降了宋国，迎接公子昭即位，就是齐孝公。四国的诸侯要办的事都办到了，得了些谢礼，退兵回去了。

宋襄公要做霸主的第一步算是成功了。第二步他要会合诸侯，继承齐桓公的事业。他又怕大国不理他，给他来个“干搁车”，就先约了曹、邾、滕(在山东省滕县西南)、鄫(在山东省苍山县西北;鄫 céng)四个小国，开个会议。到了开会的日子，曹国和邾国的国君准时到了。滕侯婴齐来晚了一步。鄫子干脆就没露面。宋襄公觉得这些小国太可恶了。做了小国还不好好地听大国的话，简直是不懂世故人情。俗语说得好，“棒头出孝子”，要是不给他们点厉害瞧，还像个霸主吗？宋襄公就问滕侯婴齐为什么迟到。滕侯婴齐吓得直打哆嗦，低声下气地直赔不是。宋襄公一瞧他这份小心听话，本来也可以饶了他。可是理是理，法是法，霸主不能失了威风。他就把滕侯婴齐关起来，不准他会盟。“棒头”居然生了效力，鄫子得到了这个消息，吓得连夜动身赶来，可是已经晚了三天。宋襄公大怒，一个劲儿地骂着说：“我刚提出会盟，小小的鄫国竟敢迟到三天，要是没个办法，还行吗？”公子目夷(字子鱼,宋国的相国,宋襄公的庶兄)竭力拦住他。可是宋襄公有他自己的主意。他杀了鄫子，当做祭品，祭祀睢水。别的诸侯要祭祀，只能用牛、马、羊什么的做祭品，宋襄公可用了活人，并且还是一个国君。他重视鬼神真可以说到了家了。

宋襄公杀了鄫子，威风可大了。押在拘留所里的滕侯婴齐千方百计地托人向宋襄公求情，又送了他一份很厚的礼，宋襄公才把他放了。

就为了宋襄公杀了鄫子，押了滕侯，在场的曹共公大为不平。不到“歃血为盟”的日子，他就偷偷地回去了。这可把宋襄公气坏了。光是会合四个小国，已经弄得“按下葫芦瓢起来”，怎么还能号令大国呐？宋襄公自作聪明，他想先请出一个大国来，再靠着他去收服小国。你没瞧见过看羊的吗？只要拉着一只头羊，凭你到什么地方去，小羊总会跟着走的。要一个个地去收服小国，那可太麻烦了，还是去联络大国吧！那时候楚成王已经会合了齐、鲁、陈、蔡、郑等国，订立了盟约，再叫宋襄公去联络哪一个大国呐？虽然秦国和晋国还没给楚国拉过去，可是他们太远了，向来不跟中原诸侯会盟。这可怎么办？他摇头晃脑地想了一会儿，忽然灵机一动，自言自语地说：“行了！把楚国当做‘头羊’就是了！”他把这个主意告诉了大臣们，公子目夷自然反对，宋襄公干脆没理他。

宋襄公打发使臣带了礼物去见楚成王，请他到宋国的鹿土来跟齐国、宋国先开个三国会议，商量会合各国诸侯的办法。“头羊”居然答应了。

公元前639年2月，齐孝公昭先和宋襄公相见。齐孝公是由宋襄公帮忙才做了国君的，当然忘不了他的大恩，对他特别恭敬。可是一瞧这位恩人的神气劲儿好像是他老子似的，心里不免有点难受。过了几天，楚成王也到了。三位国君挨排坐下。宋是公爵，第一位；齐是侯爵，第二位；楚是子爵，第三位。宋襄公拱了拱手，说：“我打算会合诸侯，共同扶助王室。恐怕人心不齐，意见不一，所以想借重二位大力，大家伙儿会合诸侯，到敝国盂地(在河南省睢县东南)开个大会，日期就定七月里吧！”说着，又请齐、楚两位国君说话。齐孝公和楚成王两位让来让去，全不说话。宋襄公就说：“请二位在通告上都签个字吧！”说完，就把预备好了的通告递给楚成王。楚成王拿来一瞧，上头说明会盟的大道理，外带着还说明要学齐桓公的办法，开的是“衣裳之会”，下边还签着宋公的名字。楚成王说：“您签了字够了，就这么发出去吧。”宋襄公说：“陈国、许国、蔡国都在你们二位手下，所以要借重你们。”楚成王说：“那么请齐侯先签吧！”齐孝公为了宋襄公先把那通告递给楚成王，心里已经不高兴了，现在再由楚成王让给他，他就跟斗气似的说：“敝国就像宋公手下的人一样，没有什么要紧。贵国不签字，事情就不好办。”楚成王微微一笑，签了字，交给齐孝公。齐孝公说：“有了楚国签字就成了。”宋襄公把齐孝公的冷言冷语当作实话，就把通告收了起来，请他们下半年早点来。

到了秋天，宋襄公驾着车马到盂地去开大会。公子目夷说：“楚是蛮族，向来不讲信义。万一楚子是个披着羊皮的狼，那可怎么办？主公总得带点人马去，我才放心。”宋襄公瞪了他一个白眼，说：“什么话？约好了‘衣裳之会’，怎么可以自己先失了信？”公子目夷只好空身跟着他去。

他们到了会场，就瞧见楚、郑、陈、蔡、曹、许等国全都到了，只有齐孝公和鲁僖公还没露面。齐孝公是怨恨宋襄公，鲁僖公是不愿意和“蛮子”打交道。宋襄公一瞧跟着楚成王的全是文臣，没有一个武将，就教训公子目夷，说：“你瞧瞧！下回可别再拿小人的心思去瞎猜君子的好心眼了。”

七国的诸侯准时开会。宋襄公做了临时主席，拱了拱手，致开会词，说：“今天诸君到敝国来开会，我们非常荣幸。我们想继续齐桓公的办法，大家共同扶助王室，帮助弱小的和有困难的诸侯。大家伙儿订立盟约，不准互相攻打，天下才可太平。不知道诸位意下如何？”楚成王站起来，说：“很好，很好。可不知道谁是盟主？”宋襄公心里一急，一时说不出话来。他心里想说：“盟主就是我啊！我不是请你们来推举的吗？”可是这话没法儿出口。他想起宋国是公爵（第一等诸侯），再说自己有平定齐国内乱的功劳，就说：“这个用不着说，不是看爵位的高低，就看功劳的大小。”楚成王说：“宋是公爵，第一等诸侯，可是我已经做了多少年的王了。王总比公高一等吧！”他就跑过去，一屁股坐在第一个座位上，气得宋襄公暴跳起来。公子目夷拉了一下他的袖子，叫他沉住气。他可沉不住了。他费了多么大的劲儿，霸主已经快弄到手了，怎么能让给别人呐？他挺着胸脯，说：“我是正式的公爵，你是自称为王，这头衔是假的。”楚成王变了脸，说：“既然知道我这楚王是假的，你请我这假王来干什么！”楚国的大夫成得臣（字子玉）大声地说：“今天开会，只要问问众位诸侯，是为着楚国来的呐，还是为着宋国来的？”陈国和蔡国的国君向来害怕楚王，一齐说：“楚国！楚国！”楚王听了，哈哈大笑，指着宋襄公，说：“听见了没有？你还有什么话可说？”宋襄公当面受了欺负，气呼呼地还想争论，就瞧见成得臣和楚国大将斗勃脱了外衣，里头全是亮堂堂的铠甲。他们从腰里拔出两面小红旗，向台底下一摇晃，就瞧见一批楚国的“文官”，立刻剥去外皮，一个个全变成了武士，扑上台来。台上的诸侯吓得直打哆嗦，好像耗子见了猫似的。楚国人一窝蜂似的把这位“霸主”宋襄公掳了去，公子目夷趁着这个乱劲儿，一溜烟跑了。

35 “仁义军”

公子目夷回到都城睢阳（在河南省商丘市南），和司马公孙固商量怎么去抵御楚国人。公孙固说：“请公子先即位，才能号令全国，安定人心。”大臣们向来佩服公子目夷，就立他为国君。公子目夷也不推辞。他们两个人计划停当，赶紧派兵把守睢阳城。没待多大一会儿，楚国的大军到了城下。大将斗勃大声对宋国人说：“你们的国君在我们手里呐！杀他、放他全瞧我们的了。赶快投降，还能保住他的命！”公孙固站在城楼上，说：“我们已经有了新君了，那位旧君就送给你们吧！要我们投降，你可别想了！”楚成王就下令攻城。可是城上的箭和石头就像暴雨夹着雹子似的打下来，打伤了不少楚国的士兵。楚国人一连打了三天，睢阳城还是打不下来。楚成王弄得没有主意了。他说："宋国人不要旧君，把他杀了吧！"成得臣说："大王曾经说过宋公不该杀害鄫子。要是大王杀了他，不是跟他学吗？再说，宋国已经有了新君，那么杀一个宋公，就像杀一个普通的俘虏一样。还是放了他吧。"楚成王说："打不下他们的城，还放了他们的国君，这太不像话了。"成得臣觉得随随便便地把宋公放了也不好，就说："办法倒有一个。这回开会，齐国和鲁国没来。齐国跟咱们多少有点来往，齐侯也挺尊敬咱们。只有鲁国向来瞧不起咱们。咱们不妨用软中带硬的手腕，请鲁侯来开会。比如说咱们从宋国那儿得来的东西，送一部分给他，请他来处治宋公。他害怕咱们，不敢不来。国书上还得写些咱们尊重鲁侯的话。他一定会替宋公求情。咱们做个人情，就把鲁国拉过来了。这么着，中原的大国都归附了楚国，大王就是霸主了。"楚成王连连点头，就这么办了。

鲁僖公果然赶来了，先和中原的诸侯见了面，和大家谈了一会儿。郑文公曾经受过天王的嘱咐去归附楚国，就提议请楚成王做盟主。别的诸侯心里不乐意，嘴里可说不出来。鲁僖公开口说："做盟主必须注重道义，才能够叫人佩服。现在楚国凭着武力，拿住了宋公，谁能服呐？要是他们立刻放了宋公，大家订立盟约，我也就没有话说了。"大家伙儿全赞成鲁僖公的主张，向楚成王替宋襄公求情。楚成王就"顺水推舟"地让宋襄公去跟诸侯们相见。宋襄公受了一肚子的委屈，眼泪往肚子里咽，脸上还得装着乐谢过他们，跟他们订了盟约。楚成王和诸侯们才各自散了。

宋襄公放了出来，命是保住了。可是他听说公子目夷已经做了国君，就觉得不好再回睢阳去，还不如跑到别国去吧。他哪儿知道公子目夷是为了救他的命才那么办的。宋襄公正在纳闷，公子目夷已经派人来接他了。他又是喜欢，又是害臊，好像败子回家似的回到睢阳，重新做了国君。可是他这回乘兴而去，败兴而归，"羊肉没吃上，惹了一身臊"，这份委屈太大了。受了委屈要是不去报复，还像个大丈夫吗？可是向谁去报复呐？当然不能向楚成王去报复，因为这种蛮子，反正没法儿治。还是把楚王当作不懂事的野兽，饶了他吧！那么谁是该受责备的呐？他又想起滕子和鄫子来了。他以为强国欺负弱国，还能说"情有可原"，小国欺负大国，简直是"罪该万死"。比如说，郑是小国，按理应当尊敬宋国；可是那个该死的郑伯竟敢胆大妄为，提议请楚王为盟主。宋襄公越想越气，不由得一肚子的闷气全要发在郑文公头上了。

公元前638年，宋襄公要带着公子目夷和大司马公孙固去征伐郑国。满朝文武全不同意。宋襄公生了气，说："大司马也不去？好，那我就一个人去吧！"他们只得顺了他。郑文公急忙打发使臣向楚国求救。楚成王派成得臣和斗勃带领着大队兵马直接去打宋国，急得宋襄公连忙赶回来。大军到了泓水（在河南省柘城县北；泓 hóng），楚国人已经在对岸了。公孙固对宋襄公说："楚国的兵马到了这儿，是为了咱们去打郑国。现在咱们回来了，还可以跟楚国讲和，何必跟他们闹翻脸呐？再说，咱们的兵力也比不上楚国，怎么能跟他们打呐！"宋襄公说："怕他什么，楚国兵力有余，仁义不足；咱们就说兵力不足，仁义可是有余呀！兵力怎么能抵得住仁义呐！"他一向要做霸主，上回叫楚国人开了个玩笑，受了一肚子的气。宋国的兵力既然不是楚国的对手，他就想出一个打胜仗的法子来，那就是用"仁义"去打倒"武力"。可是"仁义"是个摸不着边的玩意儿，总得做出点东西来，人家才能够瞧得见。宋襄公可有这种聪明劲儿。他用一个极简单的法子把那摸不着边的想头做成一个符号。他做了一面大旗，上面绣着"仁义"两个大字。在宋襄公心里，好像有了法宝就能降妖。万没想到那批妖魔鬼怪不但没给吓跑，反倒从泓水那边渡到这边来了。

公子目夷瞧着楚国人忙着过河，就对宋襄公说："楚国人白天渡河，明摆着料到咱们不敢去打他们。咱们趁着他们还没渡完的时候，迎头打过去，一定能够打个胜仗。"宋襄公一想，这是一种考验，考验他能不能坚持信念。他早明白武力是武力，仁义是仁义。既然要用仁义去打败武力，就不该取巧。要是他取了巧，他的信念可就破了，仁义的法宝也不灵了。他指着大旗上的"仁义"两个大字，说："哪儿有这理呀？敌人正在过河的时候就打过去，还算得讲仁义的军队吗？"公子目夷对于那个符号可不感兴趣，一瞧楚国人过来，乱哄哄地正排着队伍，心里急得什么似的，又对宋襄公说："这会儿可别再呆着了，趁他们还没排好队伍，咱们赶紧打过去，还能够抵挡一阵。"宋襄公骂他，说："呸！你这个不懂道义的家伙！别人家队伍还没排好，怎么可以打呐！"

楚国的兵马排好了队伍，就像大水冲塌了堤坝似的涌过来。宋国讲"仁义"的军队哪儿顶得住哇！公子目夷、公孙固、公子荡拼命保住宋襄公，可是宋襄公的大腿上早已中了一箭，身子也有几处受了伤。那面"仁义"大旗委委屈屈地给人家夺了去了。公子荡不顾死活，挡住了楚国人。公子目夷保护着宋襄公赶着车逃跑。公子目夷瞧着愁眉苦脸的宋襄公，又是恨他，又是疼他，问他说："您说的讲道义的打仗就是这个样儿的吗？"

宋襄公一边理着花白的头发，一边揉着受了伤的大腿，说：“依我说，讲道义的打仗就是以德服人。比如说，看见已经受了伤的人，可别再去害他；头发花白了，可别拿他当俘虏。”公子目夷说：“如果怕打伤敌人，那还不如不打；如果碰到头发花白的就不抓他，那还不如让他抓去呐！”

宋襄公逃回睢阳，受了很重的伤，不能再起来了。他嘱咐太子，说：“楚国是咱们的仇人，千万别跟他们往来。晋国的公子重耳挺有本领。要是他能够回国的话，将来一定是个霸主。你要好好地跟他打交道，准没错儿。”

宋襄公为了帮助齐国，吃了不少的苦头，可是齐孝公反倒归附了楚国。这叫那一伙子跟着公子重耳呆在齐国的晋国人大抱不平。他们觉得齐国的黄金时代已经跟着管仲、齐桓公一同过去了，新君没有多大的能耐。他们就是再呆下去，也没有什么指望。赵衰他们就打算离开齐国，投奔别的国去。

36 桑树林子

赵衰这一伙子人商量着说：“咱们到这儿来，原来指望齐国能帮助咱们回到晋国去。没想到齐侯一死，新君反倒以怨报德，背了宋国，归附了楚国，哪儿还有一点霸主的味儿？咱们不如跟公子商量商量，到别国去吧！”大家伙儿就决定去见公子重耳。可是公子重耳正跟夫人齐姜打得火热。他是大国门上的姑爷，从来不敢得罪她，更不敢离开她。为了陪着齐姜，他反倒跟自个儿的人走远了。大家伙儿等了些日子，还没见着重耳的面。魏犨是个直肠汉，当时可就恼了。他嚷着说：“咱们瞧他有出息，才不怕受苦受罪，跟了他来。他倒舒舒服服地一住七年。难道咱们这一辈子就这么下去不成？”狐偃说：“这儿不是说话的地方，你们跟我来吧！”他们就跟着他到了城外，找块僻静的地方，大家全坐下来。狐偃怕有人偷听，四下里瞧了瞧，只见密密层层全是桑树，他就把他的计划说出来：“这么着吧！咱们先把行李搬出来，然后请公子出来打猎。到了城外，咱们就请他离开齐国。可不知道上哪一国去好？”赵衰说：“宋公直想做霸主，咱们不妨先去瞧瞧。万一不合适，咱们再去秦国或者楚国，反正总比死守在这儿强。”狐偃接着说：“宋国的大司马公孙固是我的朋友，咱们还是先到宋国走一趟吧！”他们就这么决定了。

第二天，赵衰、狐偃、魏犨他们几个人去请公子重耳到城外打猎去。重耳还没起来，叫人告诉他们，说：“这两天身子不舒坦，不去。”齐姜听见了，就叫狐偃一个人进去，请他坐在客厅里。她吩咐手底下的人全退出去，然后问他：“你们请公子干什么？”狐偃说：“从前公子在狄国，时常出去打猎，现在好久没有出去了。我们怕他老不活动也不好，才请他出去打猎。”齐姜微微一笑，说：“这回打猎打到宋国去呐，还是打到秦国去呐？”狐偃暗暗吃了一惊，可是仍旧装着没有事的样儿，说：“打猎玩玩，怎么能跑得那么远呐？”齐姜一本正经地说：“真人面前可别说假话啦！昨天你们在桑树林子里商量，总算是挺严实了吧！哪儿知道‘路上说话，草里有人听’，我那小丫头正在桑树林子里采桑叶呐。她回来全都告诉我了。你们能这么同心协力地劝公子动身，正合我的心意，何必瞒着我呐！这么着吧：今天晚上我请公子喝酒，把他灌醉。你们就连夜把他抱上车去，好不好？”狐偃磕了一个头，说：“夫人能够这么帮助公子，真是难得。”他就出来偷偷地告诉大家伙儿，准备一切。

那天晚上，齐姜请公子重耳喝酒。重耳心里已经明白几成了。他说：“今天什么事啊？怎么请起客来了？”齐姜说：“听说公子要出出门，特意给你送行。”重耳说：“到哪儿去呀？我在这儿不好吗？”齐姜说：“好是好，不过大丈夫总得做一番事业。再说你那一班大臣全有才能，你也得听听他们的呀！”重耳生气似的推开酒杯，说：“得！我不喝了！”齐姜笑咪咪地说：“真不去？可别骗我啊！”重耳说：“不去！谁骗你？”齐姜说：“去不去由你，请不请由我。要是你去呐，这酒就算是送行；要是你不去呐，这酒就算是留你，好不好？”两口子你一杯、我一杯地喝个没完，说说笑笑，越喝越有劲儿。重耳可真有几分醉了。齐姜说：“你再喝几杯，我再留你几年。”重耳又喝了几杯。齐姜为了丈夫的事业，心里哭着，脸上笑着。她又说：“请公子再喝三杯，我一辈子不让你离开我。”重耳就又喝了三杯。七分醉，三分明白地躺在榻上。齐姜打发人去通知狐偃。狐偃带着魏犨、颠颉抬了公子，放在车上，当天晚上就出了城。

他们走了五六十里，天渐渐亮了，重耳躺在车上翻个身，心里琢磨着齐姜的好处，他瞧见狐偃在旁边，就骂他：“你干什么？”狐偃说：“我们想把晋国献给公子。”重耳怒气冲冲地说：“这回出来要是成功，也就算了；要是不成功，我准剥你的皮，吃你的肉！”狐偃说：“要是不成功，我也不知道

齐姜为了丈夫的事业，心里哭着，脸上笑着。她又说："请公子再喝三杯……"

死在哪儿了。要是成功了，公子天天可以吃肉，我身上的肉，又臊又腥，不配您的胃口。”赵衰一批人都说：“这是我们大家核计着办的，请别怪他了！”魏犨气呼呼地说：“大丈夫也得做点儿事，老陪着娘儿们干么？”重耳只得改了语气，说：“已经到了这个地步，我依着诸位就是了。”

他们到了曹国，曹共公待他们挺不客气，只让他们过一宵，可不给他们吃的。曹国的大夫僖负羁(jī)回到家里跟他太太说，曹伯太没礼貌，还说跟着重耳的一帮人都很了不起的。僖太太说：“晋公子有这么多的能人帮着他，他准能回国，将来很可能会做诸侯的头儿。到那时候，他要报仇的话，我看咱们曹国第一个逃不了。您不如早点儿跟晋公子结交结交，留个后步。”僖负羁就私下备了酒食，派个心腹送去，还在食盘里藏着一块白玉。重耳收了酒食，说：“要是我能够回国的话，一定报答大夫的情义。”他可把那块白玉退回去，说什么也不收。那个心腹回去，僖负羁叹着气，说：“公子重耳正需要盘缠的时候，还不肯接受我的礼物，他的志向可不小哇。”

重耳离开曹国，到了宋国。宋襄公为了大腿上受了伤，正在那儿害病。一听见公子重耳来了，就派公孙固去迎接。宋襄公也像齐桓公那样送他们每人一套车马，招待得特别周到。公子重耳他们都非常感激。过了些日子，宋襄公的病还不见好转，狐偃私底下跟公孙固商量。公孙固说：“公子要是愿意在这儿，我们是万分欢迎的。要是指望我们发兵护送公子回到晋国去，这时候敝国还没有这份力量。”狐偃说：“您的话是实话，我们全明白。”

第二天他们离开了宋国，一路走去，到了郑国。郑文公认为重耳在外边流浪了这么些年还不能回国，一定是个没出息的人，因此理也不去理他。他们又恼又恨，可是不能发作出来，只好忍气吞声地往前走。没有几天的工夫，他们到了楚国。

楚成王可不同了。他把重耳当做贵宾，还用招待诸侯的礼节去招待他。楚成王对他越来越好，重耳对楚成王就越来越恭敬，两个人就这么做了朋友。有一天，楚成王跟重耳打哈哈，问他：“公子要是回到晋国，将来怎么报答我呐？”重耳说：“金银财宝贵国多着呐，我真想不出怎么来报答大王的恩典。”楚成王笑着说：“不过多少总得报答一点啊！”重耳说：“要是托大王的福，我能够回到晋国去，我愿意跟贵国交好，让两国的老百姓都能过着太平的日子。可是万一发生战争，那我怎么敢跟大王对敌呐？那时候，我只能退避三舍(三十里为一舍，退避三舍，就是退九十里的意思)，算是报答您的大恩。”楚成王听了倒没有什么，可把成得臣气坏了。他回头偷着对楚成王说："重耳说话简直没边儿，赶明儿准是个忘恩负义的家伙，还不如趁早杀了他吧！"楚成王说："没有那么一说，他到底是客，咱们得好好地待他。"

有一天，楚成王对重耳说："秦伯派人到这儿来，请公子到那边去。他有心帮您回国，这真是个好消息。"重耳说："我愿意跟着大王，不愿意到秦国去。"楚成王劝他，说："可别这么说。敝国离贵国太远，我就是要送您回去，还得路过好几个国家。秦国跟贵国离得最近，早晨动身，晚上就到。再说秦伯肯帮助您，我也放心了。您听我的话，去吧！"重耳这才拜别了楚成王，上路到秦国去了。

37 饱不忘饥

秦穆公立公子夷吾做了国君(就是晋惠公)，自己没得到一点好处，反倒受了他的气。后来听了夫人穆姬的劝解，这才允许夷吾讲和，夷吾把公子圉送到秦国做抵押。秦穆公总算优待公子圉，还把自己的女儿怀嬴嫁给他。公元前638年，公子圉听说他父亲病了，怕君位传给别人，就偷偷地跑回去了。第二年夷吾一死，公子圉做了国君，也不跟秦国来往。秦穆公后悔当初错了主意，立了夷吾。现在夷吾死了，公子圉又是一个夷吾。因此，他决定要立公子重耳做国君，把他从楚国接了来。

秦穆公和穆姬都很尊敬公子重耳。他们要跟他结成亲戚，想把他们的女儿怀嬴改嫁给他。怀嬴说："我嫁了公子圉，还能再嫁给他的伯父吗？"穆姬说："为什么不能呐！公子重耳是个好人，要是咱们跟他做了亲戚，双方都有好处。"怀嬴一想：虽说嫁给一个老头子，这可是两国都有好处的事。她就点头认可了。秦穆公叫公孙枝去做媒。赵衰、狐偃他们巴不得能够跟秦国交好，都劝公子重耳答应这门亲事。在那时候，做父亲的娶儿媳妇，做儿子的娶后母，有的是，别说伯父娶侄媳妇了。这么着，老头子重耳又做了新郎。

大家正在那儿吃喜酒的时候，狐毛、狐偃哭着来见重耳，要他去给他们报仇。原来公子圉即位以后，就下了一道命令，说："凡是跟随重耳的人必须在三个月之内回来，改过自新；过了期限，全有死罪；父兄不叫他们回来的也有死罪。”狐毛、狐偃的父亲狐突就因为不肯叫他们回去，给他杀了。重耳把这件事告诉了秦穆公，秦穆公决定发兵替女婿打进晋国去。可巧晋国的大夫栾枝（栾 Luán）打发他儿子栾盾到了秦国。栾盾对公子重耳说：“公子圉杀害忠良，虐待人民。朝廷上除了吕省、郤芮以外，其余的大臣像韩简、郤溱（zhēn）……和我们一家人，都打算起事，只等公子一到，就作内应。”秦穆公发了大军，叫丕豹作先锋，亲自带领着百里奚、公子縶、公孙枝等护送公子重耳回晋国去。

公元前636年（周襄王十六年，秦穆公二十四年，楚成王三十六年），他们到了黄河，打算坐船过河。秦穆公分了一半兵马护送公子重耳过河，自己留下一半在黄河西岸作为接应。他对公子重耳说：“公子回到晋国，可别忘了我们夫妇俩啊！”说着流下眼泪来。重耳对他更是依依不舍。

上船的时候，那个管行李的壶叔，挺小心地把一切的东西全弄到船上。他还忘不了以前饿肚子、煮野菜的情形，把吃剩的凉饭、咸菜、穿过的旧衣裳、破鞋什么的，全舍不得扔下。重耳一瞧，哈哈大笑，对他说：“你们也太小门小户儿的啦！现在我去做国君，要什么有什么，这些破破烂烂的还要它干么？”说着就叫手下的人把这些东西全撇到岸上。那些手下的人也觉得现在富贵了，怎么还露出这份儿穷相来呐？狐偃一瞧他们全变成富贵人的派头了，就拿着秦穆公送给他的一块白玉，跪在重耳面前，说：“如今公子过河，对岸就是晋国。内有大臣，外有秦国，我挺放心。我想留在这儿，做您的外臣。奉上这块白玉，表表我一点心意。”公子重耳愣了一愣，说：“我全靠你帮助，才有今日。咱们吃了一十九年的苦，现在回去，有福同享，你怎么说不去了呐？”狐偃说：“从前公子在患难中，我多少也许有点用处。现在您回去作国君，自然另有一批新人使唤。我们就好比旧衣、破鞋，还带去作什么呐？”重耳究竟是重耳，听了这话，脸红了，马上说：“这全是我的不是！我可不是忘恩负义的人。我决不会忘了你的功劳。我可以对天起誓！”说完了，吩咐壶叔再把破烂东西弄上船来。那些手下的人也直怪自己不该好了疤拉忘了疼，做人应当节俭，暖不忘寒，饱不忘饥，才是道理。他们重新把扔了的东西挺小心地拣起来，弄到船上。

他们过了黄河，接连打下了几座城。公子縶劝告吕省、郤芮投降。吕省他们也觉着自己力量不够，就跟公子縶订立盟约，投降了。倒是勃鞮保护着公子圉逃到别的国去了。晋国的大臣们迎接了公子重耳，立他为国君，就是晋文公。晋文公四十三岁逃往狄国，五十五岁到了齐国，六十一岁到了秦国，即位的时候已经六十二了。

38 放　　火

重耳做了国君，惟恐公子圉来夺君位，就打发人把他暗杀了。吕省、郤芮原来是公子圉的心腹，一听说公子圉被刺，心里非常害怕。新君既然不肯放过躲在国外的公子圉，他们近在左右还能放过吗？再说“一朝天子一朝臣”，他们对着赵衰、狐偃等这一班人也怪害臊的。倒不如“重打锣鼓另开张”，杀了重耳，另外立个国君，再做一朝的功臣。他们想起勃鞮曾经屡次三番地去刺过重耳，重耳当然不会放过他。他们就打发人把他招回来。三个人一路病，说起来挺投缘对劲，大家“歃血为盟”，集合了自己的士兵，打算火烧公宫，活捉重耳。

到了约好的那天，吕省、郤芮、勃鞮三个人在公宫的四外埋伏下许多武士，只等半夜三更一同下手。那天晚上连一点星星亮儿都没有，整个公宫死阴阴，好比包在漆黑的包袱里似的。吕省他们把公宫团团围住，好像包袱外头又加了两道绳子，然后放起火来。待会儿烟火满天，公宫变成了一座火焰山，火从外边一层一层地烧到里边去。宫里的人从梦中惊醒，慌里慌张，一齐乱起来了。火光中有不少士兵，拿着兵器，守住所有的出入口，嘴里嚷着：“别放走重耳！”吕省、郤芮亲自冒着烟火，一边咳嗽着，一边找重耳。宫女们疯了似的满处乱跑乱叫。勃鞮急急忙忙地跑来对吕省、郤芮说：“狐偃、赵衰、魏犨他们带着士兵救火来了。再下去，咱们也跑不了啦。宫里烧到这份儿，重耳还活得了吗？”他们立刻带了人马逃往城外，再作商量。

勃鞮出主意说：“近来咱们的国君全是秦国立的，你们二位也认识秦伯，还跟公子絷立过盟约。咱们不如到秦国去，告诉他们说宫中失火，重耳烧死了，请秦伯另外立个国君。你们瞧好不好？”他们也没有别的法子，只好这么办。先派勃鞮到秦国去联络。秦穆公立刻派公孙枝和丕豹迎接吕省和郤芮过去。

勃鞮、吕省和郤芮一同拜见了秦穆公，请他立个国君。秦穆公满口答应，还说：“新君已经在这儿了。”三个人一齐说：“这可好极了，请让我们拜见新君！”秦穆公回头说：“新君请出来吧！”接着就出来了一位国君，不慌不忙地迈着四方步，理着胡子。吕省、郤芮抬头一瞧，吓得浑身直打哆嗦，连连说：“该死！该死！”就好像舂米似的直磕头。这位新君不是别人，正是晋文公重耳。晋文公骂着说：“我哪点得罪了你们？你们竟这么翻来覆去地跟我过不去！要是没有勃鞮，我早给你们烧死了！”吕省、郤芮这时候才明白上了勃鞮的当，只好伸长脖子，让武士们砍去他们的脑袋瓜。

原来勃鞮跟着吕省、郤芮订立盟约的时候，他就琢磨这滋味：“当初我奉了先君的命令去杀公子重耳，后来又奉了新君的命令去杀他，原来是忠于主人，没法儿不干。现在公子圉已经死了，重耳做了国君，就该打这儿太太平平过日子，怎么又闹事呐？我不如去救公子重耳，也可以将功折罪。”他明着答应了吕省和郤芮，暗地里去见狐偃。狐偃劝晋文公不念旧恶，好好地利用他。晋文公就嘱咐勃鞮把那两个人引到秦国去，自己和狐偃半夜三更就跑出去，连赵衰、魏犨也没来得及通知。

晋文公自从杀了吕省、郤芮以后，恐怕这回投降了他的人再出乱子，打算搜查以前帮过夷吾的人，一个个地把他们治死。赵衰对他说：“可别这么办。怨仇宜解不宜结，仇人是越杀越多的。夷吾跟公子圉不是为了屠杀大臣失去了民心的吗？乱党的头子已经消灭了，主公就该宽宏大量，也好叫其余的人改过自新。”晋文公就下了一道命令，不再追究已往的事情。可是谁也不敢信，外边谣言还是挺多的。晋文公怎么也琢磨不出一条安定民心的办法来。有一天，那个拿了行李卷逃的头须来见他。晋文公一瞧他，就想起从前逃难时候受的那份儿罪来了。为了他一卷逃，害得大伙儿吃尽苦头，就骂他：“你这该死的奴才！还有脸来见我？”头须说：“主公奔走了一十九年，难道还不知道人情世故吗！像我这样罪大恶极的人还来见您，自然有见您的道理呀！”晋文公立刻改了念头，他想：“也许跟勃鞮一样大有用处呐！”他一边慢慢地理着胡子，一边开了笑脸，说：“你说吧！”头须说：“吕省、郤芮手底下的人挺多，他们还怕主公追究。因此，人心不定，不敢相信主公的话。主公有什么好办法没有？”晋文公说：“我就是为了这档子事发愁呐！你有什么好主意？”头须说：“当初我偷了您的东西，害得您一路上又冻又饿。这件事晋国人没有不知道的。主公要是用我做您的车夫，满地方游游逛逛，让大家伙儿全都知道主公真不翻老账，连我这么大的罪过全不追究，别人自然可以放心了。”晋文公还真让他当了车把式，特意叫他赶着车到处转去。这么一来，外边的谣言果真消灭了，连以前反对他的人也欢天喜地地拥护他了。

晋文公的君位稳定了，他从秦国接来了文嬴(就是怀嬴)，从齐国接来了齐姜，从狄国接来了季隗，然后大赏功臣，尤其是当初跟他一块儿逃过难的那一批人。他叫每个人说出自己的功劳，然后论功行赏。大伙儿这就活跃起来了。只有那个割了大腿上的肉给国君解饿的介子推不提自己的功劳，国君的赏赐也就没有他的份。介子推回到家里对他母亲说："献公有九个儿子，现在只剩个公子重耳了。只要晋国还需要一个国君，自然该轮到公子重耳了。这是形势造成的，那些人自以为是他们的功劳，多么狂妄啊！"他就带着母亲隐居去了。倒是介子推手底下的人打抱不平，在宫门上贴了一张无名帖。晋文公一瞧，上头写的是：

> 有一条龙，奔西逃东；
> 好几条蛇，帮它成功。
> 龙飞上天，蛇钻进洞；
> 剩下一条，流落山中。

晋文公很害臊地对大伙儿说："哎呀！我可把介子推忘了。"他立刻叫人请介子推来，可是哪儿找他去呐？晋文公是要脸面的，他不能让人家说他忘恩负义，他就亲自到介子推的本乡绵山(后来又称介山，在山西省介休县东南)去找他。有个老乡说："前几天我们瞧见他背着老太太到山上去了，大概还在山上呐。"晋文公派人到山上去找他。找来找去，可就是没有介子推的影儿。有人出个主意，说："要是把整个绵山放起火来，他一定会跑出来的。"晋文公受不了那张连挖苦带损的无名帖，放火烧山的办法也不妨试一试。跟着山前山后就放起火来了。一会儿工夫绵山也像公宫一样地变成了火焰山。烧了三天三夜，逮了不少野兽，可就没见介子推出来。火灭了，再去找。后来居然给他们找着了。在一棵烧坏了的大树底下，介子推跟他妈互相抱着，可只是焦头烂额，灰呼呼的一堆。晋文公一瞧，就哭起来了。大家伙儿也都难受。据说那天正赶上阴历三月初三，当地的老百姓为了介子推不说自己的功劳，反倒给火烧死，以后没有心思在那天生火，大家伙儿全吃凉菜凉饭。因此，有人说这就是"寒食节"的来历。

晋文公从绵山回来，正在又伤心又得意的时候，周朝的天王周襄王派人来请救兵，说天王已经逃到郑国，请列国诸侯护送天王回去。晋文公一想："难道太叔带抢了他的王位了吗？"

39 打　猎

周襄王在中年的时候，死了王后，打算再娶一个。大夫颓叔和桃子都说："狄国有个民谣，说：'前季隗，后季隗，两颗明珠生光辉。'这是说从前有个季隗，后来又有了个季隗，她们是狄国最漂亮的姑娘。那个前季隗是狄君从外族掳来的美女，就是嫁给晋侯重耳的那一个。那个后季隗是狄君自己的女儿，年纪又轻，长得甭提多俊了，还没有婆家呐！天王不妨派人去求婚。"天王听了，就派那两个大夫去做媒。狄君当然答应了，就把季隗送到洛阳来。天王也不管大臣们的意见，就立她为王后，称为隗后。

隗后原来是自由惯了的，现在做了王后，天天关在宫里，陪着个年过半百的天王，她老觉着像笼子里的小鸟，长着翅膀可没有飞的份儿。她有力气也使不出来，只能打个哈欠，伸伸懒腰。有一天，她皱着眉头子对周襄王说："我从小跟着父亲骑马、打猎，身子挺舒服。这阵子在宫里享着清福，反倒觉着浑身酸懒。老这么下去，我怕会闹出病来。天王怎么不出去打打猎，也好让我活活血脉。"

天王正想讨隗后的欢心，一听她要打猎，就择了一个好日子，举行一个打猎竞赛。地点就在北邙山(在河南省洛阳市北；邙 máng)。山腰里搭了帐棚跟一座台。周襄王和隗后坐在台上观看。山上树木茂盛，隐隐约约露出一条一条的山路跟一片一片的平地，真是一个打猎的好地方。周襄王下了一道命令，说："飞禽也好，走兽也好，只要拿到够三十只的，得头等赏；够二十只的，得二等赏；够十只的，得三等赏；十只以下的没有赏。"一会儿工夫，王子、王孙、大将、小兵，个个奋勇，人人逞能，东奔西跑，追南逐北，把个北邙山闹得天翻地覆。

快到黄昏时分，天王传令，交上猎物。不大一会儿，王子、王孙、大小将士全来献功。也有交上十几只的，也有交上二十几只的，惟有太叔带交上了三十几只，还全是香麞子、野兔儿等顶不好逮的东西。他得了头等赏。隗后把太叔带一个劲儿地夸个没完。俗语说得好，"见猎心喜"，隗后不由得心里痒痒地要卖弄卖弄她的本领。她对周襄王说："天还早着呐。我也想打一回猎，练练筋骨，天王可答应不答应啊？”天王一听隗后软声软气的要求，哪儿有不答应的道理？就吩咐将士儿郎们再来一回。隗后笑咪咪地脱去外衣，就露出全副武装来了。肩膀上背上一张弓，腰里插上几枝箭，手里提着不长不短的、跟她身量一般高的一枝戟，向周襄王行了一个礼，准备出发了。周襄王吩咐左右预备车马。隗后说：“骑马可比坐车方便，还是骑马吧！我从狄国带来的丫头们都会骑马，请在天王面前试试吧！”天王就叫人拉过几匹好马来，有七八个宫女立刻骑上去了。隗后挑了一匹白马，正打算跨上去，周襄王怕摔坏了她，就对王子、王孙们说：“谁是骑马的能手，保护王后去！”太叔带自告奋勇，说：“臣愿保驾！”周襄王说：“兄弟你去，我可放心了。”隗后跨上马，领着宫女们先跑下去了。太叔带在后头跟着。隗后成心要在太叔带面前卖弄能耐，连着把马打上几鞭子，飞一般地跑了去。太叔带也要显显骑马的本事，把宫女们的马队全甩在后面。两匹马一前一后在山道上直跑。转过山腰，隗后把马缰绳勒住，夸奖太叔带，说：“早就听说叔叔的能耐，今天才看见了。”太叔带说：“臣下是刚学骑马的，哪儿比得上王后的万分之一！”俩人也没有别的话可说，呆呆愣愣地对瞧着。他们可不能老这么瞧下去，宫女们的马队也赶到了。正可巧山上的士兵赶下一群鹿来。太叔带连连射了两箭，射倒下两只大鹿。隗后故意挑了一只小鹿，一箭射去，那只小鹿蹦得半丈来高，摔下来又跑了几步就不动了。大家伙儿连声叫好。宫女们带着三只鹿回来。太叔带护着王后来见天王。周襄王乐得只会说：“王后可受累了！王后真有能耐！”

第二天，太叔带上朝谢恩，回头就到母亲惠太后那儿去问安。隗后也在旁边呐！两个人免不了又是眉来眼去地打着暗号。他们跟太后敷衍了几句，一先一后地出来，找个清静的屋子，痛痛快快地聊了一阵子。郎才女貌，再也不想离开了。宫女们全知道太叔带是惠太后的宝贝儿，落得做个人情，谁也不管。再说多少也能有点好处。

后来小叔子跟嫂子的事儿叫天王知道了，就把隗后打入冷宫，太叔带逃往狄国去了。惠太后一瞧鸡也飞了，蛋也打了，心里一别扭，害起病来了。颓叔、桃子两个大夫全是大媒呀，现在一瞧隗后打入冷宫，恐怕天王要跟他们过不去，也跟着太叔带逃到狄国。他们对狄君说：“当初我们是替太叔带求婚的，没想到天王瞧见了季隗，就自个儿留下了。后来隗后到太后那儿去请安，碰见了太叔带。两个人原来是夫妻，没想到中途出了漏子，不由得同病相怜，多说了几句话。哪儿知道人多嘴杂，鸡一嘴、鸭一嘴地说开了。天王不问青红皂白，把隗后打入冷宫，把太叔带轰出来了。他这一手不但对王后、太叔无情无义，简直把大王您也不放在眼皮底下了。我们特意来向贵国借兵打到洛阳去，大家伙儿救出王后，立太叔为天王。这可全是贵国的功劳。”狄君就利用这个机会，派两员大将率领五千骑兵打到洛阳去。

天王听说狄人帮助太叔带来夺王位，就从原城把周朝的卿士原伯贯调来，叫他为大将，率领着三百辆兵车前去迎敌。没想到这批“王师”全是“老爷兵”，碰见了个儿高大的狄人，已经吓走了半条命，双方一开战，剩下的那半条命也保不住了。大将原伯贯做了俘虏。急得天王一点主意都没有，只好请出周公、召公管理朝政，自己带了十几个亲近的随从逃往郑国，也算是“打猎”去了。

40 信用第一

太叔带进了京城，第一件事是把隗后放出冷宫，然后一块儿去拜见害着重病的惠太后。惠太后说：“你能作君王，我就是死了也有面子。”说完了“哈哈哈”地大笑三声，真断了气。太叔带传令，说是奉了太后的遗嘱，立刻即位为天王。立隗后为王后。一边拿出不少金银财宝赏给狄人，叫他们驻扎在城外，一边给太后办丧事。

太叔带把国家大事交给周公、召公去办，还把原伯贯放了，让他回到原城去，自己带着隗后搬到温邑去享清福。没想到周襄王到了郑国的氾城（氾fán；在河南省襄城县南），写了一个通告，派人送到齐、宋、陈、郑、卫等国，报告事情的经过。各国全派人去慰问天王，或者送点吃的东西给跟着天王“打猎”的那班人，可是没有人发兵护送他打回洛阳去。有人对天王说：“现在诸侯中间只有秦伯和晋侯想做霸主。秦国有蹇叔、百里奚、公子絷一班大臣；晋国有赵衰、狐偃、胥臣一班大臣。只有他们能会合诸侯，扶助天王。别人恐怕全不中用。”天王就打发两个使者，一个去见秦穆公，一个去见晋文公。

晋文公一听见天王逃难的消息，就打算带领大队兵马打到洛阳去。他的兵马刚要动身的时候，听说秦国的兵马已经到了黄河边了。晋文公立刻派人去见秦穆公，说：“敝国已经发兵去护送天王，您就不必劳驾了。”秦穆公说：“好吧！我怕贵国一时不便发兵，只好亲自出来。现在我就等着你们马到成功的好消息。”蹇叔、百里奚说：“晋侯不叫咱们过去，明明是怕咱们分了他的功劳哇！咱们不如一块儿去！”秦穆公说：“我不是不知道。不过重耳做了国君，还没立过大功。这回护送天王的大功，就让给他吧！”他打发公子縶到汜城去慰问慰问天王，自己带着大军回去了。

公元前635年(周襄公十七年，秦穆公二十五年，晋文公二年)，晋国的兵马打败了狄人，杀了太叔带、隗后、颓叔、桃子等一班人，护送天王回到京城。朝廷上的大臣们把晋文公当作第二个齐桓公。周襄王大摆酒席，慰劳晋文公，还赏了他不少黄金和绸缎。晋文公再三推辞，说：“重耳可没立什么大功劳，不敢接受天王的赏赐。可是我已经老了，就只求天王一件事：我死了以后，希望有条地道通到坟坑的门上。我在地底下也就感激天王的大恩了！”依照古时候的规矩，诸侯的棺材只能由地面上吊到坟坑里去，只有天王的棺材才能够由地道里抬进去。要是晋文公能修条地道，他死了以后的风光可不小哇！周襄王一想：“你也打算有条地道通到坟里，这不是占了我的面子吗？我宁可倾家荡产来打发你，可不能破坏做坟的规矩。”他回答说：“这可是先王规定的制度，我哪儿敢更改呐？不过我不能忘了你的大功。我把邻近京城的温城、原城、阳樊、攒茅四个城封给你吧。”晋文公不敢违背天王的命令，赶快磕头谢恩。

晋文公拜别了天王，派栾枝去接收温城，魏犨去接收阳樊，颠颉去接收攒茅，自己带了赵衰领着大队人马去接收原城。为什么要领着大队人马去接收原城呐？因为原城本来是周朝卿士原伯贯的土地。周襄王因为原伯贯打了败仗，害得他逃到汜城，就把原城改封给晋文公。晋文公恐怕原伯贯不肯交割，因此不得不用武力去接收。

果然，那三座城接收过来了，只有原城关着城门不让晋国人进去。原伯贯对手下的人说：“晋国人一进来就要屠城。听说阳樊的老百姓就是这么给杀光的。”他带领着人马和老百姓日日夜夜地守着城。晋国人干瞧着打不进去。晋文公愁眉苦脸地跟赵衰商量着，一个小小的原城还打不下来，可真没有脸了。要是不把原城弄到手就退兵回去，那也太不像话了。就算退兵吧，多少也得找个下台阶的说法，才不会叫别人笑话。他们商量了老半天，末了他们还真想出一个好主意来了。

晋文公下了一道命令，吩咐将士儿郎们各人带着三天的粮草，要是再过三天还打不进去，就退兵。暗地里再派人把这个信儿带进城里去，传给原城的老百姓听。城里的老百姓得了这个信儿，半信半疑。这也许是晋国人的诡计吧！要是过了三天，就不作准备，晋国人冷不防地打进来，那可怎么办呐？原城人当中也有自作聪明的，他们在第三天的晚上偷偷地到了晋国的兵营去探听消息，嘴里说："我们情愿投降，明天晚上一定大开城门。老百姓们特意叫我们先送个信儿。"晋文公早已明白他们是来套他的口气的，就说："我已经下了命令，期限就是三天。现在已经过了，明天一早我们就要退兵。信用第一，这座城我们也不要了。你们好好地看着吧！"将士们干着急地说："只要多留一天工夫，咱们一定能够把这座城弄到手，怎么也不能退兵。"晋文公理着胡子，说："信用是国家的宝贝。为了得到一座城，失了晋国的信用，这可犯不上！"将士们和原城的老百姓都觉着这话不错。

到了第四天早上，晋文公吩咐将士儿郎们排好了队伍，一批一批地离开原城。他们辛苦了这么些日子，如今回去，又没有敌人追着，落得慢慢地走。

原城的人瞧见晋国人真回去了，这才知道晋文公真是讲信义的。再说他们已经听到了阳樊人并没遭到屠杀。大家伙儿乱哄哄地在城墙上插了降旗。有的用绳子从城墙上吊下来，要求晋侯回去。原伯贯一瞧人心变了，没法儿禁止，只好顺水推舟地打发人去请晋文公回来。幸亏晋国的兵马走得慢，一下子就追上了。晋文公把兵马驻扎下来，自己带了一班武士进了原城，先安抚安抚老百姓，然后很有礼貌地对待周朝的卿士原伯贯，请他搬到河北去住。晋文公叫赵衰为原城大夫，同时管理阳樊；叫郤溱为温城大夫，同时管理攒茅。晋文公虽然不能修条地道直通坟坑，可是得了四座城，再说这全是天王自己的城，这一份实惠可真不小。从此，晋国在洛阳附近也有了土地了。

41 有怨报怨

晋文公护送周襄王回去，接收了四座城回来以后，宋成公（宋襄公的儿子）打发公孙固跑到晋国来请救兵，说是楚国派成得臣带着陈、蔡、郑、许四国诸侯来攻打宋国。晋文公召集大臣们商量怎么办。将军先轸说："楚是蛮族，老欺负中原。主公打算帮助中原诸侯，做个霸主，这可是时候了。”狐偃说：“曹国和卫国本来跟咱们有仇，新近又归附了楚国，咱们只要去征伐他们，楚国一定去救，宋国的围也能解了。”晋文公就答应公孙固的要求，叫他先回去，晋国的兵马随后就到。

晋文公早就看出要作中原霸主就得打败楚国，可是单靠晋国原来这点兵力是不够的。他把这个意思告诉了大家伙儿。赵衰出个主意，说：“依照历来的规矩，大国能有三个军，中等国两个军，小国一个军。先君武公开始建立了一个军。献公扩充到两个军，合并了虞、虢等十多个小国，添了一千几百里土地。到现在难道晋国还不能算大国吗？咱们早就该有三个军了。”晋文公就扩充军队，很快地编成了上中下三个军。拜郤縠(hú)为中军大将，郤溱为中军副将；狐毛为上军大将，狐偃为上军副将；栾枝为下军大将，先轸为下军副将；赵衰、荀林父、魏犨等各有各的职位和官衔。队伍整齐，士气高涨。三军人马浩浩荡荡，杀奔曹国而来。

他们虽说是去攻打曹国，可先向卫国借个道，说是要去征伐曹国。卫国的大夫元咺(xuān)对卫成公(卫文公燬的儿子)说：“先前晋公子重耳逃难到这儿，先君(指卫文公燬)不准他进城，已经结下了冤仇。如果这回再不借道，恐怕这冤仇越结越深。依我说，还是答应的好！”卫成公说：“咱们已经跟曹国一同归附了楚国，要是咱们借道给晋国，让他们去打曹国，这不是窝里反吗？咱们不答应晋国，还有楚国帮咱们，要是得罪了楚国，那可叫咱们去依靠谁呐？”他就不答应晋国的要求。

晋文公一听卫国不借道，气上加气，就叫郤縠带领大队人马绕到南边渡过黄河先打卫国。他们到了五鹿城外那个地方，晋文公瞧见那棵大树，不由得触景生情，叹了一口气，说：“唉，这儿正是介子推大腿上割肉的地方！”说着掉下眼泪来，旁边的将士也觉得鼻子酸溜溜的。魏犨可没有那么些眼泪，他大声嚷嚷地说：“别唉声叹气了！大丈夫有仇报仇，有怨报怨，先打进城，才是道理！”先轸也说：“对呀！咱们动手吧！”晋文公点了点头。

先轸和魏犨带着兵马使劲地攻城。五鹿城哪儿抵挡得住呐？没有多大工夫，五鹿城给打下来了。先轸派人向晋文公报告。晋文公理着胡子得意洋洋地对狐偃说：“当初这儿的庄稼人给咱们一块土疙瘩，你还打哈哈，说这是咱们得到土地的先兆。如今得了五鹿城，可真应了你那句话了。”他就叫老将郤步扬镇守五鹿城，大军还是前进。没有多大工夫到了敛盂(卫国的地名，在河南省濮阳县)，大军驻扎下来。

晋文公打发使臣去和齐国通好。这时候齐孝公已经死了，他的异母兄弟公子潘(齐桓公的儿子)刚即位，就是齐昭公。齐昭公不敢怠慢，亲自到敛盂来跟晋文公会盟。卫成公一听五鹿城丢了，已经后悔没借道给晋国，这会儿又听说齐国也去帮助晋国，连忙打发宁俞(就是宁武子)到晋国兵营里去求和，可是已经晚了。晋文公气冲冲地说："卫国不但不肯借道，反倒归附蛮子，还像个中原诸侯吗？现在我早晚得踩平楚丘。他这时候才来讲和，可见不是出于真心。"晋文公是主张以怨报怨的，凡是得罪他的，他是很少不报复的。宁俞没法儿办，碰了一鼻子灰回去。

宁俞回去报告了卫成公，这下儿可把卫成公急坏了。他知道晋国人就要打到楚丘来了。卫国凭什么去抵抗呐？一天到晚，老是提心吊胆。只要听见街上有人打架，或是有头驴在那儿叫，他就当作晋国的兵马到了。宁俞对他说："晋侯这会儿正在气头上，什么事全做得出来。咱们不如先躲一躲，然后再想法儿去托个人说说情吧！"卫成公也琢磨不出什么好主意来，只好嘱咐大夫元咺帮助他的兄弟叔武管理朝政，自己逃往襄牛(卫地，在河南省兰考县境内)去了，一面派人到楚国兵营里去求救。

晋国的中军大将郤縠死在军中。晋文公因为先轸夺取五鹿有功，就拜他为中军大将，另外再派胥臣为下军副将，接替了先轸原来的职位。先轸率领中军，打下了楚丘。晋文公想灭了卫国，先轸反对说："咱们原来是为了帮助宋国而来的，今天宋国的围还没解除，卫国倒先给咱们灭了。这怎么说得过去呐？扶助弱小的和有困难的诸侯，才是霸主的事业！咱们不如离开这儿，去打曹国。赶到楚国的救兵到这儿，咱们早已到了那边了，好叫楚国人扑个空。"

晋文公就照先轸的话去围攻曹国。曹共公也是个宝贝儿。当初卫懿公喜欢仙鹤，拿大夫坐的篷儿车去装仙鹤，拉出来玩儿，已经够瞧的了。哪儿知道曹共公比他更进一步。他觉着仙鹤哪儿有美女风光呐？再说，才几十辆篷儿车又有什么意思呐？他拿了三百多辆大夫坐的篷儿车去给三百多个宫女坐。她们一出来，地面上满街是胭脂粉的香味。曹共公正在那儿乐得出神，晋国的兵马已经到了城外了。他只好把这股高兴劲儿收起来，召集大臣商议商议。

大夫僖负羁说："从前晋公子重耳逃难到这儿，受了咱们的气，这回他发兵来报仇，来势挺凶。咱们不如向他赔不是，求和，省得老百姓受罪。"曹共公说："他不答应卫国求和，能答应咱们吗？"另外有一个大夫，他知道国君准不能听僖负羁的话，就说："当初重耳逃到这儿，僖负羁偷偷地送他酒席。今天又说要去求和，他明明是个吃里爬外的奸贼。我说，先杀奸贼，再打敌人。”曹共公说：“得了。瞧他过去的功劳，免了他的死罪，革去他的官职吧！”说完，他就发兵去对敌。

两国一开战，曹国就打败了。魏犨和颠颉在这一仗里非常卖力气。他们逮住了曹共公，献给晋文公。晋文公把他关在五鹿，打算逮住卫成公以后，一块儿治罪。

42 赏罚分明

晋文公打下了卫国和曹国，以前逃难时候所受到的那口气总算出了。大家伙儿全挺痛快。赵衰提醒晋文公，说：“大丈夫有怨报怨，可别忘了有恩报恩哪！”晋文公可不是忘恩负义的人，虽说他把仇人比恩人记得更清楚些。这会儿听到赵衰的话，就说：“当然，当然！请问报谁的恩？”赵衰说：“当初主公不是说过吗？要是您能够回到晋国的话，必定报答僖大夫的情义。”晋文公急着说：“哎呀，真的！他在哪儿啊？怎么曹国大夫的名单上没有他呐？”细一追究，才知道僖负羁革了职，这会儿住在北门，做了老百姓了。晋文公立刻下令保护北门。他要报恩，就得像个样儿。跟着又下了一道挺厉害的命令，说：“不论谁，要是碰了僖家的一根草，就有死罪！”城里留下一部分人马，他自己回到城外大营里去了。

魏犨和颠颉两个人听到了这道命令，心里挺不服气。魏犨说：“咱们跟着他一十九年，吃了多少苦，受了多少累。这回又死那么一拼命，才打了个胜仗。他倒没说什么。难道咱们的功劳算白饶了吗？那个姓僖的算老几？他不过费了点酒饭，芝麻粒儿那么大的一点好处，就这么大惊小怪起来！”颠颉说：“可不是吗！要是僖负羁那老头子做了晋国的大官，咱们还得听他的呐！我说，不如放一把火干脆把那老家伙烧死，难道当真砍头吗？”魏犨说：“对！就这么办。”

这两个大老粗气呼呼地发完了牢骚，又喝了一阵酒。到了半夜里，他们带了几个小兵，把僖负羁的房子围上，四外里放起火来。碰巧那天风刮得挺大，没多大一会儿工夫，北门一带烧得通红。魏犨有的是力气，正没处使呐，再说又喝了几碗黄汤，醉么咕咚地起了杀性。他跳上门楼，在房檐上乱跑，打算跳到院子里去杀僖负羁。没想到脚底下的屋子塌了。“扑通”一声，魏犫栽下来，摔了个仰面朝天。跟着哗啦一声，一根烧坏了的房梁正砸在他的胸脯上。魏犫大叫一声，口吐鲜血。前后左右的火苗向他舔来，胸脯上疼得钻到五脏里去了。只要他一松劲，叹一口气的话，他就完了。可是他咬着牙，推开烧着了的房梁，挣扎着爬起来，扒住柱子，又爬上房顶上去，转来转去地逃出来。浑身还都冒着烟呐，头发、胡子烧了一大半。他一边跑，一边撕去衣裳。赶到他再跳下来，躺在道上的时候，已经快没气了。可巧颠颉赶到，把他抱上车，一块儿回营去了。

狐偃、胥臣等瞧见北门起火，慌慌张张地带着士兵赶了去。一瞧，原来是僖负羁的家里着火了。他们就立刻救火。一直闹到大天亮，火才灭了。晋文公也赶到，愣头愣脑地去看僖负羁。僖负羁烧得死去活来的，听说晋文公到了，才使劲地睁开眼睛，瞧了他一眼，就咽了气。

晋文公气可大了。他查出来火是魏犫跟颠颉放的，就要把他们处死。赵衰说：“他们两个人跟着主公奔波了一十九年，新近又立了大功，还是往轻里办吧。”晋文公说：“有功劳的人都许犯法，那往后我的命令还有用吗？功是功，过是过，赏罚必须分明。”赵衰说：“主公的话当然是对的，不过魏犫是咱们将军当中最勇猛的，杀了他实在可惜。再说这回放火是颠颉主使的。办了他也就是了，何必多杀人呐？”晋文公仰着脑袋，理着胡子，又琢磨了一会儿，说：“魏犫虽说勇猛，可是已经受了重伤。看来也不能活了，就按照军令杀了吧。”赵衰说：“让我先去瞧瞧。要是他真不行，就照主公的话办；要是他还行，不如留着这个老虎似的将军，让他戴罪立功。”晋文公点了点头，说：“由你去办吧！”回头对荀林父说：“你把颠颉带到这儿来！”

荀林父带着颠颉进来了。晋文公开口大骂：“你为什么违犯军令，烧死僖负羁？”颠颉早就明白十九年的功劳算是白费了，反正怎么也是个死，落得出一口怨气。他就连损带挖苦地说：“介子推割下大腿的肉给你吃，也给你烧死了；僖负羁给你酒肉吃，当然也得一样对待呀！”晋文公一听，好比戳了他的肺管子似的，气得脸都发青了，他说：“介子推是自个儿跑的，怎么能赖我呐？”颠颉顶他一句，说：“僖负羁又没跑到绵山上去，你怎么不早去瞧瞧他呐？你要是存心报恩的话，为什么不去请他来呐？”晋文公更加火儿了，没有工夫跟他再瞎扯，就叫武士们把颠颉推下去砍了。直吓得上上下下都像夹尾巴狗似的直打哆嗦。

赵衰奉了晋文公的命令，偷偷地去看看魏犫。魏犫胸脯受了重伤，浑身没有一块好肉，有气没力地躺着。一听到赵衰来瞧他，直肠汉长出心眼来了。他叫左右赶快用布帛裹紧了他的胸脯，咬着牙，亲自出来迎接赵衰。赵衰一愣，问他："听说将军受了重伤，怎么你起来了？主公叫我来瞧瞧你。你还是好好地休息休息吧！"魏犨说："主公打发大臣来瞧我，我哪儿敢失礼呐！我知道我犯的是死罪。万一能免我一死，我没有别的说的，一定拿这死里活过来的身子去报答主公的大恩和诸位的情义！"说着他故意在赵衰面前卖弄他的能耐，就向前边跳了两回，又向高处跳了三回。赵衰赶快叫他别再这么着，说："将军好好地休养，我替你向主公去求情就是了。"

赵衰回去指手画脚地向晋文公报告了魏犨的话和又蹦又跳的情形。晋文公心里当然喜欢，嘴里可不说什么。他出来，在大臣们面前问赵衰，说："魏犨和颠颉在一起。颠颉放火，他也不去拦他，该当何罪？"赵衰说："应当革去官职，叫他戴罪立功。"晋文公就革去了魏犨的官职。大家伙儿又抽了一口冷气，谈论着说："颠颉和魏犨有了十九年跟随主公的大功，近来又打了胜仗。可是一朝违犯了军令，重的死罪，轻的革职。旁的人犯了法更别提了。"上下三军全都知道国君赏罚分明，谁也不敢含糊。

43 退避三舍

楚成王听说晋国一连气打下了卫国和曹国，就打发人叫成得臣回去，还告诉他说："重耳在外头跑了一十九年，现在已经六十多了。他是吃过苦、挺有经验的人。咱们跟他打仗，未必能占上风，你还是趁早回来吧！"

成得臣以为宋国早晚就可以拿下来，不愿意退兵。他派人去对楚成王说："请再等几天，等我打了胜仗回来。如果碰见晋国人，也得跟他们拼个死活。万一打败了，我情愿受军法处治。"楚成王一瞧成得臣不回来，心里挺不痛快，就问已经退职的令尹子文（令尹，是楚国的官衔，相当于中原的相国）。子文说："现在晋国挺强，重耳帮助宋国是打算做霸主。我想还是关照子玉（成得臣字子玉）留点神，千万别跟他抓破了脸。能够讲和最好，还能得到一个平分南北的局面。"楚成王再派人去通知成得臣。成得臣经不住好几次通知，只好软下来。他下令暂时停止进攻，可不好意思马上退兵。他派人去对晋文公说："楚国对于曹国和卫国，正像晋国对于宋国一个样儿。您要是恢复曹国和卫国，我就不打宋国，咱们彼此和好，省得叫老百姓吃苦。"晋文公还没说什么呐，狐偃开口就骂："成得臣这小子好不讲理！他放了一个还没打败的宋国，倒叫我们恢复两个已经灭了的国家。哪儿有这么便宜的买卖？"他把成得臣派来的使臣扣起来，把手下的人放回去。

晋文公又耍了一些手腕，一方面打发使臣去连结秦国和齐国，请他们一块儿来帮助中原的诸侯，抵御楚国这个"蛮族"；一方面通知卫成公和曹共公，叫他们先去跟楚国绝交，将来一定恢复他们的君位。他们当然是怎么说就怎么依的，就写信给成得臣。成得臣正替这两国说情，他们倒来跟他绝交。他这一气，差点气昏过去。双脚乱跺地嚷着说："这两封信明摆着是那个饿不死的老贼逼他们写的。算了！不打宋国了！去找重耳这老贼去！打退了晋国再说。"他就带着兵马，一直赶到晋国人驻扎的地方。

中军大将先轸一瞧楚国人过来，就打算立刻开战。狐偃说："当初主公在楚王面前说过，要是两国打仗，晋国情愿退避三舍。这可不能失信。"将士们都反对，说："这怎么行？晋国的国君还能在楚国的臣下面前退避吗？"狐偃说："咱们不能忘了当初楚王对咱们的好意。退避三舍是向楚王表示好意，哪儿是向成得臣退避呐？再说，要是咱们退兵，他们也退兵，两国就容易讲和了。那不是挺好吗？要是咱们退兵，他们还追上来，那就是他们的不是了。咱们有理，他们没理，咱们的将士个个理直气壮，他们的将士还是自高自大，两国打起来，对咱们就有利。"大家才没有话说了。晋文公吩咐军队向后撤退。一直退了九十里，到了城濮（卫地，在河南省濮阳县南），才停了下来。这时候，秦国、齐国、宋国的兵马也先后到了。

楚国人一瞧晋国人往后退，大家伙儿不用提多痛快了。大将斗勃对成得臣说："晋国的国君直躲着楚国的大臣，咱们已经有了面子了。大王早就叫咱们回去，咱们也不能太固执。我瞧咱们既然有了面子，就下台阶吧。"成得臣说："现在回去已经晚了，倒不如打个胜仗，还可以将功折罪。咱们追上去吧！"楚国人就追到了城濮。双方的军队都在那边驻扎下来，好比密密层层的黑云彩遮住了整个天空，随时随刻都能来个狂风暴雨。

晋文公向来知道成得臣的厉害。将士们也都知道楚国从来没打过一回败仗。再说晋国的兵马退了九十里了，楚国人一步死盯一步，大家伙儿心里多少有点害怕。晋文公尤其不放心，万一打个败仗，别说不能做霸主，从这儿往后，中原诸侯只好听“南蛮子”的了。从前齐桓公和管仲还不敢轻易跟他们开仗呐！他越想越担心，越担心越心虚。他的心好像是给蜘蛛网粘住了的小虫，越挣扎缠得越紧。到了晚上，翻过来掉过去地睡不着，好容易刚睡着，就做了个噩梦。蜘蛛不但用丝缠住他，还真咬他。

第二天，晋文公对狐偃说：“我可有点害怕。昨儿晚上我做了个梦：我好像还在楚国，跟楚王摔跤。我摔不过他，摔了一个大仰颏儿。他趴在我身上，直打我脑袋，还吸我的脑浆。到这时候我脑袋还有点疼呐！”狐偃可真会说话，他直给晋文公打气，说：“大喜，大喜！咱们准打胜仗！”晋文公说：“这话怎么讲？”狐偃说：“主公仰面朝天，分明是得到了老天爷的帮助；楚王向您一趴，还不是向您请罪吗？”晋文公一听他这么一说，脑袋也不疼了，也觉着自己有了胆量，就鼓动将士们准备跟楚国人对打。

两边一开战，先轸故意打个败仗。成得臣骄傲自大，一向不把晋国人搁在眼里，一看他们逃跑，就不顾前后地直追上去。先轸就这么把楚国人引到有埋伏的地方，切断他们的后路，杀得他们七零八落，有腿的快快地跑了。晋文公连忙叫先轸嘱咐将士儿郎们，只要把楚国人赶跑就是了，不许追着杀，省得辜负了楚王先前的情义，留个后路，日后还可跟楚国和好。楚国的将军成得臣、斗勃、斗宜申、斗越椒带着那些败兵，沿着睢水跑。跑了一阵，正打算歇歇腿，突然一阵鼓响，出来了一队晋国的人马。领头的那个将军正是楚国人顶害怕的大力士魏犨。魏犨自从胸脯好了以后，格外卖力气。他瞧见了楚国的败兵，就把他们围起来，打算一个一个地收拾他们。他正在那儿要动手的时候，忽然来了个“飞马报”，大声嚷着说：“千万别杀！主公有令：让楚国的将士回去，好报答楚王的情义！”魏犨只好叫士兵们让开一条去路，吆喝着说：“便宜了你们！”楚国人这才低着脑袋，急急忙忙地跑了。

成得臣一直退到连谷城(楚国地名)，打发儿子成大心带着剩下的军队去见楚成王。楚成王气冲冲地数叨着说：“我直告诉你们别跟晋国人开仗，你们偏不听我的话！你父亲自己说过愿受军法处治，还有什么说的？”成大心说：“我父亲早知道有罪，当时就要自杀。我跟他说，见了大王，让大王处治吧！”楚王说：“打了败仗的将军，不能活着回来，这是楚国的规矩，用不着费话。”成大心只好哭着回到连谷城去了。

有一位大臣知道了这件事，赶紧去见楚成王，对他说：“子玉是个猛将，就是没有计谋。本来就不该叫他独个儿带兵，让他自作主张。要是有个谋士在旁边，一定能够打个胜仗。这回虽说是打败了，可是以后能打败晋国的还得是他。大王不如免了他的死罪吧。”楚王一想这倒是，就立刻打发人去传命令：“败将一概免死。”可是传令的人赶到连谷城，成得臣已经自杀了。

晋国打败楚国的消息传到了洛阳，周襄王听了又是高兴，又是害怕。高兴的是从这儿往后，“南蛮子”楚国大概不敢再来侵犯中原了；怕的是晋国太强，往后也不容易对付。对这么强大的诸侯他也不得不拉拢拉拢，就派大臣王子虎去慰劳晋文公。晋文公趁着这个好机会，跟王子虎约好了日子和地点，准备召集诸侯，订立盟约。公元前632年，晋文公带着宋、齐、鲁、郑、陈、蔡、邾、莒等国的诸侯到了践土(郑国地名，在河南省原阳县西南)，开个大会。秦国远在西方，向来没跟中原诸侯会过盟。许国一直是服事楚国的，也没来。卫成公还在襄牛，曹共公押在五鹿，他们当然不能到会。周襄王就叫王子虎跟别的大臣去会见诸侯。晋文公献上楚国的俘虏一千名，兵车一百乘。王子虎他们替天王慰劳各路诸侯，叫他们好好地扶助王室，自己别打来打去。当时就正式称晋文公为盟主。列国诸侯挺热闹地在王子虎面前“歃血为盟”。

44 跟国君打官司

践土大会上没有卫成公，卫国是由他的兄弟叔武带着大夫元咺去会盟的。会盟完了，晋文公要惩办躲在襄牛的卫成公，就要废他，立叔武为卫君。叔武流着眼泪推辞，说：“盟主要是可怜敝国，还是让我哥哥做国君吧！他一定改过自新，一辈子忘不了您。我是他的兄弟，怎么能占他的君位呐？”元咺也跪下来，替卫成公求饶。晋文公一瞧他们一个劲儿地替卫侯求情，只好答应了。叔武和元咺谢过了晋文公，高高兴兴地回去了。

万没想到叔武这么爱护卫成公，卫成公反倒把他杀了。这时候各国诸侯全散了。元咺就跑到晋国，趴在晋文公面前哭着说：“我们的太叔给卫侯杀了，请盟主做主。”晋文公摸不清是怎么回事，就问他，说：“我本来要把那个昏君废去，太叔直给他说情。这么一个好兄弟怎么反倒给杀了呐？”元咺说：“昏君跑出去的时候，叫我跟太叔掌管国家大事。我还怕昏君不放心，叫我的儿子元角跟着他去，作为抵押。他果然疑心太叔要夺他的君位，还疑心元角是我们派了去暗中监视他的。他先把元角杀了。那时候，我们的大司马劝我快跑。我还说：‘在这紧要关头，我要是跑了，谁还来顾全这个局面呐？杀我儿子是私事，顾全大局是公事。我不能为了私事甩了公事。’我还是跟着太叔。后来我们请您开恩，让这个昏君回国。太叔乐得什么似的亲自去迎接他。太叔还没见着他的面，就叫昏君派来的先锋歂犬（歂 Shuān）一箭射死了！”

晋文公听了，一边安慰元咺，一边对大臣们说：“咱们刚打败了楚国，会合了列国诸侯，在践土订了盟约，就为的是指望各国诸侯扶助王室，维护正义。卫侯刚恢复了君位，就恩将仇报，杀了他的兄弟。要是这么无法无天地下去，那还了得。你们得想个办法啊！”先轸说：“征伐有罪是霸主的职责；训练兵马是我的职责。请主公下令吧！”狐偃说：“别忙！霸主是借重天王号令天下的。现在天王慰劳诸侯，诸侯反倒不去朝见天王，这可说不过去。主公不如会合诸侯，一块儿上洛阳去朝见天王。那时候再把卫国太叔冤枉的事情告诉天王，请他下令去征伐卫侯。主公奉了天王的命令去征伐，那才有个光明正大的名义。”

晋文公派赵衰到洛阳去约一个朝见天王的日子。天王反倒害怕了，叫王子虎去推辞。赵衰对王子虎说：“这可不行，诸侯朝见天王是名正言顺的事。要是天王嫌各路诸侯一齐到了京城，有点招摇，那么，那么……”王子虎说：“那么怎么办？”赵衰说：“那么，请天王到我们的河阳去（河阳，在河南省孟县西），就算是到那儿去打猎。诸侯在那儿朝见天王。这不是一举两得吗？”王子虎又去跟周襄王商量。周襄王一想：“河阳在晋国。重耳叫我到哪儿，我就到哪儿，我简直听他的使唤了。还像个天王吗？我要是不去，叫他们上这儿来，又怕出了乱子。这倒不得不防备。”他皱着眉，自言自语地叨唠着说：“不让他们朝见吧，那可不好。王室没有势力，诸侯早就不把天王放在眼里了。难得重耳有这一番好意，会合诸侯来扶助我。我要是不去吧，好像太不识抬举了。唉，我还是去吧！就算是我到河阳去打一回猎。这又有什么不行呐？”他觉着这道理挺不错：不是诸侯来请天王，而是天王自己到河阳去打猎。他这么一想，就有了面子了。

就在那年冬天践土开会之后半年，晋文公率领着齐、宋、鲁、秦、郑、陈、蔡、邾、莒，连自己一共十国诸侯到了河阳。秦穆公上回因为路远没来得及，这回早准备好来了。卫侯自己也知道有罪，本来不敢来，经过宁俞的劝告，就带着宁俞、针庄子和士荣三个大臣来见晋文公。晋文公不许他们相见，还派兵守着他们。许国比郑国更接近楚国，只好归附楚国，这回还是不来跟中原诸侯会盟。十国诸侯朝见了天王以后，晋文公就把卫叔武的委屈告诉了天王，请他指定王子虎审判这件案子。天王不敢得罪霸主，不乐意也得干。晋文公和王子虎派卫国的士荣做审判官，审判立刻就开始了。这边是原告元咺，那边是被告卫成公。王子虎说："君主和臣下不好意思互相打嘴架，还是请卫侯指定一个代理人吧。"卫成公就叫针庄子为辩护人。

元咺先把卫成公怎么样嘱咐叔武代管国事，怎么样杀害元角，又怎么样杀害叔武，连前带后说了一遍。被告的辩护人针庄子开始辩护，说："这全是歂犬不好。他在卫侯跟前说太叔抢了君位，在践土和列国诸侯去会盟，卫侯不该听信这些话。听信别人的话是不对的，可并没有杀害太叔的心。"元咺说："要是卫侯信任太叔，怎么还能错听别人的话呐？我当初怕他不能信任太叔和我，才叫我儿子元角跟着他作为抵押，明明是叫他放心的意思。没想到卫侯反倒杀了元角。他既然有意杀害元角，就有杀害太叔的意思了。"士荣中间搭碴儿，说："哦，原来你是为你儿子报仇哇！"元咺说："以前我明明说过，杀我儿子是私事，顾全大局是公事。我这才央告晋侯叫卫侯复位。我要是存心报仇的话，为什么还替仇人说情呐？我老觉得卫侯杀元角是一时的错误，因此我还是一心一意地护着他，指望他能回心转意。哪儿知道反倒因为这个害了太叔！"士荣又帮着被告，说："太叔没有争夺君位的心意，卫侯早已明白了。说到歂犬射死太叔，那并不是卫侯叫他杀的，并且卫侯也觉得挺过意不去呐！"元咺反驳着说："卫侯既然明白太叔的心意，那么歂犬说太叔要篡位，根本就是谎话。既然知道他是个说谎话的人，为什么不把他办罪，反倒叫他做先锋先进来呐？这明明是卫侯借刀杀人，还能说不是卫侯叫他杀的吗？"

针庄子也觉着元咺的理长，卫侯的理亏，就低着脑袋不言语了。士荣还辩护着说："太叔虽说死得委屈点儿，卫侯到底是国君。从古以来做臣下的叫君王错杀了的，数也数不清。再说歂犬当场给宁武子（就是宁俞）拿住，卫侯立刻把他办了死罪，又挺隆重地埋了太叔。卫侯对于这件事已经办得有赏有罚的，你还告他什么呐？"

元咺冷笑一声，说："桀王错杀了关龙逄，成汤就征伐他；纣王错杀了比干，武王就征伐他。成汤是桀王的臣下，武王是纣王的臣下；可是这两位臣下眼瞧着君王作事没有道理，乱杀大臣，就替老百姓去征伐，除灭了昏君。这是咱们历史上的大事。难道说桀王、纣王到底是君王，成汤、武王到底是臣下，就让昏君无法无天地乱闹吗？再说太叔是卫侯的兄弟，又有恢复国家的大功，他的地位要比关龙逄和比干高好几等；卫侯只不过是个诸侯，上头还有天王和霸主，能比得上桀王和纣王吗？ 怎么能说乱杀忠臣不算有罪呐？”

晋文公听了两方的话，就对王子虎说：“是非曲直已经摆在眼前，不必再辩论了。 不过卫侯是天王的臣下，我们不便定他的罪。 先把卫国的大夫处治了吧！”王子虎说：“宁俞跟这件事不相干，可以免罪。 士荣说话不公，强词夺理，应当治罪。 针庄子自个儿觉着理亏，就不说话，可以从轻处治。 请您判决吧！”晋文公就依着王子虎的意思，把士荣杀了，针庄子砍去一只脚，宁俞没有事，卫成公上了囚车。 晋文公和王子虎押着囚车去见天王，说：“要是不办卫侯，恐怕天理不容，人心不服。 请天王把他办罪吧！”

周襄王平日好像显着有点糊涂；可是对于上尊下卑的等级倒一点也不马虎。 要是他依了晋文公、王子虎和元咺的主张，那么臣子也能跟国君评理，国君做错了事，也该办罪了。 如果大夫能控诉诸侯，那么诸侯也能控诉天王了，那还了得！ 周襄王在这一点上看得挺清楚。 他说：“你们判得挺不错。不过朝廷设官，只是为了审问老百姓。 臣下怎么能跟君主评理呐？ 这不是没有上下了吗？ 我恐怕这件事开了头，往后可不好办了。 我不是有意偏向着卫侯，这一点你们总明白了吧。”晋文公说：“天王既然不叫我们处治卫侯，请把他带到京城去，天王瞧着办吧。”周襄王也只好答应了。

晋文公打发元咺回去，由他去另外立一个国君。 晋文公是有仇必报的，怎么能让卫成公活下去呐？ 就派先蔑押着卫成公到洛阳去。 碰巧卫成公身子不舒服，晋文公就又派了一个医生一块儿去。 同时嘱咐先蔑叫那医生找个方便用毒药毒死卫成公。

45 东 道 主

晋文公为了许国的国君许僖公一心服事楚国，连天王到了河阳，他都不来朝见，就率领着齐、宋、鲁、陈、秦、郑、蔡、邾、莒等国的诸侯去攻打许国的都城颍阳（在河南省许昌市西南）。 郑文公来是来了，可是还打算留个退步，不敢得罪楚国。 推说国里闹瘟疫，带着兵车先回去了。 背地里还给楚国去送礼，把各路诸侯一块儿去打许国的消息告诉了楚成王。 许国向楚国求救。楚成王因为城濮打了败仗，又要对付南方的许多部族，不想再跟晋国交手，就不发兵。各路诸侯的兵马把颍阳围困起来了。

郑文公为了害怕楚国，不去攻打许国，可是曹共公倒带着本国的人马来了。曹共公不是在五鹿押着吗？怎么能带着兵马来见晋文公呐？原来曹共公押在五鹿的时候，派人到晋文公手底下的人那儿去行贿。刚巧晋文公有病，做了一个梦，梦见一个衣冠整齐的鬼向他要饭。晋文公不给他饭，还把他赶出去了。第二天晋文公叫专门算卦的官圆梦算卦。那个圆梦的早已受了曹共公的贿赂，“使人钱财，与人消灾”，就说：“那衣冠整齐的鬼一定是曹国的祖宗，要饭就是请求复国，能有祭祀的意思。”晋文公觉得这话有道理，病就好了一半。他当即下令让曹共公回去再做国君。曹共公感激得直掉眼泪，一回到曹国，就带着兵马跟着晋文公去攻打许国。

许僖公不见楚国来救，只好投降，还拿出不少金子和绢帛去送给各路诸侯，算是慰劳。各路诸侯就分头回去了。

晋文公离开了许国，在半路上就听说郑文公回去并不是因为国内有什么瘟疫，原来是去跟楚国订盟约的。他就对赵衰说：“郑国真可恶极了！当初咱们逃难的时候，曹、卫、郑三国对咱们一点礼貌都没有。曹国和卫国已经受了惩罚，郑国的仇可还没报，再说郑伯还向着楚国，这回非管教管教他不可。”赵衰拦着他，说：“主公近来太累了，身子骨儿也不太好，先歇歇再说吧！”

他真听了赵衰的话回去歇歇了。他因为年老，近来身子也不太好，老是有点信神信鬼的。晋文公信鬼又信梦，放了曹共公这件事，连宁俞也知道了。他就想利用晋文公信鬼的毛病来搭救卫成公。

当初晋文公派先蔑押着卫成公到洛阳去，还嘱咐医生毒死他。可是宁俞紧紧地跟着卫成公，连吃饭吃药他都先尝一尝，弄得医生没法下手。后来医生只好老老实实地告诉了宁俞，请他想个两全其美的办法。宁俞叫医生给卫成公喝了一点挺轻的毒酒，假装说是卫国的祖宗显灵搭救了卫成公，他才没死。晋文公半信半疑。同时，鲁国替卫成公在天王和晋文公面前求情，还各送了十对白璧。晋文公又信鬼，又有了十对白璧，就请天王把卫成公、宁俞他们放回卫国去了。卫成公派人杀了跟他打过官司的元晅和元晅回去另立的新君。卫成公又做了国君。这是公元前630年(周襄王二十二年)的事。就在这一年，晋文公又要会合诸侯去征伐郑国。

先轸说：“会合诸侯已经好几次了，这回又要他们去打郑国，好像叫他们不能过消停的日子。咱们的兵马已经够打郑国的了，何必再麻烦别人呐？”晋文公说：“也好，不过上回秦伯临走的时候跟我约定有事一块儿出兵。这回倒不能不去请他。”他就派使臣去请秦穆公发兵。

晋国的军队到了郑国，秦穆公带着百里奚、孟明视和三个副将杞子(杞qǐ)、逢孙、杨孙也到了。晋国的兵马驻扎在西边，秦国的兵马驻扎在东边，声势十分浩大，吓得郑文公没有主意了。大夫叔詹(郑文公的兄弟；詹zhān)说：“要是派一个有口才的人去劝告秦国退兵，单剩下晋国人就好办得多了。”郑文公说：“派谁去呐？”叔詹保举了烛之武。郑文公就叫人去请他来。烛之武到了朝堂，大臣们一瞧，原来是个七老八十的老头子，身子弯得像一张弓，走起路来晃晃悠悠地简直像要栽倒似的。郑文公对烛之武说：“我想请你去见秦伯，劝他退兵。老先生能辛苦一趟吗？”烛之武说：“这怎么成呐！在我年富力强的时候还不能立点功劳，如今一说话就上气不接下气的，还有什么用呐？”郑文公赔不是，说：“像你这么有能耐的人，我不能早点重用，这是我的过错。可是过去的事请你别提了。现在大难临头，我们急得一点主意都没有。还是请老先生勉为其难，为国家辛苦一趟吧！”烛之武一瞧他这么诚心诚意的，只好答应了。

当天晚上，几个壮小伙子请烛之武坐在筐子里，用绳子从东城的城墙上吊下去。他就一直向着秦国兵营走去。秦国人一瞧是个老头子，一只脚已经踩在坟边上了，也不去为难他，可是不许他到兵营里去。烛之武就赖在外头直哭。这一场的吵闹哄动了营里的人。秦穆公听到了，吩咐人把他带进来，问他：“你没事在这儿哭什么？”烛之武说：“我哭的是郑国快要亡了！”秦穆公说：“那你也不该在这儿哭哇。”烛之武说：“我这儿还替秦国哭呐！”秦穆公说：“秦国有什么可哭的？”

烛之武说：“贵国和晋国联合起来攻打郑国，郑国准得亡了。可是郑国在晋国的东边，秦国在晋国的西边，郑国离秦国差不多有一千里路，秦国决不能跳过晋国来占领我们的土地。那么郑国一亡，土地就全归晋国了。贵国和晋国本来是一般大，势均力敌的。要是晋国灭了郑国，晋国的力量可就要比秦国大得多了。再说当初晋惠公夷吾买粮的事谁都还记得。您对晋国可以说是大恩大德，晋国对您多少有点忘恩负义。这且不说，今天晋国向东边打，灭了郑国；明天也可以向西边去侵犯贵国。您知道从前虞国帮助了晋国，灭了虢国。晋国可用什么去报答虞国呐？晋国灭了虢国，顺手把虞国也灭了。像您这么英明，一定明白这点，我只是提一提罢了。”

秦穆公听了，细细地咂摸着烛之武的话，觉得挺对。不由得向他点了点头。烛之武接着说：“要是贵国能答应我们讲和，敝国就脱离楚国，投降贵国。以后贵国要是在东道上有什么事情，或是派人来往什么的，一切全由敝国来招待，敝国一定作为贵国的‘东道主’，就算是您外边的仓库。”秦穆公答应了烛之武的要求，跟他“歃血为盟”，还派了杞子、逄孙、杨孙三位副将在北门外留下两千人马保护着郑国，自己带着其余的兵马回去了。

晋国人一瞧秦国人不说什么就走了，都挺生气，狐偃主张追上去打他们。晋文公说：“我要是没有秦伯帮忙，怎么能够回国呐？”他就叫将士们加紧攻打郑国，同时还向郑国提出两个条件：第一，立公子兰为太子；第二，交出谋士叔詹。原来郑文公治死公子华的时候，公子们都逃到别国去了。公子兰逃到晋国，留在那儿做了大夫。这回晋文公攻打郑国的时候，叫他领路。公子兰推辞，说：“我虽然受了父亲的迫害，跑到这儿，做了大夫，我可不能忘了父母之邦。主公可怜可怜我的苦衷吧！”晋文公由这儿更看得起公子兰。这回要郑文公立他为太子。

郑文公只能答应一半，他说：“立公子兰为太子，这倒是可以的。叔詹是我们重要的大臣，怎么也不能叫他去遭毒手。”叔詹说：“要是晋国不答应咱们讲和，咱们全国的老百姓可不知道要给他们弄死多少。难道主公倒愿意吗？死了我一个人，救了郑国的老百姓，还不值吗？”郑文公和大臣们只好流着眼泪，把叔詹交给晋文公。晋文公要把叔詹扔到油锅里活活地炸死。叔詹说了一大篇为国尽忠的话，最后还说：“拿忠臣下油锅，难道是晋国的规矩吗？”晋文公是要面子的，就把他放了。没过几天，公子兰到了。晋文公派人送他进城，郑文公就立他为太子。晋国的兵马才离开了郑国。

秦国的将军杞子、逄孙、杨孙三个人带着两千人马驻扎在北门。一瞧晋国送了公子兰回国，立他为太子，不由得气得直蹦。杞子说：“主公为了郑国投降了咱们，才退兵回去，叫咱们保护着北门。郑伯反倒甩了咱们，投降了晋国，简直太不像话了！”他们就派人去向秦穆公报告，请他快来征伐郑国。

46 牛贩子劳军

秦穆公听了杞子的报告，心里挺不痛快。不过他还不好意思跟晋文公抓破脸，只好暂时忍着。后来听说晋国的几个重要人物，像魏犨、狐毛、狐偃都先后死了。秦穆公就打算接着晋国来做霸主。他好几次平定过晋国的内乱，也帮助了晋国打败过楚国，可是中原诸侯还是把秦国看作西方的戎族，正像把楚国看做南方的蛮族一样。由这儿，他就想到要做中原的霸主就得到中原去争取，老蹲在西北角上是不行的。那些个野心勃勃的将军，像孟明视、西乞术、白乙丙等也打算到中原去扩展势力。就因为这个，秦穆公也摩拳擦掌要建立霸业了。可巧杞子、逄孙、杨孙三个将军又来了一个报告，说："郑伯已经死了，太子兰做了国君。他只知道有晋国，不知道有秦国。我们辛辛苦苦地替他把守边疆，他可把我们当作讨厌的瘤子。听说晋侯重耳刚死去，晋国决不会搁着国君的尸首来帮助郑国打仗的。请主公立刻发兵来，我们在这儿做内应，里外一夹攻，就能把郑国灭了。"

秦穆公召集了大臣们商量怎么去攻打郑国。蹇叔和百里奚全都反对，说："咱们的兵马留在郑国，为的是保护他们，现在反倒去攻打他们，这不是不讲信义吗？郑国和晋国都刚死了国君，已经够倒霉的了，咱们不去吊祭，反倒趁火打劫去侵犯人家，这不是太不合理吗？郑国离咱们这儿可有一千多里地呀！尽管偷偷地行军，路远日子久长，能不让人家发现吗？就说咱们打个胜仗，也没有多大的好处，咱们又不能占领郑国的土地。要是打个败仗，损失可不小哇！好处小损失大的事也去干，这就是不聪明。这种不仁、不义、不智、不信的事还是不干为妙。"秦穆公听着听着都有点烦了，他说："我好儿回平定了晋国的内乱，按说秦国早就该作霸主了。为了重耳打败了楚国，我把霸主的地位让给他了。咱们向来是替晋国摇旗呐喊，做好了饭叫别人吃；人家可把咱们当作'瘸腿驴跟马跑'——一辈子赶不上人家。你们想想可气不可气呀？现在重耳死了，难道咱们就这么没声没气地老躲在西边吗？"蹇叔说："说算要去征伐郑国，也不能全凭杞子一句话！我想还是请主公先派人到晋国去吊祭，顺便瞧瞧，然后再决定发兵不发兵。"秦穆公说："要打仗，就越快越好。要是先去吊祭，再瞧瞧，然后发兵，这么来来往往地得费多少日子？我瞧你多少是上了年纪了，难怪你前怕狼后怕虎地少了点精神气！"他就拜孟明视为大将，西乞术、白乙丙为副将，率领着三百辆兵车去攻打郑国。

大军出发那一天，蹇叔和百里奚送到东门外，对着秦国的军队哭着说："真叫我心疼啊！我瞧见你们出去，可瞧不见你们回来了！"秦穆公听了，心里可真不痛快，派人去责备他们，说："你们干什么对着我的军队号丧，扰乱军心？"蹇叔和百里奚一同说："我们哪儿敢对着主公的军队哭呐？

我们哭的是自己的儿子啊！”西乞术、白乙丙是蹇叔的儿子，他们瞧着父亲哭得那么难受，就说：“我们不去了。”蹇叔说：“那可不行！咱们一向受着国君的重视，你们就是给人打死了，也得尽你们的本分。”说着他交给他们一个包得挺结实的竹筒，嘱咐他们说：“你们照里面的话瞧着办吧！”西乞术和白乙丙只好收了竹筒走了。心里又是害怕，又是难受，惟恐再也见不着父亲的面了。孟明视是百里奚的儿子，他可不是那样。他是个猛将，浑身是劲，只有人怕他，他什么也不怕。他觉得他父亲的胆子也太小了。

那天晚上，安营下寨以后，孟明视去见西乞术和白乙丙说：“伯父给你们一个竹筒，里边一定有高招儿！”西乞术把竹筒打开，他们一瞧，上头写的是：“这回出去，郑国倒不大可怕。千万得留神晋国。崤山（在河南省洛宁县北边，函谷关东边）一带地形险恶，你们得多加小心。要不然，我就到那边收拾你们的尸骨。”孟明视瞧完以后就好比吃了一个臭螺蛳，连着呸呸地啐着说：“丧气！丧气！”西乞术擦去溅在他脸上的唾沫星子，心里也觉得他父亲怕得太过分了，哪儿真会有这样的事！

秦国的军队在公元前628年十二月动身，路过晋国的崤山和周天王都城的北门。到了第二年（周襄王二十五年，秦穆公三十三年，晋襄公驩元年，郑穆公兰元年）二月里，才到了滑国（在河南省偃师县南）地界。前边有人拦住去路，说：“郑国的使臣求见！”前哨的士兵赶快通报孟明视。孟明视大吃一惊，叫人去接见郑国的使臣，还亲自问他：“你叫什么名字？到这儿来干什么？”那人说：“我叫弦高，我们的国君听到三位将军要到敝国来，赶快派我带上十二头肥牛，送给将军。这一点小意思可不能算是犒劳，不过给将士们吃一顿罢了。我们的国君说，敝国蒙贵国派人保护北门，我们不但非常感激，而且我们自个儿也更加小心谨慎，不敢懈怠，将军您只管放心！”孟明视说：“我们不是到贵国去的，你们何必这么费心呐？”弦高似乎有点不信。孟明视就偷偷地对弦高说：“我们……我们是来攻打滑国的，你回去吧！”弦高交上肥牛，谢过孟明视，回去了。

孟明视下令攻打滑国。弄得西乞术和白乙丙莫名其妙，问他：“这是什么意思？”孟明视对他们说：“咱们偷着过了晋国的地界，离开本国差不多有一千里地了。原来打算郑国没有准备，猛一下子打进去，才有打胜仗的把握。现在郑国的使臣老远地来犒劳。这明明告诉咱们，他们已经作了准备。他们有了准备，情况可就两样了。咱们是远道来的，顶好快打。他们有了准备，用心把守，给咱们一个干着急。要是把郑国长时期地围起来呐，咱们的兵马可又不够，另外又没有军队派来，哪儿成呐？倒不如趁着滑国没有防备，一下子就把它灭了，多带些财物回去，也可以回报主公作个交代，总算咱们没白跑一趟。”

没想到孟明视可上了弦高的大当。他这使臣原来是冒充的。他是郑国的一个牛贩子。这回赶了些牛，到洛阳去做买卖，半路上碰见一个从秦国回来的老乡。俩人随便一聊，那老乡说起秦国发兵去攻打郑国。这位牛贩子还真爱国，一听到这个消息，急得什么似的。他想：“本国近来有了丧事，一定不会有防备的。我既然知道了，多少得想个主意呀！”他一方面派手下的人赶快回去通知国君，一方面赶着牛群迎上来。果然在滑国地界碰到了孟明视的军队。他就冒充使臣犒劳秦军，救了郑国。

郑穆公兰接到商人弦高的信，马上派人去探望杞子、逢孙、杨孙他们的动静。果然，他们正在那儿整理兵器，收拾行李，好像打算出发的样儿。郑穆公派老大臣烛之武去对他们说：“诸位将军在敝国可够累的了。孟明视的大队人马已经到了滑国，你们怎么不跟他们一块儿去呀？”杞子听了，大吃一惊，知道有人走漏消息。当时只好厚着脸皮对付了几句，就连夜逃走了。

47 崤山的耻辱

秦国的军队灭了滑国，把滑国的青年男女、玉帛和粮食抢劫一空，装满了几百辆大车，带了回去。到了四月初，他们走到离崤山挺近的地方，白乙丙对孟明视说：“家父所说的险恶的地方可又到了。咱们得留点神。”孟明视说：“有什么可怕的，过了崤山就是咱们的地界了。”西乞术可也有点害怕。他说：“话是不错，可是万一晋国人在这儿埋伏着，那可怎么办呐！咱们多少得留点神。”这三位将军好像半夜三更在乱葬岗子里瞎摸，虽说不怕鬼，可也有点提心吊胆。孟明视也觉着：宁可信其有，不可信其无。他就把大军分成四队：小将褒蛮子带着第一队，自己第二队，西乞术第三队，白乙丙第四队。每队隔着一二里地，互相照应着，慢慢地进了崤山。

褒蛮子率领的第一队，先到了东崤山，一路上倒没有什么，就是有点太静了。刚一转过山脚，突然听见一阵鼓响，前边跑过来一队兵车，一个大将拦住去路，开口就问：“你是不是孟明视？”褒蛮子反问一句，说：“你是什么人，通上名来？”他说：“我是晋国的将军莱驹。”褒蛮子冲他一翻白眼，说：“滚你妈的蛋！谁有闲工夫跟你这无名小辈动手？叫你们的头子出来！”莱驹气得拿起戟来就刺过去。褒蛮子就好比拿撢子撢土似的把莱驹的戟轻轻拨开，回头就是一矛。莱驹赶快闪开，那辆车上的横档早给他戳成两半截了。莱驹不由得把脖子一缩，嚷了一声：“好个孟明视！可真了不得！”褒蛮子哈哈大笑，说：“你站稳点，告诉你：我是大将手下的小兵褒蛮子。我们的大将能跟你交手？”莱驹听了好像鱼泡泄了气似的，赶快说：“我让你们过去，可千万别伤害我们的人马。”说着赶快跑了。褒蛮子打发小兵去通报后队，说：“有几个小兵埋伏着，已经给我们轰跑了。请后队赶快上来。过了山，保准没有事。”孟明视催着第三、第四队兵马一块儿过山。

孟明视他们走了没有几里，山道是越走越窄，车马简直过不去了。后来只好拉着马推着车，慢慢地走。孟明视瞧不见第一队人马，想是已经走远了，就叫士兵拉着马慢慢地走。忽然后边有擂鼓的声音，大家伙儿吓得哆嗦成一个团儿。孟明视对他们说：“怕什么，道儿这么难走，他们追上来也不容易呀！咱们还是往前走咱们的吧！”他叫白乙丙先上去，自己留着压队。孟明视挺镇静，可是那些小兵一听见后面的鼓声，就好比有鬼追他们似的吓得连头也不敢回。一走一摔，乱哄哄地带着滑国弄来的东西和俘虏，又跑了一段路。没有多大的一会儿，大家伙儿挤着，好像挤进了一条死胡同，走又走不过去，退又退不出来。孟明视挤到头里一瞧，就瞧见山道上横七竖八地堆着不少大木头，当中立着一面大旗，差不多有五丈来高，上头有个“晋”字，四边可没有一个敌人，就连山鸟也没有一只！只有那面大旗，懒洋洋地在微风中飘着。孟明视一瞧，说：“这是他们弄的假招子。不管是真是假，咱们已经到了这儿，后边又有追兵，也只好向前冲过去。”他立刻吩咐儿郎们搬开木头，清理出一条走道来。那面大旗当然给他们放倒了。

哪儿知道那面大旗是晋国人的暗号。他们全藏在山沟子里，眼睛盯着那面大旗，就好比钓鱼的人瞅着浮漂似的。等到旗杆一倒，得！就知道秦国人上了钩了。没有一碗饭的工夫，整个山沟里打雷似的鼓声来回地响，简直要把山都震裂了。孟明视抬头一瞧，就瞧见高山岗上站着一队人马。晋国的大将狐射姑嚷着说：“褒蛮子已经给我们逮住了！你们赶快投降，还有活命。”孟明视立刻吩咐军队往后退。退了不到一里地，就瞧见满山全是晋国的旗子。几千个晋国人从后边杀过来了。秦国的兵马只好又退回来。他们就好像叫淘气的孩子用唾沫圈住了的蚂蚁似的，东逃西转，就是没有一条出路。前前后后全都给堵住了。他们只好向左右两边的山上爬。那些向左边爬的还没爬上十几步，又听见鼓声震天，上头挡着一枝晋国的军队。大将先且居(先轸的儿子)嚷着说："孟明视快快投降！"这一声直吓得左边爬山的秦国人全都摔下来。那些向右边爬的因为中间隔着一条山涧，全都跳到水里头，磕磕碰碰地逃活命，指望一步就跨到没有敌人的山岗上去。等到他们离开了山涧，正想往上爬，就听见前边吆喝一声，山岗上又全是晋国的士兵，直吓得秦国人又滚回水里去。这时候，前、后、左、右全给晋国人围住。秦国人逼得"上天无路，入地无门"，只好又跑回木头堆那儿去。西边山顶上的太阳，好像一个顶大的火球，照着满山通红。比血还红的太阳，本来已经叫秦国人够心惊肉跳的了。谁想到木头堆里原来搁着引火的东西，晋国人放了不少火箭，乱木头全烧起来，直烧得快下山的太阳也给压下去了。秦国人有的给烧死，有的给杀死，有的给踩死。那些没死的呐，只觉得脚底下的地好像张着嘴，全要把他们吞下去似的，大家伙儿又哭又号，乱成一个团儿。

孟明视对西乞术和白乙丙说："大伯简直是神仙。我今天只好死在这儿了。你们赶快脱去盔甲，各自逃命吧！只要有一个能够逃回本国去，请主公出来报仇，我死了，眼睛也就能闭上了。"西乞术和白乙丙流着眼泪说："咱们三个人要是能够跑得了的话就一块儿跑，要死的话就一块儿死。"孟明视带着他们两个人，凑凑合合逃出了火坑，坐在一块大石头上等死。他们就觉着头昏眼花，手软脚酸，嘴里又干又涩，舌尖贴着上膛，舔不出半点唾沫来。这时候就算有一条活路，他们也不能跑了。他们在石头上一坐下来，什么全完了。但得有拿刀的力气，他们也许情愿了结自个儿的性命；可是他们好像在做梦，只能看，只能想，就是不能动弹。四外的敌人好像口袋似的把他们围住。口袋嘴一收，三个大将全给人逮住了。

孟明视、西乞术、白乙丙全都上了囚车。他们还不太明白：晋国人怎么会布置得这么严密呐？怎么他们走进山里的时候会没瞧见一个敌人呐？原来晋文公死了以后，正要出殡的时候，晋国的中军大将先轸得了个信儿，说秦国的孟明视率领着大军偷过崤山去攻打郑国。先轸立刻报告新君晋襄公，说："先君归天，秦国不来吊祭，已经没有道理了。还偷偷地经过咱们的地界去攻打咱们的属国。秦国人明明不把咱们放在眼里。难道先君还没入土，晋国的霸业就完了吗？"赵衰说："可是新君在守孝期内就去打仗，恐怕有失孝子的礼节吧！”先轸说：“别酸了！抵抗敌人，保卫国家，继续霸主的事业，这才是孝子应当干的事啊！要是诸位不乐意，我先轸一个人去。”晋襄公和大臣们全都同意先轸的话，又怕打不过秦国，就约会了姜戎（西戎的一支）一块儿出兵。到了崤山，布置了天罗地网。这么着，他们打得秦国人全军覆没，连一个也没跑了。

先且居等把秦国的大将和不少俘虏，还有秦国人从滑国抢来的东西和俘虏，都送到晋襄公的大营里去。晋襄公穿着孝服出来迎接。全军高声呐喊，庆祝胜利。褒蛮子是个大力士，一辆囚车差点给他撞破。晋襄公怕他再出乱子，先把他杀了。那三个大将，他打算弄到太庙里去活活地当做祭物。

48 放虎回山

晋襄公的后母文嬴（就是怀嬴）听到了秦国打了败仗，孟明视等全给逮住了，恐怕晋国跟秦国的冤仇越结越深，就对晋襄公说：“秦国和晋国是亲戚，向来彼此帮忙。为了孟明视这群武人自己要争势力，弄得两国伤了和气。我想秦伯一定也恨他们三个人。要是咱们把他们杀了，恐怕两国的冤仇越结越深。不如把他们放了，让秦伯自己去处治他们，他必定会感激咱们的。”晋襄公说：“已经逮住了的老虎怎么能放回山里去呐？”文嬴说：“成得臣打了败仗，就给楚王杀了。难道秦国没有军法吗？再说咱们的先君惠公，也给秦国人逮住过，秦伯可把他放回来了。你爸爸全靠人家秦国才做了国君。难道咱们连这一点情义都忘了吗？”晋襄公觉得她说得挺对，就把秦国的三个俘虏放了。

这时候先轸正在家里吃饭，一听说国君把秦国的将军放了，赶快吐出嘴里的饭，三步当两步地跑去见晋襄公，怒气冲冲地问他：“秦国的将军在哪儿？”晋襄公脸红了，说：“母亲叫我把他们放了。”先轸一听，直气得青筋乱跳，向晋襄公的脸上啐了一口唾沫，说：“呸！你这个小毛孩子，什么事都不懂！将士们费了多少心计，儿郎们不知道流了多少血汗，才逮住了这三个人。你就凭妇道人一句话，把他们放了，也不想想以后的祸患！”晋襄公擦着脸上的唾沫，挺抱歉地说：“这是我不好。可怎么办呐？不知道还能不能追上去？”大将阳处父自告奋勇地说：“我去追！”先轸对他说：“你要是能追上他们，好言好语请他们回来，就是一等大功！”阳处父手提大刀，上了车，连连加鞭，飞似的追下去了。

孟明视、西乞术、白乙丙恐怕晋襄公后悔，派人去追，就拼命地跑，连吃奶的劲儿全使出来了。他们一直跑到黄河边，回头一瞧，果然有人追下来。前无去路，后有追兵，就是铁打的英雄好汉，也瘫痪下来了。正在这吃紧的关头，他们瞧见一只小船停在那儿。三个人也不管是什么船，赶快跳下去。船舱里出来了一个打鱼的。他们一瞧，连话都说不上来，就这么倒在船上。那个打鱼的不是别人，正是他们的好朋友公孙枝！原来蹇叔送走了他儿子以后，就说身害重病，告老还乡了。百里奚对他说：“我也打算回去，可是我还得等着，也许能再见儿子一面。您有什么吩咐没有？”蹇叔说：“咱们这回一定得打败仗。您还是私下里请公孙枝在河东预备船只。万一他们能够回来，多少也有个接应。”百里奚就去见公孙枝，请他准备。公孙枝在河东等了好些天，这时候果然见他们三位来了，立刻叫人开船。小船刚离开河边，阳处父赶到了，赶着说：“秦国将军慢点走，我们主公一时忘了给你们预备车马，叫我追上来，送给将军几匹好马。请你们收下吧！”孟明视站起来，向阳处父行个礼，说：“蒙晋侯不杀之恩，我们已经万分感激，哪儿还敢再受礼物？要是我们回去还有活命的话，那么再过三年，我们理当亲自到贵国来道谢。”阳处父还想再说什么，就瞧见那只小船飘摇飘摇地越去越远了。阳处父只好张着嘴、瞪着眼，呆呆地出了一会神，懒洋洋地上了车，拖着大刀回去了。

晋襄公听了阳处父的报告，很不安心。他只怕孟明视前来“道谢”，老派人到秦国去探听。他指望秦穆公治死孟明视他们，就好比楚成王治死成得臣一样。谁想秦穆公另有主意。他一听到三位将军空身跑回来，就穿着孝衣亲自到城外去迎接他们。孟明视这三个人跪在地下，请他办罪。秦穆公把他们扶起来，反倒向他们赔罪，流着眼泪，说：“这全是我不听蹇叔和百里奚的话，害得你们吃苦受罪。我哪儿能怪你们呐？你们只要别忘了阵亡的将士们就是了。”三个人好比是罪孽深重的败家子，在外头把家业花完了，丢了父亲的脸面，回到家来，他们情愿挨打受骂。万没想到秦穆公反倒好好地安慰他们一番，仍旧叫他们执掌兵权，待他们比以前更关心。他们感激得直流眼泪，心坎里把君主当做父亲那么看待。百里奚总算能够和儿子见了面，他嘱咐孟明视别辜负了君主的大恩，自己也像蹇叔那样告老回家了。

49 西方的霸主

公元前625年(周襄王二十七年,秦穆公三十五年,晋襄公三年)孟明视要求秦穆公发兵去报崤山的仇。秦穆公答应了。孟明视、西乞术、白乙丙三位大将率领着四百辆兵车打到晋国去。晋襄公得了报告,就派中军大将先且居迎了上去。先且居是先轸的儿子。先轸为了上回向晋襄公啐了一口唾沫,心里老不得劲儿。后来狄人前来侵犯,先轸打败了他们以后,自己又跑到狄人那边脱了盔甲,叫他们射死了,算是借着敌人的手来办他侮辱国君的大罪。晋襄公大哭一场,拜他儿子先且居为中军大将。因为晋国有了准备,两国的兵马一交手,孟明视又打了个败仗。这可叫孟明视难受透了。这回秦国人虽说不像上回败得那么惨,可是孟明视心里这份难受比上回还厉害。他那好胜的劲头算是全给打碎了。他才觉出自己不是什么了不起的人物。上次崤山的失败还可以说是上了晋国人的圈套,始终不肯认输。他老以为要是晋国人能够给他们一个机会,大家伙儿跑出又小又狭的山沟,到大空场上,明刀明枪地比一比,他一定能把他们打得跪下来。可是这回晋国人并没有埋伏,交战的地方也不是在山沟里,这回还是他自己打上去的。就这样明刀明枪地又给人家打败了,还能怪别人吗?孟明视不再怪别人了,他只怪自己。他认输了。自己上了囚车,不希望君主再免他的罪。像他这样一回不如一回,给国家丢脸的不死,谁该死呐?

谁知道秦穆公有秦穆公的心思。他知道孟明视的能耐,也瞧出了他的毛病。这毛病孟明视自己也瞧出来了,比方说:阅历不够,太相信自己的能耐,不能算计算计人家的力量等等。秦穆公是有阅历的。他早知道一向在顺风里驶船的不一定是好船夫。他要把国家的大船交给那个碰过大风浪、翻过船的人。孟明视在什么地方栽了跟头,秦穆公就要他在什么地方爬起来。他对孟明视说:“咱们一连打了两回败仗,我可不能怪你。要怪也得先怪我自己。我只注重兵马,不大关心国家政治跟老百姓的难处,那怎么行呐!你要知道一个国家的兴亡成败不是一个人的事,打胜仗也不是你一个人的功劳,打败仗也不是你一个人的过失。全体将士儿郎、全国的人,都得有份,连一个伙夫也得算一份。我怎么能怪你呐?”

孟明视实在过意不去了。他对于君主，对于国家，好像欠下一笔极大的账。他打算用他的每一滴血、每一分精神来偿还。他把他所有的家当和俸禄全拿出来，送给阵亡将士的家属。他再也不吃鱼吃肉了。他跟小兵一块儿过苦日子。他们吃粗粮，他也吃粗粮；他们啃菜根，他也啃菜根。他天天训练兵马，埋头苦干。他再也不单依赖自己了。他注重每一个小兵的力量。两年来，他好像变了一个人。他再也不那么冒失了，再也不敢取巧了，再也不敢任性了。他情愿一个萝卜一个坑地干下去。他的眉毛当间起了一条很深的皱纹，头发也白了不少，顶有神的眼睛装满了经验。就这两年，他老了很多。

到了那年冬天，孟明视得到了一个报告，说是晋国联合了宋、陈、郑三国打到秦国的边界上来了。他嘱咐将士们守住城，可不许他们跟晋国对敌。先且居向秦国人挑战，说："你们已经道谢过了，我们也来还个礼吧！"秦国人听了直气得摩拳擦掌要跟晋国人拼个死活。孟明视一声不吭还是照旧训练兵马，对于晋国的侵犯只当做边界上的小事，让他们夺去了两座城！秦国有人说孟明视的坏话，说他不该这么胆小。有的更进一步，请秦穆公再挑选一位将军。秦穆公说："你们先别忙，孟明视他自有好主意。"可是谁知道他有什么好主意呐？尤其是附近的小国和西戎部族，他们眼瞧着秦国接连打了三个败仗，知道秦国快玩儿完了，也不再听秦国的指使了。

公元前624年(崤山大败以后的第三年)夏天，孟明视请秦穆公一块儿去打晋国。他说："要是这回再打不了胜仗，我决不活着回来！"秦穆公说："咱们一连败了三回，别说中原诸侯不把咱们放在眼里，就连西方的小国跟西戎的部族也都不服咱们管了。要是这回再打个败仗，我也没有脸回来了。"君臣二人商量好了以后，孟明视挑选了国内的精兵，预备了五百辆兵车。秦穆公拿出大量的财帛，连士兵的家属全都安顿好了。士兵们和全国的老百姓全都愿意拿出一切力量来争取胜利。在大军出发那天，国里的男女老少全来送行。上岁数的父母、年轻的媳妇儿，全都嘱咐他们心上的人说："要是不打胜仗，可别回来呀！"

大军过了黄河，孟明视对将士们说："咱们这回出来，可是有进没退呀！我想把这些船全烧了，你们瞧怎么样？"大家伙儿说："烧吧，趁早烧吧！仗打胜了，还怕没有船吗？打败了，还想回家吗？"全体将士的狠劲儿像铁一样地硬。

孟明视自己做了先锋，打第一线。士兵们憋了好几年的苦闷、委屈和仇恨，全要在这时候发散出来。

没有几天的工夫，他们夺回了上回丢了的那两座城，跟着又打下了几座晋国的大城。警报传到了绛城（晋国的都城，在山西省翼城县），晋国上上下下全都慌了。赵衰、先且居都不敢出来。晋襄公下令："只许守城，不许跟秦国人对敌。"秦国的大军在晋国的地面上耀武扬威地找人打仗，可是没有一个晋国人敢出来和他们对敌。末了，有人对秦穆公说："晋国已经屈服了。主公不如埋了崤山的尸骨，也可以擦去以前的耻辱了。"秦穆公就率领着大军转到崤山，瞧见三年前的尸首全变成了白骨，横七竖八地扔得满处都是。他们把尸骨收拾起来，用草裹着，埋在山坡里。秦穆公穿上孝衣，亲自祭祀阵亡将士，见景生情，不由得放声大哭。孟明视、西乞术、白乙丙三个人哭得更是伤心。全体士兵没有一个不流眼泪的。

西边的小国和西戎部族，一听说秦国打败了中原的霸主，全都争先恐后地去进贡。一下子有二十来个小国和部族都归附了秦国。秦国扩张了一千多里土地，做了西戎的霸主。周襄王打发大臣到秦国去，赏给秦穆公十二只铜鼓，承认他为西方的霸主。

50 夏天的太阳

晋国给秦国打败以后，就在这一两年里头，重要的大臣像赵衰、栾枝、先且居、胥臣等全先后死了。赵衰的儿子赵盾做了相国，掌握晋国的大权。公元前620年（周襄王三十二年），晋襄公病了。病得挺厉害的时候，嘱咐赵盾和大臣们立公子夷皋（gāo）做国君。晋襄公死了以后，大臣们就要依照先君的遗嘱立夷皋为国君。赵盾出来反对。他说："从前先君文公去世的时候，还没安葬，秦国就打进来了。幸亏新君有能耐，才过了难关。现在晋国比那时候还困难：外边呐，秦人和狄人什么时候都可以打进来；里边呐，重要的大臣死了不少。这正是国家有难的时候。公子夷皋今年才七岁，你们说他能顶得住吗？为了国家的安全，为了继承先君的霸业，我想还不如立一位年纪大点的、能拿得起来的公子为国君。先君的兄弟公子雍（文公的儿子）在秦国，秦伯待他挺好。要是请他来即位的话，不但国内的事有了办法，就是秦、晋两国的交情也能够恢复过来。你们觉得怎么样？”狐射姑说：“我也不赞成立小孩子。不过秦国跟咱们有仇，咱们为什么去求他们呐？我想不如到陈国去迎接公子雍的兄弟公子乐吧！”赵盾说：“陈是小国，离咱们这儿又远。秦国是大国，离咱们又近。立了公子雍，就能交上一个又近又大的国家。还是立公子雍好。”大臣们全赞成赵盾的主意。他们就派大夫先蔑和士会到秦国去报丧，同时叫他们把公子雍接回来。

狐射姑心里不服，偷偷地派人到陈国去接公子乐。有人把这件事告诉了赵盾。赵盾就嘱咐他的心腹公孙杵臼在半道上杀了公子乐。狐射姑由这儿更恨上了赵盾，也要报仇。他认为阳处父是赵盾最得力的帮手，就派他的心腹把他暗杀了。可是凶手当场给逮住。赵盾不愿意把事情闹大，只把凶手办了死罪，不再追究。狐射姑跑到他姥姥家潞国（就是山西省潞城）那儿去了。赵盾倒是个大好人。他好比秦椒炒豆腐——外面辣，里面软。他对大臣们说：“贾季（狐射姑的字）自己觉得有罪，跑了，也就算了吧！可是他跟先君文公奔走了十九年，回国以后也立了不少功劳。咱们可别忘了他。我打算把贾季的家小送去，也表示咱们没白同事一场，诸位看怎么样？”大家伙儿全赞成这个主意，就这么办了。

赵盾没照着晋襄公的遗嘱办，决心不立岁数小的夷皋，去接公子雍，派人刺死了公子乐，办了暗杀阳处父的凶手。从这几件事上看来，赵盾的手段挺辣。可是他放走了狐射姑，还把他的家小送了去。这么瞧，他的心可又太软了。晋襄公夫人瞧透了赵盾是豆腐心，就拉着夷皋到朝堂上去又哭又闹。她说：“夷皋是先君的亲骨肉，早就立为太子了。先君也托付过你们立他为国君，你们怎么倒甩了先君的骨肉，去找别人呐？夷皋犯了什么罪呀？你们为什么废了他啊？”她说完了就哭，哭完了又说，弄得大臣们一点主意也没有。散朝以后，她又拉着夷皋到赵盾家里去又哭又闹，跟他说：“你发发善心，干脆把我们娘儿俩孤儿、寡母全杀了吧！”她的眼泪把那块豆腐化了。赵盾没法办，只好立夷皋为国君，就是晋灵公。一边打发人到秦国去推辞。

秦穆公头年过世了，太子即位，就是秦康公。秦康公接见了先蔑和士会，答应晋国的请求，打发白乙丙率领人马保护着公子雍回晋国去。赶到赵盾变了卦，派人来推辞，秦国的兵马和公子雍已经过了黄河，到了令狐（在山西省临猗县南）。赵盾恐怕秦国人瞧着不对碴儿，不回去。他的辣劲儿又上来了。他对大臣们说：“要是咱们立公子雍，秦国是咱们的朋友。现在既然拒绝公子雍，秦国就是咱们的敌人了。”他就亲自出马，率领着大将先克、荀林父等去对付秦国人。秦国人一瞧晋国人来了，还以为是来迎接公子雍的呐，没准备打仗，冷不防地给晋国人打了个落花流水。公子雍死在乱军之中。先蔑和士会只怪本国说了不算，恩将仇报，气得不回去了，情愿跟着秦康公到秦国去。秦康公挺瞧得起他们，拜他们为大夫。

赵盾为了保住晋灵公的君位，打退了秦国的兵马，逼走了先蔑和士会，心里可觉得挺不得劲儿。他是个善心的猫，每回捕了耗子，总得哭上两声。他也像对待狐射姑那样把先蔑和士会的家小送去了。可是一般大臣不了解他。那些同先蔑、士会有交情的人暗地里都骂赵盾没有准主意，没有信义。其中有五个大臣偷偷地商量了好几回，打算反对赵盾。这只善心的猫虽说老实，可是也能逮耗子。他刚一听到他们要反对他，又狠起来了。他机灵地嘱咐荀林父、栾盾等逮住这五位大臣，关在监狱里。他还禀告晋灵公，请他把他们定死罪。

晋灵公是个小孩子，懂得什么呐？他回到宫里，告诉他妈，明天要杀五个大臣，吵闹着要去瞧瞧热闹。襄公夫人大吃一惊，说："他们不过是争权夺利，谁也没有杀害国君的意思，怎么能定他们死罪呐？近来朝廷上的大臣死得没有几个了。现在一杀就是五个，那还了得！千万别这么办。"第二天，小孩子灵公像背书似的把他妈的话全告诉了赵盾。赵盾说："您岁数还小，不懂什么。朝廷里没有个头，怎么行呐？要是大臣们不能一心一意地辅助您，只想自个儿争势力，国家就太平不了啦。不把乱党处治，以后还压得住吗？"灵公听了，瞪着眼睛，不知道说什么。幸亏鼻涕流下来了，他用袖子来回一擦，抹成了一个八字胡子。五个大臣全给杀了。朝廷里剩下的大臣全把赵盾当作阎王爷。

在潞国避难的狐射姑听见了，捏了一把冷汗，说："要是我在国里呀，哼！我这脑袋瓜早就跟身子分了家了。"听见他这话的人就问他："赵盾是怎么样的一个人？比他父亲赵衰怎么样？"狐射姑说："他们爷儿俩全不错，可是不一样。赵衰是冬天的太阳，人人喜欢；赵盾是三伏天的太阳，人人害怕！"

51 一根马鞭子

赵盾这么屠杀大臣，国内弄得不安定，国外也弄得挺别扭。郑、陈、蔡、宋等国全脱离了晋国，归附楚国去了。秦康公眼瞧着中原诸侯不跟着晋国走，就打算去报令狐那一仗的仇。他叫孟明视守住本国，拜西乞术为大将，白乙丙为副将，率领着三百辆兵车打到晋国去。先蔑和士会都做了秦国的大夫，可是先蔑早就不在了，这回秦康公请士会一块儿去打晋国。大将西乞术听了士会的话，一连气打了好几个胜仗，占了好几座城，直急得赵盾吃不下饭，睡不着觉。他知道士会有本事，晋国的底细又是一清二楚，要是他成心帮秦国，晋国就甭想打胜仗了。无论如何也得把他争取过来。

第二天，赵盾上朝，对晋灵公说："秦国人好儿回到咱们边疆上来捣乱，黄河以东这一带更吃紧。我想倒不如把防守的事儿分一分。哪个地方封给谁，就由谁防守，不能全靠国君的军队。谁要是不尽力，主公就把他的封地收回。"大家认为这话有道理。赵盾继续说："河东最大的城是魏城，可以不可以先从魏城做起？"晋灵公就下令，叫魏寿余（魏犨的侄儿）负责守河东。魏寿余央告着说："主公大恩，把魏城封给了我，按说我应该照顾自个儿的城。可是这话又说回来了，我是个文人，不会打仗。再说河东那一带有一百多里地，秦国人随时随地都能过来，叫我怎么守呐？"赵盾听了，瞪起眼睛，大喝一声，说："你敢不听主公的命令吗？去！限你三天，把防守的事情办好；要不然，留神你的脑袋！"

魏寿余回到家里，挺不痛快。他媳妇儿问他是怎么回事。他叹了一口气，说："唉！赵盾这家伙太不讲理了。要我去防守河东！他做好了圈套，成心要夺魏城。我可有什么法儿呐？哼！怪不得狐射姑、士会他们全跑了！你赶快收拾收拾细软，这儿反正住不了啦。"他媳妇儿说："这可叫咱们上哪儿去呐？"魏寿余说："难道只有晋国可以住人？"他就连夜叫手下的人预备车马，自己气呼呼地一个劲儿地喝酒。他的一肚子闷气没有地方发散，就找碴儿拿那个倒霉的厨子来出气，骂他："酒怎么不热，菜怎么没有味儿？别人欺负我，你这奴才也不把我当主人看了！"厨子有点不服气，撇着嘴不理他。魏寿余气上加气，说："混蛋！你的嘴长了疔疮吗？怎么不言语呀？"厨子说："您叫我说什么呐？酒不是热的吗？菜不是挺好吗？"魏寿余气得拿起一根马鞭子狠狠地打着厨子，说："你还敢跟我顶嘴！你这奴才，越来越没有人样儿了！"一句一个奴才，没结没完地骂着，一边还拿鞭子抽。魏太太一死儿地劝，抢过鞭子来，跟他说："自个儿心里别扭，自个儿打主意。拿底下人出气，何苦呐！"

厨子摸着一棱一棱打伤的地方，实在忍不下去了，就偷偷地跑出去，把魏寿余反对相国打算投奔外国的事告诉了赵盾。赵盾立刻打发心腹将军韩厥去逮魏寿余。韩厥率领着人马围住了魏家，没想到魏寿余得了风声，溜了。他们只拿住了魏太太和他的儿女。赵盾就把他们全都下了监狱。

魏寿余逃到秦国，见了秦康公，向他哭着说了一遍自己的委屈，求他收留。秦康公挺细心，就问士会："你瞧这件事可是真的？"士会说："这可不敢说。他要是成心投奔咱们，多少得拿出点证据来。"魏寿余就拿出一包公文来，交给秦康公，说："这是魏城的户口册子，我情愿把我自己的城献给您，请您收留我做个臣下吧！"秦康公又问士会："你瞧怎么样？"士会瞧见魏寿余满眼睛里全是求救的神气，盯坑似的望着他，他的心不由得软了。他对秦康公说："魏城是河东最大的城。要是收下来，再往东去，也就有了根了。就怕魏城的官员不干。这一层可不能不提防。"魏寿余说："虽说魏城的官员是晋国的臣下，其实全都听我们魏家的。只要主公派一队人马驻扎在河西看着，我一定能够劝他们来归附。"秦康公对士会说："你熟识晋国的情形，跟我一块儿去吧！"

秦康公叫西乞术为大将，士会为副将，亲自率领着大军到了河西，安了营、下了寨。前哨的士兵回报："河东也有军队驻扎着，不知道是什么意思？"魏寿余说："魏城的老百姓不知道我在这儿。他们一瞧秦国发兵，不得不防备。还是请主公派一个使者跟我一块儿去劝告他们，他们一定会听的。"士会说："你自己去不好吗？为什么还要带个秦国的使者去呐？"魏寿余说："不这么办，他们怎么会知道主公收留了我呐？"秦康公就要派士会去。士会心里琢磨着："魏寿余分明是叫我回去。自己究竟是晋国人，能回到父母之邦总比在外边好。"可是他怕秦康公起疑，就故意推辞，说："这差使我可干不了。晋国人就好比狼，又好比狐狸，又凶又猾。要是他们听了我的话呐，还好；万一他们不答应，把我抓起来，我死在晋国倒也罢了，您也许说我是无能之辈，杀了我的一家大小，我弄得两头不是人。"秦康公说："你只管去吧！尽你的力量。要是咱们把魏城弄到手，我一定有重赏；真要是把你抓起来，我也一定体谅你的一番好意，把你全家大小送过去，好不好？"大夫绕朝拦着说："士会原来是晋国的谋士，放他回去，还能回来吗？"秦康公说："用了人家，就别疑心；疑心人家，就别用。要是他成心回去，硬留下他也没有用！"

士会就跟着魏寿余往河东去了。绕朝急急忙忙赶着车追上了他们。他拿着一根马鞭子递给士会，说："这是送给您的！总算咱们同事一场。您赶快走吧！您可别以为秦国没有人，由你们摆弄。就是主公太厚道，太信任您了！”士会跳下车，双手接过马鞭子来，向他作了作揖，说：“我决忘不了主公的恩情和您的情义！”说着，急忙跳上车，用绕朝送的那根马鞭子，连着打了几下，那辆车飞似的跑了。他们过了黄河，又跑了一段。前边有一位少年将军带领着一队人马等着他们，对他们行个礼，说：“好几年没见面了，您好哇？”士会一瞧，原来是相国的儿子赵朔。当时晋国的军队打着得胜鼓，一窝蜂似的围着士会和魏寿余回去了。

秦康公派人隔着河瞧着。他们打听清楚了，一五一十地全告诉了秦康公。秦康公气得直翻白眼，连话都说不上来。西乞术说：“晋国人有了准备，他们也决不能让咱们过河。咱们还是先回去再说吧。”秦康公丢了个谋士，垂头丧气地回去了。他又派人把士会的家小送了过去，说：“我说话当话，决不失信。”士会非常感激秦康公，写信去谢他的大恩，还劝他好好地爱护百姓，跟晋国交好。

士会离开晋国已经七年了，现在又回到了本国。赵盾和魏寿余用了这个计策把士会请了回来。晋灵公又听了赵盾的话，请士会跟他一块儿管理朝政。晋国就因为有了士会的调度，跟秦国挺不错，一连有十几年两国没打仗。

52 谋君篡位

士会回到了晋国，和赵盾、荀林父他们一同辅助晋灵公。晋国的一班大臣一心要继续晋文公和晋襄公的霸业。霸主的职责在名义上还是说扶助周室，抵御蛮族，征伐乱臣贼子，帮助有困难的诸侯；但是事实上并不如此。就是谋害国君的所谓乱臣贼子也不一定受到责备，更不用说受到霸主的惩罚了。士会是在公元前 614 年回到晋国的，就在这四五年里（公元前 613—前 609 年），重要的中原诸侯国，像齐国、宋国、鲁国都出过谋君篡位的大事。晋国对这些大事没有准主意。开始还想用传统的办法，发兵去征伐，后来，接受了人家的礼物，就睁一个眼，闭一个眼，天大的事也没了。就这么着，一来二去，“霸主”也不像个霸主的样儿，号令诸侯的那份势派声威就差得多了。

公元前 613 年（周顷王六年，晋灵公八年，齐昭公二十年，宋昭公七年，鲁文公十四年，楚庄王元年)，赵盾趁着楚国刚死了国王的机会，打算恢复晋国的霸业，就约了列国诸侯在新城(宋地，在河南省商丘县西南)开会。到会的有晋、宋、鲁、陈、卫、郑、曹、许八国诸侯。蔡国仍然归附楚国，没来。赵盾叫郤缺带着兵马去征伐。蔡国就又脱离了楚国，归附了晋国。齐国本来要来开会，因为齐昭公潘病得挺厉害，也没来。没到会盟的日期他已经死了。太子舍即位，不到三个月工夫，就给他的叔父公子商人刺死了。

公子商人是齐桓公的儿子，齐昭公潘的兄弟。他把家产拿出来帮助穷人，收买人心。这回刺死了太子舍，还假意请公子元(也是齐桓公的儿子)做国君。公子元说："兄弟，别连累我。你能让我安安静静地做个老百姓，我就够知足了。"公子商人做了国君，就是齐懿公。

赵盾为了这件事，又替晋灵公会合了八国诸侯(晋、宋、卫、蔡、陈、郑、曹、许)，准备去征伐齐懿公。齐懿公向晋国送了不少礼物，八国诸侯总算没跟齐国动刀兵。齐懿公的君位就这么坐定了。

齐懿公做了国君，要怎么着就怎么着。他想起从前跟大夫丙原因为争夺土地的事闹过别扭。那时候齐桓公叫管仲去判断这件案子。管仲断定公子商人理亏，把那块地断给了丙原。现在公子商人做了国君，就把丙家的地全都夺过来，还恨管仲帮助过丙原，把原来封给管家的土地也夺回来一半。管仲的后代怕齐懿公再找碴儿，就逃到楚国去了。丙原早就死了，不能再杀他，就叫人把他的尸首从坟里刨出来，砍去一条腿，算是一种惩罚。他还问丙原的儿子丙蜀(《史记》写做丙戎，《左传》写做邴歜)，说："你父亲的罪应该不应该办？我砍去他的腿，你恨不恨我？"丙蜀说："我父亲活着的时候没受到刑罚，已经够造化的了。现在砍的是他的枯骨，我怎么能怨主公呐？"这一来，齐懿公就把丙蜀当作心腹，一高兴，把夺来的地全都还给他。

做了国君不但要报仇就报仇，而且要哪个美女就得是哪个美女。他听说大夫阎职的太太挺漂亮，召他进宫。一瞧果然不错，就不让她回去，叫阎职另外再娶一个。阎职是他的臣下，表面上也没有说的。

齐懿公叫人准备了一个避暑的地方，叫申池。那边有池子，挺干净，可以洗澡、凫(fú)水。池子旁边全是竹子。竹林子里面歇凉，最好没有了。公元前609年的伏天，齐懿公到申池去避暑，带着些个宫女，还有他的心腹丙蜀和阎职。天又热，酒又喝得多了，更加热得慌，就叫人把竹榻放在竹林子里，痛痛快快地睡他一觉。还有宫女们给他打扇。丙蜀和阎职都没有事，一块儿到池子里去洗澡。他们两个人各有各的心事，可是谁也不敢先跟谁说。丙蜀跟阎职闹着玩儿，拿竹竿子打他脑袋，还用水撩他。

阎职火儿了，骂他不是人。丙蜀笑着说：“人家抢去你的老婆，你都不挂火儿，我跟你闹着玩儿，你倒生这么大的气！”阎职狠狠地顶他，说：“人家砍了你老子的腿，你都不说什么；我老婆的事还值得提吗？”这一来，两个人的心事全都说出来了。他们既然把心事都说出来了，就用不着再顾忌，很快地商量了一下，立刻穿起衣裳，带上宝剑，一块儿跑到竹林子里去。齐懿公正仰着颏儿打着呼噜，宫女们在旁边伺候着。丙蜀做着手势轻轻地对宫女们说：“主公一醒就要洗脸、洗澡，你们快准备热水去吧。”她们都走了。阎职摁住齐懿公的手，丙蜀掐住他的脖子。齐懿公刚睁开眼睛，他的脑袋就掉下来了。他们把他的尸首扔在竹林子的尽里头，把他的脑袋扔在池子里。他们坐着车回到城里，痛痛快快地大吃一顿。然后带着家小，把能够拿走的东西装上几辆大车，慢慢地出了南门走了。家人们催他们快跑，丙蜀说：“这种坏蛋死了，谁都高兴，怕什么呐？”还真没有人追他们。他们就这么不慌不忙地投奔楚国去了。齐国的大臣都认为齐懿公商人谋害国君，夺了君位，还横行霸道地对待大臣，早就该死了。他们商议了一下，立公子元为国君，就是齐惠公。

齐懿公商人还没给丙蜀和阎职杀了的时候，宋国的公子鲍还把公子商人当作老师呐。他看着公子商人刺死了太子舍，送点礼物给晋国，国君就做定了。他也这么办了。公子鲍是宋昭公的兄弟，不过不是一个母亲生的。他的祖母宋襄公夫人顶宠他。宋国的大臣们也都跟他合得来。这还不算，他也像齐国的公子商人一样，把家产和粮食拿出来救济穷人。公元前611年，宋国碰到了荒年，公子鲍仓库里的粮食全发完了，宋襄公夫人把自己的财产拿出来给公子鲍去散给灾民。这么一来，宋国上上下下都说公子鲍是个好人，要是他做了国君，宋国人够多么造化啊！

向着公子鲍的那一班大臣就刺死了宋昭公，立公子鲍为国君，就是宋文公。为了这件事，赵盾又出了一回兵，他派荀林父为大将，会合晋、卫、陈、郑四国的兵马去征伐宋国。宋国的大臣宋华元到晋国的兵营里去见荀林父。他说明了宋国上上下下全都信服公子鲍，还央告霸主准他好好地去管理国家。华元又奉上好几车的金、帛，犒劳军队。荀林父全收下来了。郑穆公兰反对，说：“我们跟着将军是来征伐乱臣贼子的。要是您答应跟宋国讲和，怕不大合适吧！”荀林父说：“宋国跟齐国的情形差不多。咱们对齐国已经宽大了，对宋国也不能太苛刻。再说人家宋国人自个儿都愿意立他为国君，咱们何必太死呐？”荀林父就跟宋华元订了盟约，确定了公子鲍的君位。

接着，鲁国也干了这么一套。鲁国的大夫东门遂(鲁庄公的儿子，也叫公子遂和仲遂)杀了国君，还挺有把握地算计着晋国不会跟他过不去。公元前609年(周匡王四年)，鲁文公(鲁僖公的儿子)死了，公子恶即位。到了给鲁文公出殡的时候，齐惠公元刚即位。齐惠公要改一改齐懿公商人的那种横行霸道的做法。他做事挺小心谨慎的。一听到鲁文公出殡，赶着就派使臣去送丧。东门遂对叔孙得臣(叔牙的孙子)说："齐是大国，公子元才即位就派大臣到咱们这样的小国来吊孝，明摆着是要跟咱们交好。咱们应当抓住这个机会去跟齐国联络联络，将来也有个靠山。"叔孙得臣觉着他说得挺对。他们两个人到了齐国，一面祝贺新君公子元，一面回谢吊孝的盛意。

齐惠公挺客气地招待他们，特意请他们喝酒。在酒席上，齐惠公随便问到鲁国的新君为什么叫"恶"。他说："天底下的好字眼多得很，为什么偏挑了这么一个字眼呐？"东门遂回答说："先君一向不喜欢他，故意给他起个坏名字。先君喜欢的是公子接，喜欢他品行好，有本事，能尊敬大臣。不但先君，就是敝国上下也都指望他做国君。可是公子接虽说是个长子，究竟不是正夫人生的。"齐惠公说："历来立庶出长子的也有，只要人好就成。"叔孙得臣紧接着说："因为先君死守着老规矩，立了公子恶，就把公子接埋没了。为了这件事，敝国上下到今天还都抱怨着先君呐！贵国要是能够帮助敝国立个贤明的国君，我们愿意事奉贵国，年年进贡。"齐惠公一听到"年年进贡"，就挺高兴地答应了，跟他们订了盟约，还把自己的女儿许配给公子接。

东门遂和叔孙得臣有了齐国给他们撑腰，就大胆地杀了公子恶和他的亲兄弟公子视，立公子接为国君，就是鲁宣公。鲁宣公把济西之田送给齐国，作为谢礼。有人对东门遂说："您这么干，不怕晋国来征伐吗？"东门遂冷笑着说："齐国、宋国杀了国君，晋国收了点礼物就堵住嘴了。咱们死了两个小孩子有什么了不起的？再说晋国的赵盾连他们的国君还照顾不过来呐！"

说真的，赵盾和士会眼看着晋灵公长大了，可是越大越不像话了。

53 桃园打鸟

晋灵公长大了。可是他就知道变着法儿地胡闹。国家大事一股脑儿地推给赵盾去瞧着办。赵盾一心想恢复文公的霸业，对灵公的不成器，不免有点“恨铁不成钢”，脸上老是阴天多晴天少。晋灵公又恼他，又怕他，巴不得赵盾离开朝堂，省得一天听他三通训。只有笑面虎屠岸贾（屠岸夷的孙子；贾 gǔ）能叫他精神百倍。

屠岸贾可把晋灵公咂摸透了，就像钻在他肚子里听他心里的话似的，只要灵公心机一动，他就能料个八九不离十。他给爱玩儿的国君弄了所大花园，因为里头种了好多桃花，这座花园就叫“桃园”。桃园里盖了一座高台，四面围着栏杆，一眼看去，全城的房子和街道全能瞧得见。晋灵公和屠岸贾这两个人老在这儿玩儿。有时候他们拿着弹弓打鸟，大伙儿比赛谁手快、眼快。有时候叫宫女们到台上来跳舞，大家伙儿喝喝酒、唱唱歌。就这么玩儿下去。园子外面的老百姓也有在外头凑着瞧热闹的。有那么一天，晋灵公瞧见园子外的人比园子里的鸟儿还多。他一时高兴起来，对屠岸贾说：“咱们老打鸟儿也腻了。今儿个换个新花样，用弹弓打人怎么样？比如说：打中眼睛，算是十分；打中耳朵，八分；打中脑袋，五分；打着身上，一分；打不着人的罚酒一杯。”屠岸贾当然赞成。他们俩人拿着弹弓，向墙外人堆里打去。果然有打出一个眼珠子的，有门牙给打下来的，有打肿耳朵的，也有打破腮帮子或是脑门子的，直打得老百姓乱叫乱跑，各自逃命。晋灵公一瞧，哈哈大笑。打人到底比打鸟开心。

赵盾和士会知道了这件事。第二天就到宫里去见晋灵公。晋灵公还没出来，他们就瞧见两个宫女抬着一只竹筐子，筐子外头露着一只手。赵盾、士会过去一瞧，原来里头装着一堆大卸八块的尸首。赵盾问她们：“这是哪儿来的？”她们说：“这是厨子老二。主公因为他没把熊掌烧透，发了脾气。”赵盾对士会说：“他把人命当草芥一般看待，简直太不像话了。”士会说：“还是让我先去劝劝他吧。要是不听，您再来。”士会进去了。晋灵公一瞧见他，就说：“得了，请你别说了。从今以后，我改过就是了。”士会一瞧他这么痛快，反倒不好意思再说话了。

没过了几天，晋灵公不到朝堂去，他坐着车又到桃园去了。赵盾赶快赶到桃园门口等着。一瞧见晋灵公过来，就跪在地下。晋灵公挺不痛快，红着脸，说：“相国有事吗？”赵盾说：“主公玩儿，多少也得有个分寸。怎么能拿弹弓打人呐？厨子有小错儿也不能把他治死呀！主公这么干下去，一定要出乱子。我怕主公的命、晋国的命都有危险。我宁可得罪主公，还是请主公回去吧！”晋灵公低着脑袋，眼睛瞧着鞋头，说：“你去吧！这回让我玩儿，下回听你的，行不行？”赵盾堵住了大门，一定要叫他回去。屠岸贾说："相国劝主公原来是一片好意。不过主公既然到了这儿，您多少方便方便，有什么要紧的事，明儿再说吧！"赵盾没有办法，狠狠地向屠岸贾瞪了一眼，让他们进去了。

他们进了桃园，屠岸贾跟晋灵公说："唉！这可是最后一回玩儿了。从明天起，您得关在宫里，听相国管教！"晋灵公央告屠岸贾，说："你得想个主意啊！"屠岸贾笑嘻嘻地说："有了，我家有个大力士叫钽麑（Chúmí）。我叫他刺死那个老不死的，咱们就不受他管了。"灵公说："好，就这么办吧！"

当天晚上，屠岸贾叫钽麑在五更上朝以前把赵盾刺死。钽麑得了命令，当夜跳进赵盾家的院子，躲在大树底下。过了四更天，天还没亮，赵家的人都起来预备车马，堂屋的门也开了。他在暗地里一瞧，堂屋上点着蜡，一位大臣已经穿好了上朝的衣服，坐在那儿等天亮。钽麑的心也是肉长的，受了感动。他再细一瞧堂屋的摆设，净是些个粗家具，跟他所想象的相府排场完全不一样。他一想："这么忠诚老实的大臣，可叫我怎么下手呐？"他就跑到堂屋门口，嚷着说："相国，您听着：有人派我来刺您，我可不能丧尽天良，杀害好人。可是也许还有人再来，您得多留神！"说完了回头就走。赵盾的胆子也不小，跑出去想问个明白。他还没张嘴呐，那个刺客自言自语地说："我要是杀了忠臣，自己就是不忠；要是不杀，对那派我来的人就是不信。我这么不忠不信的人还有什么脸活着呐！"他只知道不杀赵盾对那派他去的人就是不信，就向一棵大槐树一头撞去。大力士这一撞可非同小可，连脑子都撞出来了。赵盾全瞧傻了。他立刻嘱咐底下人乘着天蒙蒙亮，把刺客的尸首埋在槐树底下。

那天早上赵盾照常上朝，反倒把晋灵公和屠岸贾吓了一大跳。他们觉得不对头，他怎么还活着呐？大概是刺客出了毛病了。散朝以后，屠岸贾对晋灵公说："我有一只猎狗，凶极了。要打算杀赵盾非它不可。"他又把办法详细说明白了，乐得晋灵公拍手叫好。屠岸贾回家以后，做了一个草人，给他穿上跟赵盾一模一样的衣裳，胸脯里搁着羊肉。天天训练那只狗叫它扑过去，抓破胸脯，饱吃一顿。经过几天的训练，那只狗一瞧见那个草人立刻就扑过去，抓破胸口。

有一天，晋灵公叫赵盾到宫里去喝酒，赵盾的家臣提弥明陪着他去。屠岸贾当然也在座，他说："主公请相国喝酒，别人不得上来。"提弥明只好站在堂下。君臣吃吃喝喝，说说笑笑，倒也挺有礼貌。谈话当中，晋灵公忽然直夸赵盾的宝剑，要他拔出来让他瞧瞧。按规矩，做臣下的要是在国君面前拔出宝剑来，他就犯了行刺国君的大罪，那还了得？ 赵盾没想到这些个。 他正要摘下宝剑的时候，提弥明在堂下大声嚷着说：“主公面前不得无礼！”赵盾给他一提，才知道这是他们的诡计，就站起来告别。 提弥明怒气勃勃地扶他出来。 屠岸贾就放出那只猎狗去追赵盾。 那只狗一瞧见活的“草人”，就立刻扑过去。 提弥明一瞧，飞似的跑过去，把那只狗的脖子一拧，就好比拧手巾一样，当场结果了那条狗命。 宫里当时乱了起来。 晋灵公大怒，叫武士们去杀赵盾和提弥明。 提弥明非常英勇，一个人保护着赵盾，一面还手，一面跑。 提弥明杀了几个武士，末了给他们杀了。 他们杀了提弥明，又来追赶赵盾。 其中有一个武士真卖力气，比别人跑得更快。 赵盾一瞧他到了眼前，吓得两腿一软，眼前一发黑，倒在地下，不能动弹了。 那个武士一把拉起赵盾，背着就跑。

这时候赵盾的儿子赵朔，带了家丁来接他父亲。 那个武士把赵盾放在车上，自己拔出刀来，准备跟国君的卫兵拼命。 那班卫兵一瞧赵家的人这么多，才向后转了。 赵盾问那武士：“他们全来害我，你怎么反倒救了我？你是谁？”他说：“相国忘了道儿旁饿得快死的人吗？”原来五年之前赵盾打猎回来，看见道旁躺着一个汉子，以为是刺客，叫人把他抓来。 那个人已经饿得站不起来了。 赵盾问了他来历，才知道他叫灵辄，在卫国游学三年，这次回来，穷得一无所有，已经饿了三天了。 赵盾只觉得他可怜，就给他一点干粮和盘缠。 后来灵辄做了晋灵公的卫士，老想着赵盾的好处。 这会儿屠岸贾唆使国君要害赵盾，灵辄就代抱不平，救了他的命。 赵盾脱了险，就和他儿子跑到国外去，他们还想带着灵辄一起逃，可是灵辄早已溜了。

54 任劳任怨

赵盾爷儿俩出了西门，可巧碰见了赵穿打猎回来。 赵盾就把他们要逃走的事说了一遍。 赵穿说：“您可不能离开晋国，我自有办法请您回来。”赵盾反倒拿不定主意，不知道怎么办了。 要保全自己的命，就该早点跑；可是他对于国君，对于国事确实是负责的。 要是就这么光顾自己跑出去，怎么能放心呐？ 他早明白他不能跑，晋国少不了他。 可是那个不成器的国君老是挤他，他又有什么办法？ 他对晋灵公可以说是尽了心了。 他劝过他，甚至于教训过他。要是那个混蛋小子是他自己的儿子，他真能揍他一顿；要不，就把他轰出去。不过用这种办法去对付国君的话，他连想都不敢想。他一听赵穿的话，心里就有两种想法：他希望赵穿去责备责备晋灵公，要是责备不顶事，那就只好来硬的。同时，他心里直念着：这种事可千万别闹出来呀！他怕赵穿没有用，可又怕他太有用。赵穿瞧他愁眉不展地直揉脑门子，就安慰他说："您别着急！我自有办法。"赵盾又像点头，又像摇头地说："那么，我暂时在河东等着。不过你得小心，千万别再惹出祸来。"

赵穿离开了他们，一直跑了去见晋灵公。他见了晋灵公，跪在地下央告，说："我虽说是主公的姐夫(赵穿是晋襄公的女婿)，可是赵盾得罪了主公，我们赵家的人也有罪，请主公先革去我的官职，再办我的罪吧！"晋灵公说："这是什么话！赵盾欺负我可不知道多少回了。真叫我难受。这可没有你的事。你只管放心吧！"赵穿恭恭敬敬地谢了晋灵公。晋灵公怕他心里不安，还显出挺亲热的样儿来跟他聊天。他说："赵盾大概是怪我太爱玩儿了吧！"赵穿一瞧，四外没有人，就跟晋灵公说："他老人家老那么正经八百地板着脸，我一看见就生气。说真的，做了国君要是不能享点福，痛快痛快，倒不如不做。您知道齐桓公有多少美人儿？"晋灵公歪着脑袋想了想，说："十来个吧？"赵穿撇着嘴说："十来个算什么，他的后宫里满是美人儿啊！您瞧，他做了霸主。咱们先君文公都六十多了，还做了一回新郎官。您瞧，他也做了霸主。主公您正年富力强，更应当作一番大事业，怎么不派人去搜罗搜罗美人儿呐？"晋灵公给他说得心里怪痒痒的，嬉皮笑脸地说："你真是我肚子里的蛔虫。可叫谁去搜罗呐？"赵穿说："谁比得上屠岸大夫呐？他最能办事！这样的忠臣不重用他，您还用谁？"晋灵公听了赵穿的话，嘱咐屠岸贾出去搜罗美女。

赵穿支开了屠岸贾，又对晋灵公说："主公您老在桃园里玩儿，我可真有点担心，万一出了事，可怎么办？单凭几个武士能顶什么呐？我琢磨着最好挑选一二百名勇士，专门保护桃园。您看怎么样？"晋灵公说："再好没有。"赵穿就从自己的军队里挑选了二百名士兵，送给晋灵公。晋灵公一瞧，喝！一个个都挺棒，不用说多痛快了。他就留着赵穿一块儿喝酒。赵穿用眼睛向台底下一扫，就瞧见那二百名卫兵拿着兵器全跑过来了。晋灵公问赵穿："他们干么往台这儿跑呐？"赵穿说："他们瞧见主公高兴，大概是来讨赏的。赏给他们点酒喝吧！"没有多大一会儿，二百名卫兵围住了晋灵公，他这才觉得不对头，急着说："这是干什么？"赵穿把脸往下一沉，大声说："他们跟你要相国呐！"晋灵公还想逃，脖子上已经挨了一刀。赵穿的士兵还想消灭晋灵公左右的武士，赵穿对士兵们说：“你们为国除害，不许再伤害别人！”

晋灵公被杀的信儿立刻传出去了。朝廷上的大臣们和全国的老百姓早就对晋灵公恨死了。这时候一听说昏君死了，真是人人痛快。士会等一班大臣都跑到桃园去瞧。整个桃园就跟死一样地静，台上躺着晋灵公的尸首。士会知道赵穿准去接赵盾去了。大家伙儿全等着赵盾回来料理后事。

赵盾一听到这信儿，立刻驾着车赶到桃园。他一瞧见晋灵公的尸首，就扑过去，趴在上头，放声大哭。他这一辈子的劳苦，心上的不痛快，任劳任怨的闷气，就好比被压制的泉眼，这时候全涌出来了。他越哭越难受，越难受越哭，直哭得园里的大臣们和园外的老百姓都流眼泪。可是那班怨恨晋灵公的人咕噜起来了。他们说：“咱们的相国真是个大好人。这种昏君早死一天好一天，干么还哭他呐？”

晋国的大臣因为晋灵公没有儿子，向赵盾讨主意。赵盾就派赵穿到洛阳把晋文公的小儿子黑臀(tún)迎接过来，立他为国君，就是晋成公。晋成公信任赵盾，又把自己的闺女嫁给赵盾的儿子赵朔，君臣做了亲家。

屠岸贾正在外头搜罗美女。一听晋灵公被杀，就偷偷地跑回来，挺小心地伺候着赵家。赵穿对赵盾说：“屠岸贾这小子不是玩意儿，先君夷皋全是他带坏的。咱们杀了夷皋，他一定怨恨，干脆把他也杀了吧！”赵盾瞪了他一眼，说：“人家不办你的罪，你还要去得罪人家吗？”赵穿碰了一个钉子，不敢再言语了。可是他不明白：他替大家伙儿杀了昏君，这功劳可不小哇！怎么相国不夸他一句呐？可是赵盾有赵盾的心思。他并不反对赵穿干的事，不过心里老是不痛快。夷皋虽说是昏君，到底是个国君。这谋害国君的名儿，赵家可担不了。就为这件事，他不敢见人。人家越夸他好，他越觉得这是损他。赵盾这透亮的心，好像给黑云彩遮住了似的。

他想瞧瞧朝廷的大事记上怎么写这件事。太史(记载国家大事的官)董狐就把大事记交给赵盾。赵盾双手直哆嗦。他要强，要脸面，他得替赵家增光。万一上面写着赵穿的名字，那才丢脸呐！他拿来一瞧，上头写着：“秋七月，赵盾在桃园谋害了国君夷皋。”赵盾有点不信自己的眼睛，脊梁上好比浇了一桶凉水。他那没有血色的嘴唇好像兔子吃菜似的哆嗦着说：“太太太史！您弄错了吧！谁都知道先君不是我杀的。那时候，我还在河东呐。您您您怎么叫我担这个罪名啊？”董狐说：“您是相国，国家大事全由您掌管。您虽说跑了，可是还没离开本国的地界，相国的大权还在您手里。要是您不允许凶手那么办，那么，您回来以后，为什么不把他办罪呐？”赵盾觉着自己理亏，说不上话来。凭良心说，那小子早就该杀了。赵穿杀了他，赵盾也直点头；可是要他担负这罪名，真有点太过分了。明明是别人干的事，可叫他背黑锅！他想：也许大人物免不了要任劳任怨的。他叹了一口气，说：“完了也就完了！我只要于心无愧就是了。”

赵盾更加小心地伺候着新君。赵穿以为自己的功劳不小，央告赵盾升他的官职。赵盾说：“别提啦，我还替你担着不是呐！”又是一个钉子。赵穿越想越烦，没多久他病死了。赵穿的儿子赵旃(zhān)要求赵盾让他继承他父亲的职位。赵盾说：“你先别忙，等你立下功劳，自然有你的职位。”大家伙儿一瞧赵盾大公无私，都挺佩服。大臣们一心一意地辅助着晋成公，晋国仍然继续晋文公和晋襄公的霸业。可是南方的楚国一天比一天强大，一心要跟晋国争个高低。

55 一鸣惊人

楚国在楚成王的时候已经做了南方诸侯的头儿。后来(公元前626年)楚成王给他儿子商臣害死了。商臣即位，就是楚穆王。楚穆王又把附近的几个小国兼并了，还把中原的诸侯国，像郑、陈、蔡等全拉了过去。到了公元前613年(周襄王的儿子周顷王六年)，楚穆王商臣死了，他的儿子即位，就是楚庄王。赵盾乘着楚国正办丧事，召集了宋、鲁、陈、卫、郑、蔡、许七国诸侯，重新订立盟约，晋国又做了盟主。楚国的大臣可有点不服气，一而再、再而三地请楚庄王去争霸权。楚庄王不听这一套。白天老出去打猎，晚上喝酒跟宫女们胡闹。什么国家大事，什么霸主不霸主，他全不放在心上。就这样胡闹了三年，大家伙儿把他当作昏君看待。哪儿知道他有他的心思。他早就认为楚国令尹的权力太大。现在的令尹斗越椒比以前的令尹势力更大。他还不知道楚国大臣当中谁有能耐，有胆量，可以重用。凭他怎么要强，光凭自己两只手也干不了大事啊。他索性饮酒作乐，不问朝政。大臣当中也有几位劝过他的，可是他们的话，全是隔靴搔痒，不着实际，他连听都不爱听。后来他下了一道命令，挂在朝堂上，说：“谁要敢再多嘴，就有死罪。”直吓得大臣们全不敢说话了。楚庄王大失所望，难道不怕死的大臣连一个都没有吗？他只好多喝几盅热酒，暖暖差不多快要凉了的心。

有一天，大夫申无畏来见楚庄王。楚庄王冲他一笑，申无畏吓了一大跳。这是为什么呐？就因为楚庄王那一副眉毛，又粗又重，有点像个暴君的样子；可是眉毛底下的两只眼睛黑白分明，又有点像美男子。他笑了起来，好像一只笑面虎似的，不但威风，而且那对大眼睛好像能照透人家的心似的。他不等申无畏开口，就先问他："你是来喝酒的呐，还是来听音乐来的？"说着右边的重眉毛向上一挑，眼犄角吊了上去，左边的那只眼睛又显得挺柔和。谁也摸不清这神气是可怕还是可亲。申无畏也弄不清他的心顺不顺，只好撞大运了。他回答说："有人叫我猜个谜儿，我猜不着。大王多才多艺，请您猜猜吧！"楚庄王说："什么？猜谜儿？倒怪有意思的。来吧！"申无畏说：

楚国山上，
有只大鸟，
身披五色，
真叫荣耀。
一停三年，
不飞不叫；
人人不知，
是什么鸟？

楚庄王笑着说："这可不是普通的鸟。三年不飞，一飞冲天；三年不鸣，一鸣惊人。你别急！"申无畏磕了个头，说："大王到底英明！"他就出去了。

申无畏一天一天地等着，可瞧不出那只大鸟有什么惊人的行动。他就和大夫苏从商量想再去劝劝国王。这回苏从去了。他跑到楚庄王面前哭起来了。楚庄王把脸往下一沉，嚷着说："你明知道我已经下了令，你还要来找死，可也太笨了。"苏从说："可是大王比我还笨呐！我至多给您杀了，死了还落个忠臣的美名，我还笨得有点价值。您呐！做了国王，光图眼前舒服，也不想想怎么管理朝政，怎么管理臣下，怎么号令诸侯，怎么安抚天下。人家那儿做霸主，您连自个儿的属国都管不住了。您不是比我还笨吗？我的话完了，请杀吧！"楚庄王站了起来，说："你说得对！只要你们肯干，我为什么要窝窝囊囊地闷在宫里呐！"

楚庄王笑着说：“这可不是普通的鸟。三年不飞，一飞冲天；三年不鸣，一鸣惊人。你别急！”

楚庄王就从那天起，亲手拉起国家的缰绳。一面改革政治，调整人事，叫楚国的大权不再集中在令尹手里；一面招兵买马，训练军队，打算跟晋国争争霸主的地位。全国上下都高兴起来了。就在这一年，楚庄王征服了南边的许多部族。到了楚庄王第六年，楚国打败了宋国。第八年又打败了陆浑（在河南省嵩县北）的戎族，楚庄王就在周朝的边界上阅兵示威。吓得周定王（顷王的儿子）赶快派大臣王孙满去慰劳他。陆浑的戎族住在伊洛两条河道当间儿，在洛阳南边，离京师近，离楚国的郢都（楚国的都城，在湖北省江陵县北）远。楚庄王来征伐陆浑的戎族，用意是在探察探察周室的情况。果然，他开门见山地问王孙满，说："听说洛阳的大鼎是三代传国之宝，请问这种宝鼎有多沉。"王孙满当时就挺严厉地驳斥他，说："周室继承统治，在德不在鼎。夏朝的桀王无道，宝鼎归了商朝；商朝的纣王暴虐，宝鼎归了周朝。君王得了天下，鼎就是小也重，君王失了天下，鼎就是大也轻。周室虽说衰弱，天命没改，鼎的轻重连问也不能问！"楚庄王听了这一番话，自己反倒觉得不好意思，就笑不唧唧地说了句"哦，原来如此"，下了台阶。

楚庄王阅兵回来，到了半道上，前面有军队拦住去路，要跟他作战。原来令尹斗越椒早就有了造反的心思。自从楚庄王分了他的权力，他更加生气。这回一瞧楚庄王率领大军去打陆浑，好比老虎离了山，斗越椒就发动了自己手底下的人马，占领了郢都，随手又发兵，想去消灭楚庄王。楚庄王假装退兵，暗地里把大军四下里埋伏好，只叫一队兵马去把斗越椒引过来。斗越椒过了一道河，接着去追赶楚庄王。赶到斗越椒知道中了计，赶紧回去，那河上的大桥早已拆去了，弄得他反倒丢了阵地。就瞧河那边有个大将喊着说："大将乐伯在此，斗越椒赶快投降吧！"斗越椒叫士兵们隔河射箭。

乐伯手底下有个小军官叫养由基，他大声地跟斗越椒说："这么宽的河，射箭有什么用？令尹您是个射箭的好手，咱们俩就走得靠近点儿，站在桥头上，一人三箭，赌个输赢。不来的不是好汉。"斗越椒说："要比箭，我先射。"养由基就叫他先动手。斗越椒的箭是百发百中的，他还怕一个小兵吗？他就使劲地把箭射过去。养由基用自己的弓，轻轻一拨，那枝箭就掉在河里了。接着第二枝箭又来了。他把身子一蹲，那枝箭从他头顶上擦过去。斗越椒嚷着说："不许蹲，不许蹲！"养由基说："好！这回我就不蹲，您只有一箭了。"说完了就瞧见第三枝箭又到了。养由基不慌不忙，把箭接在手里，说："大丈夫说话当话，赖的不是好汉。"说着绷地一声，斗越椒赶快向左边一躲。养由基笑着说：“别忙，我就拉拉弓，箭还在手里呐。”接着他又把弓拉了一下，斗越椒赶快又向右边一躲。养由基就在他向右边躲的那一下子，直射了一箭。那枝箭正射中了斗越椒的脑门子。他那高大的身子好像锯断了根的大树，慢慢地、挺沉地从桥头上倒下去了。“树倒猢狲散”，斗家的兵马逃的逃，投降的投降。楚庄王打了胜仗。养由基只一箭就射中了斗越椒，从此得了个外号叫“养一箭”。

楚庄王灭了叛党，回到郢都，开了一个庆功会。大臣们和将士们直到晚上还没回去。楚庄王说：“我六年没喝酒了，也没听到钟鼓的声音。今天破个例，大家伙儿喝个痛快！”这时候天已经黑了，外边刮着大风，像是要下雨的样儿。可是大厅上点着蜡，奏着乐，大家伙儿高高兴兴地喝着酒，有说有笑，热闹得把外边的风声全压住了。楚庄王不用说多痛快了。他叫他最喜爱的许姬出来，给大臣们敬酒。这位仙女似的许姬一出来，当时在场的人都鸦雀无声，好像有星星的夜里，月亮出来了一样。粗鲁的将士们不由得老实起来。

大家伙儿正在出神的时候，忽然一阵狂风把大厅上的蜡全吹灭了。不知道谁趁着这一点工夫，在黑暗中，拉住许姬的袖子，去捏她的手。许姬顺手牵羊地把那个人帽子上的缨子揪下来，吓得那个人赶快撒手。这时候管蜡的人还没把火种拿来，大家伙儿静悄悄地等着。许姬拿着帽缨子摸到楚庄王跟前，咬着耳朵说了几句。楚庄王扯着大嗓门，说：“蜡慢着点！今儿晚上咱们来个痛快，别再那么拘束，不用打扮得衣冠齐整的了。大家伙儿把帽缨子全摘下来吧。”大臣们都莫名其妙地把帽缨子摘下来。楚庄王这才叫人点上蜡，大家伙儿照样喝酒。到了儿，他和许姬始终不知道拉袖子的是谁。许姬不明白楚庄王的意思，散席以后，还有点怪他。楚庄王告诉她：“大家伙儿喝得全够样儿了，瞧见了你这美人儿，谁不动心？要是查出来办罪，反倒弄得全没趣儿了。”这只一鸣惊人的大鸟，这一来更叫人佩服了。

56 食指跳动

楚庄王平了斗越椒的叛乱以后，就请本国的一位隐士为令尹。那位隐士住在梦泽(湖北省大江南边古代多湖沼地区的总称)，姓蔿(Wěi)名敖，字孙叔，人家都管他叫孙叔敖。小时候，听见人说，有一种两头蛇，谁遇见两头蛇就活不了。有一天，他哭着回来，跟他妈说："妈！我可活不了啦！"他妈问他："你怎么了？"他说："我真碰见了两头蛇了！""哪儿？蛇呐？"他说："我想这种害人的东西，别人见了也得死，我就拿锄头把它砸死，埋了。"他妈说："好孩子，你别怕！蛇没咬着你，怎么能死呐？再说，像你这么好心眼的孩子更死不了。"这会儿孙叔敖做了令尹，就着手改革制度，整顿军队，开垦荒地，挖掘河道。为了免除水灾、旱灾，孙叔敖召集了楚国所有的水工，测量地形，开始兴办楚国最巨大的一项工程，修一条芍陂(河名，在现在安徽省寿县南；芍陂，Sháopí)。他发动了几十万民工，天天挖土，挑土，砌堤，自己也经常到工地去鼓励人们。克服了种种困难，终于把芍陂修成了。这一条河道不但让雨季的急流缓和下来，而且平时还能灌溉一百多万亩的庄稼，每年多打不少粮食，老百姓没有不说令尹好的。没有几年工夫，楚国更加富强起来了。

楚庄王不能老让中原诸侯把楚国人看成蛮子，老挤在南边伸展不开。以前一向中原伸脚，就给中原的霸主打回来。楚国跟中原的霸主是势不两立的。夹在中间的郑国，永远像个陀螺，一会儿转到楚国这一边，一会儿转到晋国那一边，给他们抽得晕头转向的。楚庄王和令尹孙叔敖商量怎么把郑国拿过来。他们先派人去探听荥阳的动静。过了几天，那个探子回来报告，说："郑伯给他的臣下害死了。他们又跟晋国订了盟约。"楚庄王说："郑国的臣下杀了国君，晋国不但不去惩办乱臣贼子，反倒跟他们订立盟约。咱们这回出兵可有得说了！"又一想这里头也许有讲究，就问探子到底是怎么一回事。那个探子就把郑伯是怎么被害死的，从头到尾说了一遍：

有一天，郑国的大夫公子宋和公子归生一块儿去上朝。公子宋的食指(第二个手指头)忽然跳动起来。他伸着手给归生瞧。归生瞧了瞧，说："怎么啦？你这个指头哆里哆嗦的，是不是抽筋了？"公子宋打着哈哈说："这个手指头一跳，就有好东西吃了。"归生听了，笑了笑，也就算了。他们到了大厅上，就瞧见一只大鼋(yuán)拴在那儿。问了问当差的，才知道是国君预备给大臣们吃的。两个人不由得全笑了。可巧郑灵公(郑穆公兰的儿子)出来，瞧见他们俩人笑得前仰后合的，就问他们："你们俩怎么透着那么痛快？"归生指着公子宋，回答说："刚才他的手指头直跳，说有美味到嘴，我还不信。现在瞧见了这只大甲鱼，又听说是主公赏给臣下吃的。他的手指头可真灵，所以笑了起来。”郑灵公撇了撇嘴，故意开玩笑，说：“手指头灵不灵还不一定呐！”

到了下半天，郑灵公特意叫大臣们进去，挨次序坐下。郑灵公开口说：“有人在江汉一带逮了个大鼋来，献给我。这是挺难得吃到的东西，请大家伙儿尝尝味道。”大臣们咽了口唾沫，谢过国君。没大一会儿，厨子端上甲鱼羹来，先给郑灵公一碗，灵公吃了一口，说：“喝！真不错！”回头对厨子说：“每位一碗，从下位送起。”厨子一碗一碗地端上来。端到最后两个最高的座位，厨子禀告说：“只剩下一碗了，端给哪一位？”郑灵公说：“给子家吧！”(公子归生，字子家)这么一来，大臣们全吃着，单单短了公子宋的一份。郑灵公哈哈大笑，他说：“我原来说每人一碗，没想到轮到你这儿，可巧没有了。这也是命该如此。可见你的手指头并不灵！”公子宋已经在归生跟前说了满话，现在大家伙儿全分到了，偏偏没有他的份，叫他在众人面前怎么受得了？他的心跳得都快出了腔子，脸红得发紫。再说郑灵公哈哈一笑，就好像火上加油，他跳了起来，跑到国君跟前，把手指头戳到郑灵公的碗里，蘸了一蘸，一边放在嘴里一咂，一边也来个哈哈笑，说：“我也尝到了。我的手指头到底是灵的。”说着就跑了。郑灵公气得呼呼响，骂着说：“简直不像话！敢欺负我？哼！你瞧着吧！”归生和别的大臣全跪下来，说：“他跟主公向来挺热乎，这回是太没有规矩了，可是他决不是成心失礼。请主公看在平日的情份上，原谅他吧！”郑灵公听了，只好恨在心里。大伙儿不欢而散。

归生出了朝堂，心里很痛快。他和郑灵公的兄弟公子去疾向来挺好，有心要废去郑灵公，立公子去疾为国君。一来他没有这个胆量，二来公子宋和郑灵公挺亲密，归生不敢下手。今天一瞧公子宋和郑灵公闹翻了，他就打算借着公子宋的手去掐郑灵公的脖子。他又怕郑灵公和公子宋都有些小孩子脾气，今天吵、明天好，风声大、雨点小。他就把双方的火儿煽得旺些。他跑到公子宋的家里，把郑灵公犯脾气的事告诉了他，还加上一句，说：“主公一定要处置您，我直替您难受。”果然公子宋骂着说：“昏君自己失礼，还想处置我？”归生一瞧阴风起来了，他故意劝着说：“话虽如此，他究竟是国君，您多少得忍着点，明天去给他赔个礼吧。”公子宋哪儿能听这一套呐。

第二天归生拉着公子宋去见郑灵公。郑灵公坐在那儿不言语，公子宋站在那儿来个“死鱼不张嘴儿”。归生直向公子宋做手势，公子宋只当没瞧见。归生只好替他向郑灵公说：“子公(公子宋，字子公)失礼，特意向主公赔礼来了。请主公饶了他吧！”说着又向郑灵公挤挤眼，努努嘴。郑灵公一看公子宋的样儿，就绷着脸，说：“哼！他怕得罪我吗？是我得罪了他吧！”一甩袖子进去了。

公子宋出来对归生说：“他恨透了我了，也许还要杀我呐！俗语说得好，‘先下手为强’，还不如咱们先下手吧！”归生心里点着头，可不愿意把他自己搅在里头。对公子宋说的“咱们”这个口气可不感到兴趣。他要吃鱼，他可嫌腥。就替自己撇清，说：“自个儿养的鸡、养的狗，还舍不得杀呐！别说是国君了。这可万万使不得。”公子宋也是个机灵鬼，他立刻见风转舵，笑着说：“您别当真，我是说着玩儿呐！”归生一听他这么一说，心里倒凉了半截，脸上的神气显得挺特别。脸上不得劲儿，可把心事露出来了。

第二天公子宋索性真不真、假不假地和别人瞎聊，说归生和公子去疾怎么怎么的，说他们黑天白天怎么怎么的。归生一听，可吓坏了，私底下对公子宋说：“您没有事胡说八道什么？您要我命是怎么着？”公子宋说：“您不向着我，就是成心叫我死。您既然叫我死，干脆我就叫您的命也搭在里头。”归生说：“您要怎么样？”公子宋睁圆了眼睛，狠狠地说：“他是个昏君。从分甲鱼羹这件事就能瞧出来了。您管理国家大事，就该出个主意。我说，咱们请公子去疾做国君，去归附晋国，郑国也可以太平几年。”归生急得哆嗦着嘴唇，说：“您您您瞧着办吧！我我我不说出去就是了。”

公子宋只要归生点点头，就不怕了。没费多大的手脚他把郑灵公杀了（公元前605年，周定王二年）。他们请公子去疾即位。公子去疾说什么也不干。他推辞说：“我们有十几个兄弟。拿岁数来说，公子坚比我大。拿品德来说，我更不行。无论如何，我决不要这个君位。”归生和公子宋就立公子坚为国君，就是郑襄公。赶着打发使臣到晋国去说情，跟他们订立了盟约，向晋国纳税进贡。

楚庄王听了那个探子的报告，有了题目，就发兵去打郑国，责问他们为什么杀了国君。郑国向晋国求救。晋国派荀林父带着兵马去。楚庄王因为陈国新近归附了晋国，就调过头去攻打陈国。这么一来，陈国又归附了楚国，郑国仍旧站在晋国那一边。两个大国没正面开仗，可都有了面子了。

过了三年，楚庄王再去攻打郑国。这时候赵盾和晋成公已经过世了。郑国人怕晋国未必来救。可巧归生病死了。郑国人就杀了公子宋，又在归生的棺材上砍了几刀，算是办了他谋害国君的罪。他们打发使臣到楚国兵营里去赔罪，说："两个乱臣已经全杀了。请答应我们像陈国一样订立盟约，依附贵国，纳税进贡。"楚庄王答应了，打算再约上陈国，一块儿订立盟约。他就派人去请陈侯来。

没过了几天，那个使臣回来了，说："陈侯给夏征舒杀了，陈国正乱着呐！"

57 上株林干么

夏征舒的母亲夏姬，是郑穆公兰的女儿，陈国的大夫夏御叔的媳妇儿，所以叫夏姬。她挺早守了寡，娘儿俩住在株林(在河南省西华县西南夏亭镇北)。夏大夫在世的时候，有两个朋友，一个是矮胖子孔宁，一个是肉头鼻子仪行父。他们俩全是陈国的大夫，为了过去的朋友的交情，挺照顾夏家。娘儿俩当然是挺感激人家的。

有一回，孔宁带着夏征舒到城外打猎，看看天色不早了，他就亲自把夏征舒送到株林。可巧下起大雨来了，又是雷、又是闪，没个完。那天，孔宁住在夏家，就和夏姬勾搭上了。后来，大个子仪行父和陈灵公也都半明半暗地和夏姬有了来往，君不像君，臣不像臣，好像压根儿不知道天底下还有"廉耻"两个字。

有一天，陈灵公把孔宁和仪行父叫来聊天。说着说着，话头又扯到邪事儿上去了。三个人越说越不像话，还笑得前仰后合，差不多喘不过气来了。

他们这么胡闹，气坏了一位大臣，叫洩冶的。他听见了他们的下贱话，又瞧见他们那种下贱样，就跑去劝告陈灵公。孔宁和仪行父一见了他，就溜了。洩冶对陈灵公说："君臣应当有规矩，男女应当有体统。你们做了这种荒唐的事还在朝堂上对夸，请问还有廉耻没有？不守规矩，不顾体统，丧尽廉耻，照这么下去，国家还保得住吗？主公您得改过自新才是正理。"陈灵公连忙说："你别再说了。我改过就是了。"

洩冶走了以后，孔宁和仪行父又钻出来，对陈灵公说："打这儿起，主公可别再上株林去了。"陈灵公说："你们呐？"他们说："我们又不是国君，为什么不能去呐？”陈灵公气着说：“我宁可得罪洩冶，可不能不去株林。”孔宁说：“那怎么行呐？洩冶那个老碎嘴子叨唠起来，您受得了吗？有他，就不能上株林；要上株林，就不能有他。”陈灵公点了点头，说：“你们瞧着办吧！”他们得到了国君的许可，就偷偷地把洩冶刺死了。

洩冶一死，这君臣三个就老上株林去玩儿，什么怕惧也没有了。夏征舒一瞧见他们就生气，把他们当作畜类。每回瞧见这三个畜生进来，他只好躲开，不跟他们见面。他们也巴不得他不在家，省得碍眼。夏征舒到了十八岁上，身子长得顶结实，练了一身武艺。陈灵公为了讨好夏姬，叫夏征舒继承他父亲的地位，做了大夫。

夏征舒为了感谢国君叫他继承他父亲的地位，趁他们三个人到株林来的时候，预备了酒席，请请他们。他们一边喝着酒，一边瞎聊天，反正“狗嘴里吐不出象牙来”。他们老聊着下流的事。夏征舒听着他们的话，觉得再也忍不下去了。他先到里屋把他妈关起来，锁上，然后从后门跑出去，嘱咐家丁们把房子围住，不许走了昏君。他带了一班得力的家丁从大门杀了进去。陈灵公还在那儿不三不四地瞎聊着，倒是孔宁先听见了，说：“不好了，夏征舒杀进来了。快跑！”仪行父说：“大门有人，往后门跑吧！”三个人手忙脚乱地各自逃命。陈灵公还打算求夏姬帮个忙。跑去一瞧，门锁着！更慌了，急急忙忙地向后院跑去。后面夏征舒赶来，大叫一声：“昏君哪儿走！”一箭射去，穿透了陈灵公的胸膛。孔宁和仪行父从狗洞里钻了出去，知道是闯了大祸，也顾不得回家，一直逃到楚国去了。

58 稻田夺牛

夏征舒杀了陈灵公，带领兵马进城，按照列国杀了国君以后的老办法，说“酒后害急病归天”通告出去了。他和大臣们立太子午为国君，就是陈成公。夏征舒是臣下，再加上陈是个小国，他就是有一百个消灭昏君的理由，也不得不防备别的诸侯来责问。他就请新君去朝见晋国，作为外援。

楚国的使臣只知道陈侯给人杀了，可不知道其中的底细，因此他说：“陈国正乱着呐。”没有两天工夫，孔宁和仪行父到了。他们见了楚庄王，就说夏征舒造反，杀了陈侯，请盟主做主。楚庄王召集了大臣们，商量怎么去平定陈国的内乱。

楚国的大臣之中，有个叫屈巫的，不光文武全才，他也像夏姬一样，不管“岁月催人老”，自己总保持着青春漂亮。他从打在陈国看见过夏姬，心里就老惦记着她。现在一听陈国有内乱，就打算“混水摸鱼”，劝楚庄王去征伐陈国。令尹孙叔敖也说，平定邻国的内乱是霸主应当做的事。楚庄王就率领大军到了陈国。这时候陈成公午到晋国去还没回来。大臣们一向害怕楚国，不敢对敌，只好把一切罪名全都推在夏征舒身上，开了城门迎接楚国人。陈国的大夫辕颇自告奋勇地去见楚庄王，恭恭敬敬地跪在他跟前。楚庄王问他：“你们为什么不把乱臣贼子治罪呐？怎么让他胡作非为？”辕颇说：“不是甘心屈服，实在是因为我们没有力量，只好等着大王来处治。”楚庄王就叫辕颇带道，到株林去拿夏征舒。

夏征舒听到楚国的大军到了，还想抵抗一下。不料大臣们开了城门，投降了楚国。他只好退到株林，想带着他母亲一块儿逃到别的地方去，因此多费了工夫。就差了这点工夫，株林给楚国的军队围住了。夏征舒寡不敌众，末了叫人家逮住。这位少年就给楚国人弄死了，还死得挺惨。他们又逮住了夏姬，把她送到楚庄王跟前，请他处治。

夏姬跪在楚庄王眼前，不慌不忙地说：“我们已经是国破家亡了。我的一条性命全在大王手里。大王要是把我杀了，就好比抹死一个蚂蚁。要是大王可怜我这么一个软弱的女子呐，我情愿做个丫头，伺候大王。”楚庄王一瞧这个披头散发满脸眼泪的可怜相儿，不由得对大臣们说：“我打算把她带回宫去，你们瞧怎么样？”屈巫一听，可急了。赶快拦着说：“万万使不得！万万使不得！大王发兵来征伐陈国，原来是为了惩办有罪的人。要是大王收了她，别人就会说大王贪色。征伐有罪是正义，贪爱美色是坏事。大王为了正义而来，可别为了一个女人损坏了霸主的好名望。”楚庄王说：“可是这么一个女子，杀了有点可惜。”大将公子侧赶快跑上一步，请求说：“我是中年的人，可还没娶媳妇儿，请大王把她赏给我吧！”屈巫又拦他，说：“这个女人可是害人精。你瞧御叔、陈侯、征舒不是全都死在她手里的吗？孔宁、仪行父不是为了她弄得无家可归了吗？漂亮的姑娘有的是，干么一定要娶这种寡妇呐？”只听见公子侧说：“得！那我也不要了。”

楚庄王哪儿知道屈巫的心事。他说：“襄老大将近来死了太太，就把夏姬赏给他吧！”屈巫不便再多嘴。他一琢磨：“襄老已经上了年纪，说不定一年半载她又守寡呐。到那时候，再想法子吧。”夏姬叹了一口气，只好谢了楚庄王，跟着襄老去了。

楚庄王杀了夏征舒，又安排了夏姬，查明陈国的地界和户口，把陈国灭了，改为楚国的一个县。一切安排好，就回去了。大臣们全来朝贺。南方的属国和许多小部族全都争先恐后地到郢都来进贡道喜。只有楚国的大夫申叔时出使齐国，还没回来，当然不能来道喜。过了几天，申叔时回来了。他向楚庄王报告了他办的事情，可是道喜的话连一句也没提。楚庄王就责问他，说："夏征舒杀了国君，犯了叛逆大罪，中原诸侯没有一个敢去过问。只有我主持正义，征伐有罪。现在楚国又增加了不少土地，哪一个大臣，哪一个属国不来庆贺。只有你一声不响，难道我把这件事情做错了不成？"申叔时说："哪儿，哪儿！我为了一件案子解决不了，想请示大王呐。"楚庄王说："什么事？"申叔时说："有个人拉了一头牛，从别人的庄稼地里过去。那头牛踩了人家的庄稼。田主火儿了，把那头牛抢了去，说什么也不给。这档案子要是请大王审问，大王打算怎么处理呐？"楚庄王说："牵着牛踩了人家的庄稼，当然不好；可是就为了这个，把人家的牛抢了去，说什么也太过分了。"说到这儿，他突然停下了，眼珠子直在申叔时的脸上打转。末了眉毛一纵，眼珠子努出了三分，一个劲儿地责备申叔时，说："可真有你的！说话老是转弯抹角的。我把'那头牛'退还给人家就是了。"

楚庄王就把陈国的大夫辕颇召来，问他："陈君现在在哪儿呐？"辕颇说："还在晋国。"楚庄王说："我恢复你们的国家。你们去迎接他回来，仍旧叫他做国君吧！可是你们从此以后得一心归附楚国，别辜负了我一片心。"他又对孔宁和仪行父说："你们也回去吧！好好地扶助你们的国君。"陈国的大夫感激得说不出话来，只是连连磕头谢恩。

陈成公午非常感激楚庄王，他归附了楚国，不必提了。就连中原的诸侯也个个佩服楚庄王的道义精神。只不过太便宜了那两个狗大夫。陈国的老百姓，尤其是夏征舒的朋友们都打抱不平。没出一个月工夫，孔宁掉在河沟里淹死了，仪行父挺在家里，可是脑袋给人割去了。

59 肉袒牵羊

楚庄王为了郑襄公要求讲和，才去请陈灵公来跟郑国一块儿订立盟约，没想到陈灵公给夏征舒杀了，他只好把三国订约的事搁下，先去平定陈国的内乱。赶到楚庄王收服了陈国，郑襄公又归附了晋国。这一来，差点把楚庄王气坏了。他恨郑国说了不算，打算再去征伐。令尹孙叔敖说："咱们去打郑国，晋国一定去救；要征服郑国，必须打败晋国。因此，非发大军不可。"楚庄王就率领三军，在公元前 597 年(周定王十年，楚庄王十七年，晋景公三年，郑襄公八年)，浩浩荡荡直向荥阳进发。

楚国的军队占领了郑国的四郊，把荥阳团团围住，日夜攻打。郑襄公一心依靠着晋国，眼巴巴地等着晋国的救兵。楚国人一连气打了十七天。郑国人死伤了不少，将士们咬着牙，守住城，时时刻刻盼着晋国人来救。他们的希望每天跟太阳一同升起来，又每天跟太阳一同落下去。末了，荥阳东北角的城墙给楚国人打坏了一大段，一下子倒了好几丈。全城的老百姓一齐全哭了起来。那种大喊大叫发疯似的哭声把整个荥阳城变成了地狱。男女老少只是哭着、哭着。全城的人等着给人家屠杀，或者全掳了去做奴隶。楚庄王一听到全城的哭声，立刻下令退兵。公子婴齐拦住说："咱们一连气攻打了半个多月，好容易打塌了一段城墙，就该冲进城去，怎么反倒退兵呐？"楚庄王说："别这么说。郑国人已经知道咱们的厉害了。何必再用武力呐？我不愿意人家光知道咱们的厉害，咱们还得叫人家知道咱们的好心眼。"跟着，楚国的军队退去了十几里，让郑国人缓一口气。

楚庄王只知道好心眼就是好心眼，可不知道怎么样玩花样让人家都知道他的好心眼。比方说：齐桓公要帮助邢国和卫国，并不立刻就动手，他得等着那两国给北狄灭了以后，才向列国诸侯大声嚷嚷，去重新建造夷仪和楚丘，这么着，人家才知道他的好心眼。晋文公要收服原城，他先下命令：三天之内攻不下来，他就不要原城了，大家伙儿嚷嚷出去，人家才把他追回去。宋襄公要用仁义去抵抗武力，他必得做了一面大旗，把"仁义"两个字打出来，人家才能够瞧出他的好心眼。楚庄王对这一手可玩不出来。他下令退兵，谁也不知道这是他的好心眼，这不是白饶吗？郑襄公和那些个等着挨杀的郑国人，一瞧楚国退了兵，不说楚国人让他们缓口气，反说是因为晋国的人马到了。大家伙儿精神百倍地先把城墙修好，等着晋国人替他们去打胜仗。楚庄王这才知道郑国并没有归附的意思，就又把荥阳城包围起来。郑国人一连气守了三个多月，还瞧不见晋国的人马。大家伙儿这才觉得不对头。楚国的大将乐伯率领着勇士上了城墙，杀散了守兵。另外一部分将士冲到城下，劈开城门。楚国的大队人马进了荥阳城。

楚庄王下令，不许杀害老百姓，不许抢掠财物。楚国的大军又整齐又严肃地到了大街上。迎面来了郑襄公。他打扮成罪犯的样子，披着头发，露着上身(文言叫“肉袒”)，手里牵着一只羊，恭恭敬敬地来迎接楚国的军队。他跪在楚庄王面前，说：“我没有好好地伺候贵国，叫大王生气，这全是我一个人的不是。现在敝国的存亡全在大王手里。要是大王看着过去的交情，还让敝国做个属国，永远伺候贵国，这就是您的大恩大德了。”一边说着，一边直流眼泪。公子婴齐恐怕楚庄王耳软心活，就提醒他，说，“郑国直到打得顶不住了才投降。这种投降决不是出于真心。大王今天要是饶了他，让他归附，明天晋国人一到，得！他又背叛起来，那多麻烦哪！不如干脆把郑国灭了，省得以后再麻烦。”楚庄王可比公子婴齐精明得多了。他知道一时不能把郑国灭了，乐得答应郑襄公把郑国收为属国。他就故意摆出大大方方的神气，说：“要是申叔时在这儿，他又该说我在庄稼地里夺牛了。”

楚庄王立刻下令退兵三十里。郑襄公带着几个大臣到楚国兵营里再要求楚庄王让郑国归附。楚庄王同他们订了盟约以后，带着大军回去了。

楚国的军队走了一程子，忽然来了个消息，说，晋国拜荀林父为大将，先縠(hú；先轸的儿子)为副将，率领六百辆兵车，已经到了黄河边上，前来搭救郑国。楚庄王叫军队安营下寨，要瞧瞧晋国人到底要怎么干。

60 抢　渡

荀林父率领着大队人马到了黄河。听说郑国投降了楚国，楚国人也已经退了，他就召集将士们商量办法。士会说：“郑国抵抗了三个月，总算不错。咱们不能早点去搭救，还能怪人家投降吗？楚国既然退了兵，咱们就回去吧！”荀林父根本就不打算跟楚国人交战，一听士会的话，他就下令退兵。没想到副将先縠不听这一套。他一定要跟楚国人打一打。他私底下带着自己的一队人马，渡过黄河，去追楚国人。赵同、赵括(两个人全是赵盾的异母兄弟)哥儿俩也带着一队人马一块儿跟着先縠去逞一逞能。他们三个人都觉得自己是将门之子，辈辈都立过大功，就算这回不听命令，谁也不能把他们怎么样。这么一想，他们就大胆地离开了大军去追楚国人。

司马韩厥一听到这件事，赶快去跟中军大将荀林父说：“先縠他们过了河了！您知道吗？他们要是碰见楚国人，一定吃亏。您是中军大将，可脱不开这个‘丧师辱国’的罪名！”荀林父脸色都白了，嘴唇发紫，哆里哆嗦地说：“这这这怎么办呐？”韩厥说：“事情已经到了这步田地，倒不如大军一齐过河去接应他们。能够打个胜仗，也是您的功劳；万一打败了，大家伙儿都在内，总比您一个人担那罪名强得多。”荀林父只好吩咐三军一齐过河。先縠瞧见了，得意洋洋地说：“我早就知道他不敢不依着我啊！”

孙叔敖向来挺小心，一瞧晋国的大军过来，就对楚庄王说：“晋国人过了三个月才来救郑国，可见他们并不打算跟咱们打仗。咱们不如跟他们讲和，两方面全有好处。要是晋国人不答应，咱们就有理了，打起来，咱们也就能占上风。”楚庄王打发使臣到晋国兵营去说明要讲和的意思。荀林父巴不得不打仗，挺痛快地说：“能够这样，是大家的造化。”楚国的使臣挺满意地出来了。谁想到他一出来，就碰上了那个捣蛋鬼先縠，给他骂了个狗血喷头，最后还加了一句：“要是他答应跟你们讲和，我先縠也得把你们打个片甲不留！”楚国的使臣只好忍气吞声地出了晋国的营门。他出了营门，又给那两个捣蛋鬼赵同、赵括大骂了一顿。楚国的使臣只好笑嘻嘻地把这口气咽在肚子里。想不到末了又来了个赵旃。他拔出宝剑，指着楚国的使臣，说：“你们早晚得死在我手里。快去告诉你们的蛮子头儿，叫他多留点神。”

楚国使臣差点气炸了肺，他回报了楚庄王。众人气得全够瞧的了，一个个摩拳擦掌，打算跟晋国人比个上下。可是楚庄王一声不言语。他还等着晋国人正式的回答。那边荀林父也派使臣去说和。没想到他派的是魏锜。他跟先縠、赵同一个鼻子眼儿出气。他奉了说和的使命到楚营里去，到了楚营，偏偏去叫战。他回到晋营跟荀林父说楚国人不打算讲和，把个中军大将弄成只有出入气的木头人。木头人正在那儿糊里糊涂，下不了决心的时候，赵旃已经跑到楚国兵营叫战去了。楚庄王大怒，下了个总攻击令，亲自打鼓，好比闷热的夏天忽然来个霹雳，人人透口气，非常痛快。大军一听见鼓声，人人奋勇，个个争先，好比暴风雨似的冲到晋国兵营里来了。晋国人一点没有打算。荀林父可慌了，只好下令迎敌。两国军队就在邲地（古地名，在河南省荥阳市北。邲，bì）大战了一场。晋国人这会儿碰到楚国人简直没法儿抵挡。荀林父下令退兵。这一来，败得更惨了。楚国人是有计划地进攻，晋国人是毫无秩序地逃跑。晋国人跑得快，还死伤了一半人马。下军大夫荀首的儿子荀罃（yīng；就是智罃，也叫智伯，他是中军大将荀林父的侄孙）给楚国人逮了去。荀首率领下军赶上去，只一箭射死了襄老大将，又一箭射伤了楚庄王的儿子公子縠臣。将士们赶上去把襄老大将的尸首和受了伤的公子縠臣都抢过来，可是荀罃已经夺不回来了。第一条“好汉”先縠满脸全是讨厌的血，挺丧气地挂了彩。赵同、赵括早就偷偷地渡过黄河，已经躲到安全的地带去了。那第四条“好汉”赵旃差点儿给楚国人逮住。他要真叫人家逮住，也就不算什么“好汉”了。他可真聪明，特意跳下兵车，跟小兵一块儿跑，跑到树林子里。他一瞧楚国人不追小兵，紧紧地追着他。他把盔甲全脱下来，挂在树上，绕了一个弯儿跑出树林子。他的脚趾头也破了，可是命不该绝，只瞧见前面有人驾着一辆晋国的车马。他大声嚷着说：“车上谁呀？带我一块儿跑吧！”车里有三个人，就是将军逢伯和他两个儿子。他们正拼命打着马，忽然听到后头有人叫喊，逢伯一听声音，就知道是赵旃。他吩咐他两个儿子说：“快向前跑！别往后瞧！”他们哥儿俩可不明白父亲是什么意思，不由得望后一瞧。赵旃瞧见了，说：“啊！逢公子，快带我去吧！”逢伯直气得翻白眼。两个傻小子还跟父亲说：“后面赵将军喊着呐。”老头子骂着说：“还提呐！你们既然给他瞧见了，就让他上来吧！该死的东西！”两个儿子只好下去，让赵旃上了车。这哥儿俩给扔在后面，都死在乱军之中。

赵旃赶着逢伯的车，逃到黄河边，就瞧见将士儿郎们正在那儿乱纷纷地抢着渡河。荀林父下令赶快过河，还说先渡过河的有赏。可是人多船少，没法分配。已经上了船的人不准别人再上去。船外边的人一定要上去。赶到船上满了人，船边还有不少人揪着，反倒把小船沉了不少只。船是越来越少，河里的人可是越来越多。这儿起来，那儿沉下。力气大的才能往船上爬。第一条“好汉”先縠可真机灵，一瞧他的船沿有人揪着，就吩咐手下的人拿刀砍他们的手指头。这个办法真管事，手指头给砍下来的人再也不能揪船了。别的船上的将士，像赵旃他们，虽说没有什么好计策，可是都会照样学。他们也砍起手指头来了。揪船的人也照样掉在水里。整批的手指头全掉在船里，多得可以用手捧。河边跟河里全是一片哭声。他们还怕楚国人来消灭他们。闹到末了，楚国人可没追上来。

楚国的大军进了邲城，大夫伍参请楚庄王再去追赶晋国人。楚庄王说：“楚国自从城濮失败以后，一直抬不起头来。这回邲城打了胜仗已经把从前的羞耻擦去了。晋国灭不了咱们，咱们也灭不了晋国。两个大国总得讲和，才是道理。咱们何必多杀人呐？”他立刻下令安营下寨，让晋国人渡河回去。晋国人只怕“蛮子”追上来，乱哄哄地闹了一宵，直到天大亮，这才把剩下的残兵败将渡过了河。

郑襄公亲自到邲城来犒劳楚国的将士，摆上酒席，庆祝胜利。有人对楚庄王说："把晋国人的尸首堆起来，造成一座小山，一来可以留个纪念，二来也可以显显武功。"楚庄王说："偶然打个胜仗，有什么值得纪念的？再说杀了这么多人，也不是什么露脸的事，还表什么武功？把尸首全埋了吧！"

楚国打败了晋国，擦去了城濮的耻辱。可是楚庄王的儿子公子縠臣做了俘虏，襄老大将阵亡，连尸首也给晋国人抢去了。那位夏姬又犯了一道白裙子。屈巫这回可不能再错过好机会。他琢磨尽了方法，把夏姬弄到手。他们就偷偷地跑到晋国去了。晋景公正怕着楚国，巴不得有个熟悉楚国情形的人来帮助他。他见了屈巫，就拜他为大夫。

61 "我不骗你"

晋景公为了郑襄公帮助楚国，害得晋国在邲城吃了个败仗，心中非常生气。过了两年(公元前595年，周定王十二年)，他亲自去打郑国。郑襄公当然得找楚国去求救。在楚国看来，晋国攻打郑国就是间接向楚国挑战。楚国也采用间接应战的办法，去攻打宋国。因为这时候，许、蔡、陈、郑都归附了楚国，要是把宋国打下来，那么，在地理上躲在宋国背后的齐、鲁也就可以拉到这一边来了。再说楚国派到齐国去的一个使臣路过宋国的时候，给宋国杀了。这个仇也不能不报。公元前594年，楚庄王拜公子侧为大将，申叔时为副将，亲自率领着大军打到宋国去。

楚国人挺快地到了宋国，把睢阳城包围起来。又造了几座跟城墙一般高的兵车，叫做"楼车"，四面攻打。宋文公叫大将华元率领着将士和老百姓把守城池，一面又派人到晋国去求救兵。晋景公召集了大臣们商量办法。大夫伯宗说："上回荀林父发了六百辆兵车，还给人家打得一败涂地。这回要是再派六百辆去，也未必能打胜仗。"晋景公皱着眉头子，说："这可怎么办呐？现在中原诸侯跟咱们有交情的要数宋国。要是不去救，不是连宋国也丢了吗？"伯宗说："楚国离着宋国一千多里。他们从那么远的地方跑来，粮草一定带得有限，他们不能老呆在那儿。咱们不如派使臣到宋国去，就说救兵随后就到。他们听到这好消息，一定尽力守城。只要宋国能够守住几个月，楚国不得不退兵。"晋景公就打发解扬(解 Xiè)去送信，给他们一个口头上的帮助。

解扬在路上给郑国人拿住，郑国把他献给楚庄王。楚庄王问他："你来干什么？"解扬早就知道"蛮子王"是喜欢说实话的，立刻回答说："我不骗您，我奉了晋侯的命令，叫宋国人用心守城，等着救兵。"楚庄王说："这又何苦呐？眼瞧着宋国就要给我们打下来了。你这么一说，反倒叫他们多受几天罪。依我之见，你还是对他们说：'晋国有事，一时不能发兵，特意叫我来告诉你们一声，省得你们瞎等着。'这么一来，宋国人没有盼头了，一定投降，省得两国的人多受罪。你也不必回去。我带你到楚国去，给你做大官，好不好？"解扬低着脑袋，一声不言语。楚庄王跟着又来一句："要是你不答应，没有别的，我们只好把你当作敌人办了。"解扬唉了一声，说："好罢！"

楚庄王叫解扬上了"楼车"，去跟宋将华元对话。解扬站在楼车顶上，叫宋国人来听消息。他提高了嗓子，说："我是晋国的使臣解扬，奉了晋侯的命令来传话。"城里头的人一听到晋国派使臣来传话，一会儿工夫你挤我、我踩你地凑了一大堆。大家伙儿仰着脑袋、伸着脖子、瞪着眼睛、竖着耳朵等着。就听到他接着说下去："我走到城外，给楚国人逮住了，不能到你们那儿去了。晋侯率领大军亲自来救，说话就到。你们千万别投降！"楚庄王听了，冒了火儿，立刻叫人把解扬弄下来。责问他，说："你已经答应了我，怎么又失了信？这可是你自个儿找死，别怨我了！"解扬说："我并不骗您。我是奉了晋侯的命令来的，现在我已经把命令传了，足见我守信用。反过话来说，要是贵国的使臣给敌人逮住，违背大王的命令，讨敌人的好儿，大王您爱这么个臣下吗？"楚庄王见他的臣下嘁嘁喳喳地咬开耳朵。他要利用解扬去劝化楚国人。他称赞解扬是个忠臣，把他放了。

华元听了解扬的话以后，决定好好地守城。公子侧在外头搭了一座高台，自己住在上头，城里的一举一动都瞧得清清楚楚。华元也在城里搭了一座高台，瞧瞧城外的一切动静。双方全都坚持着。从公元前594年下半年到第二年，足足有九个月工夫，晋国的人马还没来，楚国的军队还不打算退。城里的粮食眼看着完了，天天有人饿死。可是宋国人还是不投降。楚庄王弄得一点主意也没有。管粮草的人报告说："兵营里就剩下七天的粮食了！"楚庄王摇着脑袋，说："想不到宋国这么不好打。"他和公子侧商量，打算回去了。申叔时的仆人说："宋国人一定料到咱们呆不长，才不肯投降。咱们不如叫士兵们盖房子，种地，打算长住在这儿。宋国人一瞧这情形，一定会投降的。”申叔时把这个计策告诉了楚庄王，楚庄王一想，这倒不错。他就下令，叫士兵们在沿城一带盖起房子来，再叫一部分人去耕田种地。

华元一瞧楚国人这种行动，对宋文公说：“看这样子，楚国人打算永久住在这儿。晋国的救兵看看是不会来的。这可怎么好呐？”宋文公急得只能叹气。华元说：“只有一个办法了，我亲自去见公子侧，也许还能讲和。”宋文公说：“国家存亡在此一举，你得小心留神。”

华元早已打听了公子侧营里的情况和守卫高台的主要人的姓名。当天晚上就从城墙上用绳子吊下去，一直向公子侧的高台走去。巡夜的敲着梆子过来。华元也不躲，反倒跑过去问他们：“将军在台上吗？”他们说：“在台上。”华元又问：“睡了吗？”他们说：“大王刚请他喝了酒，大概是喝多了，已经睡了。”华元就向台上走。一个卫兵下来正要盘问，华元可先说了话了：“刚才大王请将军喝酒，他有点醉了，你可别去惊动他！大王有要紧的事吩咐将军，叫我当面告诉他。你们好好地在这儿看着，别走远了。”卫兵以为他是自己人，让他上了高台。华元到了高台上一瞧，里头还点着蜡。公子侧和衣躺着，睡得正香呐。华元一直爬过去，轻轻地推他。公子侧醒了，正想翻个身，他的袖子给华元压住了。公子侧慌里慌张地问：“你是干什么的？”华元低声说：“将军您先别忙。我是宋国的将军华元，奉了我主公的命令，特来向您求和。您要是答应，咱们两国全有好处。要是不答应，咱们俩谁也别想活了。”说了，左手按住公子侧的身子，右手拿出一把雪亮的匕首，在烛光底下，晃了两晃。公子侧咕嘟着嘴，眼睛盯着华元的脸，说：“有事情大家伙儿可以商量，干什么这么胡来呐？”华元立刻收了匕首，赔不是，说：“您别见怪，事情急得我讲不了礼貌了。”公子侧问他：“宋国怎么样了？”华元说：“已经拿小孩子交换着吃，拿骨头当柴火烧。真是不能再活下去了。”公子侧挺奇怪地说：“哦！已经到了这么惨的地步了吗？那怎么不投降？”华元说：“虽说力量不足，可是精神有余。敝国的老百姓打算跟国家一块儿存亡，不愿意失去光荣。您要是肯退兵三十里，我们就跟您讲和。”公子侧自作主张地对华元说：“不瞒您说，我们盖房子、耕地全是假的。我们这儿也只剩下几天的粮食了。明天我去禀告大王请他退兵，您可别失信哪！”华元说：“咱俩对天起誓，不能说了不算，好不好？”两个敌国的将军就对天起了誓。公子侧给他一枝令箭，叫他赶快回去。

第二天公子侧把夜里的事告诉了楚庄王。楚庄王很不高兴，直怪公子侧不该把军营里短粮缺草的实际情况和假装盖房子、种地的计策都向敌人泄了底。公子侧说："小小的宋国还有不欺骗人的臣下，难道我堂堂楚国反倒没有个说实话的人吗？"楚庄王说："你说了也就算了，可是我们必得打下了宋国再回去。"公子侧说："那只好请大王留在这儿，我是非回去不可了。"楚庄王心里一琢磨，要是不能跟他闹翻，那还不如好好地下了台阶。他说："那可不行，我一个人留在这儿干么？要回去，咱们一块儿回去。"他就下令退兵三十里。华元再到楚国兵营，订立盟约。盟约上还写着"我不骗你，你不冤我"。从这儿以后，宋国脱离晋国，归附楚国。赶到楚国人回去以后，晋景公才打算发兵去救宋国。他总算还没忘了中原霸主的本分。

62 结草报恩

晋景公正打算乘着楚国人回去的时候，发兵到宋国去尽一尽霸主的本分，临近的潞国出了事，潞国的国君潞子婴儿(婴儿，是潞子的名)来了信，请他主持正义，帮助他去平定内乱。晋景公也不推辞，立刻拜荀林父为大将，魏颗(魏犨的儿子)为副将，发出大军前去征伐。

潞国是赤狄的一族，潞子婴儿是晋景公的姐夫，所以赤狄和晋国有亲戚关系。潞子婴儿虽说懦弱无能，可是有这个小舅子做他的靠山，列国诸侯跟临近的部族全不敢太为难他。就因为婴儿太老实，国家大权全在相国酆舒手里，自己反倒受了他的牵制。以前狐射姑逃到潞国的时候，倒帮了潞国不少忙。一来狐射姑有能耐，二来他是晋国的大臣，所以酆舒也怕他几分。狐射姑一死，酆舒可就横暴起来了。

他叫潞子婴儿脱离晋国去跟秦国交好。秦国也打算利用赤狄去牵制晋国，挺看得起酆舒。酆舒既然逼着潞子婴儿去跟晋国绝交，就说夫人伯姬(晋景公的姐姐)怎么怎么不好，加了一个罪名，把她杀了。晋国对这件事没有什么表示，酆舒就更胆大了。

有一回，君臣二人比赛弹弓。酆舒失手，打伤了君主的眼睛。他还打着哈哈，说："我打得不准，情愿罚酒一杯！"潞子婴儿受了侮辱，只好揉揉受伤的地方，把眼泪咽到肚子里去。他想，自己既然不能对付家奴，倒不如求求别的国替他出口气。他就偷偷地送信给晋景公，叫他发兵去拿酆舒。

晋景公把原来打算去搭救宋国的军队派去攻打赤狄。他不但杀了酆舒，而且把潞子婴儿也逮来了。不但逮了潞子婴儿，一顺手把潞国也并吞了。从此以后，赤狄成了晋国的一部分。晋景公因为荀林父征伐赤狄有功，赏给他狄人一千户。这一千户狄人就做了荀家的奴隶。

荀林父留下魏颗守着潞国的地方，自己率领着一部分军队回国去了。不料秦国不肯罢休，派了大将杜回赶到潞国来跟晋国人拼个死活。

秦桓公(秦康公的孙子)原来打算把潞国当作秦、晋两国之间的一个缓冲地带。这时候一瞧晋国人杀了酆舒，逮住了潞子婴儿，就打发杜回去争那一块地盘。那个杜回是秦国有名的大力士，魏颗不是他的对手。不说别的，杜回那一把开山大斧就有几十斤重。他带着三百名勇士冲到晋国兵营来，上劈将士，下砍马腿，直杀得晋国人东奔西逃，横蹦乱跳。魏颗只好下令，全军向后退了几十里。晋国人连夜堆起土垒，打算死守。第二天，杜回和他的刀斧手又来挑战。晋国人只是缩着脑袋躲在土垒里。秦国人一连气骂了三天。魏颗始终不敢露面。他正在那儿慌手慌脚的时候，本国又派来了一支人马。大将是魏颗的兄弟魏锜。魏锜对他哥哥说：“主公怕赤狄连合秦国跟咱们为难，特地派我再带些人马来。”魏颗说：“赤狄倒无所谓。秦国的大将杜回可真了不得。我这儿正想请求救兵呐！”魏锜撇着大嘴，说：“怕他什么！明儿个我去瞧瞧，非逮住他不可。”

太阳刚一出来，露水还没干呐，魏锜就要出去叫战。魏颗拦着他说：“好兄弟，你先别忙。你昨天才来，多少也得休息一天，先商量商量怎么去对付他那大斧子。”魏锜不信大斧子会比长矛厉害，他勉强耐住了性子，听他哥哥的话，呆在营里。没想到杜回又来叫战。魏锜可真沉不住气了，带着那队兵车，就向秦国的军队冲过去。杜回这群刀斧手好比是一群小鹿给打猎的惊散了似的，四面八方乱跑。魏锜一想：原来都是不中用的家伙，就下令叫士兵们分头去追。突然一声哨儿响，杜回的三百名刀斧手立刻又排成了队伍。魏锜的队伍可早已乱了。杜回和这一班魔王大刀阔斧地乱杀乱砍，又是一个大旋风。魏锜的兵车哪儿有杜回的步兵那么灵活。乱了队伍的兵车三转弯两转弯，彼此相撞，反倒作了碍事的东西。大家伙儿只好扔了车，各自逃命。幸亏魏颗救兵来得快，总算没有全军覆没。

那天晚上，魏颗左思右想，闷闷不乐，简直一点主意也没有了。忽然士兵们领着一个糟老头子来见他，说是跟将军是同乡，来献计的。魏颗挺恭敬地说：“老大爷您有什么高见？”那个老头儿说：“他们那边全是步兵，您这边全是兵车。您就从这点不同的地方想主意吧！”魏颗说：“我想不出好主意来。老大爷您说说吧！”老头儿说：“离这儿十里地，有块荒地叫青草坡。将军您可以先在那儿埋伏下将士，跟着再引杜回的步兵进入青草坡。到那时候，我自有办法帮助你们。”魏颗点了点头，说：“不妨试一试。”老头儿说：“我还得去准备准备。”他就回去了。

到了第二天，魏颗照着老头儿的办法布置好了，自己带着一队人马向青草坡退下去。秦国人果然追过来了。魏颗一边抵挡，一边向后退，把杜回一步一步地引到青草坡。忽然鼓声震天，埋伏的士兵全出来，把杜回团团围住在青草坡里。他可一点不害怕，抡着开山大斧，横砍竖剁，只想杀人。魏颗一瞧他在草地里来回跑，跟在平地上差不多，不由得慌了，心里说：“老大爷的主意吹了。”他正在那儿出神的时候，就瞧杜回一步一摔，地上立不住脚。这下子可把魏颗瞧愣了。细一瞧，原来那老头儿正蹲在地上把青草打好了扣。他一清早就偷偷地把尺来长的草互相结着，已经把大部分的青草坡编成了地网。这时候还在那儿打扣呐！杜回压根儿也琢磨不到为什么草会扯住他的腿。他还以为有什么冤鬼来捉弄他呐。这么一想，立刻就害怕起来，急急忙忙地跑吧！谁想到不跑还好，一跑就给青草绊了个大跟斗。爬起来再跑，又给绊倒。魏颗、魏锜一瞧他立不住脚，就驾着兵车赶到那儿，双戟一块儿下去，把那个大力士活活地戳死。剩下的刀斧手一瞧主将死了，就四散奔逃，大半全给晋国人杀了。那老头子也受了重伤，看看活不了啦！魏颗把他抱到车上，带回营里去。

魏家哥儿俩非常感激那位老大爷，对他说：“全仗着老大爷出力，真叫我们感恩不尽。”他喘着说：“不，不！是我来报恩的。”魏颗说：“这话打哪儿说起？我对您老人家有什么恩？”老大爷已经不能再开口了。他挣扎着用最后的一口气说：“我……我就是祖姬的父亲哪！”说完了这句话，就断了气了。魏家哥儿俩一听说他是祖姬的父亲，大家全哭起来了。

原来这哥儿俩的爸爸就是当年帮助晋文公打天下的那位大名鼎鼎的魏武子魏犨。祖姬是魏犨最宠爱的姨太太。粗鲁的武人可很懂得爱情。他曾经吩咐过他儿子魏颗，说：“祖姬是我最心爱的人儿，我每回出去打仗，老是抱定有去没回的决心。我要是给人打死了，你得叫祖姬另嫁别人，可别叫她年轻轻地守寡。她有了安身之处，我就是死了，也可以放心了！”后来魏犨得了重病，临死的时候，改变了主意。他对魏颗说：“祖姬是我心上人儿，我死了以后，你们把她跟我埋在一块儿，让我在地下也有个伴儿。”说完了话，就死了。魏锜打算把祖姬殉葬(殉葬，一种古代社会的风俗，就是把活人和死人埋在一块儿)。魏家的人当然赞成，一来是老头子的遗嘱，二来夫人一方面老把姨太太当作眼中钉、肉中刺，恨不得抓个碴儿去了她。祖姬好比是屠夫手下的一只小绵羊，叫也叫不出来，流着眼泪，直打哆嗦。魏颗可反对这么办。他说："父亲一向叫咱们把她再嫁出去。临死才说要她殉葬。可是我们应当知道父亲平常说的话是明白人说的明白话，后来说的话是病人说的糊涂话。咱们做儿子的应当听从父亲的明白话，那种糊涂话，何必听呐！"大家伙儿一听大公子这么说，落得顺水推舟地奉承新主人。魏颗就把那个年轻的姨娘嫁出去了。祖姬的父亲因为这个，非常感激他，老打算报恩。这回真是天从人愿，帮助了魏颗在青草坡杀了杜回。这就叫"结草报恩"。

63 嬉笑怒骂

晋景公把赤狄灭了，又打败了秦国，更威风起来了。又听说楚国的令尹孙叔敖也死了，就打算趁着这个机会真正当个霸主。

原来孙叔敖在邲城把晋国打败回来，得了重病。临死的时候，嘱咐他儿子孙安说："我已经写好了一个奏章，你可以递上去。我死之后，你还是回到乡下去种地吧。千万可别再做官，也别受封。万一大王要封给你一块地的话，你就请求他把那块没有人要的寝丘（在河南省沈丘县东南）封给你。"他说完了，就咽了气了。孙安把他父亲的奏章递上去。楚庄王一看，上面写的大意是：

> 承蒙大王提拔，像我这样一个乡下种地的人居然当了令尹。可惜我没有多大的功劳来报答大王的恩典。现在我能够在大王的保护之下死去，真是非常荣幸。我只有一个儿子，可是他的才学太差，不配在朝廷上伺候大王。请求大王让他回到乡下去。晋国历来当了中原诸侯的盟主，这回虽然打了败仗，大王可别小瞧它。连年的兵荒马乱，闹得老百姓难过日子。大王要爱护他们，让他们能够过太平的日月。临死忠言，请大王鉴察！

楚庄王看完了奏章，流着眼泪，说："孙叔敖至死不忘国家，真是难得。只是我没有那么大的洪福，老天爷把我的帮手夺了去。唉，多么可惜呀，多么可惜呀！”他就上孙叔敖家去，哭了一场。随从的大臣没有一个不掉眼泪的。

楚庄王好几天吃不下饭去，也不爱说话。好几回一个人背地里叨念着孙叔敖。有时候，自言自语地叹着气，说：“老天爷夺去了我的帮手！”他不光少了一个帮手，简直掉了魂似的。他打算拜孙安为大夫，孙安一死儿推辞，非要回老家去不可。楚庄王弄得没法儿，只好随他去了。

孙安回到了乡下，就靠种地过日子。他也不去看望官儿们，官儿们也不去过问他。他变成了一个地地道道的庄稼汉，好像他爸爸没做过大官似的。有一天，也真凑巧，孙安正打柴回家，给优孟碰见了。这个优孟，是楚庄王跟前唱歌、说笑话的一个小丑，平日说说笑笑，逗逗哏，专给国王解闷的。那天他瞧见孙安穿着一身破烂儿，简直像个要饭的。他问孙安：“你怎么混到这步田地？真的自个儿动手干活吗？”孙安说，“先父当了几年令尹，家里一点东西也没留下。如今他去世了，我要不这么干力气活儿怎么能活着呐？”优孟叹息了半天走了。他这回见了孙安，一面想起了孙叔敖，一面替孙安不服气。他做了一身像孙叔敖活着时候常穿着的衣帽，自己穿戴起来，天天在家里学孙叔敖的举动跟说话，居然给他学得一模一样。

有一天，宫里摆席请客，楚庄王老是皱着眉头子，没精打采的。大家伙儿想叫他散散心，就叫优孟唱歌，说说笑话。优孟嬉皮笑脸地说：“今儿个我有个新鲜玩意儿，献给大王瞧瞧。”说着，他就退下去，赶紧打扮起来。另外他又找了个帮手，打扮成跟楚庄王一样，叫他先上台去。那个扮楚庄王的人就在台上演开了，做出想念孙叔敖的样子，叹着气，说：“孙叔敖，你至死不忘国家，真是难得！只是我没有那份儿洪福，老天爷夺去了我的帮手！唉，多么可惜呀！多么可惜呀！”楚庄王一听，心里像刀子挖似的，跟着眼泪就掉下来了。台上的楚庄王又说：“孙叔敖，我想你想得厉害呀，你能叫我再瞧见你一回吗？”话刚说完，优孟扮着孙叔敖出来了。他刚走了几步，楚庄王疯了似的跑上台去，说：“你没死吗？可把我想坏了！”他揪着优孟的袖子不撒手。优孟说：“您别弄错了，我是假的！”楚庄王这才明白过来了，说：“不管你是真是假，我就拜你为大夫。”优孟说：“不干！要当就当个赃官！”楚庄王觉得奇怪，问他是什么意思。优孟说：“请大王听我唱一个歌，您就明白了。”他就脱下了孙叔敖的衣裳，唱着：

贪官污吏多么荣耀！
子孙不愁穷，
有的是，民脂和民膏；
公而忘私就糟糕，
你只看——
楚国令尹孙叔敖，
苦了一生，
身后萧条；
子孙尤其苦，
没着没落没依靠；
劝你不必做清官，
还是贪官污吏好！

楚庄王听完了这个歌，心里非常难受。他没想到孙安会苦得不能过日子。他说："令尹的功劳我哪儿能忘了呐！"他立刻打发优孟去找孙安。孙安跟着优孟来见楚庄王。楚庄王瞧见他一身破衣裳，两只烂草鞋，不由得鼻子一酸，问他："你怎么混到这个样子？"优孟替他说："不这么着，怎么能瞧出孙叔令尹的公而忘私呐？"楚庄王想叫孙安做官。孙安说什么也不答应。楚庄王说："那么我封给你一座城吧。"孙安再三推辞。楚庄王说："你要这么固执，叫我太难受了！"孙安只好央告说："大王要是看在先父面上，非要封我一块地不可的话，就请把寝丘赏给我吧。"楚庄王说："寝丘？这块不起眼的地要它干什么？"孙安说："这是当初先父临死时候的意思，别的地方说什么也不敢要。"楚庄王只好答应了他，把寝丘封给孙安。就因为这块薄沙地谁也不想要，才让孙叔敖的子孙辈辈掌管着。

64 戏弄使臣

孙叔敖死了之后，过了四年，楚庄王死了。晋景公趁着机会，打算建立武功，就先去打齐国。

原来这时候中原的诸侯国，像郑国、陈国、宋国都归附了楚国，就连齐国和鲁国也跟楚国亲善起来了。晋景公看到这种形势，心里头着急，他听了大夫伯宗的话，打发大夫郤克去访问齐国和鲁国，打算先把这两个国家联络起来。公元前592年，郤克访问了鲁国之后，就要上齐国去。鲁国也想跟齐国联络联络。两年前(公元前594年，鲁宣公十五年)，鲁国刚实行了一个大改革，把以前的公田制改为按亩数收税的“税亩制”。这对于国君大有好处，因为公田制只是收取公田上的谷物，农民耕种公田，不能同时供应军役，遇到打仗，荒了公田，公家受了损失。现在改为税亩制，农民仍然有出官差的义务，可是庄稼好不好，公家不管，只是向有田的人按亩数收税。这么一来，国君把战争和赋税官差分为两件事，可都得由农民来负担，农民就更苦了。鲁宣公不管这些个，他还想从此富国强兵呐。这时候鲁国的大臣东门遂和叔孙得臣已经死了，大权落在季孙行父手里。鲁宣公就打发季孙行父跟着郤克一块儿去。这两国的大夫到了齐国的边界，可巧碰见了卫国的使臣孙良夫，曹国的使臣公子首。他们也是上齐国去的。四国的使臣就一块儿到了齐国去见齐顷公(齐桓公的孙子，齐惠公元的儿子)。齐顷公见了他们差点笑出声音来。他使劲地压住了笑，办完了公事，请他们第二天上后花园宴会。

齐顷公回到宫里见了母亲萧太夫人，忍不住就笑了。太夫人问他有什么值得这么可乐的事情。齐顷公说：“今天晋、鲁、卫、曹四国的大夫一块儿来访问，本来就够巧的了。那晋国的大夫郤克老闭着一只眼睛，只用一只眼睛看东西；鲁国的大夫季孙行父另有一种神气，永远用不着梳头，脑瓜顶又光又滑，好像个大鸡子儿；卫国的大夫孙良夫，两条腿，一条长，一条短；曹国的大夫公子首，罗锅着腰。您想一个独眼龙，一个秃葫芦，一个瘸子，一个罗锅儿，不约而同地到了这儿，真有意思。”萧太夫人说：“真有这种凑巧的事吗？明儿个我可得瞧瞧。”

齐顷公连年侵略临近的小国，一心想做东方的霸主。以前就怕西方的晋国和南方的楚国。后来晋国在邲城给楚国打了个大败仗，齐国还跟楚国订了盟约，他还怕谁呐？他这回成心跟这四国的使臣开个玩笑，看他们服不服他，也算是试探试探他们对齐国的态度。

第二天，齐顷公特意挑了四个人招待这四个大夫，陪着他们上后花园来。招待一只眼郤克的也是个一只眼，招待秃子季孙行父的也是个秃子，招待瘸子孙良夫的也是个瘸子，招待罗锅儿公子首的也是个罗锅儿。萧太夫人在楼台上瞧见一只眼、秃子、瘸子、罗锅儿，对对成双地走过来，不由得哈哈大笑。旁边的宫女们也都跟着笑起来。郤克他们起初瞧见那些招待的人也都带点残疾，还以为是凑巧的事，倒没十分介意。一听见楼上的笑声，才知道是齐顷公成心戏弄使臣，非常生气。

他们出来之后，一打听在楼上笑他们的还是国母萧太夫人，更冒了火儿。三国的大夫对郤克说："咱们好心好意地来访问，他竟成心要弄咱们，给这些妇女们逗乐儿，真正岂有此理！"郤克说："咱们受了这种欺负，要是不想法儿报仇，也算不得大丈夫了。"其余三个大夫都摩拳擦掌地说："只要贵国领头打齐国，我们一定请求国君发兵，大家伙儿听您的指挥。"当时四国大夫就对天起誓，准备报仇。郤克回到晋国，要求晋景公去征伐齐国。士会出来反对，晋景公也不答应。郤克只好把这件事暂时搁下了。第二年，鲁宣公死了。他的儿子鲁成公不像他父亲那样小心谨慎地服侍齐国。他宁可归向晋国。齐顷公就进攻鲁国的北边，夺了一个城和临近的土地。齐国打了胜仗，就便侵略卫国。卫国的孙良夫发兵抵抗，打了个败仗。他跑到晋国去求救。鲁国也正向晋国求救呐。晋景公为了要保住中原盟主的地位，也不得不去征伐一下。

公元前 589 年（周定王十八年，晋景公十一年，齐顷公十年，鲁成公二年），晋景公拜郤克为中军大将，带着栾书、韩厥等人率领着八百辆兵车向齐国进攻。鲁国季孙行父，卫国孙良夫，曹国公子首，也各自带领着兵车来会合，四国兵车接连着有三十多里。一个挨一个地往前跑去。

齐顷公听说四国出兵来侵犯，就挑了五百辆兵车迎了上去，一直到了鞍地（原文作"鞌"，就是历下，在山东省济南市）。他派国佐、高固两个大将去对付鲁、卫、曹三个小国的军队，自己带领着一队兵马去跟晋国军队交战。他吩咐士兵们拿着弓箭，只要看他的车马跑向什么地方，就一齐望那边射去。他自己带了一个"冲锋队"，照直冲到晋国阵地里去。他的车一到那边，齐国人的箭就像蝗虫似的飞了过去。这种战法倒真灵，晋国的人马叫他们射死了不少。齐顷公自己有大批的箭做掩护，没有多大的危险。晋国的解张（解扬的儿子）替中军大将郤克赶着车。不料解张胳膊上中了两箭，他咬紧了牙，忍着疼，拼命地赶着车马。郤克亲自擂鼓，鼓励将士们往前冲。冷不防地对面飞来了一枝箭，射中了他的肩膀，他的上身、下衣和靴子全流上血，鼓声就慢慢地缓下来了。解张嚷着说："中军的旗鼓是全军的耳目，要是将军还有一分力气，请全把它使出来呀！"郤克就不顾死活，咬着牙，狠命地把军鼓打得震天价响。那辆兵车好像受了伤的老虎似的一直冲了过去。两旁边擂鼓的兵车也跟着一齐冲过去。鼓声打得越来越急，越急越响，真是地动山摇。晋国的大军还以为前边打了胜仗，大伙儿勇气百倍，排山倒海似的压了下去。齐国的军队抵挡不住，逃了。司马韩厥瞧见郤克受了重伤，请他回去休息，自己替他去追赶齐顷公。齐国人给打得四处奔逃。齐顷公往华不注山(在山东省济南市东北)逃去。韩厥在后头紧紧地追着。不大一会儿，晋国士兵越来越多，把个华不注山围上了。

齐国的将军逢丑父对齐顷公说："咱们已经逃不出去了。主公赶快跟我换套衣裳、换个座位，让我扮做主公，主公扮做臣下，也许还能够有条活路。"齐顷公只好这么办了。他们刚穿好衣裳，换了座位，韩厥的人马已经赶到了。韩厥上去拉住齐侯的马，向着假装的齐侯逢丑父行个礼，说："寡君答应了人家向贵国来责问。我只好尽我军人的责任，请君侯跟我到敝国去吧。"逢丑父用手指头指着嗓子，显出渴得不能说话，拿出一个瓢儿来，交给齐顷公，强挣扎着说了一句："丑父，给我舀(yǎo)点水来。"齐顷公下了车，向韩厥行了个礼，得到了他的许可，拿着瓢儿假装去舀水，就这么给他跑了。韩厥等了一会儿，不见那舀水的回来，就把那假装齐侯的逢丑父带到兵营里去。大家伙儿听说拿住了齐侯，都高兴得了不得。没想到郤克出来一瞧，就说："这不是齐侯！"韩厥大怒，问他："你是什么人？齐侯呐？"他说："我是逢丑父。主公已经拿着瓢儿走了。"郤克说："你冒充齐侯瞒哄我们，还想活吗？"逢丑父说："我这样肯替国君死的忠臣，贵国一定是不要的。"郤克把他押了起来。

郤克带着大军往临淄进攻，想把齐国灭了。齐顷公只好打发国佐带了礼物上晋国兵营去见韩厥，向他求和。韩厥说："鲁国和卫国为了贵国时常去侵略他们，才请出寡君来主持公道。我们和贵国本来并没有仇恨。"国佐说："寡君情愿把侵占鲁国和卫国的土地还给他们，这样能够讲和了吧？"韩厥说："这个我不能作主。咱们去见中军大将吧。"

国佐跟着韩厥去见郤克。郤克说："要是你们真心打算求和，可得依我两件大事：第一，萧同叔子(就是萧太夫人)得上晋国做个抵押；第二，齐国田地的垅沟全都改为冲东西的。万一齐国违反了盟约，我们就把那个女人杀了，兵车顺着垅沟从西到东一直到临淄。"国佐说："将军这个主意错了。萧太夫人是齐国的国母。列国纷争也多得很，就没有拿国母作为抵押的道理。至于田地垅沟的方向全都是依照天然的地势，哪儿能全改成一个方向呐？将军提出这两个要求，想必是不答应讲和了。"郤克说："就不答应，你敢怎么样？"国佐说："将军别太把齐国小瞧了。现在打了一个败仗，也不至于就一败涂地。万一不允许讲和，我们还可以再打一回。第二回要再打了败仗，还可以来个第三回。第三回真要是再败了的话，至多是亡国，也不至于把国母当抵押，更用不着把田地垅沟改变方向。您不答应就不答应吧！”说着，他站了起来，走了。鲁大夫季孙行父，卫大夫孙良夫知道了这件事，怕这档子仇恨解不开，都劝郤克宽容一点。郤克是个机灵人，就顺水推舟地说：“只要两位大夫愿意，我也不便固执。可是齐国的使臣已经走了，怎么办呐？”季孙行父说：“我去追他回来。”

齐国就这么又归到晋国这边来了，还把侵占鲁国和卫国的土地退回给他们。大家伙儿订了盟约。晋国把逄丑父放回齐国，四国的军队全都撤回去了。

65 救 孤 儿

晋景公灭了赤狄，又打败了齐国，势力越来越大。再说楚庄王已经死了(公元 591 年)，他儿子楚共王(共 gōng)年纪又轻，即位才三年，更不会再来跟晋国争夺霸主的地位。这时候，下军大夫荀首做了中军副将，他要求晋景公趁这个时候，把他儿子荀罃从楚国要回来。晋景公就派使者把楚公子縠臣和襄老大将的灵柩送去，请楚共王放回荀罃。楚共王同意了。他想趁着机会在荀罃身上打点儿主意，就先问他：“你恨我吗？”荀罃回答说：“两国交战，我不中用，做了俘虏，大王没杀我；我这次回去，即使受到处分，死了，也是大王的恩典。我实在不中用，还能怨恨谁呐？”楚共王接着就问：“那你感激我吗？”荀罃说：“两国为了国家社稷和老百姓打算，互相和解，彼此释放俘虏，两国交好，跟我个人不相干，我去感激谁呐？”

楚共王倒不生气，他又问：“我让你回去，你怎么报答我呐？”荀罃说：“我不是说了吗？我不应当怨恨大王，大王也不会要求我来感激您，既然没有怨恨，也没有感激，那就说不上什么报答了。”楚共王还不愿意拉倒，他说：“话虽如此，我还是希望你跟我说一说。”荀罃决定叫楚共王死了这条心，他说：“如果托大王的福，我能够回到晋国，即使给敝国的国君杀了，我能够死在本国，也很荣幸。如果托大王的福，敝国的国君免我一死，把我交给家父，家父请求敝国的国君让他把我在祖庙里杀了，我能够让自己的父亲杀死，我也很荣幸。如果敝国的国君和家父给我一条活路，让我继续做事，甚至仍旧让我担任军队里的职务，叫我保卫边疆，那么，即使碰到大王，我也不敢违背本国的命令；我总该尽心竭力到死，不敢三心二意，尽到做臣下的本分。这就是报答大王了。”

楚共王愣了一下，对自己的臣下说：“我们不能小看晋国！”他就很有礼貌地送出荀罃，让他好好回去。

晋景公能够要回荀罃，也是一个胜利。他又当上了中原诸侯的领袖，两只眼睛慢慢地挪到脑门子上去了。这一类的君主总是喜欢奉承的。那些年老的大臣士会、郤克他们接连着全去世了。这么一来，那个顶会奉承人的能手屠岸贾，可就得了宠。

屠岸贾本来和赵家有仇。他屡次三番想谋害赵盾，可是都没办到。后来赵盾虽然死了，可是赵朔、赵同、赵括、赵旃他们的势力挺大，屠岸贾没有法子，不敢得罪他们。背地里可跟栾家、郤家连成了一气。现在他得了上头的宠用，可就横挑鼻子竖挑眼地专找赵家的毛病了。晋景公眼瞧着赵同、赵括等宗族强盛，本来就很担心，再说上回邲城打了败仗，完全是由于赵同、赵括、赵旃不听荀林父的命令，独断独行，这才给楚国打得一败涂地。晋景公早就想借着这个因由把他们治罪，可就不敢下手，只好闷在心里。现在屠岸贾排挤赵家，正合了他的心意。他就对屠岸贾说：“惩办他们也得有个名义。”屠岸贾说：“当初赵盾使出赵穿来，在桃园把先君灵公刺死，这个罪名还小吗？主公没治他们的罪，倒也罢了，反倒让这种乱臣贼子的子孙弄得满朝廷都是，坐享荣华富贵。这样纵容他们，难怪赵同、赵括他们招收门客，暗藏兵器，又在那儿转念头了！”晋景公心里同意，可是嘴里还不敢说出来。他怕的是孤掌难鸣，一下里弄不倒他们，事情更难办，就偷偷地探听探听栾家和郤家的意见。这两家正想建立自己的势力，就为了赵家压在头上，伸张不开。要是能够把赵家灭了，这也就是增加自己的势力。他们既然存着这个念头，哪儿还能替赵家说情呐？朝中的大臣们除了韩厥之外，多一半都怕赵家的势力，和栾、郤两家的心理一样。

晋景公有了栾、郤两家做他的后盾，胆子可就壮起来了。他吩咐屠岸贾去查抄赵家。

屠岸贾得了命令，亲自带着军队把赵家的各住宅全都围上。当时把赵同、赵括、赵朔、赵旃各家的男女老少，杀得一干二净。屠岸贾一检查赵家被杀的人名，单单少了一个赵朔的媳妇儿庄姬。那庄姬是晋成公的女儿，晋景公的妹妹。这时候正赶上她怀着孕，躲在母亲成夫人的宫里。屠岸贾请求国君让他上宫里去杀她。晋景公说：“母亲顶喜欢她，算了吧。”屠岸贾说：“她倒不妨免了罪，可是听说她快生孩子了，万一生个小子，给赵家留下逆种，将来必有后患。”晋景公说：“要是生个小子的话，再把他杀了也不晚。”

屠岸贾天天探听庄姬坐月子的消息。赵家的两个家臣也在暗中探听消息。那两个家臣还是去世的老相国赵盾的心腹，一个叫公孙杵臼，一个叫程婴。他们两人想救这孤儿的心正跟屠岸贾要杀这孩子的心一样地着急。按照当时的规矩，一家的主人灭了门，他的家臣们不是遭到屠杀，就是被没收为奴隶。漏网的人们非把原来的主人一家恢复过来，自己就永远没有出头的日子。再说公孙杵臼和程婴又是老相国的心腹，平日正当正派，很讲道理，见着屠岸贾这么横行霸道，都为赵氏打抱不平。因此，他们决心要救赵氏的孤儿。后来宫里传出话来，说庄姬生了个姑娘。公孙杵臼哭得躺在家里不能起来。他一见程婴来了，就说：“完了！赵家算完了！一个丫头可有什么用呐？赵朔曾经跟我们说过，‘要是添个小子，起名叫赵武，武人能够报仇；要是生个姑娘，叫赵文，文的没用。’现在赵家连个报仇的人都没有了。天哪！”程婴安慰他，说：“也许宫里要救这孩子的命，成心说是姑娘也难说。我再去打听打听吧。”他就想办法跟宫女拉拢，给庄姬通个信儿。庄姬知道程婴可靠，就偷偷地给他写了个字条。程婴拿来一瞧，上头只有一个字。他急忙跑到公孙杵臼的家里，两个人四只眼睛死盯盯地盯着那个字。真是个“武”字。两个人高兴了一阵。可是一想到赵武的性命，又难受起来了。程婴说：“上月我媳妇儿也生了个小子。我情愿舍去自己的儿子去救赵氏孤儿。”公孙杵臼摇摇头，说：“说倒容易，可是屠岸贾多么狡猾，你就是把自己的婴儿献上去，他准能猜着这不是赵氏孤儿。”他们只能叹气，实在想不出办法来。屠岸贾哪儿能把孤儿轻易放过呐？

果然，屠岸贾不信这孩子是女的。他打发一个奶妈子上宫里去瞧一瞧到底是姑娘还是小子。奶妈回来报告说，真是个姑娘，已经死了。屠岸贾更起了疑。他得到晋景公的许可，亲自带了手下的人上宫里去搜查。搜来搜去，怎么也搜不出来。他断定那个孩子早就给人偷出去了，就出了一个赏格，说：“有人报告赵家孤儿的信儿的，赏黄金一千两；谁敢偷藏的，全家死罪。”同时，他另外派了好些人上各处去搜查。赵氏孤儿倒是真给程婴和公孙杵臼抱出来了，可是藏到哪儿去呐？他们两个人逃到树林子里偷偷地商量着救护孤儿的计策。公孙杵臼问程婴：“扶助孤儿和慷慨死难哪一件难？”程婴说：“死倒是容易，扶助孤儿可就难了。”公孙杵臼说：

"我老了，请你担任那件难事，容易的让给我吧。"他们就这么决定了。程婴把自己的婴儿交给公孙杵臼，把赵氏的孤儿另外找个地方暂时藏着。

程婴亲自去见屠岸贾，对他说："我跟公孙杵臼是赵家的门客。这回，庄姬添了一个儿子，当时打发一个妈妈把他抱了出来，叫我们两人偷着喂养。我怕日后给人家告发，只好出头自首。"屠岸贾说："孤儿在哪儿？"程婴说："现在还在首阳山(在山西省永济县南)后头。立刻就去，准保搜得着。要是再过几天，他们可就要跑到秦国去了。"屠岸贾说："你跟着一块儿去。搜到了，赏你千金；要是你冤我，就有死罪。"程婴就领着屠岸贾和一队武士上首阳山去了。

弯弯扭扭地走了好些山道，直到山背后，瞧见松林缝里有几间草棚。程婴指着说："就在这里头。"程婴先去敲门，公孙杵臼出来，一见外边有武士，就想藏起来。屠岸贾说："跑不了啦。好好地把孤儿献出来吧。"公孙杵臼挺纳闷地问他："什么孤儿？"屠岸贾就叫武士们仔细搜查。他们进去一瞧，小小的几间草棚，简直没有可搜查的地方。他们就退出来了。屠岸贾亲自进去，也瞧不出什么来。仔细一瞧，后头还有一间屋子，锁着门。他劈开了门，一瞧，黑咕隆咚的不像住人的样子。他瞪着眼睛往里瞧，慢慢地发现了一些个东西，隐隐约约好像有一个竹榻，上头好像搁着一个衣裳包。他拿起那个衣裳包一瞧，原来是一个绣花绸缎的小被窝，裹着一个小孩儿。

屠岸贾得着了仇人的后代根子，赶紧提了出来，看个明白。公孙杵臼一见，挣扎着过去就抢，可是旁边有人架着，不能动弹。他急得拉散了头发，提高了嗓子骂程婴，说："程婴！该死的东西，你还有天良吗？你为了贪图千金重赏，变成了畜生！你怎么对得起赵家的主人呐？你怎么对得起天下的忠臣义士呐？"程婴不敢开口，只管低着头流眼泪。公孙杵臼又指着屠岸贾骂着："你这个小人，为非作歹，横行霸道，瞧着你能享受一辈子荣华富贵……"屠岸贾不许他再骂下去，立刻吩咐武士把他砍了。他又拿起那个哇哇哭着的孩子往地下一摔，一条小性命就这么断送在他手里。

屠岸贾回来，拿出一千两金子赏给程婴。程婴流着眼泪央告着说："小人只想自己免罪，不得已才做出了这件忘恩负义的事，实在并不是贪图重赏。要是大人体谅小人的苦处，请大人把这一千两金子作为掩埋赵家孤儿和公孙杵臼的尸首用，小人就感恩不尽了。"屠岸贾说："你真是个好人。就这么去办吧。"程婴磕了个头，接过金子来，急忙去办理掩埋尸首的事。

人们只知道程婴害死朋友，害死孤儿，他虽然没贪图金子，早就给人家背地里指着脊梁骨骂够了。只有一个韩厥知道他为赵氏打抱不平，因此只有他一个人知道程婴和公孙杵臼的计划。公孙杵臼和程婴的孩子舍了命，程婴才能隐居起来偷养着赵氏孤儿。

66 忍辱偷生

晋景公打败了齐国，灭了赵家，宠用屠岸贾和郤锜（郤克的儿子）、郤犨（郤克的叔伯兄弟）、郤至，两只眼睛由脑门子上挪到脑瓜顶上去了。有一天，他听说鲁国跟楚国开了一个会议，他就嚷嚷出去要打鲁国。公元前589年，楚国派公子婴齐为大将进攻卫国，顺便打到了鲁国。出兵的理由是说卫国和鲁国不该帮着晋国攻打楚国的盟国齐国。鲁成公（鲁宣公的儿子）连忙派人向楚国求和，还送去了一百名木工，一百名缝工，一百名织工作为礼物。楚国的公子婴齐收了这三百名有技能的奴隶，答应鲁国讲了和。晋景公因此嚷嚷出去要打鲁国，吓得鲁成公亲自上晋国去赔不是。以后屡次三番地亲自到晋国去聘问。最后一次，晋国把他扣起来。后来晋景公死了，他们不但没把鲁成公放回去，还逼着他去送殡。按照那时候的规矩，诸侯对诸侯不应当送殡。现在晋国叫鲁侯送殡，这分明不拿他当诸侯看待了。给人家扣起来的鲁成公又不敢不去，只好忍气吞声乖乖地听人家摆布。这种事搁在鲁国的历史上自然是个耻辱。可是鲁国的耻辱，还不止这一件呐。

晋景公死了之后，他的儿子即位，就是晋厉公。鲁成公低声下气地向晋厉公恳求，情愿永远归附他，年年进贡，听他的指使。晋厉公这才把鲁成公放了。当时就派郤犨上鲁国去订盟约。郤犨早就听说鲁侯有个挺漂亮的叔伯妹妹。这回他到了鲁国，就先向鲁国的大夫公孙婴齐求婚，因为那个美人儿也就是公孙婴齐的叔伯妹妹。郤犨拿这件事作为订盟约的先决条件。公孙婴齐说：“她早就出嫁了，她是大夫施孝叔的太太呀。”郤犨说：“管她出嫁没出嫁！你叫那姓施的另外娶个媳妇儿不就得了吗？”公孙婴齐说：“不过……她总是出了嫁的媳妇儿了，不大方便吧。”郤犨可火儿了，骂着说：“哼，不大方便！你们的国君押在晋国，方便不方便？我左三右四地替他求情，才把他放回来，方便吗？我安安定定地在家里，为了你们的事儿跑来跑去，方便吗？ 我为了你们的国家，才上这儿来，你们连个女人都舍不得给。 你不答应，我只好就回去！”公孙婴齐千不是万不是地陪着笑脸，说：“您别生气，让我们商量商量。”郤犨说：“你们商量去吧。 明天我听回话。”

公孙婴齐愁眉不展地把郤犨的要求一五一十地告诉了鲁成公。 鲁成公召集了几个亲族里重要的人和施孝叔夫妇，大家伙儿商量个办法。 施孝叔气得说不出话来。 他的妻子情愿寻死，决不离开丈夫。 鲁成公知道晋国的厉害，一个劲儿地劝施太太嫁给郤犨。 他说：“晋是大国，晋侯又是诸侯的盟主，咱们哪儿能得罪他呐？ 再说晋国的大权都在郤锜、郤犨、郤至三个人的手里，晋国人把他们叫‘三郤’。 你要是嫁给了郤家，除了你自己能够享福以外，就是咱们鲁国也可以沾点光。”公孙婴齐接着说：“说得是啊！ 这‘三郤’连晋侯还怕他们三分呐！ 妹妹应当从大处着想，为了鲁国的安全，就是把自个儿的命舍了也得去，再说他又爱上了你。 你去了管保受他们的尊重。”施太太说：“这种丢人现眼的事还能受人家的尊重吗？”鲁成公说：“话不能这么说。 你要知道，鲁国的存亡全在你手里。 要是你能舍去你自己的恩爱，鲁国可就保住了；要是你不乐意帮忙，咱们眼看就得亡国。”别的人都为了怕得罪郤犨，大伙儿的命保不住，全都劝她，说：“为了求和，你就全都撇了吧！”施太太哭着说：“你们全都叫我去吗？”大伙儿都说：“谁说不是呐？ 实在没有别的法子啊。”她对施孝叔说：“你呐？ 你就不能保护自己的媳妇儿吗？”施孝叔说：“我……我又有什么法子呐？ 我……我情愿死！ 我自己本来就够受的了，你别再怪我了。”接着，他又说：“咱们还是躲到楚国去吧！”鲁成公、公孙婴齐一听他提起“楚国”，就好像犯了什么忌讳似的，一齐骂着，说：“你好大的胆子，还敢提起那个国家！ 你要是再提它，先把你砍了！”施太太说：“好吧，你们就先把我杀了，再杀他吧！”大伙儿一见她生了气，又苦苦地央告她。 她一瞧他们一会儿吓唬，一会儿央告，什么不要脸的招儿都使得出来，气得她只有唉声叹气。 过了一会儿，她突然不哭了。 反倒挺痛快地跟他们说：“好吧，我去。 我只盼望你们这回买卖不赔本就得了！”大伙儿一听说她答应了，高兴得直流眼泪，就差给她磕头了。 她对施孝叔说：“你也别难受，我决不怪你。 我永远爱你。 你只当我今天死了。 这个没有魂儿的身子就让他们去送给畜类吧！”

就这么着，郤犨和鲁国订了盟约，带着新媳妇儿回去了。 施太太变成了郤太太。 呆了二三年，她养了两个儿子。 母亲的伟大的爱叫她这个没有魂儿的身子重新有了魂儿。 她忘不了施孝叔，她照旧恨着郤犨，可是在这两个小生命的身上她找到了人生的意义，做人有了着落。万没想到到了第六个年头，就是公元前574年，晋厉公一来怕郤家的势力再大起来，没法管住他们，二来听说郤家有意要立孙周（晋襄公的曾孙）为国君，他就下了毒手，把郤锜、郤犨、郤至三个人杀了。因为郤太太是鲁国人，再说她又是鲁成公的叔伯妹妹，晋厉公特别照顾她，叫她回到鲁国去。她苦苦地央告晋厉公，让她保全她那两个儿子，还把话说在头里，他们一辈子也不回到晋国来。晋厉公倒也挺直爽，他说："照理他们也得治死，现在我就把他们赏给你吧。可有一样儿，从今天起，他们不再是晋国人了。"郤太太就带着这两个孩子回到鲁国来了。

这边鲁成公、公孙婴齐大家伙儿听说施太太回来了，就打发人上黄河边去迎接。施孝叔也亲自去迎接。他在这六年里头，天天想念着自己的太太。今天就像迎接新媳妇儿似的那么高兴。有情人又能够团圆了。他们俩人一见面，乐得直掉眼泪。施太太拉着两个孩子，一个五岁，一个三岁，一面引见给施孝叔，一面哈着腰跟他们说："叫爸爸。"两个孩子就挺天真地一同叫了声"爸爸！"施孝叔忽然把脸一绷，气哼哼地说："谁是你们的爸爸？我哪儿有这两个杂种！"他一边骂，一边就跟鹞鹰抓小鸡似的把他们抄起来往河里一扔，孩子的妈赶着过去拉住施孝叔，可没拉住孩子。他们早已给波浪卷了去了。旁边的人都愣了。孩子的妈疯疯癫癫地笑着说："孝叔，你真是个男子汉大丈夫，你真有胆子，今天我才知道你是怎么爱我的。我为了你，当了六年的奴隶，含着眼泪，对付着活着。我盼望着能够再瞧见你。现在我回来了，不受人家管了，咱们又能在一起了，想不到你的气量是这个样儿的，更没想到你的心是这个样儿的！是我错了！你保护不了自己的媳妇儿，哪儿还能够保护得了人家的孤儿呐？"施孝叔连忙分辩说："不，不，我是真正爱你的，我我我太爱你了。"她冷笑了一声，说："呵！你也配爱人！"说完了这话，她一扭身，就跳到黄河里。水波浪翻了几翻，追她那俩孩子去了。

67 建造虎牢关

晋厉公杀了郤锜、郤犨、郤至之后，晋国的大臣像栾书、荀偃（荀林父

她冷笑了一声："哼！你也配爱人！"说完了这话，一扭身，跳进黄河。水波浪翻了几翻，追她那俩孩子去了。

的孙子)他们惟恐“三郤”的命运临到他们身上，大家伙儿联合起来，杀了晋厉公。他们又联络了韩厥、屠岸贾、荀䓨、范匄(就是范宣子，他是士会的孙子，士会封在范，就拿封地为姓，也叫范会；所以士匄也叫范匄；匄 gài)这些个人，共同立孙周当国君，就是晋悼公。晋悼公倒是一个有才干的国君，当时就查办乱臣，起用好人。他非常信任韩厥，拜他为中军大将。韩厥抓住机会提起当初赵衰、赵盾的功劳，和后来赵家遭受到的冤屈。晋悼公正担心屠岸贾的势力太大，就打算借着替赵家申冤的名目把他压下去。他说：“我也想到过这回事，可不知道赵家还有没有后辈？”韩厥说：“当初屠岸贾搜寻孤儿，非常紧急，赵家的家臣公孙杵臼和程婴俩人想一个法子把孤儿赵武救出去了。现在赵武已经十五岁了。”晋悼公说：“哦，原来他也长大了！快去把他找来。”韩厥亲自去接赵武和程婴。晋悼公把他们藏在宫里，自己装病不去临朝。大臣们听说国君不舒服，都上宫里去看望，屠岸贾也在里头。晋悼公一见大臣们都来齐了，就说：“你们也许不知道我得的是什么病吧？我为了有一件事情不明白，心里非常难受。当初赵衰、赵盾，为了国家立过大功。谁都知道他们一家忠良。怎么忠良的大臣会没有一个接代的人呐？”大伙儿听了，都叹着气，说：“赵家在十多年前已经灭了族了，哪儿还有后辈呐？”晋悼公就叫赵武出来，向大臣们行礼。大伙儿就问：“这位少年是谁？”韩厥回答说：“他就是赵家的孤儿赵武。当初那个被害的小孩儿是赵家的家臣程婴的儿子。”屠岸贾听了，吓得魂儿都没了，瘫痪在地下，直打哆嗦。晋悼公说：“不把屠岸贾杀了，怎么对得起赵家的冤魂呐？”他立刻吩咐武士们把屠岸贾砍了，又吩咐韩厥跟赵武带着士兵抄斩屠岸贾全家。赵武把屠岸贾的脑袋拿去祭奠他父亲赵朔。

晋国的人听说国君把屠岸贾治了罪，起用了赵武，都说新君是位贤明的君主。说真的，晋悼公孙周不光替赵家申了冤，报了仇，他对国家大事还真加劲地整顿。他为了叫老百姓听他的命令出去打仗，再兴霸业，就对老百姓作了一些让步。他下令减少劳役，减轻税赋，免去老百姓欠公家的债，救济穷人，释放大批的囚犯。同时开发富源，操练兵马。这些事都做得挺好。临近的诸侯全都归顺了他。这么一来，晋国就又强盛起来了。

这时候，中原诸侯国当中只有郑国和陈国因为离着晋国太远，仍旧跟楚国联在一块儿。楚国打算利用郑国作为进攻中原的跳板。晋国呐，正想拿郑国作为抵挡楚国的头一道防线。郑国就这么夹在中间左右为难。

公元前571年(周简王的儿子周灵王元年，鲁襄公二年，晋悼公二年，齐灵公十一年，郑成公十四年，卫献公六年，楚共王二十年，吴寿梦十五年)，晋悼公派荀罃会合宋、齐、鲁、卫、曹、莒、邾、滕(在山东省滕州市)、薛(在山东省滕州市西南)这些个国家的大夫，收服了郑国。鲁国的大夫仲孙蔑说："郑国顶要紧的关口是虎牢关。咱们要是能够在那儿建立起碉堡，驻扎些精锐的士兵把守关口，不光能够防止郑国的叛变，还能够对付楚国的侵犯。"申公巫臣(就是带着夏姬逃到晋国去的屈巫)接着说："我还有个法子。吴国(吴国开始的时候是在江苏省无锡市梅里，后来强大起来，占领了淮泗以南到浙江嘉兴、湖州一带地方)挨着楚国，咱们去联络吴国，叫他们去扰乱楚国的边疆，叫楚国不能过太平的日子。这么着，楚国管保不能再来跟咱们争夺郑国了。"晋国人认为这两个大夫的主意都不错，就一边抽调各国诸侯的士兵建造虎牢关，一边打发使臣去跟吴国交往。

这时候晋国的中军尉是个七十多岁的老大爷，叫祁奚。他看到晋国的军队强大了，自己又这么老了，就向晋悼公要求，让他告老。晋悼公同意了，可就问他："谁接替您最合适呐？"祁奚说："要依我说呐，解狐最合适。"晋悼公好像吓了一跳似的说："哦？您说他吗？听说解狐跟您有仇恨，您怎么反倒推荐他？"祈奚说："主公问我谁最合适，可并不是问我谁是我的仇人。"晋悼公点了点头，就下了命令，召解狐上朝。没想到解狐害着病，还没拜官就死了。晋悼公叹息了一会儿，又问祁奚："解狐以外，还有谁最合适？"祁奚说："除了解狐，要数午儿了。"晋悼公张大了嘴和眼睛，挺纳闷地说："祁午不是您的儿子吗？"祁奚说："是啊，主公问我谁最合适，可并不是问我谁是我的儿子。"晋悼公从心坎里称赞祁奚，就拜祁午为中军尉。

刚巧中军尉的副手羊舌职(羊舌，姓)死了。晋悼公又对祁奚说："您再推荐一个副手吧。"祁奚说："羊舌大夫的儿子就很不错。"晋悼公就叫羊舌赤做祁午的副手。大臣们全都很钦佩祁老先生，说他推荐仇人不是为了奉承，推荐自己的儿子不是为了自私，推荐自己手下的人不是为了拉拢私人，像他这样的大臣真可称为大公无私了。

那个上吴国去的使臣，过了长江到了吴国，见了吴国的君主寿梦(寿梦原来是子爵，就是第四等的诸侯，但是他也像楚子一样自称为王)。那时候，吴国远在东南方旷野荒郊的地界，向来没跟中原诸侯有过什么来往，寿梦恨不得能够跟晋国交往，好抬高本国的地位。他立刻答应了晋国，发兵去扰乱楚国的边疆。楚共王派令尹婴齐去打吴国，没想到打了个败仗。婴齐又害臊，又气恨，还没回到郢都就得病死了。楚共王拜壬夫为令尹，预备再去攻打吴国。不料这位新令尹原来是个赃官。他一执掌了大权，头一桩大事就是叫属国给他送礼。属国没有法子，只好依他。他一见陈国送来的礼物太少，就大骂陈国的使臣，还叫陈国的国君留点神。陈成公（陈灵公的儿子）气了个半死，索性跟楚国裂了锅，去归附晋国。晋悼公趁这个机会，叫陈成公跟吴寿梦一同加入了联盟。中原诸侯的声势由这儿就更大了。

楚共王听说为了令尹壬夫贪图贿赂，连陈国也脱离了楚国，就杀了壬夫，又把陈国拉了回去，打算再由陈国去打郑国。郑伯召集了大臣们商议。大臣们都说："咱们归附晋国，楚国就来攻打；归附楚国，晋国又来攻打。这两个大国都为了自己的势力，彼此争夺，害得咱们在里头受夹板儿气。咱们以后只有预备礼物，瞧着谁来，就跟谁讲和。'天下老鸹一般黑'，反正一样要咱们纳税进贡。"这么一来郑国就又归附了楚国。

郑国归附了楚国，果然晋悼公派荀䓨带领各国诸侯的兵车到了虎牢关。郑国连思索都不思索地跟荀䓨订了盟约。赶到荀䓨一回去，楚共王亲自带着兵车来打郑国，郑国又连思索都不思索地跟楚国订了盟约。晋悼公这回可火儿了。他对大臣们说："郑国反复无常，可怎么办呐？"荀䓨说："这不能完全怪郑国。咱们要打算收服郑国，一定得先把楚国弄得筋疲力尽，人困马乏，才能有办法。我想咱们以后每回出兵，不必动用各国的兵马。倒不如把中原诸侯的军队分成三个军。每回出兵，出动一个军，来回轮流。楚国军队一到，咱们就退兵，赶到他们一走，咱们就派第二军去。要是楚国军队再来的话，咱们的第二军再退回来。赶到他们走了，咱们把第三军派出去。这么着，咱们只要用三分之一的兵马就能够牵动楚国的全军，把他们弄得跑来跑去不能够休息，他们就不敢再侵犯中原了。"晋悼公照着这个法子把十国的军队分别编成三个军，你来我去，你去我来，可不跟楚国开仗。

这时候，韩厥告老了，荀䓨接着他做了中军大将。荀䓨和荀偃两个人都是将军，如果他们的旗号都用"荀"字就容易混同。因为荀䓨的父亲封在智，他就拿地名为姓，叫智䓨。荀偃呐，因为他的祖父荀林父做过中行(háng)将军，他就拿官衔为姓，叫中行偃。这么着，"智氏"、"中行氏"有了区别，军中标志就不乱了。

智䓨把"三军"分配好了之后，正要去打郑国，宋国打发人来报告，说楚国和郑国从偪阳(子爵诸侯国,在山东省枣庄市东南边;偪 fú)那边来侵犯宋国。晋悼公就叫智罃带着第一军,这里头也有鲁国的兵马,先去攻打偪阳。

偪阳城的将士故意让鲁国的军队进城。鲁国的军队正陆续往城里头走的时候,冷不防地哗啦一声,放下了千斤闸,可巧正朝着鲁国的大将叔梁纥(叔梁纥,姓孔,名纥,字叔梁,所以也叫叔梁纥,是孔子的父亲;纥 hé)的脑袋上落下来。叔梁纥赶紧扔了兵器,两只手把那千斤闸托住。后头跟着就打开锣了,前头的将士们一听见锣声,急忙向后转,退出城来。偪阳的士兵一见有个大汉两只手托住千斤闸,早就吓得不敢动弹了。叔梁纥把本国的军队放出来之后,大声嚷着说:"要打仗的赶紧出来,趁着我还没撒手呐!"城里的人你看看我、我瞧瞧你,没有一个人敢搭碴儿。忽然有个偪阳大夫拿起弓箭,对准了叔梁纥就射。叔梁纥眼快,立时两只手一撒,那闸就掉下来了。

偪阳城的士兵们从这儿起就再也不敢出来了,可是他们架不住四国的兵马没黑天带白日地攻打。不到一个月工夫,偪阳城就落在晋国人的手里了。

晋悼公灭了偪阳(公元前 563 年),把那块土地交给宋国管理,作为抵御楚国的一个前哨。跟着就叫智罃带领着第二军,去打郑国。郑国自然又来投降。哪儿知道晋国的兵马刚退出来,楚国的兵马又进去了。郑国跟楚国又订立了盟约。

转过年(公元前 562 年,周灵王十年),晋悼公叫赵武带着第三军,又去打郑国。郑国当然又归附了晋国。楚国气得什么似的,联合了秦国,又把郑国拉过去了。晋国这头哪儿能完呐?晋悼公说:"这回又该轮到第一军了。"智罃说:"楚国向秦国借兵,已经露出他们累得够瞧的了。这回咱们索性把全部的军队都带了去,叫郑国瞧瞧咱们的实力,也许能够一心一意地归顺了。"晋悼公就集合了宋、鲁、卫、齐、曹、邾、滕、薛、杞、小邾(在山东省滕州市地方),一共十一国的军队,一块儿去打郑国。楚国三番五次地跑来跑去,已经累得够瞧的了。这回听说中原军队声势挺大,果然不来救郑国。郑国打了个败仗,许多人做了俘虏。郑简公(郑僖公的儿子,郑成公的孙子)亲自到晋国的兵营里向晋悼公求和,愿意再歃血为盟。晋悼公对他说:"过去已经订过盟约,不必再歃血了。"他立刻传令下去,把郑国的俘虏一概放回郑国,又把驻扎在虎牢关的别国的兵马撤去,叫郑国人自己去把守。晋悼公对郑简公说:"我也知道你的难处。从今以后,你们或是归顺晋国或是归顺楚国，随你们的便，我不来勉强你。”郑简公流着眼泪，说：“您这么实心实意地对待我，我就是禽兽，也得有个知恩报恩的心。我要是再三心二意，叫老天爷重重地罚我。”这么一来，十一国的兵马全撤回去了。楚国因为这几年来确实疲劳了，也不愿跟晋国相争。打这儿起郑国真就一心一意地加入了中原的联盟。晋国又想办法去跟秦国交好。这更叫郑国死心塌地地归附了晋国。

68 师徒的情分

晋悼公把郑国收服了，中原诸侯都向他朝贡。他想休息几年，现成做着霸主。哪儿知道卫国的大臣们轰走了国君，另外立了新君，打发使臣上晋国来说情。晋悼公一想：做臣下的轰走国君，照理应该受责备，可是这么一来，又得出兵。这怎么办呐？

原来卫献公（卫成公以后的第三个国君）是个昏君，天天喝酒，作乐，打猎玩儿，把国家大事扔在脑袋后头。卫国有两个拿事的大臣，一个叫孙林父（孙良夫的儿子），一个叫宁殖（宁武子俞的孙子）。他们一见卫献公这种样子，就跟卫献公的叔伯兄弟公子剽相好，背地里又跟晋国交往，打算将来有个靠山。卫献公也听到点风声，因为没拿住真凭实据，不敢随便发作。

有一天，卫献公约孙林父和宁殖上宫里去吃午饭。到了时候，两个大臣穿着上朝的衣服赶到门口，可没有人来接，只好静静地等着。一直等到太阳都偏西了，也没有人出来请他们。两个人的肚子饿了，就自己进去问问到底是怎么回事。里边的人说：“主公跟射箭的教师公孙丁在后花园里射箭呐。你们自个儿进去吧。”这两位大臣实在生气，就直上后花园去见卫献公。卫献公瞧见了他们，就把弓挂在胳膊上，拿着箭指着他们，说：“你们来干什么？”孙林父和宁殖一齐说：“主公约我们来吃饭，我们一直等到这个时候。又怕违背了主公的命令，只好冒昧来见主公。”卫献公说：“哦！我忘了。这么办吧；过几天我再约你们吧。”说着，他又射开了箭了。两个大臣受了这份窝心气，出来了。孙林父跟宁殖商量了一下，准备废去这个昏君。

孙林父回到家里，偷偷地叫家臣庾公差（庾 yǔ）和尹公佗（佗 tuó）布置了家丁，自己上戚城(在河南省濮阳县，当时在黄河边上)准备接应。当时又叫他儿子孙蒯(kuǎi)去探听卫献公的口气。第二天，孙蒯见了卫献公，就说："我父亲病了，上戚城去休养，请主公赏几天假。"卫献公听说孙林父上戚城去，就知道他没怀好意，故意笑着说："你爸爸的病大概是由于太饿了吧？我不能再叫你也饿着回去，你在这儿吃吧。"孙蒯只得留在宫里。在吃饭的时候，卫献公点了一首歌，叫宫里的乐师唱。那首歌里有一段字句，恰巧跟眼前的事有点相像：

那个人哪，
住在河上，
无勇无谋，
还想乱撞。

孙蒯听了，坐立不安。卫献公对他说："你爸爸在戚城应当好好休养，可别闹出别的大病来。"

孙蒯回去，跟他父亲学舌了一遍。孙林父觉得再不能耽误了。他立刻带着士兵打进去。到了这时候，卫献公才害怕了，打发人去跟孙林父讲和。孙林父骑虎难下，不能答应，把那个来人杀了。卫献公连忙叫人把宁殖找来商量。没想到宁殖正要带着士兵去围宫殿。这可把卫献公急得没有办法了。那个弓箭手公孙丁说："赶紧跑到别的国去吧，再呆下去，也许跑不了啦。"卫献公只好带着宫里的二百来名士兵，跟着公孙丁从东门跑出去，打算先上齐国去躲一躲。他们出了城门，正巧碰见孙蒯、孙嘉哥儿俩的一队士兵。这二百来个人杀得只剩了十几个人了。幸亏公孙丁是个出名的弓箭手，他保着卫献公，坐着一辆车一边抵挡，一边拼命逃。谁要追这辆车，谁准给射死。孙蒯、孙嘉没有办法，只好退下来。他们在半道上碰见了庾公差和尹公佗两个弓箭手，带着一队人马，说是奉了相国的命令去拿昏君的。孙蒯、孙嘉哥儿俩告诉他们，说："两位将军可得小心点。前头有个挺会射箭的人保护着昏君呐！"庾公差说："别是我的师傅吧。"原来公孙丁是射箭的前辈，庾公差是他的徒弟，尹公佗又是庾公差的徒弟。这三个人都是射箭的能手。尹公佗说："追上去再说吧。"他们追了十几里地，才瞧见卫献公的兵车。卫献公一见有人追上来，吓得什么似的。公孙丁望后一瞧，认得这人，就对卫献公说："主公放心，那个人是我的徒弟，他决不能伤害师傅的。"公孙丁把车调转过来，停在那儿等着。庾公差一见前头车上的人，就说："哎呀！真是我师傅！"他就下了车，向老师公孙丁行个礼。公孙丁没言语，也不还礼，只是挥挥手叫他回去。庚公差重新上了车，对公孙丁说："今天的事真叫我为难。师傅有师傅的主人，我有我的主人。我要不干，就是得罪了我的主人；要干呐，可就得罪了师傅。这可怎么办呐？"他犹豫了一会儿，想出了一个似是而非、自己骗骗自己的主意，这种主意在那时候认为是两全其美的。他说："我还是干吧，师傅可别担心。"公孙丁还是不言语，不动声色地瞧着他的徒弟。庚公差拿起弓箭，一连气射了四枝箭，都射在他师傅的车上。左、右、上、下的木头档上各中了一箭，单单留着中间坐人的地方。庚公差射完了箭就说："师傅保重！"这么着，两边敌人各自分手了。

庚公差的徒弟尹公佗心里挺不痛快。他碰见了卫献公满打算显一显能耐。可是有他师傅在旁边，不好自作主张，只好跟着庚公差回去。走到半道上，他越想越不是滋味。他想："怎么能为了师傅的情面，就把自个儿应当做的事扔了呐？"他对庚公差说："师傅，您跟他有师徒的情分，让他跑了。我跟他又隔了一层，提不到什么情分。我还是追上去吧。"庚公差说："别这么说。你还不知道我师傅的厉害呐。你哪儿是他的对手！你追上去，也是白送一条命。"尹公佗不信，非得跟公孙丁比个高低不成。庚公差拦不住他，只好让他去了。

尹公佗追了二十来里地，又追上了。公孙丁问他："你又来干什么？"尹公佗说："我师傅跟你是师徒，不跟你动手。我可不能放过你去！"公孙丁说："你得想想：你师傅的本领是哪儿来的？你的本领又是哪儿来的？没有我教他，他怎么能够教你？俗语说，'喝水的别忘了掏井的。'你还是趁早回去，省得伤了和气！"尹公佗拿起弓箭对着公孙丁射了一箭。公孙丁不慌不忙地把那枝箭接在手里，拿起弓来，把那枝箭射回去。尹公佗连忙躲开，肩膀上已经受了伤。他正打算跑开，第二枝箭又到了。这一箭要了他的命。其余的士兵一见将军给人射死了，拔脚就跑。公孙丁就这么保护着卫献公逃到齐国去了。

孙林父和宁殖轰走了卫献公，立公子剽为国君，就是卫殇公。当时打发使臣去见晋悼公，打算得到盟主的许可，确定卫侯的君位。晋悼公又想征伐卫国，又想不动刀兵，一时没有主意，直皱着眉头子。中行偃知道盟主的心意和难处，就说："卫侯无道，这是各国诸侯都知道的。现在卫国人自个儿把昏君废了，立了新君，咱们何必去管呐？"这句话正碰在晋悼公的心坎上，他就承认了卫国的新君。

69 烧　丹　书

公孙丁凭着他射箭的本事保着卫献公逃到齐国。他们向齐灵公（齐顷公的儿子，齐惠公的孙子）哭诉了一番。齐灵公劝着他们，说："晋侯是盟主，他准得去征伐他们。你们暂且住在这儿，听信儿吧。"呆了没有多少日子，他们听到晋悼公招待了卫国的使臣，确定了公子剽的君位。齐灵公很不服气，他满想代替晋悼公来做盟主。他要做盟主的办法也很特别，他从侵略小国开头，接着就退出了中原的联盟。

被齐灵公侵略的小国，尤其是鲁国，接连着向晋国请求救兵。没想到晋悼公得病死了。新君晋平公（晋悼公的儿子）会合了各国的军队去征伐齐国，可是没把齐国打败，更别说叫齐灵公屈服了。晋平公只好退了兵，再想法子。

公元前555年（周灵王十七年），晋平公派范匄为大将，赵武为副将，再去攻打齐国。范匄的兵马刚过了黄河，听说齐灵公死了，就退兵回去。齐国的大夫晏平仲知道晋国的兵马退回去，就对新君齐庄公（齐灵公的儿子）说："晋国知道咱们有丧事，立刻就退兵。这是他们的好意。咱们应该领受人家这番好意，赶紧派人去跟他们讲和才对。"齐庄公同意了。这么着，齐国又加入了联盟。

齐庄公虽然加入了联盟，他可不愿意屈服在晋国的势力底下。他一个劲儿地寻找勇士，操练兵马，打算跟晋国争夺霸主的地位。他不大注意文臣，可是特别尊敬武士。这时候，他手底下已经有了些个大力士。他一听说晋国大夫栾盈（栾书的孙子）手下有个大力士叫督戎的，他能手使双戟，左右连着扎，谁都不是他的对手。齐庄公就想："怎么能把他收过来才好哇！"天从人愿，突然有一天，栾盈带着督戎和别的几个勇士上这儿投奔齐庄公来了。齐庄公欢天喜地地迎接他们。栾盈见了齐庄公，哭着说："我受了天大的委屈，如今弄得无家可归，请君侯作主。"

栾家辈辈在晋国的朝廷里占着挺重要的地位，就像赵家、郤家、魏家、智家、韩家一个样。自从郤家灭了门之后，栾家的声势就更强盛起来了。俗语说，"树大招风"。晋平公和几家大臣们，像范家、赵家、智家为了要保全自己的势力，都想把栾家灭了。他们大伙儿想出一个罪名来，说是从前栾书谋害过晋厉公，所以他的子孙们应得治罪。栾盈的一家子呐，一来为了声势太大，少不了给国君猜疑；二来位份太高，难免有傲慢得罪人的地方。因此，一群冤家对头都趁这机会附和着晋平公来整治栾家。栾家的家族、亲戚都给抓去，杀的杀，押的押。只有栾盈和几个近身的勇士跑出去了。

栾盈逃到齐国，正赶上齐庄公一个劲儿地搜罗人才，打算跟晋国争个上下高低。他安慰栾盈说："我准帮助你，叫你能回到晋国去。"

公元前550年(周灵王二十二年)，齐庄公打发栾盈先上曲沃去和先头一些跟栾家有交情的将军通了关节，自己再发大军作为后盾。栾盈带着督戎和齐国的一队人马，往曲沃进发。他们挺容易地把曲沃占了作为立足点，然后再从曲沃出发，一直打到绛都去。那督戎真是个勇士，凡是碰上他的不是给他杀了，就是给他打跑了。他一连气打了几个胜仗，一直快到绛都了，吓得晋国的将士们都不敢跟他交手。

赵武手下的两个将军，解雍、解肃哥儿俩自告奋勇地对赵武说："光是一个督戎，怕他什么？他就是三头六臂，我们也应该跟他拼一拼，哪儿能不去跟他交手呐？"赵武答应了他们。督戎正憋着一肚子劲头没处使去，一见两个将军出来了，正对了他的口味。他一个人两枝戟对付着两个人，好像淘气的孩子逗小狗似的，越玩越高兴。赶到他玩得不耐烦了，就一戟把解雍扎死，顺手又望解肃扎过去。解肃跑得快，督戎没追上他，气呼呼地站在城门外头嚷着说："有本事的多来几个！你们一块儿出来，也好叫我省点工夫！"城里的人没有一个敢出声的。

范匄和赵武都打了败仗，非常着急。那天晚上急得范匄直唉声叹气的，旁边有个伺候他的奴隶叫斐豹，低声下气地对范匄说："我本来是屠岸贾家的手下人，因为屠岸贾全家灭了，我被官家没收，当了奴隶，一辈子不能出头。要是大人开恩烧了丹书(奴隶的文书)，让我有个出身，我准能把督戎杀了。"范匄正在紧要关头，也管不得奴隶不奴隶，就对他说："你要真能把督戎杀了，不光不叫你当奴隶，我还要在主公面前保举你呐。"

第二天，斐豹拿着一个大铜锤，去跟督戎对敌，对他说："咱们大伙儿不用兵车，也不准别人帮忙，只是我跟你两个人，双手对双手，家伙对家伙，拼个你死我活，好不好？"督戎说："好！"他们两个人就像打擂似的对打起来了。一个勇士对一个勇士，一个铜锤对两枝戟。斐豹早就瞧好了一个地方，那边有一道矮墙头。他对打了一阵，就往墙头那边跑去。督戎赶紧追过去。范匄在城头上眼见斐豹又完了，急得脑门子上的大汗珠直往下掉。斐豹跳过了矮墙头，督戎也跳进去了，没提防斐豹藏在里头，让督戎跑过去，然后提起那个五十二斤沉的大铜锤，从后头打过去，恰巧打在督戎的脑袋上。一个大力士就这么给他暗算了。斐豹把督戎的脑袋砍下来，回身又跳过墙头。范匄一见斐豹手里提着一个血淋淋的人头，知道已经打胜了，就开出兵车，冲过去。栾家的士兵一见督戎被杀，跑的跑，投降的投降。逃跑了的人跑回栾盈那边，急得栾盈不知道该怎么办，只好带着残兵败将跑回曲沃。那时候齐庄公的大军还没到，栾盈手下的人越来越少，晋国的兵马越来越多，不到一个月工夫，曲沃也守不住了。栾盈和他手下的人都给范家和赵家的人杀了。

斐豹立了大功，范匄烧了他的丹书，他就不再是奴隶了。

那边齐庄公打发栾盈走了之后，慢条斯理地发出兵车去接应。他想一举两得，沿路再抢些地盘。因此，栾盈在绛都攻打的时候，齐庄公正在侵犯卫国的边疆。赶到他到了晋国的边界上，栾盈早就全军覆没了。他后悔错过了时机，只好回去。可是他这么一回去，拿什么作交代呐？他要做霸主总得争点面子回去，才像个样儿。他就留在边界上，操练兵马，搜罗勇士，再预备去侵略小国，建立威名。临近的莒国可就做了他建立威名的垫脚石了。

齐庄公发兵去打莒国，莒国的国君黎比公不能抵抗，打发人去向齐庄公求和，说："我们情愿年年进贡，做个属国。"齐庄公同意了，当时就下令退兵。从此，莒国就属于齐国了。

70 不怕死的太史

公元前548年(周灵王二十四年)，莒国的黎比公亲自上齐国去朝见齐庄公。齐庄公大摆酒席，叫大臣们都去招待黎比公。偏偏齐国的相国崔杼(zhù)没去。他打发人向齐庄公告病假。齐庄公听说崔杼病了，反倒暗自喜欢。他又能去会见棠姜了。

第二天，齐庄公带着四个卫兵亲自上崔府去看崔杼的病。崔家的人对齐庄公说："相国的病挺重，这时候刚吃了药，在书房里躺着。"齐庄公一听崔杼没在内房，就一直跑进去。四个卫兵紧跟随着。内侍贾举小声地对卫兵们说："主公的意思你们还不知道吗？他去会见相国夫人，你们进去多不方便呐。我说，你们在外头伺候着吧。"贾举安排好了那四个大力士，就跟着齐庄公进去了。齐庄公进了中门，贾举就跟着进了中门，齐庄公进了内门，贾举就关上内门。齐庄公进了内房，就见相国夫人棠姜迎上来了。

那棠姜是崔杼的家臣东郭偃的姐姐，起先嫁给了棠公，所以叫棠姜，生个儿子叫棠无咎。棠公死了以后，棠姜再嫁给崔杼，生个儿子叫崔明。东郭偃和棠无咎都做了崔杼的家臣。崔杼还特意嘱咐他们好好地辅助崔明。不料齐庄公见了棠姜就爱上了她，跟她有了来往。他跟棠姜的事慢慢地给崔杼知道了。崔杼就盘问棠姜。棠姜真叫直爽，一点不藏私地说："是啊！他是国君，要怎么着，就怎么着。叫我一个女人可有什么法子呐！你不能保护我，害得我受了人家的欺负，还怪我吗？"崔杼说："得了！过去的事别提了。你既然不是情愿受人家的欺负，咱们就应该想个报仇的法子，才是道理。"可巧齐庄公近身服侍的内侍贾举为了一点小事给齐庄公抽了一百鞭子。崔杼就拉上了他，暗中商量好，要一块儿出这口恶气。

这天，棠姜过来迎接庄公，刚要说话，一个丫头跑来，说，"相国嘴里发苦，要喝蜜汤。"棠姜跟齐庄公说："我去去就来。您先躺一会儿吧。"说着，她跟着丫头出去了。

不一会的功夫，就听见外头一阵乱哄哄的声音愈来愈近。他忙着喊贾举，没答应。又望窗户外一瞧，只见一大群士兵围上来了，吓得他连忙跑出去。可是前后的门都锁着。齐庄公打破了一扇门，一看，也没处可跑。他就跑到一个台上。一会儿工夫，台底下的士兵就围满了。齐庄公对他们说："我是你们的国君，放了我吧。"棠姜的儿子棠无咎说："我们奉了相国的命令来捉拿淫贼，哪儿有这样儿的国君？"齐庄公说："我跟你们起誓，决不为难你们，请相国来吧！"棠无咎说："相国病着不能来，你还是放明白点，自个儿动手吧。别再丢脸了！"齐庄公没法子，只得跳到临近的屋顶上，打算从那边逃跑。棠无咎一箭射中了他的大腿，齐庄公站不住，从房顶上掉下来。士兵们就是不杀他，他也活不成了。

那边几个卫兵，早就由东郭偃请他们喝酒，把他们安顿了一下。接着乱杀一阵，死的死，逃的逃了。

齐庄公平时对有些臣下很有交情。他们听说齐庄公给崔杼杀了，也有自杀的，也有躲在家里不出来的。只有晏平仲跑到崔杼的家里，扑在齐庄公的大腿上，哭了一顿。棠无咎对崔杼说："砍了他吧！"崔杼说："他有点小名望，杀了他，叫人家说话。"晏平仲出来，他手下的人对他说："国君给人杀了，大臣中有跑到外国去的，有死了的，您打算怎么样？"晏平仲把国君和国家区别开来，他说："我以国家社稷为重。要是国君是为了国家社稷死的，我应当一块儿死。要是国君是为了私人的事死的，我何苦白白搭上一条命呐？"他不怕人家说什么，仍旧跟崔杼、庆封这些人上朝办事。

崔杼、庆封、晏平仲几个人立齐庄公的兄弟为国君，就是齐景公。齐景公和留在齐国的黎比公订立了盟约，让他回去。崔杼一面打发使臣带了好些礼物上晋国去求和，一面又叫太史伯记录齐庄公的事情，说："你一定要写：先君是害病死的。"太史伯听了崔杼的话，就反对说："按照事实写历史，是当太史的本分，哪儿能颠倒是非，捏造事实呐？"崔杼没想到一个史官，没有权势，没有兵器，只凭着一枝笔，也敢跟他为难。他挺生气地问他："你打算怎么写呐？"太史伯说："我写给你瞧吧。"崔杼等他写好，拿来一瞧，上头写着说："夏五月，崔杼谋杀国君光。"崔杼可火儿了，对他说："你长着几个脑袋，敢这么写？重新写吧！"太史伯说："我虽然只有一个脑袋，可是你叫我颠倒是非，我情愿不要这个脑袋。"崔杼就把他杀了。

太史的兄弟仲继承他哥哥的位置。崔杼要看看这位新的太史是怎么写的。他就递了上去。崔杼一看上头写着："夏五月，崔杼谋杀国君光。"崔杼气得说不出话来。他想不到天下竟有这样不怕死的人。他气哼哼地说："你难道没瞧见你哥哥是怎么死的吗？你不怕我也把你杀了吗？"太史仲面不改色，冷笑着说："太史只怕不忠实，他可不怕死。你就是再把我杀了，难道说你还能把所有的人都杀了吗？"崔杼不再费话，吩咐一声，把他也杀了。第三个太史叔还是不屈服，也给崔杼杀了。崔杼一连杀了三个太史，虽然气得了不得，可是也挺怕他们。等到第四个太史季上任，崔杼把他写的拿来一看，上头还是那一句话。崔杼说："你不爱惜性命吗？"太史季说："这是我的本分。要是贪生怕死，失了太史的本分，不如尽了本分，然后死去。请您也要想开一点，就是我不写，天下还有写的人。您不许我写，您可是不能改变事实。您越是杀害太史，越显出您的不是。"崔杼叹了一口气，说："我为了保全国家社稷，没有办法才担了这谋杀国君的名分。懂事的人总会明白我的心的。"他就不杀他了。

崔杼没想到一个史官，没有权势，没有兵器，只凭着一枝笔，也敢跟他为难。

第四个太史拿着写好了的竹简（那时候还没有纸，文字是记在竹片上的）出来，路上碰见了南史氏抱着竹简和笔迎头走过来。他说：“听说三个太史都杀了，我怕你也保不住这条命，我是准备来继承你的。”太史季把写好了的竹简给他瞧，南史氏才放下心，回去了。

71 挂名的国君

崔杼杀了齐庄公，立齐景公的时候，卫献公和他的兄弟公子鲜，还有那个射箭的能手公孙丁仍然住在齐国。卫献公给孙林父和宁殖轰出来之后，一向在外头，已经十二年了。在这十二年当中，卫国可说有两个国君，国内有个卫殇公，国外有个卫献公。各国诸侯也没有一定的主张，有的承认卫殇公是国君，有的还把卫献公当做国君，还有的把他们两个人都当做国君。齐国是护着卫献公的，齐景公暗中帮他把卫国的夷仪（夷仪，是齐桓公为邢国筑的城，后来邢国给卫国兼并，夷仪就属于卫国）夺过来了。卫献公拿夷仪当作立脚的地方，一心想打回卫国去。那时候宁殖已经死了。卫献公打发公孙丁偷偷地去找宁殖的儿子宁喜，叫他暗中想法子先把孙林父一家灭了，然后再接他回去做国君。卫献公情愿把大权交给宁喜，自己只要当个挂名的国君就成了。这话正碰在宁喜的心窝上。他对公孙丁说：“我父亲临死的时候，早就跟我说过，他上了孙林父的当，得罪了主公，心里老觉着不得劲儿。我也主张把主公接回来，也能安慰安慰我地下的父亲。不过主公如今急着要回国，怎么说怎么好。要是我费了心机，拼着性命把他请回来，他当上了国君，万一反悔了，那可叫我怎么办？我想这是国家大事，顶好把公子鲜请来，大家伙儿商量商量。”

公孙丁回去把宁喜的话告诉了卫献公，卫献公对他兄弟公子鲜说：“我能不能回卫国当国君，这事儿全在宁喜身上。要是他能够叫我回去，我情愿把卫国的大权交给他。他说要跟你商量商量。请你辛苦一趟吧。”公子鲜嘴上答应着，可是不动身。卫献公催了他好几次，他只好说：“倒不是我不愿意去，我想这事您还是再想一想吧。天下哪儿有不管事的国君呐？您说把大权交给宁喜，这怎么行呐？到了那时候，您准反悔。您一反悔，我对宁喜可就失了信。我就为了这个，拿不定主意。”卫献公说：“我现在是个漂流在外的人，根本说不上大权不大权。只要能够回到本国去，在太庙里可以祭祀，接着祖宗的香烟，我就称心如意了。我决不反悔带累兄弟。”公子鲜说：“您既然决心要这么办，我就替您说去。”

宁喜有了公子鲜作保，就各处活动。赞成他的人倒也不少，只有右宰穀表示反对。他对宁喜说：“主公（指卫殇公）是你父亲立的，如今已经十二年了。他并没做过什么不好的事情，你凭什么把他废了呐？你父亲已经废了一个国君，现在你又要废去一个，人家哪儿能放得过你呐？”宁喜说：“这是我父亲的主意，我非这么办不可！”右宰穀说：“既然这样，让我先去看看咱们的老国君，看看他的行为跟先头有没有两样，然后再商量个办法，好不好？”宁喜说：“好，你去吧。”

右宰穀到了夷仪，见了卫献公。卫献公嘱咐他，说：“请你从旁催着点宁大夫，叫他赶紧把事情办好。我情愿把卫国的大权交给他。”右宰穀说：“国君是一国的首领。要是没有大权，这个国君还能管理国家吗？”卫献公说：“不是这么说。你要知道，当了国君，就有了高贵的名儿，也就能够享受荣华富贵，穿好的，吃好的，住好的了。出去逛逛，有臣下随从，住在宫里，有宫女侍候。人生不能长远，落得享福，谁愿意天天辛苦，办理政事？我才不那么傻呐！”右宰穀暗暗叹气。他又去见公子鲜，把卫献公的话告诉了他。公子鲜说：“主公受了多年的清苦，巴不得贪图点儿快乐，才说出这种话来。”

右宰穀回去对宁喜说：“老国君还是十二年以前的样儿。他的举动跟先头没有什么两样，说出来的话简直不如粪土！”宁喜说：“管他呐，我有父亲的命令跟公子鲜的保证，不能不干。”

这时候，孙林父已经老了，他带着大儿子孙蒯（kuǎi）住在戚城，留着两个小儿子孙嘉和孙襄，在朝廷里当差。公元前547年（周灵王二十五年），孙嘉奉了卫殇公的命令上齐国去访问，只剩下孙襄一个人在卫国。可巧卫献公又打发公孙丁来和宁喜接头。宁喜和右宰穀趁着这时候，杀了孙襄，逼死了卫殇公。卫献公就这么又上了台。从此，卫国的大权落在宁喜手里了。

孙嘉从齐国回来，走到半道上，听说宁喜作乱，赶紧跑到戚城去见他父亲孙林父。孙林父就想到卫献公准得来打戚城，马上投奔晋国，请晋平公作主。晋平公派了三百名小兵帮助孙林父把守戚城。这三百名小兵禁不住卫国的大军一打。晋平公可火儿了。他立刻吩咐赵武召集各国诸侯，准备攻打卫国，吓得卫献公和宁喜亲身上晋国去求和。晋平公就把他们押起来。幸亏齐国出来调解，又由卫国送了不少礼物，晋国才把他们放了。卫献公打这儿起更加感激宁喜。宁喜也觉得自己功劳大，独断独行起来，就连大臣们商量国家大事，也上宁喜家去商量，有什么事都来请求宁喜。卫献公不过是个挂名的国君罢了。

这时候，宋国的大夫向戌发起了一个息兵会议。他本来和晋国的大夫赵武，楚国的大夫屈建都有交情。他首先提出开个会议，大家伙儿商量商量怎么能够不再打仗。赵武和屈建都同意了。他们先到了宋国筹备一下，再由这三个大国去约会临近的诸侯一块儿来讨论办法。赵武打发使臣去约会晋国的属国。使臣到了卫国，宁喜也不通知卫献公，就打发大夫石恶去开会。卫献公知道了，心里头挺不高兴。他把这件事告诉了大夫公孙免余。公孙免余跑去数落宁喜，说："诸侯会盟是国家大事，你怎么不跟主公商量商量？"宁喜说："他当初跟我立过约，还有公子鲜做证人。难道还把我当做臣下看吗？"公孙免余不敢当面顶他，回去对卫献公说："宁喜太没有礼了。这种臣下，怎么不去了他呐？"卫献公说："要是没有他，我哪儿有今天。话是我自个儿说的，哪儿能反悔呐？"公孙免余说："可是我们做臣下的实在看不过去。我情愿尽我的力量把他除去。办成了，是主公的福分；万一办不成，由我个人挑这个担子。"卫献公说："你得小心点，别连累我！"

公孙免余约了别的几位大臣，同时发动起来，把宁喜和右宰穀杀了，然后去报告卫献公。卫献公把他们的尸首搁在朝堂上作为乱臣贼子的一个警戒。公子鲜一听到这个事变，光着脚跑到朝堂上，抱着宁喜的脑袋，痛哭着说："可别怪国君失了信，这是我冤枉了你了。你死了，我还有什么脸面再在卫国呐？"他疯了似的哭着，嚷着，蹦着。大臣们都知道他是出了名的好人，没有一个人敢得罪他的。他哭了一顿，带着家小逃到晋国去。卫献公打发人追上了他，硬要劝他回来。公子鲜挺坚决地说："要我回去，除非宁喜还阳！"他就在晋国隐居起来，跟家里人一块儿靠着做鞋过日子，到死也不再提卫国的事。

72 息兵会议

卫献公杀了宁喜，公子鲜逃到晋国的时候，卫国的大夫石恶还奉了宁喜的命令和各国的大夫正在宋国开息兵会议(公元前546年)。先头各国诸侯开大会，像齐桓公、晋文公、宋襄公、秦穆公、楚庄王他们那时候，全都是诸侯亲身去开会，因为那时候列国的斗争主要是诸侯的兼并战争。诸侯在兼并战争中要依靠他们的左右，只好把新得到的土地分别赏赐给立了功的大夫。因此，真正得到兼并战争的好处的倒是诸侯手下的大夫。他们从战争中得到了土地，又从榨取农民的劳动中积累了大量的财富。后来大夫的势力越来越大，绝大多数的诸侯反倒做了挂名的国君，正像周天王做个挂名的天王不能管束诸侯一样。在经济进一步发展中，为了掠夺土地和农民的剩余劳动，这些有势力的大夫之间也进行着兼并战争。列国的斗争就这么转到大夫的兼并战争上面去了。这回来开会的，都是各国的大夫，就是：晋国赵武、楚国屈建、宋国向戌、鲁国叔孙豹、卫国石恶、蔡国公孙归生、陈国孔奂、郑国良霄这些人。从此以后，列国的斗争形势主要是大夫和大夫之间的斗争了。这回的会议实际上是晋国和楚国分配势力的会议。晋国和楚国可以说是南北两个集团的头儿，各有各的势力范围。鲁、卫、郑、曹、邾、莒、滕、薛等是在晋国的势力范围内的；蔡、陈、许、沈(沈，在河南省汝阳县东)等是在楚国的势力范围内的。其余像宋、齐、秦是大国，谁也不属谁，算是独立自主的诸侯国。这三个国家当中，宋国是会议的发起人，当然参加了大会。齐国和秦国都没来。当时大家伙儿商议好了：所有原来受晋国保护的国家也得朝聘楚国，所有原来受楚国保护的国家也得朝聘晋国；各国交纳岁贡要两份，一份给晋国，一份给楚国。大伙儿订立盟约，对天起誓：谁要破坏盟约，先出兵的，各国就一块儿去打它。这么着，向来给中原诸侯称为“蛮族”的楚国，就正式由大伙儿承认是个霸主，正像晋国是霸主一样。可是楚国屈建还不怎么称心，他对宋国向戌说：“两个盟主哪儿成呐？谁是第一，谁是第二呐？请你跟晋国先说明白了：歃血的时候，可得让楚国在先。”向戌只好去见赵武。他见了赵武，说不出口来。由他手下的人传话。赵武一听，觉得挺为难。要是答应他呐，晋国的地位可就降低了，要是不答应呐，这个“息兵会”可就得变成“开仗会”了。再说楚国的态度挺强硬，好像非占先不可。赵武心里头虽然可以屈服，可是又怕给人家说话。晋国有个大夫想出了一个好理由来，对赵武说：“霸主要靠德行，不是全在乎武力。咱们只要有德行，就是让楚国占先，诸侯照样佩服咱们；要是没有德行，就是占了先，诸侯照样不佩服。再说咱们这回会合各国大夫原本是为了息兵。能够不打仗，大家伙儿都有好处。要是为了争先后打起仗来，反倒失了息兵会议的意义了。我想只要对大家有好处，就是退让一点儿也好。”这一番话正碰在赵武的心坎上。因为当时晋国六家的大夫（赵氏、范氏、智氏、中行氏、韩氏、魏氏）内部的争夺很剧烈，顾不到再到外面去跟楚国相争。这样，赵武就答应了楚国的要求。

卫国的石恶和各国的大夫订了盟约，正要回去，听说卫献公把宁喜杀了。石恶是宁喜的一党，不能再回去，只好跟着赵武上晋国去了。

郑国的大夫良霄回到了郑国，简直不把郑简公放在眼里。不久就碰上国内别的公子为了争权夺利互相残杀，良霄也死在内乱之中。公元前543年（周灵王的儿子周景王二年），郑简公请子产（子产，也叫公孙侨）为大夫。子产是一位比较开明的政治家。在他执政以前，人们早就佩服他了。公元前563年（就是晋悼公灭偪阳那一年），郑国有一批奴隶起来暴动，杀了几个有势力的大夫，要求那时候执掌郑国政权的子孔烧毁丹书。子孔还想用暴力镇压，要把闹事的人全杀了。子产拦住他，说：“万万使不得！您不如依了众人把丹书烧了吧。”子孔说：“要是众人反对就听了他们，那不是由众人执政吗？国家还治得了吗？”子产说：“众怒难犯。在这个紧要关头，您要是一死儿地独断独行，实在太危险了。我说不如烧了丹书，安定人心要紧！”子孔害怕起来，就听了子产的劝告，在仓门外把丹书烧了。一场暴动，就这么平定下去，不少奴隶得到了释放。人们都说这是子产精明能干的地方。现在子产掌握着郑国的大权。执政才三年，郑国人唱着歌，说：“我有子弟，子产教育他们；我有田地，子产教导我们耕种。要是子产死了，谁还能接替他呐？”子产提倡文教，各地设立了乡校。乡校里的人们有时候议论国家大事，批评朝廷。有人劝子产封闭这些乡校。子产说：“人们能够议论、批评，这不是很好吗？他们喜欢的好事情，我们应当多做些；他们讨厌的坏事情，我们应当改正。他们是我的老师，为什么要阻止他们呐？”

公元前542年，子产跟着郑简公上晋国去朝贡。晋平公不见他们，也没派大臣去招待，就让他们上诸侯的使馆去住。这明明是不把郑国放在眼里。子产认为晋国太没有道理了。他吩咐随从人员拆毁使馆的外墙，把车马搁在里面。这也明明是反抗晋国的行动。范匄责备子产不该拆毁使馆。子产对他说：“郑是个小国，夹在大国当中，纳税、进贡都听从大国的吩咐，不敢过着安静的日子。这回我们准备了税赋、财物，亲自送到贵国来。你们没有时间，我们不得相见，没法交纳这几车东西，又不敢把这些东西暴露在外面。诸侯使馆的门又这么小，外面盗贼公行，不把外墙拆了，把贡物挪进来，怎么能好好地保藏起来呐？请您吩咐我们该怎么办！”范匄回去一报告，赵武说：“没说的，向他们赔不是吧。”晋平公这才很有礼貌地接待了郑简公和子产。

中原诸侯和各国大夫对晋国本来已经不大尊重了。在息兵会议上，赵武害怕楚国，胆儿这么小，只求暂时太平，不愿主持公道，各国大夫的胆子就更大起来了。比方说，齐国崔杼和庆封杀了齐庄公，当初还怕晋国去责问。哪儿知道他们一送礼物，就没有事了。他们越发强横起来，弄得齐景公一点实权也没有。一切事情全由崔杼和庆封作主。谁知道崔杼和庆封虽然是同党，可不是同心合意的。各人为了扩张自己的势力，也是面和心不和的。因此，给齐庄公的几个手下人得了个报仇的机会，闹得齐国天翻地覆，不得安宁。

73 “好朋友”和“心腹人”

那个要给齐庄公报仇的人叫卢蒲癸，他是齐庄公最亲信的人。齐庄公给崔杼害死的时候，晏平仲把国家和国君区别开来看，可是那时候别的人不那么想。他们以为忠于主人就是好人，至于主人怎么样，那可不管。因此，齐国有几个臣下为了忠于国君，自杀了，也有跑到别的国去躲起来的。那时候，齐庄公的手下人王何对卢蒲癸说：“主公向来待咱们不错，现在他给人害了，咱们应当一块儿死，才算是报答主公待咱们的一份情义。”卢蒲癸说：“死有什么用？你要是诚心报答主公的情义，就应当活着。我说眼前咱们不如暂且逃到别的国去，将来一有机会，再替主公报仇。”他们两个人当时起了誓，各自走了。王何跑到莒国，卢蒲癸跑到晋国。卢蒲癸是个胆大心细的人，他临走的时候，跟他的兄弟卢蒲嫳(piè)说：“我走了之后，你得想法子去接近庆封，要一个劲儿地奉承他，胆要大，心要细。等到他信任了你，你再推荐我，叫我能够回来。那时候，咱们都做了咱们仇人的‘心腹人’，自然有法子替主公报仇了。”卢蒲嫳就照着他哥哥的话去办，果然当上了庆封的家臣。

崔杼杀了齐庄公之后，把齐国的大权全拿在自己手里。庆封心里非常气愤。可是他耐住性儿，故意透着跟崔杼十分投缘的样子。他还怕崔杼不放心，就天天饮酒作乐，打猎玩儿，显出他对于朝廷上的事没有多大的兴趣。崔杼见他没有争权夺利的心思，就把他当做好朋友看待了。

庆封的行动瞒得了崔杼，可瞒不了庆封的家臣卢蒲嫳。有一天，卢蒲嫳对庆封说："先君是崔杼杀的，您倒跟他一块儿顶了这个罪名。既然一块儿顶着罪名，为什么齐国的大权由他一个人拿呐？您虽然宽宏大量，并不介意，可是全国的人，尤其是我们当家臣的，哪儿受得了哇！如今崔家内部闹了意见，弟兄们分成了两派。咱们不如以敌攻敌，借着他们的内讧，去跟他们两派的人都联起来，从中叫他们自相残杀。崔家的败落就是庆家的成功。这点事您是明白的。"庆封挺高兴地说："我只道你是个勇士，想不到你还是个谋士。"他听从了卢蒲嫳的话，更加使劲地奉承着崔杼，背地里又和崔成、崔疆这几个人交上了朋友。

崔成和崔疆是崔杼的儿子。他们的母亲死了以后，崔杼才娶了棠姜。棠姜的兄弟东郭偃和她前夫的儿子棠无咎都当了崔杼的家臣。棠姜又生了个儿子叫崔明。崔杼为了讨棠姜的好，答应她把崔明当继承人。大儿子崔成知道了这件事，就自动地把长子的名分让给小兄弟崔明，自己情愿得到一个崔城（在山东省章丘市西北的崔氏城），打算将来老死在那边。崔杼答应了。东郭偃和棠无咎出来反对，说："崔城是崔家的老根。不能给他。"崔杼就又收回了成命。

崔成气哼哼地去告诉他兄弟崔疆。崔疆说："你已经把长子的名分让给了别人，再让一座城，又算什么呐？实在说吧，现在父亲还活着，他们就这么欺负咱们，将来父亲百年之后，你跟我怕的是要想当奴隶都当不上了！"崔成说："那怎么办呐？咱们还是找庆封伯伯商量商量吧。"哥儿俩连夜去见庆封求他想个主意。庆封对他们说："也别怪你们父亲。他倒是个好人，不过现在给东郭偃、棠无咎跟你们的后妈弄糊涂了。你们做儿子的受一点委屈，还没有什么。我倒是替你们父亲担心。你们怎么不想个主意把东郭偃和棠无咎去了呐？"哥儿俩说："我们早有这个心。力量不够，有什么法子呐？"庆封的卫士卢蒲嫳插嘴说："你们没有力量，难道你们的庆伯伯也没有力量吗？只要你们有志气，敢干，他能不帮你们的忙吗？"崔成、崔疆连忙给庆封跪下，一直不起来。庆封说："好吧，我看在你们父亲的面上，给你们一百名士兵吧。"

崔成、崔疆得到了庆封的帮助，当时就发动起来了。他们把那一百名士兵埋伏在崔家附近的地方。俗语说，"明枪容易躲，暗箭最难防！"果然东郭偃和棠无咎上崔家去的时候，给士兵们杀了。崔杼听说前妻的两个儿子造反，把东郭偃和棠无咎的军队也接收过去了，自己一时又没作准备，气得什么似的，连忙叫手下的人预备车马。哪儿知道手下的人早就跑得一干二净。崔杼只好叫书童赶着车，从后门跑出去，一直去找他的“好朋友”庆封，诉说刚才的情形。庆封假装纳闷。他说：“竟有这种事？小孩子家居然敢这么无理取闹？要是你打算处治他们，我准帮忙。”崔杼挺感激地说：“求你赶紧替我把这两个奴才去了，我叫小儿子崔明认你做干爹。”庆封显出义不容辞的样子，立刻叫卢蒲嫳带着人马上崔家去。

卢蒲嫳到了崔家，一瞧崔成、崔疆已经把大门关上了。卢蒲嫳对他们说：“崔明拿住了没有？庆大人怕你们这儿人手不够，又叫我带了一队人来。”崔成、崔疆一听“恩人”来了，连忙开了大门把他迎接进去。大门一开，卢蒲嫳带来的士兵拥进去。那里边的一百名士兵本来都是庆封的人，自然听卢蒲嫳的话。卢蒲嫳大声嚷着说：“我奉了崔相国的命令，来逮两个忤逆不孝的儿子！”崔成、崔疆这才知道他们认贼作父，上了庆封的当。他们还没反抗，早就给卢蒲嫳带来的士兵杀了。卢蒲嫳跑到内房去找崔明。崔明刚巧不在家，逃到别的国去了。他倒把崔明的妈相国夫人棠姜找着了。她吊在房柁上。卢蒲嫳眼瞧着棠姜已经完了，扭头就走。他提着崔成和崔疆的人头回去报告崔杼。

崔杼一瞧见儿子的脑袋，又气又心痛。他问卢蒲嫳，“太太没吓坏吧？”卢蒲嫳说：“夫人还没下来呐。”崔杼对庆封说：“我还是回去吧。我的书童不会赶车，请借给我一辆车。”卢蒲嫳说：“我送相国回去。”庆封嘱咐他“小心伺候相国”。崔杼向“好朋友”庆封谢了又谢，然后回去。一到了家，就瞧见大门敞着，跑到里边一瞧，也不见一个人出来。窗户和门全打碎了，家里的东西也没有了。整个相国府鸦雀无声。崔杼见了那种凄凉光景，不由得掉下眼泪来。跑到内房一瞧，瞧见那位夫人早就悬梁自尽了。崔杼的心像碎了似的。回头叫了声卢蒲嫳，卢蒲嫳早躲在房门外边了。崔杼放声大哭，说：“我把他当作朋友，哪儿知道敌人假装朋友，害到我家败人亡。我还有什么脸面再活着呐！”他就把棠姜摘下来，自己挂了上去。

卢蒲嫳灭了崔家，回去报告了庆封。庆封上朝见了齐景公，说：“崔杼杀害先君，我已经把他治了罪。”齐景公连连点头，说：“是啊，是啊。”打这儿起，齐国的大权就落到庆封手里了。卢蒲嫳更得到了庆封的信任，做了他的“心腹人”。

有一天，卢蒲嫳请求庆封把他哥哥卢蒲癸召回来，庆封自然答应了。卢蒲癸回到齐国拜见了庆封。庆封见他挺有本事，叫他去伺候他儿子庆舍。庆舍是个大力士，一见卢蒲癸力气挺大，非常喜欢。卢蒲癸一心要给齐庄公报仇，低声下气地奉承着庆舍。庆舍非常喜欢，又见他胆大心细，挺有作为，就把他当做了“心腹人”，还把自己的女儿嫁给他。从此，丈人、女婿更加亲热了。

庆舍常常带着卢蒲癸出去打猎。打猎的时候，庆舍直夸奖卢蒲癸的能耐。卢蒲癸说：“我这算得了什么，差得远着呐。我的朋友王何比我可强得多了。”庆舍一听，立刻叫卢蒲癸去把王何请来。王何拜见新主人。他奉承新主人跟卢蒲癸刚来的时候一样。庆舍想到崔癸为了没有心腹的勇士，才遭了人家的暗算，他就格外小心，叫卢蒲癸和王何当了卫士。每回出去的时候，他总叫这两个心腹卫士带着兵器，不离左右。

庆封专权，连公家厨房的经费他都管。齐景公喜欢吃“凤爪汤”，就是拿鸡爪子做的汤。大夫们也都学着他吃起来，当时传遍了全城，凤爪汤就成了顶名贵的吃食了。可是一只鸡只有两只脚，一碗凤爪汤就得十来只鸡。这么一来不要紧，鸡的价钱可就越来越贵了。厨子就要求庆封再加点菜钱。卢蒲嫳故意叫庆封得罪别人。他不等庆封回答，就说：“干么一定要吃鸡？鸭子不能吃吗？”庆封就叫厨子用鸭子代替。有一天，齐景公请大夫高虿(chài)跟栾灶吃饭。这两位大夫没吃着凤爪汤，心里挺不痛快。出来之后，一个埋怨着说：“庆封掌了权，处处刻薄，连公家的伙食也克扣起来。这明明是慢待大臣。”一个说：“咱们并不是一定要吃鸡，可是照他这么目中无人下去，今天不给鸡吃，明天就许不给鸭子吃，后天那就连饭都不给吃了。再下去，也许不准咱们上朝了。这可不能不防备。”他们这么发牢骚，早叫庆封的人听见了，庆封对卢蒲嫳说：“高家跟栾家对我这么不满意，怎么办？”卢蒲嫳说：“怕什么？要是他们再敢多嘴多舌地反对相国，就把他们杀了，也给反对的人一个下马威。”庆封依了卢蒲嫳的话，不把他们放在心里。

卢蒲嫳把这件事告诉他哥哥卢蒲癸，卢蒲癸又去和王何商量。王何说：“高家和栾家既然跟庆封闹意见，咱们就可以借着这个机会去对付庆家了。”他们商量好了，当夜就去见高虿，对他说：“我们得着了一个秘密的消息，不能不告诉您老人家。相国打算攻击您跟栾家，你们可得防备着点。”高虿怒火上升，说：“哼！他不想想自个儿做的好事。他跟崔杼杀了先君，现在崔杼已经办了罪，他倒逍遥自在，还要找到我们头上来。我们应当替先君报仇，也把他办罪，才是齐国的忠臣。”卢蒲癸说：“大夫能够主持正义，惩办乱臣贼子，我们情愿追随左右。事情办成了，是您老人家的功劳，万一办不成，至多我们哥儿俩送两条命，决不连累您。”高虿挺高兴，直夸奖他们忠义。他就又去和栾灶暗中商量，准备动手。

公元前545年的秋天，庆封带着一批人马上东莱云打猎，把他儿子庆舍留在朝里。卢蒲嫳说是病了，没跟去。过了两天，正是国君上太庙去祭祀的日子。齐景公带着晏平仲和别的大臣上太庙里去。庆舍代替他父亲管理祭祀的事。太庙外头有庆家的士兵把守着，庆舍的身边有他“心腹人”卢蒲癸和王何保护着，一刻不离左右。卢蒲嫳把高家、栾家、陈家、鲍家的家丁埋伏在太庙左右。他们又在附近搭了一座台，锣鼓敲得震天价响。庆家的士兵在庙外没有什么事，就仨一群、俩一伙地去看热闹。庆舍正在祭祀的时候，高虿叫手下人在庙门上敲了三下，外边埋伏着的家丁就像发大水似的涌进来。庆舍吓了一跳，正想叫王何去抵御，卢蒲癸已经从背后用刀扎过去，扎透了庆舍的胸部。王何拿长矛扎伤了他的左肩膀。庆舍眼睁睁地瞧着这两个亲信的卫士，说：“你们！原来是你们！”说着他就拿起一把酒壶冲王何打去，把王何的脑袋打碎。庆舍受了重伤，右手抱住太庙的柱子，一使劲，整个屋子都震得摇晃了。他大叫一声，断了气。齐景公吓得魂儿出了窍。晏平仲小声地安慰他，说：“这是大臣们给先君报仇，除灭庆家。主公放心。”齐景公这才擦了擦脑门上的冷汗，脱去祭祀的礼服，上了车，急急忙忙地回宫去。

卢蒲癸带了四家的家丁去抄庆家，一面嘱咐大伙儿看住城门，不让庆封回来。庆封得着了这个信儿，立刻带着打猎的士兵回来攻城。可是士兵们明知道力量不够，慢慢地全跑了。庆封没有法子，只好逃到别国去。

卢蒲癸和卢蒲嫳哥儿俩把崔家和庆家都灭了，替齐庄公报了仇，就跑到北燕隐居起来。

庆封逃到鲁国，又从鲁国跑到吴国。没想到给楚王抓了去。他要以诸侯盟主的身份把庆封治罪。

74 细腰宫

那个拿住庆封的是楚灵王。他是楚共王的儿子，楚康王的兄弟。他原来叫公子围。楚康王死了以后，他儿子熊麇(jūn)即位为楚王，拜他的叔父公子围为令尹，兼管军事。令尹公子围趁着楚王熊麇病着的时候，假意去看望，拿带子套在熊麇的脖子上把他勒死，又把熊麇的儿子杀了。熊麇的兄弟子干和子皙逃到晋国去避难，公子围自己当了楚王，就是楚灵王。楚灵王不愿意和晋国站在平等的地位，他要独自当诸侯的领袖。

公元前538年他发起开一个大会，叫列国的诸侯都上楚国的申城去(申，古国名，被楚所灭，在河南省南阳市北)。这是春秋时代头一回由楚国召集的大会。这时候，赵武已经死了，晋国的力量越来越差劲儿，只好让楚国去指挥诸侯。楚灵王对老大臣伍举说："先头齐桓公会合诸侯来打楚国，他当了霸主。如今我当上了霸主，应当先去打哪一国呐？"伍举说："齐国的崔杼跟庆封杀了国君，崔杼已经除灭了，庆封还在吴国躲着。吴国不但没把他治罪，反倒把朱方(在江苏省丹阳县)封给他。这明明是鼓励乱臣贼子。再说吴国三番两次地在咱们的边疆上捣乱，也应当去征伐一下。咱们不如拿惩办庆封的名目率领诸侯去攻打吴国，这不是一举两得吗？"楚灵王就叫大夫屈申率领着蔡国、陈国、许国、顿国(顿，在河南省项城市北)、胡国、沈国的兵马去征伐吴国。吴王把接近楚国的朱方封给庆封，原来是叫他注意着楚国的动静。也是庆封一时大意，直到楚国兵马围住了朱方，他才知道。到了那时候，吴王也知道了，当即准备开仗。屈申拿住庆封，他知道吴国已经有了准备，不敢再往里打，就带着庆封回去了。

楚灵王要在各国诸侯面前宣布庆封的罪名来显显自己的威风。伍举拦着说："自己没有过错，才能说人家的过错。大王当面指责他，也许会叫他讥笑。"楚灵王说："他还敢吗？"他就叫人把庆封绑上来，逼着他承认自己的过错，叫他说："各国大夫听着：你们可别学我庆封这样儿。我杀了国君，还自鸣得意地当了相国！"庆封就大声嚷着说："各国大夫听着：你们别学楚公子围的样子，他杀了国君，自立为王，还自鸣得意地想当霸主！"在场的人没有一个不暗笑的。楚灵王又羞又恼，叫人立刻把庆封杀了。

转过年，到了公元前537年(周景王八年)，吴国的国君夷昧为了楚灵王打到朱方来拿庆封，就发兵去打楚国，还夺了三座城。楚灵王立刻召集蔡、陈、许、顿、沈、徐(徐，在江苏省泗洪县东南)这几国一块儿去打吴国。吴国的一个邻国叫越国(在浙江省杭州市以南和绍兴一带的地方，后来扩张到江苏、浙江两省全部和山东省南部)，国君允常为了吴国从前侵略过他的边界，也派了士兵帮助楚灵王。楚灵王带着大军进攻吴国。吴国早就有了准备，居然把楚国的大军打败。楚灵王丢了脸，垂头丧气地回去。

第二年，楚灵王又派大将去攻打吴国，没想到又打了个败仗。就在这一年(公元前536年)，郑国的子产用金属铸了一个很大的宝鼎，他把郑国的刑法一条一条地铸在鼎上，这个鼎就叫“刑鼎”。刑鼎一铸成，不但郑国的贵族和守旧派都反对，就是在列国当中也有不少人批评子产。他们认为刑法一经公布，老百姓心里有了底，就用不着再怕贵族和长官了。老百姓只看刑鼎上的条文，不看贵族和长官的脸色，这就是不分上下尊卑，那还能治理老百姓吗？子产可坚持着说：“我为的是救世！”原来郑国注重商业，可是贵族一向随自己的心意，利用刑罚压迫商人和新兴的土地所有者。这对于郑国是很不利的。子产公布了法律，使贵族不能为所欲为地欺压商人和地主，他们把刑鼎看作是保障他们利益的“铁券”，因此，更加向着子产了。

郑国铸刑鼎的消息传到楚国，楚灵王就知道要铸这么一个大鼎，需要大量的金属，还得使用一些极大的鼓风的玩意儿。这是个非常巨大的工程。他要在各国诸侯面前夸耀楚国比别的诸侯国强，非干些比铸刑鼎更伟大的工程不可。他就大兴土木，盖成一座顶大的王宫，叫章华宫。这座宫的四周大小，大得好像一座城。中间砌了一个高台。这座高台叫章华台，又叫三休台，意思就是说，这么高的台，从头一层走到台顶上，一口气走不了，得要休息三回，所以叫三休台。三休台的旁边，又盖了好些房子、亭子，种上花草树木。这个宏大精美的王宫完工之后，楚灵王打发使臣上各国去报信，请他们来参加新宫落成典礼。

章华宫又有个名字，叫细腰宫。为什么叫细腰宫呐？原来楚灵王以为人的美不美全在腰身。在他眼里看来，腰越细，越好看。他就挑选了一批腰身顶细的美人儿住在宫里。因此，这座宫叫细腰宫。宫里的美人儿自然是一个个身材苗条，细得够标准的了。为了要讨楚灵王的喜欢，恨不能把腰勒得像马蜂似的。大家伙儿除了勒腰之外，还得挨饿，少吃饭。这种风气就好像传染病似的传出去，不光太太、小姐们喜爱蜂腰，连朝廷中的大臣们也都用带子把腰身勒细了，才去上朝。楚灵王见了，高兴得了不得。

楚灵王的章华宫居然叫晋平公眼红了。他对大臣们说：“蛮族楚国拿富丽堂皇的宫殿来号召诸侯，难道我堂堂晋国反倒落在蛮族后头吗？”大夫里头有人反对，说：“诸侯的盟主应该拿德行来号召诸侯，不应该拿宫殿去向各国夸耀。别人大兴土木，劳民伤财，正是他不好的地方，咱们怎么还去学他呐？”这种不对胃口的话，晋平公哪儿听得进去。他还是大兴土木，盖起宫殿来，还要比三休台、细腰宫盖得更好看，更精致，那才显得出晋国比楚国强。

为了国君个人的享乐，盖一座巨大精致的宫殿，浪费财物且不说，还不知道得要逼死多少人，荒废多少田地。为了这个缘故，大兴土木的事多半都是暴君干的。晋平公为了盖宫殿，害得人民怨天怨地，背后免不了有人说话。

有一天，天还不怎么亮的时候，有几个老百姓坐在石头上正在议论朝廷，可巧有一个官员打这儿经过，他们就躲在石头后头，一声不言语，让那个官员过去，然后再说。那个官员只听见说话的声音，可没瞧见说话的人。他认为石头说了话了，就跑去报告晋平公，晋平公纳闷起来，问那时候顶有名的音乐家师旷，说："石头能说话吗！"师旷有心要规劝国君，他说："主公大兴土木，劳民伤财，弄得人民叫苦连天。可是他们又不敢随便说话，这股怨气没法发泄。这没法发泄的怨气附在石头上面，石头就说起话来了。"晋平公知道失了民心，打这儿起就闷闷不乐。

晋国的宫殿完工的时候，各国诸侯也都去庆贺，弄得楚灵王一肚子的不高兴。他对大夫伍举说："我盖宫殿，晋国也盖宫殿，盖得比咱们的还好。这不是成心跟我怄气吗？再说，咱们新宫落成的时候，庆贺的人少，晋国新宫落成，庆贺的人多。这不是叫咱们难堪吗？我想不如发兵打到中原去，也许能够把楚国的威望争回来。"伍举回答说："光是进攻中原不能叫人佩服。要打仗一定得征伐一个有罪的国家，才有名目。"楚灵王说："哪个国家有罪呐？"伍举说："蔡国的公子杀了君父，已经九年了。不能不去征伐。再说，蔡国在楚国的旁边，要是这回出兵能够把蔡国的土地拿过来，这对楚国更有好处。"楚灵王就决定发兵去打蔡国。

75 卖国求荣

楚灵王正打算借个惩办乱臣贼子的名目去侵略蔡国，没想到陈国的使臣到了。他向楚灵王报告，说："先君得病死了，公子留即位，特意打发我上贵国来报丧。"楚灵王一听，眼睛瞧着伍举，好像叫他出个主意似的。伍举觉得这件事不对头。他想："公子留是陈侯的第二个儿子，还是姨太太生的。要是他当了国君，那么大儿子偃师哪儿去了呐？"他正疑惑着的时候，陈侯的第三个儿子公子胜和偃师的儿子公孙吴都跑到楚灵王面前，趴在地下直哭。公子胜抽抽噎噎地说："哥哥偃师给司徒招和公子过害死了，害得君父上吊。我们没有办法，只好逃出来，求大王作主。"

原来陈哀公（陈成公的儿子，陈灵公的孙子）有三个儿子：一个叫偃师，年龄最长，是正夫人生的，早已立为太子；一个叫公子留，是妃子生的；一个叫公子胜，是另一个妃子生的。陈哀公爱着妃子，一心想把偃师废了，预备把君位传给公子留。可是偃师并没做错什么事，不能无缘无故地把他废了。陈哀公叫大臣司徒招和公子过做公子留的师傅，对他们说："你们好好地辅助公子留，别对不起我这一片心。"他们就知道陈哀公成心要把君位传给公子留。他们就拉拢私党，准备将来立公子留为国君。后来陈哀公得了病，老是起不来。太子偃师倒是个孝子，一天三趟去瞧他父亲，简直成了日常功课了。司徒招见了，对公子过说："主公病了这么多日子，趁他还没死，先把偃师杀了，事情可就好办得多了。"公子过也同意。他们就叫刺客趁着偃师进来的时候，把他刺死。宫里立刻乱起来了。呆了一会儿，司徒招和公子过假装不知道，大惊小怪地一边叫人搜寻刺客，一边宣布说："太子已经死了，主公又病得那么厉害，应当先把公子留立为国君，以安民心。"陈哀公听了这个消息，非常生气。他怪司徒招和公子过不该把偃师刺死，更不应该自作主张，把他当作死了似的就立公子留为国君。可是大权在他们手里，有什么法子呐？他又是生气，又是后悔，就上吊自杀了。公子胜和公孙吴眼见这班人刺死太子，逼死国君，怕遭到毒手，都跑到楚国来了。

楚灵王听完了公子胜和公孙吴俩人的报告，就骂那个使臣不该来骗他。陈国的使臣自己知道一张嘴敌不过两个人，只好闭口无言地站在那儿。楚灵王吩咐武士把那个使臣杀了。伍举说："大王已经杀了乱臣贼子的使臣，就应当去征伐司徒招跟公子过。这是名正言顺的，谁敢不服。平定了陈国，然后再去征伐蔡国。先君庄王的霸业也不过如此。"楚灵王想做楚庄王第二，就发兵跟着公子胜和公孙吴去惩办陈国的乱臣。

公子留一听说楚灵王杀了他的使臣，已经坐立不安了，又听说发兵来打他，吓得他扔了君位跑到别国去了。公子过见新君跑了，就对司徒招说："怎么办呐？咱们也跑吧？"司徒招说："怕什么？等楚国大军来了，我自然有法子叫他们退回去的。"呆了几天，楚国兵马到了。陈国的老百姓都替偃师抱不平。现在听说偃师的儿子公孙吴向楚国借了兵马来处治乱党，谁也不起来反对。

司徒招已经有了准备。公子过可急坏了，跑去问司徒招，说："你说有办法叫他们退去。办法在哪儿呐？"司徒招说："要想楚国兵马退去，并不难，不过我先得跟你借一样东西。"公子过说："什么东西？"司徒招说："借你的脑袋使一使！"公子过吓了一跳，刚要跑，已经给司徒招左右的人杀了。

这个杀害同党的司徒招拿着公子过的脑袋，亲身去见楚灵王。拿膝盖走路，跪到楚灵王跟前，像兔儿爷捣碓(duì)似的磕着头，说："这回刺死太子偃师，立公子留做国君，一切全是公子过干的勾当。我已经把他杀了，请大王饶我这条狗命吧！"楚灵王看他这么低声下气的，心里倒也喜欢。司徒招又往前跪上一步，低声地说："当初贵国庄王惩办了夏征舒，灭了敝国，把敝国改为贵国的一个县。后来庄王听了别人的话又把敝国恢复过来，这实在是件可惜的事！现在敝国的国君死了，太子也死了，公子留跑了，敝国已经没有国君了。大王不如把敝国仍旧改为贵国的一个县。这不光对贵国有好处，对敝国也有好处。您瞧好不好？"楚灵王说："难得你说出这样儿的话来。这样吧，你先回去给我收拾宫室。"司徒招听了，一块大石头落了地，又磕了个头，欢欢喜喜地回去了。

这个大卖国贼挺得意地吩咐手下的人打扫宫室。他一边指使着大伙儿，一边想："陈国虽然断送在我手里，我可是第一个当了楚国的大臣。俗语说，'识时务者为俊杰'，那些后来投降的人，当然全在我的手下了。我有这么大的功劳，楚王准得重用我，也许叫我当个县公。我一当上县公不是等于当了陈国的君主了吗？再说我是为了求太平才这么干的。我要是不投降，我们不知道要受多少苦呐？凡是有见识的人决不会骂我是个奸贼。就算做了奸贼，只要于心无愧就是了。当大人物的本来就得任劳任怨。"他越想越有理，越觉得自己是个明智的人物。

第二天，他一清早起来，亲身把宫室预备好了，然后催着陈国的大臣去迎接楚灵王。楚灵王到了陈国的朝堂上，所有怕死的大小官员都来拜见。他叫司徒招上来。司徒招得意洋洋地跪下，准备受封领赏。楚灵王对他说："你的功劳可真不小！"司徒招挺谦虚地说："哪儿，哪儿！"楚灵王接着说："我本来想封你来着，可是大伙儿都抱不平，怎么办呐？这么吧：我就答应你昨天的要求，饶你一条狗命。让你到东海去吧！"司徒招好像迎头挨了一棍子，当时天昏地黑，哆嗦着说不出话来。楚灵王派几个士兵把他押走。

公子胜和公孙吴拜谢了楚灵王的"恩德"。楚灵王对他们说："司徒招和公子过虽然都消灭了，可是他们手下的人挺多。他们准得恨你们，向你们报仇。你们还是跟着我上楚国去吧。”这两位想借敌国的兵马来救本国的糊涂虫自己也当了俘虏。陈国就这么给楚国吞并，变成了楚国的一个县。陈国人眼睁睁地瞧着亡了国，只有连声叫苦。

76 七十卫士

楚灵王本来打算借着蔡国的公子般害死他父亲的罪名去侵略蔡国的，没想到陈国起了内乱，就趁机会先把陈国并吞了。因此，反倒把征伐公子般的事搁下了。他灭了陈国之后，休息了一年，又勾起了旧事。他写了一封信，打发使臣带了礼物去请公子般上楚国来。

楚国的使臣到了蔡国，把信呈上去，还说了好些个楚王怎么羡慕蔡侯的话。蔡国的大夫公孙归生对蔡侯般说：“楚国不讲信义，想把小国都吞并了。去年陈国的公子胜、公孙吴、司徒招，全都上了楚国的当，弄得国破家亡，后悔已经晚了。这回他请主公去，准是没安好心。还是不去为妙。”蔡侯般说：“蔡国的土地、人口，比不上楚国的一个县，咱们哪儿能拗得过他呐？万一他火儿了，随时都能把蔡国灭了。我还是去一趟吧。”公孙归生说：“万一出了什么事情，那可怎么办？我瞧要是临时手忙脚乱，不如先把公子有立为国君，暂且代替主公，您瞧好不好？”蔡侯般依了他的办法，嘱咐他好好地辅助公子有，自己带了七十个卫士去见楚灵王。楚灵王挺客气地款待他，请他喝酒。这两位国君说说笑笑，就跟多年的老朋友似的。蔡侯般反倒觉得错怪了楚灵王的好意，有点过意不去。这么一想，心里就安定下来了。他见另外有好些个楚国人款待着他带来的七十个随从人员，就更加感激楚王的厚意了。

哪儿知道楚灵王是只笑面虎。他把蔡侯般灌醉，假装款待那七十个人，把他们全缴了械。楚灵王一见蔡侯的人们都缴了械，就把脸往下一沉，吩咐左右把蔡侯绑上。这一下子可把蔡侯吓醒了。他嚷着说：“我犯了什么罪啦？”楚灵王哈哈大笑，说：“你自个儿还不知道吗？好，我说给你听吧！”他就东一句、西一句地骂了一大骡车。

原来公子般的媳妇儿给蔡景公爱上了。公子般知道了这件事，非常气愤。他对自己手下的人说："做父亲的既然不像做父亲的，做儿子的又何必把他当父亲看待呐？"他的手下人向来挺佩服他，都乐意帮他。公子般假装出去打猎，背地里带了几个勇士藏在他媳妇儿的内房里。蔡景公一见儿子打猎去了，又溜到儿媳妇的屋里来。当场就给公子般的勇士们逮住，把他杀了。公子般宣告说，国君是得暴病死的，自己做了国君，就是蔡灵公。俗语说，"若要人不知，除非己莫为"，真凭实据的事是不容易隐瞒的。没有多少日子，蔡国的人全知道了这回事。后来各国诸侯也知道了。可是那时候的霸主晋平公听见了就当没听见一样。楚灵王就借着这个名目，把蔡灵公般杀了。

那些跟着蔡侯的七十个卫士一见国君给人杀了，都吵闹起来。楚灵王对他们说："你们放心。我是惩罚乱臣贼子。你们投降，还能够得到好处。要做官的可以做官，要发财的可以发财。要是你们不愿意投降，我就放你们回去。"楚灵王以为他们已经没有兵器，准得都投降；万一不干的话，就放他们回去。这总能够叫他们满意的了。哪儿知道蔡侯待人特别讲义气，那些跟来的七十个人情愿跟蔡侯一块儿死。其中有个随从，叫蔡略的，他听了楚灵王的话，就嚷着说："你自己勒死楚王，篡夺王位。你就是乱臣贼子，还厚着脸来责备别人呐！再说先君自己失了君父的身份，才弄得身败名裂，蔡国的人全都知道。怎么能怪我们的主公呐？你把我们骗了来，谋害了邻国的诸侯。这种行为真是卑鄙无耻！"

楚灵王听了，脸上一发光，又笑起来了。这一笑就好像狂风暴雨里头的闪电一样，显出阴险、毒辣、可怕。他说："你这么嚷有什么用呐？我好心好意地给你们开了一条活路，你们还不领我的情吗？要是我动了火儿，把你们一个个都砍了，你们可别后悔呀！"他们嚷着说："我们宁可跟国君一块儿死，谁也不要你这点假情假义！"笑面虎把脸一沉，哇呀呀地一嚷，对武士们说："砍了他们完事！"蔡略冷笑一声，说："完事？没有这么便宜的！你杀了我们，我们还有儿子呐！你就是杀了我们的儿子，我们还有孙子呐！这笔血债必须你自己去还！"楚灵王气得没有话说，就把那七十个勇士一齐都杀了。一面派他的兄弟公子弃疾统领大军去攻打蔡国。

楚国的大军到了蔡国，四面围攻。蔡国的公子有和公孙归生得到了消息，早就召集民众，把守着城。一时楚国倒也打不进去。可是楚国人连黑天带白日地打，一点不放松。公孙归生对公子有说："这么下去，蔡国早晚要给他们攻下来的，还是打发人上晋国去请求救兵吧。"公子有也觉得这是唯一的希望了。他就听了公孙归生的话，派人上晋国去。

有个年轻的人叫蔡洧(wěi)，他就是给楚灵王杀了的蔡略的儿子。他要替他爸爸、替他国家报仇，就自告奋勇地当个使者上晋国去。那时候，晋平公死了。他的儿子即位，就是晋昭公。蔡洧见了晋昭公，呈上国书，把蔡侯跟七十个卫士的死难和蔡国被围的情形，哭诉了一遍。晋昭公召集大臣们商量办法。大夫荀吴(荀偃的儿子，荀林父的孙子)说："晋国向来是中原诸侯的霸主，也就是中原的堡垒。上回不去营救陈国，已经失了本分，这回要是再不去营救蔡国，还能算是霸主吗？"晋昭公一听这话挺有道理，就派大夫韩起(韩厥的儿子)去会合诸侯，一同出兵。

公元前531年(周景王十四年)，韩起召集了宋、齐、鲁、卫、郑、曹各国的大夫，跟他们说了蔡国被围，大家伙儿应当去抵抗楚国的话。各国的大夫听了，一个个伸舌头，摇脑袋，可没有一个敢开口的。韩起一瞧这个情形，弄了一肚子气。他说："诸位这么害怕楚国，难道说就任凭'蛮子王'这样并吞小国吗？陈国已经给他灭了，要是再让他把蔡国灭了，然后再来侵略你们的国家，怎么办呐？这回你们不去帮助蔡国，将来你们自个儿遭殃，别人谁也不来救你们，你们可别怪晋国不管哪！"大家听了这话，大眼瞪小眼都跟哑巴似的一声不言语。韩起气得什么似的，就数落着宋国的大夫华亥，说："当初息兵会议是贵国发起的。那时候，大伙儿订了盟约，说好了谁要破坏盟约，先出兵的，各国就一齐去征伐他。现在楚国破坏了盟约，侵略陈国和蔡国，你们在一边袖手旁观，连句话都不说。这就说明不光是楚国违反了盟约，宋国也是成心帮凶！"

华亥吞吞吐吐地说："敝国哪儿敢帮凶。蛮族不顾信义，敝国可有什么法子呐？再说，自从息兵会议之后，各国诸侯就知道遵守盟约，不再出兵，武备方面早就荒废了。有的国家连兵马都不操练了。现在要叫他们去打强横的楚国，这怎么行呐？我想咱们也不提盟约，咱们大家出名写一封信给楚王，请他宽恕蔡国，别再攻打，他也许会答应的。"各国大夫听了华亥的话，好像锦鸡啄米似的连连点头。韩起眼瞧着叫他们发兵的希望是完了，只好依照华亥的主张，写了一封信，打发使臣去见楚王。蔡洧只好哭着回去。

楚灵王见了列国派去的使臣，看了那封信，挺坚决地说："陈国和蔡国本来是我的属国，跟你们北方的国家不相干。请你们别多管闲事。"他打发那个使臣回去，叫公子弃疾加紧攻打蔡国。

77 恢复家邦

公孙归生和公子有不见蔡洧回来，也不见救兵来到，急得像热锅上的蚂蚁似的。后来他们得到了一个消息，说蔡洧回国的时候，给楚国拿去，已经押在公子弃疾的兵营里了。公孙归生对公子有说："咱们不能坐在这儿等死。不如我亲身上楚国兵营去见公子弃疾，也许能劝他撤兵。这是无可奈何的一个指望了。"公子有说："现在城里的事情全靠你一个人调度，你一走，怎么办呐？"公孙归生就叫他自己的儿子朝吴去。公子有和公孙归生含着眼泪打发朝吴去见公子弃疾。他们担着心就好像叫绵羊去见狼似的。

朝吴见了公子弃疾，对他说："您来攻打敝国，敝国一定得灭了。可是敝国到底犯了什么罪？就算是先君做错了事，他已经给楚王治死了。他的儿子有什么罪呐？敝国的老百姓又有什么罪呐？请您细细想一想，发点善心吧？"公子弃疾说："我倒能够体谅你们，可是我是受了大王的命令来攻打贵国的。要是我不听从他的命令，我自个儿先有了罪。这一点你总该明白吧！"朝吴说："是啊。不过我还有一件要紧的事禀告您，不知道能不能在这儿说？"公子弃疾说："左右都是我的心腹，你有话放胆说吧。"朝吴说："楚王篡夺君位，您是知道的。贵国的大臣哪一个不是敢怒而不敢言。他又大兴土木，失了民心，欺负小国，跟诸侯结下了怨仇。您也应当想想，他本来是您的仇人！再说，当初楚共王本来要立您当太子，楚国人哪一个不知道。现在他们恨不能让您当国君。您怎么反倒给仇人奔走出力呐？"公子弃疾听到这儿，起先不说话，向朝吴笑不唧儿地一看，忽然把脸往下一沉，骂着说："你来干什么？你这么胡说八道，该当何罪？我本当把你杀了。现在暂且放你回去，快点叫蔡国投降，免得全国的人遭殃。"说着，又看了朝吴一眼，吩咐左右把他轰出去。朝吴向公子弃疾点头行礼，就出来了。

蔡国从公元前 530 年四月被围，一直到十一月，实在不能再支持了。公孙归生得病死了。城里的人饿死了不少。守城的人也都是心有余而力不足。末了给楚国攻破城墙。公子弃疾进了城，安抚百姓，把公子有和蔡洧装上囚车，送到楚灵王跟前去献功，单单把公孙归生的儿子朝吴留在身边。

楚灵王把蔡国改为一个县，封公子弃疾为蔡公。

楚灵王杀了公子有，拿他去祭祀鬼神。蔡洧一见公子有被杀，整整哭了三天。楚灵王倒挺佩服他，就收在自己手下。从此，蔡国的朝吴伺候着蔡公弃疾，蔡洧伺候着楚灵王。这两个亡国大夫忍辱偷生地投降了敌人。

楚灵王把陈国和蔡国灭了之后，又把许、胡、沈、道、房、申六个小国的老百姓遣送到荆山（在湖北省南漳县西）一带去开荒。这一帮给楚灵王轰出去的“移民”没有一个不怨天怨地地痛恨楚国的。楚灵王反倒觉得挺得意。他要把诸侯灭完了，再去废去天王。他就嘱咐伍举和蔡洧辅助太子，管理国事，派司马督率领着三百辆兵车去攻打徐国。自己统领着大军，在乾谿（gānxī，在安徽省亳州市东南）驻扎下来作为接应。

那年（公元前530年）冬天，天气非常冷，简直是天天下雪。徐国的人民又挺顽强地把守着城，司马督不能把城打下来。楚灵王就在乾谿过了冬。转过年来，楚灵王一见那边的春天可比郢都好，景致特别好，就叫人在乾谿盖起宫殿来，作为行宫。自己住下，打打猎、喝喝酒，不想再回郢都了。

蔡国的大夫公孙归生的儿子朝吴，挺殷勤地伺候着蔡公，没有一天不想着恢复蔡国。朝吴有个心腹叫观从，这时候，他和观从商量着恢复蔡国的事。观从说：“楚王就喜欢打仗，这会儿离着本国挺远，郢都里边没有多大实力，咱们不如帮着蔡公打进去，废了楚王。咱们既然帮助蔡公得了君位，你又是他顶亲信的人，那时候，你劝他，他准能答应。”朝吴说：“可是蔡公不愿意做国君，怎么办？”观从说：“当初昏王篡夺君位，他的兄弟子干、子晳、弃疾他们没有一个心服的。子干和子晳一赌气跑到晋国去了。蔡公弃疾挺机警，又能够屈意听从昏王。他准是另有心思的。咱们不如假传蔡公弃疾的命令，叫子干和子晳到这儿来。就说蔡公保护他们回本国去，他们准得回来。”朝吴就私下里发出了蔡公的命令，把子干和子晳都召回来了。

朝吴先到城外迎接他们，同他们订了盟约，要替先君报仇。会盟之后，他们到了城里，一见蔡公，就抱着他痛哭起来，说：“事情已经到了这步田地，大丈夫做事，应当有个决断。别再扭扭捏捏了。”蔡公说：“别这么心急，你也得让我想一想。”朝吴不由分说，就叫人到外面去喧嚷，说：“楚王无道，灭我蔡国。现在蔡公发兵去征伐昏王，允许我们恢复家邦。你们都是蔡国的老百姓，难道一辈子愿意当亡国奴吗？凡是不愿意当亡国奴的，都应当起来，跟着蔡公去打昏王。”蔡国的人民一听见这话，大家伙儿集合起来，拿着长矛、短刀、锄头、铁耙跟着朝吴聚在蔡公的门口。蔡公逼得没有主意了。朝吴说：“民众都归附您，您应当利用他们。要不然，也许就要出了别的差错。”蔡公说：“你逼着我去骑老虎吗？”朝吴说：“不是逼您去骑老虎，我们是请您乘龙。您赶紧跟两位公子带着蔡国的兵马先往郢都进发，我上陈国去请陈公一块儿发兵来接应，大事准保成功。”蔡公弃疾只好答应了。

朝吴吩咐观从连夜上陈国去见陈公。观从在半路上碰见一位朋友叫夏啮(niè)，是夏征舒的玄孙。两个人就谈起天来了。夏啮说：“我在陈公手下做事，时时刻刻想恢复陈国。你们这么进攻楚国，正合我的心意。眼下陈公正病着，大小事儿全叫我拿主意。你用不着去见他，我带着陈国的人马来帮你们就是了。”观从高兴得了不得，立刻回去报告了蔡公。朝吴又打发他心腹带了一封信去见蔡洧，约他作为内应。没有几天工夫，夏啮的兵马到了。他们就一块儿往郢都进发。

蔡洧一见蔡国的兵马到了，立刻开了城门让他们进去，又跟楚国人说：“蔡公已经把楚王杀了，随后大军就快到了，你们快迎接去吧。”楚国的老百姓向来就恨楚灵王，情愿奉公子弃疾为王，谁也不去反抗蔡公的兵马。朝中有几个忠于楚灵王的臣下，也有自杀的，也有逃跑的。楚灵王的两个儿子也给人杀了。随后蔡公弃疾进了王宫，要立子干为王。子干再三推辞。蔡公说：“你是我的兄长，应当继承王位。”子干只得即位，拜子皙为令尹，蔡公为司马。

朝吴私下里对蔡公弃疾说：“怎么把王位让给别人呐？”蔡公说：“你知道什么？楚王还在乾谿，这个王位靠得住吗？再说，我这两个哥哥在我上头，要是我越过他们，不是叫别人说闲话吗？”朝吴才明白了他的意思，就提议说：“楚王准得来争夺，咱们不如先打发能说会道的人去安抚住楚王那边的将士们，劝他们转到这边来，然后再发兵去攻打，准保能把楚王逮住。”蔡公依了他这个办法，打发观从上乾谿去。观从到了那边，向大众宣扬说：“蔡公已经奉公子干为王，废了楚王围。新王有命令说：先回到本国去的，有赏；后回去的，削去鼻子；跟着昏王不回去的，全家抄灭；有人敢供给昏王饮食的，就犯死罪。”将士们一听，散了一多半。

78 君王末路

楚灵王正在饮酒作乐的时候，忽然瞧见一个臣下叫郑丹的，慌里慌张地跑到他跟前，说：“公子干做了国王，这儿的人也走了一半了！”楚王一听，急得什么似的，当时也想不出法子来。一会儿又有人来报告：“新王打发蔡公带领大队人马往乾谿杀过来了。”楚灵王统领着剩下的兵马，望郢都迎上去。将士们跟着楚灵王来侵犯别的国家本来已经不大愿意，现在要他们去打本国人，更不愿意了。楚灵王拔出宝剑，当场砍了几个要跑的小兵。没想到这么一来，逃跑的人更多了。末了，只剩了一百多个士兵。楚灵王一见大势已去，叹了一口气，摘了帽子，把外衣也脱下来，挂在河边上的一棵柳树上，打算单人逃跑。郑丹说：“咱们不如混到郢都，去探听探听到底是怎么回事。”楚王叹了口气，说：“全国的人都变了，还去探听什么？”郑丹说：“那么，暂且先躲到别国去，慢慢地再想法子。”楚灵王说：“哪个诸侯不恨我？何必自讨没趣呐？”郑丹知道没有希望，也跟着别人溜了。

楚灵王回头不见郑丹，越发觉得孤伶伶的。到后来，连一个亲信的人都没有了。腿也酸了，肚子也饿了。他打算到乡村里去找点吃的，可是又不认识道儿。老百姓也有知道他是楚王的，可是他们听见逃出来的士兵说，新王的命令非常严厉，没有一个敢帮助楚灵王。楚灵王一连三天没吃一口东西，饿得眼睛冒金花，肚子里咕噜噜地直叫唤，有气没力地倒在道边上，干巴巴瞪着两只眼睛，巴不得有个熟人打这儿路过，就是救星。忽然楚灵王瞧见一个以前给他看过门的使唤人，从那边走过来。楚灵王就央告他，说：“你救救我吧。”那个人只得过去，向他磕头。楚灵王说：“我已经饿了三天，求你给我找点吃的，我决不忘你的好处。”那个人说：“老百姓都怕新王的命令，我上哪儿去找饭呐？”楚灵王又叹了口气，叫过他来，坐在旁边。楚灵王实在不能支持了，就把脑袋枕在那个人的大腿上歇了一会儿。那个人一见楚灵王睡着了，拿了旁边的一块石头轻轻地换出自己的大腿来，偷偷地走了。赶到楚灵王醒来，不见那个人，摸摸脖子底下枕着的原来是块石头，不由得心里一酸，大哭起来。他想：“我真到了末路了。”他越想就越觉得伤心。

呆了一会儿，有个以前做过官的人坐着一辆小车过来。听见有人在道边哭，一瞧，原来是楚灵王，就行下礼去，搀着楚灵王上了车，接他到自己家里。

楚灵王平日住的是细腰宫、三休台、乾谿的行宫。现在到了乡村里，只得低着头进了小屋子，越想越凄凉，不由得眼泪又掉下来了。当天晚上，楚灵王衣裳也没脱，只是伤心叹气。到了天快亮的时候，上吊自杀了。

这时候，蔡公、朝吴、夏啮这些个将士，找不到楚灵王，只好拿了他挂在树上的帽子和衣裳回去。蔡公眼珠子一转，又想出一个计策来了。他嘱咐观从带着几百个士兵，假装给楚灵王打败的样儿，慌里慌张地跑到城里，放出谣言，说："蔡公已经给楚王杀了。楚王的大军随后就到城里来了！"有的说："大王已经进了东门。"有的说："大军已经把王宫围上了。"子干和子皙听见这个传说，都慌作一团。忽然瞧见一个将军上气不接下气地跑进来，说："大王气哼哼地杀进宫里来了！"说着，他就像疯了似的跑出去。子干、子皙急得心如刀挖，抱头大哭，说："咱们上了朝吴的当了。"他们眼见宫里的人各自逃命，知道自己无路可走，只得鼓着勇气自杀了。这么着，公子弃疾灭了楚灵王、子干、子皙三个哥哥，自己踏踏实实地登了王位，就是楚平王。

楚平王埋了子干、子皙，大封功臣。大臣们都向楚平王谢恩，只有朝吴、蔡洧、夏啮不但不来谢恩，反倒要辞职回去。楚平王问他们为什么不愿意做官。他们说："我们连命都不顾地帮助了大王，为的是想恢复自己的家邦。如今大王已经得了王位，可是陈国和蔡国并没有恢复，我们还有什么脸面见人呐？再要呆在这儿享富贵，忘了父母之邦，简直不如猪狗了。先头楚王为了并吞陈国和蔡国，失了民心，才弄得一败涂地。大王怎么还要学他那样儿呐？"楚平王说："你们别心急，我答应你们就是了。"他就打发人去找陈侯和蔡侯的继承人。他们找着了偃师的儿子公孙吴和公子有的儿子公子庐。楚平王叫他们分别回到本国去当国君，就是陈惠公和蔡平公。朝吴、蔡洧、观从跟着蔡平公回到蔡国，夏啮跟着陈惠公回到陈国。楚平王怕自己的地位不稳，有意收买民心，索性叫当初被楚灵王迁送到荆山去的六个小国的老百姓回到本乡本土去。六国的老百姓都欢天喜地回到了自己的家园。

79 画影图形

楚平王一见本国的人安居乐业，属国的诸侯都服他，他觉得落得在这个太平盛世快乐快乐。这一来，他可就荒唐起来了。历来荒唐的君主顶喜欢人家去奉承他，因为有了这种人，他想怎么乐就可以怎么乐了。那些奉承他的人更会给他出新鲜花样，叫他称心如意。这时候，楚平王的朝廷里有个顶会拍马的人叫费无极。他的马屁拍得楚平王特别高兴，可是太子建不喜欢这种人，常常在他父亲跟前数落费无极。费无极呐，当然也在楚平王跟前给太子建使坏。两个人就这么成了冤家对头。

有一天，楚平王打发费无极上秦国去给太子建迎接新娘子孟嬴。费无极把孟嬴迎接回来，因为她长得十分好看，费无极就有了一个坏主意。他先跑回来向楚平王报告。君臣俩一商议，楚平王要费无极想办法把孟嬴送到宫里去。费无极眯缝着他那俩眼，下巴撅起来，挺得意地说："我早就替大王想了个主意。新娘子的丫头里有一个还长得不错，我已经跟她商量好，叫她冒充孟嬴，嫁给太子，把真的孟嬴留给大王，您瞧好不好？"楚平王一听，眉开眼笑地对费无极说："真有你的！好好儿去办吧。"

楚平王偷偷地娶了太子建的媳妇儿，自以为很秘密的了，外边可吵吵嚷嚷，闲话不少。费无极怕给太子发觉，对他不利，就请楚平王派太子建上城父(在河南省宝丰县)去把守边疆。楚平王觉得还是叫他离得远点好，就叫太子建上那边去，又叫伍奢(伍举的儿子)和奋扬去帮助他，对他们说："好好伺候太子。"他们去了之后，楚平王就把孟嬴立为夫人，把原来的夫人，就是太子建的母亲蔡姬送回蔡国去了。

转过年来，孟嬴养了个儿子，就是公子珍。楚平王觉得自己上了岁数，加上孟嬴天天皱着眉头子，他就想讨她的喜欢，答应她立公子珍为太子。这么一来，太子建的命就难保了。费无极是楚平王肚子里的蛔虫，楚平王的心思他哪儿有不知道的道理。他就耸了耸肩膀，对楚平王说："听说太子跟伍奢在城父操练兵马，暗中结交齐国跟晋国。他们这么下去，不光对公子珍不利，怕的是连大王也有点麻烦呐！"楚平王说："这怕还不至于吧。"费无极说："大王说不至于，想必是不至于的。可是我不愿意住在这儿叫我的脑袋搬家，请您开恩，让我躲到别的国去吧！"楚平王说："办法总是有的。我先把太子废了，好不好。"费无极说："太子有的是兵马，还有他师傅伍奢帮着他。大王要是把他废了，他准得发兵打来。我想不如先把伍奢叫来，再打发人去弄死太子，这是顶省事的了。"楚平王依了费无极的话，叫伍奢回来。

伍奢见了楚平王还没开口，楚平王就问他："太子建打算造反，你知道吗？"伍奢一听这话，先生了气。他说："大王夺了他的媳妇儿，已经不对了。怎么又听了小人的坏话，胡猜疑起来了呐？一个人总得有个天良，您怎么能这么对待自己的骨肉呐？"费无极撅起了尖下巴，插嘴说："伍奢骂大王娶了儿媳妇，这不明摆着跟太子一条藤吗？ 要是大王不把他杀了，他们准得来谋害大王。”伍奢正想开口骂费无极，早就给武士们推到监狱里去了。

楚平王说：“叫谁去处治太子呐？”费无极说：“奋扬还在城父。 这件事就交给他办吧。”楚平王打发人去嘱咐奋扬，说：“你杀了太子就有重赏。 要是你走漏消息，把他放了，就有死罪！”一面又叫押在监里的伍奢亲笔写信给他俩儿子，伍尚和伍员（yún）。 伍奢没法，只好照着费无极的意思写着：“我得罪了大王，押在监里。 现在大王看在咱们上辈祖宗过去的功劳上，准备免我一死。 你们弟兄俩见了这封信，赶紧回来给大王谢恩。 要不然，大王也许又要治我的罪。”

楚平王办了这两件事，天天等着消息。 呆了几天，只见奋扬坐着囚车来见楚平王，对他说：“太子建和公子胜（太子建的儿子）已经跑到别的国去了。”楚平王一听，当时就火儿了。 他说：“我挺严密地叫你去杀他。 谁把他们放了？”奋扬说：“当然是我喽！”楚平王火儿更大了，说：“你知道不知道放走他就是死罪？”奋场说：“要不，我也不坐囚车回来了。 当初大王嘱咐我好好伺候太子。 我为了要好好伺候太子，才把他放了！ 再说，太子并没有造反的行为，连造反的意思都没有。 大王哪儿能把他杀了呐？现在我救了大王的太子，又救了大王的孙子，我就是死了，也甘心。”楚平王听了这话，就说：“算了吧！ 难为你这一份儿忠心。 仍然回去好好把守城父去吧！”

那个替伍奢送信的人带着伍尚回来了。 费无极把伍尚和伍奢关在一起。 伍奢瞧见伍尚一个人回来，心里头又是高兴又是难受。 他说：“我知道员儿是不会回来的。 可是打这儿楚国就不能有太平的日子了。”伍尚说：“我们早就料到那封信是大王逼着父亲写的，可是我情愿跟着父亲一块儿死。 兄弟说，他要留着这条命给咱们报仇。 他已经跑了。”

楚平王叫费无极押着伍奢和伍尚上了法场。 伍尚骂费无极，说：“你这个诱惑君王，杀害忠良，祸国殃民的奸贼，看你作威作福，能够享受几天富贵！ 你这个不如畜类的小人！”伍奢拦住他，说：“别这么骂人。 忠臣奸臣自有公论，咱们何必计较呐。 我只担心员儿。 要是他回来报仇，不是要连累楚国的老百姓吗？”说着就伸着脖子，再不开口了。 费无极把他们爷儿俩杀了，场外的老百姓都暗暗地流泪。

费无极对楚平王说：“伍员这小子虽然跑了，一时跑不了多远。 咱们应当赶紧派人追下去。 伍奢临死的时候不是说怕他回来报仇吗？ 这小子准得回来报仇，非把他拿住不可。”楚平王一面打发人去追伍员，一面又出了一道命令，说："有人拿住伍员的，赏粮食五万石，封他为大夫。要是收留他的，全家都有死罪。"楚平王叫画像的人画了伍子胥(就是伍员)的像，挂在各关口，嘱咐各地方的官员仔细盘问来往行人。这么画影图形、捉拿逃犯，伍子胥就是长了翅膀，也飞不了啦。

80 过昭关

伍子胥从楚国跑出来，一心想往吴国去。后来听说太子建已经逃到宋国，他就往宋国去。到了半路上，只见前头来了一队车马，吓得他连忙躲在树林子里，偷偷地瞧着。赶到一辆大车过来，瞧见车上坐着一位大官，好像是楚国使臣的样子，细细一瞧，原来是他的好朋友申包胥。伍子胥这么躲躲闪闪地又要藏起来又不藏起来，不料已经给申包胥瞧见了，就问他："你怎么跑到这儿来？"伍子胥还没开口，眼泪像下雨似的掉下来了，急得申包胥直发愣。伍子胥擦着眼泪，把一家子遭难的经过哭着说了一遍。末了，他说："杀父之仇，不共戴天。我要上别国去借兵征伐楚国，活活地咬昏君的肉，剥奸臣的皮，才能够解恨！"申包胥劝他，说："君王虽然无道，究竟是君王，你们一家子辈辈忠良，何必跟他结仇呐？我劝你还是忍着点吧。"伍子胥说："桀王和纣王不是也给臣下杀了的吗？不论哪朝哪代的圣人、贤人，谁不称赞成汤和武王？君王无道，失去了君王的身份，谁都可以杀他。再说我还有父兄的大仇呐？要是我不能把楚国灭了，我情愿不再作人！"申包胥反对说："汤武起义，杀了桀纣，是为了众人除害，并非为了私仇！这点，你得分别清楚。再说，你的仇人只是楚王和费无极，楚国人可并没得罪你！你怎么要灭父母之邦呐？"

申包胥的话说得挺有道理，可是怎么说伍子胥也听不进去，一心要替父兄报仇。他挺坚决地说："我可管不了这些个，我非把楚国灭了不可！"申包胥自以为有理地说："我要是劝你去报仇，那我就是不忠；不让你去报仇，又害得你不孝。为了保全咱们朋友的义气，我不把你的事向人泄漏就是了。不过你如果真灭了楚国，我一定要尽我的力量把它恢复过来。"两个不顾大节，只讲私人交情的朋友就这么分手了。

伍子胥到了宋国，见着了太子建，两个人抱头大哭，各人说了各人的冤屈。这时候，可巧宋国起了内乱，乱党向楚国借兵。伍子胥得到了这个信儿，对太子建说："咱们可不能再在这儿呆着了。"他们就偷偷地上了郑国。这时候，郑国已经脱离楚国，归顺了晋国。郑定公就把太子建收留下了。太子建和伍子胥每回见了郑定公，总是哭着说他们的冤屈。郑定公说："郑是个小国，虽说我同情你们，可是，心有余而力不足呵！我看你们还是跟晋侯商量商量去吧！"

太子建觉得郑伯说的倒是实话，就把伍子胥留在郑国，自己上晋国去见晋顷公(晋昭公的儿子，晋平公的孙子)。晋顷公款待太子建，叫他住在公馆里，一边召集大臣们商量办法。那时候，晋国的大权都掌握在六个大族的手里，晋顷公只是个挂名的国君罢了。那六个大族的六个大臣就是魏舒(魏绛的儿子)、赵鞅(赵武的孙子)、韩不信(韩起的孙子)、范鞅(范匄的儿子)、荀寅(荀吴的儿子)、荀跞(荀盈的儿子)。那天，荀寅出了个主意，说："郑国反复无常，一会儿归附楚国，回头又归附晋国，咱们不如把它灭了。现在郑国收留着楚太子，郑伯准得信任他。咱们背地里跟楚太子约好，叫他去收买勇士，在郑国作为内应，咱们从外头打进去，就能够把郑国灭了。然后把郑国封给楚太子，再跟他一块儿去灭楚国。这是以敌攻敌的高招儿。"晋顷公和大臣们全都赞成荀寅的计策。当时就把这个意思告诉了太子建。太子建满口答应，高高兴兴地回去了。

太子建见了伍子胥，把晋国的计策说了一遍。伍子胥反对说："这哪儿成呐！人家好心好意地收留咱们，咱们怎么能忘恩负义地去害人家？再说，这种行动一点没有把握。请别胡思乱想了。"太子建说："我已经答应了晋国，怎么办呐？"伍子胥说："不给晋国当内应，算不了什么过错；要是用诡计攻打郑国，可就失了信义了。没有信义怎么能算作人呐？您要是真干这种事，我可以断定说，您一定闯出祸来。"太子建急着要想得到君位，哪儿肯听伍子胥的话？当时就糊里糊涂地敷衍了几句，背地里收买勇士，勾结郑伯左右的人。他又叫他们再去勾结别人。

这么钩儿套圈儿地勾结下去，哪儿有不透风的篱笆？有一天，郑定公请太子建上后花园去喝酒。太子建到了那边，就见那些受过他好处的人，有二十来个都绑在那儿。太子建一见不对头，刚想要跑，早给武士们拿住了。郑定公骂着他，说："我好心好意地收留了你，你怎么倒跟晋国勾结起来要谋害我？"太子建还想抵赖，可是绑在那儿的二十来人早已招认了。他只得低下头，自认倒霉。郑定公把他连那二十来个人都杀了。

伍子胥在公馆里老是不放心太子的行动，天天打发人暗中跟着他。这天，他得到太子被杀的消息，立刻就带着太子建的儿子公子胜逃出郑国。

伍子胥带着公子胜，白天躲起来，夜里逃跑，慌慌张张地到了陈国。陈是楚国的属国，他们当然不好露面，只好藏藏躲躲，又望东跑。只要能够偷过了昭关（在安徽省含山县西北），就能够照直上吴国去了。那昭关是两座山当中的一个关口，平常也有官兵守着。楚平王和费无极料着伍子胥准上吴国去，特地派了大将薳越（薳 Wěi）带着军队等在那儿。关口上挂着伍子胥的画像。伍子胥哪儿知道。他想带着小孩子公子胜偷出关口。

他们到了历阳山，离昭关不太远了，在树林子里的小道上走着。好在那儿只有小鸟叫唤的声儿，没有来往的人。伍子胥正想歇会儿喘喘气，忽然从拐弯的地方出来了一个老头儿，张嘴就说："伍将军上哪儿去？"吓得伍子胥差点蹦起来，连忙回答说："老先生别认错了人，我不姓伍！"那个老头儿笑嘻嘻地说："真人面前别说假话啦！我是东皋公，一辈子给人治病，在这儿多少也有点小名望。人家得了病，眼瞧着快要死了，我还想尽方法去救他。你又没有病，好好的一个男子汉，我哪儿能害死你呐？"伍子胥说："老先生有什么指教？您的话我可不大明白。"东皋公说："还是大前天哪，昭关上的薳将军有点不舒服，叫我去看病。我在关口上瞧见您的画像。今天一见你，就认出来了。你这么跑过去，不是自投罗网吗？我就住在这山背后，你还是跟我来吧！"伍子胥瞧那位老先生挺厚道，只好跟着他走了。

走了三五里地，瞧见一带竹篱笆，三间小草房，后头是绿阴阴的一个大竹园子。东皋公领着他们进了竹园子。里头还有小屋子，竹床、茶儿，安置得还挺整齐。东皋公请伍子胥坐在上手里，伍子胥指着公子胜，说："这位是我的小主人，楚王的孙子。我哪儿敢坐上位？"东皋公就请公子胜坐在上手里，自己和伍子胥坐在下手里。伍子胥把楚平王调换儿媳妇，杀害伍奢、伍尚，轰走太子建，太子建死在郑国，这些经过都说了一遍。东皋公叹息了一会儿，劝解他，说："这儿没有人来往，将军可以放心住下，等到我有了办法，再送你们君臣过关。"伍子胥千恩万谢地直给他磕头。

东皋公天天款待着伍子胥，一连过了七八天，可没提起过关的事。伍子胥哀求着说："我有大仇在身，天天像滚油煎似的难受，呆了一个时辰就像过了一年。万望老先生可怜可怜我！"东皋公说："我正在找帮手呐！等我找着了帮手，就送你们过关。"伍子胥只得再住下去。他又怕日子一多，也许会走漏消息。要闯出去，又怕给薳越拿住。真是进退两难，愁得他一连几夜睡不着觉。

过了几天，东皋公带着一个朋友，叫皇甫讷的，回来了。他一见伍子胥就吓了一跳，说："你变了样儿了，病了吗？脸庞清瘦多了。哎呀，头发胡子也白了！"伍子胥向他要了一块镜子，拿过来一照，就大哭起来，说："天哪！我的大仇还没报，怎么已经老了！"东皋公一边叫他安静点，一边把皇甫讷介绍给他，又对他说："头发胡子是你愁白的！这倒好，人家不容易认出你来。"接着他们就商量过关的法子。第二天，天还没亮，他们准备动身。

把守昭关的薳越吩咐士兵们细细盘问过关的人，还要把他们照着画像一个个地对照，才放他们过去。那一天，士兵们瞧见有人慌里慌张地过来，已经疑惑他是个逃犯了。细这么一瞧，果然是伍子胥。他们就把他逮住，拉到薳越跟前。薳越一见，就说："伍子胥，你想瞒得过我吗？"就把伍子胥绑了起来，准备解到郢都去。士兵们因为拿住了伍子胥，得了大功，乱哄哄地非常高兴。这时候过关的人也多了。老百姓也都要瞧一瞧那个久闻大名的逃犯。他们说："咱们为了他，出门多不方便。如今把他逮住了，咱们以后过关就不再那么麻烦了。"

呆了一会儿，东皋公来见薳越，说："听说将军把伍子胥逮住了，我老头子特地来道喜。"薳越说："士兵们拿住一个人，脸庞倒是真像，可是口音不对。"东皋公说："让我对对画像，就看出来了。"薳越叫士兵把他拉出来。那个伍子胥一见东皋公就嚷起来，说："你怎么到这时候才来？害得我莫名其妙地受着欺负！"东皋公笑着对薳越说："将军拿错了人啦。他是我的朋友皇甫讷，跟我约好在关前见面，一块儿出去玩儿。怎么把他逮了来呐？"薳越连忙赔不是，说："士兵们认错了，请别见怪！"东皋公说："将军为朝廷捉拿逃犯，我怎么敢怪您呐？"薳越放了皇甫讷，又叫士兵们重新留神查问过关的人。士兵们那一团高兴变成了一场空，嘟嘟嚷嚷地说："早就有好些人出关了。也许真的伍子胥混在里头呐。"薳越一听，着起急来，立刻打发一队兵马追下去。

81 吹箫要饭

士兵们的话倒真说着了。伍子胥趁着他们拿住皇甫讷正在乱哄哄的当儿，混出了昭关，急忙地跑下去。走了几个时辰，一瞧前头有一条大江，拦住去路。正在无法可想的时候，后头飞起一片尘土，好像千军万马追了上来的样子。他抱起公子胜慌忙顺着江边跑下去，找到有苇子的地方藏起来。四面一瞧，瞧见一个打鱼的老头儿，划着一只小船过来。伍子胥急忙嚷着说："老大爷，请把我们渡过江去！"那个老头儿就把小船划过来。伍子胥跟公子胜上了小船。不到半个时辰船到了对岸，他们这才放了心。

到了这时候，那个打鱼的老头儿才开口说："将军想必就是伍子胥了？您的画像挂在关口，我也见过几回。听说楚王把您父兄杀了，这儿的人都替您担心。今儿个我把您渡过来，我也放心了。"伍子胥感激万分，就说："难得老大爷一片好心，救了我这受难的人。将来我伍子胥要是有点出息，都是您老人家的恩典。"说着他就摘下身边的宝剑，交给他，说："这把宝剑是先王赐给我祖父的。宝剑上头镶着七颗宝石，至少值一百多两金子。我只有这么点礼物送给您，好歹表一表我的心意。"那个老头儿笑着说："楚王画影图形，下了重赏要逮您。我不要五万石的赏，也不要大夫的爵位，怎么倒贪图您这宝剑呐！再说，这把宝剑对我没有什么用处，对您可是少不了的。"伍子胥大大地受了感动，问他，说："请问老大爷尊姓大名？叫我以后也好报恩。"没想到这句话反倒叫老头儿不高兴了。他指着伍子胥，说："我为了体贴您的一番孝心，才把您渡过来。您倒开口说，'一百两金子'，闭口说，'将来要报恩'，真太没有大丈夫的气派了！"伍子胥连忙赔罪，说："您当然不要酬劳，可是我怎么能忘了您呐？您把姓名告诉我，也可以让我记住。"那老头儿说："我是个打鱼的，今天在这儿，明天在那儿，您就是知道了我的姓名，也找不着我。要是咱们还有相逢的日子，那时候，我叫您'芦中人'，您叫我'渔丈人'，不是一样的吗？"伍子胥只得收了宝剑，拜谢了一番，走了。

伍子胥带着公子胜进了吴国的边界，又走了三百里地，才到了一个地方叫吴趋。在那儿，他瞧见两个大汉正在打架，其中有一个挺有力气，旁边的人想去拉他，给他骂了一顿，他那声儿好像打雷似的那么震耳朵，吓得那个劝架的人，望后栽了个跟头。左边小屋的门口站着一个老太太。她一见有人打架，就喊着说："专诸！别动手打人！"那个壮士马上住了手，回家去了。伍子胥挺纳闷，问了旁边的人，"他怎么这么怕老太太？"旁边的人说："他是我们这儿的大力士，爱打抱不平。等他一发了脾气，谁也拉不住。那个老太太就是他妈。只要她一句话，他就是发了牛性子，也能变成挺老实的。"伍子胥一想，"原来是个勇士。"

老头儿送伍子胥渡过了河，也不愿留下姓名，伍子胥只得收回宝剑，拜谢一番。

第二天，伍子胥特地去拜访专诸，把自己的冤屈说了一遍。专诸说：“您有这么大的冤仇，怎么不去求见吴王，向他借兵报仇呐？”伍子胥说：“没有引见的人，不敢鲁莽。”专诸说：“可是您见了我，有什么用呐？”伍子胥说：“我佩服您的孝行，心想跟您交个朋友，不知道您答应不答应？”专诸挺高兴地去告诉他母亲。他们结为生死朋友。伍子胥要上吴国的都城去撞大运，也许能够求见吴王。专诸说：“听说公子光虚心招待能人，您还是先去求见他，比起来容易点。”伍子胥说：“这倒不错，我还是先想法去见他吧。不过有一样，将来我要请兄弟帮忙，希望别推辞。”专诸挺直爽地答应了他。他们就这么分手了。

伍子胥把公子胜藏在外头，自己穿上破衣裳，披散着头发，打扮成一个要饭人的样子，手里拿着一根箫在街上要饭。他一会儿吹箫，一会儿唱曲，想要引起吴国人注意。他唱着：

呜，呜，呜！
天大的冤屈没处诉。
宋国、郑国一路跑，
孤苦伶仃谁帮助？
杀父大仇不能报，
哪有脸面做丈夫？

呜，呜，呜！
天大的冤屈没处诉。
昭关好似罗网罩，
须眉变白日夜哭；
杀兄大仇不能报，
哪有脸面做丈夫？

呜，呜，呜！
天大的冤屈没处诉。
打鱼老人恩德高，
渡江救出亡命徒。
父兄大仇不能报，
哪有脸面做丈夫？

到如今，吹箫要饭泪纷纷，
定要吹出有心人！

伍子胥在吴国的街上天天吹箫要饭，果然给他吹出一个有心人来了。

82 兄弟让位侄儿抢

有一天，吴国公子光的心腹被离，遇见了伍子胥。两个人一谈，挺合得来。不知道怎么一来，公子光还没听见这事，吴王僚倒先知道了。被离只好带着伍子胥去见吴王僚。吴王僚听说他是楚国大臣的后代，又有本领，就拜他为大夫。

伍子胥一心想劝吴王僚去打楚国，就是找不到机会。恰巧有一回，吴国和楚国在交界的地方起了冲突，因为那边养蚕的人老越过边界到吴国这边来采桑叶。为了这么一点事，边界上的士兵就打起来了。伍子胥趁着这个机会，跟吴王僚说了一些进攻楚国的话，劝他打发公子光去打楚国。公子光反对，说："伍子胥劝大王进攻楚国，并不是真正为了吴国。他只是想给他父兄报仇！大王别为了他私人的事轻易跟别的国开仗。就是要攻打楚国的话，也得预先估量一下自己的力量，还得挑选一个恰当的时机，才能马到成功。伍子胥光想着报仇，哪儿会顾虑到咱们的难处呐？"吴王僚依了公子光的话，就没答理伍子胥。伍子胥料到公子光在吴王面前给他说了坏话，准有别的用意。他就向吴王辞职。没想到吴王给他一块小小的土地，准他辞职了。打这儿起，伍子胥和公子胜只好到乡下去住。

公子光私自带了点粮食和布匹，到乡下去看望伍子胥。"明人不必细说"，一个是早就知道他反对吴王发兵的事情，一个也早就明白他辞职的心意。公子光见着伍子胥就开门见山地说："先生在楚国跟在这儿一定有好些朋友吧。先生遇见过像先生这样的人才没有？"伍子胥说："我算得了什么，我哪儿比得上勇士专诸呐！"公子光一听见"勇士"，就问："先生能够给我引见引见吗？"伍子胥说："他家离这儿不远，明天我叫他来拜见您。"公子光说："哪儿能叫他来呐？先生辛苦一趟，陪我去拜会他吧。"

他就跟伍子胥一同坐车上专诸家去了。专诸见伍子胥同着一位公子进来，赶紧迎了出去。伍子胥给他引见，说：“这位就是吴国的大公子，久仰兄弟大名，特意来见见你，要跟你交个朋友，你可别推辞。”专诸连忙向公子光拜见问好。公子光拿出好些金银财宝作为拜见的礼物。专诸不收。后来还是伍子胥劝说，他才收下了。打这儿起，他们三个人交上了朋友。公子光见专诸家里挺寒苦，每月总是打发人给专诸送点东西和银子，自己也时常去看望他。专诸心里非常感激。

有一天，公子光单独去看专诸。专诸觉得挺过意不去，说：“我是个粗鲁人，受了公子这么大的恩典，叫我怎么报答呐？我猜想公子一定有什么为难的事情要我去干吧。”公子光说：“我有极大的冤屈。我打算请你想法儿把吴王僚刺死。”专诸说：“这是哪儿的话！吴王僚是先王夷眛的儿子，公子干么要去害他？”公子光说：“先王夷眛的王位，照理应当由我来继承。我说给你听一听，你就明白了。”接着公子光就把吴国君王传位的事说了出来。

说起吴国来，它原来是第四等诸侯国，就是公、侯、伯、子、男当中的子爵，跟中原诸侯比起来，它的地位是低的。到了公元前585年(周简王元年，晋景公十五年，楚共王六年，齐顷公十四年)吴子寿梦即位，自己称为吴王。他用尽力量，整顿政治，发展生产，操练兵马。吴国一天天地强大起来了。后来晋国要利用吴国去牵制楚国，派申公巫臣(就是屈巫)带着一队兵车到吴国，教吴人怎么样射箭、驾车和用兵车打仗的方法。吴国学会了用兵车打仗，收服了好些个临近的小国和部族，又开垦了不少荒地，就越来越强盛了。这样，那时候有了三个王了：一个是周王，就是天王，其余两个就是楚王和吴王，也就是中原诸侯把他们叫自称为王的“假王”。

吴王寿梦有四个儿子：老大叫诸樊，老二叫余祭，老三叫夷眛，老四叫季札。弟兄四个都很不错，可是寿梦认为小儿子季札顶贤明。寿梦临死的时候，对四个儿子说：“你们弟兄之中又贤明又能干的要数季札了。要是他能够当上国王，吴国准能够治理得很好。我要立他做太子，可是他一死儿不干。既然这样，我给你们一个命令：我死了之后，王位就传给诸樊，诸樊再传给余祭，余祭再传给夷眛，最后夷眛再传给季札。你们要记住：你们的王位必须传给兄弟，千万别传给自己的儿子。这么着，季札虽说是小兄弟，他也能有做国王的份了。你们要明白，我这么嘱咐你们，不是我偏疼季札，这可是为了咱们国家的好哇。谁要是不服从我的命令，就是不孝之子。”说完了这话，寿梦咽了气。

大儿子诸樊立刻要把王位让给季札，他说：“这是父王的意思啊！”季札是要了他的命也不干。他说：“父王在世的时候，我不愿意做王，父王归了天，我倒来抢哥哥的王位，您想我能这么办吗？哥哥要是一定逼我做王，我只好上别的国躲着去了。”诸樊扭不过他，只好即了位。他想：“我要是活到老才死，然后把王位传给二弟，二弟传给三弟，三弟之后才轮到四弟。那四弟还能做王吗？我得另想主意。”他亲自带着士兵去打楚国，成心让自己死在战场上。他打了一个胜仗，可是他自己给敌人射死了。大臣们照着寿梦的命令，把二公子余祭立为吴王。余祭很了解他哥哥诸樊的心意。他说：“哥哥并不是真死在敌人手里，他是故意去寻死的，为的是要把王位让给季札。”他还真求告上天，让他早点死。后来余祭亲自带兵去打越国，他也打了个胜仗，可是给越国的一个俘虏刺死了。

三公子夷昧就要把王位让给季札，还说当初季札访问徐国、鲁国、齐国、郑国、卫国、晋国的时候，中原的诸侯和大夫没有一个不佩服他的才能和品德的。他在鲁国听了列国的音乐，一一指出优点，还发挥了他对于各国音乐的理论。他在郑国和子产做了朋友，两个人交换了衣带作为纪念。他访问徐国的一段事情更叫夷昧大受感动。原来季札和徐君谈话的时候，徐君很羡慕地瞧着季札随身带着的那口宝剑。徐君虽然没说出来，季札早已知道他非常欣赏那口宝剑。季札心里想送给他，可是他还得上别的国去访问，路上少不了它。赶到季札回来，再过徐国，徐君已经死了。季札就到徐君坟上去祭奠。临走的时候，他解下宝剑来，把它挂在徐君坟头的树上。随从的人对他说：“徐君已经死了，您还送他干什么呐？”季札说：“不是这么说的。我心里早已答应送给他了，怎么能够因为他死了就失信呐？”夷昧为了这件事，更加尊敬季札。这会儿余祭一死，夷昧就请季札即位。季札宁可死，不愿做王。夷昧只好做了国王。季札帮助夷昧，劝夷昧好好地做些个富国利民的事情，整顿朝政，爱护人民，跟中原诸侯交好，这么一来，吴国太太平平地过了几年好日子。

到了公元前527年(周景王十八年)，夷昧得了重病。临死的时候，他要季札接他的王位。季札偷偷地藏起来。这么一来，王位让给谁呐？公子光是寿梦的大儿子诸樊的长子。据他说，他爷爷的命令到季札做王为止。季札既然走了，这王位就该轮到他了。没想到夷昧的儿子僚倒继承了王位。季札又出来辅助他。公子光一心要想把吴王僚刺死，为的是重新继续长子即位的传统。

林汉达通俗历史经典

东周列国故事㊦

文匯出版社

83 鱼　肠　剑

当时公子光把这一段经过大略地跟专诸说了。专诸挺直爽地说："那么……能不能好情好理地把道理说开了，叫他自己让位，不是比行刺强得多吗？"公子光说："你哪儿知道，那家伙向来自高自大，决不是几句话就能够把他说服的。为这事我要是一开口，他准得先把我杀了。"专诸当时就说："这么一说，我应该去替您出力，可是我母亲还在，我哪儿能扔下不管呐？"公子光说："这个你倒不必放在心上，都有我呐。你真要是有个三长两短的话，你的母亲就是我的母亲，我一定好好地侍奉她。"专诸就答应下来了。他问公子光，说："王僚素常顶喜好的是什么？先得知道他的习性，顺着他的习性就能够想法子去亲近他。"公子光想了想，说："他顶爱吃鱼。"专诸就上太湖边一家饭馆里专门去学做鱼，天天琢磨着怎么样能烧出最好吃的鱼来。他一心一意地学了三个月，居然变成了一个专门做鱼的能手，然后去给公子光当厨子。

公子光趁着吴王僚高兴的时候，对他说："我有一个从太湖来的厨子，专烧大鱼。他做的鱼特别是味儿，比什么都好吃。哪天请大王上我家去尝尝口味怎么样。"吴王僚一听有鱼吃，挺高兴地答应了。

第二天吴王僚带着一百名卫兵上公子光家去吃饭。那一百名卫兵好像铜墙铁壁似的保护着国王。厨子每上一道菜，先得搜查一遍，然后由卫兵跟着他端上去。赶到专诸端上一条糖醋鲤鱼的时候，吴王僚忽然站起来，大声地说："好，好，好！你真有本事！"公子光吓得脸都白了，可是还挣扎着装出挺镇静的样子，眼睛瞧着专诸。接着吴王僚又说："我一闻见味儿，就知道你这厨子手艺不错。"他拿起筷子夹来一尝，真是又鲜又嫩，一气吃了多半条。临走的时候，还说："鱼做得真不错！做得真不错！"

公子光请吴王僚吃鱼之后，就问伍子胥，说："僚已经尝着了专诸做的糖醋鲤鱼了，可是怎么想法儿下手呐？"伍子胥说："我看不能这么容易。他儿子庆忌是个出名的勇士。光他一个人已经不容易对付，何况他亲兄弟掩余和烛庸又都执掌着兵权。咱们先得想个法儿把这三个人打发出去，才能够下手。"公子光虽说是恨不得把王位早得到手，听伍子胥这么一说，也只好耐着心等着。

公元前516年(周敬王四年,吴王僚十一年,楚平王十三年),楚平王死了,太子珍(孟嬴生的)即位,就是楚昭王。伍子胥听了这个信儿,哭得挺伤心。公子光说:“先生的仇人死了,怎么反倒哭他?”伍子胥说:“我哪儿是哭他呐?您想我受了天大的冤屈,吃尽千辛万苦,本来打算在昏君身上报仇。我的仇还没报,他倒安安静静地入土了。我怎么能就这么便宜了他呐!他为什么没等我去就死了呐?”公子光也直掉眼泪。伍子胥恨得足有三四天没睡好觉。他在睡不着觉的时候,想出一个主意来,连忙去告诉公子光,说:“趁着楚国办丧事,公子快去劝吴王发兵打过去。跟他说,只要把楚国打败,他就是霸主!这么一来,就可以把掩余和烛庸打发出去了。”

公子光一听这主意挺好,就故意先把自己的坐车弄翻了,一只脚装着摔伤了的样子。然后照着伍子胥的话去和吴王僚说了。吴王僚一听能够做霸主,真依了公子光的说法,打发掩余和烛庸统领着大队人马打楚国去了。赶到他们去了之后,公子光又对吴王僚说:“楚国新近为了办丧事,国里准不能安定,咱们又派了两位大将去,按说是能够对付得了啦。可是有一样,楚国的属国挺多,这倒不能不顾虑一下。咱们向来跟别的国很少来往。我老觉着咱们有点太孤单了。可惜我摔坏了腿不便出门。我想大王还是打发叔叔去拜访晋国,另外再打发公子庆忌去约会郑国和卫国,叫他们一块儿去打楚国。这么着,大王不但能把楚国灭了,还准能够当上中原诸侯的霸主。”吴王僚听了这话,就打发季札去访问晋国。可是他留着公子庆忌,不让他离开身边。

过了几天,掩余和烛庸打发人回来报告说,楚国大将伯郤宛来得厉害,请求吴王僚再派一支人马去。公子光就对吴王僚说:“我先前说打算去约会郑国和卫国,就是为了这个。如今可不能再耽误了。”吴王僚没法,只得叫公子庆忌去约会郑国和卫国。说真的,吴王僚是舍不得叫庆忌出去的,可是有个小心谨慎的公子光在他旁边伺候着,他也就放心了。

有一天,公子光又请吴王僚吃鱼。吴王僚怕人行刺,就在外衣里面穿上铠甲,还像上回一样,带着一百名卫兵上公子光的家里去。大伙儿吃了几道菜之后,公子光说是为了腿疼,要上里边去歇一会儿。专诸又端上了一条糖醋大鲤鱼。卫兵把他浑身上下都搜查了一遍,才让他上去。专诸端着那盘大鲤鱼走到吴王僚面前,刚要把那盘鱼搁下,突然从大鱼的肚子里抽出一把匕首“鱼肠剑”,使劲地照着吴王僚的胸脯扎过去。那鱼肠剑刺透了铠甲，穿入心脏。吴王僚大叫一声，立刻断了气。卫兵们拥上去把专诸砍成了肉泥烂酱。就在这个当儿，公子光和伍子胥带着自己的士兵把吴王僚的卫兵杀散，然后就去占领王宫。紧接着伍子胥带着士兵保护着公子光上了朝堂，召集了大臣们，对他们说："王僚不遵守先王的命令，霸占了王位。照理早就应该治死。"公子光接着说："我暂且管理朝政，等叔叔回来，就把王位让给他。"大臣们都知道自己只有一个脑袋，谁敢说个"不"字。公元前515年(周敬王五年)，公子光做了吴王，改名为阖闾(Hélǘ)。

掩余和烛庸哥儿俩见吴王僚没派救兵来，已经慌了神。后来听说吴王僚被刺，公子光做了国王，他们就偷偷地逃到别国去了。军队没有主将，就乱起来，有的给楚国人杀了或是抓去，有的跑回本国，归附了阖闾。

季札从晋国回来，阖闾派伍子胥去迎接，还假意地请他即位。季札说："只要好好地事奉国家社稷，治理人民，他就是我的君王。让我祭吊死的，我就伺候活的。"他到了吴王僚的坟头，祭吊了一番，并且对着坟头说："您交付给我出使晋国的使命，我已经完成了。现在向您报告。"完了就回到朝廷准备接受阖闾的命令。阖闾还是跟以前一样地尊敬他。

阖闾一知道掩余和烛庸跑了，怕楚国打过来，正想发兵去抵抗，哪儿知道楚国的兵马反倒退回去了。原来楚国的将士们对大将伯郤宛说："吴国起了内乱，咱们不如趁势打进去。"伯郤宛说："吴国趁咱们办丧事发兵来侵犯咱们，这就是他们的不是，人心不服，打不了胜仗。咱们怎么能去学他们那样儿呐？"他就带着人马回楚国去了。楚昭王见伯郤宛打了胜仗，把从吴国夺来的东西赏给他一份，又因为他注重道义，更加信任他。这么一来，可就把费无极气坏了。

84 两头使坏

费无极一见楚昭王这么信任伯郤宛，心里又气又恨。他不知道费了多少心计，好容易才得到楚平王的信任，满想着等到老令尹囊瓦一死，准能够提升他当令尹。哪儿知道囊瓦还没死呐，楚平王倒死在头里了。如今楚昭王又这么信任伯郤宛，即使囊瓦立刻死了，这令尹的位置也轮不到他。这一来，他老瞧着伯郤宛是他的对头，总想使个花招去了他。

有一天，他对囊瓦说："伯郤宛想请您吃饭，托我探听探听您的意思，不知道您能不能赏脸？"囊瓦说："他请客，我怎么能不去呐？"费无极又去跟伯郤宛说："令尹跟我说，他想上您这儿来吃顿饭，不知道您请不请客？"伯郤宛说："只要令尹瞧得起我，赏脸上我家来，我哪儿能不请？明天我就请他。"费无极问他："令尹真要是上您这儿来，您送他点什么礼物呐？"伯郤宛倒没想到这一层，就问费无极："不知道令尹喜欢什么？"费无极说："您还不知道吗？他顶喜爱上等的盔甲和吴国的宝剑。您上回打了胜仗，大王把您从吴国拿来的东西给了您好些个，这里头不是就有上等的盔甲和宝剑吗？明天吃饭的时候，您就拿出几件好的来，让令尹自个儿挑一两样随心喜爱的，他准得高兴。我这是为您，您可别忘了我这份好心好意！"伯郤宛千恩万谢地送了他出去。

第二天，伯郤宛预备了上等的酒席，还把楚王赏给他的东西都摆上，然后才托费无极去请囊瓦。囊瓦刚要动身，费无极赶紧拦着他，说："令尹！您就这个样儿去吗？俗话说'人心隔肚皮'，您知道他请客是好意还是歹意？我先瞧一瞧去，再来请您过去。"囊瓦只得又坐下了，叫费无极先去查看查看。呆了一会儿，费无极连呼带喘地跑进来。缓了口气，才说："差一点害了令尹！我跑到伯郤宛门口一瞧，里边摆着好些个盔甲和兵器。幸亏您没去，不然准上了他的当，遭了他的毒手！"囊瓦说："我跟他往日无冤，近日无仇，他干么要害我？真叫我纳闷儿。"费无极仰着尖下巴颏儿，说："令尹真是个好人！这么重要的事您会不介意。他近来在大王面前得了宠，有点自高自大，就要一步登天，想做令尹。真是笑话！听说他还跟吴国勾搭上了。起头我也不信，后来我才知道总是咱们太信任别人了。上回咱们跟吴国打仗，不是打了胜仗了吗？正在这个时候，吴王被刺，国内大乱，将士们都想趁势打进吴国去。没想到伯郤宛说，'人家国里有丧事，不能够再打人家。'您想想！吴国还不是趁着咱们办丧事就来打咱们的吗？现在他们有丧事，正是咱们报仇的好时机，他会不知道吗？怪不得有人说他勾串了吴国。我虽说不敢十分相信，可是这也不能一点不留神。俗语说，'风不动，草不摇。'您想是不是？"囊瓦听了这一篇话，心里也有点半信半疑。他就背地里打发几个心腹再来探看探看。

囊瓦的心腹回来报告，说："屋子里真有埋伏。犄角里都藏着穿着盔甲拿着家伙的人。"囊瓦一听，当时差点气炸了肺，也没顾得吃饭，立刻就去找大将鄢将师，把这事一五一十地告诉了他。那个鄢将师和费无极是一个鼻孔出气的。他趁着囊瓦在气头上，来个火上浇油。囊瓦就去禀报楚昭王，一边打发鄢将师带着士兵先把伯郤宛的家围上。伯郤宛到了这时候，才知道上了费无极的当，有口难辩，把心一横，自杀了。

囊瓦还不甘心，非要把伯家灭门不可。这一下子伯郤宛一家子男男女女、老老少少全都被害了。只有伯郤宛的儿子伯嚭(pǐ)逃了。囊瓦的气还没消，又叫人放火，要把伯家的房子整个地烧了。有好多人知道伯郤宛受了冤屈，谁也不愿意动手。囊瓦更加生气了。他说："谁要不动手就是伯家的一党！"大家伙儿一看势头不对，只好烧了伯家的房子，连伯郤宛的尸首也烧在里头。楚国人差不多都替伯郤宛叫冤，可是一点法子也没有。

有这么一个晚上，囊瓦正在园子里看月亮，忽然听见街上有人唱歌。细那么一听，原来是骂他的。那唱的是：

做了忠臣真倒霉，
伯郤宛，烧成灰！
楚国没君王，
一个鄢，一个费；
令尹没心肝，
不知是非！
这么冤屈没人晓，
天掉眼泪！

囊瓦听了，很生气。每一句歌都刺着他的心。他打发人去把那唱歌的人逮来。唱的人可多了，拿都没法拿。囊瓦闷闷不乐，一夜也没睡好。

第二天，大将沈尹戍来见囊瓦，对他说："老百姓在城外赛会。他们拿伯郤宛当做神，还咒骂您，说您纵着费无极和鄢将师。全国的人都埋怨您，您还蒙在鼓里呐！费无极叫先王娶了儿媳妇，杀了伍奢父子，害得太子建死在外头。如今又把伯郤宛害了。让这种小人得了势，楚国不完还等什么？全国的人都说，这些个过错都得由令尹担当。俗语说，'众怒难犯'，您得防备着啊！"囊瓦连连点头，说："实在是我不好。请将军想个法子，惩治那两个奸贼。"沈尹戍说："这是再好没有的了！"他立刻叫人上街上去说："伯郤宛是费无极和鄢将师害死的。如今令尹已经知道了他的冤屈，要惩办这两个奸贼。谁愿意去惩办他们的都跟我来！"老百姓一听说去打费无极和鄢将师，就都拿着长矛、短刀、锄头、铁锹各样的家伙跟着令尹和沈尹戍的士兵，一窝蜂似的跑到这两家去，拿住了费无极和鄢将师，把他们都杀了。还没等囊瓦下命令，大家伙儿把这两家的房子都烧了。

那时候，伯嚭早就逃到别的国去了。他听说伍子胥在吴国，就跑到吴国去找他。他们两个人全家都给奸臣、昏君害了，决心要报仇。同病相怜，交上了朋友。伍子胥在吴王阖闾面前引见了伯嚭，吴王阖闾叫他做了大夫，和伍子胥一同办事。

他们两个人屡次三番地在吴王阖闾面前哭诉着他们的冤屈，请求他发兵去攻打楚国。吴王阖闾为了另有心事，没答应他们。他说："等到我自个儿国内安定之后，我准替你们报仇。"伍子胥说："大王还有什么没办完的事呐？"吴王阖闾说："我自从得到了先生的帮助，治死了王僚，做了国王。可是庆忌活着，总是个后患。为这个，我老担着心，连吃饭都不香。先生还得再想个法子才好！"伍子胥说："大王已经把王僚杀了，怎么还要去害他儿子呐？我说还是饶了他吧。"阖闾说："早先武王杀了纣王，把纣王的儿子武庚也杀了。周朝的人可并没说武王不对。我为什么不能这么办呐？再说，庆忌活着，就跟王僚没死一个样。万一他得到敌国的帮助打进来，咱们也不见得准能打得过他。到那时候，我就是有心打算给先生报仇，怕也不能成功。先生总得想个主意才好。"他接着又叹了口气说："唉，哪儿能再找个专诸去呐！"伍子胥说："既是这样，我索性再引见一个专诸给大王吧。"

85 勇士和暴徒

吴王阖闾对伍子胥说："庆忌可不比王僚。他是我们吴国数一数二的勇士。他的筋骨就像铜铁似的，空手能敌得住十几个大汉。他的身子非常灵活，能在树林子里空手逮住飞着的鸟儿。像他那样的人，怕没有人能敌得住。"伍子胥说："这么说来，只有一个人能对付他。"阖闾说："谁呀？行吗？"伍子胥说："他叫要离。"阖闾说："真有这样的人？烦先生赶紧把他请来，越快越好！"

呆了几天，伍子胥把要离领来见阖闾。阖闾一见，原来是个小矮个儿，不像个大力士，心里挺不痛快，没精打采地问他，说："你就是要离吗？ 听说你挺有能耐。”要离说：“我的身材又矮又小，一阵风就许刮倒了。 哪儿称得起有能耐呐？ 可是只要有用着我的地方，一定效劳。”阖闾没开口。 伍子胥说：“对付平常的人，非得使力气不可。 对付庆忌，倒不在乎有力气没有力气，最要紧的还得是机灵。 再说要离的力气其实并不比专诸差！”阖闾这才高兴了，就拜要离为大夫，准备派他去刺庆忌。

又呆了几天，伍子胥和要离一块儿上朝。 伍子胥请求阖闾拜要离为大将，发兵去攻打楚国。 不料阖闾冷笑了一声，说：“拜他为大将？ 就凭这个小矮个儿要力气没力气的还能当大将？ 这么说吴国人全都是大将了。 要叫他去打楚国还不叫人家笑掉了大门牙？ 再说国内还没十分安定，哪儿能去跟人家打仗呐？”要离当着吴国的大臣面前给阖闾挖苦了一顿，实在压不住火儿，肺都要气炸了。 他举起右手来，指着阖闾的脸就骂：“天底下怎么会有像你这么个不懂礼貌，忘恩负义的人！ 你不用我也就罢了，提得着什么高个儿、矮个儿！ 这就是你没有礼貌。 人家伍子胥替你想法复了位，把吴国平定了，才求你给他报仇。 这个忙儿，你都不帮，你这就是忘恩负义！”阖闾当时冒了火儿，骂着说：“这是国家大事，你懂得什么！ 竟敢在朝廷上侮辱我？ 你自己没礼貌，还扬着手指点着我。 我先把你的手砍了，看你还敢指着脸骂我！”说着就叫武士们砍去要离的右手，把他圈起来，把他的媳妇儿也下了监。 大臣们吓得谁也不敢言语。 伍子胥叹了一口气，耷拉着脑袋出来了。

以后伍子胥买通了看管监狱的人，让要离逃跑了。 阖闾一听说要离跑了，立刻叫人把要离的媳妇儿绑到街上杀头示众。

要离从吴国逃出去，就上卫国去找庆忌，向他哭诉自己的委屈。 庆忌见他右胳膊砍去了，就问他：“你跑到这儿来干什么？”要离说：“阖闾谋害了先王，夺了王子的王位，说起来王子的仇恨比我还大呐。 我听说王子正联络诸侯打算报仇，我特地来投奔。 虽说我是个残废人，可是吴国的情形，我是熟悉的。 王子要想发兵进攻，我情愿当个领路的。 赶到王子登了基，我的仇恨自然也就报了。”庆忌是个精明人，表面上并没露出什么意思来。 当时把他收下了，背地里打发心腹去探听吴国的动静。

不多日子，探子回来说：“要离的媳妇儿给吴王杀了。”庆忌就问要离：“吴王用了伍子胥和伯嚭当谋士，整顿内政，操练兵马。 咱们没有力量，怎么能报仇哇？”要离说：“能！ 伯嚭是个奴才，没有多大用处。 只有伍子胥是精明强干的。 可是他专门为了自个儿的私仇，老去纠缠阖闾。他近来在阖闾跟前也失了宠。 这两个人都不必怕。”庆忌说：“不见得吧？

要知道伍子胥是阖闾的恩人哪！”要离说：“王子您是只知其一，不知其二。伍子胥哪儿真是尽心尽意地帮助阖闾呐。他原来打算借着吴国的兵马去攻打楚国，好给他父兄报仇。没想到阖闾忘恩负义，不肯发兵。上回我就是为了请求他给伍子胥报仇，说到他心病上。他就恼羞成怒，砍了我的胳膊，把我媳妇儿也杀了。说起来，阖闾跟我没仇没恨。他对我这么毒辣，明摆着是给伍子胥瞧瞧的。伍子胥哪儿能不明白？我要不是伍子胥暗中帮忙，就是长了翅膀也飞不出来！他还直嘱咐我，叫我到这儿先打听打听。您要是能帮助我们去报仇，他准乐意来个里应外合。王子要不趁这时候发兵去打吴国，我跟您的冤仇怎么能报呐？”说着就大哭起来，把脑袋一低，跟着就往柱子上撞去。庆忌赶紧把他拦住，说：“咱们慢慢地想法子吧。”打这儿起，庆忌就把要离当作心腹。叫他去操练兵马、造兵船。要离尽心竭力地替庆忌准备报仇的事情。

一晃儿过了三个月，兵船、水军全都准备好了。王子庆忌就顺着水路向吴国出发。庆忌坐在大船上，要离左手拿着长矛，站在旁边伺候着。突然江面上刮起大风来了。要离就站在上风借着风力，使出浑身的劲儿照着庆忌心口一矛扎去，从背后穿出来。庆忌一把抓住要离的大腿提起来，往水里一泡，又提起来，又往水里一泡。来回泡了三次，把要离弄得半死半活的。然后把他搁在自己的大腿上，撩着他的头发，跟他笑着说：“天底下竟有像你这样大胆的人！”这时候船上的士兵们赶过去要杀要离。庆忌赶紧拦着他们，说：“别杀！他也是个勇士。要是一天里头死了两个勇士，未免太可惜了。”众人只好停了手。庆忌嘱咐他们说：“千万别杀他，让他回吴国去吧。咱们的国家正需要这样赤胆忠心的人！”说着，他把要离推开，自己拔出那杆长矛，咽了气。

86 孙子练兵

这一批水军一见王子已经死了，只得照着他临死说的话，把要离放了。可是他不走。他对大伙儿说：“真想不到王子是这么一个英雄，我还有什么脸活着呐？”他说着，就自杀了。大伙儿把庆忌和要离的尸首收拾起来，去见阖闾。阖闾非常高兴，重重地犒赏他们，还把他们收在自己的部下。

孙武发出命令，说："先把队长正法，做个榜样。"武士们就把两个妃子绑上。这一下吓得宫女们全都变了色。

为了这件喜事，阖闾大摆酒席，大臣们全都给他庆贺。伍子胥对阖闾说：“大王总算除了祸患，可是我的仇恨哪年哪月才能报得了哇？”伯嚭也请求阖闾发兵。阖闾说：“发兵去打楚国，叫谁当大将呐？”伍子胥和伯嚭一齐说：“听凭大王的吩咐，我们全都愿意尽心竭力。”阖闾没作声儿，往四周围瞧了瞧，直打嘘嘘。伍子胥就猜着阖闾的心意。他知道阖闾还不愿意拜他为大将，赶紧就说：“要不然，我再推荐一个人，我想大王一定乐意用的。”阖闾笑嘻嘻地问：“谁呀？”伍子胥说：“他是齐国人，叫孙武，是个大军事家。他研究了好些个打仗的方法，还写了十三篇兵法。要是把他请来，拜为大将，那么吴国准能变成天下无敌的强国，大王就是霸主了。要对付楚国，那简直不算一回事儿。”阖闾一听孙武是个军事家，已经有了七八分喜欢，再一听能够做霸主，更加高兴了。当时就打发伍子胥带着贵重的礼物去请孙武。

伍子胥请来了孙武，一同去见阖闾。阖闾从朝堂上跑下来迎接孙武。跟着就问他用兵的方法。孙武把他自己写的十三篇兵法递给他。阖闾叫伍子胥从头到尾大声地念了一遍。每念完一篇，阖闾不住口地称赞。他对伍子胥说：“这十三篇兵法真是又扼要又精细，好极了。可有一样，吴国没有那么些个士兵，怎么办？”孙武说：“有了兵法，只要大王有决心，不光男子，就是女子也行。男男女女，全都能够打仗，还愁什么人马够不够？”阖闾笑着说：“女人哪儿能打仗呐，这不是笑话吗？”孙武一本正经地说：“大王要是不信的话，请先拿宫女们试一试瞧瞧。我要是不能把她们训练得跟士兵们一样，我情愿认罪受罚。”阖闾派了一百五十名宫女，叫孙武去训练。孙武请阖 闾挑出两个心爱的妃子当队长。阖闾也答应了。末了，孙武请求说：“军队顶要紧的是纪律。虽说拿宫女们试试，也得有纪律。请大王派个执掌军法的人，再给我几个武将做助手。不知道大王答应不答应？”阖闾全都答应了。

一百五十个宫女都穿戴上盔甲，拿着兵器，要操场上集合。孙武先出了三道军令：“第一，队伍不许混乱；第二，不许吵吵闹闹；第三，不许成心违背命令。”跟着，他就把宫女们排成了队伍，操练起来了。哪儿知道那两个妃子队长还以为她们穿上军衣，拿着长枪、短刀，是出来玩儿玩儿的，先就嘻嘻哈哈地不听使唤，别的宫女一见领队的这个样儿，大伙儿跟着都笑成一团。有的坐着，有的站着，有的学着姿势，有的还来回奔跑，乱七八糟，简直不像一回事。孙武就传令，叫她们归队立正。其中还有人说说笑笑，不听命令。孙武传了三回令，谁知道那两个妃子队长和宫女们还是嬉皮笑脸地不听话。她们都是阖闾所宠的，孙武敢把她们怎么样。高兴了，操练着玩玩，不高兴就回后宫去，怕什么！孙武可忍不住了，大声地跟那个掌军法的人说："士兵不听命令，不服管，按照军法应当怎么处罚？"军法官赶紧跪下，说："应当砍头！"孙武就发出命令，说："先把队长正法，做个榜样。"武士们就把两个妃子绑上。这一下吓得宫女们全都变了色。

阖闾在高台上远远瞧着她们操练，忽然瞧见两个妃子给武士绑上了，立刻打发伯嚭拿着"节杖"（代表君王权力的一根手杖）去救，叫他传令，说："我已经知道将军用兵的才能了。这两个妃子是我心爱的，请饶了她们吧！"

伯嚭急急忙忙地见了孙武，传出阖闾的命令。孙武对他说："操练军队不是小孩子闹着玩儿的。我已经受了大王的命令做了将军，就得由我管理军队。要是不把犯法的人办罪，以后我还能够指挥军队吗？"他终于把这两个妃子办了罪，又挑了两个宫女当队长，重新操练起来。这批宫女经过孙武那么严厉的训练，居然操练得挺像个样儿。

阖闾虽说挺佩服孙武的兵法和纪律，可是还不大愿意重用他。伍子胥对阖闾说："大王打算征伐楚国，领导各国诸侯，做一番惊天动地的大事业，就非得有个像孙武那样的大将不可。"阖闾经他这么一说，才拜孙武为大将，又称呼他为军师，叫他准备征伐楚国的事情。

孙武提议说："大王要打算发兵远征，就必须先把内忧全去了才成。王僚的兄弟掩余在徐国，烛庸在锺吾（在江苏省宿迁县西北），随时都能够到吴国来报仇。咱们必须先把这两个人灭了，然后再发兵。"阖闾和伍子胥都赞成他这个主张，就打发两个使臣分头去要求那两个小国交出逃犯来。那两个小国不听阖闾的话，把掩余和烛庸放了。阖闾命令孙武发兵去征伐徐国和锺吾。孙武追上了掩余和烛庸，把他们杀了，又把徐国和锺吾并吞了。阖闾打算趁这个机会打到郢都去。孙武说："不能让士兵们太累了。先歇息歇息，抓个时机再去打，才能够百战百胜。"

87 贪污勒索

吴王阖闾把徐国和锺吾并吞了之后，蔡国和唐国派使臣上吴国来。伍子胥对阖闾说："蔡国和唐国一向归顺楚国。如今这两国一块儿打发使臣上这儿来，我估量着准是跟楚国有了意见。要是咱们能够把这两国拉过来，进攻楚国就方便得多了。"阖闾和孙武都急着要想听一听这两个使者都说些什么。

蔡国的使臣和唐国的使臣一见阖闾就央告说："楚国令尹囊瓦贪污勒索，欺压属国，这回又发兵来打蔡国。请求大王主持正义，赶紧发兵去救。以后，我们情愿永远归附贵国，年年纳款，岁岁朝贡。"吴王阖闾一时摸不清究竟是怎么回事，搭不上碴儿，就问两位使臣到底为了什么？他们这才把一切经过从头到尾说了一遍：

原来楚国令尹囊瓦非常爱小，老跟一些属国要这个弄那个的。大家伙儿都有点腻烦他。有一回，蔡昭侯和唐成公朝见楚昭王，囊瓦收了他们按照惯例送给他的礼物以外，还向他们要东西。蔡昭侯有两件顶贵重的银鼠皮袄，一件送给了楚王，一件留着自己穿。唐成公有两匹千里马，一匹送给了楚王，一匹留着自己用。囊瓦见了这两件宝贝，馋得心头直痒痒。他打发人去跟这两位国君要。蔡昭侯和唐成公很不高兴，成心不送给他。囊瓦就在楚昭王跟前捣鬼，说："听说蔡国和唐国私通吴国，打算来打咱们。咱们不如先把蔡侯和唐侯扣在这儿，也许能把他们的阴谋破了。"那时候楚昭王岁数还小，不论什么事全由囊瓦作主。这一来，两位国君就在楚国软禁了。一软禁就是三年。

唐成公的儿子见他父亲老不回来，派人去打听。那个人把囊瓦扣住唐成公的事打听明白以后，劝唐成公把那匹千里马送给囊瓦。囊瓦得到了千里马，对楚昭王说："唐是个小国，没有多大的力量。唐侯已经在这儿押了三年，他哪儿还敢再得罪咱们呐？让他回去吧。"他就把唐成公放了。

蔡昭侯一见唐成公送了千里马就放回去了，他也把那件银鼠皮袄送给囊瓦。囊瓦就对楚昭王说："蔡国跟唐国一样，唐侯既然放回去了，哪儿能单单押着蔡侯？饶了他吧。"这么着，蔡昭侯也回国去了。

蔡昭侯出了郢都，气狠狠地起誓发愿地说："我不报仇，决不上楚国来！"他回到国里，立刻上晋国去借兵。晋定公把这件事报告了周朝的天王。周敬王(公元前519—前477年)打发卿士刘卷去跟晋定公接头。晋定公会合了宋、蔡、齐、鲁、卫、陈、郑、许、曹、莒、邾、顿、胡、滕、薛、杞、小邾，一共十八路诸侯，替天王去征伐楚国。各国的诸侯没有不恨囊瓦的，都想借着这个机会恢复中原的威风。哪儿知道自称为中原霸主的晋国，那时候真没有像样的人。晋国的大将荀寅也是个爱小的家伙。他以为这次会合诸侯去打楚国是为了帮助蔡国，这功劳可不小哇，就派人先向蔡昭侯要谢礼，说："听说蔡侯把名贵的银鼠皮袄送给了楚国的君臣，为什么单单不送给我们？我们千里迢迢发兵来打楚国，不知道蔡侯用什么来慰劳军队？"蔡昭侯回答说："我为了楚国令尹贪污勒索，欺压属国，才来归附贵国。要是将军主持正义，宣扬霸主的威信，帮助弱小的诸侯，把楚国灭了，整个楚国都是谢礼。"荀寅听了这话，也有点害臊。

这时候(公元前506年，周敬王十四年)，十八路诸侯的兵马都驻扎在召陵(在河南省郾城县东)，因为一连气下了十几天大雨，一时不能进兵。可巧天王的使者刘卷害了病，不能起来。范鞅和荀寅本来就跟囊瓦是一道货，这回没得到蔡侯的好处，已经有点不乐意。他们借着这因由向各国诸侯说："大雨下个没结没完，害病的人越来越多，还不如暂且回去吧。"各国诸侯一看晋国不愿作主，也都泄了劲，一个个地都散了。

蔡昭侯大失所望，闷闷不乐地带着自己的兵马回去了。路过沈国，想起了沈国不愿发兵，也不去开会，一肚子的闷气就向沈国发泄，把它灭了。

楚国的令尹囊瓦一听见蔡国把沈国灭了，他就自己带着大军去打蔡国。有人对蔡昭侯说："晋国已经靠不住了，中原别的诸侯就更不必说了。咱们不如上吴国求救去。伍子胥跟伯嚭早就要向楚国报仇，他们准能帮助咱们的。"蔡侯就打发使臣去约会唐成公一块儿上吴国去求救兵。

88 掘墓鞭尸

吴王阖闾一见楚国的两个属国来归附他，进攻楚国就有了领路的，已经有几分高兴了，再加上伍子胥和伯嚭又直在旁边鼓动，不由得他不发兵。孙武也说："我当初不愿意急着去打楚国，就是为了楚国的属国太多，恐怕沿路有阻挡。这回晋国会合诸侯，到会的就有十八国，其中像陈、许、顿、胡这些个小国向来都是归附楚国的，这回居然都脱离楚国，归附了晋国。由此可见东南诸侯差不多全都怨恨楚国，哪儿光是蔡国和唐国呐？目前楚国这么孤单，咱们要发兵，这可是时候了。"

公元前506年(周敬王十四年，鲁定公四年)，阖闾嘱咐被离和专毅(专诸的儿子)辅助太子波守卫本国，拜孙武为大将，伍子胥和伯嚭为副将，派自己的亲兄弟公子夫概为先锋，发出六万大兵，由水路去救蔡国。囊瓦打了败仗，一见吴国兵马这么强大，赶紧扔了蔡国，跑回去了。

蔡昭侯和唐成公都来迎接吴王阖闾。他们自动地率领着本国的兵马跟着吴国的大军去打郢都。囊瓦早已失了人心，他又不信任别人，内部先就起了乱子，发号令也不管事了。他一连气打了几阵败仗，死伤了不少将士，急得他偷偷地一个人跑到郑国躲着去了。

楚昭王眼瞧着郢都难保，匆匆忙忙地带着一部分亲信的大臣和将士逃到随国（在湖北省随县南）。吴国的大军连着打了五阵胜仗。这是东周时期一个大战争。楚国从来没败得这么惨，连建都两百来年的郢城也丢了。孙武、伍子胥、伯嚭、蔡昭侯、唐成公护卫着吴王阖闾进了郢都。吴国的君臣和将士就在楚国的朝堂上开了个庆功大会。

第二天，伍子胥劝吴王阖闾把楚国的宗庙拆了。孙武不赞成这个主张。他劝阖闾废去楚昭王，立太子建的儿子公子胜为楚王。他说："楚国人一大半都替太子建抱不平，要是大王能够把公子胜立为楚王，楚国人准会感激大王，列国诸侯也必定佩服大王，公子胜更忘不了大王。这么一来，楚国不就永远是吴国的属国了吗？这是个名利双收的办法，请大王细细想一想吧。"阖闾贪图楚国的地盘，听了伍子胥的话，把楚国的宗庙拆了。伍子胥还不满足，他一定要亲手把楚平王杀了，才能解他心头的仇恨。可是楚平王已经死了，怎么办呐？他就请求阖闾让他去刨楚平王的大坟。阖闾说："你帮了我不少的忙，这点小事，你自己瞧着办吧。"

伍子胥打听出楚平王的坟是在东门外的寥台湖。他就带着士兵上湖边去找。谁也不知道楚平王的大坟在哪儿。伍子胥捶着胸脯，叹着气，说："天哪，天哪！我父兄的大仇为什么报不了呐？"正在这个时候，来了个老头儿。他对伍子胥说："楚平王自己知道他的仇人多，唯恐将来有人刨他的坟。为这个，他做了好几个空坟。他又怕做坟的石工泄漏机关，在完工之后，就把石工全杀了。我就是当时做活儿里头的一个石工，侥幸逃了一条活命。今天将军要替父兄报仇，我也正想要替被害的伙伴们报仇呐。"

伍子胥就叫这老石工领道，找着了坟地的地界。大伙儿拆了石头坟。凿开了棺材，里头只有楚王的衣裳和帽子，连一根骨头也没有。伍子胥大失所望，真要哭出来了。那老头儿说："上面的坟是假的，真的还在底下呐。"他们拆了底板，再往下挖，又露出了一口棺材。据说楚平王的尸首是用水银炼过的。打开棺材一看，居然还很完整。伍子胥一瞧见楚平王的尸首，当时怒气冲天，立刻把他拉出来，抄起铜鞭，一气打了三百下，打得骨头也折了。他还不解气，把铜鞭戳进楚平王的眼眶子里，说："你生前有眼无珠，认不清谁是忠臣，谁是奸贼。你听信小人的话，杀了我的父兄。今天你再死在我手里，已经晚了。"他越骂越有气，把楚平王的脑袋砍了下来。

伍子胥亲手"杀了"楚平王的尸首，又对阖闾说："必须把楚王杀了，楚国才能算灭了。"阖闾就让他带领着一队兵马去找楚昭王。

89 哭秦庭

伍子胥打听不着楚昭王的下落，很不痛快。后来听说囊瓦跑到郑国去了。他一想，楚王也许跟囊瓦在一块儿。再说，郑国杀了太子建，这个仇也得报。这么着，他带领着兵马一直向郑国进攻。郑国得着这个消息，可就慌了神了。全国上下没有不埋怨囊瓦的，逼得囊瓦走投无路，只好自杀。郑定公把囊瓦的尸首献给伍子胥，还说楚王确实没上郑国来过。伍子胥还是不依不饶，非要把郑国灭了不可。郑国的大臣们都主张发动全国的人跟吴军拼个你死我活。郑定公说："拿郑国的兵力来说，哪儿能跟楚国比呐？楚国都给他打败了，别说咱们这个小国了？"郑定公下了一道命令，说："谁能够叫伍子胥退兵的，就有重赏。"可是谁有这样的本事呐？命令出了三天，看命令的人倒不少，就是没有一个应征的。

到了第四天头上，有个打鱼的小伙子来见郑定公。他说，他有办法叫伍子胥退兵。郑定公问他得要多少兵车。他说："不用兵车，也不用粮草，光凭这个划船的桨就能够把好几万的兵马打回去。"谁信他这个话哪？可是大伙儿没有法子，只得让他去试试看。那个打鱼的胳肢窝里夹着一根桨，上吴国兵营里去见伍子胥。一边唱着歌，一边敲着那根桨打着拍子。他唱着：

芦中人，芦中人：
渡过江，谁的恩？
宝剑上，七星文；
还给你，带在身。

你今天，得意了，
可记得，渔丈人？

伍子胥一听，吓了一跳，连忙跑下来，问他："你是谁呀？"他说："您没瞧见我手里拿着的玩意儿吗？我爸爸全靠这根桨过日子，当初也全靠这根桨救了您的命。"伍子胥这才想起了芦花渡口逃难的情形和那个打鱼的老大爷的恩德，不由得掉下眼泪来，就问他："你怎么会上这儿来呐？"他说："我们打鱼的向来没有一定的地方。这回又为了打仗，才到了这儿。国君下了个命令，说，'谁要能够请将军退兵，就重赏谁。'不知道将军能不能看我死去的爸爸的情面，饶了郑国？"伍子胥挺感激地说："我能够有今儿这么一天，全都是你父亲的恩德。我哪儿能把他忘了呐？"当时他就下令退兵。那个打鱼的欢天喜地地去报告郑定公。这一下子，全郑国的人都把他当作大救星。郑定公封给他不少土地。郑国人差不多全叫他"渔大夫"。

伍子胥离开郑国，回到了楚国。他把军队安营下寨，打发人上各处去探听楚昭王的下落。有一天，他接到老朋友申包胥一封信，里边写着："你是楚国人，为了要报父兄的冤仇，打败了本国，你还拿铜鞭打碎了国王的尸首。仇也报了，气也出了。你还打算要怎么样呐？做事不能太过分。我劝你还是早点带着吴国的兵马回去吧。你大概也许还记得我说的话吧：你要是灭了楚国，我一定豁出我的命把它恢复过来。请你再思想思想。"伍子胥念了两遍，低头想了想。他跟那送信的人说："因为我忙得厉害，没有工夫写回信。烦你带个口信回去，告诉申大夫，就说我说，忠孝不能两全。我积了一十八年的仇恨，到了今天也许有点不近人情，这实在没有办法。"为了报私仇，伍子胥决心跟自己的国家为敌到底。

那个送信的回去之后，把这话告诉了申包胥。申包胥知道已经不能再和伍子胥讲什么理了。他想起楚平王夫人是秦哀公的女儿，楚昭王是秦国的外孙子，就连夜动身上秦国去借兵。他没黑天带白日地走，脚趾头走得都流血了。他把衣裳撕下一条来，缠上脚，接着走；到了秦国，见着了秦哀公，说："吴王是个贪心不足的暴君。他想并吞诸侯，独霸天下。今天灭了楚国，明天还想着收服秦国。现在您的外孙子（指楚昭王珍）东奔西跑，命还不知道保得住保不住，求您出头帮个忙。要是能够把楚国恢复过来，还不都是您的大恩吗？到那时候，我们情愿永远做您的属国。"秦哀公说："你先上公馆歇歇去，让我跟大伙儿商量商量。"

秦哀公不愿意跟吴国打仗。申包胥两次三番地跟他哀求。他只是敷衍着。申包胥就站在秦国朝堂上一个劲儿地哭。大伙儿都散了，他还是不走。到了晚上，人家都睡了，他还站在那儿哭着。大伙儿都拿他当疯子看，谁也不去理他。他一连气七天七夜，也不吃也不喝，连觉也不睡，只是抱着朝堂的柱子哭个没结没完。哭得秦哀公也奇怪起来了。他心里琢磨着："楚国的臣下能够为了国君这么着急！七天七夜水米不进。我这儿可找不出这么个人来。楚国有这样忠心的人还给吴国灭了，秦国找不出这样的人能管保不给人家灭了吗？万一吴国打到这儿来，谁来救我呐？就是为了劝化自己的大臣们，我也得出一回兵吧。"

秦哀公就派大将子蒲和子虎率领着五百辆兵车去跟吴军决一死战。申包胥一见秦国发兵，就先跑到随国去报告楚昭王。楚国的君臣一听见秦国发兵，就好像从绝路里得到了活路，大伙儿请申包胥带着楚王的一队兵马去跟秦国的兵马会合起来。楚国的大夫子西和子期也整顿了一部分兵马一块儿跟着去接应。

申包胥当了先锋，一碰见吴国的公子夫概，就打起来了。夫概已经打了好几回胜仗，不把楚国人放在眼里。两边交手不到一个时辰，夫概忽然瞧见对面竖着一面大旗子，上边有个"秦"字。这一下子，吓了他一大跳。他想："秦国的兵马怎么会到这儿来了呐？"不由得着急起来。心里一着急，哪儿还来得及收兵？就见子蒲、子虎、子西、子期的兵马挺勇猛地冲过来。夫概退下来足有五十多里地，才扎住营盘。查点人马，差不多损失了一半。

夫概赶紧跑回郢都见吴王阖闾，说："秦国的人马可够厉害的，怎么办呐？"阖闾真没想到秦国会来跟他作对，也有点担心。孙武说："楚国地界大，人又多，决不能那么容易收服。再说还有秦国出来帮助。我上回劝大王立公子胜为楚王，就是为了这个。依我说，不如跟秦国讲和，答应他们恢复楚国。"这时候，伍子胥只好同意这么办了，只是伯嚭还不服气。他非要去跟秦国见个高低不可。阖闾就让他再去试试。

没有多大工夫，伯嚭坐着囚车回来了。他带去的一万人马给人家杀得才剩下两千。孙武对伍子胥说："伯嚭为人傲慢，将来准会败坏你的事业。还不如借着他这回打败仗的因由，依照军法把他处治了倒干脆。"伍子胥说："这回他虽说打了败仗，可是先头他也立过功劳。再说，我跟他原本是同病相怜地在一块儿做事，怎么能够为了这一回的失败就把他杀了呐？”他请求阖闾饶了伯嚭，孙武只是摇着脑袋不作声。

吴国的兵马和秦国的兵马还对立着的时候，没有想到夫概竟带着自己的一队人马偷偷地回到吴国去了。他叫人向国里的人传话，说：“吴王给秦国人打败了，现在是死是活还不知道。依照咱们的规矩，王位应该传给兄弟，我如今就是吴王了。”太子波、专毅和被离守住城门，不让夫概进来。夫概打发人上越国去借兵，答应将来送给他们五座城当谢礼。

吴王阖闾听说夫概带着兵马私自回去了，心里非常疑惑。伍子胥说：“他准是回去抢夺王位。这儿有孙军师和我主持着，大王赶紧先带着一队人马回去吧。”阖闾就带着伯嚭连夜动身往回赶。在半路上，碰见了太子波打发来的人。他们说：“夫概自立为王，又勾结了越国，越国的兵马就快打进来了。”阖闾打发人去把孙武和伍子胥召回来。他又通告夫概的军队，说：“赶紧悔过的有赏，后来的死罪！”这一来，夫概的士兵就有一部分跑到吴王这边来的。吴国人一听见吴王回来了，就开了城门，出来打夫概。夫概受了两面夹攻，支持不住，只好逃到国外去了。

伍子胥还没退兵的时候，又接到了申包胥的一封信，说：“你灭了楚国，我恢复了楚国。这两桩事情都办到了。你我应当顾念自己的国家，别再伤了和气，连累百姓。你请吴国退兵，我也请秦人回去，好不好？”伍子胥和孙武答应退兵，不过要求楚国派使臣到吴国去迎接公子胜，封给他一块土地。楚国那方面也答应了。吴国将士就把楚国库房里的财宝全都运到吴国去，又把楚国的老百姓迁移了一万多户到吴国，叫他们住在人口稀少的地方。

楚国的都城已经给吴国人毁了，楚昭王就迁都到鄀城（在湖北省宜城县东南；鄀 ruò），称为新郢。楚昭王经过了这回大难，立志整顿政治，安抚百姓。楚国从此大约有十年光景过的是艰苦的日月。

阖闾回到吴国，把第一大功归给孙武。孙武不愿做官，一心一意地要回乡下去。伍子胥一再挽留他，他反倒劝伍子胥，说：“我不光是要保全我自个儿，还想保全你。你还是跟我一块儿躲开这地界吧，省得将来受人家的气。”伍子胥哪儿舍得走哇。孙武就自己走了。

阖闾对伍子胥说：“中原诸侯顶怕的就是楚国。我已经把它打败了，我能够代替晋国当霸主了吧。”伍子胥说：“晋国虽说丢了霸主的威声，可是齐国的国君一向要恢复齐桓公的事业，大王可别小瞧了他。”阖闾不言语，心里打算找个机会再把齐国打败，那他就可以横行天下了。哪儿知道齐景公也正打算着横行天下呐！

90 二桃杀三士

齐景公早就想代替晋国当诸侯的领袖。这个念头在他脑子里已经转了二十多年了。从前楚灵王攻打陈国和蔡国的时候(公元前 531 年)，蔡洧上中原来求救，各国诸侯全都怕楚国，不敢发兵。那时候，齐景公打发人上楚国去察看一下，想看一看这个“蛮子国”到底有多大的实力。晏平仲就是当初奉了这个使命上楚国去的人。楚国的君臣听见齐国打发使臣上这儿来访问，成心想侮辱他一下，显一显楚国的威风。他们知道晏平仲是个小矮个儿，就在城门旁边开了一个五尺来高的窟窿，叫他从这个窟窿钻进去。晏平仲倒也会说话，他说：“这是狗洞，不是城门。要是我上‘狗国’来，就得钻狗洞。要是我来访问的是‘人国’呐，就应当从城门进去。我在这儿等一会儿，烦你们先去问个明白，楚国到底是个什么国？”管城门的人立刻把晏平仲的话告诉了楚灵王。楚灵王只得吩咐人大开城门，把他迎接进来。那些个招待的人说了好些个难听的话讥笑晏平仲，没想到全都给他拿话驳回去，他们就再也不敢张嘴了。

楚灵王见了晏平仲，跟他开个玩笑，说：“难道齐国没有人了吗？”晏平仲说：“这是什么话？临淄一个城已经挤满了人：大伙儿要都呵一口气，就能够变成一片云彩；擦一把汗，就能够下一阵雨；走路的人肩膀擦着肩膀；一停步，后面的人就踩着他的脚跟。大王怎么说齐国没有人呐？”楚灵王说：“那么，为什么打发你来呐？”晏平仲一听这话，心里头又是气又觉得可笑。他就回答说：“敝国有个规矩：访问上等国，就派上等人去，访问下等国呐，就派下等人去。我最没有出息，就派到这儿来了。”说着他故意笑了笑，楚灵王也只得陪着笑了。

到了坐席吃饭的时候，武士们拉着一个囚犯从堂下过去。楚灵王问他们：“那个囚犯犯了什么罪？哪儿的人？”武士回说：“是个土匪，齐国人！”楚灵王扭过脸来，笑嘻嘻地跟晏平仲说：“齐国人怎么那么没有出息，做这路事情？”晏平仲说：“大王怎么不知道哇？江南的蜜橘，又大又甜。可是这种蜜橘种在淮北，就变成了枸橘，又小又酸了。为什么蜜橘会变成枸橘呐？还不是因为水土不同吗？同样的道理，齐国人在齐国能好好地干活，一到了楚国，就当了土匪了，也许是因为水土吧。”楚国的君臣觉得不是晏平仲的对手，大家伙儿对晏平仲反倒尊敬起来了。

晏平仲从楚国回来对齐景公说：“楚国虽说兵马挺多，可是没有了不起的人才。咱们没有什么怕他们的地方。主公只要把国家整顿好了，爱护百姓就成。还有一点，必须提拔有才干的人，远离小人。”齐景公挺赞成他的话，可是他把那“提拔有才干的人”这句话弄拧了。他以为喜爱打架的大力士就算是人才。他只知道提升大力士的职位。这么一来，晏平仲反倒替齐国担了一份心。

有一天，鲁昭公（鲁哀公的儿子，鲁成公的孙子）亲身来访问齐国。齐景公恨不得叫鲁国脱离晋国来归附齐国。这就特别隆重地招待着他。在坐席的时候，鲁昭公有叔孙舍做相礼（相当于傧相），齐景公有晏平仲做相礼。君臣四个坐在堂上。堂下站着齐景公顶宠用的三个大力士。他们站在那儿好像示威似的。晏平仲见他们三个人神气十足，得意洋洋的样儿，简直是眼空四海，目中无人，心里就挺不自在。他向来把这种武人当作老粗看待。齐景公可把这种老粗当作了不起的人才，真正的人才谁还愿意来呐？晏平仲一心想把这些个武人轰走，然后再举荐真正有才干的人来。正当两位国君喝酒的时候，晏平仲有了主意了。他向上禀报，说：“主公种了好几年的那棵桃树，今年结了桃儿了。我想摘几个来献给二位君主尝尝口味，不知道准不准？”齐景公就要派人去摘。晏平仲说：“我亲自去看着看园子的人摘吧。”

去了不大工夫，他托着一个木盘，里头搁着六个桃儿，红绿的嫩皮，里头一汪水都快滋出来了。齐景公就问他：“就这么几个吗？”他说：“还有几个不太熟，就摘了这六个。”齐景公叫晏平仲斟酒行令。晏平仲奉上一个桃儿给鲁昭公，一个给齐景公，又斟满了酒，说：“桃大如斗，天下少有；二君吃了，千秋同寿！”两位国君喝了酒，吃着桃儿，都说味道好。齐景公说：“这桃儿不容易吃到，叔孙大夫挺贤明，天下闻名。这回又做了相礼，应当吃个桃儿。”叔孙舍跪着说：“下臣不敢当。相国晏子协助君侯，才真贤明，国内政治清明，国外诸侯钦佩，功劳不小，这个桃儿应当赐给相国。”齐景公说：“你们两个人都有大功，各人赐酒一杯，桃儿一个。”两个大臣就奉命又吃又喝。晏平仲说：“还富余两个。我想主公不如叫臣下都说一说自己的功劳。谁的功劳大，就赏给谁吃。”齐景公叫左右传下令去，说：“堂下的侍臣里头，谁要是觉着自己有过大功劳，只管照直摆出来，由相国来评定，就赏给他一个桃儿，尝尝鲜。”

在齐景公顶宠用的那三个大力士当中，有个叫公孙捷的，往前走了一步，说：“我先头跟着主公上桐山打猎，忽然来了一只老虎，冲着主公扑过来。我赶紧上去把那老虎打死，救了主公。就凭这件事我应该吃个桃儿吧？”晏平仲说：“你救了主公的命，这功劳可真不小哇。”转过身去对齐景公说：“请主公赏他一盅酒，一个桃儿。”公孙捷赶紧谢恩，一口就把酒喝了，吃着桃儿下去了。

另一个大力士名叫古冶子，挺莽撞地说：“打一只老虎有什么了不起。我先头跟着主公过黄河的时候。遇见了一个老鼋。它一下儿把主公的马咬住，把马拖下水里去了。我跳下水去跟老鼋拼命，挣扎了半天，到了儿我把老鼋弄死，救出了主公的那匹马。这难道不算是功劳吗？”齐景公插嘴说：“那天要是没有他啊，我连命都没有了！吃，吃！”晏平仲给他一个桃儿，又给他斟了一盅酒。

第三个大力士田开疆，气冲冲地跑上来嚷嚷着说：“我曾经奉了主公的命令去打徐国。我杀了徐国的大将不算，还逮住了五百多个敌人，吓得徐国赶紧投降，连临近的郯国(在山东省郯城县;郯 tán)和莒国都归附了咱们。就凭这个功劳也配得个桃儿吃吧？”晏平仲说：“像你这样为国出力，帮助主公收服属国这么大的功劳，比起打老虎，斩老鼋的功劳还要大。可惜，桃儿都吃完了，赏你一盅酒吧。”齐景公说：“你的功劳顶大，可是你说得晚了。”田开疆挺生气地说：“打老虎，斩老鼋有什么稀奇？我跑到千里之外，为国增光，反倒没吃着，在两位国君跟前丢人，我还有什么脸面站在这儿呐？”这个老粗拔出宝剑来就抹了脖子。

公孙捷吓了一跳。他说：“我凭着打死老虎这么点功劳，抢了田开疆的赏，自个儿真觉得脸红。我要是活着，哪儿对得起田开疆呐？”说话之间，他也自杀了。古冶子大声嚷着说：“我们三个人是患难之交，同生同死的把兄弟，我一个人活着，太丢人了！”他也自杀了。齐景公每回急忙叫人去拦住，都没来得及。

鲁昭公直发愣。他挺抱歉地站起来，说：“我听说这三位勇士都是天下闻名的人才，没想到今天就为了这两个桃儿都自杀了，未免太可惜，连我心里头都觉得非常不安。”齐景公叹了一口气，没说话。晏平仲好像没有事似的说：“这样的武人虽说有用处，可不是什么了不起的人才。今天死三个，明天就能来三十个。多几个，少几个，没什么大紧要。咱们还是喝酒吧。”

三位勇士都是天下闻名的人才，没想到就为了两个桃子都自杀了，真可惜啊。

鲁昭公走了之后，齐景公问晏平仲，说：“你在鲁侯跟前说了大话，给齐国总算保持了威风。可是我到哪儿再去找这样儿的勇士呐？”晏平仲说：“我要推荐一个人来，准保抵得过这三个人。”齐景公挺着急地问：“谁呀？你赶紧去把他请来！”

91 整顿纪律

晏平仲对齐景公说：“我知道齐国有一个文武双全的人，他叫田穰苴（rángjū）。他现在隐居着。主公打算恢复先君桓公的事业，他是个好帮手。”齐景公埋怨他，说：“你既然知道有这样的人，怎么不早点请他来呐？”晏平仲说：“有才能的人出来做事，不光要挑选主人，还要挑选同事的。像穰苴那样的人哪儿能跟那些个光有血气之勇的武人一块儿做事呐？”齐景公心里还惦记着那三个勇士，晏平仲越说他们不怎么样，齐景公越觉得他有偏心。这一来，对他的话就未免起了疑。没想到本国的探子跑进来报告，说：“晋国听说我们死了三个勇士，就发兵侵犯我们的边疆，夺去了几个城。燕国也趁着这时候侵略过来了。”齐景公叫晏平仲立刻去把穰苴请来。

穰苴见了齐景公，君臣谈讲起来，挺对劲儿。齐景公拜他为大将，发了五百辆兵车去抵挡晋国和燕国。穰苴心里犹疑着不敢动身。他知道齐国的将士有个顶大的毛病，就是不遵守纪律。齐景公见他好像不便开口，就问他还有什么为难的事。穰苴说：“我是个乡下老粗儿，一下子执掌兵权，当了大将，免不了有人心里不服气。再说军队里顶要紧的就是得有个章程。没有章程的话，万一有人自以为当初出过力、有过功劳，不听军令，这么一来，全军就容易出乱子。主公要是能派个亲信能干的大臣做监军，我才能放心。”齐景公就把自己顶亲近的大夫庄贾派去做监军。

穰苴对庄贾说：“明天就要发兵，一准中午会齐，请监军准时上营里来。”庄贾答应了一声，回去了。

第二天早半天，穰苴先到了兵营里，叫士兵立起一根标杆，好测量太阳的影子，跟着就打发人去请庄贾。庄贾是齐景公顶宠用的红人儿，素来骄横惯了的。他哪儿把穰苴放在眼里？那天亲戚朋友都上他家去给他送行，大伙儿喝着酒，嘻嘻哈哈地有说有笑到了时候了，酒还是喝得没结没完的，走不了。穰苴又打发人去催他。他直怪穰苴派人来催，叫他在亲友面前丢脸。要是马上就去，那不是变成穰苴的使唤人了吗？他嘴里说："这就去。"可是故意慢点动身。不这么着，就显不出自己的身分和架子。直到散了席，太阳都偏西了。庄贾才坐着车，醉么咕咚地到兵营里来，晃晃悠悠地走到台上。就瞧见穰苴威风凛凛地站在那儿，迎头就问他："监军为什么到这会儿才来？"庄贾拱了拱手，说："因为今儿个出兵，几家亲友都来送行，多喝了点酒，来晚了一步。"穰苴说："当将帅的一得到出发的命令，就得撇开家；上了战场，连自己的命都不能顾了。现在敌人已经打到我们家门口来了，急得主公吃不下，睡不着。主公既然把大权交给了咱们，咱们就应当什么也不能顾，赶紧上去打退敌人要紧，哪儿还有闲工夫跟亲友吃喝作乐呐？"庄贾脸上显着有点不得劲儿，笑嘻嘻地说："日子总算没误，将军别怪了！"穰苴大声地说："你别以为主公抬举你，就成心耽误军情大事。要是临阵打仗，像你这样，咱们的军队还不全葬送在你的手里吗？"他转脸跟军法官说："按照军法，不按时报到的将士应该怎么处治？"军法官说："应当砍头！"庄贾一听见"砍头"，酒也吓醒了，想要往台下跑。穰苴当时叫武士们把他绑上。庄贾吓得直央告。他手下的人连忙去告诉齐景公。

齐景公立刻打发另一个宠用的大夫，名叫梁丘据的，拿着节杖去救庄贾。梁丘据赶紧坐着车，直拿鞭子抽马，飞似的跑到营盘里来。穰苴一见，喝令站住。跟着就问军法官："在军营里跑马的，应当怎么处治？"他说："应当砍头！"这一下子把梁丘据吓得脸都变成灰色的了。他哆嗦着说："这跟我不相干，我是奉了主公的命令来办事的。"穰苴说："将军在军队里可以不接受君王的命令。你既是主公派来的，就饶了你。可是，军法不能不遵守。"他就叫武士们把车拆了，把马砍了，作为替代。梁丘据这时候也知道庄贾已经杀了，他只好抱着脑袋回去。

军队里一瞧穰苴整顿纪律，真是铁面无私，没有一个人再敢违抗命令了。穰苴的兵马还没到边界，晋国和燕国的兵马已经给吓跑了。穰苴率领着大队兵马一直追下去，杀了好些个敌人，收复了给敌人夺去的那几个城。晋国和燕国只得来跟齐国讲和。齐景公就拜穰苴为大司马。

中原诸侯知道了齐景公任用晏平仲为相国，穰苴为大司马，不由得全都又惊奇又赞叹。从这儿起，对齐国就另眼看待。晋国的名声和势力反倒不如齐国了。

公元前501年(周敬王十九年)，齐景公正打算拉拢鲁国跟别的中原诸侯，把齐桓公当年的事业重新干一下，可巧鲁国的阳虎跑到齐国来，请齐景公派兵帮他去打鲁国。

提起阳虎，他是鲁国大夫季孙氏的家臣。怎么一个家臣就有这么大的势力呐?

原来是这么一回事：鲁国的国君鲁昭公被大夫季孙如意(季孙行父的孙子)轰出去了(公元前517年,周敬王三年,鲁昭公二十五年)，压根儿就没能够回来。鲁国的老百姓都护着季孙氏，说鲁昭公失了民心，不配做国君。他死在国外，谁也不去可怜他。鲁国的政权全在季孙氏、孟孙氏、叔孙氏三家大夫手里。鲁昭公死在外头，三家大夫立鲁昭公的兄弟为国君，就是鲁定公。鲁定公也是个挂名的国君，大权还是在他们三家手里。那时候，周天王的实权早就掌在诸侯手里，可是诸侯的实权呐，多半又掌在大夫手里。这是因为大夫要从诸侯那里夺取实权，不得不向老百姓让步来换取他们的拥护。一国的几家大夫得到了实权，国君独尊的局面就给打破了。大夫夺取国君的实权，大夫的家臣又想夺取大夫的实权。

公元前502年，季孙氏的家臣阳虎不但要夺取季孙氏的大权，而且还要把季孙、孟孙、叔孙三家灭了，打算把整个鲁国大权把到自己手里来。“三桓”(见第22篇)给逼得没法儿，只好合到一块儿去对付阳虎，才把阳虎打败。他跑到齐国，请齐景公派兵帮他去打“三桓”。齐景公觉得这不行。晏平仲请齐景公把阳虎送回鲁国去。齐景公就把阳虎逮住押回鲁国去。半道上阳虎买通了看守他的人，让他逃了。齐景公给鲁定公写了一封信，告诉他阳虎偷着跑了，还约鲁定公到齐、鲁交界的夹谷(在山东省莱芜县)开个会议。鲁定公自己不敢作主，就把三家大夫请来商量。

季孙斯(季孙如意的儿子)对鲁定公说：“齐国为了偏护着先君昭公，屡次三番地来打咱们，弄得咱们老没个安定。现在他们愿意和好，咱们怎么能不去呐？”鲁定公说：“我去开会，谁当相礼跟我一块儿去呐？”大夫孟孙何忌推荐鲁国的大司寇去。大司寇是谁呀?

92 有文有武

孟孙何忌推荐大司寇孔丘当相礼。孔丘就是天下闻名的孔子。他父亲是个地位并不高的武官，叫叔梁纥。叔梁纥已经有了九个女儿和一个儿子了。他儿子的腿有毛病，也许是个瘸子。叔梁纥虽然上了年纪，可是还想生个文武双全的儿子。他又娶了个小姑娘叫颜征在。他们曾经在曲阜东南的尼丘山上求求老天爷赐给他们一个儿子。后来他们果然生了个儿子，他们觉得这个儿子是尼丘山上求来的，给他取名叫孔丘，又叫仲尼（“仲”就是“老二”的意思）。孔子三岁上死了父亲。母亲颜氏受人歧视，孔家的人连送殡也不让她去。她跟小孩儿以后的日子不用说多么难过。颜氏挺有志气，她带着孔子离开老家陬邑（陬 zōu）的昌平乡，搬到曲阜去住，靠着自己一双手来抚养孔子。孔子小的时候，没有什么可以玩的，他好几次见过他母亲祭祀他亡过的父亲，也就摆上小盆、小盘什么的玩着祭天祭祖那一套东西。

孔子十七岁那一年，母亲死了。他不知道父亲的坟在哪儿，只好把他母亲的棺材埋在曲阜。后来有一位老太太告诉他，说他父亲葬在防山（在曲阜县东），孔子才把他母亲的坟移到那边。那一年，鲁国的大夫季孙氏请客招待读书人。孔子想趁着机会露露面，也去了。季孙氏的家臣阳虎瞧见他，就骂着说：“我们请的都是知名之士，你来干什么？”孔子只好挺扫兴地退了出去。他受了这番刺激，格外刻苦用功，要做个有学问、有道德修养的人。他住在一条叫达巷的胡同里，学习“六艺”，就是：礼节、音乐、射箭、驾车、书写、计算等六门课程。这是当时一个全才的读书人应当学会的本领。达巷里的人都称赞他，说：“孔丘真有学问，什么都会。”孔子很虚心地说：“我会什么呐？我只学会了赶车。”

孔子在二十六七岁的时候，担任了一个小小的职司叫“乘田”，工作是管理牛羊。他说：“我一定把牛羊养得肥肥的。”果然，他所管理的牛羊都很肥。后来他做了“委史”，干的是会计的工作。他说：“我一定把账目弄得清清楚楚。”果然，他的账目一点不出差错。孔子快到三十岁的时候，名声大起来了。有些人愿意拜他做老师。他就办了一个书房，招收学生。贵族学生、平民学生他都收。过去只有给贵族念书的“官学”，孔子办了“私学”，以后贵族独占的文化教育也可以传给一般的人了。鲁国的大夫孟僖子临死的时候，嘱咐他两个儿子孟懿子和南宫适（kuò）到孔子那儿去学礼。后来南宫适向鲁昭公请求派他和孔子一块儿去考察周朝的礼乐。鲁昭公给了他们一辆车、两匹马和一个仆人，让他们到洛阳去。那一年，孔子正三十岁（公元前 522 年，周景王二十三年，鲁昭公二十年）。他到了洛阳，特地送了一只大雁给老子作为见面礼，向他请教礼乐。

老子姓李，名聃（dān），年纪比孔子大得多，在洛阳当周朝守藏室的大官(相当于现代国家图书馆馆长)。他见孔子来向他虚心求教，很喜欢，还真拿出老前辈的热心来，很认真地教导孔子。末了，还给孔子送行。他说："我听说有钱的人给人送行的时候，送钱；有德行的人赠几句话。我没有钱，就冒充一下有德行送你几句话吧：第一，你说的那些古人早已死了，骨头也都烂了，只有他们的话还留着；第二，君子遇着好时机，就驾着车去，时运不好，就走吧；第三，我听说会做买卖的人把货物藏起来好像没有什么似的，道德极高的人看上去好像挺笨似的；第四，你应当去掉骄傲、去掉欲念，因为这些对你都没有好处。我要告诉你的话就是这几句。"孔子一一领受了。他回到鲁国，对他的门生们说："鸟，我知道它会飞；鱼，我知道它会游；走兽，我知道它会跑。可是，会跑的可以用网去捉；会游的可以用钩子去钓；会飞的可以用箭去射。至于龙，我就不知道它怎么样风里来、云里去，怎么样上天。我见了老子，没法捉摸他，他大概像一条龙吧。"

就在孔子会见老子那一年年底，郑国的大夫子产死了。郑国人都流泪，也有哭的，好像死了亲人似的。孔子一听到子产死了，也哭起来。他说："他真是我所想念的古代爱人的人！"孔子很钦佩子产，也跟他见过面，像尊敬老大哥那样尊敬子产。在想法上也多少受了他的影响。比方说，郑国遭到了火灾，别人请子产去求神，还说："要不然，接着还得发生火灾。"子产可不答应。他说："天道远，人道近；我们要讲切近百姓利益的人道，不讲渺渺茫茫的天道。"郑国有了水灾，别人又请他去祭祀龙王爷。子产又不答应。他说："我们求不着龙，龙也求不着我们。谁跟谁也不相干。"这些思想在当时可以算是很了不起的。孔子在讲天道、人道方面是跟子产相像的。

鲁昭公被季孙如意轰出去的时候，孔子才三十五岁。那时候，"三桓"争权，鲁国很乱，齐景公正想做一番事业。孔子就到了齐国，想实现他的理想。齐景公待他很客气，还想用他。他先探听探听晏平仲的意见。晏平仲固然挺佩服孔子的人品和学问，可是不赞成他的主张。他对齐景公说："孔丘那一派讲究学问的人有两种毛病：一种是太清高；一种是太注重礼节。太清高了，就看不起别人，像这种自命不凡、举动傲慢的人，就不能够跟底下的人弄到一块儿去。国家大事几个人哪儿办得了？这是一点。太注重礼节，就顾不到穷人的生活。咱们齐国人，一天忙到晚，还得处处节省，才能够对付着过日子。他们哪儿有闲工夫，哪儿有富余钱，去琢磨琐琐碎碎的礼节跟些个又细致又麻烦的仪式呐？孔丘出来的时候，车马的装饰可讲究了；吃饭的时候，对于饮食的样式那份讲究，就更不必说了。走路得有一定的样儿；上台阶得有一定的步法。人家连衣服都穿不上，他还要在那儿讲究礼乐；人家没有房子住，他还要叫人讲究排场，倾家荡产地去办丧事。要是咱们真把他请来治理齐国，老百姓可就要让他弄得更穷了！”

晏子和孔子的主张不同，两个人合不到一块儿去。晏子对孔子的态度是：恭敬他，可是远远地躲着他。齐景公到了儿没用孔子。

孔子在齐国呆了三年。他三十七岁的时候，又回到了鲁国。他把全付精神放在教育事业上。他教学生注重仁爱、研究历史、学习文艺、关心政治、讲究礼节，而礼节当中最要紧的是谦虚。他的门生之中，德行、政治、言语、文学等造就特别高的就有七十二人。他们老师和门生之间好像一家人那么亲密，大伙儿对孔子非常尊敬，把他当作他们的父亲一样。

到了公元前501年，孔子已经五十一岁了。他在鲁国做了中都宰。第二年，他做了司空，又由司空升为大司寇。齐景公约鲁定公到夹谷去开个会议。鲁定公请孔子做相礼，准备一块儿到齐国去。孔子对鲁定公说：“我听说讲文事的也必须有武备。就是讲和，也得有兵马防备着。从前宋襄公开会的时候，没带兵车去，结果，受了楚国的欺负。这就是说，光有文的没有武的不行。”鲁定公听了他的话，让他去安排。孔子就请鲁定公派申句须和乐颀(qí)两个大将带领五百辆兵车跟着上夹谷去。

到了夹谷，两位大将把兵马驻扎在离着会场十里地的地方，自己随着鲁定公和孔子一同上会场里去。开会的时候，齐景公有晏平仲当相礼，鲁定公有孔子当相礼。举行了开会仪式之后，齐景公就对鲁定公说：“咱们今天聚在一起，实在不容易。我预备了一种挺特别的歌舞，请您看看。”说话之间他就叫乐工表演土人的歌舞。一会儿台底下打起鼓来，有一队人扮做土人模样，有的拿着旗子，有的拿着长矛，有的拿着单刀和盾牌，打着呼哨，一窝蜂似的拥上台来，把鲁定公的脸都吓白了。孔子立刻跑到齐景公跟前，反对说：“中原诸侯开会，就是要有歌舞，也不应该拿这种土人打仗的样子当做歌舞。请快叫他们下去。”晏平仲也说：“说的是啊。咱们不爱看这种打架的歌舞。”晏平仲哪儿知道这是齐国大夫黎弥和齐景公两个人使的诡计。他们本来想拿这些“土人”去威胁鲁定公，好在会议上向鲁国再要些土地。经晏平仲和孔子这么一说，齐景公也觉着怪不好意思的，就叫他们下去。

黎弥躲在台下头，等着这些“土人”去吓唬鲁定公，自己准备在台底下带着士兵一齐闹起来。没想到这个计策没办到，只好另想办法。散会以后，齐景公请鲁定公吃饭。正在宴会的时候，黎弥叫了几个乐工来对他们说：“你们上去唱《文姜爱齐侯》这个歌，把调情那一段表演出来，为的是当面叫鲁国的君臣丢脸。完了之后，重重地赏你们。”他布置完了，上去对齐景公说：“土人的歌舞不合鲁君的口味，我们就唱个中原的歌儿吧。”齐景公说：“行，行！”

那几个擦胭脂抹粉的乐工就在齐、鲁两国的君臣跟前连唱带跳地表演起来了。唱的是“夫人爱哥哥，他也莫奈何！”这些个下流词儿。气得孔子拔出宝剑，瞪圆了眼睛，对齐景公说：“这种下贱人竟敢戏弄诸侯，应当定罪！请贵国的司马立刻把他们治罪！”齐景公没言语。乐工们还接着唱：“孝顺儿子没话说，边界起造安乐窠！”这明摆着是侮辱鲁国的君臣，孔子忍不住了，就说：“齐、鲁两国既然和好结为弟兄，那么鲁国的司马就跟齐国的司马一样。”跟着他就扯开了嗓子向堂下说：“鲁国的大将申句须和乐颀在哪儿？”那两位大将一听见孔子叫他们，飞似的跑上去把那两个领头的乐工拉出去。别的乐工吓得慌慌张张地全跑了。齐景公吓了一大跳，晏平仲挺镇静地请他放心。这时候，黎弥才知道鲁国的大将也在这儿，还听说鲁国的大队兵马都驻扎在附近的地方，吓得他也缩着脖子退出去了。

宴会之后，晏平仲狠狠地数落黎弥一顿。他又对齐景公说：“咱们应当向鲁君赔不是。要是主公真要做霸主，真心实意地打算和鲁国交好，就应当把咱们从鲁国霸占过来的汾阳地方的灌阳、郓城和龟阴这三块土地还给鲁国。”齐景公听了他的话，把三个地方都退还给鲁国。鲁定公反倒不怎么高兴，向齐景公道了谢，就回国去了。

鲁定公收回了失地，为什么反倒不怎么高兴呐？原来这几个地方是当初鲁僖公封给季友的。如今名义上虽说退还给鲁国，实际上只是给季孙斯多加了些土地。季孙斯多加了土地，公家的势力就更小了。季孙斯可挺感激孔子，准备格外重用他和他的门生。

93 拆城头

季孙斯收了孔子的门生子路和冉有（冉 rǎn）当了家臣。季孙斯的势力越发大了。有一天，季孙斯问孔子，说：“阳虎是跑了，可是公山不狃（季孙氏的家臣；狃 niǔ）眼瞧着又起来了，怎么办？”孔子说：“家臣的势力一大，大夫反倒受了他们的压制。必须把他们的城墙再改矮了，家臣们才不敢随便叛背大夫。”

那时候，不必说一般的诸侯失了势力，就是掌握在大夫手里的大权也跑到家臣们的手里去了。鲁国在外表上是给“三桓”占了，其实这三家的土地又给他们的家臣占了。那时候，诸侯和大夫只是政治上的贵族，家臣们倒很实际地做了地主。比方说，季孙斯的老根那个地方叫费城（在山东省临沂县西北；费 bì），由他的家臣公山不狃掌握着。孟孙何忌的老根叫成城（在山东省宁阳县东北），由他的家臣公敛阳掌管着。叔孙州仇的老根叫郈城（在山东省东平县东；郈 hòu），由公若藐掌管着。这三家大夫就知道拼命地扩充自己的势力，不受国君管。可是他们三家的家臣也一样地都扩充自己的势力，也照样地不受大夫管。这三个家臣把那三座城墙修得又高又厚实，跟鲁国的国都曲阜一样。因此，孔子主张把城墙改矮了。

季孙斯把孔子的意思告诉了孟孙何忌和叔孙州仇。他们全挺赞成。三个大夫就通知三个家臣，叫他们赶紧把城墙矮下三尺去。那三个家臣没想到会出这个事。他们一时都没有主意了，答应也不好，不答应也不好。费城的公山不狃想起一个人来，要跟他去商量一下。他是那时候鲁国顶有名的人，叫少正卯。公山不狃请他出个主意。少正卯反对孔子。他说：“为了保卫国家才把城墙砌得又高又结实。要是怕掌管这城的臣下造反就把城墙改矮，那倒不如把城墙都拆去不是更干脆吗？可有一样，赶上别国打过来，这儿一点挡头都没有，那又怎么办呐？那位孔先生是打算把国君的势力把持到他手里去，才出了这个主意，去拆散家臣们的势力。他哪儿知道失去势力另有别的缘由。再说，有这些家臣们牵制着大夫，大夫才不敢过分地难为国君。要是把家臣的势力拆散了，那不是给大夫增加了势力吗？大夫的势力一大，国君的势力就更小，君位就更不牢靠了。为了保卫国家，城墙应当往高里长，不应当改矮。孔先生这种办法恐怕不太合适吧。”

三家的家臣本来恨不得把自己的地盘巩固起来，如今听了少正卯这套话，大伙儿就把主人的命令扔到脖子后头去了。三家大夫一见家臣们还没把城墙改矮，就带着士兵围住城。费城的公山不狃首先叛变，又去约会成城的公敛阳和郈城的公若藐一起反抗。公若藐胆子小，不敢跟他们一起干，就给他的一个手下人侯犯杀了。侯犯代替了公若藐，跟公山不狃联合到一块儿。公敛阳可没动手。三家大夫有孔子出主意帮忙，大家伙儿联合起来对付着这两个家臣，可就好办多了。公山不狃和侯犯打了败仗，跑到别国躲着去了。

叔孙州仇就把郈城的城墙落了三尺。季孙斯也把费城照样改了。孟孙何忌叫公敛阳把城墙拆去三尺。公敛阳找少正卯给想个法子。少正卯说：“郈城和费城是为了公山不狃和侯犯背叛过，才把城墙改矮了。您要是也把城墙改矮了，不是您自己承认跟他们一块儿背叛主人了吗？再说，成城是鲁国北面顶要紧的一座城。要是城墙不高、不结实，万一齐国打过来，那可就守不住了！”公敛阳就回复孟孙何忌，说：“我把守成城，不光是为了孟孙一家，也是为了整个鲁国！万一齐国打过来，城墙改矮了，怎么守呐！我为了鲁国的安全，宁可把自己的命扔了也不能听别人的话拆去一块砖！”

孔子听见这话，就对孟孙何忌说：“这话准是别人告诉公敛阳这么说的。”他叫孟孙何忌和季孙斯把这件事告诉鲁定公，叫鲁定公召集大臣们商量一下，这城墙到底应该拆不应该拆。鲁定公就召集了大臣们商量这件事，叫孔子判断。大伙儿一研究，有的主张应该拆，有的主张不应该拆，各有各的理由。少正卯一向是反对孔子的，这会儿反倒故意随着孔子的心意，说：“我赞成孔司寇的主张，应该把城墙矮下三尺去。因为这么一来，至少有六种好处：第一，尊重了国君；第二，巩固了国都的形势；第三，可以减少私人的势力；第四，让那些反叛的家臣没有依靠；第五，能叫三家大夫心平气和；第六，能叫各国诸侯也照样地做。”孔子看出了少正卯的奸诈，在他的花言巧语后面藏着坏主意，当时就站起来驳他，说：“这太不像话了！三家大夫都是鲁国的左右手，难道他们是培养私人势力的吗？公敛阳忠心为国，他难道是反叛的家臣吗？少正卯明明是挑拨是非，叫君臣上下彼此猜疑怨恨。这种挑拨是非、扰乱国家大事的人应当判死罪！”大臣们觉得孔子这么说，有点偏差，全都给少正卯直解说。有人竟说“少正卯是鲁国有名的人，就算他说错了话，也不至于就有死罪。”孔子说：“你们哪儿知道少正卯的奸诈？他的话，听着好像挺有理，其实都是些个坏主意。他的举动，看着好像叫人挺佩服，其实，都是假装出来的。像他这种心术不正，假充好人的小人顶能够颠倒是非地诱惑人，非把他杀了不可。”孔子终于把少正卯杀了。

孔子在夹谷会上取得了外交上的胜利；拆了城头，削弱了家臣们的势力；杀了少正卯，叫人不敢暗中挑拨是非。鲁定公和三家大夫都挺虚心地听从孔子的主张来改进朝政。鲁国自从让孔子治理以后，据说仅仅三个月工夫就变成了一个挺像样的国家了。比方说，要是有人在路上丢了什么，他可以到原地方去找，准能找得着。因为没有主儿的东西，就没有人拣。夜里敞着大门睡觉，也没有小偷儿溜进去偷东西。这么一来，别的国一听到鲁国治理得那么好，都担着一份心。尤其是贴邻的齐国，又是恨，又是怕，就有人出来想法去破坏鲁国的内政。

晏平仲虽说不愿意跟孔子一块儿做事，也不赞成孔子的主张，他可不干涉别国的事。等到晏平仲一死，齐国的大夫黎弥掌了大权。他就变着法儿想破坏鲁国的事。他劝齐景公给鲁定公和季孙斯送一班女乐去。这种女乐对没有能耐的糊涂君臣正合口味。要是让孔子瞧见，他准得脑袋疼。齐景公叫黎弥瞧着办去吧。

齐国的使者带领着女乐到了鲁国，一边拿了国书去见鲁定公，一边在南门外搭起帐篷先把女乐安顿下来。领队的怕歌舞不够好，就在南门外练习一下，同时也给鲁国人欣赏欣赏。鲁定公和季孙斯没等女乐进宫，偷偷地穿上便衣到南门外看歌舞去了。

第二天，鲁定公偷偷地叫季孙斯写了封回信，赏了来人，就把八十个歌女留在宫里。鲁定公在这八十个歌女里头挑了三十个赏给季孙斯。从此，鲁定公和季孙斯就天天陪着美人儿。孔子未免要叨唠几句。他们对孔子也就恭恭敬敬地躲着他了。子路对孔子说："鲁君不办正事，咱们走吧！"孔子叹了口气，说："我哪儿不想走呐？可是我打算在这儿再等几天。我想过了祭祀节期再说吧。主公也许还能够遵守大礼呐。不是到了没法的时候，我总不愿意离开他。"

到了祭祀那天，鲁定公到场应应卯就走了。依照当时的规矩，祭祀过的肉应当由国君很隆重地分给大臣们。可是鲁定公把这件要紧的事推给季孙斯去办。季孙斯又推给家臣去办，家臣又推给底下人去办，底下人拿来自个儿受用，索性谁也不分了。孔子祭祀完了回到家里，眼巴巴地等着国君送祭肉来。一直等到晚上，也没见送来，直叹气。子路说："老师，怎么样了？"孔子说："唉，我干不下去了！命里该着，命里该着！"这回他决心离开鲁国。子路、冉有也辞职不干了。除了他们两个以外，还有别的几个门生，一块儿跟着孔子走了。

94 周游列国

孔子离开鲁国的时候，已经五十五岁了（公元前 497 年，周敬王二十三年，鲁定公十三年）。他不能往东走，因为东边正是齐国，刚用美人计把孔子轰走。他往西到卫国去，因为卫国的大夫蘧伯玉是孔子的好朋友，而且卫国的宠臣弥子瑕和子路是联襟。孔子到了卫国，住在弥子瑕家里。卫灵公(卫献公的孙子)给他的俸禄跟鲁国给他一样。可是有人在卫灵公面前说，孔子不是卫国人，带着这许多门生到这儿来，是替鲁国做事的。卫灵公就派了一个心腹跟着孔子进进出出，监视着他的行动。

孔子在卫国不能够发挥自己的才能，打算上陈国去。他也不跟人家告辞，就带着门生走了。他们路过一个叫匡的地方(在河南省长垣县西南)，那边的人把他当作阳虎，就把孔子和他的门生包围起来。因为阳虎早先压迫过匡人，匡人都恨他。可巧孔子的相貌有点像阳虎，匡人就趁着他不得意的时候打算报仇。子路想要跟匡人打一打。孔子拦住他，说："我和匡人没冤没仇，他们为什么把我围起来呐？这一定是个误会。"他坐下来弹琴，让人家知道他是个心气沉静的文人，不是阳虎。恰好卫灵公派人来请孔子回去，匡人才知道是他们自己弄错了，直向孔子赔不是。孔子白白地受了五天罪。

孔子又回到卫国。这回给卫灵公的夫人南子知道了。她想利用孔子，屡次打发人去请他。孔子推辞不了，只好去拜见南子。子路可在外头撅着嘴、气哼哼地等着。一见孔子出来，就挺生气地怪孔子不应当跟这种女人见面。他还疑心老师也许改变了主意，急得老人家冲着天直起誓，说："我要是有不合情理的地方，老天爷罚我，老天爷罚我！"

自从孔子见了南子之后，卫灵公就待孔子特别好。卫灵公出去的时候，叫南子一块儿坐在车里，还叫孔子陪着。卫灵公带着美女和孔子得意洋洋地在街上路过，觉得挺体面。可有一样，卫国的老百姓见了，一个个都觉得恶心得要吐。

孔子离开卫国，上曹国去。曹国也不能安身，就跑到宋国去。到了宋国地界，在一棵大树底下，和几个门生研究学问。宋国有个挺得宠的臣下，怕国君重用孔子，对他不利，就想办法要把他轰出去。宋国人倒挺能够顾全面子，先给孔子一个警告：他们把那棵大树砍倒了。孔子没法，只好离开宋国，上郑国去。

他到了那边，跟他的一些门生失散了，自己没有事，垂头丧气地在东门口站着。他的门生子贡沿路找他老师。有人告诉他说："东门口站着一个老头儿。他的脖子像皋陶(Gāoyáo)，肩膀像子产，腰以下比大禹短三寸，丧荡得好像一只无家可归的野狗，不知道是不是你老师。"子贡到了东门口一瞧，果然是他老师。他就把刚才那个郑国人所说的话，一五一十地告诉了孔子。孔子听了反倒笑着说："皋陶、子产、大禹我都不像。要说一只无家可归的野狗，这倒挺像，挺对！"

后来孔子到了陈国，就在一位同情他的大官家里住了三年。这时候，晋国和楚国争夺陈国，紧接着吴国又来攻打。孔子就打算还是回到卫国去。他们到了蒲城（在河南省长垣县）以后，可巧蒲城打起仗来了。兵荒马乱地把孔子夹在当中，急得他进退两难。幸亏蒲城有个勇士叫公良孺，他也是孔子的门生，带着五辆车马，来保护老师。可是蒲城的贵族提出一个条件。他们说："我们跟卫国有怨仇，您答应我们不上卫国去，我们就让您出去。"孔子答应了。他们还怕他说了不算，非要孔子起誓立约不可。孔子就跟他们冲着天起了誓。公良孺这才保护着孔子和他的门生们逃出来了。孔子一逃出蒲城，马上就上路往卫国去。子贡问孔子，说："老师不是刚立了约不上卫国去吗？您怎么不遵守盟约呐？"孔子说："强迫着立的约不算数。这种约就是不遵守，老天爷也不管。"

孔子到了卫国，住在蘧伯玉家里。卫灵公正在发狠心想把卫国弄得强大点儿，一听说孔子又回来了，挺高兴地欢迎着他。他抱着一肚子的希望向孔子讨教操练兵马和打仗的计策。孔子对他说："我就懂得关于礼节和道德这些事，没学过打仗。"卫灵公一听这话，心里就凉了。孔子又离开卫国。接着卫灵公的儿子，太子蒯聩（Kuǎikuì）为了反对他母亲南子，给卫灵公轰了出去。卫灵公一死，蒯聩的儿子当了国君，就是卫出公。他不让他父亲回国。蒯聩借了晋国的兵马来夺君位。孔子听到儿子跟父亲争地盘，非常讨厌。他越走越往南去了。他到了陈国，又想到蔡国去。

楚昭王听说孔子在陈国和蔡国一带呆着，就打发人去请他。这时候，陈国和蔡国正恨着楚国，一见楚国派人来请孔子，就把孔子当作敌人。两国的大夫发兵把孔子围住。好在孔子的门生当中有好些人是能打仗的。他们拿少数人抵抗着多数人，保护着孔子。孔子给人家围在里头，三天没吃的。他就饿着肚子弹弹琴，解解闷气。有时候还给门生讲书。可是有几个人已经饿得病倒了。子路发了脾气。他问孔子："君子也有倒霉的时候吗？"孔子说："君子、小人都会碰到困难，可是君子碰到困难不变节，小人碰到困难就乱来了。"

孔子一面和学生们谈论，一面派子贡到楚国去接头。到了第四天，楚国的兵马到了，总算把孔子他们接到楚国去。楚昭王打算封给他一块土地。楚国的令尹子西反对这件事。他说："大王千万可别小瞧了孔丘。他不像个当臣下的人。跟着他的那班人里头有文的、有武的，都是头等人才。要是他们有了地盘，慢慢地往大里发展，到那时候，大王想管他可就管不住了！”楚昭王一听，对待孔子的那一片热心，可就凉下去了。

孔子知道楚国也不用他，他决定还是回到卫国或者鲁国去。孔子在回到卫国去的路上，瞧见两个人正在耕地。他叫子路去问他们渡口在哪儿。子路问路的时候，他们反问子路说：“坐在车上的是谁？你是谁？”子路告诉了他们。他们说：“现在的世道到处乱哄哄的，哪儿不都是一样？与其跑来跑去，找这个、投那个，还不如像我们这样不去管它的好。”他们说了这话，就不再理子路，继续耕他们的地。子路回来把他们的话告诉给孔子。孔子想了一想，说：“正因为到处乱哄哄的，我才跑来跑去呀！要是天下太平了，我何必到处跑呐？”

孔子回到卫国，已经六十三岁了。卫出公请他做大夫，他推辞了。鲁国的相国季孙肥（季孙斯的儿子，也叫季康子）派人来请孔子和冉有回去。孔子就回到本国，不打算再上各处去奔波了。他的门生当中，子路、子羔留在卫国做官，子贡、冉有在鲁国做官。打这儿起，孔子就一心一意地把精力搁在编书上头。他编了好几本书，其中最主要的一本叫《春秋》，批判地记载从鲁隐公元年到鲁哀公十四年，就是公元前722—前481年的大事。这一段时期在中国历史上就叫“春秋时期”。

95 “不，不敢忘！”

孔子周游列国的时候，南方的吴国和越国正打得不可开交。公元前496年（周敬王二十四年，鲁定公十四年，就是孔子给匡人围困的那一年），越王允常死了，他的儿子勾践继承了王位。吴王阖闾为了当初越国不帮他去打楚国，反倒帮着夫概造反，打算趁着越国有丧事，发兵去攻打。伍子胥拦着说：“人家有急难，咱们不应该打过去。暂且等一等，过些日子再说吧。”阖闾不听他的话，他叫伍子胥守住本国，自己带着伯嚭、王孙骆、专毅这些人，率领着三万精兵去攻打越国。越王勾践也亲自带着大将诸稽郢、灵姑浮、畴无余、胥犴（hàn）这些人去抵挡。

吴国的兵马和越国的兵马在醉李（在浙江省嘉兴市南）地方碰上了。越王勾践和大将们都打算趁着吴国兵马刚到，立刻就冲破他们的阵线。可是一瞧吴国军队的阵脚挺整齐，好像铜墙铁壁似的，一时不容易冲过去。勾践先派了几十个人用挺特别的法子去冲锋。这几十个人分为三行，一个个光着膀子，拿着刀，把刀搁在自己的脖子上，按部就班地走到吴国军队阵前。三个头目向吴国军队行了个礼，说："我们的国王得罪了贵国，非常不安。我们情愿替他死！"说着，他们就从从容容地割下了自己的脑袋来。其余的人，也一个个把脑袋割下来了。吴国的士兵从来没见过这种稀奇古怪的举动，大伙儿都纳起闷来，彼此议论纷纷。有的不敢相信自己的眼睛，有的还说是假的，跑过去看了看尸首。真的，一个个尸首都没有脑袋了，直挺挺地躺在那儿，弄得吴国人摸不清到底是怎么回事，就乱了队伍。正在这个时候，畴无余和胥犴带着两队人马，一打呼哨，"忽拉"一下冲过去。吴国的军队没防备有这一招儿，一时心慌意乱，来不及抵挡，就败下去了。诸稽郢和灵姑浮埋伏着的士兵一齐杀出来，左冲右撞，见人就砍，把吴王阖闾吓得从车上掉下来。灵姑浮拿着刀上来，阖闾赶紧往后一缩，他的右脚已经给砍了一刀。跟着，又来一刀，可巧叫专毅架住。王孙骆急忙把阖闾救出去，专毅受了重伤，差点给人逮住。幸亏伯嚭的军队赶到，一边抵挡，一边往后退兵。人马损失了一半。阖闾受了重伤，又搭着上了年纪，受不了那份疼痛，还没回到国里，就断了气。又呆了几天，专毅也死了。

这时候，太子波已经死了，伍子胥就立太子波的兄弟夫差为国王。夫差决心要给他父亲报仇，叫人每天提醒他几回。一清早起来，他手下的人就扯开了嗓子，问他："夫差！你忘了越王杀了你的父亲吗？"夫差流着眼泪，说："不，不敢忘！"吃饭的时候，临睡的时候，也这么一问一答地提醒着他。同时，叫伍子胥和伯嚭在太湖操练水兵，自己操练兵车。

一晃儿两年多过去了。公元前 494 年，吴王夫差祭过了太庙，派伍子胥为大将，伯嚭为副将，亲自带领着大队人马，从太湖出发去打越国。越国有两个很出名的大夫，一个叫文种，一个叫范蠡。文种原来是楚国的宛令(宛，在现在河南省南阳市；令，县令，相当于县长)，范蠡是他的知己朋友。他们都是楚国知名之士。以前晋国派申巫父子帮着吴国练兵，吴国成了楚国的劲敌，就这么替晋国牵制了楚国。同样，楚国派文种和范蠡帮着越国，也就是叫越国替楚国牵制着吴国。这会儿范蠡听到夫差发兵，就对越王勾践说："吴国练兵，已经快三年了。这回决心来报仇，来势汹汹。咱们不如守住城，不跟他们交手。我认为只有这个办法好。"文种也说："依我说，还不如跟吴王赔个不是，向他求和，往后再慢慢地想办法。"勾践说："这哪儿行呐？吴国跟咱们辈辈都有仇。他们既然来打咱们，咱们也就只好抵挡一下。如今两国还没交锋，咱们就先跟人家讲和赔错，往后还有脸见人吗？”勾践就派三万壮丁去跟吴国人拼个死活。

两国的水兵先在太湖的夫椒（在江苏吴县西南太湖里）打上了。夫差亲自站在一只大船上使劲地打鼓。士兵们一见国王这个样儿，全都加了十倍的勇气，又碰着顺风，战船就冲着越国那边直驶过去。船上的弓箭手精神百倍，借着风势，他们的箭射得更远。这一下子，越国的大将灵姑浮和胥犴都受伤死了。吴国的水兵趁势追下去，把越国的水兵差点杀得全军覆没。勾践一瞧势头不好，立刻叫范蠡守住固城（在江苏省高淳县南），自己带着五千人跑到会稽山躲着去了。吴国人不放松，紧跟着上了岸，屠杀越国的老百姓，抢掠老百姓的牛羊，不但烧毁房屋，连地里的庄稼也给烧了。吴国的大军很快地围住了固城。右边是伍子胥的军队，左边是伯嚭的军队，两面夹攻，急得范蠡只好向勾践请求救兵。

勾践连急带吓，弄得一点儿办法都没有，直后悔不该跟吴国打仗。大夫文种说：“别再犹疑了！赶紧去跟人家讲和吧！”勾践说：“都到这份儿了，他们还能答应吗？”文种说：“吴国的大将伯嚭向来跟伍子胥面和心不和。伍子胥办事周到严实，伯嚭怕他功劳太大，把他盖过去，没有出头的日子。再说他又是个贪财好色的小人，咱们只要去拉拢他，他准能帮助咱们。还有一节，吴王和伯嚭两个人非常投缘，和伍子胥反倒像小学生见了老师似的。因此，只要伯嚭一点头，吴王不会不答应的。伍子胥一个人想拦也就拦不住了。”勾践就叫文种瞧着办去。

96 石屋看马

文种到了吴国的兵营里，拜见伯嚭。伯嚭架子挺大，瞪着眼睛坐在那儿，动也不动。文种跪在地下，说：“越王勾践年幼无知，得罪了贵国。他如今已经后悔了，情愿当个吴国的臣下。他怕吴王不答应，特地打发我来恳求您。您是吴王顶亲信的大臣，这些年来功劳最大，吴国的大事全都得靠着您处理。只要您在吴王跟前说句话，什么事没有不成的。勾践奉上白璧二十双，金子一千两，又从国里挑选了八个美女，派到这儿来伺候您。这点孝敬，请您先收下，以后还要不断地来孝敬您。”伯嚭听了文种的话，浑身都舒坦。可是他还装腔作势，显出满不在乎的样子，拿三个手指头捻着下巴颏儿底下几根长短不齐的松针胡子，说："越国眼瞧着快完了，越国所有的全都是吴国的了。你想拿这么点东西来打动我吗？"文种说："越国虽说打了一个败仗，可是多少还有点兵马可以守住会稽。万一吴国再要逼过来，还能够拼命地打一阵。要是再打败的话，只得放火一烧，把库房里的财宝烧个精光，吴国休想能得着什么。就算能得着一些财宝，吴王也未必能全都赏给您。我们不去恳求吴王，也不上右边兵营里去，偏偏来跟您求饶讲和，还不是为了您一向就比他们贤明吗？"伯嚭点了点头，说："你们也知道我向来不会欺负人。好，就这么办吧：明天带你去见大王！"

当天晚上，伯嚭先把这事跟夫差说了一遍，夫差答应了。第二天，文种跪在夫差面前，把勾践请求讲和的意思说了。夫差说："越王情愿当我的臣下，他们两口子愿意跟着我上吴国去吗？"文种说："既然当了大王的臣下，自然应当去伺候大王。"伯嚭插嘴说："勾践夫妇情愿上吴国来伺候大王，越国就是吴国的了。大王答应了吧。"夫差就答应了。

右边兵营里的伍子胥听说越国打发人来求和，赶紧跑到中军去见吴王夫差。他一见伯嚭和文种站在夫差旁边，就气冲冲地问夫差，说："大王答应了吗？"夫差说："已经答应了。"伍子胥大声嚷着说："不能！不能！"吓得文种往后退了几步，心口扑通扑通地直跳，就听伍子胥说："越国和吴国是势不两立的。吴国不把越国灭了，越国就一定会把吴国灭了。再说先王的大仇，不能不报！"夫差给伍子胥说得回答不上来，挺害臊地看了看伯嚭。伯嚭说："这回大王把越国打败了，越王情愿做臣下，先王的仇已经报了。相国也曾经给父兄报过大仇，为什么不把楚国灭了呐？你自个儿报了仇，答应楚国求和，当了个忠厚的君子。这会儿大王的仇也报了，你反倒叫大王不依不饶的。难道你做了忠厚的事，倒叫大王刻薄起来吗？"夫差连连点头，说："可不是。相国先上后边歇息歇息吧！"气得伍子胥只能唉声叹气地出来了。

他出来碰见了大夫王孙雄。伍子胥对他说："越国十年生聚，十年教训，用不了二十年工夫就能够把吴国灭了！"王孙雄冲他笑了笑，有点不信。气得伍子胥更是连连叹气。他弄得没有一个人能跟他同心合意的了。可是他还舍不得离开吴国。

文种回到会稽，报告了求和的经过。勾践召集大臣们，要把国家大事托付给他们经营。他见了他们，哭个没结没完，话都说不出来了。大伙儿劝解越王只管放心到吴国去。他们都下了决心，在国里苦干，想法子恢复越国。勾践就拜托文种和大臣们管理国事，自己带着夫人和范蠡上吴国去。越国的大臣和老百姓沿路哭着送行。

勾践到了吴国，夫差让他们两口子住在阖闾大坟旁边的石屋里，叫勾践给他看马。范蠡跟着他做奴仆的工作。夫差每次坐车出去，勾践总得给他拉马。吴国人老指着勾践，说："瞧！这是咱们大王的马夫！"勾践老是低着头，不言语，随便让人家取笑。就这么过了三年。在这三年当中，勾践挺小心地伺候着吴王，真是百依百顺的，比别的使唤人还要驯服。文种还时常打发人给伯嚭送礼。伯嚭老在吴王跟前给勾践说情。

有一回夫差病了，勾践托伯嚭代话，说他听说大王病了，挺惦记的，想来问候问候。夫差瞧他殷勤得挺可怜的，答应了。伯嚭带着勾践到了内房，夫差正要拉屎，勾践赶紧过去扶着他。夫差叫勾践出去。勾践说："父亲有病，做儿子的应当服侍；大王有病，做臣下的也应当服侍。再说我还有点小经验，瞧见拉的是什么屎，就能知道大王的病是轻是重。"夫差只得让他扶着。拉完了之后，夫差觉着舒坦点。勾践偷偷地掀开马桶盖，背地里不知道干些什么，回头就向夫差磕个头，说："恭喜大王！大王的病已经过了险劲儿了。要是没有别的变化，再呆几天就完全好了。"夫差说："你怎么知道的？"勾践说："我刚才仔细看了大王的粪，瞧那个颜色，闻那个味道，就知道肚子里的恶毒已经发散出来了。"夫差听了，大受感动。他说："唉！我太亏负你了。等我病好了，我准放你回去。"

夫差害的病本来没有什么大不了的。呆了几天，就大好了。他答应勾践回越国去，还预备了酒席给他送行。伍子胥又来拦住他，夫差真冒了火儿了，气冲冲地说："我得病的当儿，勾践挺小心地服侍我。你倒好，连句话也没有。老摆着你那老前辈的架子，不准我干这个，不准我干那个！我盼望老相国往后少说话吧！"伍子胥不便开口，一声没言语。

公元前491年（周敬王二十九年）夫差亲自送勾践上车。勾践夫人拜谢了吴王，也上了车。范蠡拉着缰绳，说了一声"再会"，君臣三个人就一直回越国去了。

97 卧薪尝胆

勾践回到越国，大臣们一见，一个个都是又高兴又伤心。勾践对他们说："我是个国破家亡的奴才，要不是诸君这么尽心尽意地出力，我哪儿还有回国的一天？"范蠡说："这是大王的洪福，哪儿能算是我们的功劳呐？但愿大王从今往后，时时刻刻记住石屋看马的耻辱，越国才有盼头，我们的仇准能报得。这是我们做臣下的和全国人唯一的愿望！"勾践说："我决不叫你们失望！"他就叫文种管理国家大事，叫范蠡整顿兵马，自己挺虚心地接受别人的意见，对一些穷苦人，真心实意地想办法救济他们。这么一来，全国的人个个欢喜，恨不得把自己的能耐全都拿出来，好叫这受欺压的国家变成一个强国。

勾践唯恐眼前的舒服把志气消磨了，他就改变日常生活，把软绵绵的褥子撤去，拿柴草当作褥子。在吃饭的地方挂上个苦胆，每逢吃饭的时候，先尝一尝这苦味。这就叫"卧薪尝胆"。他为了这回亡国之后，人口减少了，就订出几条奖赏生养的条例来。例如：上了年纪的人不准娶年轻的姑娘做媳妇儿；男子到了二十岁，女子到了十七岁，还不成亲的，他们的父母要受一定的处罚；快要临盆的女人，必须报官，好派官医去照顾她；添个小子，国王赏她一壶酒，一口猪；添个姑娘，国王赏她一壶酒，一只小猪；有两个儿子的，官家给养活一个；有三个儿子的，官家给养活两个。赶到种地的时候，越王亲自拿着锄头在地里干活，为的是让庄稼人好提起精神，加劲种地，多打粮食。国王的夫人也老出去，看望看望织布纺线的姑娘和大娘们。没有事的时候，自己也在宫里织布。七年里头，国家什么捐税都不收。穿衣、吃饭，处处节省。全国差不多都不吃荤，也不穿漂亮的衣裳。他们自己这么节省，为的是给吴王夫差进贡。夫差见勾践月月有东西送来，非常满意。越国又进贡了一大批麻布和蜂蜜。吴王更加高兴了。这一来，两国相安无事。可是勾践反倒着急起来了。

有一天，他对文种说："要是老这么下去，怎么能跟吴国报仇呐？"文种说："我有七个计策，能够灭吴国，报咱们的仇：第一，多多给吴国送贿赂，让吴国的君臣喜欢；第二，收买吴国的粮食，弄空他们的仓库；第三，用美人计去诱惑吴王，让他荒淫无道；第四，送给吴国顶好的砖、瓦、木料和木工、瓦工，叫吴国大兴土木，为的是让他劳民伤财；第五，打发探子去当吴国的臣下；第六，到处散布谣言，叫忠臣们退避不问国事；第七，自己多积攒粮草，操练兵马。这么着，到了时候，管保能把吴国灭了。"勾践连连点头，说："好计策！好计策！"

这时候，夫差正打算起造姑苏台。越王趁着这个机会，预备了几根又长又大的木料，打发文种送去。夫差从来没见过这么大的木料，非常高兴。

勾践惟恐眼前的舒服把志气消磨了，他就拿柴草当作褥子，在吃饭的地方挂上苦胆，每逢吃饭的时候先尝一尝这苦味，就这么“卧薪尝胆”。

可是这几根大木料竟把起造姑苏台原来的计划改变了。大材不可小用，姑苏台得加高一截，还得往大里开展，才能够高矮合适。这么一来，工程可就大了。苦了吴国的老百姓，连黑天带白日地干着，有时候还得挨揍。

勾践见文种的这一个计策起了作用，就叫他和范蠡去找美女。范蠡说："这事我早就准备好了。托大王洪福，我找着了一位又精明又懂大义的姑娘。她叫西施。她情愿舍出自己身子，去给大王报仇。她还约了个帮手，叫郑旦。大王把这两个人送给夫差，文大夫的第三个计策管保又能办到。"勾践就打发范蠡护送她们上吴国去。

范蠡带着西施和她的帮手郑旦上吴国去。西施和范蠡本来是一对情人。这一路上真是有说不出来的伤心难受。倒是西施挺有志气，咬着牙，把自己的眼泪往肚子里咽，脸上还装作挺正经的样儿来。她对范蠡说："你别伤心了！咱们亡了国，还能随自己的心意讲恩爱吗？咱们已经把身子献给国家，就不能再那么儿女情长的了。再说，送给夫差的只是我的身子。我的心永远是你的，谁也抢不去。我不怕别的，我就怕将来计策成功了，你也许不认我了。那时候，就是咱们还有见面的日子，我哪儿还有脸再见你呐？"范蠡低着脑袋一声不言语地听她说着这番话，听到末了这两句，急得他直起誓发愿地说："你为了大王，为了父母之邦，为了我，去受这么大的委屈，我已经佩服得没有话说了。我要是不把你当作天底下顶纯洁的女子看待，叫老天爷重重地罚我！"

他们进了吴国的王宫。模样长相是不用说的了，外加西施那种才干、见解和谈吐，处处高人一等。没有几天工夫，夫差就当了西施的俘虏。西施不光叫夫差宠爱她，还叫夫差尊敬她。她见夫差成天价陪着她，反倒生了气。她皱着眉头子，说；"大王知道如今天下的大势吗？楚国打了败仗之后，还没恢复元气；晋国早就失了霸主的威风；齐国自从晏平仲一死，国里头没有了不起的人；鲁国三家大夫就知道拼命地扩充自个儿的权势。中原诸侯哪儿有一个能够跟大王相比的呐！大王不趁着这时候去干一番顶天立地的大事业，反倒天天陪着我们饮酒作乐，人家还准以为是我把您的志气消磨了。您就是不替吴国增光耀祖，至少也该为了疼我，去当中原的霸主，让我在历史上也好落个美名儿。"夫差听了西施这篇高论，每个汗毛眼都充满了快乐和佩服。

正在这时候，齐国派使者来请求吴国派兵一同去打鲁国，说是为了鲁国欺负邾国。夫差诚心要上中原去做一番事业，就答应齐国，发兵去跟齐国军队会师。

原来郳国的国君娶了齐悼公（齐景公的儿子）的妹妹做夫人，觉得有了大国做靠山，就得意起来，慢慢地跟鲁国不和了。鲁哀公（鲁定公的儿子）叫季孙斯去打郳国，把郳君逮了去。齐悼公认为鲁国逮了他的妹夫，就是瞧他不起，这才去约会吴王夫差一块儿去打鲁国。鲁哀公一听齐国借了吴国的兵马来打他，赶紧把郳君放了，又向齐国赔不是。齐悼公有了面子，不想再打仗。当时打发使者去对吴王夫差说："鲁国已经求和了，不敢再劳动大王的大军，请回去吧。"夫差可不答应，他说："这么老远的道儿，发一回兵也不容易。叫我发兵也是你们，叫我退兵也是你们，难道说我吴国是你们齐国的属国吗？"他就带着这大队人马去打齐国。鲁国见风转舵，连忙给夫差送礼，跟着他一块儿去打齐国。两国的兵马一直冲进齐国，吓得齐国人乱起来了，连上带下没有不埋怨齐悼公的，说他不该把敌人请进来。这时候齐国顶有势力的大夫陈恒（陈亘，也叫田常；古文田陈二字通用）和鲍息两家就借着这个碴儿把齐悼公杀了，向吴王夫差请罪求饶，情愿年年进贡，服侍吴国。这么着，不但鲁国，连齐国也做了吴国的属国了。

夫差一发动，就收服了齐、鲁两国。他从中原回来，越发佩服西施，把她当作谋士，老跟她谈论国家大事。有时候朝廷上有什么疑难的事也得跟她商量一下。有一回，夫差对她说："今天越国的大夫文种上这儿来。他说，越国收成不好，粮食不够，打算跟咱们借一万石（dàn）。过年如数归还。你瞧这事应该怎么办？"西施说："大臣们怎么说的？"夫差说："他们也没有一定的主张。伯嚭他们劝我答应。伍子胥说什么也不干。"西施冷笑了一声，撇着嘴，说："芝麻大的事也值得费这么大的劲？大王是个精明人，您没听见过'国以民为本，民以食为天'这两句话吗？越国已经属于大王的了，每个越国人全都是大王的人。难道说大王就这么忍心让他们活活地饿死吗？早先齐桓公在葵丘开大会的时候，就不准诸侯囤积粮食，每个国家都应当帮助闹饥荒的邻国。秦穆公还拿大批的粮食去救济敌国的难民，他才称得起西方的霸主。难道大王还比不上齐桓公、秦穆公吗？"夫差连连点头称赞，说："大臣们也有劝我应该救济越国的，可是他们没像你说得这么透。我明儿个就答应文大夫就是了。"

文种领了一万石粮食，回到越国。勾践跟大臣们乐得连嚷带跳。文种把这些粮食全都分给穷人。这一来，全国的人，没有一个不感激越王的。转过年来，越国年成丰收。文种就挑选了顶好的可以做种子的粮食一万石，亲自去还给吴国。夫差见勾践不失信，更加高兴了。他把越国的粮食拿来一瞧，粒粒足实、饱满，就对伯嚭说：“越国种的颗粒比咱们的大。咱们就把这一万石当作种子，这一来，咱们的庄稼也就更好了。”伯嚭就把越国的粮食分给农民，叫他们去种。到了春天，吴国的庄稼人下了种，天天等着新秧长出来。等了十几天了，还没出芽。他们想，好种子大概要比普通种子出得慢一点。就耐着心又等了几天。没想到全国撒下去的种子全霉烂了。他们没有主意了。后来，只好赶紧再用自己的种子，可是已经误了下种的时候。这一年的饥荒算是坐定了。吴国的老百姓都埋怨吴王不顾土地合适不合适，就冒冒失失地用了越国的种子。他们哪儿知道文种的狠劲呐？原来他送去的都是已经蒸熟了又晒干的种子啊！

越王勾践听见吴国闹了饥荒，就想发兵。文种说：“还早着呐！一来，伍子胥还在；二来，吴国的兵马还没派到别的国去。”越王勾践只好耐心等着，趁这时候扩大军队，操练兵马。

98 全凭一张嘴

伍子胥听说越王勾践扩充军队，操练兵马，就气冲冲地去告诉夫差。夫差把伯嚭叫来，埋怨他，说：“越国不是已经归顺咱们了吗？怎么勾践又派范蠡练起兵来呐？”伯嚭说：“大王封给勾践土地，也得有人把守。操练兵马，也是应当应份的事啊。”虽是这么说，夫差到底还不放心，心里就有点要征伐越国的意思。

夫差正想着要去征伐越国，还在犹疑不定的时候，可巧来了一位北方的客人，就是孔子的门生子贡。子贡怎么会跑到吴国去呐？原来上回吴国和鲁国一块儿打齐国的时候，齐国人杀了齐悼公，归附了吴国，立齐悼公的儿子为国君，就是齐简公。齐简公拜陈恒为相国，让他掌握着齐国的大权。陈恒善于收买人心，他用大斗把粮食借给穷人，收回的时候他用小斗。齐国的老百姓大多归向他。他不怕国君，他倒担心齐国的高家和国家抢他的地位，因此，他总得想办法不让他们过好日子，最好能叫他们出外打仗，死在外边。他就对齐简公说：“小小的鲁国竟敢跟着夫差来欺负咱们，这个仇不能不报。”齐简公当然同意了。陈恒就请齐简公派国书为大将，高无丕为副将，率领一千辆兵车去打鲁国。他还亲自送他们到汶水，一定要他们把鲁国灭了。这时候，孔子正在鲁国编书。他的门生子张从齐国回来，跟老师提起齐国兵马驻扎在汶水的事。孔子吓了一跳，说："鲁国是我父母之邦，哪儿能让人家灭了呐?"他就和子贡商量了一下，打发他上汶水去。

子贡到了汶水，求见陈恒。陈恒知道子贡是孔子的门生，就成心摆摆架子等着子贡去见他。他一见子贡进来，迎头就说："先生是来替鲁国说话的吗?"子贡说："我不是来替鲁国说什么话，我是来替齐国说话的。鲁国不是那么容易打得下来的，相国为什么发兵来呐?"陈恒说："鲁国有什么难打呐?"子贡说："鲁国的城墙又矮又薄，鲁国的护城河又窄又浅；君臣全都软弱无能，士兵打仗的能力很差。就因为这些个，我说鲁国不是那么容易打得下来的。我替齐国打算，还不如去打吴国。吴国的城墙又高又厚，吴国的护城河又宽又深；兵多将广，还都是久经大敌的。吴国够多么容易打啊!"陈恒差点把肚子都气破了，瞪圆了眼睛，大声地说："你这些话颠三倒四的，什么意思?"子贡不慌不忙地说："当然有意思喽！可有一样，我就是不能随便说。"说着就往四下里张望了一下。陈恒明白他的心思，叫底下的人全都出去，然后心平气和地向子贡拱了拱手，说："请先生多多指教。"子贡说："相国执掌着齐国的大权，难道大臣们就没有一个想跟您争一下子么？您准能压得住他们吗？就拿这回国书和高无丕他们来打这软弱无能的鲁国来说，没说的，准是马到成功。这么容易办到的事，也得算他们大功一件。他们的功劳一大，势力也就大了。要是您叫他们去打那强大的吴国，把他们牵制住，相国治理齐国可就方便得多了。"这一番话把陈恒说得连连点头，说："先生的话固然不错，可是齐国的兵马已经到了这儿，要是无缘无故地去打吴国，准得让人家起疑，那怎么行呐?"子贡说："这还不容易！您先叫兵马驻扎在这儿，我马上去见吴王，叫他发兵来救鲁国。这么着，您再叫国书和高无丕去跟吴王开仗，就有了名目了。"

陈恒真照子贡的主意，对国书他们说："听说吴国要来打齐国，咱们不如把兵马驻扎在这儿，先别发动，赶紧打发人去探听探听吴国的动静，然后再说。"国书答应了。陈恒自己就先回齐国去。

子贡见了吴王夫差，说："上回贵国联合鲁国去打齐国，齐国认为这是个挺大的耻辱，老想着报仇。如今齐国的大队人马已经到了汶水，他们打算先把鲁国灭了，然后再来跟贵国报仇。要让我瞧，大王还不如先发制人，派兵去打齐国。您要是把强横的齐国打败了，不光是救了鲁国，中原的霸主您还不是准当上了吗?”夫差说:“你的话说得不错。上回是齐国请求我把它收为属国,我才撤了兵。齐国没来朝聘,我本来就打算去征伐。谁知道事情一档跟着一档,这几天又听说越国也正在练兵,有意要来侵犯。我打算先去收拾越国,然后再去整治齐国。”子贡说:“越国还能成得了什么大事!齐国才是大王的对手!征伐越国没有多大的好处,放松齐国害处可大了。您要是不去救鲁国,中原诸侯准说您怕齐国。只有帮助弱小的、压制强横的,才能显出大王的气魄来!您要是担心越国,我愿意去跑一趟,叫越国也发兵跟着大王一块儿去打齐国,您瞧好不好?”夫差听了挺高兴,叫伍子胥上齐国去送战书,叫子贡上越国去通知勾践。

越王勾践听说子贡上越国来了,就派人到三十里地外去迎接。子贡见了勾践,说:“我刚才见了吴王,请他去打齐国,他可是打算先来征伐贵国。您要是想报仇,就不该叫人起疑。”勾践就跪起来(古人席地而坐,“跪起来”是由坐的姿势改成跪的姿势,而不是跪下去的意思),说:“先生可得想个法儿救救我!”子贡连忙请他坐下,对他说:“吴王这人向来骄傲自大,还喜欢人家奉承他。您顶好拉住那个专会奉承吴王的伯嚭,多多请他出主意。这回您必得亲自带一队人马帮着吴王去打齐国。他要是打败了,就损失了实力;要是打胜了,就得跟晋国争夺霸主的地位。这么下去,吴国准不得太平。吴国不太平,贵国就有了出头的日子了。”勾践就打发文种带了礼物跟着子贡一同去见夫差。

文种见了夫差,说:“东海下臣勾践,蒙大王不杀之恩,不知道该怎么样报答您才好。如今听说大王要去征伐强横的齐国,救护弱小的鲁国,勾践特地派我奉上最名贵的一些盔甲、宝剑,作为贺礼。大王发兵的时候,勾践也打算挑选三千精兵,听凭大王使唤。他自个儿还愿意来给大王当差。”夫差一听,非常得意。他向子贡说:“你瞧怎么办好?”子贡说:“勾践诚心诚意地来侍奉大王,您就答应他派三千人马来吧。可是他要是再自己跑了来,那就未免有点过分了。”夫差就对文种说:“你告诉他,不必亲自出马了。”文种辞别吴王回去了。

赶到吴国和齐国开了仗,子贡又跑到晋国去。他对晋定公说:“吴国跟齐国正在开仗。要是吴国打了胜仗,准得来跟贵国争夺霸主的地位。君侯您可不能不防备呀!”晋定公听了子贡的话,真就准备起来。子贡就这么四面八方地都弄妥当了之后,才回到鲁国去。赶到他向孔子报告的时候,吴国正把齐国打败了。这么着,孔子凭着门生子贡的一张嘴,总算齐国没打到鲁国来。

99 皱眉捧心

吴王夫差打败了齐国，回到吴国，文武百官都来给他朝贺，反正都是些个奉承他的话。唯独伍子胥站在旁边垂头丧气地一声不言语。夫差挺不高兴，他说："老相国一向不让我去打齐国，如今上上下下都立了功。你呐，反倒没有份。"伍子胥冷笑一声，说："哼！把齐国打败了，不过得了点小便宜；越国来灭吴国，那才是个大灾祸！大王别为了贪小便宜吃大亏才是啊。"夫差恨不得当时把他轰出去，可是他是先王手下的大臣，立过大功，只好耐着性子不理他就完了。

过了些日子，越王勾践亲自来给吴王朝贺。吴王夫差就对大臣们说："上回征伐齐国，有功的都得了赏。越王也派了三千人马，说起来也有功劳。再说他真心实意地顺服我们已经好几年了，我打算再封他一点土地，你们认为怎么样?"大伙儿都说："大王赏赐有功的臣下，非常贤明!"伍子胥趴在地下，气鼓鼓地说："大王怎么竟爱听这些个奉承的话呐？您不想灭越国，越国可准会来灭咱们的!"夫差动了气。大伙儿都劝伍子胥别说了，伍子胥哪儿肯听啊！他还一死儿引经据典，什么关龙逄啊，比干哪，足这么一唠叨，伯嚭听得不耐烦了，就说："你要是真正忠心为国，就不该把自个儿的儿子托付给鲍家啊!"

原来夫差没打齐国之先，打发伍子胥去送国书。书里的意思是数落齐简公不该欺负鲁国。这本来是夫差成心叫齐简公杀伍子胥的意思。没想到齐国的大夫鲍息是伍子胥的老朋友。他在齐简公跟前给伍子胥说了好话，才把伍子胥放回来。伍子胥预料吴国终究得有一场大祸，就私下里把他儿子伍封送到鲍息家里，托付鲍息给照管着，还改了名字叫王孙封。有人把这件事在伯嚭跟前泄了底。伯嚭就说伍子胥有了外心，这回才敢当面顶他。夫差一听，更是火上浇油，就对伍子胥说："我看在先王的面上，不能太为难你。可是你自己得要明白，往后别再见我的面了。"

当天晚上，夫差闷闷不乐地回到宫里，同西施和郑旦说起伍子胥的事。郑旦唉声叹气，西施揉着胸脯，瞪了郑旦一眼，转脸跟夫差说："怪不得他老拦着大王去打齐国呐，原来是给他自个儿留着退身！俗语说得好：'用人别疑，疑人别用。’大王要是用他，就得听他的话。那就先把我这个越国人杀了，再去打越国，然后一心一意地去服侍齐国。”说着，皱着眉头，捂着胸口，好像受了多大委屈似的。夫差知道她素来有心疼的毛病，这病一发作，她就皱着眉头，俩手捂着胸口（文言叫“捧心”），他就赶紧安慰西施，说：“这是怎么说的，我哪儿能听他的呐?”西施跟着说：“大王要是不用他，那么还留着这种有了外心的人干么？像这种人连本国的人他都屠杀，楚平王的尸首他还用鞭子抽呐！难道他还能怕您吗?”夫差在西施的手心里就好像墙头上的草，随风倒，西施要他往哪边倒就往哪边倒。

夫差叫人给伍子胥送一把宝剑去，那把宝剑有个名字叫“属镂”（lòu）。伍子胥拿着属镂叹息了半天，对手下的人说：“我死了之后，你们把我的眼睛挖出来，挂在东门口，我要瞪着眼睛瞧着越国的兵马进来！”说着，他就自尽了。那个送剑的人，把宝剑拿回来，把伍子胥临死说的话说了一遍。夫差叫人把伍子胥的尸首扔到江里去，气哼哼地说：“瞧你怎么样瞧着越国的兵马进来！”

夫差杀了伍子胥，拜伯嚭为相国，一心打算会合中原诸侯当个领袖。西施又故意劝他别为了儿女情长耽误了霸业。她的帮手郑旦可老是愁眉不展的，好像有说不出的苦楚憋在心里似的。日子一长，西施瞧着有点儿不对劲儿。有一天趁夫差不在家里，西施就问郑旦：“你怎么一天到晚老那么愁眉不展的?”郑旦吞吞吐吐地说：“也没什么，我老觉着，大王待咱们不错，我有点不忍心害他。可是也忘不了咱们越国的仇……你说，有没有两全齐美的办法呐?”西施怕她真会跟吴王一条心，那可坏了。她叫郑旦死了这个两全齐美的念头，就说：“没有！我劝你只要别破坏我的事就成了！”郑旦急得直起誓发愿的，嗔（chēn）着西施不体贴她的苦楚，抽抽搭搭地哭着说：“姐姐你放心，我虽说没有你那份刚强劲儿，可国仇跟私恩，多少我还能认得清！……”

后来，郑旦病了。越来越重，不到几个月工夫，她就死了。夫差非常伤心，把她埋在黄茅山，还特意给她立了一个祠堂。西施见夫差总是闷闷不乐，一边变着法儿地讨好他，一边老拿“大丈夫”、“英雄好汉”、“中原霸主”这些话去激他，为的是让吴国消耗实力，给越国进攻吴国造成有利条件。公元前483年，夫差就在橐皋（吴国的地名，在安徽省巢湖市西北柘皋镇；橐 tuō）会见了鲁哀公，又在发阳（卫国的地名，在江苏省如皋县东边）会见了卫出公。接着就打算召集各国诸侯，准备跟晋国争夺中原诸侯的霸权。

100 黄池大会

公元前486年，夫差为了进攻齐国，动用了大量的人工挖掘运河，直通淮河，贯通了长江和淮河两大流域。这样就可以利用运河率领水军从水路进攻齐国了。公元前484年，就在艾陵（在山东省泰安市东南）大败齐军，逮住了齐国的大将国书。齐国的副将高无丕差点在这一仗里送了命。夫差打了胜仗，更使他相信水上进兵的方便。他就征发了比上回更多的民工继续挖掘运河，北面通到沂水，西面通到济水。这一来，吴国的大军从吴都坐船出发，一路可以从运河直上北方，一路可以从长江到淮河，再从淮河通到泗水、沂水、济水三条大河。这么巨大的挖掘运河工程一完成，南北水上交通方便了，夫差要做霸主的心愿可以实现，可是吴国的人力、物力、财力差不多已经用完了，万一出个差错，就很难支持了。

公元前482年（周敬王三十八年，吴王夫差十四年，晋定公三十年，齐简公三年，鲁哀公十三年，卫出公十一年），夫差同着鲁哀公、卫出公一块儿到了黄池（卫国的地方，在河南省封丘县西南），派人去请晋定公来开会。晋定公不想去。赵鞅说："夫差这回亲自带着大队人马上中原来，声势非常强大。他成心跟咱们挑战。他派使者来请咱们去开会，这是'先礼后兵'的意思。咱们要是不去，反倒中了他的诡计。我想咱们不如带着大队人马上黄池去，不管是会盟也好，开仗也好，到时候随机应变。"晋定公就带着赵鞅去会吴王。

到了要订盟约的时候，为了次序先后这件事，闹了好几天。赵鞅的意见是晋国一向是诸侯的领袖，这回"歃血为盟"，晋国应当占先。夫差叫相礼王孙雄去对赵鞅说："晋国的祖先叔虞是周成王的兄弟，吴国的祖先太伯是周武王的叔伯爷爷，辈分大小差了三代。吴国是长辈，应当占先。再说以前晋国和楚国订立盟约的时候，已经让楚国占了先，难道说吴国还不如给吴国打败了的楚国吗？"这次序的先后关系重大，谁也不肯让步，会议就成了僵局。

就在大伙儿都僵着的时候，忽然吴国派人来见夫差，偷偷地报告，说："越王勾践派范蠡为大将，亲自带领着大军攻打吴国。太子友、王孙弥庸已经阵亡了；大将王子地抵挡不住，退到城里去了。情况非常紧急。请大王赶紧回去。”夫差听了这个信儿，心里当然焦急，脸上可不慌张。他对王孙雄说：“咱们可不能再跟晋国啰嗦了。今儿晚上你把三万六千士兵准备好，明儿一清早就向晋君进攻，非逼着他订立盟约不可。”王孙雄说：“咱们还是回去要紧哪。”夫差说：“不这么着，哪儿能回去呀？我想晋国决不敢跟咱们开仗。咱们要是不把会盟办完就这么撤兵，赵鞅那家伙准得来跟咱们为难。”王孙雄和伯嚭都很佩服吴王这种随机应变的本事。

第二天，天刚蒙蒙亮，吴王夫差亲自打着鼓，那三万六千人的兵营里头也都打起鼓来，震得会场就像天崩地裂似的，吓得各国诸侯直打哆嗦。赵鞅慌慌张张地赶紧打发人上吴国兵营去打听。夫差告诉他说：“天王有令，叫我主持会盟。晋侯要是不服，非要争先抢后地耽误日子不可，那你就去对他说，答应在今天，不答应也在今天。”那人回去，把夫差的话告诉了晋定公。同时鲁哀公和卫出公都在场，大伙儿急得说不出话来。赵鞅就请晋定公让步，可是夫差也得让步，中原诸侯才有面子。晋定公又打发人去对夫差说：“天王既然有令，我们哪儿敢不听呐！可是贵国既然尊重天王，也是天王的臣下。这吴王的称呼就不妥当。请把王号去了，改称‘吴公’，我们就听从吴公。”夫差觉得他说得有理，就用“吴公”的名义先“歃血”，然后晋侯第二个“歃血”，以下鲁侯、卫侯跟着“歃血”。黄池大会就这么“圆满而散”。夫差赶紧带着军队从江淮水路回去。

吴王夫差回去的时候，还怕齐国跟宋国不服，就派使者上成周(在河南省洛阳市东北;公元前516年,就是周敬王四年,天王从洛阳迁都到成周)去朝见周敬王，说：“以前楚国不尊重天王，我先君阖闾就征伐楚国，把他打败了。最近齐国也不尊重天王，夫差只好出兵惩罚他。夫差托天王的洪福，打了胜仗，特向天王奉告。”天王连忙慰劳吴国的使者，叫他传话，对夫差说：“伯父能这样辅助王室，我就可以不担心了。”周敬王还赐给夫差一张大弓和一块祭肉，那就是承认他为霸主的意思。

吴王到了半道上，一个跟着一个地接到了坏消息。士兵们知道国内打了败仗，加上这远道的劳累，不得歇息，已经没有打仗的心思了。越国的兵马又是经过好几年训练的，两边一交手，吴国的兵马就像秋天的树叶子经大风一刮，打得七零八落。夫差问伯嚭，说：“你不是说越国决不会背叛吗？如今这是怎么了？还不赶紧去跟越王讲和求饶，还傻呆着呐！”

伯嚭带着好些贵重的礼物跑到越国兵营，跪在勾践面前，央告求和。范蠡对越王说："吴国不是一下子就灭得了的，不如答应伯嚭，也算咱们报答他从前待咱们的那点好处。"勾践就答应吴国讲和，跟着退兵回去了。

这回黄池大会不光给越国一个进攻的机会，而且还引起了卫国和楚国的内乱。

101 帽缨系好

这回黄池大会夫差当了盟主以后，列国就得向他进贡，晋国的君臣觉得不但损失了利益，而且在中原诸侯面前威望可算丢尽了，打算在那些个软弱无能的诸侯里头找一两个做文章，好争回点面子。晋定公就想起当初他帮着卫太子蒯聩当了国君，他有两年多没来朝见进贡。这倒是个名目，就打发赵鞅带着大军去打卫国(公元前477年)。

提起卫太子蒯聩，他也是个宝贝。他当初眼见他父亲卫灵公睁个眼闭个眼，让南子(蒯聩的母亲)去跟公子朝来往，闹得全国人都知道了。太子蒯聩听见外边的议论，非常生气。他就跟一个家臣商量，叫他去把南子刺死。没想到那个家臣见了南子，不敢下手，反倒给南子瞧破了底细，就大声嚷着说："太子杀我!"卫灵公可火儿了，立刻要把太子弄死，吓得太子偷着跑到宋国去。后来又从宋国跑到晋国，央告赵鞅帮他的忙。谁知道卫灵公死了以后，南子和大臣们为了卫灵公已经废了太子蒯聩就把蒯聩的儿子立为国君，就是卫出公。可是晋国这方面，赵鞅叫那个从鲁国跑出来的阳虎护送着蒯聩，去跟卫出公争夺君位。卫国的大臣还真帮着儿子打爸爸。蒯聩不能回国，就和阳虎占领了卫国的戚城(在河南省濮阳市北)暂且住下。一面请赵鞅再想办法。

卫出公虽说当了国君，可是卫国的大权全在大夫孔悝(kuī)手里。孔悝的母亲孔姬是蒯聩的姐姐，她向着她的兄弟，不喜欢她的侄儿。可是孔悝跟他妈并不是一条心，他是帮着卫出公的，娘儿俩就分成两派。

这位孔姬也是个怪物。按说儿子当了大夫，执掌着国家大权，她应当是个老夫人了。哪儿知道满不是那么回事。她爱上了一个小伙子叫浑良夫，他是孔家的家臣。浑良夫对孔姬是百依百顺，孔姬叫他怎么着他就怎么着。孔姬叫他上戚城去探望她兄弟蒯聩，还想把蒯聩接回来。

浑良夫到了戚城，见了蒯聩，刚要下拜，蒯聩一把拉住他，挺亲热地跟他说："你要是能帮我当上国君，我准请你执掌大权。将来万一你犯了死罪，我饶你三回不死。"浑良夫满口答应，回来就跟孔姬商量。孔姬叫他带了两套女人的衣裳，再上戚城去接蒯聩，又派了两个武士打扮成赶车的。浑良夫和蒯聩扮做女人坐在车里混进城来。孔姬把他们当作丫头，收在家里。

第二天，孔悝上朝回来。孔姬问他："你妈一家最亲的是谁?"孔悝说："当然是舅舅喽。"孔姬说："你既然知道舅舅顶亲，为什么不立他为国君呐?"孔悝说："废太子，立国君，全是先君的命令。我哪儿敢不照着办呐?"说着，他装着解手的样儿，上厕所去了。孔姬早就安下了两个武士，左右一挤，把孔悝夹在中间，说："太子叫您去!"不由分说，把他拥到一个高台上来。孔姬站在蒯聩旁边，大声地说："太子在这儿，孔悝还不赶紧拜见!"孔悝只好拜见了蒯聩。孔姬挺着身子，瞪着眼睛对她儿子说："你今天愿意不愿意归顺舅舅?"孔悝说："随娘的便。"孔姬立刻吩咐手下的人宰了一口猪，叫太子蒯聩和大夫孔悝"歃血为盟"。一边留住那两个武士看住孔悝，一边就叫浑良夫打着孔悝的旗号传下命令，召集家丁，前去逼宫。

卫出公听说有人造反，慌里慌张地打发左右去请孔悝来。左右回报说："孔大夫早就给他们扣起来了。"卫出公吓得迷里迷糊地好像在做梦。末了，他就忙忙叨叨地开了库房，把值钱的东西都搬上车，上鲁国去了。有些不愿意归顺蒯聩的大臣，五零四散地躲开了。

孔子的门生子羔和子路都是孔悝的家臣。子羔听说主人给人家围困住了，就从城里逃出去。他到了城外，可巧碰见子路要进城去救孔悝。子羔对他说："城门已经关了，这又不是你的事，干么去自投罗网?"子路不听他的劝。他说："我拿了孔家的俸禄，就不能贪生怕死地不去救他!"他就一个人一气跑到城门口。城门早就关了。守城的人认得子路，对他说："国君早就跑了，你还来干么?"子路犯起傻劲来了。他说："我顶恨那些没皮没脸的人，吃了人家的饭，不管一点事。刚一听说主人有难，头一个就先跑了。我特地赶了来，给他们瞧瞧!"谁知道守城的人不管子路怎么说，就是不开城门。正巧城里有人出来，子路趁着城门一开，就挤了进去。一气跑到孔家，在台底下大声嚷着说："我子路在这儿，请孔大夫下来吧!"孔悝给左右看着，不敢言语。子路说："你们不下来，我把这台烧了。"太子蒯聩叫那两个武士下去跟子路打个明白。子路拿着宝剑，跟这两个人打上了。打了一会，武士们占了上风。这儿一戟扎过去，把子路的胸口扎通了。接着那儿一刀，又把子路的帽缨砍下来了。他们一瞧子路活不了啦，就回到台上去。子路躺在地下，正要断气的时候，忽然想起帽缨折了，帽子也歪了。一个挺讲究礼节的孔子的门生，怎么能这样衣冠不整地死去呐？他强挣扎着把帽子戴正了，帽缨系好了，说："君子死了，不应该不戴帽子的。"说着，他就安心地咽了气。

102 三不死

卫太子蒯聩仗着孔姬跟浑良夫，把大夫孔悝硬收过来，把他的儿子卫出公轰走，自己做了国君，就是卫庄公。卫庄公把第二个儿子疾立为太子，把浑良夫提升为上卿，和孔悝一块儿管理朝政。

这时候，孔子听说卫国起了内乱，就对他的门生们说："高柴（就是子羔）和仲由（就是子路）在卫国准得碰上大难。高柴也许还能回来，仲由是准死无疑的了！"门生们就问孔子这是什么缘故。他说："高柴知道事情应当从大处着想，他准能保全自己的命。仲由老仗着勇气，不怕死，分不出事情的轻重，他十成有八成得死。"话还没说完，果然子羔跑回来了。师生见了面，又是喜欢，又是难受。子羔说，子路多半是回不来了。没几天，卫庄公蒯聩派人来见孔子，说："新君即位，挺佩服您和您的门生，特地派我给您送一点味道挺好的东西来。"孔子道了谢，把罐子接过来。他打开盖儿一瞧，原来是一罐子肉酱。他连忙盖上，挺难受地跟来人说："大概就是我学生仲由吧？"来人一听，倒大吃一惊，说："可不是吗？您怎么知道的？"孔子说："卫君哪儿能给我送别的东西来呐？"孔子叫门生们把肉酱埋了。他们一个个都难受得掉下眼泪来，孔子更哭得伤心。他说："我就怕仲由不得好死，哪儿知道他死得这么惨！"打这儿起，孔子身子骨儿就一天不如一天。转过年来（公元前479年，周敬王四十一年，鲁哀公十六年）他死了，享寿七十三岁。

卫庄公蒯聩把子路剁成肉酱送给孔子，是给反对他的人瞧瞧的。他还想把别的对他不利的大臣全消灭了。他老觉得孔悝是卫出公的一党。到了儿把他轰出去。卫国的大权就落在浑良夫手里了。

卫庄公蒯聩眼瞧见库房全是空的。这哪儿行呐？他要听听浑良夫的意见。浑良夫说：“公子辄(就是卫出公)虽说不好，总是主公的儿子。再说卫国的库房全给他搬走了，主公要是能叫他回来，那么卫国的财宝自然也就回来了。”有人把这话传到太子疾的耳朵里。太子疾怕他哥哥回来抢他的位置，就暗中安上了几个武士和一口猪，趁空子把他老子蒯聩捆上，逼着他答应两件事：第一，不准公子辄回来；第二，把浑良夫杀了。卫庄公蒯聩弄得没有主意，可是不答应又不行，只好跟他儿子说：“这头一件事倒还好办。那第二件事，为了我当初有言在先，答应过浑良夫饶他三回死罪，那可怎么办呐?”太子疾说：“容他犯到第四回死罪的时候，总可以把他杀了吧。”卫庄公蒯聩觉得他两个儿子全不是好惹的，可是又没法儿办，不如少说话为是。太子疾宰了那口猪，爷儿俩就“歃血为盟”。

过了几天，卫庄公蒯聩请大臣们吃饭。在宴席上，浑良夫穿着狐狸皮袄，带着宝剑，和卫庄公坐在一块儿又吃又喝的，真是唯我独尊，旁若无人。太子疾一见，觉得机会来了，就叫武士们把他拉出去。浑良夫嚷着说：“我犯了什么罪呀?”太子疾说：“臣下见国君，必须穿礼服，你没穿礼服。这是第一个死罪。做臣下的陪着国君宴会，不应当带着兵器，可是你呐，竟挂着宝剑。这是第二个死罪。你在国君面前大模大样地穿着皮袄，目中无人。这是第三个死罪。”浑良夫说：“我不跟你争辩。就算我犯了三个死罪，也不至于死呀！主公当初有言在先，饶我三不死!”太子疾说：“公子辄是个大逆不道的家伙，你偏要叫他回来。这不就是第四个死罪吗?”浑良夫还想分辩，不过是“临死打哈欠”——白张嘴。

卫庄公把儿子卫出公轰走，虽说是他姐姐孔姬的力量，给他撑腰的还是晋国。可是“喝水的忘了掏井的”了。他一连气两年没去朝见晋定公。晋定公为了吴王夫差在黄池会上抢去了他盟主的地位，正是有气没有地方撒去，就借着卫庄公蒯聩两年没去朝见他的名义，使一使威风，也好遮个羞脸。他叫赵鞅发兵去打卫国。卫国的大臣们都怕晋国，一见晋国的大军到了，就把卫庄公蒯聩轰走。蒯聩和太子疾逃到戎州(卫国地名，在山东省曹县东南)。戎州人不但没帮着他们，反倒把他们爷儿俩全杀了。晋国就替卫国另外立个国君。齐国的陈恒一见晋国替卫国立个国君，他就发兵打到卫国，杀了新君，也替卫国立个国君。日子不多，卫国的大夫石圃把齐国立的那个国君轰走，重新把卫出公接回来恢复了君位。按说卫出公应该把石圃当作恩人了吧，他反倒把石圃轰出去。打这儿起，卫国的大臣们都害怕起来，他们为了保住自己的地位，就又把卫出公轰出去了。到了儿，晋国把卫庄公蒯聩的一个异母兄弟立为国君，就是卫悼公。卫国因为不断地发生内乱，更加衰弱下去，什么都得听从晋国的支使了。

103 攻城和守城

这时候，楚国国内又出了乱子。楚国已经被吴国弄得国破人亡，幸亏仗着申包胥借了秦兵，总算上下一心把楚国恢复过来。这回一见吴王夫差在黄池大会上占了晋国的上风，大伙儿又都担心起来。这时候，楚昭王死了，他的儿子即位，就是楚惠王。他仍然让子西为令尹，子期为司马。令尹和司马两个人为了害怕吴国，就叫白公胜加紧防卫着边疆，不让吴国的士兵进来。

这个白公胜就是当初跟着伍子胥逃难的太子建的儿子公孙胜，孙武曾经劝夫差立他为楚王。自从楚国和吴国讲和之后，令尹子西把公孙胜叫回国来，楚昭王封他为白公，在边疆上盖了一座城，叫白公城。本族的人都住在那儿，就叫白家。白公胜没忘了郑国杀了他父亲的仇恨，一心惦记着报仇。当初伍子胥为了看在那个打鱼的老头儿的面上，饶了郑国，又搭着郑国挺小心地服侍着楚昭王，一点没有失礼的地方，白公胜没法儿出去打郑国，只好忍耐着。后来楚昭王和伍子胥接连着都死了，他就对令尹子西说："郑国害死先太子，这事令尹是知道的。杀父之仇报不了，我哪儿还有脸做人呐？令尹要是顾念先太子的话，请发兵去打郑国，我情愿当先锋！"令尹子西也不说应当不应当去打郑国，只是敷衍了事地说："新王刚即位，国里头还没十分安定，还不能跟人家开仗。你再等些日子吧。"

白公胜不死心，这回借着加紧防御边疆的名义，就在白公城招兵买马，训练军队。呆了些日子，他又向令尹子西请求。令尹子西没有法子，只好答应他去打郑国。刚要发兵的时候，晋国的赵鞅倒先打起郑国来了。郑国还像过去一样，向楚国求救。令尹子西已经答应了白公胜去打郑国，这时候怎么能去救郑国呐？这不是自己打自己的嘴吗？可是令尹子西就爱打自己的嘴，他带着兵马去救郑国，还跟郑国订了盟约。这一来，简直把白公胜气死了。他大骂子西不讲信义。他说："既然答应我去打郑国，不帮着我倒也罢了，怎么反倒救了郑国呐？"打这儿起，他就决心要杀子西。

公元前479年（周敬王四十一年，黄池开会之后的第三年），白公胜打到吴国的边界，打了一个胜仗，抢了不少盔甲、武器。他把这些东西拿到朝堂上报功。楚惠王坐着听他报告。令尹子西、司马子期在两旁伺候着。楚惠王一眼瞧见堂下站着两个武士，就问："这两个人是谁?"白公胜说："是我手下的两个将官，一个叫石乞，一个叫熊宜僚。这回打败吴国，全是他们的功劳。"说着，他就叫他们上来，拜见君王。他们两个人刚要上去，司马子期马上大声说："将官们只准在台底下磕头，不准上来!"石乞、熊宜僚哪儿听他这一套。全都带着武器，大模大样地上去了。司马子期赶紧叫卫兵去拦，熊宜僚用手一推，把卫兵们推得东倒西歪。石乞一见熊宜僚动手，拔出剑来就砍令尹子西。熊宜僚回头一把揪住了司马子期。白公胜逮住了楚惠王。台底下站着的白公胜的士兵都拥上来了。一会儿工夫，朝堂变成了战场。令尹子西给白公胜杀了，司马子期和熊宜僚一块儿全死了，吓得楚惠王直打哆嗦。石乞把大伙儿杀得五零四散，就指着楚惠王对白公胜说："把他杀了，您就即位吧。"白公胜没有那份狠心，他说："小孩子家有什么罪过，把他废了就完了。"石乞说："小孩子本人不要紧，可是他活着，就有人死不了心。"白公胜终究没有听石乞的话，只把楚惠王押起来，另外叫王子启(楚平王的儿子，楚昭王的哥哥)为国王。王子启再三不答应，白公胜一生气也把他杀了。他自己继承了平王的系统当了楚王。没想到那个小孩子惠王竟给人家偷出去了。据说有人把墙挖了个窟窿偷出去的，又有人说是从里头背出去的。不管是怎么偷出去的，反正白公胜手下的人不是疏忽了，就是有人当了奸细。

大概过了一个月光景，叶公(叶 shè)沈诸梁发兵来救楚惠王。这个沈诸梁是司马沈尹戌、就是带领着群众打死费无极和鄢将师的那个将军(见第 85 篇)的儿子。当初楚昭王为了他们爷儿俩对国家有功劳，上回和吴王阖闾打仗的时候，沈尹戌死在战场上，楚昭王就封沈诸梁为叶公。楚国的民众对沈家一向是佩服的，尤其是对叶公，差不多没有不尊敬他的。这回听说叶公发兵来了，就有好些人跑到城外去迎接。他知道人心都归向他，就挑起一面大旗子来。城里一瞧见大旗子上有个"叶"字，知道叶公到了。大伙儿开了城门让他的兵马进来，跟着他去打白公胜。

打仗虽说要靠兵力，可是兵力也得有人拥护才有用。楚国人既然归向叶公，白公胜的失败就注定了。石乞打了败仗，打算保护着白公胜逃到别国去。刚逃到半道上，叶公的兵马眼瞧着就追上来了，逼得白公胜没有主意，自杀了。石乞把他的尸首埋在一个挺秘密的地方。不大的工夫，叶公的兵马到了，把石乞活活地逮住。叶公问他："白公胜在哪儿?"石乞说：

“自杀了！”又问：“尸首呐?”石乞说：“埋了，还问他干什么?”叶公说：“乱臣的尸首还得示众，你怎么能把它私自埋了呐？埋在哪儿？快说！”石乞装作没听见。叶公气急了，叫人预备了一口大锅，烧开了一锅水。又对石乞说：“你要是说了，我就饶你不死；再要不说，我可要煮你了！”石乞宁死不屈，立刻脱了衣裳，说：“事情办成了，我就是个功臣；失败了，我只有一死。这是顶简单的道理！要我说出白公的尸首，叫你们随便去污辱，哼！别妄想了。我石乞可不是那种人！”说着，他跳到大锅里，当时就煮烂了。叶公叹息了半天，终究找不着白公胜的尸首。

叶公回到新郢，恢复了楚惠王的王位，自己告老，回到叶城去了。楚惠王请子西的儿子子宁为令尹，子期的儿子子宽为司马，整顿朝政，发愤图强，从此楚国转危为安，接连着兼并了陈国(公元前 447 年)、蔡国(公元前 447 年)、杞国(公元前 445 年)、莒国(公元前 431 年)。这一来，楚国又强大起来。

当楚惠王发愤图强的时候，他重用了一个当时最有本领的匠人，他是鲁国人，叫公输般，就是后世土木工人奉为祖师的鲁班爷(班，是名，也写作“般”，字公输，所以叫公输般)。公输般做了楚国的大夫，替楚王设计了一种攻城的工具叫云梯。从前楚庄王派公子侧攻打宋国的时候，造了几座跟城墙一般高的兵车叫“楼车”(见第 61 篇)。公输般造的梯子比楼车还高，看起来简直可以碰到云端似的，所以叫“云梯”。公输般一面赶紧制造云梯，一面准备向宋国进攻。这种新的攻城的云梯一传扬出去，列国诸侯都有些担心，宋国人认为大祸临头，更加害怕，有的还真大哭起来。

公输般的云梯，还有撞车、飞石、连珠箭等新的武器吓坏了某些人，可是也引起了另一些人的反抗，其中反抗最厉害的是那位主张互相亲爱、反对侵略战争的大师墨子。墨子名翟(dí)，也是鲁国人(也有人说是宋国人)。他也像孔子那样收了不少弟子，可是他的弟子跟孔子的弟子大不相同。因为墨子自己是农民出身，他反对不劳而食，反对铺张浪费，反对儒家所提倡的礼乐(歌舞)，反对三年之丧的“久丧”和厚葬，主张劳动，提倡节约，他所收的弟子大多都是从事生产劳动的学者。墨子和他所创导的墨家代表当时“庶民”的利益。所谓庶民就是真正从事生产的广大的劳动群众。墨家反对那种封建领主争城夺地而使老百姓掉在水里火里的封建混战，他们要求挨饿的要有饭吃，受冻的要有衣穿，劳累的要有休息的权利。墨子的理论在广大的农民中起了很大的影响。

这会儿墨子听到楚国要利用云梯、撞车等去侵略宋国，就派了三百个弟子帮助宋国人守城，自己急急地跑到楚国去，脚底起了泡，他撕了衣裳裹着脚再走，十天十夜，到了新郢。他劝公输般不要去打宋国。公输般自己以为用云梯攻城很有把握，楚王也以为这次非把宋国攻下来不可。墨子就直截了当地说："你能攻，我能守，你占不了便宜。"他解下了身上系着的皮带，在地下围着当作城墙，再拿了几块小木板当作对付攻城的机械。公输般采用一种方法攻城，墨子就用一种方法抵抗；公输般改换一种攻城的工具，墨子就改换一种方法守城。一个用云梯，一个用火箭；一个用撞车，一个用滚木檑石；一个挖地道，一个用烟熏。公输般一连用了九种攻城的方法，墨子就用了九种守城的办法把他打回去。公输般的九种方法使完了，墨子还有好几种守城的高招没使出来。末了，公输般说："我还有办法打胜你，我可不让你知道。"墨子说："我还有办法抵制你，我也不让你知道。"两个人就这么结束了争论。

楚王偷偷地问墨子："他说他有办法打胜你，可他不说；你说你有办法抵制他，可是你也不说。你们要的到底是什么花招?"墨子老实告诉他，说："公输子的意思我知道。他啊，他想杀我。他以为杀了我，他就能够攻破宋国了。他错了。就算杀了我，他也不能成功。我已经派了我的弟子禽滑厘他们三百多个人守住宋城，他们每一个人都能用我的办法和机械对付楚国人。你们侵略别人是占不到便宜的。我很诚恳地告诉您：楚国地方五千里，地大物博，你们只要好好地干，就可以大量地增加生产。宋国地方五百里，土壤并不肥沃，物产也不丰富。大王为什么扔了自己华贵的车马去偷别人家的破车呐?为什么扔了自己绣花的绸缎长袍去偷别人家的一件破短褂?"楚王红着脸，点点头，说："先生的话说得对！我决定不去进攻宋国了。"

104 狡兔死，走狗烹

吴王夫差自从黄池大会之后，给越王勾践打败，心里老是闷闷不乐。西施拿着一把宝剑跪在夫差跟前，请他处死。夫差把她搀起来，说："你又没犯罪，干么叫我杀你?"西施说："勾践无礼，得罪了大王。我本来是越国人，按理也应当领罪。”夫差挺豪爽地说：“别这么傻啦！一个人生下来总有个落地的地方。难道说这会儿在越国刚生下来的娃娃都跟我有仇吗？你又不是勾践的女儿，为什么要替他领罪呐？你是受吴国保护的，不是受越国保护的。唉！打这儿起，你别再提这些啦！来吧，咱们俩干一杯吧！——好，再来一杯吧！”打这儿起，夫差灰了心，天天陪着西施饮酒解闷，索性连政事也不管了。

公元前473年（周敬王的儿子周元王四年），越王勾践带着范蠡、文种，亲自率领着大队人马又来攻打吴国。吴国兵马一连气打了几回败仗。在笠泽（在上海市松江区）打得一败涂地。夫差打发王孙雄上越国兵营去求和，情愿当个属国。王孙雄来回跑了六七趟，勾践坚决不答应。夫差没有法子，只好叫伯嚭守着城，自己带着王孙雄逃到阳山（在江苏省吴县西北，近太湖）去了。范蠡、文种的兵马接连不断地攻打。伯嚭抵挡不住，先投降了。越国的兵马追上夫差，把他围困起来。

夫差写了一封信绑在箭上射到范蠡的兵营里去。范蠡跟文种拿来一看，上头写着：“狡兔死，走狗烹；敌国灭，谋臣亡。大夫为什么不留着吴国给自己做个退步呐？”他们写了一封回信，也用箭射了过去。夫差拿来一看，上头写着：“你杀害忠臣，听信小人；专凭武力，侵犯邻国；越国杀了你的父亲，你不知道报仇，反倒放走了敌人。——你犯了这么些罪过，哪儿能不死呐？二十二年前，老天爷把越国送给你，你不要；如今老天爷把吴国送给越王，越王哪儿能违背天命呐？”夫差念到末一段，止不住流下眼泪来。王孙雄说：“我再去求求越王，瞧他还有人情没有？”

呆了一会儿，王孙雄回来说：“越王看在过去的情义上，把大王送到甬东的岛上去（指浙江省定海），给您五百家户口，养您到老。”夫差苦笑着说：“要是不废去吴国的宗庙，让吴国当个属国也就罢了，想不到要把我迁走，我已经上了年纪，何必再受这份罪！”回头又对王孙雄说：“你拿衣裳挡着我的脸。我还有什么脸去见伍子胥呐？”说着就自杀了。王孙雄脱下自己的衣裳，包上夫差的尸首，他也自杀了。跟着，士兵们有的死了，有的逃跑了。剩下的都投降了越国。

越王勾践进了姑苏城，坐在吴王夫差的朝堂上。范蠡、文种和别的文武百官都来朝见他，吴国的相国伯嚭挺得意地也站在那儿，捻着几根七长八短的胡子，等着受封。勾践对他说：“你是吴国的太宰，我哪儿敢收你做臣下呐？如今你的国君在阳山，你怎么不去呀？”伯嚭听了这话，低着脑袋，垂头丧气地退出去。勾践派人追上去，把他杀了。

公元前473年(周元王四年)，勾践带着大队兵马渡过淮河，在徐州(古地名，在山东省滕州市南；徐 shū)会合了齐国、晋国、宋国、鲁国的诸侯。当初中原诸侯顶怕的是楚国，自从楚国给吴国打败以后，就转过来怕吴国；如今吴国又给越国灭了，他们只好听从勾践的了。勾践做了诸侯的头儿，就想表现头儿的样子和气派。他开始尊重天王，还叫中原诸侯都向天王朝贡去。这时候，周敬王的儿子周元王当了天王。周元王派人送祭肉给勾践，承认他为东方的霸主。各国诸侯都向勾践庆贺。楚国也打发使者去朝聘。勾践也真有一套。他把以前吴国从楚国夺去的地方交还给楚国，从宋国夺去的地方交还给宋国。又叫楚国把以前从鲁国夺去的地方交还给鲁国。这么一来，各国诸侯都说勾践大公无私。

勾践从徐州回到姑苏，就在吴王的宫里开了个庆功大会，一直闹到半夜。大家伙儿正乱哄哄地喝酒、唱歌、作乐的当儿，勾践忽然觉得好像短了个人似的，细细一查看，原来范大夫不见了。勾践赶紧叫人去找，哪儿有他的影儿呐。勾践怕他变了心，连忙叫文种去接收他的军队，一面又派人上各处去找。大伙儿忙乱了一宵，还是找不到他。

到了第二天，勾践正担心着这回事，有几个派出去的人回来了，说：“范大夫自杀了。我们在太湖旁边找着了他的外衣，兜儿里还有一封信。”说着，就把衣裳和信递了上去。勾践赶紧先看那封信，上头写着说：“大王灭了吴国，当上了霸主，我的本分总算尽了。可是还有两个人，留着他们对大王没有好处。一个是西施。她迷惑了夫差，弄得吴国灭亡了，如果留着她，也许能迷惑大王，因此，我把她去了。一个就是我范蠡。他帮着大王灭了吴国，留着他，他也许要扩大自己的势力，因此，我把他也去了。”勾践知道范蠡杀了西施之后，他自己也死了。这才放了心。他半天没言语，拿起范蠡的衣裳，说：“我全靠你，才有今天。我正想报答你的功劳，你怎么就这么扔下我呐?”大伙儿也都有点难受，文种更觉得闷闷不乐，没精打采地出来了。

过了些日子，忽然有人给文种送来一封信。文种拿过来一看，上头写着：“你还记得吴王说的话吧，‘狡兔死，走狗烹；敌国灭，谋臣亡。’越王这个人能够容忍敌人的欺负，可不能容忍有功的大臣。我们只能够同他共患难，可不能同他享安乐。你现在不走，恐怕将来想走也走不了啦!”文种才知道范蠡并没死，他原来带着西施隐居起来了。其实范蠡已经带着财宝珠玉，弃官经商，改名更姓，到了齐国。后来搬到当时人口众多、交通便利、买卖发达的大城市定陶，称为朱公，财富多到万万，就是后来称为陶朱公的大富商。当时文种回头叫那个送信的人，那个人早就跑了。文种就把那封信烧了。心里挂念着老朋友，可不怎么真信他这些话。他认为勾践不过对待敌人刻薄点，要说他想杀害有功劳的大臣，这未免太多心了。天下不能有这么没良心的人。

勾践灭了吴国之后，反倒没有一天过着快活的日子。对那些和他一起共过患难的人，因为如今没有什么患难可共了，就慢慢地疏远了。他向来知道文种的才干，可是这种越有才干的人越是靠不住。万一他变了心，可难对付了。他真有几分怕他。加上文种也有让他起疑的地方。他为什么老病着不上朝呐？

有一天，勾践上文种家里去看望他。他坐在文种的卧榻上，对他说："你有七个好计策，我用了你四个计策，就灭了吴国，你还有三个计策没使出来呐。我灭了吴国，万一吴国的祖宗跟我报仇怎么办？寿梦、僚、阖闾他们都是挺厉害的，你得替我想法儿对付他们才好！"文种听得有点糊里糊涂，不知道他葫芦里卖的是什么药。他刚要问是怎么回事，勾践已经站起来走了，可把自己的宝剑落在文种的身边。文种拿起来一瞧，喝！原来是"属镂"，就是当初夫差叫伍子胥自杀的那把宝剑。文种这才明白了。他对天叹息着说："走狗不走，只好让主人烹了。我没听范大夫的话，真是该死！"他又笑着说："这把宝剑杀了伍子胥，又杀了我。它把我们结成了'刎颈之交'（生死朋友的意思），我还有什么不满意的！"说着，他就自杀了。

105 三家灭智

吴王夫差和越王勾践一先一后地起来的时候，中原诸侯非常衰弱。就为了这个，黄池大会，夫差当上了霸主；徐州大会，勾践当上了霸主。可是中原诸侯越是衰弱下去，大夫的势力越发大了起来。那时候，鲁国的"三桓"把持着鲁国的大权；齐国的田恒（就是陈恒）把持着齐国的大权；晋国的"六卿"把持着晋国的大权。这三国的君主全成了挂名的国君。黄池大会之后，田恒杀了齐简公，灭了鲍家、晏家、高家、国家，把齐国的土地从安平以东都作为他自己的封邑，齐国的大权全把持在自己手里。晋国的六卿眼见田恒杀了国君，灭了各大家族，还得到了齐国人的拥护，他们也就

文种对天叹息:“走狗不走，只好让主人烹了。我没听范大夫的话，真是该死！”……说着，他就自杀了。

自己并吞起来了。

晋国的六卿乱七八糟地混战了一气。末了，范氏和中行氏给人家打散了，晋国的大权可就归了四家，就是：智家、赵家、魏家、韩家。这四家暗地里把范氏和中行氏的两家土地都分了。晋出公(晋定公的儿子)挺生气。他以为范氏和中行氏既然灭了，那两家的土地按理应当归还给公家，怎么能让四家大夫自己分了呐？他就背地里派人去约齐国和鲁国一齐来征伐那四家。那时候各国的大夫占有着大量的土地，直接剥削农民的劳动，势力超过国君，而且农民在他们的手底下比在国君的直接统治下日子好过一些，压迫和剥剥也轻一些，有不少人因为受不了国君的压迫和虐待，情愿逃到大夫的封地里去做农奴或佃农的。各国的大夫为了保持自己的势力，国内对老百姓作了一些让步，让他们的生活能好一些，国外都跟别国的大夫通同一气。齐国的田家和鲁国的三家反倒把晋出公的计划向晋国的智家泄了底。智家得到了这个消息，就在公元前458年(周贞定王十一年)跟那三家一块儿对付着晋出公。晋出公自讨苦吃，只好逃到别国去了。不料他死在路上，四家就把晋昭公的曾孙拉出来当个挂名的国君，就是晋哀公。

晋国的四家——智伯瑶、赵襄子无卹(xù)、魏桓子驹、韩康子虎——之中，要数智伯瑶的势力最大。他对赵、魏、韩三家说：“晋国素来是中原的霸主，没想到在黄池大会上，赵鞅让吴国占了先，在徐州大会上又让越国占了先。这是咱们的耻辱。如今只要能够把越国打败，晋国仍然能够当上霸主。我主张每家大夫拿出一百里的土地和户口来归给公家。这么着，公家增加了收入，才能够有实力。”这三家大夫早就知道智伯存心不良，他是想独吞晋国。他所说的“公家”其实就是“智家”。可是他们三家心不齐，没法跟智伯闹别扭。智伯派人向韩康子虎要一百里的土地和户口，韩康子虎如数交割了。智伯派人向魏桓子驹要一百里的土地和户口，魏桓子驹也如数交割了。智伯就这么增加了二百里的土地和户口。跟着他又派人去找赵襄子无卹要一百里的土地和户口。赵襄子无卹可不答应。他说：“土地是先人的产业，我哪儿能随便送给别人呐？韩家、魏家他们愿意送，不干我的事；我可没法依！”来人回去把赵襄子的话向智伯说了一遍。智伯气得鼻子呼呼地响。他派韩、魏两家一块儿发兵去打赵家，还应许他们灭了赵家之后，把赵家的土地三家平分。

智伯自己统率着中军，韩家的军队在右边，魏家的军队在左边，三队人马直奔赵家。赵襄子知道寡不敌众，就带着自己的兵马退到晋阳(在山西省太原市西南)城里，打算在那儿死守。这个晋阳城是赵家最严实的一座城。

当初由家臣董安于一手经管，里头盖了挺大的宫殿，宫殿的围墙内部全用苇箔、竹子、木板做成，外头再用砖和石头砌上。宫殿里的大小柱子全都是顶好的铜铸成的。所有的建筑又结实又好看。董安于之后又有家臣尹铎治理晋阳城。这个尹铎老想着办法去安抚老百姓，很得民心。这回晋阳人一听到赵襄子来了，全都去迎接。赵襄子一见晋阳城挺严实，粮草又充足，老百姓都乐意跟他在一块儿，他就放心多了。

没有多大工夫，三家的兵马把城围上了。赵襄子吩咐将士们只许守城，不准交战。每逢三家攻打的时候，城上的箭就好像雨点似的落下来，智伯一时打不进去。晋阳城就仗着弓箭守了一年。可是把箭都使完了，怎么办呐？赵襄子为了这个，闷闷不乐。家臣张孟谈对他说："听说当初董安于在宫殿里预备了无数的箭，咱们找找去。"这一下子把赵襄子提醒了，他立刻叫人把围墙拆了一段。果然里头全都是做箭杆的材料。又拆了几根大铜柱子，做成了无数的箭头。赵襄子叹息着说："要是没有董安于，如今上哪儿找这么些兵器去呐？要是没有尹铎，老百姓哪儿能这么不怕辛苦、不怕死地守住这座城呐？"

三家的兵马把晋阳城围了两年多，没打下来。到了第三年(公元前453年，周贞定王十六年)，有一天，智伯正在察看地形的时候，忽然想起晋阳城东北的那条晋水来了。晋水由龙山那边过来，绕过晋阳城往下流去。要是把晋水一直引到西南边来，晋阳城不就淹了吗？他就吩咐士兵们在晋水旁边另外挖了一条河，一直通到晋阳城，又在上游那边砌了一个挺大的蓄水池。在晋水上叠起坝来，让上游的水不再流到晋水里去。这时候正是雨季，一连下了几天大雨，蓄水池里的水都满了。智伯叫士兵们开了个豁口子，大水就一直向晋阳城灌进去。不到几天工夫，城里的房子多半都淹了。老百姓跑到房顶上避难。竹排，木头板子都当了小船。烧火，做饭都在城墙上。可是全城的老百姓，宁可淹死，决不投降。

赵襄子叹息着说："这全是尹铎爱护百姓的功德啊！"回头又对张孟谈说："民心虽说没变，要是水势再高涨起来，咱们不就全完了吗？"张孟谈说："形势当然非常紧急，可是我老觉得韩家跟魏家决不会把自己的土地平白无故地让给智伯。他们也是出于无奈，才跟着他来打咱们。依我说，主公多预备小船、竹排、木头板子，再跟智伯在水上拼个死活。我先去见见韩家跟魏家这两家去。"赵襄子当天晚上就派张孟谈偷偷地去跟两家相商。

第二天，智伯请韩康子和魏桓子一起去察看水势。他指着晋阳城，挺得意地对他们说："你们知道吗？水能灭国。早先我以为晋国的大河像城墙一样可以拦住敌人；照晋阳的情形看来，大河反倒是个祸患了。你们瞧：晋水能够淹晋阳，汾水就能淹安邑(魏家的大城)，绛水也就能淹平阳(韩家的大城)。”他们两个人连连答应着说：“是，是!”智伯见他们答话有点慌里慌张，好像挺害怕的样子，自己才觉得话说错了。他笑着说：“我是直心眼，有一句说一句，你们可别多心!”他们又都连着回答说：“那哪儿能！那哪儿能！您是顶天立地的英雄。我们能够跟着您，蒙您抬举，真是非常荣幸了。”他们嘴里尽管这么说，心里可都觉得赵襄子派张孟谈来找他们，对他们是有好处的。

第三天晚上，约摸着四更天光景，智伯正在梦里，猛然间听见一片嚷嚷声。他连忙从卧榻上爬起来，衣裳和被窝已经湿了。兵营里全是水。他想大概是堤坝开了口子，赶紧叫士兵去抢修。不大会儿工夫，水势越来越大。智伯的家臣智国和豫让带着水兵，扶着智伯上了小船。智伯在月亮光下回头一瞧，就见兵营里的东西在水里飘荡着。士兵们在水里一起一沉地挣扎着。智伯这才明白是敌人把水放过来的。正在惊慌不定，满眼凄惨的当儿，一霎时四面八方都响起战鼓来了。一看韩家、赵家、魏家三家的士兵都坐着小船和木排，一齐杀了过来，见了智家这些“落水狗”，就连打带砍，一点不肯放松。当中还夹杂着喊叫的声音：“别放走了智瑶！拿住智瑶的有赏!”智伯对家臣豫让说：“原来那两家也反了!”豫让说：“别管他们反不反，主公赶紧往那边走，上秦国借兵去吧！我留在这儿破出死命对付他们。”说着，他跳上一只木排，把敌人杀散，叫智国保护着智伯逃跑。

智国保护着智伯，坐着小船一直向龙山那边划去。这一带没有追兵。智伯这才喘了口气。好容易他们把船划到龙山跟前，急急忙忙地上了岸。幸亏东方已经发白，他们顺着山道走去。跑了一阵子，略略宽了宽心。不料刚一拐弯，迎头碰见了赵襄子！赵襄子早就料到智伯准打这条道儿跑，预先带了一队兵马在这儿等着他。当时就逮住智伯，砍下他的脑袋。智国也就自己抹了脖子。

三家的兵马会合到一块儿，把沿着河边的堤坝拆了，大水仍旧流到晋水里去，晋阳城又露出旱地来了。

赵襄子安抚了居民之后，就向韩康子和魏桓子道谢。他说：“这回全仗着二位救了我的命，实在出乎意料。可是智伯虽说是死了，他的同族人还多着呐。斩草得除根，不然的话，终究是个祸患。”韩康子和魏桓子一齐说：“一定得把他的全族灭了，才能解恨!”他们一同回到绛州，宣布智家的罪恶，就照古时候的习惯把全族的男女老少杀得一干二净。赵襄子气恨还不消，他把智伯的脑壳做成一个瓢，外面涂上油漆，制成一件别致的玩意儿。赵襄子恨得管它别致不别致，他要解恨，就管它叫“夜壶”。

韩家和魏家的一百里土地，当然又由各人收了回去。他们把智伯的土地三股平分了。晋哀公当然没有份。

106 漆身吞炭

赵襄子灭了智伯之后，老是提心吊胆地怕有人给智伯报仇。有一天，他上厕所，刚到门口，眼前有个黑影一晃。他觉得好像在地下蹲得工夫大了突然站起来就眼花缭乱似的。他有点怀疑，叫手下的人先上厕所瞧瞧去。果然逮着了一个刺客。赵襄子一瞧认得他是智伯的家臣豫让，就问他：“你干什么来了？”豫让说：“我来给智伯报仇！”两边的人把他捆起来，让赵襄子杀他。赵襄子反倒说：“智伯的一家子全都灭了，豫让还想替他主人报仇。就算成了，也立不了功，得不到赏。他真是个义士。把他放了吧！”手下的人只得放了他。豫让刚要往外走，赵襄子问他，说：“我这回好好儿地放了你，咱们的仇总算解了吧！”豫让说：“您放我是私恩，我报仇是大义！”他们又把豫让捆上，对赵襄子说：“这小子太没有良心，您要是放了他，赶明儿准出麻烦。”赵襄子说：“我已经说过放他，不能说了不算。”

豫让回到家里，天天想着行刺的法子。他的媳妇儿说：“你这是何苦呐？智家已经没有人了，你就是报了仇，谁领你的情呐？你去投奔韩家或魏家不是一样能够得到富贵吗？”豫让听了，赌着气撇下他的媳妇儿出去了。后来听说赵襄子住在晋阳，他打算上那边去。可是赵家已经有不少的人认识他，他不能再露面。他想出个法子：把头发和眉毛都剃了，然后在脸上、身上涂上点油漆，活像个浑身长癞疮的人，身上披上一件破破烂烂、邋里邋遢的衣裳。他到了晋阳城里，躺在街上要饭，自以为没有人认得他了。哪儿知道他说话的声音给一个朋友听出来了。那个人偷偷地对他说了几句话，拉他上他家里去喝酒。喝酒之间，那位朋友劝他：“你要报仇，就得想个计策。比方说，你去投降赵家。他知道你的才干，准能用你。碰巧了，你再下手，不就容易了吗？”豫让不赞成这个主意，他说：“我最恨的就是这种人！既然投了人家，就该效忠，要是回头又害人家，这是最不忠实的了！我替智伯报仇，就为的是给那些反复无常、心怀二意的人瞧瞧，让他们听到我这种作风，好觉得害臊！”

这回豫让给他朋友听出了声音来，他知道光是打扮成这个样子还不行，就吞了几块炭，把嗓子弄坏了。打这儿起，这个哑嗓子要饭的天天候着赵襄子。

赵襄子因为智伯已经挖了一条河，他一想有条河也挺方便，所以他不但没把它填上，反倒在河上修了一座桥。桥修好了之后，赵襄子先要上去瞧瞧。他正要上去的时候，就瞧见一个尸首在旁边倒着。他想：“桥刚修好，哪儿来的尸首呐？别是豫让假装的吧。”他立刻叫手下的人细细地察看察看。他们过去一瞧，回报说：“是个路倒。”赵襄子说：“搜搜他身上！”果然在他身上搜出一把匕首来！一下子就把他抓起来。喝，不是豫让是谁呐？赵襄子骂着他说：“上回我饶了你，这回又来行刺，可见你是人容天不容啊！——把他砍了吧！”豫让哑着嗓子，冲着天哭号，眼泪和血流了一脸。两旁的人问他：“你怕死吗?”豫让说：“我死之后，再没有替智伯报仇的人了。我是为了这个哭的。”赵襄子对他说：“你早先是范氏的家臣。范氏给智伯灭了，你就投降了智伯。你怎么不替范氏报仇呐？如今智伯死了，你非要替他报仇不可，这是什么意思?”豫让可有他自己的主张，他不管智家和赵家到底是哪一家理对，哪一家理亏，这些他都不管。他也不管主人是谁，只要哪个主人待他好，他就替哪个主人卖命。他说：“君臣之间要看情义而定，不能一概而论。如果君对臣如手足，那么臣对君如心腹；如果君对臣如牛马，那么，臣对君就如过路人。范氏拿我当个普通人看待，我也就拿普通人的态度去对付他；智伯拿我当作全国杰出的人看待，我当然要像全国杰出的人去报答他。”赵襄子见他挺倔强，就拔出宝剑，叫人递给豫让，叫他自杀。豫让拿着宝剑，恳求着赵襄子，说：“上回您没处治我，我已经感激万分了。今天我当然不想再活了。可是我两回报仇都没报成，心里的怨恨没处撒散去。您是个明亮人，总能体会到我的苦楚。我央告您把衣裳脱下来，让我砍三刀。我死了口眼也就闭了。”赵襄子很讨厌豫让，可是他确实希望自己的臣下都能像豫让那样肯替他卖命。他就脱下外衣叫人递给他。豫让拿过来，一连气砍了三刀，笑着说：“我现在可以去见智伯了!”说着就自杀了。

他哪儿知道一个人为国为民为正义而死，死才重如泰山。这种暴徒刺客一类的人，为了个人的恩怨，不管怎么死，只能是轻如鸿毛。

107 三家分晋

韩康子、赵襄子、魏桓子三家灭了智伯，不但三家地界大了，而且因为这三家对待老百姓要比晋国的国君好些，老百姓也愿意归附。三家都想趁着这时候把晋国分了，各立各的宗庙。要是再延迟下去，等到晋国出了个英明的国君，重新把国家整顿一下，到那时候，韩、赵、魏三家要安安定定地做大夫也许都保不住。可是这么大的事情也不能说成就成，总得找个恰当的时机才好干。到了公元前438年(周考王三年)，晋哀公死了，儿子即位，就是晋幽公。韩康子、赵襄子、魏桓子他们一见新君刚即位，软弱无能，大家伙儿商定了平分晋国的办法。他们把绛州和曲沃两座城给晋幽公留着，别的地界三家平分了。这么一来，韩、赵、魏三家就称为“三晋”，各自独立。晋幽公一点力量也没有，只好在“三晋”的势力之下忍气吞声地活着。他不但不能把三晋当做晋国的臣下看待，而且为了害怕“三晋”，他自己反倒一家一家地去朝见他们。君臣的位份就这么颠倒过来了。

这个消息传到了齐国，齐国的田盘(田恒的儿子)也照样干了一下。他把齐国的大城都封给田家的人。这是并吞齐国的头一步。同时，他跟“三晋”交好，有事相帮相助。打这儿起，齐国和晋国有什么同列国诸侯来往的事，都由田家跟韩、赵、魏三家出面办理，后来两位国君反倒慢慢地没有人知道了。

公元前425年(周考王的儿子周威烈王元年)，赵襄子得了重病。他自己觉得活不了啦，就立他哥哥伯鲁的孙子为继承人。赵襄子自己有五个儿子，怎么反倒叫他的侄孙做继承人呐?

原来赵襄子无卹是赵鞅和一个房里丫头生的。论他的身分，在那时候看来，是挺低的。可是赵鞅觉得大儿子伯鲁庸庸碌碌、没有什么能耐，才想立小儿子无卹做继承人，又怕人家说他母亲身分太低，因此，还没决定。后来他做了一篇训诫的文章，同样写了两份，一份给伯鲁，一份给无卹，叫他们好好地用心念。过了好些日子，赵鞅突然考问伯鲁，伯鲁一句也答不上来，那篇东西早就丢了。赵鞅考问无卹，无卹背得滚瓜烂熟，已经念成顺口溜了。向他要那篇文章，他立刻拿出来。赵鞅不再犹疑，立刻立无卹为继承人。无卹老想到哥哥伯鲁当初为了他丢了长子的名分，就打算将来立伯鲁的儿子为继承人。没想到伯鲁的儿子死了，赵襄子这才立伯鲁的孙子为赵家的继承人。

就在赵襄子死的那一年，韩康子和魏桓子也都病死了。韩虔继承韩虎的位子，赵籍继承赵浣的位子，魏斯继承魏驹的位子；齐国的田和（田盘的孙子，田恒的曾孙）继承田盘的位子。打这儿起，韩虔、赵籍、魏斯、田和四个大夫连合到一块儿，他们打算自己正式做诸侯。

公元前403年（周威烈王二十三年），韩、赵、魏三家打发使者上成周去见天王。韩家派了侠累，赵家派了公仲连，魏家派了田文一块儿去见天王，请天王把他们三家加在诸侯的名册上。威烈王就问三家的使者说："晋国的土地全都归了三家了吗？"魏家的使者田文回答说："晋国早就失了势力，内忧外患不断地发生，弄得国家简直没有安静的日子。韩、赵、魏三家凭着自个儿的力量，把那些造反的人消灭了，把他们的土地没收了。那些土地并不是从公家手里拿过来的。"威烈王又问："三晋既然要做诸侯，何必又跟我来说呐？"赵家的使者公仲连回答说："不过他们都尊敬天王，才来禀告一声。只要天王正式封了他们，他们就能辅助天王，那可多好哇！"威烈王一想，就是不认可也是没用，还不如顺水推舟做个人情。他就正式封魏斯为魏侯，赵籍为赵侯，韩虔为韩侯。战国时期就从这一年（公元前403年）开始了。

魏侯拿安邑作为都城；赵侯拿中牟作为都城；韩侯拿平阳作为都城。这新兴的三个国家都宣布了天王的命令，各自立了宗庙，并向列国通告。各国诸侯都来给他们贺喜。只有秦国自从和晋国绝交之后，早就不跟中原诸侯来往了，中原诸侯也都把它当做戎族看待。秦国当然没派人来道喜。

晋幽公之后，到了他的孙子晋靖公，"三晋"把这个挂名的国君也废了，让他做个老百姓。从此，晋国从唐叔以来的统治系统就断了，连晋国这个名号也不用了。

108 收服中山

"三晋"里头，顶强盛的要数魏国。魏文侯斯相当贤明。他知道要富国强兵，先得增加粮食生产。远在公元前412年(周威烈王十四年，就是魏斯正式封为诸侯之前九年)，他就重用当时很出名的一个法家(法家，注重刑名法术的一派学者，为后世法律家所尊崇)叫李悝(有人说就是李克)，采用他的计划，兴修水利，改进耕种的方法，实行“平籴法”。李悝替魏斯仔细算了算土地的产量。他拿一百里的地界估计一下，除了山地、有水的洼地、还有城镇占的土地以外，能够耕种的土地只有六百万亩。耕种得好，每亩多生产三斗粮食，这是完全办得到的。耕种得不好，每亩少生产三斗粮食，这也不是什么意外的事。一百里地方的粮食多点或者少点就相差一百八十万石，全国计算起来就差得远了。再说到粮食的价钱，李悝认为：粮价太高了，不种地的老百姓就难过日子；太低了，农民受不了。应该叫粮价不高不低，每年平平稳稳。他把熟年富余的粮食由公家照平价籴进。荒年所短少的粮食由公家照平价粜(tiào)出。这么一来，不管年成好不好，也不管碰到荒年不荒年，粮价总是平稳的。这种由公家统一掌管粮食和粮价的办法，叫“平籴法”。

平籴法使商人地主不能任意操纵粮食，多少减轻了他们对农民的剥削。粮食由官家来调剂，老百姓的生活就比以前安定得多了。

魏文侯一个劲儿地搜罗人才。当时各国的人才没有一国像魏国那么多的。可是魏文侯还想找一位有能耐的大将去收服中山(古国名，在河北省定州市)。中山在魏国的东北边，原来由狄人占领，后来中山的狄人归附了晋国，中山就做了晋国的属国。自从三家分晋之后，中山向谁也没进贡过。魏文侯又怕韩国或是赵国把中山夺过去，再说中山国君荒淫无道，对待老百姓非常凶暴，魏文侯早就打算发兵去征伐中山。他老觉得还少个有能耐的大将。谋士翟璜(“翟”，原来和狄国的“狄”通用，翟璜以国为姓，念Dí，跟后来姓翟的“翟”念Zhái不同)给他推荐了一个人。这人叫乐羊(乐Yuè)。他说：“乐羊文武全才，品行端正，道德高尚。”魏文侯说：“怎么见得？”翟璜说：“当初乐羊在道上拣了一块金子拿回家去。他的媳妇儿说：‘这块金子来历不明，你怎么就拿回来呐？’乐羊就把那块金子搁在原来的地方。之后，他上别的国去游学，过了一年多，他从外面回来。他媳妇儿正在织帛，见他回来了，就问他：‘你的学业完成了吗？’乐羊说：‘还没呐；我挺想念你，先回来一趟。’他媳妇儿拿起剪子来，把机子上的丝线铰断了，对他说：‘这就叫半途而废！’乐羊就又出外走了，一去就是七年，直到学业学成了才回到家里。这是说他一向就有志气。他现在正巧在本国。咱们国里有这样的人，为什么不用呐？”

魏文侯听了翟璜的话，就打算把乐羊请来。有人反对，说："乐羊的儿子乐舒，如今正在中山做大官。咱们哪儿能叫他去打中山呐？"翟璜说："怎么不成呐？乐羊是个挺有见识的人，他儿子曾经奉了他们国君的命令去请他，他不但没去，反倒叫他儿子离开中山，说中山的国君荒淫无道，不能跟他一块儿自找灭亡。我说，主公只要吩咐乐羊去打中山，准能成功。"魏文侯就叫翟璜去请乐羊。

过了几天，乐羊跟着翟璜来见魏文侯。魏文侯对他说："我打算托你去征伐中山，只是你的儿子在那边，怎么办？"乐羊说："大丈夫为国立功，哪儿能够为了父子的私情不顾公事呐？我要灭不了中山，情愿受您的处治！"魏文侯挺高兴，公元前408年（魏文侯十七年），就派乐羊为大将，西门豹为先锋，率领着五万人马去打中山。

中山的国君姬窟派大将鼓须去抵挡魏国的兵马，两边打了一个多月，也没见胜败。后来乐羊和他的助手西门豹拿火攻的法子把鼓须打败，一直追到中山城下。

中山的大夫公孙焦对姬窟说："乐羊是乐舒的父亲，主公不如叫乐舒去要求乐羊退兵。"姬窟就叫乐舒去办。乐舒推辞说："早先我不是去请过他吗？他始终不干。如今我们父子俩各人为了各人的主人，他决不能答应我。"姬窟逼着他去说。他只好上了城门楼子，请他父亲跟他相见。乐羊一见他儿子，就骂他，说："你就知道贪图富贵，不知道进退，真是没出息的东西。赶快去告诉你的国君投降，咱们还有见面的日子。要不然，我先把你杀了。"乐舒说："投降不投降在乎国君，我不能作主。我只求父亲暂时别再攻打，让我们商量商量。"乐羊说："这么着吧，为了父子的情义，给你一个月的期限，你们君臣早点打定主意。"乐羊就下令把中山围住，不许攻打。

姬窟满以为乐羊心疼儿子，决不至再急着攻打。他仗着中山城结实，粮草又充足，不打算投降。一个月过去了，乐羊就准备攻城。姬窟又叫乐舒去求情，再宽限一个月。这么着，一连三回，三个月拖过去了。魏国朝廷里就有不少人议论纷纷，都说乐羊不好。魏文侯没言语，接连不断地打发人去慰劳乐羊，还告诉他国君正在盖房子，预备等他得胜回朝的时候，送给他住。乐羊非常感激，可就是按兵不动。西门豹也着急了。他说："将军还打算不打算攻打中山？"乐羊说："没有的话，咱们为了中山国君虐待老百姓才来征伐。要是咱们性子太急，老百姓也许会说咱们同样凶暴。我两次三番地答应他们，让他们两次三番地失信。为的是让老百姓知道谁是谁非。我可不是为了保全父子的情义，为的是要收服中山的民心。”西门豹听了，这才放心。

又过了一个月，中山还不投降，乐羊可就开始总攻。姬窟眼瞧着再不能支持，就把乐舒捆在城门楼子上，准备杀他。乐舒嚷着说：“父亲救命！”乐羊骂他，说：“你当了大官，不能劝告国君改邪归正，又没法儿守城，投降又不能投降，抵御又不能抵御，还像个吃奶的孩子哭哭啼啼的干什么？”他拿起弓箭，打算射上去。公孙焦叫人把乐舒拉下来。他对姬窟说：“他父亲来打咱们，他也不能说没有罪。”姬窟就把乐舒杀了。公孙焦见乐舒死了，就想出一个主意来。他对姬窟说：“人最亲的莫过于父子。咱们把乐舒的肉做成肉羹去给乐羊送去。他一见儿子的肉羹，必定难受，也许难受得神魂颠倒，就没有心思再打仗了。”姬窟依了公孙焦的话，打发人把乐舒的肉羹给乐羊送去，还跟他说：“小将军不能退兵，我们把他杀了。作一碗肉羹送给你！”乐羊一时火儿上来了，指着瓦罐骂着说：“你一心伺奉无道昏君，早就该死！”他把瓦罐狠狠地往地下一摔，对来人说：“你们会做肉羹，我们的兵营里也有大锅，正候着你们的昏君呐！”乐羊好像受了伤的老虎，非把中山吞下去不可。魏兵加紧攻城，急得姬窟没有法子，只好自杀了。公孙焦开了城门。乐羊数说他的罪恶，把他杀了。接着，他安抚了中山人，叫西门豹带着五千人留在中山，自己带着大队人马回去了。

他到了安邑城外，就瞧见魏文侯亲自在那儿等着他。魏文侯慰问他，说：“将军为了国家，舍了自己的儿子。这全是我的过错。”乐羊磕着头回答说：“公而忘私，原来是做臣下的本分。”魏文侯和大臣们到了朝堂，乐羊献上中山的地图和拿回来的东西。魏文侯请他到宫里去喝酒。乐羊因为立了大功，非常得意。宴会完了，魏文侯赏了他一只箱子，箱子上下封得挺严。乐羊一看，就知道不是黄金，就是白玉。他想，大概魏文侯怕别人见了引起嫉妒，才这么封着。他越想越得意，更显出骄傲的神气来了。当时就叫手下的人把箱子搬到家里去。

乐羊赶紧回到家里，打开箱子，一瞧里面的东西，愣了。原来箱子里装的全是朝廷里大臣们的奏章！他随便拿起一个奏章来瞧瞧，上头写着：“乐羊连打胜仗，中山眼瞧就能攻下来了。可是为了乐舒的一句话，就不打了。父子之情，于此可见。”他又拿起一个奏章，上头写着：“……主公如不叫回乐羊，恐怕后患难防。”其余的奏章大都写着：“别想得到中山，怕是连五万大军也要送给敌人了”；“突然拜他为大将，已经错了主意”；

"人情莫过于父子，他怎么能消灭自己的骨肉？"乐羊掉着眼泪，说："想不到朝廷中有这么些人，鸡一嘴、鸭一嘴地毁谤我！要是主公不能坚决地信任我，我哪儿能成功呐？"

第二天，乐羊上朝谢恩。魏文侯要封他，乐羊再三推辞，说："中山能够打下来，全是主公的力量。我有什么功劳可说呐？"魏文侯说："倒也是，除了我，没有人能够这么信任你；可是除了你，没有人能够这么收服中山。——你已经辛苦了。我封你为灵寿君。"魏文侯就把灵寿(中山国的地名，在河北省正定县北)封给乐羊，收回了他的兵权。

109 河伯娶妇

魏文侯想起中山离着本国太远，一定得派个亲信的人去守才放心。他封太子击为中山侯，把西门豹替换回来。

太子击坐着车，耀武扬威地准备上中山去。刚要出京都城门，对面来了一辆又破又旧的车，上头坐着的是魏文侯一向顶尊敬的名人田子方。太子击知道他的怪脾气，连忙停住车，拱着手，让他先过去。田子方连正眼看他一眼也没有，照直地就过去了。太子击瞧他那个神气劲儿实在有点不服气。他叫手下的人跑过去揪住田子方的车。他自己上前问他，说："我有句话要请教：谁可以骄傲，是富贵人呐还是贫贱人？"田子方笑着说："我告诉你，自古以来，只有贫贱人才能骄傲，那些富贵人是不能骄傲的。当国君的一骄傲，国就保不住；当大夫的一骄傲，家就保不住。你瞧楚灵王为了骄傲亡了国，智伯瑶为了骄傲把家族也灭了。说到贫贱人，那可不同了。他吃的是粗菜、淡饭，穿的是旧衣、破鞋，他不仰仗富贵人，又不争权夺利。要是贤明的君主来请教他，随他的高兴贡献点意见；要是君主不听他的话，他就把两只空袖子一甩大摇大摆地躲开。周武王能够把那个有万辆兵车的纣王杀了，他可拉不住首阳山上的两个穷人！贫贱的人不神气，谁神气？"太子击挨了他一通教训，只好再行个礼，奔中山去了。

太子击到了中山，西门豹回到安邑就又闲起来了。翟璜对魏文侯说："邺城(在河北省临漳县西)那地方正在上党(在山西省长治县)和邯郸(战国的时候，邯郸包括河南省北部和河北省西南部的地界)的中间，跟韩国、赵国两下里紧贴着。这块重要的地方非派西门豹去不可。”魏文侯就派西门豹去管理邺城。

西门豹到了邺城，一瞧那地方非常萧条，人口也挺稀少，好像刚打过仗，逃难的居民还没回来的一座空城似的。他就把当地的父老们召集到一块儿，问他们：“这个地方怎么这么凄凉啊？老百姓一定有什么苦楚吧。”父老们回答说：“可不是吗？河伯娶媳，害得老百姓全都逃了。”西门豹一听，摸不清是怎么回事。又问：“河伯是谁？他娶媳妇儿，老百姓干么要跑呐？”父老说：“这儿有一条大河叫漳河。漳河里的水神叫河伯，他喜爱的是年轻姑娘，每年要娶个媳妇儿。这儿的人必须挑选模样好的姑娘嫁给他，他才保佑我们，让我们这儿风调雨顺，五谷丰登。要不然，河伯一不高兴，他就要兴风作浪，发大水，把这儿的庄稼全冲了，还淹死人呐。您想可怕不可怕？”西门豹说：“这是谁告诉你们的？”他们说：“还有谁呐？就是这儿的巫婆。她手下有好些个女徒弟，当地的乡绅又都跟她一条藤儿。我们这些小民没有法子，一年之中，要拿出好几百万钱。他们为了河伯娶妇，大概也得花二三十万，其余的就全都入了他们自己的腰包了。”西门豹说：“你们就这么让他们随便搜刮，不说一句话吗？”父老说：“要是单单为了这笔花费，还不太要紧。顶怕的是每年春天，我们正要耕地撒种的时候，巫婆打发她手下的人挨门挨户地去看，瞧见谁家的姑娘长得好看一点，就说：‘这个姑娘应当做河伯夫人。’这个姑娘就送了命了！有钱的人家可以拿出一笔钱来作为赎身。没有钱的人家，哭着求着，至少也得送他们一点东西。实在穷苦的人家只好把女儿交出去。每年到了河伯娶妇那一天，巫婆把选来的那个姑娘打扮成新娘子，把她搁在一只苇子编成的小船上。那时候岸上还吹吹打打，挺热闹的。然后把小船搁到河里随着波浪漂去。漂了一会儿，连船带新娘子就让河伯接去了。为了这档子事，好些有女儿的人家都搬走了，城里的人就越来越少了。”西门豹说：“你们这儿老闹水灾吗？”他们说：“全仗着每年给河伯娶妇，还算没碰上过大水灾。有时候夏天缺雨，庄稼旱了倒是难免的。要是巫婆不给河伯办喜事，那么，除了旱灾，再加上水灾，那就更不得了啦！”西门豹说：“这么一说，河伯倒是挺灵的。下回他娶媳妇儿的时候，你们告诉我一声，我也替你们去祷告祷告。”

到了日期，西门豹带着几个武士跟着父老去“送亲”。当地的里长和办理婚礼的人，没有一个不到的。西门豹还派人去约了些过去把女儿嫁给河伯的人家都来看看今年的婚礼。远远近近的老百姓都来看热闹。一时聚了好几千人。真是人山人海，热闹得厉害。里长带着巫婆来见西门豹。西门豹一看，原来是个三分像人、七分像鬼的老婆子。在她后头跟着二十几个女徒弟，手里拿着香炉、蝇甩什么的。西门豹说：“烦巫婆叫河伯的新媳妇儿上这儿来让我瞧瞧。”巫婆就叫她的女徒弟去把新娘子领来。只见她们搀着一个十四五岁的小姑娘走了过来。她还哭着呐。苍白的脸上擦着胭脂粉，有不少已经给眼泪冲去了。西门豹对大伙儿说：“河伯夫人必须是个特别漂亮的美人儿。这个小姑娘我瞧还配不上。烦巫婆劳驾先去跟河伯说，‘太守打算另外挑选一个更好看的姑娘，明天送去。’请你快去快来。我这儿等你的回信。”说着，他叫武士们抱起那个巫婆，扑通一声，扔到河里去了。岸上的人都吓得连口大气也不敢出。那个巫婆在河里挣扎了一会，沉下去了。西门豹站在河岸上，静静地等着。聚在那儿的人张着嘴，顺着西门豹的眼睛向河心盯着。这许多人都没有声音，只有河里的流水“哗哗哗”地响着。

呆了一会儿，西门豹说：“巫婆上了年纪，不中用。去了这么半天，还不回来，你们年轻的女徒弟去催她一声吧！”接着就扑通扑通两声，两个领头的女徒弟又给武士们扔到河里去了。大伙儿吓得瞪着眼、张着嘴，一会望望河心，一会儿望望西门豹的脸，大伙儿嘁嘁喳喳地就议论开了。又呆了一会儿，西门豹说：“女人不会办事，还是烦收捐钱的善士们辛苦一趟吧！”那几个经常向老百姓勒索的土豪正想逃跑，早就给武士们抓住了。他们还想挣扎一下，西门豹大声喝着说：“快去，跟河伯讨个回信，赶紧回来！”武士们左推右拽(zhuài)，不由分说，把他们推到水里，一个个喊了一声，眼看活不成了。旁边看着的人有的手指着河心，直骂这几个土豪。西门豹冲着大河行个礼，挺恭敬地又等了一会儿。看热闹的人当中有的害怕，有的高兴，有的直咬牙，可是谁也不愿意走开，都要看个究竟。

西门豹回头又说：“这些人怎么这么没有用？我看还是烦当地的里长替大家伙儿辛苦一趟吧！”吓得那一班人的脸上连一点活人的颜色都没有了，直流凉汗，哆里哆嗦地跪在西门豹跟前，直磕响头。有的把脑门子都磕出血来了。西门豹就对他们说：“什么地方没有河？什么河里没有水？水里哪儿有什么河伯？你们瞧见过吗？罪大恶极的巫婆，欺压良民的土豪，利用迷信，搜刮百姓的钱财，杀害他们的女儿。你们这些人，不去教导百姓也就罢了，怎么反倒兴风作浪，助长这种野蛮的风俗？你们已经害了多少女子，应该不应该抵偿？”一大群年轻小伙子好像唱歌似的嚷着说：“对，应该！太应该了！这批该死的坏蛋，早就该办罪了。”那些里长连连磕头，说："都是巫婆干的勾当。我们实在是受了她的欺骗，上了她的当，并不是成心要这样干的。"西门豹说："如今害人的巫婆已经死了。往后谁要再胡说八道地说河伯娶妇，就叫他先去跟河伯见见面！"群众都嚷着说："对呀！把他扔到河里去！"

西门豹把巫婆跟土豪们的财产都分还给老百姓。打这儿起，河伯娶妇的迷信破除了，以前逃走了的那些人慢慢地又都回到邺城来了。

西门豹叫水工测量地势，动员魏国的劳动人民开了十二道水渠，使漳河的水灌溉庄稼，把荒地变成良田，一般的水灾、旱灾可以免去。老百姓安居乐业，五谷丰登。魏文侯听到西门豹这种办事的能耐，就对翟璜说："我听了你的话，叫乐羊收服了中山，叫西门豹治理好了邺城。如今只有西河（地名，在现在陕西省华阴、白水、澄城一带，在黄河西边，所以叫西河）地方，要防备着秦国的侵犯，你瞧叫谁去守呐？"翟璜仰着头，想了一想，说："有了，主公要是派他去，一定能成功。"

110 镇守西河

魏文侯听说翟璜心目中又有个大将能够镇守西河，就问他是谁。翟璜说："他原本是卫国人，做过鲁国的大将，如今正在咱们这儿。要是再晚一步，他也许就上别国去了。"魏文侯说："你说的是不是吴起？"翟璜说："就是他。"魏文侯摇了摇头，说："这种人，我有点看不上。听说他为了要当鲁国的将军，把他自己的媳妇儿杀了。这么狠心的人哪儿能成大事？"翟璜说："这是反对他的人说的话，不能信。咱们眼前正需要这样的人去防备秦国，我才推荐他。"魏文侯说："你就请他来吧。"

吴起喜欢比剑，爱名不爱利。他为了要出名，想做大官，把千金家产都花光了。有一回，他妈狠狠地骂了他一顿。他赌着气把自己的胳膊咬了一口，起着誓，说："得不到功名，决不回家！"他就这么离开卫国，到了鲁国。

吴起到了鲁国，拜在孔子的弟子曾参（shēn）门下做学生，没黑日带白天地研究学问，居然成了曾参的好学生，已经有点小名望了。有一天，他碰见齐国的大夫田居，两个人谈起天来，挺投缘。田居佩服他刻苦用功的精神，又挺喜爱他的学问，就把女儿许配给他。 这个鲁国的学生就当了齐国田家的姑爷了。 呆了五六年，他的老师曾参对他说：“你在这儿念书已经好些年了，怎么不回趟家去看看你母亲呐？”吴起说：“我在母亲跟前发过愿，混不上功名，决不回家。”曾参数落他一顿，说：“做儿子的哪儿能跟母亲起誓发愿的？”打这儿，他老师就有点瞧不起他了。 不多日子，吴起接着一封家信，说他母亲死了。 他就冲天大哭三声，擦去眼泪，把心一横，仍旧跟平日一样地念书。 这回曾参可火儿了，骂他：“你母亲死了，还不回去奔丧，你简直是个逆子。 我提倡孝道一辈子，哪儿能收你这种人当学生呐？”他就把吴起开除了，还嘱咐别的学生以后不许跟他来往。

吴起被开除之后，索性扔了文的，专门研究武的。 研究了三年兵法，很得着点能耐。 到了鲁国，见到了相国公仪休，跟他谈论兵法。 公仪休倒挺赞赏他的才能，就在鲁穆公跟前推荐他，鲁穆公拜他为大夫，可并不叫他做将军。

那时候(公元前412年，周威烈王十四年)，齐国的相国田和打算篡位，又怕邻国去打他。 他就用了两种手法：对那势力大的邻国，像“三晋”，用交好的手法；对那软弱无能的小国，像鲁国，用强硬欺压的手法。 田和先发兵去打鲁国，说鲁国从前跟着吴国来打过齐国，这个仇得报一报。 公仪休对鲁穆公说：“要打退齐国，非用吴起不可。”鲁穆公有口无心地答应着，可不把兵权交给吴起。 没有几天工夫，鲁国的一座城给齐国占了。 公仪休又说：“主公怎么不派吴起去抵御呐？”鲁穆公说：“我也知道吴起能够当大将，可是他是齐国田家的姑爷呀！ 你放心不放心？”公仪休也不敢担保，就出来了。 吴起跑过去对他说：“齐国的军队攻得挺紧，主公怎么还不去抵御呐？ 不是我吴起在相国跟前夸口，要是我当大将，准能把齐国的军队打回去！”公仪休就把鲁穆公的话告诉了他。 吴起说：“我当是什么难事，原来是为了我的媳妇儿！ 哪个国家没有别国的女婿？ 要这么说，谁都不能信任了。”刚巧他媳妇儿害病死了，反对他的人就说他是为了要做将军才把她杀了的。

田氏死了以后，吴起对鲁穆公说：“我立志为主公出力，主公为了我的妻子起了疑。 如今她已经死了，主公总可以放心了吧。”鲁穆公对吴起说：“请大夫先退下去吧。”他问公仪休怎么办。 公仪休说：“他如今只图功名。 主公不如利用他先把齐国打退了再说。 真要是齐国用了他，那就更糟了。”鲁穆公就拜吴起为大将，叫他带领着两万人马去抵抗齐国。

吴起当上了大将，天天咬紧了牙，非要争口气不可。 只要能够打败齐国，什么苦他都受得了。他和士兵们整天在一块儿，小兵吃什么，他也吃什么；小兵在地下睡，他也在地下睡；小兵步行，他也不坐车；小兵扛着粮草，他也帮着他们扛。有人病了，他给他煎药；有人长了疙瘩，他给他挤脓上药。弄得士兵们一个个都把他当做父亲一样看待，死心塌地地情愿为他卖命。

吴起把军队驻扎下来，嘱咐士兵们守住阵线，不跟齐国开仗。田和可不愿意老这样耗下去，就打发张邱去侦察鲁国的兵营，假意说是来求和的。吴起得了信儿，把精锐的兵马隐藏起来，让那些上了年纪的和瘦弱的士兵守着中军。吴起挺恭敬地招待着张邱。张邱说："听说将军杀了夫人，真有这回事吗？"吴起说："我虽说品德不好，到底也当过曾子的门生，学习过孔子的教训，哪儿敢做出这种狠心的事呐？我在动身之前，媳妇儿可巧得病死了。也许有人把这两档子事搀到一块儿造的谣言。"张邱说："这么一说，将军还是齐国的亲戚，能不能为了这点情分，两下里和好如初？"吴起拱着手，说："大家伙儿能够说和，那要比什么都强。"张邱临走的时候，吴起又再三托付说，请他帮忙，总得成全这回事。

张邱回去之后，报告了田和，说鲁国兵马怎么怎么软弱无能，吴起又怎么怎么胆小。田和就打算第三天来个总攻击。到了第二天，他们两个人正在高高兴兴地说着这回事，忽然听见咚咚的鼓声，响得惊天动地，鲁国的兵马紧跟着就打过来了。那些个年老的和瘦弱的士兵全不见了，一个个全是粗壮的大汉和不怕死的小伙子，见了齐国人乱杀乱砍，吓得田和来不及上车，张邱也没工夫上马。其余的将官们还没穿上盔甲呐！转眼的工夫，军营大乱，都拣着没有鲁国兵的地方跑。有给鲁国人杀了的，有给自己人踩死的，也有投降的。这一下子，田和的士兵逃回本国，已经死伤了不少人马。

田和打了败仗，见着张邱骂了他一顿，说他误了大事。张邱说："我是照我亲眼见到的报告出来。谁知道上了他的当呐？"田和叹着气，说："吴起用兵简直跟孙武、穰苴一样。他要是留在鲁国，咱们可就别打算过太平的日子了。"张邱说："我再去跟吴起商量商量，以后谁也不许侵犯谁。我要把这事办到了，也能将功折罪。"田和就嘱咐他看事行事，留神去办。

张邱带着不少金子，打扮成做买卖的样子，上鲁国去见吴起，把礼物送给了他，央告他别再向齐国进攻。吴起对张邱说："只要齐国不来侵犯鲁国，我决不叫鲁国去打齐国。"张邱从吴起那儿出来，故意把这私自送礼的事吵嚷出来。鲁国人知道了这事，可就一传十，十传百地传扬开了，还加上好些不中听的话。鲁穆公就要查办吴起。

吴起逃到魏国，住在翟璜家里。可巧魏文侯和翟璜说起派人镇守西河的事，翟璜把吴起推荐出来。魏文侯就派吴起去做西河太守。

吴起到了西河，又拿出他那苦干的精神来了。他立刻修理城门、城墙，训练兵马。为了防备秦国，还修了一座挺重要的城叫吴城。他不但挡住了秦国，而且转守为攻，打到秦国去。秦国连着打了败仗，被魏国夺去了河西的五座城，吓得秦人不敢往河西这边来。这一来魏国的名声可就大了。韩国、赵国、齐国都派使者来朝贺，尤其是齐国的相国田和，特别奉承魏文侯，把他当做新起来的霸主。

那时候，相国的地位挺重要，各国都求取有本领的人当相国。吴起也想做相国。他有个手下人，打断他的想头，向他报告一件轰动一时的凶杀案。那被害的就是韩国一人之下万人之上的相国。

111 姐姐和兄弟

公元前397年(周威烈王的儿子周安王五年)，有一天，韩国的相国侠累正在大厅上办理公事的时候，大门外突然跑进个人来。他说："有要紧的事报告相国。"卫兵一见那个人莽里莽撞地进来，就过去拦他。哪儿知道这几个卫兵给他一推，就都一溜歪斜地躺下了。他推倒了卫兵，飞似的跑到大厅上，掏出匕首来照着侠累就扎，一下子扎穿了胸口。当时就大乱起来，都嚷着说："有贼！有贼！"一边关了大门，卫兵全拥了上去。那个刺客拿着匕首，就在自己的脸上横一刀、竖一刀地划着，又用手指头挖出自己的眼珠子，然后豁开肚子把肠子都拉出来。大伙儿一瞧，都愣了。那个刺客划破了脸，挖出了眼珠子，豁了肚子，可还没死。末了在脖子上抹了一刀，才躺下了。

早就有人禀报了韩烈侯。韩烈侯就问："刺客是谁？"谁知道呐？他叫大伙儿去瞧瞧。大伙儿都说："那个刺客已经瞧不出模样来了。谁还认得出来？"这个案子倒叫人纳闷。韩烈侯一定要查办那个主使的人和刺客的家眷，好给相国报仇。可是刺客的面目都认不出来，上哪儿去打听他的姓名和来历。连行刺的人都查不出来，更别想去查办主使的人了。韩烈侯就叫人把刺客的尸首搁在街上，给来往的人来认。又出了一个赏格，说："谁要认得刺客，能说出他的姓名来历的，赏黄金一千两。"有的人想发横财，都来认一认。可是那尸首的面目已经划得乱七八糟的不像样儿，两只眼睛都没了。一连搁了好几天，看的人不知道有多少，可就是没有一个能认得出来。

这档子没名、没姓、没来历的凶杀案不但轰动了整个韩国，附近的国家也都传遍了。魏国轵邑（在河南省济源县；轵 zhǐ）深井里地方有个女子叫聂蓉。她一听见这个新闻、就哭起来。她对她丈夫说："哎呀，刺死侠累的准是我兄弟！兄弟，你死得好惨哪！"聂蓉的丈夫说："你怎么知道是他？"她说："我兄弟有个恩人，叫严仲子。他老帮我们家的忙。我嫁给你的时候，嫁妆都是他给办的。我妈死了，也是他给办的丧事。我不是早就跟你说过吗？你怎么这么个记性啊！"他想了想，说："哦！我想起来了。我光知道严仲子跟韩国的相国有点私仇，那也不过是争权夺利罢了。做大官的谁没有私仇呐？为了别人的私仇白白地舍了自己的命，据我瞧你兄弟不会那么傻的。"聂蓉瞪着眼睛说："你可别这么说。严仲子是有仇报仇，我兄弟是有恩报恩。恩怨分明，也是大丈夫哇。"

原来严仲子和侠累一块儿在韩国做官，两个人有仇恨。有一天，严仲子说侠累不好，侠累把严仲子骂了一顿。严仲子就拔出宝剑去刺侠累。幸亏旁边的人给拉开了，总算没出了事。严仲子怕遭到相国的毒手，就离开韩国，上各处去找刺客，一心想弄死侠累。

严仲子到了齐国，瞧见一个宰牛的，长得挺魁伟，又有力气。听他的口音，不像是齐国人。严仲子跟他一谈，才知道他是魏国人。这个魏国人曾经推荐一个朋友给他的主人。那位朋友挺能奉承主人，不到一年工夫，就当了管家，反倒把这位推荐他的人轰出去。他在气头上把那管家杀了。当时带着他妈和姐姐逃到齐国，给人家宰牛，对付着活着。严仲子一听他的来历和他的遭遇，就把自己的心事告诉了他。两个人交上了朋友。严仲子家里是挺富裕的，他送了这位新朋友几千两黄金，还帮着这位朋友奉养着他母亲，又预备了一份挺体面的嫁妆把他姐姐嫁出去。呆了一年，那位把兄弟的母亲死了，严仲子又帮助他发送。严仲子在这个宰牛的人身上花了这许多钱，就是要买动他的心好替自己报仇。

"我的母亲安葬了之后，"聂蓉接着说："我就知道兄弟准要给严仲子报仇了！"她的丈夫说："为什么？"她说："因为我兄弟当初答应他去弄死侠累，只为了扔不下母亲。如今母亲死了，他哪儿还能不去呐？我料定韩国街上搁着的尸首准是我兄弟。"他说："他就这么没名没姓地死去，也太有点冤了。”聂嫈说：“说得是啊！我打算上韩国瞧瞧去，到底是不是。”

聂嫈是个急性人，说走就走。她到了韩国，那个没有眼睛的尸首，已经在街上搁了八天了。她一见这尸首，就趴在上头号啕大哭起来。看尸首的士兵问她：“他是你什么人？”她说：“他是我兄弟，我是他姐姐。我叫聂嫈，我兄弟是轵邑地方的一个侠客。他刺死了这儿的相国，唯恐连累我，所以毁了面目，打算就这么没名没姓地过去。可是我哪儿能那么贪生怕死，让他的名声埋没呐？”那些看尸首的人说：“你兄弟叫什么名字？主使他的人是谁？你好好说出来，我们替你去请求主公，饶你不死。”聂嫈说：“我要是怕死，我也不来了。我来认尸，就为的是要传扬他的名字。他的事他知道，我不能替他说。”“那末，你的兄弟到底叫什么名啊？”她说：“他是侠客聂政！”说着，就在石头柱子上碰死了。他们把这事报告了韩烈侯，韩烈侯叹息着说：“聂政哪儿是侠客！他不过是叫人收买的一个暴徒罢了。聂嫈倒有点侠义气。”他就叫人把姐儿俩的尸首埋了。

112 吴起养兵

吴起听完了侠累被刺的新闻，倒也挺感伤的。可是他不怕人行刺。要是能够当上相国，他还是愿意当的。

就在这一年，魏文侯死了，太子击当了国君，就是魏武侯。吴起像伺候魏文侯一样地伺候着魏武侯。有一天，魏武侯和吴起一同坐船在西河（河名，就是黄河，在冀州西边的一段叫西河）顺流而下。到了中流，魏武侯瞧着山水风景，挺得意地对吴起说：“这山河真是美！这也是巩固魏国国防的宝贝呀！”吴起说：“国家的安全在乎德行，不在乎山河的险要。如果主公不修德，船上的人都可以变成敌人。”魏武侯听了，连着说：“对，对，你说得对！”

吴起做西河太守挺有名望。魏武侯这么尊重他，这回又一块儿坐船从西河回来，还加了封，就有人认为新君即位，吴起准当相国。魏武侯可另有主意，他拜商文（《史记》作“田文”，《吕氏春秋》作“商文”，为了避免跟孟尝君田文相混，这里按照《吕氏春秋》）为相国。相国商文和吴起还能相安无事，同心协力地辅助着魏武侯。赶到商文一死，新的相国一心要抓大权，净在魏武侯跟前给吴起说坏话："吴起是个了不起的人物，就是魏国太小，他在这儿不免大材小用。和魏国贴邻的秦国多么强大啊。小小的魏国哪儿留得住他呐？"魏武侯起了疑。吴起是个精明人，他怕魏武侯害他，就想法逃到楚国去了。

楚悼王（楚惠王的曾孙，楚昭王第四代的孙子）素来知道吴起的才干，当时就拜他为相国。吴起非常感激楚悼王，尽心尽意地要给楚国做一番事业。他就提出了富国强兵的计策，对楚悼王说："楚国有好几千里的土地，一百来万的士兵，当初也做过诸侯的盟主。到了今天，反倒不敢跟列国去争个高低，还不是因为养兵的办法不好吗？一个国家要打算把兵马训练成百战百胜的军队，就一定得把士兵的待遇提高。要提高士兵的待遇，先得整顿财务。楚国的财物并不是不丰富，也不是生产不够，毛病就在财物的分配上太不合理。富裕的人太富裕，穷苦的人太穷苦。比方说，有名无实的大官，拿钱不干事的大夫，还有那些远房的贵族，他们没有用处，干拿着国家的俸禄，尽吃尽喝，耗费国家的钱财。可是士兵们平日连自个儿的肚子还填不饱，哪儿还能够养活家小？要叫这些士兵去打仗，他们不贪生怕死那才怪呐！大王要是按着我的办法把那些没用的、多余的、挂名的官员们都裁了，叫那些远房的亲族们自己去耕作，国家就能省下不少的钱财和粮食。把这省下来的钱财和粮食拿出点去优待英勇的将士们，将士们的待遇就能提高很多。这么一来，要是军队再不强大的话，请把我定罪！"楚悼王觉得这倒实在是富国强兵的好法子，就完全信任他，叫他这么办去。

吴起奉了楚悼王的命令，着手编定官员的等级，订出惩罚贪污和奖赏有功人员的章程。他用很严厉的手段，把多余的和挂名的官员裁了不少。大臣的子弟不能倚仗着父兄的势力或者用点贿赂就能当官吃俸禄，功臣的子孙五辈以后不能再靠着祖宗的功劳来继承爵位。不到五辈的功臣的子孙必须按着等次减少俸禄。比方说，父亲有过功劳，儿子就是不做事，也能得到国家的俸禄；祖父有过功劳，孙子的俸禄比较要少点了；曾祖父有过功劳，曾孙的俸禄就更少了。祖宗有功出了五辈的必须自食其力，国家不再供养他们。

经过吴起这么一改革，国家的钱财就多出来了。然后他挑选精锐的壮丁，天天加紧训练。再按着他们的才干增加粮饷。士兵的待遇比起从前来就高了好几倍。一个有能耐的小兵比远门的贵族还强呐！可是吴起自己过着挺节俭的生活。楚国的士兵没有一个不感激他的，全都愿意替国家出力。楚国的军队在很短的时期内就有了威名。在南边楚国的军队收服了百越（百越，也写做百粤，是那时候南方各种部族的总称），西边打败了秦国。中原列国，像齐国、韩国、赵国、魏国打这儿起谁也不敢得罪楚国了。

吴起帮着楚悼王给楚国争到了威名。可是那些裁减俸禄的贵族、大臣都说他手段太毒辣。大伙儿没有一个不把他当做眼中钉、肉中刺的，背地里咬牙切齿地咒骂着他。

公元前381年（周安王二十一年，魏武侯十五年）楚悼王死了，在宫里停着还没入殓，那些贵族、大臣一齐造起反来，一下子就把吴起围上。吴起一瞧自己脱不了身，就跑到宫里。叛党拿着弓箭追了进去。正在危急的时候，吴起歪着脖子想："大王一死，这班贵族大臣又起来。要是他们拿了权，楚国不是又要回到贫弱的老路上去吗？就拿我自己来说，就这么让他们弄死吗？将来谁替我报仇呐？"他就拿出最后的手段来，他立刻抱住楚悼王的尸首，趴在上头。一会儿乱箭射过来，连楚悼王的尸首也挨了几箭。吴起临死还挣扎着说："我死了不要紧，你们恨大王，恨得连他的尸首也伤了。你们这些大逆不道的臣下，难道就不怕王法吗？"说着，他死了。大伙儿一听这话，全都吓跑了。

楚悼王的儿子即位，就是楚肃王。他想趁着这个机会消灭那群贵族，就叫他的兄弟带领着军队捉拿叛党，惩办箭伤先王尸首的大罪。为了这档子事，有七十多家贵族都灭了门。但是楚国究竟因为改革的时间太短，新的法制还没巩固，吴起一死，他所努力的一些改革，差不多也就过去了。

113 驺忌论琴

楚悼王和吴起死了之后第三年，就是公元前378年（周安王二十四年），齐侯田太公的孙子自称为王，就是齐威王。齐侯原本姓"姜"，怎么会姓"田"了呐？

原来魏文侯叫吴起镇守西河，跟着又夺了秦国的五座城，那时候齐国的相国田和使尽心思来跟魏国拉拢。魏文侯也帮了他不少忙。田和就仗着魏国的势力，把齐国末后一代的国君齐康公送到一个海岛上，叫他住在那儿养老。齐国就这么整个儿地归了田和。田和又托魏文侯替他向天王请求，依照当初“三晋”的例子封他为诸侯。那时候周威烈王已经死了，他的儿子即位，就是周安王。周安王答应了魏文侯的请求，在公元前386年，正式封田和为齐侯，就是田太公。田太公做了两年国君死了。他儿子田午即位，就是齐桓公（和五霸之一的齐桓公小白称号相同）。齐桓公午第六年，就是公元前379年（周安王二十三年），有一位非常出名的民间医生叫扁鹊，回到齐国来，桓公把他当做贵宾招待。“扁鹊”原来是上古时代（据说是黄帝时代）的一位医生。桓公招待着的那位“扁鹊”是齐国人，姓秦，名越人。因为他治病的本领特别大，人们尊他为“扁鹊”。后来谁都叫他扁鹊，他原来的名字反倒很少有人知道了。他周游列国，到处替老百姓治病。有这么一回事：死了人，尸首搁了几天了，扁鹊一看，认为这不是死，是一种严重的昏迷，给他扎了几针，居然把他救活了。

这一次，扁鹊见了桓公，说：“主公有病，病在皮肤。”桓公说：“我没病，请不必费心。”他送出了扁鹊，对左右说：“做医生的就想赚钱，人家没病，他也想治。”过了五天，扁鹊见了桓公，说：“主公有病，病在血脉，要是不医治，就会厉害起来的。”桓公说：“我没病。”他不大高兴。又过了五天，扁鹊又来了，他说：“主公有病，病在肠胃，再不医治，病就会加深。”桓公不搭理他。又过了五天，扁鹊一看见桓公就退出去了。桓公叫人去问他为什么退出去。扁鹊说：“病在皮肤里，用热水一焐（wù）就能好；病在血脉里，还可以针灸；病在肠胃里，药酒还及得到；病在骨髓里，没法儿治。”这么一来，十五天过去了。到了第二十天，桓公病倒了。他赶紧派人去找扁鹊，怎么也找不到他。桓公躺了几天死了。

扁鹊注重医学和治病的经验。他竭力反对用巫术治病。他说：“信巫术不信医药，那个病就没法儿治。”这么有本领的一位医生竟遭到了大医官的嫉妒。秦国的大医官李醯（xì），觉得自己的本领比不上扁鹊，就派人把他暗杀了。

齐桓公午死了以后，他儿子即位，就是齐威王。就在这一年，姓姜的齐康公死在海岛上，恰巧他没有儿子，田太公的孙子，齐桓公午的儿子齐威王算是继承齐康公的君位。打这儿起，齐国姜氏的君位绝了根。以后的齐国，虽然还叫齐国，可是已经是田家的了。

齐威王有点像当初楚庄王一开头时候的派头，一个劲儿地吃、喝、玩、乐，国家大事他可不闻不问。人家楚庄王“三年不飞，一飞冲天；三年不鸣，一鸣惊人”，可是齐威王呐，一连九年不飞、不鸣。在这九年当中，韩、赵、魏各国时常来打齐国，齐威王就没搁在心上，打了败仗他也不管。

有一天，有个琴师求见齐威王。他说他是本国人，叫驺忌（驺 Zōu）。听说齐威王爱听音乐，他特地来拜见。齐威王一听是个琴师，就叫他进来。驺忌拜见之后，调着弦儿好像要弹的样子，可是他两只手搁在琴上不动。齐威王挺纳闷地问他，说：“你调了弦儿，怎么不弹呐？”驺忌说：“我不光会弹琴，还知道弹琴的道理！”齐威王虽说也能弹琴，可是不懂得弹琴还有什么道理，就叫他细细地讲。驺忌海阔天空地说了一阵，齐威王有听得懂的，也有听不懂的。可是说了这些个空空洞洞的闲篇有什么用呐？齐威王听得有点不耐烦了，就说：“你说得挺好，挺对，可是你为什么不弹给我听听呐？”驺忌说：“大王瞧我拿着琴不弹，有点不乐意吧？怪不得齐国人瞧见大王拿着齐国的大琴，九年来没弹过一回，都有点不乐意呐！”齐威王站起来，说：“原来先生拿着琴来劝我。我明白了。”他叫人把琴拿下去，就和驺忌谈论起国家大事来了。驺忌劝他重用有能耐的人，增加生产，节省财物，训练兵马，好建立霸业。齐威王听得非常高兴，就拜驺忌为相国，加紧整顿朝政。

这时候，有个知名之士叫淳于髡（淳 Chún；髡 kūn）。他瞧见驺忌仗着一个嘴就当了相国，有点不服气。他带着几个门生来见驺忌。驺忌挺恭敬地招待他。淳于髡大模大样地往上手里一坐。他那种瞧不起人的骄傲自大的样儿好像老子似的。他问驺忌，说：“我有几句话请问相国，不知道行不行？”驺忌说：“请您多多指教！”淳于髡说：“做儿子的不离开母亲，做妻子的不离开丈夫，对不对？”驺忌说：“对。我做臣下的也不敢离开君王。”淳于髡说：“车轱轳是圆的，水是往下流的，是不是？”驺忌说：“是。方的不能转悠，河水不能倒流。我不敢不顺着人情，亲近万民。”淳于髡说：“貂皮（貂 diāo）破了，别拿狗皮去补，对不对？”驺忌说：“对。我决不敢让小人占据高位。”淳于髡说：“造车必须算准尺寸，弹琴必得定准高低，对不对？”驺忌说：“对。我一定注意法令，整顿纪律。”淳于髡站了起来，向驺忌行个礼，出去了。

他那几个门生说：“老师一进去见相国的时候，多么神气！怎么临走倒向他行起礼来了呐？”淳于髡说：“我是去叫他破谜儿的。想不到我只提个头，他就随口而出地接下去。他的才干可不小哇。我哪儿能不向他行礼呐？”打这儿起，再没有人敢去跟驺忌为难了。

114 实地调查

驺忌真把淳于髡的话当做金科玉律。他想尽方法规劝齐威王调查事实，别让左右拿奉承的话把自己蒙住了。有那么一天，驺忌把人家称赞他长得漂亮的话对齐威王说了。原来驺忌身高八尺多，相貌堂堂，自己也很得意。他早上起来，穿好衣服，戴上帽子，对着镜子瞧瞧自己，问他的媳妇儿，说："我跟北门的徐公比起来，哪个漂亮？"城北徐公是齐国有名的美男子，驺忌要听听他媳妇儿的意见。他的媳妇儿说："徐公哪儿比得上您呐？"驺忌不大相信，他又问问他的使唤丫头："我跟徐公比，哪一个漂亮？"那个使唤丫头说："徐公哪儿比得上您呐！"过了一会儿，外面来了一位客人，两个人就坐着谈天。谈话当中，驺忌问他："我跟徐公比，哪个漂亮？"那个客人说："您漂亮，徐公比不上您！"第二天，巧极了，城北徐公来访问驺忌。驺忌一看，觉得自己不如徐公漂亮。他偷偷地照照镜子，再瞅瞅徐公，越看越觉得自己比徐公差得远了。到了晚上，他躺在床上琢磨着："我的媳妇儿说我美是因为她对我有偏私；我的使唤丫头说我美是因为她怕我；我的客人说我美是因为他有求于我。"他把这段经过向齐威王说了一遍。接着他说："我明明知道我比不上徐公，可是我的媳妇儿对我有偏私，我的丫头一向害怕我，我的客人有求于我，他们就都说我比徐公漂亮。现在齐国土地周围一千里，城邑一百二十个，王宫里的美女和伺候大王的人，没有一个不是讨大王的喜欢的，朝廷上的臣下没有一个不害怕大王的，全国各地的人没有一个不是有求于大王的。从这些情况看来，您的耳目准是蒙蔽得很厉害的。"齐威王点点头，说："你说得对！"他立刻下了一道命令："不论朝廷大臣，地方官民人等，能直言指出我的过错的，得上等奖赏。"

驺忌不但这么规劝齐威王，他还挺细心地调查全国各地的官员，要知道谁是清官，谁是赃官。他老向朝廷里的大官们查问各地的情形，他们差不多都说："中等的太多了，不知道从哪儿说起。我们只知道太守里头顶好的是阿大夫(阿城，在山东省阳谷县东北)，顶坏的大概要数即墨大夫了(即墨，在山东省平度市东南)。"驺忌就照样告诉了齐威王，请齐威王暗地里派人去调查。

齐威王好像无意中问起左右，大伙儿都说阿大夫是太守里头数一数二的好人，那个即墨大夫是太守里头的坏蛋。好太守人人喜欢，坏太守谁都讨厌。朝廷上的大臣们和左右一帮人每回听见齐威王和驺忌提起这两个太守来，都挺起劲。他们知道，阿大夫准能够步步高升，他提升了，他们也有好处。这就叫“与人方便，自己方便”。那个不懂人情世故、默默无闻的即墨大夫，早就该撤职查办了。果然，天从人愿，齐威王召回了那两个大夫来报告。“报告”只是个名义罢了，其实就是叫阿大夫来领赏，叫即墨大夫来受刑。这还用说吗？

就在那天，文武百官朝见齐威王。齐威王叫即墨大夫上来。众人瞧见一个大锅烧着一锅开水，大伙儿都替他捏着一把汗，静悄悄地站着。齐威王对他说：“自从你到了即墨，天天有人告你，说你怎么怎么不好。我就打发人上即墨去调查。他们到了那边，就瞧见地里长着绿油油的庄稼，人民都挺安分守己，脸上透着光彩，好像不知道有什么苦楚，有什么纷争似的。这都是你治理即墨的功劳。你专心一意地为了帮着人民，一点也不来跟这儿的大官们套拉拢，也不送点礼给大伙儿，他们就天天说你不好。像你这种老老实实、勤勤恳恳、不吹牛、不拍马的太守，咱们齐国能找得出几个？——我加封你一万家户口的俸禄！”大伙儿一听，都觉着自己脸上热乎乎的，脊梁骨冒着凉气，恨不得钻到地底下去。可是地不作脸，没给他们临时开个窟窿。

齐威王回头又对阿大夫说：“自从你到了阿城，天天有人夸奖你，说你怎么怎么能干。我就打发人上阿城去调查。他们到了那边，就瞧见地里乱七八糟地长满了野草，老百姓面黄肌瘦，连话都不敢说，只能暗地里叹气。这都是你治理阿城的罪恶。你为了欺压小民，装满自己的腰包，接连不断地给我手下的人送礼，叫他们好替你吹牛，把你捧上天去。像你这种专仗着贿赂，买动人情，巴结上司的贪官污吏，要是再不惩办，国家还成个体统吗？——把他扔到大锅里去！”武士们就把他煮了。吓得那些受过阿大夫好处的人都好像自己也扔到大锅里一样，一个个站不住了。他们一会儿换换左脚，一会儿换换右脚，一会儿擦擦脑门子上的汗珠，一会儿挠挠脖颈子，愁眉苦脸地站在那儿。

齐威王回头叫那些平日不分青红皂白、颠倒是非的十几个人过来，骂着说：“我在宫里怎么能知道外边的事情呐？你们就是我的耳朵、我的眼睛，可是你们贪赃受贿，昧着良心，把坏的说成好的，把好的说成坏的。

你们好比扎瞎了我的眼睛、堵上了我的耳朵。我要你们这些臣下干什么？——把他们都给我煮了吧！”这十几个人吓得跪在地下，直磕响头，苦苦地哀求着。齐威王就挑几个顶坏不过的，下锅煮了。

这么一来，一些个贪污的官吏不能再在齐国呆着，真正贤明的人有了发挥才能的机会。齐国的政治可就比以前清明得多了。

齐威王看驺忌整顿得挺有成效，就封他为成侯。驺忌又对齐威王说：“从前齐桓公、晋文公当霸主，都借着天王的名义。眼下周室虽说是衰弱了，可是还留着天王的名义。要是大王奉了他的命令去号令诸侯，大王还不就是霸主了吗？”齐威王说：“我已经当了王，哪儿还能去朝见另一个王呐？”驺忌说：“他是天王啊。只要在朝见的时候，您暂且称为齐侯，天王必定高兴，您还不是要怎么着就怎么着吗？”齐威王就亲身上成周去朝见天王。这是公元前370年(周安王的儿子周烈王六年)的一件大事。

周朝的王室早就只剩了个空名了，各国诸侯根本想不起还有朝见天王这个礼来。如今单单齐侯来朝见，周烈王认为周朝的气运转了。这份高兴简直就不必提了。朝廷里的大臣们和京城里的老百姓都乐得打锣敲鼓、连蹦带跳地庆祝起来。周烈王叫人去瞧瞧库房里还有什么宝贝没有。说起来也怪寒碜(hán · chen)的，库房里哪儿还有多少值钱的东西呐？可是老太爷不能在孝顺子孙跟前丢人现眼！他只好咬着牙，搜寻了几件宝贝，赏给“齐侯”。齐威王从天王那儿回来，沿道上都是称赞他的话，乐得他满脸喜容，装着一肚子的得意回来。

115 霸道

这时候，有好些个小国都给大国兼并了。宋国、鲁国，虽说没被兼并，可也是默默无闻的，自己承认是弱国。越国自从勾践灭了吴国之后，慢慢地也衰败了。其中只剩下了七个势均力敌的大国，就是：齐、楚、魏、赵、韩、燕、秦，也叫“战国七雄”（见图）(后来郑国给韩国灭了；卫国给魏国灭了；吴、越、鲁归并到楚国；宋国给齐、魏、楚分了。)自从齐威王朝见天王之后，楚、魏、赵、韩、燕五国就公推齐威王为霸主。只有秦国在西方，中原诸侯都把它看做戎族，多少年来很少跟中原来往。秦国在政治、经济、文化各方面也确实比中原落后。又因为魏国重用了李悝、吴起等人从事改革，发展生产，很快地变成了头等强国，连着打败秦国，把秦国的河西全都拿了去。这种形势逼得秦国也不得不有所改革。到了秦献公的儿子秦孝公即位的时候(公元前361年，周显王八年)，秦国已经开始强盛起来了。新君秦孝公认为秦国已经有了些力量，就打算向中原伸张势力。他想："早先穆公不是跟晋国、楚国都有过来往吗？哀公不是还帮着申包胥救了楚国吗？如今他们把我撇开。这叫人太难受了。"他下了决心，一定要把秦国治理好。他下了一道命令，说："不论本国的臣下或者外来的客人，谁要是能想出办法来叫秦国富强起来的，就重用他，封给他土地。"这么一来，不少有才干的人跑到秦国找出路去了。

战国七雄并立图

秦孝公这种真心实意地搜罗人才，吸引了一个卫国的贵族，叫公孙鞅，又叫卫鞅。他在年轻的时候就很佩服李悝、吴起这一派法家的学说和他们从事于改革的精神。到了壮年，他跑到魏国，曾经做过魏国相国的门客，但是没被重用。这回他到了秦国，托秦孝公的一个宠臣景监把他介绍给秦孝公。他先跟秦孝公说了一大篇道理，什么仁义道德啊，什么尧舜禹汤啊。秦孝公听了一半，连着打了几个哈欠。末了，索性打起瞌睡来了。

第二天，秦孝公埋怨景监，说："你怎么把这种迂腐的人介绍给我？说出来的全是不靠边儿的废话。"景监把这话告诉了卫鞅。卫鞅对景监说："再烦你去替我说一下，我已经知道主公的心意了。管保他能听我的主意。"景监说："眼下主公正在闹别扭，他不让你再去见他，过几天再说吧。"

过了五天，景监又请秦孝公约会卫鞅。秦孝公勉强答应了。这回卫鞅见了秦孝公就说："我上回说的是王道。主公要是不喜欢这个，我还有霸道呐。”秦孝公一听见“霸道”，就像小孩儿听说吃糖一样，高兴起来，说：“倒不是我反对王道，只为了要实行王道，一定得好好地干他一百年，至少也得几十年，才能有点成效。我哪儿能等得了呐？你有什么富国强兵的好办法赶紧跟我说吧。”卫鞅说：“我的霸道当时就能叫秦国强大起来。王道在乎顺着民情，慢慢地教导人民；霸道可不能这样，有时候不能顺着他们的心意，反倒得使劲儿改变他们的习气。没有见识的男女们只是得过且过地贪图眼前的好处，看不到以后的幸福。相反的，有魄力的国君眼光远大，他的计策是要顾到将来的。一般人就是不懂得这一点。他们日子过得苦，可是已经苦惯了，叫他们改变一下，他们准会反对。实行霸道就得有决心，老百姓喜欢的事情，不一定马上就做；老百姓不喜欢的事情，要做的还得做。赶到改革有了成效，老百姓得到了好处，他们才能够欢天喜地地明白过来。”秦孝公说：“只要你有富国强兵的好计策，我就想法子叫他们服从。”卫鞅说：“要打算富，就得讲究农业；要打算强，就得奖励将士；有了重赏，老百姓就能够拼命；有了重罚，老百姓就不敢犯法。有赏有罚，朝廷才有威信，一切改革也就容易进行了。”秦孝公说：“对呀！应当这样。”卫鞅说：“不过要富国强兵，就得信任人，叫他能一心一意地去干。要是一听说有人反对就改变主意，不光是白费了劲，还叫朝廷失了威信，也许给了一些小人一个作乱的时机。主公先得下个决心，要干就得干到底！”秦孝公点头，说：“不错，要干就得干到底！”卫鞅说到这儿，就要告辞了。秦孝公说：“别忙！我正听得有劲，你怎么不往下说呐？”卫鞅也真刁，他故意让秦孝公焦急的心悬着。他说：“请主公仔细考虑三天，打算干一番还是不干。三天之后，我才敢详详细细地把我的计策说出来。”

秦孝公急着要想知道卫鞅的下文，第二天就叫人去请他。卫鞅推辞，说：“我不是跟主公约定三天吗？我哪儿能不守信用呐？”秦孝公只好耐着性子，又挨了两天。他一听说富国强兵的霸道，早就急着要试试。卫鞅成心叫他盼了三天。在这三天里头，秦孝公越等着越要快点知道这回事。到了约定的日子，卫鞅就把怎么样改革秦国的计策说出来。君臣两个人一问一答地说得挺有劲。一连谈了三天，秦孝公不但没打哈欠，连吃饭、睡觉也都忘了。

秦国的贵族和大臣们听说秦孝公打算重用卫鞅，改变制度，要把农民和将士的地位大大提高。这不是故意打击贵族和大大小小的封建领主吗？为了自己的利益，也不能让这个外来的小子在这儿胡作妄为。他们都出来反对，弄得秦孝公左右为难。他使劲地皱着眉头子，好像要把眉毛连根儿挤出去似的。他赞成卫鞅把秦国改革一番，但又怕反对的人太多，自己又刚即位，也许会闹出乱子来，因此，只好把这件事暂时搁一搁再说。过了两年多，他越想越觉得改变制度对秦国有利。有一天，他特意再叫大臣们议论变法的事。当时就有大夫甘龙和杜挚出来反对。他们反对的理由是：风俗习惯不能改，一改，大家都不方便；古代的制度必须遵守，不遵守，一定要亡国。卫鞅对他们说："贤明的国君要改变风俗习惯，是要让人更方便。没有知识的人只顾到眼前的方便，哪儿知道他们看到的方便，在有见识的人看来，正是不方便呐！古代的制度也许正适合古人的需要，以后别的都改变了，以前的制度也就没有用了。成汤和武王改革了古代的制度，国家强大起来；桀王和纣王并没改变夏朝和殷朝的制度，他们倒亡了国。可见不跟古人学，也能当汤、武；死守着古代的制度，也难免当桀、纣。古人有古人的制度，现在人应当有现在人的制度。要想国家强盛，就得改革制度。死守古法，难免亡国。"秦孝公说："卫鞅的话不错！"他当时就拜卫鞅为左庶长。他对大臣们说："打这儿往后，变法的事全由左庶长拿主意。谁违抗他，就是违抗我！"大臣们听了这道命令，脖子短了一截，脑袋缩得跟肩膀一边平了。

116 变　　法

公元前359年(周显王十年，秦孝公三年)，卫鞅起草了一个初步变法的法令，他把新法令一条一条地写出来，呈给秦孝公看。秦孝公完全同意，叫他去发布告，让全国的人都依着做去。卫鞅唯恐人家不信任，不遵守新法，就先作个准备来引起大家的注意。他在南门立了一根木头，出了个命令："谁能把这根木头扛到北门去的，就赏他十两金子。"

一会儿工夫，南门口围上了一大堆人，交头接耳，议论纷纷。有的说："这大概是一种玩意儿，成心跟咱们开玩笑。"有的说："这根木头，我小儿子也扛得动，哪儿用得着十两金子？"大伙儿瞧瞧木头，又瞧瞧别人，都想瞧瞧谁有这傻劲去上当。卫鞅一听净是瞧热闹的，没有一个敢扛的。他一下子就加了五倍的赏，说："谁能扛到北门去的，就赏他五十两金子。”这么一来，更没有人敢碰了。

大伙儿正在出神的时候，忽然人群里站出一个人来。他是专门给人家取笑的，上了当也不知道生气，得了个“冤大头”的外号。大伙儿一见他愣头愣脑地还不知道是怎么回事，就去逗他，跟他说：“喂，大头！把这根木头扛到北门去，一会儿国君就赏给你五十两金子呐！”这个冤大头乐了乐，打量着那根木头有多沉，就说：“扛得动，扛得动！”他真把木头扛起来就走。大伙儿闪开一条道，好像小孩儿们看耍猴儿似的嘻嘻哈哈地跟着他，一直跟到北门。卫鞅叫人传话，对他说：“你听从朝廷的命令，真是个好人。”当时就赏给他五十两金子。瞧热闹的人一见他真得了赏，一个个都愣了。他们后悔刚才没扛，错过了机会。要是明儿个再有这事，傻蛋才不扛呐！这件新闻一传出去，一时全国都知道了。人民都说：“左庶长真是说到哪儿应到哪儿，他的命令就是命令。”

第二天，大伙儿要学冤大头的样儿，又跑到城门口去看木头。这回换了个新花样。木头没有了，张着一个挺大的告示。他们都不认得字，看了半天也不懂。有个小官念给他们听。念出来的东西也有听得懂的，也有听不懂的。可是他们知道“左庶长的命令就是命令”，都得服从。新的命令一共有下面几条：

（一）实行连坐法。每五家人家编为“一伍”，十家人家编为“一什”。一伍一什互相监视。一家有罪，其余九家应当告发。不告发的，十家连坐，受腰斩处分。告发的和杀敌人同样有功。私藏罪人的和罪人同样有罪。每个居民必须领取凭证。没有凭证的不能来往，不能住店。

（二）奖励建立军功。官职的大小和爵位的高低拿打仗立功为标准。杀一个敌人记一分功，升一级。功劳大的地位高，田宅、车马、奴婢、衣服，随地位的高低分等级使用、穿戴，没有军功的就是有钱也不得铺张。贵族的远近高低要看打仗的功劳而定。凡宗室没有军功的不得列入贵族名单。不论有道理没有道理，凡是为私事打架殴斗的按情节轻重分别受罚。

（三）奖励生产。凡人民努力于“本业”（耕种和纺织，是根本的事业，叫“本业”），多生产粮食和布帛的，免除官差。凡是为了经营“末业”（做买卖挣钱是末流的勾当，叫“末业”）和为了懒惰而贫穷的，连同他的妻子、儿女一概没入官府为奴婢。谁要是把灰土扔在道上的，就把他当作懒惰的农民处理。一家之中有两个成人的儿子就应当分家，各立门户，各交各的人头税。不愿分家的，每个成人加倍付税。

新法令公布之后，国内发生了极大的变化。首先，没有军功的贵族领主失去了特权，他们即使有钱，也不过算是富户。立军功的有赏，最高的赏赐是封侯，但是封了侯也只能在自己的食邑内征收租税，不能直接管理食邑内的人民。这么一来，领主制度的秦国，从此以后变为地主制度的秦国了。这么巨大的改革不引起贵族领主的反抗才怪呐。大夫甘龙和杜挚代表了旧势力起来反对。卫鞅不愿意把他们赶尽杀绝，只把他们革了职，罚做平民。老百姓要是反对新法，除了连坐法以外，还有砍头、腰斩、抽筋、凿头顶、下油锅、车马分尸等等极其残酷的刑罚对付他们。这一来，可把人们都吓坏了，有的人在梦里还老发抖呐。

这么过了三年，老百姓开始觉得新办法倒是好。生产增加了，生活也有所改善。父子兄弟各立门户，免得一家人互相依赖，劳逸不均；做儿子和儿媳妇的可以不受大家庭的气，也是件好事情。分家以后，做父亲的要使用儿子的农具，得向他借，还得感激他的好意。做婆婆的没经过儿媳妇的允许就使用她的扫帚、簸箕，给儿媳妇责备了，她也不敢回嘴。家族制度下的父权和公婆的威风大大受到了限制。这些都不说，老百姓最满意的是增加生产可以免除官差这一条。大家宁可努力于耕种和纺织，多增加生产，谁也不愿意离开家庭、田园、妻子、儿女，被征发到远地去当差。将士们呐，因为提高了待遇，立了军功，就能升级，谁都愿意做个勇敢的战士。公元前354年(秦孝公八年)，秦国趁着魏国正在攻打赵国的机会，发兵去打魏国。在元里(在陕西省澄城县南)打了个胜仗，而且占领了魏国的少梁(在陕西省韩城县南)。这是卫鞅变法以后第一个大胜仗。

接着在公元前352年(秦孝公十年)，卫鞅由左庶长升为大良造。卫鞅趁着魏国跟别的中原诸侯打仗的机会，亲自率领着大军进攻魏国的西部，从魏国的河西一直打到河东，把魏国原来的都城安邑也打下来了。同时在北边又占领了魏国的固阳(在内蒙古自治区包头、固阳一带地区)。逼得原来算是头等强国的魏国也不得不在公元前350年(秦孝公十二年)跟秦国讲和。秦国为了要进一步变法，而且魏国还有力量，就在头一年，中原十二个诸侯还都向魏国朝见呐。因此，在东边不受魏国的威胁的条件下，秦国也愿意让些步。这么着，秦孝公和魏惠王(魏武侯击的儿子)在彤(tóng，在现在陕西省华县)相会，订立了盟约。秦孝公把河西大部分的地方和安邑退还给魏国。魏惠王认为秦孝公心眼好，很是感激，也不再担心西边的侵犯了。

卫鞅变法的初步计划在生产上和军事上都得到了成功。就从跟魏国和好那一年起，实行更大规模的改革。最重要的有下列几项：

(一) 开辟阡陌封疆。田间南北通车的道路叫“阡”，东西通车的道路叫“陌”。阡陌就是供兵车来往的田间的大路。战国时代，各国打仗都用步兵和骑兵，兵车是极少用的，因此，东方各国早已陆续开了阡陌。这会儿秦国除了田间必要的道儿以外，把宽阔的阡陌一概铲平，也种上庄稼。“封疆”是封建领主作为划分疆界和防守用的大片的土堆、荒地、树林、沟池等。现在把这些土地也开垦起来，作为耕种的土地。谁开垦的荒地，归谁所有。土地可以自由买卖。重新丈量土地，按照六尺为一步，二百四十步为一亩的标准计算亩数，按照亩数交纳地租。

（二）建立县的组织。除了领主贵族所占据的封邑以外，在没有建立县的地区，把市镇和乡村合并起来，组织成为大县。每县设置县令（相当于县长）和县令的助理县丞，主管全县的事。县令和县丞都由朝廷直接任命。这种由朝廷直接统治的地方组织一共建立了四十一个。

（三）迁都咸阳。为了便于向东发展，把国都从原来的雍城（在陕西省凤翔县）迁移到渭河北面的咸阳。

这一次新法令出来，当然也有人反对。秦国既然实行了霸道，自然得用严厉的手段。据说有一回，在一天之内就杀了七百多人，渭河的水都变红了。

第二次的大改革已经实行了四年了，没想到太子驷犯了法，他居然也批评起新法来了。这真叫卫鞅为难。他认为这是考验法治的紧要关头。他对秦孝公说：“国家的法令必须上下一律遵守。要是在上的人不遵守，底下的人对朝廷可就不信任了。太子犯法，他的师傅应当替他担当罪名。”秦孝公叫卫鞅瞧着办去。卫鞅就把太子的两个老师都治了罪：公子虔割了鼻子，公孙贾脸上刺了字。这一来，其余的大臣更不敢批评新法了。一般的老百姓，尤其是自己有生产能力的人，对于卫鞅的变法，有不少人是拥护的。他们最感兴趣的有两条：一条是谁开垦的荒地，归谁所有；一条是土地可以自由买卖。由于实行了这两条，有些农民也得到了一些小块土地，主要的是：新兴的商人地主成了新的土地所有者。他们取得了土地所有权，可以向农民征收实物，从农民的剩余劳动中榨取财富，但是对农民并没有统治权。这么一来，过去封建领主的公田制转化为税亩制。这种改变在当时大大鼓励了农民的生产积极性。不到几年工夫，秦国人，每家都能自给自足，国家的粮食堆得满满的。别说没有土匪，连个小偷儿也找不出来。要是有人在半道上丢了什么，回去一找，准保还在那儿。秦国又把那些杂乱无章的尺寸、升斗、斤两，规定了一个标准，整个秦国都用统一的度、量、衡。

秦国土地广，人口不太多，邻近的三晋，土地少，人口密。卫鞅认为无认哪里的老百姓，要求最迫切的是田地和住宅。他就出了赏格，叫邻国的农民到秦国来种地，给他们田地和住宅，为了优待外来的人，只要他们一心一意耕种和纺织，完全免服兵役（其实秦国也不放心把兵器交给外来的人）。秦人必须服兵役，但是轮流应征，兵力还是有富裕。秦国变法之后，仅仅十几年工夫，就变成了挺富强的国家。周朝的天王（周显王）打发使者去慰劳秦孝公，封他为“方伯”（一方诸侯的首领）。中原诸侯倒也实事求是，人家既然富强了，不能再把人家当做戎族看待，就全都去朝贺。那些存心要做霸主的诸侯眼见秦国用了一个卫鞅，变了法就变成了强国，他们也学起秦国来了，都到各处去搜罗人才。

117 孙膑下山

“三晋”里头要数魏国顶强。魏惠王也学秦孝公打算找个“卫鞅”。他花了好些钱招待着天下豪杰。当时有个本国人叫庞涓，他来求见魏惠王。据说他是鬼谷子的门生，跟孙膑、苏秦、张仪都是同学。这个鬼谷子是个很奇怪的人物。有人说，他是当时最有本领的人，隐居在鬼谷（山谷名，有各种传说：有的说在河南省登封县东南；有的说在陕西省三原县西；有的说在湖北省远安县东南；有的说在湖南省大庸县），所以叫鬼谷子。

庞涓见了魏惠王，把他的学问和用兵的法子说了一说，魏惠王跟他说：“我们的东边有齐国，西边有秦国，南边有楚国，北边有韩国、赵国、燕国。我们的四周围都是大国，我们怎么能在列国之中站得住呐？赵国还把我们的中山占去了！”庞涓说：“大王要是让我做将军的话，我敢说，就是把他们灭了也不难，还用得着怕他们吗？”魏惠王说：“没有那么容易吧！”庞涓挺有把握地说：“要是办不到，我情愿受罚。”魏惠王挺高兴，拜他为大将，外加担任军师的职务。庞涓的儿子庞英，侄儿庞葱、庞茅，全当上了将军。这一批“庞家将”倒是个个英勇，人人卖力气，天天操练兵马，准备跟各国开仗。后来就先从软弱的卫国和宋国下手，一连气打了几回胜仗，吓得卫国、宋国、鲁国都去朝见魏惠王，向他低头服软。只是齐国有点倔强劲儿，不但不去朝见，反倒发兵去侵犯魏国的边境。没想到给庞家将打了回去。打这儿起，魏惠王更加信任庞涓了。

正在这时候，墨子的门生禽滑厘云游天下，到了鬼谷。他一见孙膑像伺候老师似的招待他，心里已经挺喜欢了，听了孙膑的谈论，看了他的举动，更觉得他是个人才。墨子一派的人是反对侵略战争的，要是孙膑能够下山去，做个将军，好好地劝国君注意防守，不让别国打进来，打仗的事就能够减少。他就对孙膑说："你的学问已经很有根柢了，就该出去做事，不该老住在山上。"孙膑说："我的同学庞涓，当初下山的时候跟我约定，要是他有了事情，一定替我引见。听说他已经到了魏国，我正等他的信呐。"禽滑厘说："庞涓已经做了魏国的大将，他还不来叫你，不知道是什么心意。我到了那边，给你打听打听吧。"

禽滑厘到了魏国以后，魏惠王就对庞涓说："听说将军有位同学叫孙膑，有人说他是兵法家孙武子的后代，只有他知道十三篇兵法的秘诀。将军何不把他请来呐？"庞涓回答说："我也知道他的才干。可有一样，他是齐国人，亲戚、本家全在齐国。就算咱们请他做了将军，恐怕他也得先替齐国打算，万一他吃里爬外，怎么办呐？"魏惠王说："这么说来，不是本国人就不能用了吗？"庞涓不好意思再反对，就说："大王要叫他来，那我就写信去。"魏惠王打发人拿了庞涓的信去请孙膑。孙膑拜别了鬼谷子，下了山，来到魏国，先见过庞涓，向他道了谢。第二天，他们一块儿去朝见魏惠王。魏惠王和孙膑谈论之后，就要拜他为副军师，跟庞涓一同执掌兵权。庞涓觉得不大妥当。他说："孙膑是我的兄长，再说他的才能比我强。他哪儿能在我的手下呐？我说，不如暂且请他做个'客卿'，等他立了功，我就让位，自个儿情愿当他的助手。"魏惠王就请孙膑为客卿。拿职务来说，客卿并没有实权；按地位来说，客卿比臣下要高一等。孙膑非常感激庞涓替他这么安排。两个同学好朋友，就这么在魏国办事。

庞涓背地里对孙膑说："你一家人都在齐国，你既然在这儿，怎么不把他们接来呐？"孙膑掉着眼泪，说："你我虽是同学，可是你哪儿知道我家里的事啊？我四岁的时候，母亲死了，九岁的时候，父亲又死了，从小住在叔叔家里。叔叔孙乔当过齐康公的大夫，后来田太公把齐康公送到孤岛上去住，一些个旧日的大臣死的死了，杀的杀了，轰走的轰走了。我们孙家的人也就这么五零四散了。后来我叔叔带着我的叔伯哥哥孙平、孙卓连我逃到洛阳。谁知道到了那边又赶上荒年，我只好给人家当使唤人。末了，我叔叔和我叔伯哥哥也不知道上哪儿去了。我就独个儿流落在外头。直到现在，我是个孤苦伶仃的光杆儿，哪儿还提得到家里人呐？"庞涓听了直叹息。

大约呆了半年，有一天，有个齐国口音的人来找孙膑。孙膑问了问他的来历，他说：“我叫丁乙，一向在洛阳做买卖。令兄有一封信，托我送到鬼谷。我到了那边，听说先生已经做了大官，我才找到这儿来。”说完，拿出信来交给孙膑。孙膑一瞧，原来是他叔伯哥哥孙平和孙卓来的信。大意说他们从洛阳到了宋国；叔叔已经死了；如今齐王正在把旧日的臣下召回国去，他们准备回去；叫孙膑也回齐国去，重新创家立业；好让孙家的族人聚在一起。此外，还说了些个流落外乡，好些年没上坟的话。真是一封悲惨的家信。孙膑念完之后，哭了一场。丁乙劝了半天，又说：“你哥哥告诉我，叫我劝你快点回去，大伙儿可以骨肉团聚。”孙膑说：“我已经在这儿做了客卿，不能随便就走。”他招待了丁乙，又写了一封回信，托丁乙带回去。

没想到孙膑的回信给魏国人搜出来，交给了魏惠王。魏惠王对庞涓说：“孙膑想念本国，怎么办呐？”庞涓说：“父母之邦，谁能忘情？要是他回到齐国，当了齐国的将军，就要跟咱们争个高低。我想还是先让我去劝劝他。要是他愿意留在这儿的话，大王就重用他，加他的俸禄。万一他不干的话，那么既然是我荐举来的，大王还是交给我去办吧！”

庞涓辞了魏惠王出来，立刻去见孙膑，问他：“听说你接到一封家信，有没有这回事？”孙膑说：“有这回事，我叔伯哥哥叫我回老家去，可是我怎么能离开这儿呐？”庞涓说：“你离开家也有好些年了，怎么不向大王请一两个月的假，回去上了坟，马上回来，不是两全其美吗？”孙膑说：“我不是没想过，可是我怕大王起疑，不敢提。”庞涓说：“那怕什么？有我呐！”

孙膑听了庞涓的话，上个奏章，说是要请假回齐国上坟去。魏惠王正怕他私通齐国，如今他果然要回齐国去，可见他有心背叛魏国了。当时就生了气，骂他私通齐国，把他送到军师府审问。左右把他解到庞涓那儿去。庞涓一见孙膑受了冤屈，就安慰他，说：“大哥不要害怕，我这儿就给你说情去。”庞涓当时就出去了。呆了一会儿，庞涓慌慌张张地回来，对孙膑说：“大王十分恼怒，非要定你死罪不可。我什么话都说到了，再三再四地求情，总算保全了你的命；可是必须在脸上刺字，再把膝盖起下去。这是魏国的法令，我实在不能再求了。”孙膑哭着说：“虽然要受刑罚，总算免了死罪。你这么给我出力帮我的忙，我决不忘你的大恩。”庞涓叹了口气，吩咐刀斧手把孙膑绑上，剔去两块膝盖。孙膑大叫一声，昏过去了。刀斧手又在他的脸上刺了字。呆了一会儿，孙膑慢慢地缓醒过来，只见庞涓愁眉苦脸地叹着气，给他上药。跟着，庞涓就叫人把他抬到自己的屋里，一天三顿饭全由庞涓供给。过了一个多月，创口好了，可是他变成了一个瘸子，只能爬着走了。

118 装疯忍辱

孙膑已经变成了废物，天天依靠着庞涓过日子，心里老觉着对不起人家。有一天，庞涓对他说："大哥你那祖传的十三篇兵法，能不能凭着记性写出来？不但能给我拜读拜读，还能传留后世呐。"孙膑恨不能做点事情好报答报答庞涓。那十三篇兵法，据说是鬼谷子从吴国得来传给孙膑的，孙膑早就背得滚瓜烂熟。这次庞涓一要求，他就满口答应。打这儿起，孙膑开始写他祖宗的兵书。可是那时候写一篇东西不像现在这么便当，再说孙膑心里烦得慌，天天唉声叹气，写了足有一个多月，还没写了几篇。伺候孙膑的那个老头儿叫诚儿，他见孙膑受了冤屈，倒挺可怜他的，时常劝他歇息，不要老坐着，辛辛苦苦地写这个玩意儿。

有一天，庞涓把诚儿叫去，问他："他每天写多少？"诚儿说："孙先生为了两腿不便，躺着的时候多，坐着的时候少，一天只写三五行。"庞涓一听，气可大了，骂着说："这么慢条斯理地得要写到什么时候？你得催着他，叫他加紧点！"诚儿嘴里答应着，心里可不大明白。他想："干么一死儿催他呐？"诚儿那傻劲叫他心里有点不踏实。可巧服事庞涓的一个手下人来了，诚儿就问他："嗨！我跟你打听件事儿。军师干么老催孙先生？"那个手下人说："傻瓜，你还不知道吗？军师为了要得到一部兵书，才留着他的命。赶到兵书写完，他的命也就完了。这话你可千万别跟人说！"

诚儿一听，替孙膑捏了一把汗。他就偷偷地告诉了孙膑。孙膑到了这时候，才从梦里醒过来。他想："原来庞涓是这么一个人！唉，我真瞎了眼睛，交上了这么一个人面兽心的东西！"他又想："要是我不写，他准得要我的命。这怎么办呐？"他越想越气，越气越没有主意，急得直流眼泪，一下儿闭过气去。等到缓过气来，他瞪着两只大眼睛，连喊带叫，把屋子里的东西全扔在地下，把他写好了的兵书扔在火里烧了。吓得诚儿赶紧跑去告诉庞涓，说："不好了！孙先生疯了！"

庞涓亲自来看孙膑，就瞧见他趴在地下哈哈大笑，笑完了又哭。庞涓叫了他一声，他就冲着他一个劲儿地磕头，哭着说："鬼谷老师，救命啊！救命啊！"庞涓说："你认错了，我是庞涓！"孙膑拉着庞涓的衣裳，揪着不撒手，嘴里头胡喊乱叫。庞涓怕他是装疯，就叫人把他揪到猪圈里。孙膑披头散发，趴在猪圈里睡着了。庞涓暗中派人给他送饭。那个人小声地对他说："孙先生，我知道先生的冤屈，这会儿我瞒着军师，给你送点酒饭来，请你吃吧。这是我一点心意。"说着直唉声叹气的，还流了几滴眼泪。孙膑做着怪样把送来的酒和饭都倒在地下，骂着说："呸！谁吃这脏东西？我自己做的比你那个好得多了。"说着，他就抓了一把猪粪，抟成一个圆球，往嘴里塞。庞涓知道了这件事，就说："他真疯了。"

打这儿起，孙膑住在猪圈里。有时候，爬到外边晒晒太阳；有时候，自个儿跟自个儿笑，或是哭。一到晚上，又爬到猪圈里去睡觉。庞涓叫人给他一点吃的，就让他疯疯癫癫地爬进来爬出去。他还想等孙膑好起来给他写那部兵法呐。要是孙膑到街上去，就有人跟着他。后来庞涓吩咐地面上的人天天把孙膑到哪儿的情形报告他。孙膑老在街上躺着，一到晚上，他就知道爬回来，有时候也在外头过夜。人人都知道他是个疯子，两条腿也不能走道，挺可怜的，有的人还给他吃的。他高兴了，就吃点儿；一不高兴，嘴里嘟嘟囔囔地叨唠一阵，把吃的倒在身上。他变成个迷里迷糊又脏又可怜的疯子了。

孙疯子老躺在街上。有人跟他说话，他也不理。有一天，已经下半夜了，他觉得有人揪他的衣裳。那人就坐在他旁边，流着眼泪，低声地说："孙先生，你怎么到了这步田地？我是禽滑厘，墨子的门生，你还认得我吗？我一听说你在这儿受苦，心里直难受。我已经把你的冤屈告诉了齐王。齐王打发淳于髡上魏国来聘问。我们都安排妥当了，想把你偷偷地带回齐国去，给你报仇。"孙膑一听禽滑厘来了，眼泪好像雨点似的掉下来，对他说："我自以为早晚死在这儿了，没想到今天还能够见着你。你们可得小心，庞涓天天派人看着我。"禽滑厘给孙膑换上衣裳，抱他上了车，那套脏衣裳叫一个手下的人穿上。他假装孙膑，披头散发的，两只手捧着脑袋躺在那儿。

第二天，魏惠王招待了齐国的使臣淳于髡，送他一点礼物，叫庞涓护送他出境。那天庞涓已经得到了地面上的人报告，说孙膑还在街上躺着，他挺放心地送着齐国的使臣。淳于髡叫禽滑厘的车马先走，自己和庞涓谈了一会儿天，然后从从容容地辞别了庞涓，动身走了。

过了两天，那个手下的人脱去孙膑的衣裳，偷着跑回去了。那天，地面上一见那套脏衣裳扔在那儿，孙膑可不见了，赶紧去报告庞涓。庞涓一想，大概是跳井了吧，叫人四下里打捞尸首。可是哪儿有孙膑的影儿？他又怕魏惠王查问，就撒个谎，说孙膑淹死了。

这儿淳于髡、禽滑厘他们带着孙膑到了齐国，大夫田忌亲身到城外去接他。孙膑洗个澡，换了衣裳，坐着软轱辘车，跟着田忌去见齐威王。齐威王跟他一谈论兵法，真是遗憾没早点见面。齐威王就要封他官职。孙膑推辞着说："我一点功劳都没有，哪儿能受封呐？再说，庞涓要是知道我在本国，准得又嫉妒。不如我不露面，等着大王有用着我的地方，我一定尽力。"齐威王就让孙膑住在田忌家里。孙膑想去谢谢禽滑厘，没想到他早走了。

孙膑打发人去打听叔伯哥哥孙平和孙卓的消息，哪儿找这俩人去？他这才知道齐国来的那个送信的人，原来是庞涓派人装的。根本没有什么家信和上坟的事。这全是庞涓使的鬼主意。

119 马陵道上

齐威王喜欢赛车跑马，老跟宗族里的公子们比赛，还赌挺大的输赢。田忌很有几匹好马，可是他的车马跟齐威王的车马比着跑，不是差了几尺，就是差了几丈。一场、二场、三场都是这么样。他老不敢多下注。孙膑看了一回之后，就对田忌说："下回比赛的时候，我包你赢，只管多下点注。"田忌还不知道怎么赢法，可是他挺相信孙膑。到了比赛的时候，他对齐威王说："每回赛马，老是我输。这回我要好好地跟大王赌个输赢。每场下注一千两金子，三场三千两，行不行？"齐威王笑着答应了他。到了比赛的那天，齐威王的赶车的驾着四匹马出来。孙膑就叫田忌的赶车的出去比赛。头一场跑下来，田忌的车马和齐威王的车马差得很远。田忌输了一千两金子。齐威王哈哈大笑。田忌说："还有两场呐！"接着第二场跑下来，田忌赢了。第三场，齐威王又输了。末了，田忌还赢了一千两金子。齐威王真有点不明白怎么会连输两场。田忌就禀告说："今天我赢了，并不是我的马好，这全是孙先生的计策好。"齐威王说："这还有什么计策吗？"田忌说："孙先生让我先把三等马跟大王的头等马比赛，头一场我当然输了。可是第二场，我的头等马跟大王的二等马比，第三场我的二等马跟大王的三等马比，这后两场我就全赢了。"齐威王赞叹着说："从这种小事上就能看出孙先生的才能来了。"打这儿起，齐威王更加尊敬孙膑。

公元前353年(周显王十六年，魏惠王十七年，齐威王二十六年，秦孝公九年)，魏惠王派庞涓进攻赵国，围住了邯郸。赵国的国君赵成侯派使者上齐国去求救，情愿把中山送给齐国作为谢礼。齐威王知道孙膑的才能，要派他为大将去救赵国。孙膑推辞说："不行。我是个带残疾的罪人，当了大将给敌人笑话。大王还是请田大夫为大将吧。"齐威王同意孙膑的话，拜田忌为大将，孙膑为军师，发兵去救赵国。孙膑对田忌说："眼下魏国的兵马已经把邯郸围上了，赵国的将士又不是庞涓的对手，咱们去救邯郸已经晚了。咱们不如在半道上等着，就说去打襄陵(魏国地名，在河南省睢县西)。庞涓听到，准得往回跑。咱们迎头痛揍他一顿，准能把他打败。"田忌就按着他的计策做去。

果然，邯郸敌不过庞涓，投降了。庞涓打发人去报告魏惠王。忽然听说齐国派田忌去打襄陵，他着急起来，立刻吩咐退兵。刚退到桂陵(在山东省菏泽县东北；一说在今河南省长垣县西)地界，正碰上齐国的兵马。两下里一开仗，魏国就败了。庞涓正在心慌意乱的时候，忽然瞧见一面大旗，上面有个"孙"字！这一吓，差点把他从马上摔下来。幸亏庞英、庞葱两路兵马赶到，总算把他救了。庞涓逃了活命，可是损失了两万多士兵。齐国人大胜而归。

齐威王重用田忌和孙膑，把齐国的兵权交给他们。有人在齐威王跟前说田忌的坏话，说他权力太大，也许自己要做王了。齐威王起了疑，天天派人暗中察看田忌的行动。田忌就告了病假，把兵权交了出去。孙膑也辞了军师的职位。

庞涓听见了这个消息，又抖起精神来了，他说："如今我可以横行天下了。"那时候，韩国早把郑国灭了(公元前375年)，势力大了起来。赵国要报邯郸的仇，就跟韩国商量一块儿去打魏国。韩国答应了。庞涓得到了这个消息，就请魏惠王先发兵去打韩国。魏惠王仍旧叫庞涓为大将，把全国大部分的兵马都调出去去打韩国。

这时候，齐威王知道了田忌的委屈，又把他和孙膑重用起来。庞涓可并不知道这事。他带领着兵马去攻打韩国，打了几回胜仗，眼瞧着要打到韩国的都城来了。韩国接连不断地向齐国求救。公元前343年(周显王二十六年)，齐威王派田忌为大将，田婴为副将，孙膑为军师，发兵去救韩国。孙膑又使出他的老办法来了，他不去救韩国，直接去打魏国。

庞涓得到了本国告急的信儿，立刻退兵赶回去。赶到庞涓的大队到了魏国的边境，齐国的兵马已经过去了。庞涓一察看齐国军队扎过营的地方，发现了齐国的营盘占了挺大的地界，叫人数了一数地下做饭的炉灶，足够供十万人吃饭用的。庞涓吓得说不出话来。他想：“齐国有这么些兵马进了魏国的本土，怎么能把他们打出去呐？”第二天，他们又到了齐国军队第二回扎过营的地方，又数了一数炉灶，只有够供给五万来人用的了。第三天，他们追到了齐国军队第三回扎过营的地方，就算出大约也就剩了两三万人了。庞涓这才放了心，笑着说：“还好，还好！齐国人都是胆小的。十万大军到了魏国，才三天工夫，就逃了一大半。田忌呀，田忌！这回是你自个儿来送死。上回桂陵的仇，我这回可以报了。”他就吩咐大军整天整宵地按着齐国军队走的路线追上去。

他们这一追，一直追到马陵(在河北省大名县东南)，正是天快擦黑的时候。马陵道是在两座山的中间，山道旁边就是山涧，有点像当初孟明视全军覆没的殽山。这时候正是十月底，晚上没有月亮。庞涓恨不能一步追上齐国的军队。虽说是山道，反正是本国的地界，就吩咐大军顶着星星接着往下赶。忽然前面的士兵回来报告说：“前头山道给木头堵住了。”庞涓骂着说：“这也值得鸡猫子喊叫的吗？齐国人怕咱们今儿晚上追过去，就堵住了道儿。大伙儿一齐下手搬开木头不就结了吗。”庞涓亲自指挥着士兵，就见道旁边的树全砍倒了，只留着一棵最大的没砍。他奇怪为什么单单留着这一棵呐，细细一瞧，那棵树一面刮去了树皮，露着一条又光又白的树瓤来，上头影影绰绰的好像写着几个字，就是瞧不清楚。庞涓就叫小兵拿火来照。有几个小兵点起火把来。庞涓在火光之下，看得非常清楚，上面写的是：“庞涓死此树下。”庞涓心里一惊，说：“哎呀！上了瘸子的当了！”回头对将士们说：“快退！快……”第二个“退”字还没说出，也不知道有多少枝箭，就像下大雨似的冲他身上射来。庞涓自然就没了命。原来孙膑成心天天减少炉灶的数目，引诱庞涓追上来，早就算准庞涓到这儿的时辰，左右埋伏着五百名弓箭手，吩咐他们，说：“一见树下起了火光，就一齐放箭。”

庞涓心里一惊："哎呀！上了瘸子的当了！"转瞬间也不知有多少枝箭，像下大雨似的冲他身上射来。

一会儿，山前山后，山左山右，全是齐国的士兵，把魏国的兵马杀得连山道都变成了血河。直闹到东方发白，才安静下来。魏国的士兵不是投降，就是跑了，那些没投降、没跑了的全都躺在地下，再也起不来了。齐国的军队带着俘虏和好些东西从原道回去。走了一程，碰见了魏国后队的兵马，领队的大将正是庞涓的侄儿庞葱。孙膑叫人挑着庞涓的脑袋给他瞧。庞葱只好跪下哀求饶命。孙膑对他说："我给你一条活路，赶紧回去，叫魏王上表朝贡，要不然，魏国的宗庙也保不住啦！"庞葱连连磕头，抱着脑袋逃回去了。

魏惠王打了败仗，只好打发使臣向齐国朝贡。韩国和赵国的国君更加感激齐国，都去朝贺。齐国的威名打这儿就大了起来了。相国驺忌告了病假，交出了相印。齐威王就拜田忌为相国，还要加封孙膑。孙膑不愿受封，亲手把兵法十三篇写出来，献给齐威王，辞了官职，隐居起来了。

120 迁都大梁

孙膑打败魏国的消息传到了秦国，卫鞅趁势对秦孝公说："魏国是秦国的近邻，随时都能够向咱们进攻。当初魏国重用庞涓的时候，我老怕他来打咱们。如今魏国打了败仗，中原诸侯都不跟他来往了，咱们应该趁这时候去进攻魏国，魏国准保抵抗不了。这么一来，咱们再往东去，一个一个地把中原诸侯都收过来，您不就当上全中国的霸主了吗？"秦孝公就叫卫鞅带领着五万大军，从咸阳往东打出来。

秦国的大军到了西河，西河太守接连不断地打发人向魏惠王请求救兵。魏惠王召集大臣们叫他们出个主意。大夫公子卬(áng)对魏惠王说："我跟卫鞅有点交情，让我带着兵马先去对付他。要是他能讲和，那是再好没有了。要是他不答应的话，我就先守住城，再派人上韩国和赵国去借兵。"大伙儿全都同意这么办。魏惠王就拜公子卬为大将，带领五万大军去救西河。公子卬先把军队驻扎在吴城(就是吴起做西河太守的时候为了防备秦国所造的那座城)。

公子卬正要给卫鞅写信请他退兵的时候，把守城门的士兵进来报告说："秦国打发使者送信来了，还在城外等着呐。"公子卬吩咐手下的人把那个送信的拿绳子吊到城头上来。公子卬拿到了信，一瞧，原来是卫鞅写来的。大意说：“我跟公子好像亲兄弟一样，哪儿能彼此攻打呐？可是国君给我下了命令，我总得有个交代。我想最好咱们说好了，两边都退兵。要是公子愿意，请到玉泉山来订盟约。这么着，一来可以叫两国的老百姓不受战争的痛苦，二来还可以保全咱们朋友的交情。要是您答应，请给我个日期，我好立刻退兵。”公子卬挺高兴，当时就写了回信，约他第三天相会。

第三天，卫鞅下令，吩咐后队人马先退下去，留下前队的兵马到左近的山上去打猎。一面又打发人拿了好些麝香送给公子卬。这麝香是秦国出产的，能止痛，能避臭味，算是顶名贵的特产。公子卬收到了礼物，更加感激卫鞅的情义。他还不大放心，偷偷地打发人去探听秦国军队的动静。果然，秦国的军队已经撤退了，卫鞅只带着三百名卫兵在玉泉山等着公子卬。

到了第三天，公子卬也带了二三百名士兵预备了一些酒食坐着车马上玉泉山去了。他们到了山下，卫鞅早已在那儿等着了，就把他们迎到会场里。公子卬一见卫鞅，非常喜欢。他想：“只要拿出真诚的心来，大伙儿商量，什么纷争都能够免除，何必动刀动枪地伤了和气呐？”他是东道主，当时就摆上酒席，先敬卫鞅三杯。卫鞅叫两个手下的人回敬公子卬。那两个手下的人，一个叫乌获，一个叫任鄙，是秦国最出名的勇士。他们正在敬酒的时候，忽然听见咚咚的鼓声好像打雷似的响得山都震动了。公子卬吓得要死，问卫鞅：“怎么打起鼓来了？难道您骗了我吗？”卫鞅笑着说：“不敢！就这一回，请别见怪。”公子卬一见不对头，就想跑，早给乌获拿住了。任鄙指挥着左右把魏国的随从也全拿住。卫鞅吩咐将士们把公子卬上了囚车，先送到秦国去，然后把魏国的随从放了，请他们喝酒，又叫他们好好地跟着乌获和任鄙上吴城去，大伙儿都有赏；要不然就得把脑袋留下。到了这步田地，他们就只好缩着脖子跟着人家走。

乌获打扮成公子卬的模样坐在车上。任鄙打扮成公子卬的底下人。他们到了吴城，叫魏国的士兵先去叫门。城上的士兵一见是自家人，开了城门，让“公子卬”进去。乌获和任鄙一进了城，杀散了守城的士兵。随后，卫鞅带着大队人马进了吴城，乱杀一阵。魏国人一听到大将当了俘虏，哪儿还敢抵抗。他们扔了吴城，照直往东逃跑。吓得魏惠王没有主意了，只好打发使者上秦国兵营里去求和。他狠着心把西河的土地献给秦国，讲和了事。

西河是秦国的了。这一来，安邑这地方就太挨近秦国，只好迁都到大梁(就是河南省开封市)，所以魏国也叫梁国，魏惠王也叫梁惠王。

121 五牛分尸

秦孝公一见卫鞅得了西河，打了个大胜仗，就封他为侯，把商於(在河南省淅川县西)一带十五座城封给他，称他为商君。卫鞅就叫商鞅了。

商鞅谢恩回来，非常得意。家臣们和亲友们都向他庆贺。有的说，秦国能够这么富强，全是他的功劳；有的说，他是从古以来最出名的改革家；有的说，他改变了土地制度，真了不起；有的说，他压住了贵族，实行连坐法，哪一件不是大事情。大伙儿你一言、我一语，说得商鞅心里挺舒服。他挺自傲地问他们："我比五羊皮大夫怎么样？"大伙儿都奉承着他，说："他哪儿比得上呐！"内中有位门客，叫赵良，听了这些话，实在忍不住了，大声地说："你们都在商君门下吃饭，怎么不替他担点心事，反倒胡说八道，一味地奉承他！"大伙儿听了，不敢出声。商君有点不高兴，在他发光的脸上浮上一层怒气，问他："先生有什么话要说？"赵良说："您要知道一千个人瞎称赞，不如一个人说真话。要是您不见怪的话，我就说给您听听。"商鞅挺会笼络门客，立刻改了样儿，挺恭敬地说："俗语说，'良药苦口'，请先生指教。"

赵良一想，要说就说个透，要骂就骂个够。他挺郑重地对商鞅说："您说起五羊皮大夫，我就把他跟您来比一下吧。百里奚在楚国给人看牛，秦穆公知道了，想尽法子，请他来当相国。您呐？屡次三番地托个小人景监给您介绍。百里奚得到了秦穆公的信任，就推荐蹇叔，自己情愿当他的助手。您呐？独自掌着大权，也不想想办法推荐别人。百里奚当了六七年相国，一连三次平定晋国的内乱，中原诸侯个个佩服，西方的小国都来归附。您呐？冤了朋友，夺了西河，只讲武力，不顾信义，谁还能诚心诚意地相信您？百里奚处处替老百姓着想，减轻兵役，不乱用刑罚，叫老百姓能够安居乐业。您呐？把老百姓当做奴隶，拿顶严厉的刑罚管理老百姓。百里奚自己平素的生活非常俭朴，出去的时候不用车马，夏天在太阳底下走，也不打伞。您呐？每逢出去的时候，车马几十辆，卫兵一大队，前呼后拥，吓得老百姓来不及躲。百里奚一死，全国男男女女痛哭流涕，好像死了自己的父亲。您呐？把太子的师傅公子虔割了鼻子，把太师公孙贾脸上刺了字，一天之中杀了七百多人，连渭河的水都变红了。上上下下，哪一个不恨您，说句不中听的话，他们恨不得您早点死呐。别人一味地奉承，我可真替您担心哪。”

商鞅听了这番话，一声没言语，跟着叹了口气，说：“我这么为秦国尽心竭力地打算，怎么反倒叫人家都怨恨起来？这是什么道理？”赵良说：“我知道您替老百姓打算，可是您的办法很不妥当。您有两个最大的毛病：第一，您光是说服了国君，得到他一个人的信任，可是没有别的人来帮助您；第二，您只管替老百姓打算，不管人家愿意不愿意，就推行新法，可不许老百姓替自己打算。老百姓就算得到了好处，他们不但不感激您，还都怨恨您。您自以为事事都替老百姓着想，其实，您的心目中连一个小民也没有。”商鞅插嘴说：“他们知道什么？”赵良说：“您以为用不着听从老百姓的意见。老实说吧，自古以来，没有一个国君或是一个大臣单凭着自己的威力，违反老百姓的意志，能够成功的。俗语说，‘顺天者昌，逆天者亡’。这句话一点也不错。违反了老百姓的意志，就是违反天意。违反了天意，没有不失败的。‘天’是什么啊？天没有耳朵，他凭着老百姓的耳朵来听；天没有眼睛，他凭着老百姓的眼睛来看。我看着上上下下的人都怨恨您，就知道天也怨恨您。为这个，我非常替您担心。为什么您还不快点推荐别人来代替您呐？要是您现在能够立刻回头，安分守己地去种地，也许能够保全您自个儿。”商鞅听了赵良这些话，心里头闷闷不乐。可是他哪儿舍得把大权交给别人？种地也得有福分哪！

公元前338年(周显王三十一年，秦孝公二十四年)，秦孝公得了重病。他想把君位传给商鞅，商鞅怎么也不肯接受。秦孝公一死，太子驷即位，就是秦惠文王。他做太子的时候，为了反对新法，给商鞅定了罪，割去了公子虔的鼻子，又把公孙贾脸上刺了字。如今太子当上了国君，公子虔和公孙贾他们就得了势。这一帮人都是商鞅的冤家对头。以前的仇恨可得清算一下。秦惠文王就加了个谋叛的罪名，下令逮捕商鞅。

商鞅打扮成个老百姓，打算跑到别国去。他到了函关(在河南省灵宝县南)，天黑下来了，只好上一家客店去住。客店掌柜的要检查凭证，商鞅可交不出来。掌柜的说：“你这位客人真不明白。商君下过命令，不准我们收留没有凭证的人。我要是收留你，我的脑袋可就保不住了。”商鞅一听，这可真是“哑巴吃黄连”——有苦说不出。

当天晚上，他不能住店，可给他混出了函关，连夜逃到魏国。魏惠王恨他当初欺骗了公子卬，夺去了西河，正想拿他，好报当年的仇。商鞅这才觉得这么大的天下，容不下他这么一个人。他又跑回商于。秦惠文王立刻发兵围住商于，把商鞅活活地逮住。拿最残酷的刑罚把他弄死。有的说，他的身子是叫车马撕开的。有的说，他的脑袋和两只手两只脚上各拴上一头牛，有五个人往五下里打牛，那五头牛分头一跑，商鞅的身子就这么扯成五六块。这就叫“五牛分尸”。商鞅自己被弄死了不算，全家还灭了门。

秦国杀了商鞅，可并没改变商鞅的法令。商鞅所制定的新的土地所有制，不但在秦国得到了巩固，而且在别的国家也有这么做的。各国都有新兴的商人地主，他们要把封建领主土地公田制改变为税亩制。六国的旧领主还想保持他们原来的割据的统治，新兴的土地所有者要求有个符合于他们利益的统一的政权。这种新旧土地所有者的矛盾形成了当时最突出的两派对立的政治斗争。列国分成了两派，不管使用什么名义，也不管其中发生了多少错综复杂的事件，新的土地所有者主张亲秦，展开“连横”运动，旧领主和他们的追随者主张抗秦，展开反连横的“合纵”运动。有时候亲秦派得势，有时候抗秦派抬头。就在这种时势下出来了两个能说会道的政客。一个主张“合纵”，认为中原诸侯应当联合起来一齐抵抗西方的秦国，造成南北联合的局面。从地理上看，南北合成一条直线，所以叫“合纵”。一个主张“连横”，认为中原诸侯应当跟秦国亲善，造成东西联盟的局面。从地理上看，连成一条横线，所以叫“连横”。从这儿起，合纵啊，连横啊，闹得天下鸡犬不宁。

122 合纵抗秦

那个凭着“合纵”出名的人叫苏秦。他是洛阳人，本来是个政客，没有一定的主张。合纵也好，连横也好，他只打算凭着能说会道的嘴，弄到一官半职就行，不论哪个君王都可以做他的主子。他想先去见周显王，可是人家不愿意给他在天王跟前推荐，他就改变了主意，上秦国去。他见了秦王就说连横怎么怎么好，秦国怎么怎么强大，劝秦王一步一步地兼并六国。哪儿知道秦惠文王自从杀了商鞅之后，就不怎么喜欢外来的客人。他听完了苏秦的话，挺客气地回绝他，说：“我的翅膀还没长得那么硬，哪儿能飞得高呐？先生的话挺有道理。可是我先得准备几年，等到翅膀硬了，再请教先生。”苏秦碰了个软钉子，只好走了。

他可并没死心，还想着叫秦王用他。他费了好久工夫，写了一部书，详详细细地说明怎么样才能够兼并列国。他把这部书献给秦惠文王。秦惠文王潦潦草草地看了看，就搁在一边。苏秦只好耐着性子等。他在秦国住了一年多，家里带来的盘缠都花光了，身上的衣裳也破了，他只好像败家子儿似的回家去了。

苏秦回到家里，他妈一见他这个样儿，就骂他，说：“咱们这儿周人一向不爱做官。人家专心做工商，也能赚十分之二的利息，日子过得挺好的。当初我叫你好好地做做买卖，赚个二分利，可是你偏不听我的话，要去做官。花了这么些盘缠，如今怎么样？弄得人不像人、鬼不像鬼地回来！”苏秦没有话可说，一回头瞧见他媳妇儿坐在机子上织着帛，连头也不抬，好像没听见他说话似的。他嫂子也在屋里，他只好跟她说：“嫂子，我饿了，给我弄点什么吃的。”他嫂子翻着白眼，说：“没有柴火！”说着一转身躲开了。苏秦忍不住了，赶紧回过头去掉了几滴眼泪。

当天晚上，苏秦叹息着说：“一个人到了穷困的时候，母亲不把他当儿子，媳妇儿不把他当丈夫，嫂子更不必说了。唉！我苏秦非要争回这口气不可！”打这儿起，苏秦天天研究兵书。有时候，念书念累了，正想要歇息一下，好像听见有个声音说：“没有柴火！”他立刻清醒了，抖擞精神接着念下去。有一回，实在累得受不了啦，心里头还想念，可是眼皮粘到一块儿，怎么也睁不开。他气急了，拿起锥子扎了大腿一下，鲜血就流出来了。这一下子，精神可来了，接着又念下去。他就这么苦苦地用功，费了一年多工夫。另外，他还仔细研究了各国的地形，政治的情况，兵马的多少，诸侯的心情等等。

他跟他兄弟苏代、苏厉商量，说：“我的学业已经成功了。要是你们能给我凑点盘缠，能叫我周游天下，等到我出头了，我准想法子推荐你们。”说着，他把《太公兵法》和中原列国的情形讲给他们听。他们给他说服了，不光拿出金子来送他动身，他们也琢磨起苏秦的那套学问来了。

苏秦一想：“七国之中，秦国顶强，可是秦王不能用我。我不如到六国都去走走，把六国的国君说活了心，叫他们联合起来去抵抗秦国。”他先到了赵国。赵肃侯(赵成侯的儿子)正用了他的兄弟为相国，称为奉阳君。苏秦先去结交奉阳君，向他说了一篇抗秦的道理。哪儿知道这头一炮就没打响。他只好离开赵国，到燕国去求见燕文公。燕文公的底下人不给他通报，他在客店里住了一年多，盘缠花完了。饿着肚子，正在没有法子的当儿，店里的掌柜的瞧他可怜，借给他一百个小钱，才凑合着又过了几天。

有一天，燕文公出来，苏秦就趴在路上求见。燕文公问了他的名字，才知道他就是当初见过秦王的苏秦，就把他带到宫里去。苏秦对燕文公说："燕国在列国当中，虽说有二千里土地，几十万士兵，六百辆兵车，六千多骑兵，要是跟西边的赵国、南边的齐国一比，可就显出力量不够来了。近几年来，赵国强大了，齐国强大了。可是强大的国家老打仗，弱小的燕国反倒太平无事。大王您知道这里头的缘故吗？"燕文公说："不知道。"苏秦说："燕国没受到秦国的侵略，是因为有赵国挡住秦国。秦国离着燕国远，就是要来侵犯的话，一定得路过赵国。因此，秦国决不能越过赵国来侵犯燕国的。可是赵国要来打燕国，那就太容易了。早上发兵，下午就能到。大王不跟近邻的赵国交好，反倒把土地送给挺远的秦国，这个做法很不妥当。要是大王用我的计策，先去跟邻近的赵国订立盟约，然后再联络中原诸侯一块儿抵抗秦国。这样，燕国才能够真正安稳。"燕文公挺赞成苏秦的办法，就怕列国诸侯心不齐。苏秦说他愿意先去跟赵侯商量。燕文公就给他预备礼物、路费、车马、底下人，请他去跟赵国接头。

苏秦到了赵国，这时候奉阳君已经死了。赵肃侯听说燕国有位客人来了，亲自跑下台阶去迎接他，说："贵客光临，有何指教？"苏秦说："如今中原各国，最强盛的就是赵国，秦国瞩目的也就是赵国。可是秦国不敢发兵来侵犯，这是为什么呐？还不是为了赵国的西南边有韩国和魏国挡住秦国吗？可有一样，韩国和魏国并没有高山大河可以防守，真要是秦国发兵去打韩国和魏国的话，这两国很难抵抗。如果韩国、魏国投降了秦国，赵国可就保不住了。我仔细研究了地形和政治，中原列国的土地比秦国大五倍，列国的军队比秦国多十倍。要是赵、韩、魏、燕、齐、楚，六国联合起来一块儿抵抗西方的秦国，还怕打不过它吗？为什么一国国都断送自己的土地去奉承秦国呐？六国不联合起来单个儿割地求和，决不是办法。要知道六国的土地有限，秦国的贪心没个完。割地求和是亡国政策。反过来说，要是大王约会诸侯，结为兄弟，订立盟约，不论秦国侵犯哪一国，其余五国一块儿去抵抗。这么着，一个孤立的秦国还敢欺负联合起来的六国吗？联合起来共同抵抗敌人是救国政策。我说咱们不如约会列国诸侯到洹水(河名，又叫安阳河，从山西省流到河南省，经故殷墟到安阳县北安阳桥，再东到内黄县，入卫河；洹 huán)来开个大会。"赵肃侯是个有血气的青年，听了苏秦合纵抗秦的话，非常赞成。他拜苏秦为相国，把赵国的相印交给他，又给了他一百辆车马、一千斤金子、一百双玉璧、一千匹绸缎，让他去约会各国诸侯。

苏秦当上了赵国的相国，先打发人拿了一百两金子上燕国去还那个借给他一百个小钱的客店的掌柜的，自己准备上韩国和魏国去联络一下。他刚要动身的时候，赵肃侯召他入朝，说有要紧的事商量。苏秦连忙去见赵肃侯。赵肃侯对他说："刚才接到边疆的报告，说秦国进攻魏国，把魏国打败了，魏王求和把河北的十座城送给秦国。万一秦国来打赵国怎么办呐？"苏秦心里吓了一跳，他想：要是秦国军队到了赵国，赵国准会像魏国一样割地求和，他那合纵的计策不就吹了吗？苏秦可没显出心慌的样儿，拱着手，说："我琢磨着秦国的兵马已经累了，决不能立刻就打到这儿来。万一来了，我也有退兵的办法。"赵肃侯说："既是这样，你先别出去。要是秦国的兵马不来，到那时候你再动身吧。"苏秦只好留下，请赵肃侯加紧准备防御敌人。

苏秦回到相府里着实有点担心。末了儿，他想出个办法来：他要利用一个人，叫秦国不来打赵国。可有一层，那个人也是挺机灵的，哪儿能让苏秦利用呐？

123 蝴蝶梦

苏秦打算利用的那个人叫张仪，他是魏国人，也跟当初的苏秦一样，是个穷困潦倒的政客。他求见过魏惠王，魏惠王没用他。他就带着家小上楚国去求见楚威王。楚威王也像魏惠王那样，以为只要找到一个特别有本领的人拜为相国，就能够把楚国治理得像秦国那样富强了。张仪还没到楚国的时候，楚威王早就听见说有个挺了不起的名人，叫庄周，就打发使者去请他来做相国。

说起庄周来，他也是中国挺出名的一个思想家。他像孔子、孟子、墨子一样有不少门生。人们都把庄周称为庄子。庄子是宋人，因为宋国一部分的土地给楚国兼并了，所以他也算是楚人。他是老子一派的道家的中心人物。他亲眼看到列国的君王和贵族只知道你欺我诈地争权夺利，心里非

庄子梦见自己变成了一只蝴蝶，醒来不禁迷惘起来：我到底是庄周呢？还是蝴蝶呢？

常厌恶，尤其反对人们虚伪的行为和“成则为王、败则为寇”的是非标准。他说：“做了升、斗，量东西，人家连升、斗也偷了去；做了秤，称东西，人家连秤也偷了去；做了符、做了印，作为凭信，人家连符和印都偷了去；提倡仁义来纠正人们的行为，人家连仁义也偷了去。偷一只钩子的，逮住了就定死罪；偷了一个国家的，倒做了诸侯。诸侯家里有的是仁义！”

庄子因为厌恶列国诸侯和贵族们你欺我诈的行为，就反对虚伪的道德标准，这在乱哄哄的时代原来也是对统治者的一种反抗。可是他走上了消极的道路，否定一切，连做人的意义和人类的生存都否定了。他认为人生不过是一场梦。有一天，他做了一个梦。在梦里他变成了一只蝴蝶，在树林子里飞着。他醒来一想：“原来我庄周在梦里变成了一只蝴蝶。”这也没有什么太奇怪的。可是他幻想起来了：“我到底是庄周呐，还是蝴蝶呐？是庄周在梦里变成蝴蝶了呐，还是蝴蝶在梦里变成庄周了呐？反正人生是梦，庄周做梦也好，蝴蝶做梦也好，没有多大的关系。”这种颓唐的想法使他越来越悲观了。

他有个朋友叫惠施，宋国人，人们都称他为惠子。他跟孟子也是同时代人，都见过魏惠王(就是梁惠王)和齐宣王。惠施官运亨通，做了魏惠王的相国。有一次，庄子上魏国去看他。有人对惠施说：“庄子名声大，本领高，他一来，我说句您不爱听的话，您这相国的职位可就保不住了。”惠施就害怕了，他下了一道命令，在国内搜查庄周，搜了三天三夜。庄周自己去了，见了惠施，对他说：“南方有种鸟叫凤凰，你知道吗？凤凰从南海出发，飞到北海去。累了，不是梧桐树不停下来；饿了，不是竹实不吃；渴了，不是甘泉不喝。这时候，有只夜猫子(就是猫头鹰)，抓着一只腐烂的死耗子，看到凤凰过来，抬起头来盯着凤凰嚷着说：‘嗨！不准抢我的死耗子！’现在你也抓住魏国来‘嗨’我吗？”惠施红了脸，向庄子赔了不是。

惠施还请庄子出去玩儿。他们在濠水(在安徽省)桥上走，庄子看到桥下的鱼儿从从容容地游来游去，不由得说了声：“这是鱼的快乐啊！”惠施喜爱辩论，就说：“您不是鱼，怎么知道鱼的快乐呐？”庄子反问说：“您不是我，怎么知道我不知道鱼的快乐呐？”惠施说：“照这么说来，我不是您，就不能知道您；那么，同样的道理，您不是鱼，就不能知道鱼的快乐。”庄子很正经地说：“要这么兜来兜去地套着说，谁都没法知道谁了。我只是说：因为我在桥上自由自在地走，觉得很快乐，就推想到鱼在桥下从从容容地游，也一定很快乐。”惠施才没话说了。

庄子和惠施虽然是朋友，可是究竟因为两个人思想和脾气都不一样，合不到一块儿去。尤其是惠施做了大官，威风得很。庄子呐，看他越是威风，越瞧不起他。

楚威王只知道庄子很有学问，他可不知道这种学问有什么用，也不知道庄子的脾气。他这才派使者带着一千斤黄金作为礼物去见庄子，请他去做相国。庄子笑着对使者说："一千斤黄金，这份礼够重了；一国的相国，这地位够高了。可是您看见过祭祀用的牛吗？养了几年，够肥了，可以用了。牛身上披着绣花的彩衣，牵到太庙里去。到了这时候（指宰牛的时候），它想做只小猪，办得到吗？"他又对使者说："礼物请带回去，别来害我。我宁可做个老百姓在泥土中吃口苦饭过日子。"

庄子一辈子不愿意做官。楚威王终究没能把他请了去。

124 和氏璧

楚威王还是让昭阳做楚国的令尹（后来楚国的令尹也改为相国）。张仪到了楚国，令尹昭阳就把他留在家里作为门客。那时候（公元前 334 年），昭阳打败了越王无疆（勾践第七代孙子），把他杀了。越国的败兵残将、大臣们，还有不少老百姓都逃到东南海边一带去了。昭阳就灭了越国，把从前属于吴国的土地全都收过来，再向东扩张地盘，一直到了浙江（就是钱塘江）。他还请楚威王派大将庄跻率领大军进入滇国（就是云南省）。他以滇池（就是云南省昆明市）为中心，周围占领了几千里地方。这是庄跻的功劳，可是昭阳的功劳比他更大，因为这是他出的主意，是他主持的工作。楚威王赏给他一块天下出名的玉璧，叫"和氏璧"。

怎么叫"和氏璧"呐？据说从前有个楚国人，叫卞和，在荆山（在湖北省南漳县西）得到了一块石头，他知道这石头里面包含着顶上等的美玉，就把这块宝贝献给楚王。楚王叫一个玉器工匠去认。玉器工匠拿在手里，好像外行买西瓜只看皮儿光不光，不知道瓤儿甜不甜，端详了半天，可瞧不出有什么特别的地方，就说是一块石头！楚王火儿了，责备卞和不该拿块石头来欺君王，就砍下他一只脚来。等到楚武王（楚成王的祖父）即位，卞和又把这块宝贝拿了去献给他。楚武王也叫玉器工匠去研究。这位"行家"

派头特别大，干脆连细瞧都没细瞧，就说是块石头。卞和另一只脚也给砍下去了。后来楚武王的儿子楚文王即位，老头儿卞和还想再去试试，可是他两只脚全砍了，走不了道儿，再说已经是个老废物了。他只得抱着那块“石头”，在荆山底下痛哭，一连气哭了三天三夜。有人劝他，说：“嗨！你已经吃过两次亏了，还想得赏吗？”卞和流着眼泪，说：“我哪儿是为了得不着赏哭呐？我恨的是自称为行家的人都瞎了眼睛，把一块美玉认为是石头，这么高贵的东西受到这么大的侮辱，我怎么能不替它哭呐？”这件事传到楚文王耳朵里，楚文王派人去把卞和接了来。又叫玉器工匠把那块石头小心地破开来。果然是块顶纯粹的美玉。他就叫手艺最好的玉工雕琢起来，做成了一块玉璧，用了卞和的名字，叫“和氏璧”，又拿大夫的封禄赏给卞和。这么一来，这“和氏璧”就变成无价之宝了。到了楚威王的手里，这块玉璧大概已经有了四百多年的历史了。这回楚威王把这块无价之宝赏给了昭阳，昭阳觉得非常光荣。

有一天，令尹昭阳同着客人、家臣们在池子旁的亭子里喝酒。客人当中有人提起“和氏璧”来，大伙儿就请令尹拿出来给他们见识见识。昭阳就把这块玉璧交给在场的客人，叫他们挨着个儿传看。凡是瞧见“和氏璧”的人，没有一个不惊奇、不称赞的。正在传着瞧的时候，突然池子里“不楞”一下子，蹦起一条大鱼来，大伙儿都把着窗户瞧。那条大鱼又蹦起来，接着又有几条鱼也在水皮上蹦。一会儿工夫，东北角起了一片乌云，眼瞧着要下大雨了。昭阳怕客人们给雨截住，赶紧就叫散了席。谁知道那块玉璧没了，也不知道传到哪个人手里了。大伙儿乱了一阵子，没找着那块“和氏璧”。昭阳一肚子的不高兴，又不好意思得罪客人，只得让大伙儿回去。可是他自己的门客得搜一搜。他就叫手下的人一个一个地搜。俗语说：“人爱富的，狗咬穷的”，他们见张仪这么穷，就说：“偷玉璧的不是他就没有别的人了。”昭阳也起了疑，叫手下的人拿鞭子打张仪，逼着他招认。张仪哪儿能招认呐？他把眼睛一闭，咬着牙，让他们打了好几百下，打得浑身没有一处好的，眼瞧着活不了啦。昭阳见他打得这个样儿，也就算了。旁边也有可怜张仪的，把他送回家去。

张仪的媳妇儿一瞧自己的丈夫给人家打得不像样儿，就哭着说：“你不听我的话，如今给人家欺负到这步田地，要是不想去做官，哪儿能给人家打得这样呐？”张仪哼哼着问她：“你瞧一瞧，我的舌头还在吗？”他媳妇儿啐他一口，说：“瞧你的，给人家打得这个样儿，还逗乐呐！舌头当然还长着。”张仪说：“只要舌头没掉，我就不怕，你也可以放心。”他调养了些日子，回到本国去了。

125 激将法

张仪在魏国住了半年，听说苏秦当了赵国的相国，打算去投奔他，找个出身。正在这当儿，有个买卖人，人都把他叫贾舍人，恰巧赶着车马走到门口站住了。张仪出来一问，知道他是从赵国来的，就问他，说："听说赵国的相国叫苏秦，真的吗？"贾舍人说："先生贵姓？难道您跟相国是朋友？"张仪说："他不光是我的朋友，还是我的同学。"贾舍人听了，高兴地说："哦，失敬，失敬！原来是我们相国的自家人！要是您去见相国，相国准得重用您。我这儿的买卖已经做完了，正要回本国去。要是您瞧得起我，车马是现成的。咱们在道上也好搭个伴儿。"张仪挺喜欢，就跟他一块儿上赵国去了。他们到了城外，刚要进城的当儿，贾舍人说："我住在城外，就在这儿跟您告别了。离着相国府不远的一条街上，有一家客店。先生到了城里，可以上那儿住几天去。我得工夫，一定去拜望您。"张仪挺感激贾舍人，千恩万谢地说了一声回头见，独个儿进城去了。

第二天，张仪就去求见苏秦，可是没有人给他通报。一直到了第五天头上，看门的才给他往里回报。那个人回来说："今儿个相国忙得很，他说请您留个住址，他打发人去请您。"张仪只好留个住址，回到客店，安心地等着。哪儿知道一连等了好几天，半点消息也没有。张仪不由得生了气，他跟店里掌柜的叨唠了一阵子，说完了他想回家去。可是店里掌柜的不让他走，他说："您不是说过相国打发人来请您吗？万一他来找您，您走了，叫我们上哪儿找去！别说刚这么几天，就是一年半载，我们也不敢把您放走哇！"这真叫张仪左右为难，心里憋得慌。他向掌柜的打听贾舍人的下落，他们都说不知道。

就这么着又呆了几天，张仪再去求见苏秦。苏秦叫人传出话来，说："明天相见。"到了这时候，张仪的盘缠早就花完了，身上穿的衣裳该换季了。相国既然约定相见，身上总该穿得像个样儿。他向掌柜的借了一套衣裳和鞋、帽。第二天，摇摇摆摆地上相国府去了。他到了那儿，满想苏秦跑出来接他。哪儿知道大门还关着。他跟看门的说了又说，那个看门的叫他从旁边的小门进去。张仪耐着性子从旁门进去。他到了里边，刚往台阶上一走，有人拦着他，说："相国的公事还没办完，客人在底下等一等吧！"张仪只好站在廊子下等着。他往上一瞧，就瞧见有好些个大官正跟苏秦聊天。好容易走了一批，谁知道接着又来了一批。张仪站得腿都酸了，看了看太阳都过了晌午了。正在气闷的当儿，忽然听见堂上喊着："张先生在哪儿？"两边对张仪说："相国叫你进去！"他就整了整衣裳，擦着袖子，上了台阶。他想：苏秦见了他，准得跑下来。万没想到苏秦挺神气地坐在上边，一动也不动。张仪忍气吞声地跑上去，向苏秦作了一个揖，苏秦慢条斯理地站了起来，对他说："好些年不见，你好哇？"张仪气哼哼地也不答理他。就有人禀告说："吃饭了。"苏秦对张仪说："我为了公事忙，累得你等了这么半天。该吃饭的时候了，请你在这儿用点便饭吧。我还有话跟你说呐。"底下人把张仪带了去，叫他坐在堂下。跟前摆着的只是一点青菜和粗米饭。张仪往上一瞧，就见摆在苏秦面前的全是山珍海味，满满地摆了一桌子。他要想不吃，可是肚子不争气，"咕噜噜"地直叫唤。只好吃吧。

呆了一会儿，堂上传话，"请张先生上来！"张仪就走上去，只见苏秦挪了挪屁股，连站也没站起来。张仪实在忍耐不住了，往前走了两步，高声地说："季子(苏秦的字)！我以为你没忘了朋友，才老远地来看你。谁知道你没把我放在眼里，连同学的情义都没有！你……你……你太势利了！"苏秦微微一笑，对他说："我知道你的才干比我强，总该比我先出山。哪儿知道你竟穷到这步田地。我要把你推荐给赵侯，叫你得到富贵，倒不是什么难事。可是……可是我怕你没有志气，做不了什么大事，这……这不是反倒连累了我吗？"张仪气得鼻子眼冒烟，他说："大丈夫要得富贵，自个儿干。难道说非叫你推荐不成？"苏秦冷笑着说："既是这样，你为什么还来求见我呐？好吧，我看在同学面上，帮助你一锭金子，请你自己方便吧！"说着，他叫底下人给张仪十两金子。张仪把金子扔在地下，气呼呼地跑了出来。苏秦光是摇摇头，也不留他。

张仪回到客店，就见自己的铺盖、行李，全都扔在外边了。他问掌柜的："这是什么意思？"掌柜的挺恭敬地说："先生见了相国，当上大官，还能在我们这儿住吗？"张仪摇着脑袋，说："气死人了！真正岂有此理！"他只好脱下衣裳，换了鞋、帽，交还给掌柜的。掌柜的问他："怎么啦？"张仪简单地说了说。掌柜的说："难道不是同学？先生有点高攀吧——别管这些，那锭金子，您总该拿来呀！这儿的房钱、饭钱还欠着呐。”张仪一听掌柜的提起房钱、饭钱，心里又着急起来了。

正在这当儿，那个贾舍人可巧来了，见了张仪，就说：“我忙了这些天，没来看您，真对不起。不知道您见过相国了没有？”张仪垂头丧气地说：“哼，这种无情无义的贼子，别提啦！”贾舍人一愣，说：“先生为什么骂他？”张仪气得说不出话来。店里掌柜的替他说了一遍，又说：“如今张先生的欠账还不上，回家又没有盘缠，我们正替他着急呐。”贾舍人一瞧张仪和掌柜的都愁眉苦脸的，自己也觉着不痛快，挠了挠头皮，对张仪说：“当初原是我多嘴，劝先生上这儿来。没想到反倒连累了先生。我情愿替您还这笔账，再把您送回去，好不好？”张仪说：“哪儿能这么办呐？再说我也没有脸回去。我心里打算上秦国去一趟，可是……”贾舍人连忙说：“啊！先生要是上别的地方去，怕不能奉陪。上秦国去，这可太巧了。我正要上那边去瞧个亲戚，咱们一块儿走吧！现成的车马，又不必另加盘缠，彼此也有个照应。好极了。”张仪一听，好像迷路的人忽然来了个领道的，挺感激地说：“天下还真有您这么侠义心肠的人，真正叫苏秦害臊死了。”他就跟贾舍人结为知心朋友。

贾舍人替张仪还了账，做了两套衣裳，两个人就坐着车马往西边去了。他们到了秦国，贾舍人又拿出好些金钱替张仪在秦国朝廷里铺了一条道。那时候，秦惠文王正在后悔失去了苏秦，一听说左右推荐张仪，立刻召他上朝，拜他为客卿。

张仪在秦国做了客卿，先要报答贾舍人的大恩。哪儿知道贾舍人可巧来跟他辞行。张仪流着眼泪，说：“我在困苦的时候，没有人瞧得起我。只有你是我的知己，屡次三番地帮助我，要不，我哪儿有今日。咱们有福同享，你怎么能回去呐？”贾舍人笑着说：“别再糊涂了！‘打开壁子说亮话’，你的知己不是我，是苏相国！”张仪摸不着头脑，说：“这是什么话？”贾舍人就咬着耳朵对他说：“相国正计划着叫中原列国联合起来，就怕秦国去打赵国，破坏他的计策。他想借重一个亲信的人来执掌秦国的大权。他说这样的人，除了先生没有第二个。他就叫我打扮成一个做买卖的，把先生引到赵国。又怕先生得了一官半职就满足了，特地用个‘激将法’。先生果然火儿了要争口气，他就交给我好些金钱非要叫秦王重用先生不可。我是相国手下的门客，如今已经办完了事，得回去报告相国了。”张仪一听，不由得愣住了。呆了一会儿，叹息着说：“唉！我自以为聪明、机警，想不到一直蒙在鼓里还没觉出来。我哪儿比得上季子啊？请您回去替我给他道谢，他在一天，我决不叫秦王去打赵国。”

126 纵约长

贾舍人回去报告了苏秦。苏秦就禀报赵肃侯，说："秦国决不敢侵犯赵国，我还是去约会各国诸侯吧。"赵肃侯听了苏秦的话，给了他好些金钱、车马和底下人，到各国去走一遭。苏秦就向各国诸侯，详详细细说明割地求和的坏处跟联合抗秦的好处。韩、魏、齐、楚各国诸侯都给他说服了，大伙儿情愿听他的。苏秦就向北往回转。各国诸侯送他金钱和底下人。一路上前呼后拥，威风凛凛，好像国君出巡似的。沿道上的官员，个个出来拜见。路过洛阳（苏秦的老家），周显王预先叫人打扫街道，打发大臣上城外去迎接他。苏秦的老母拄着拐棍站在大道旁边，高兴得简直有点不信。两个兄弟和自己的媳妇儿低着脑袋不敢抬眼睛看他。他嫂子趴在地下直打哆嗦。苏秦见了对她说："嫂子，你先前够多么高傲！如今干么这么恭敬起来了呐？"她说："因为如今叔叔做了大官，发了大财，不得不叫人恭敬啊！"苏秦叹了口气，说："唉！怪不得人们都想升官发财。"他请自己的家眷们上了车，一块儿回家。

苏秦在家乡住了几天，动身回赵国去。赵肃侯封他为武安君，打发使者去约会齐、楚、魏、韩、燕五国的诸侯到赵国的洹水来开大会。公元前333年（周显王三十六年）苏秦和赵肃侯预先到了洹水，布置会场和房屋招待诸侯。

呆了几天，燕、韩、魏、齐、楚五国的国君先后到了。苏秦先跟各国的大夫接了接头，商量了座位的次序。拿地位来说，楚国和燕国是老前辈；齐国（田氏的齐国，不是姜氏的齐国）、韩国、赵国、魏国都是新起来的国家。可是在战争的时候，还是拿国家的大小来排次序比较合适。要这么说，楚国最大、齐国第二、魏国第三、赵国第四、燕国第五、韩国最小。其中楚、齐、魏已经称"王"了，赵、燕、韩还称"侯"，爵位上差了两级，怎么能并排着结为兄弟呐？大家伙儿都觉得这事不好办，连称呼都叫不上来。苏秦有了主意，他建议痛痛快快地六国一概称王。赵王是发起人，也是主人，坐主位，其余按照国家的大小依次排列。各国"君王"都同意了。

到了正式开会的日子，各国君王按照预先议定的次序坐下。苏秦上了台阶禀告六国的君王，说："在座诸君都是大国的君王，土地广大、人口众多、兵力雄厚。难道愿意低三下四地去给秦国磕头，把自个儿的土地一块一块地送给人家吗？"苏秦接着说："六国合纵抵抗秦国的计策，我已经跟诸位君王一位一位地说过了。如今只要'歃血为盟'，结为兄弟，有困难互相帮助。"六国的君王都拱拱手，说："遵命！遵命！"苏秦捧着盛牛血的铜盘，请六国的君王歃血，拜告天地和六国的祖宗，写了六份盟约，各国收藏一份。

赵王提议说："苏秦奔走六国，我们才能够联合起来。我们应当封他一个职位，请他专门办理'合纵'的事情。"五位君王都赞成这个意见，他们就公推他为"纵约长"，把六国的相印都交给他，让他总管六国臣民。苏秦向他们谢了恩。六位君王都欢欢喜喜地回去了。苏秦跟着赵肃侯回到赵国，他叹息着说："我要是在洛阳郊区有两顷田地能做财主的话，我还能出门求富贵挂上六国的相印吗？"

六国在洹水订立盟约的举动简直是跟秦国挑战一样。秦王对相国公孙衍说："要是六国真合而为一，秦国还有什么开展的希望呐？咱们必得想法儿破坏他们的合纵才成。"公孙衍说："合纵是赵国开头的，大王不如先发兵去打赵国，看谁去救赵国，就先打谁。这么一来，诸侯都怕秦国去打他们，他们的合纵就容易拆散了。"张仪连忙反对，说："六国新近订了盟约，正在兴头上，一下子是拆不散的。要是咱们发兵去打赵国，那么韩、楚、魏、齐、燕一块儿出去帮它，咱们该对付哪个好呐？我想还不如用点工夫先去联络几个国家，他们一定会彼此猜疑起来的。他们内部起了疑，还怕合纵不散吗？比方说，离着咱们顶近的是魏国，顶远的是燕国。从魏国拿来的城多少退还几个给魏国，魏国准得感激大王，自然会来跟咱们和好。另外，把大王的女儿许配给燕国的太子，咱们跟燕国就做了亲戚。这么一来，秦国就不孤立了，各国的'合纵'不难变成'连横'了。"秦惠文王依了张仪的计策，就这么办起来。魏国和燕国的国君贪图眼前的便宜，不顾后来的祸患，果然跟秦国好起来。这叫纵约长怎么对付呐！

127 拆散纵约

赵王得着这个消息，就责备纵约长苏秦，说："你倡导六国合纵，一齐抵抗秦国。如今还没到一年工夫，魏国和燕国就给秦国拉过去了。要是秦国来打赵国，这两国还能帮助咱们吗？合纵哪儿靠得住呐！”苏秦觉得这事有点难办。这些国家就好像一群野猴儿，不听管教，要叫他一个人去管，这哪儿行呐？他要是再不想法子，也许不能叫他好好地下台了。他说：“好吧，我先上燕国去一趟，然后再到魏国去，非把这两国的事办好不可。”赵王恨不得把这混乱的局面整顿一下，就让他去了。

苏秦到了燕国的时候，燕文公已经死了，燕易王才即位，一见苏秦来了，就拜他为相国。这个相国可不容易当，您瞧，东边的齐国趁着燕国办丧事，就发兵来攻打，夺去了十座城。燕易王拜苏秦为相国，原来是让他为难。燕易王说：“当初先君听了您的话，合纵抗秦，希望六国和好，彼此帮助。先君的尸骨还没凉，齐国就夺去了我们十座城。洹水的盟约还有什么用？您是纵约长，总得想个法子呀。”苏秦本来是为赵国来责问燕国的，如今倒先得为燕国去责问齐国了。他只好对燕易王说：“我去跟齐国要回那十座城，好不好？”燕易王当然喜欢。

苏秦到了齐国，对齐威王说：“燕王是大王的同盟，又是秦王的女婿。大王为了贪图十座城，跟两国结下冤仇。贪小失大，太不值得！要是大王照我的计策办，把十座城还给燕国，不但燕国感激大王，秦国也准喜欢。齐国得到了秦国和燕国的信任，大王还能够号召天下建立霸业呐！”这一番话，正说在齐威王的心坎上。他为什么攻打燕国，破坏盟约呐？齐国本来是个大国，离着秦国又远，照齐威王的打算，齐国加入合纵就可以借着合纵的名目来号召天下，建立霸业。没想到洹水会上，小小的赵国反倒当上了头儿，这哪儿能叫他服气！齐国和秦国的势力差不多，西方的秦国想并吞六国，东方的齐国也不是没有这个想法。他一听到苏秦的计策，就想要拿十座城做本钱去收买天下的人心。当时挺痛快地答应了苏秦，退还了燕国的土地。

燕易王凭着苏秦的一张嘴，收回了十座城，当然是高兴的。可是因为苏秦跟他的母亲文公夫人有私情，燕易王对他就冷淡起来。苏秦瞧出来了。他想再上齐国去碰碰运气，就对燕易王说：“我在这儿对燕国没有多大用处，不如上齐国去，表面上做个齐国的臣下，背地里可替燕国打算。”燕易王说：“任凭先生吧。”苏秦假装得罪了燕易王，逃到齐国。齐威王还想利用他，拜他为客卿。

苏秦正在齐国替燕国破坏齐国的财力和物力的时候，秦惠文王又向魏国进攻。有时候，他夺了土地又退还给他，还了又夺回来。他使的手段是：

打一巴掌揉三揉，揉了再打，要叫魏惠王死心塌地地归顺秦国，听它的指挥。魏惠王可不吃这一套，他一心要搜罗有富国强兵的能耐的人。他这种急于征求人才的打算还真出了名。有个邹国人（就是春秋时代的邾国，也叫邾娄；“邾娄”合音为“邹”）叫孟轲（就是孟子；轲 kē）得了这个消息，跑到魏国去见魏惠王（也就是梁惠王）。魏惠王亲自到城外去迎接他，把他当做贵宾看待。他一开口就说：“老先生不怕千里迢迢地到敝国来，对我们准能有很大的利益吧。”孟子说：“大王何必急着谈利益呐？顶要紧的是讲仁义。”魏惠王觉得这位先生太迂腐了，就对他冷淡起来。

没有多少日子魏惠王死了，太子即位，就是魏襄王。孟子见了新君之后，退出来，说：“这个人看上去，简直不像个人君的样儿。”他只好离开魏国。他听说齐威王死了，儿子刚即位，就是齐宣王。孟子就上齐国去见齐宣王，劝他施行仁政。

齐宣王有两个毛病：头一样是好色，第二样是贪财。苏秦就利用他这两个毛病叫他搜罗美人儿，起造宫殿和挺大的花园，加重捐税来充实库房。他还拿孝顺父亲的大帽子叫齐宣王耗费钱财和人工去安葬齐威王。苏秦知道要叫六国同心协力地抗秦，就得叫六国势力变得一样大。齐国比别国强大就破坏了这个均势。为了这个，他想法子叫齐国消耗人力和财力。他这种毒辣的手段虽然把齐宣王蒙住了，可是瞒不了那些机灵的大臣，尤其是老相国田婴的儿子田文。田婴一死，齐宣王重用田文。那些反对苏秦的人以为齐宣王既然重用田文，一定不再信任苏秦了。他们背地里派人去刺苏秦。匕首扎在苏秦的肚子里，他还挣扎着去告诉齐宣王。齐宣王叫人逮刺客，可是刺客早就跑了。苏秦小声地跟齐宣王说：“我死之后，请大王把我的脑袋割下来，挂在街上。再出个赏格，说，‘苏秦私通外国，替燕国来破坏齐国。如今已经把他杀了。有知道他的秘密来告发的，赏黄金一千两。’这么着，刺客准能拿住。”说完这话，他拔出匕首，就断了气。齐宣王照着苏秦的话做去，果然把那个刺客逮住了。

那时候，楚威王死了，太子即位，就是楚怀王。楚怀王为了秦国拆散了六国的合纵，原来已经担心了，后来听说秦惠文王拜张仪为相国，他怕张仪为了当初“和氏璧”的碴儿来向楚国报仇，就打算采用苏秦的老办法去联络诸侯，重新订立合纵联盟。公元前 318 年（楚怀王十一年），他做了纵约长，带领着楚、韩、赵、魏、燕五国的兵马向秦国的函谷关进攻。这是山东诸侯第一次联合起来出兵攻秦。秦军出了函谷关，首先打败了韩国的军队，接着五国的军队全都退回去了。

楚怀王害怕了。第二年（公元前 317 年）韩、赵、魏、燕、齐五国再一次向秦国进攻，而且韩国和赵国领头借了匈奴的兵马去打秦国。这一次合纵军败得比上一次更惨，韩军和赵军死伤得最多。山东人和匈奴人被秦军一共杀了八万二千。

六国合纵接连打了两个败仗，秦国不来打他们，已经是上上大吉了，谁还敢再向秦国进攻？恰巧秦国西南方的巴国（都城在重庆市）和蜀国（都城在四川省成都市）互相攻打，两国都向秦国求救兵。秦惠文王就派司马错率领大军到了巴、蜀，把这两个国家都灭了（公元前 316 年）。秦国一下子增加了大片的土地，又因为秦国对巴、蜀的居民特别照顾，这就大大得到了他们的拥护，秦国就更加强盛起来了。六国的合纵被秦国拆散，不必说了，他们还彼此攻打，抢夺地盘，这就给秦国一个进攻的好机会。

128 六百里和六里

苏秦死了之后，他那假装得罪燕王逃到齐国去破坏齐国的阴谋慢慢地从苏秦手下人的嘴里泄漏出来了。齐宣王这才明白过来。打这儿起，齐国和燕国又有了仇。公元前 314 年，燕国起了内乱，齐宣王趁着机会打到燕国去，杀了燕王，差点把燕国灭了。齐国的声势可就大了。这还不算，齐宣王还和楚怀王结了同盟。秦惠文王正打算去打齐国，齐、楚两个大国联合起来，秦国的打算落了空。张仪要实行“连横”，非把齐国和楚国拆开不可。他向秦王说明了这个意思，交上相印，上楚国去了。

张仪到了楚国，先拿出挺贵重的礼物，去送给楚怀王手下一个最得用的小人叫靳尚（靳 jìn），然后去见楚怀王。楚怀王问他：“先生光临，有何见教？”张仪说：“秦王派我来跟贵国交好。”楚怀王说：“谁不愿意交好呐？可是秦王老向人家要土地，不给他就打，谁还敢跟他交好？”张仪说：“如今天下只剩了七个国家，其中最强大的，要算齐、楚、秦三国。要是秦国跟齐国联合，那么齐国就比楚国强；要是秦国跟楚国联合呐，那么楚国就比齐国强。如今秦王打算跟贵国交好，可惜大王跟齐国通好，他有什么办法呐？要是大王能够下个决心，跟齐国绝交，秦王不光情愿跟贵国永远和好，还愿意把商于一带六百里的土地送给贵国。这么一来，楚国可就得了三样好处：第一，增加了六百里的土地；第二，削弱了齐国的势力；第三，得到了秦国的信任。一举三得，为什么不这么干呐？”楚怀王是个糊涂虫，经张仪这么一说，就动了心。他挺高兴地说：“秦国要是能够这么办，我何必一定要拉着齐国不撒手呐？”

楚国的大臣们一听说他们能够得到六百里的土地，大伙儿都眉开眼笑地给楚怀王庆贺。忽然有个人站起来，说：“这么下去，你们哭都来不及，还庆贺呐？”楚怀王一看，原来是客卿陈轸，就问他：“为什么？”陈轸说：“秦国为什么把六百里的土地送给大王？还不是为了大王跟齐国订了联盟吗？楚国有了齐国作为兄弟国，势力大，地位高，秦国才不敢来欺负。要是大王跟齐国断了来往，就跟砍了一只胳膊一样。那时候，秦国要不来欺负楚国才怪呐！大王要是听了张仪的话跟齐国断交，张仪失了信，不交出土地，请问大王有什么办法？到那时候，齐国恨上了大王。万一跟秦国联合起来，一块儿来打楚国，不就是楚国亡国的日子到了吗？大王不如打发人先去接收商于。等到六百里的土地接收过来之后，再去跟齐国绝交也来得及呀。”三闾大夫（官名，掌管王族三姓，就是昭家、屈家、景家）屈原说：“张仪是个反复无常的小人，千万别上他的当。”那个受了张仪礼物的靳尚，眯缝着一对吊死鬼眼睛，反对着说：“要不跟齐国绝交，秦国哪儿能白白地给咱们土地呐！”楚怀王点着头说：“那当然！咱们先去接收商于吧。”

楚怀王挺高兴，赏了张仪好些财宝。一边去跟齐国绝交，一边打发逢侯丑跟着张仪去接收商于。张仪和逢侯丑沿道上喝酒谈心，好像亲弟兄一样。他们到了咸阳城外，张仪好像喝酒喝醉了，从车上摔下来。底下人慌忙把他搀起来，他说：“喔唷，我的腿摔坏了。你们赶紧把我送到城里去找医生。”他们把张仪送进了城，请逢侯丑住在客馆里。

逢侯丑去拜望张仪，底下人说：“医生说了，闭门养病，不能会客。”这么一天一天地耗下去，一连足有三个月。逢侯丑着了急，写了一封信给秦惠文王，说明张仪答应交割土地的事情。秦惠文王回答说：“相国答应的话，我一定照办。可是楚国还没跟齐国完全绝交，我哪儿能随便听信片面之词呐？且等相国病好了再说吧。”逢侯丑再去找张仪。张仪压根儿就没见他。逢侯丑只好把秦惠文王的话报告了楚怀王。楚怀王说：“难道秦国还怕我没跟齐国绝了交吗？”他派人上齐国去骂齐宣王。齐宣王气极了，打发使臣去见秦惠文王，约他一块儿去打楚国。

张仪听说齐国有使臣来，就去上朝。没想到在朝门外碰见了逢侯丑。

张仪问他：“怎么将军还在这儿？ 难道那块土地你还没接收吗？”逄侯丑说：“秦王要等相国病好了再说。 如今咱们就一块儿去说吧。”张仪说：“干什么要跟秦王说去？ 我把我自己的土地献给楚王，何必去问他呐？”逄侯丑说：“是您的土地吗？”张仪说：“可不是吗？ 我情愿送给楚王我自己的六里土地。”逄侯丑急得出了一身冷汗，说：“怎么会是六里土地？ 我来接收的是商于那儿的六百里的土地呀！”张仪摇着脑袋，说：“没有的话！ 秦国的土地，全是凭着打仗得来的，哪儿能随便送人呐？ 别说六百里，就是六十里也不行啊？ 我说的是六里，不是六百里；是我的土地，不是秦国的土地。 大概楚王听错了吧！”逄侯丑这才知道他原来是个骗子。

129 连横亲秦

逄侯丑回到楚国报告了经过，楚怀王气得直翻白眼，骂着说：“张仪果然是个反复无常的小人！ 我得拿住他，吃他的肉，才解恨哪。”公元前312年(周显王的孙子周赧王三年，楚怀王十七年，秦惠文王二十六年)，楚怀王拜屈匄为大将，逄侯丑为副将，率领十万兵马去打秦国。 秦惠文王拜魏章为大将，甘茂为副将，也发十万兵马，跟楚国对敌。 同时还叫齐国助战。 齐宣王派大将匡章率领大军助战。 楚国受到两面夹攻，一连气败了几仗。 屈匄、逄侯丑都阵亡了。 十万人马剩下的不过两三万，连楚国汉中的土地六百多里，都给秦国夺了去。 全国动摇起来。 韩国、魏国一见楚国打了败仗，都趁火打劫，发兵去侵略楚国的边疆。 楚怀王急得直挠头皮，只好打发大夫屈原上齐国去谢罪，叫客卿陈轸上秦国兵营去求和，情愿再割两座城，作为礼物。 楚国从此大丧元气。

魏章派人回去报告秦惠文王。 秦惠文王说：“用不着割两座城，我情愿把商于的土地来调换楚国黔中(在湖南省沅陵县西；黔 qián)的土地。 要是楚王愿意，我们就立刻退兵。”魏章把这话回报了楚怀王。 这时候，楚怀王恨的是张仪。 他倒不在乎土地，就说：“用不着调换。 只要秦王把张仪交出来，我情愿奉送黔中的土地。”

秦国那些气恨张仪的大臣对秦王说：“拿一个人换几百里土地，这是再便宜没有的了！”秦王说：“这……这哪儿成啊？”张仪说：“那有什么呐？死我一个人，得了黔中的土地，我已经够体面的了，再说我还许死不了呐。”秦惠文王就让他去了。

张仪到了楚国，楚怀王把他押起来，打算挑个日子，把他宰了祭祀太庙。张仪买通左右，告诉了靳尚。靳尚又买通了楚怀王最宠爱的一个美人儿郑袖，叫她劝楚怀王释放张仪。就这么着，两个亲信的人，你一言、我一语，说得楚怀王活了心。再说黔中的土地究竟不愿意送给人家，他就把张仪放回秦国去了。

张仪回到秦国，叫魏章退兵，又劝秦惠文王退还汉中一半的土地，重新跟楚国和好。楚怀王高兴了，直说张仪真够朋友。

秦惠文王为了张仪的功劳，赏给他五座城，还封他为武信君，叫他去周游列国，推行“连横”计策。张仪先去见齐宣王，对他说：“楚王已经把他女儿许配给秦国的太子，秦王也已经把他女儿许配给楚王的小儿子。两个大国成了亲家了。韩、赵、魏、燕四国为了想保全自己，一个个全都送点土地给秦国，如今五国都跟秦国交好，怎么大王反倒孤单起来了呐？要是秦王叫韩、魏两国来打贵国的南边，叫赵国来打临淄、即墨，秦国自己再发大军，大王怎么办呐？到那时候，再打算去跟秦国交好，可就晚了。如今的局势，明摆在眼前，谁跟秦国交好，就能平安无事；谁要跟秦国作对，可就保不住了。请大王细细地想想。”齐宣王给他连拍带吓唬地说服了。孟子当时还呆在齐国，知道齐宣王也不能听他的话施行仁政，只好离开了齐国。他以后也像孔子那样从事著作和教导门生了。

张仪到了赵国，对赵武灵王(赵肃侯的儿子)说：“如今楚国跟秦国做了儿女亲家，韩国早归顺了秦国，齐国也送礼求和。强大的国家都跟秦国联合到一块儿，只有赵国孤孤单单的四面全是敌人，不是太危险了吗？秦王要是统率着秦、楚、齐、韩、魏几国的大军打进来，把贵国分了，大王可怎么办呐？到那时候，大王再想跟秦国去交好，可就来不及了。”赵王也给他吓唬住了。

张仪到了燕国，对燕国的新君燕昭王也来了这么一套连蒙带吓的话，燕昭王就把洹水东边的五座城献给秦王。

张仪把齐王、赵王、燕王说得愿意归顺秦国之后，连横亲秦的计策可就成功了。他挺得意地回秦国去。他还没到咸阳，秦惠文王死了。太子即位，就是秦武王。秦武王是个粗人，脾气挺直爽。他做太子的时候，就看不惯张仪，平常反对张仪的一些大臣都在秦武王跟前给他说坏话。秦武王准备不用张仪。张仪一到咸阳，就知道自己的职位靠不住了。他对秦武王说："听说齐王特别恨我，说我骗了他，一定要跟我报仇。咱们就借着这个因由，也能得到点好处。我情愿辞别大王，上魏国去。齐王一知道我在魏国，准去攻打。大王趁着齐国跟魏国打仗的时候，发兵去打韩国，把韩国收下来，就可以一直打到成周去。周朝的天下可就是大王的了。"秦武王正想去看看天王的京都，就赏了张仪三十辆车马，叫他上魏国去。魏襄王挺欢迎他，还真拜他为相国。

齐宣王当初听了张仪的话，还以为韩、赵、魏已经跟秦国和好了，自己不能不跟他们在一块儿。后来一打听，才知道是张仪借着齐国作为幌子去威胁别的诸侯。他哪儿能不生气呐？这会儿听说秦惠文王死了，就叫相国田文通知各国，重新订立盟约，合纵抗秦，自己当了纵约长。齐宣王还出了个赏格："谁拿住张仪，就送谁十座城。"这回听说魏国拜张仪为相国，他就发兵去打大梁。

魏襄王急得什么似的，他跟张仪商量。张仪请他放心。他打发心腹冯喜打扮成楚国人去见齐宣王，对他说："听说大王恨透了张仪，真的吗？"齐宣王说："不假！"冯喜说："要是大王真恨他，就不该帮他。"齐宣王

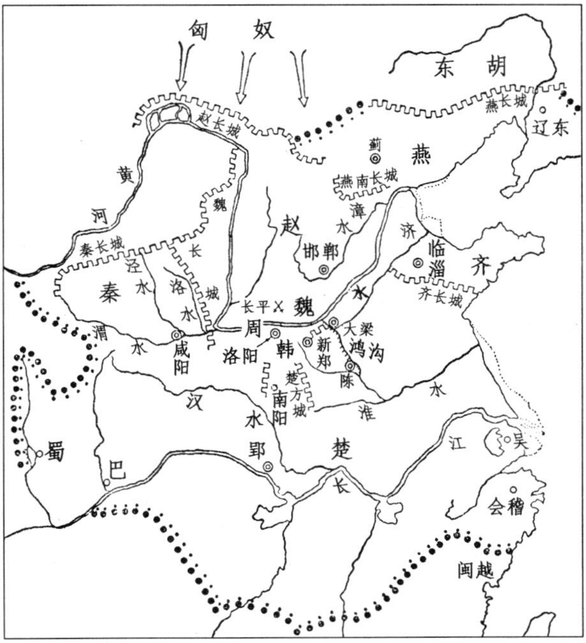

战国时代燕赵秦楚阻止诸部族向中原移动的形势图

说："谁帮他来着？"冯喜说："我从咸阳来，听说张仪离开秦国是个计。秦王料着张仪到了魏国，大王准要跟魏国开仗，他就趁这时候去打韩国，然后好去侵犯成周，夺取天王的地位。秦王这才送给张仪三十辆车马，叫他上大梁去。如今大王果然去打魏国，这不是入了他们的圈套了吗？"齐宣王说："哎呀，我差点上了当。"他赶紧把军队撤回，不打魏国。魏襄王可就更加信任张仪了。张仪终于完成了他的连横计策。没有多少日子他得了重病，死在魏国。那时候正是公元前309年(周赧王六年)。

130 "曾参杀人"

张仪死了之后，秦武王反倒觉得他对秦国实在有功劳，又想起张仪早劝过他先去打韩国，接着去夺取成周。这是个大事业。他越想越觉得秦国应当有些特别的地方，不应该跟六国的诸侯一样。从这一点说起，他就想到六国都有相国，秦国也有相国，这还不是一样的吗？他就把"相国"改为"丞相"，拜甘茂为"左丞相"，樗里疾(樗 Chū;樗里，姓；疾，名)为"右丞相"。这才显出秦国高人一等。

有一天，他跟左右两个丞相说："我生长在西戎，从来没见过中原的教化。我总想上成周瞧瞧去。你们两位丞相，谁替我去打韩国？"右丞相樗里疾说："大王要打韩国，为的是想把宜阳(韩国的大城，在河南省洛阳县西南)打通。可是宜阳这条道不大安全，道又远。咱们去打宜阳，魏国跟赵国发兵去救，可怎么办？"左丞相甘茂说："让我先去访问魏国，约会魏国一同去打韩国，您瞧好不好？"樗里疾不言语。秦武王就打发甘茂去联络魏国。

甘茂到了魏国，真得到了魏襄王的同意。可是他怕樗里疾从中破坏，就先派他的助手向寿回去报告秦武王，说："魏王已经答应了，可是我劝大王还是别去打韩国。"秦武王起了疑，就亲自去迎接甘茂，问他个究竟。

到了息壤(秦国的地名)，君臣见了面。秦武王问他，说："丞相答应我去打韩国，又仗着你的力量约定魏国一块儿发兵。一切事情都布置好了，怎么你反倒劝我不去打了？这是怎么回事？"甘茂说："咱们去打韩国，要经过一千多里地。准得有好些麻烦。这且不说，要打败一个国家也不是几个月可以办得到的事。这当中难免发生别的变故。”秦武王犹疑了一会儿，可想不出有什么变故来。他说：“有你主持一切，还怕什么呐？”甘茂说：“从前有个跟孔子的门人曾参同名同姓的人，跟别人打架，杀了人。有人跑到曾参的母亲那儿，慌慌张张地跟她说，‘嗨！曾参杀了人啦！’曾参的母亲正在织绢，听见这话，一点也不动声色，说，‘我儿子不会杀人的。’说着，她仍旧像没有事似的照样织她的绢。不大一会儿工夫，又跑来了一个人，一边喘气，一边说，‘嗨！曾参杀了人啦！’他母亲拿着梭子，抬起头来，想了想，说，‘不能，我儿子不至于干出这种勾当。’说完了，挺镇静地还是织她的绢。又呆了一会儿，第三个人急急忙忙地跑来说，‘哎呀！曾参真杀了人啦！’曾参的母亲听了，扔了梭子，下了机子，哆里哆嗦地从后边的矮墙爬出去，逃到别的地方躲起来了。大王请想想：曾参是个贤人，他的母亲非常信任他，可是三个人连着说他杀了人，他母亲也不由得起了疑。这不过是个比方。我自己知道：我比不上曾参；大王也未见得准跟曾参的母亲相信她儿子那样地相信我；可是给我使坏的人也许不止三个。万一大王也扔了梭子，下了机子，可叫我怎么办呐。”秦武王是个爽快人，就说：“哦，原来是这么回事！我不听别人的话就是了。好吧，给你立个字据行不行？”

君臣俩就“歃血为盟”，把盟约藏在息壤，然后就拜甘茂为大将，向寿为副将，发了五万兵马，到了宜阳。没想到宜阳的将士把城守得挺紧。这边甘茂围住宜阳整整五个月还没打下来，那边右丞相对秦武王说：“甘茂去打宜阳差不多快半年了。要是不把他调回来，怕有变故。”秦武王也有点疑惑了，“怎么耗了这么些日子呐？”他就下道命令，叫甘茂撤兵回来。甘茂可没听令，就给秦武王写了一封信。秦武王拆开一看，上头只写着“息壤”两个字。秦武王一看，好像挨了个耳刮子给打醒了，就老老实实地说：“这是我的错，太对不起甘茂了。”他又派了五万士兵去帮甘茂。宜阳到了儿(公元前307年，周赧王8年)给甘茂打下来了。

131 举　鼎

秦武王叫甘茂攻下了韩国的宜阳，随后带着任鄙，孟说(yuè)他们几个勇士，一直上成周去。

周赧王听说秦武王到京都来，就派使者上城外去迎接，要像贵宾一样地去接待他。秦武王倒也挺懂事，不去见天王，倒先上太庙去看那传国之宝的九座宝鼎。据说那九座宝鼎是大禹王（据说公元前2140年即位）那时候铸成的。那时候中国分为九州，每座宝鼎代表一个州。这些宝鼎从夏朝（传说是公元前2205—前1766年的一个朝代）传到商朝（传说是公元前1766—前1122年的一个朝代），从商朝传到周朝（公元前1122—前249年）。这会儿秦武王一个个挨着看过去，只见每个宝鼎上都铸着每州的名字，就是荆州、梁州、雍州、豫州、徐州、扬州、青州、兖州（兖 yǎn）、冀州。秦武王指着“雍州”那座宝鼎，说：“雍州就是秦国，这座宝鼎是咱们的呀！我想把它搬到咸阳去。”他问看守宝鼎的官员，说：“这种宝鼎有没有人举起来过？”他回答说：“每座有一千多斤沉哪！谁举得起来呐？”秦武王对任鄙、孟说两个大力士说：“你们试试看。”任鄙虽说是个武夫，倒还细心。他早就知道秦武王喜欢卖弄力气，要是再鼓励他，也许会弄出乱子来，就回答说：“我哪儿举得起来呐？这种笨东西有什么可玩的呐？”孟说可不像任鄙那样有脑子，当时就自己逞能，说：“我来试试成不成！”他叫底下人拿一条麻做成的大绳子，拴在宝鼎的两只耳朵上，自己又紧了紧腰带，两只像铁棍似的胳膊套在绳子系成的圈儿里，脸红脖子粗的，狠命地喊了一声“啊嗐”，那座宝鼎居然给他扛起半尺来高，赶紧搁下。可是他用力太猛，两个眼珠子迸了出来，血流了一脸。秦武王笑着说：“怎么费这么大力气？瞧我的！”

任鄙眼见孟说已经受了重伤，连忙拦着说：“大王是贵人，怎么能玩这个呐？”秦武王哪儿听他这套，就脱下王袍，也把手臂套在圈儿里。任鄙拉住他苦苦地央告。谁想到秦武王反倒挂了火儿，骂他说：“哎唷！你自己没能耐，还拦着我！”任鄙只得随他去。秦武王果然也把宝鼎扛起了半尺来高。他想：“要是我能再走一步，就比孟说强了。”他就使出浑身的力气，慢慢地挪动左脚，刚想再把右脚抬起来，没想到力气接不上，宝鼎落下来，砸在他右脚上。秦武王大叫一声，骨头已经折了。任鄙慌忙把他救起来。秦武王疼得支持不住，加上五脏里也受了伤，到了半夜就断了气了。

周赧王听说秦武王死了，吓得什么似的，连忙叫人预备棺材，派人去吊祭。秦国由右丞相樗里疾把灵柩运到咸阳。秦武王没有儿子，大臣们就把他的一个叔伯兄弟立为秦王，就是秦昭襄王。樗里疾请秦昭襄王查办闯祸的人。谁都知道那闯祸的就是秦武王自己，可是君王是不会有错处的，总得找个倒霉的人来做替身，才能完结这档子事。那个迸出眼珠子的孟说可就遭了殃，连他的家族全给杀了。任鄙曾经拦过秦武王，不但没定罪，后来还升为汉中太守。

樗里疾和甘茂本来就有点你欺我、我压你的。上回甘茂讲“曾参杀人”的故事给秦武王听，樗里疾已经挺不高兴。这会儿秦武王一死，樗里疾独掌大权，故意在朝上宣布说：“打韩国、通三川都是甘茂的主张。”甘茂知道樗里疾成心挤他，再说秦昭襄王又不像秦武王那样地信任他，他就逃到别国躲着去了。这位拿自己比做曾参的甘茂后来竟死在魏国。

秦昭襄王即位之后，用心拉拢楚国，又跟楚怀王做了亲戚，订了盟约。合纵那一头的纵约长齐宣王因此约会韩国和魏国，一块儿去攻打这位退出合纵抗秦的楚怀王。

132 绑　架

楚怀王一见齐、韩、魏三国的兵马来打楚国，只得打发太子横上秦国去做抵押，请秦国发兵来帮助。秦昭襄王还真发兵去帮楚国。三国的兵马就退了。没想到太子横在秦国受人欺负，末了秦国的一个大夫和太子横相斗，太子横把他杀了，接着就跑回楚国。秦国借着这个因头，接连来打楚国，夺去了好几座城，杀了好几万楚国人，把楚怀王逼得只好脱离秦国，重新加入“合纵”。他还打发太子横上齐国去求救，留在齐国作为抵押。齐国和楚国联合起来，当然对秦国不利，秦昭襄王就挺客气地给楚怀王写信，请他上武关（在陕西省商州市东）相会，预备当面订立盟约，永远和好。

楚怀王接到秦昭襄王的信，就对大臣们说：“秦王请我上武关去订盟约。不去呐，又要招他怨恨；去呐，又怕有危险。你们看应当怎么办呐？”大夫屈原从齐国回来的时候，劝楚怀王治死张仪，可是楚怀王终于把张仪放走了。这会儿屈原拦住楚怀王，说：“秦国强暴得同豺狼虎豹一样，咱们受了秦王的欺负已经不止一次了。大王一去，准上他的圈套。”令尹昭睢说：“屈大夫的话一点不错。咱们只要加紧防守就是了。大王可不能轻易上敌国去！”那个吊死鬼眼的靳尚可就说：“秦国不是咱们的亲戚吗？为了咱们把亲戚看做敌人，咱们才打了败仗，死了好些将士，丢了土地。如今秦国愿意跟咱们亲善，彼此帮助，咱们哪儿能推辞人家呐？万一秦王冒了火儿，来个大进攻，那不就更糟了吗？”楚怀王的小儿子公子兰也说：“我姐姐不是嫁给秦国的太子了吗？秦王的女儿不是嫁给我了吗？两国既然成了亲戚，理当亲善才对。”楚怀王是墙头草，随风倒。这回一连打了败仗，就想跟秦国求和，再加上靳尚跟公子兰一搭一和地说着，还有个上官大夫帮着公子兰说话，楚怀王就决定去跟秦昭襄王会见。

楚怀王带着靳尚和几个随从人员到了武关。秦国的大臣出来迎接，说：“秦王已经在这儿等了三天了，请进去吧。”他们把楚怀王前呼后拥地接进了武关。到了一个地方，车马站住了。有一个大员，出来迎接，请他换车。楚怀王见他不像是秦王，心里有点起疑，打算不下车。那个人行个礼，说：“大王不必疑惑，我是秦王的兄弟泾阳君。因为秦王身子有点不舒服，不能出门，又怕大王见怪，特地派我来迎接。劳驾，请大王上咸阳去跟秦王见面吧。”楚怀王一听叫他上咸阳去，很不乐意。忽然瞧见一大队秦国士兵把他围起来，不由得变了颜色，问泾阳君，说：“我是来跟秦王开会的，为什么你们叫这么些士兵把我围起来呐？”泾阳君说：“哪儿？哪儿？他们是来保护大王的，请您别错怪了。”这时候，楚怀王不由自主地给他们拥上了车。泾阳君同他坐在一块儿。秦国的将军白起带领着大军，沿道上“保护着”。靳尚看着不对头，带着一对倒挂眼偷偷地跑回楚国去了。

楚怀王被绑架到咸阳。秦昭襄王吩咐大臣们聚在朝堂上，自己挺威风地坐在那儿，叫楚怀王像部族酋长那样去朝见他。楚怀王哪儿受得了这号侮辱，就扯开了嗓子数落着说：“我把你当作亲戚，信了你的话，答应你的请求。亲自上武关来。你假装有病，诳我上咸阳来。如今见了我，不依照诸侯的礼来迎接我，这是什么道理？”秦昭襄王说：“当然有道理！你以前答应把黔中的土地让给秦国，这件事直到如今还没办。今天劳你的大驾，也就是为了这个。只要你把黔中土地交割清楚，我就送你回去！”楚怀王说：“你要土地，不是不能商量，何必弄这套诡计？”秦昭襄王说：“不这么着，你哪儿肯呐？”楚怀王没有法子，只好答应他的要求，说：“好吧！我就把黔中的土地让给你！咱们先订立盟约，秦国派一位将军跟我上楚国去接收，好不好？”秦昭襄王说：“像这种订盟约的把戏我都玩腻了，有什么用呐？这么着吧：你先打发个人回楚国去，把黔中的土地交割清楚，等我们接收完了之后，再送你回去。”秦国的大臣们都劝楚怀王答应，楚怀王破口大骂，说：“你使出这种欺负人的手段，把我骗到这儿来，还要逼着我割让土地，这……这简直太不像话了！我……我不答应，干脆说，我不认可！你就是把我弄死，我也不答应！”秦昭襄王知道蜡烛不点不亮，锣鼓不敲不响，就把楚怀王当作“肉票”押在咸阳，叫楚国拿地来赎。

靳尚跑回楚国，向令尹昭睢报告了经过。昭睢说：“大王给他们留在秦国，一时回不来，太子又在齐国。要是齐国跟秦国联合起来。再把太子扣住，咱们楚国那就连个君王都没有了！”靳尚说：“咱们就另外立个王子，怎么样？”昭睢说：“太子是大王立的，哪儿能把他废了呐？要是大王回来，说你自作主张，违背他的命令，你担得起这个罪名吗？还是打发人上齐国去，就说大王归天，赶紧请太子回去即位。”靳尚说：“我没保护住大王，自己觉得有点亏欠，迎接太子这个差使派我去吧。”昭睢就打发靳尚上齐国去“报丧”。

齐宣王前两年死了，新王即位，就是齐湣王(湣 mǐn)。齐湣王接见靳尚之后，对相国田文说：“如今楚国没有君王，我打算把太子横扣在这儿，叫楚国拿淮河以北的土地来赎，你看怎么样？”田文反对说：“这哪儿行！楚王的儿子有的是。要是他们另外立了一个当国君，咱们不但得不到好处，反倒落了个坏名声。还是好好地把楚太子送回去吧！”齐湣王一想，这话倒也有理，就把太子横送去了。

太子横即位，就是楚顷襄王。楚国的大臣像昭睢、公子兰、靳尚、屈原等都照常办事。当时打发使臣去通知秦国，说：“楚国已经有了国王了！”秦王眼看这次绑架没有人来赎，又是羞愧，又是气，恼羞成怒，就派大将白起和蒙骜带领着十万人马，从武关出发去打楚国。这一仗楚国给秦国打得大败，死了五万多人，给秦国占了十六座城。这么一来，秦国就更威风了。

被押着的楚怀王得到了这个信儿，背地里直掉眼泪。他在秦国押了一年多工夫，后来看守他的人瞧他挺可怜的，再说这种差事也干腻了，慢慢地懈怠起来。楚怀王得了个机会，换了一身衣裳，偷着跑出了咸阳。他本来打算逃回本国去。谁知道看守的人向秦王报告，秦王立刻派人去追。一边通知东面边界上的将士们，把秦国通往楚国的路堵住，又把楚国的西部也派人守住。楚怀王就像被猎狗追赶的兔子一样，全身都长着耳朵。一听说东边跑不了，就抄小道往北跑，居然给他跑到赵国的边界上。只等赵王放他过去可就有活命了。

133 向胡人学习

楚怀王逃到赵国的边界上，赵王可没在本国。这位赵王就是赵肃侯的儿子赵武灵王。说起这位赵武灵王，他是赵国数一数二的贤明君主。眼光远，胆子大，外国的东西，好的就要学习，本国的东西不好的也要改革。赵国的大臣像楼缓、肥义、公子成，全是他挺有才干的好帮手。

公元前307年(周赧王八年，赵武灵王十九年)，有一天，赵武灵王对楼缓说："赵国的北面有燕国，东面有东胡，西面有林胡、楼烦、秦、韩，中间还有中山。四面八方全是强横的敌人，什么是咱们的保障啊！自己要是不奋发图强，随时都能给人家灭了。要奋发图强当然有好些事要做。我打算先从改革服装下手，连带着就可以改变打仗的方法。你瞧怎么样？"楼缓说："服装可怎么改呐？"赵武灵王说："我们穿的衣裳，袖子太长，腰太肥，领口太宽，下摆太大。穿着这种长袍大褂，做事多不方便。"楼缓把话接过去，说："还费衣料。"赵武灵王说："多费点衣料倒是小事，要紧的是要改一改咱们的态度跟精神。穿上长袍大褂做事不光不方便，走起道儿来摇摇摆摆的，干起活儿来就会迟慢。因此，也就减少了急起直追的精神。全国的人都这样，国家哪儿强得了？我打算仿照胡人的风俗把大袖子的长袍改成小袖儿的短褂，腰里系一根皮带，脚上穿双皮靴。要是穿上这种衣裳，就能做事方便，走道灵活。你再想大模大样，摇摇摆摆地走也就办不到了。"

楼缓听得挺高兴，说："咱们能够仿照他们的服装，也能够学习他们打仗的方法。"赵武灵王说："是啊！改变了服装，打仗也能够学胡人了。胡人穿着他们那种衣裳，能够挺方便地在马上射箭。咱们打仗，向来用兵车。只知道用马拉，可不会骑着马打仗。驾着车打仗哪儿能像骑在马上那么灵活呐？我主张仿照胡人的服装跟骑马射箭的法子。"楼缓愿意帮助赵武灵王，去教导老百姓都这么办。

君臣俩人商量妥当之后，第二天，赵武灵王就在朝上对大臣们宣布了这件事情。他们听了，大多数都反对。有的说："衣裳不光是保护身子，也是表示礼节。咱们的礼节是由古时候圣贤传留下来的，不能随便改变。"有的说："应当拿中国的文化去改变胡人的风俗才是道理，哪儿能拿胡人的风俗来改变中国文化呐？”赵武灵王想不到他们竟这么顽固，心里很不痛快，改革风俗的心理可就有点晃悠了。

赵武灵王回头对大夫肥义说：“我本来想教老百姓都穿胡服，学习骑马射箭，好改一改咱们这种拖拖拉拉的习气，可是我要这么办，准得有好些人会反对。”肥义说：“不下决心，办不了大事！ 不论改革什么，总会有人反对。 反对改革的人大多看不到将来。 一般人就知道看过去，咱们是看到将来的。 古时候的圣贤哪儿不主张改革呐？ 要是他们也这般顽固，只能够仿照古人的话，到如今咱们也许还赤身裸体地住在山洞里呐？ 哪儿能有这衣裳呐？ 更谈不到什么礼节了。 不改革就永远不能进步。 要改革就不妨仿照胡人的风俗。 古时候的圣人又怎么不是这样的呐？ 帝舜的时候，有个部族叫有苗。 他们的文化虽说不如中原，他们的跳舞可比中原的好。 帝舜就向他们学跳舞。 大禹也是这样。 他到了裸体国，就见那地方的人都是赤身裸体的，大禹就脱了衣裳跟他们一样地光着。 可见古人也有仿照别地方的风俗的。只要对国家，对人民有好处，不论什么都能学着办，不必管它是古时候的还是现在的，是中原的还是别的部族的。 大王何必犹疑不决呐？”

赵武灵王听了肥义的这一篇道理，就说：“不错！ 也许有人会笑我，骂我。 可是那些有见识的人跟后辈人总会赞成我的。”他自己就先穿起胡人的服装来了。 他们君臣们还以为穿胡人的服装是个大改革，他们哪儿知道赵国的老百姓，尤其是临近边界的人们早就有人穿这种衣服的了。

第二天上朝的时候，赵武灵王、楼缓和肥义，都穿着小袖子的短衣出来了。 一般大臣瞧见他们这个样子，都吓了一跳。 他们还以为赵武灵王犯了疯病呐。 这不是太丢脸吗？ 这不是把中原的文化、道德、礼仪，都扔了吗？ 可是赵武灵王下了决心，非实行新服装不可。 他又用种种理由把他那个最顽固的叔叔公子成也说服了。 公子成也穿上胡服。 大臣们一见公子成也穿上了胡服，大伙儿只好随着改了。 然后赵武灵王出了一道改革服装的命令。 没有几天，全国的人不分富贵贫贱，全都穿上了胡服。 有钱的人起头觉着有点不像样，后来因为比起以先的衣裳实在方便得多，反倒时兴起来了。

134 侦　察

赵武灵王第二件向胡人学习的事，就是骑马射箭。 他亲自训练士兵，教他们怎么样像胡人那样骑马射箭。不到一年工夫，赵国大队的骑兵就训练成了。公元前306年(周赧王九年)，赵武灵王亲自收服了中山、东胡和邻近的几个部族，打发使臣去联络秦国、韩国、楚国、齐国。赵国就这么强大起来了。赵国这么强大起来，更有利于阻挡北狄向中原的进攻，正像秦国的强大挡住了西戎，楚国的强大挡住了群蛮百濮，向中原的进攻一样。到了公元前300年(改革后的第7年)的时候，不光把林胡、楼烦、中山都收服了，还扩大了势力，北边一直到燕代、雁门，西边到云中、九原，一下子增加了好些土地。赵武灵王可就打算跟秦国争个上下高低。他老在外边打仗，国内的事谁管呐？他见小儿子何办事挺能干，就传位给他，就是赵惠文王，自己称为主父。拜肥义为相国，李兑为太傅，公子成为司马，封大儿子章为安阳君。国内的政权布置妥当之后，他要去考察秦国的地理形势，还要去侦察一下如今在位的秦王是怎样的一个人。

赵主父打扮成个使臣，自称为赵招，带了几个手下人，上秦国去访问。沿路察看地形，画成地图。一直到了咸阳，见了秦昭襄王，还向他报告了赵武灵王传位的事情。秦昭襄王问他："你们的国王老了吗？"他回答说："还在壮年。"秦昭襄王说："那为什么要传位呐？"他说："我们的国王叫太子先练习练习。国家大权可仍然在主父手里。"秦昭襄王没有什么正经话说，就跟这位"使臣赵招"瞎聊天。他说："你们怕秦国不怕？"赵招说："要是不怕，就用不着改革服装，学习骑马射箭了。好在如今敝国的骑兵比起早先来要多十几倍。大概能够跟贵国结交了吧！"秦昭襄王听了这话，倒挺敬重他。"使臣赵招"辞别了秦王，回到客馆里去了。

当天晚上，秦昭襄王想起赵国使臣的言谈话语，又文雅、又强硬，他的态度又尊严、又温和，倒是一个特别的人物。他还想跟他谈谈。第二天秦昭襄王又请赵招去见他。赵招的手下人说："使臣病了，呆几天再朝见大王吧。"就这么又呆了几天，秦昭襄王又派人去请赵招，非要他去不可。可是使臣赵招早就不见了。客馆里只留下一个人，自称是赵国的使臣赵招。他们就把他带到秦昭襄王跟前。秦昭襄王问他："你既是使臣赵招，那么上次见我的那个人又是谁呐？"这个真的赵招说："他就是我们的主父。他想见一见大王，特意打扮成使臣。他叫我留在这儿给大王赔罪。"秦昭襄王咬牙切齿地说："赵主父骗了我！"立刻叫泾阳君跟白起带领三千精兵，连夜追下去。他们一直追到函谷关，守关的将士说："赵国的使臣已经过去三天了。"泾阳君白跑了一趟，只得回去报告秦王。秦王没有法子，索性大方点，把那个真的赵招也放回去了。

赵主父见过了秦王，又到了云中、燕代、楼烦这几个地方。他在灵寿(在河北省正定县北)建造了一座城叫赵王城。夫人吴娃也在肥乡(在河北省广平县西北)建造一座城，叫夫人城。就在这个时候，楚怀王从秦国逃到赵国的边界，打算进去避难。他算计赵主父准得收留他。哪儿知道赵主父的儿子赵惠文王原来是个脓包！他怕得罪秦国，不让楚怀王进去。把楚怀王逼得前无去路，后有追兵，急出了一身冷汗，差点晕了过去。他还想接着再往西跑，逃到大梁去。可是秦国的追兵赶上来。他又当了俘虏，跟着泾阳君回到咸阳去了。

这一回再当俘虏叫他太难堪了。气得他连话都说不出来，就吐起血来了。当时得了重病，没有多少日子他死在秦国(公元前296年，周赧王十九年)。秦国把他的尸首送回楚国。楚国人可怜楚怀王给秦国欺负，死在外头，全都像死了父亲似的那么伤心。各国诸侯也全觉得秦王太不讲理了。就又重新联合到一块儿，闹起合纵抗秦来了。楚国的大夫屈原更是替楚怀王抱不平，一个劲儿地劝楚顷襄王去给先王报仇。

135 端 午 节

楚国的大夫屈原早就瞧出秦昭襄王没安好心，屡次三番劝过楚怀王，联合齐国，共同抗秦。他也警告过楚怀王别听张仪的鬼话上武关去。可是楚怀王是个糊涂虫，到了儿给靳尚、公子兰、上官大夫这一伙人送了命。如今楚顷襄王即位，不但没把他们治罪，反倒重用起来。屈原的苦闷也就可想而知了。他知道君子和小人不能在一块儿共事，就打算辞职。可是回头一想，非到万不得已的时候，总不该走。他就劝楚顷襄王搜罗人才，远离小人，鼓励将士，操练兵马，好为国家争气，替先王报仇。没想到他这种劝告不但不管事，反倒招起靳尚、公子兰、上官大夫的仇恨来了。他们这几个人就怕屈原在楚顷襄王面前老提起反抗秦国的话。秦国也真厉害，就在楚怀王死后第四年(公元前293年，周赧王二十二年)，因为韩国和魏国出兵反对秦国，就派大将白起去对付他们。白起在伊阙(就是河南省洛阳市南龙门山)大败韩国和魏国的军队，杀了二十四万人，夺去了几个城。从此以后，韩国和魏国只能割地求和，不敢再反抗秦国了。

屈原还是劝楚顷襄王去联络诸侯共同抗秦。靳尚、公子兰、上官大夫就天天在楚顷襄王跟前给他说坏话。靳尚对楚顷襄王说："大王没听见屈原数落您吗？他老跟人家说，'大王忘了秦国的仇恨，就是不孝！公子兰不主张抗秦，就是不忠。楚国出了这种不忠不孝的君臣，哪儿能不亡国呐？'这叫什么话！"楚顷襄王一听就大怒起来，把屈原革了职，放逐到湘南去了。

屈原抱着救国救民的志向，一肚子的富国强兵的打算，反倒给小人排挤出去。到了这时候，简直要把他气疯了。他不想吃，不想喝，头不梳，脸不洗，颠三倒四地在洞庭湖汨罗江（在湖南省湘阴县北，向西流入湘水；汨Mì）上，一边走，一边唱着伤心的歌儿。

屈原的姐姐屈须，听说兄弟的遭遇，就扔下她的丈夫，老远地跑到湘南去看他。她找到了屈原的住处，可是他没在家。屈须找了半天，才在江边上碰见她的兄弟，披头散发，一脸渍泥，又黄又瘦，坐在那儿正在叹气。姐姐一见他这样，不由得掉下眼泪来。说："兄弟，你何必这样呐？"屈原扑了过去，叫了一声"姐姐！"只是抽搭，说不出话来。他的委屈、忧闷、伤心一股脑儿全在"姐姐"这一声里涌了出来。屈须理着他的乱头发，安慰着他，说："楚国的人哪一个不知道你是个忠臣？大王不听你的话，那是他的不是。你已经尽到了心了。老是悲叹着又有什么用？"他说："楚国如今弄到这个样儿，我实在不想活了！"屈须说："别傻啦！你能鼓着勇气活下去，才是道理。怎么说出这种没志气的话来呐？要是你一死，国家就能够保全了，那么我也情愿跟你一块儿死。可是你这么糟蹋自己，对国家不但没有什么帮助，反倒还会带累别人也这样消沉下去。万一消沉自杀成了风气，你不是头一个大罪人了吗？你不能救国，就应当救人；不能救人，至少也应当救你自己。哪儿能把父母留给你的身子随便糟蹋呐？"

屈原反驳她，说："我的身子虽说是父母的，可是忠孝不能两全。国家要亡了，哪儿还有我呐？姐姐不能光为自己着想！"屈须说："你以为身子是你自己的，可以任意糟蹋。哪儿知道你是楚国人，你是人间的一个人，你凭什么糟蹋毁坏一个楚国人？你凭什么糟蹋毁坏人间里头的一个人？你要把眼光放大了，你要知道自杀就是杀人！"屈原根本没往这上头想。他觉得姐姐的话比自己的话还有道理。就说："那么怎么办呐？"屈须说："你做官的时候，自然应当尽心尽力地替朝廷打算。如今你既是革去了官职，君王不让你替朝廷出力，那么，就应当接受老百姓的地位，好好地当个老百姓。你这儿还有点地，还是种地吧！"

屈原在汨罗江畔徘徊，最终决心不在这脏的人世里做个醉生梦死的人。

屈原不敢违拗他姐姐的劝告，就把长衣裳脱下来，亲自去种地。附近的庄稼人知道他是革了职的大臣，都挺同情他，自动地来帮助他。乡村的自然生活把屈原的身子骨儿又锻炼成像原先那样地结实。他姐姐见了，这才放了心。呆了几个月，屈须回家去了。

屈须回去之后，屈原又觉得闷得慌了。天性纯厚的老乡们虽说老去帮他，跟他聊聊天，可是他们到底都是庄稼人，屈原不能跟他们合到一块儿。为了这个缘故，屈原老觉得孤独，又起了厌世的念头。就在这时候，他交上了一个打鱼的朋友。这位打鱼的，大概是个隐士。他连自己的名字都隐起来，就拿“渔父”当作了称呼。他挺佩服屈原的学问，可就是不赞成他那种唉声叹气的脾气。

有一天，渔父带着讥诮的口气跟屈原说：“您不是楚国的三闾大夫吗？怎么会落到这步田地？”屈原一听，挺不高兴，就说：“天下全是脏的，我是个干净人。大伙儿都喝醉了，只有我还醒着。因此我被送到这儿来了。”渔父撇了撇嘴，说：“您既然知道天下都是脏的，就不该自命清高；大伙儿都喝醉了，您为什么不喝几盅？如果像您说的，天下全是脏的，那么您独自干净就不合适了。大伙儿既然全都糊涂，那么您独自清醒，倒是糊涂了。”屈原红着脸反对说：“这是什么话，难道说上就是下，下就是上？东就是西，西就是东？光明就是黑暗，黑暗就是光明？宝玉就是石头，石头就是宝玉？凤凰就是乌鸦，乌鸦就是凤凰？君子就是小人，小人就是君子？”

渔父笑着说：“您要分辨得这么清楚，难怪您跟别人合不到一块儿了。您既然抱着救世救民的热忱，就得和小人在一起，慢慢儿地把他们感化过来。您要改变人间，就得跑到黑暗里去，慢慢地发出光来。哪儿能把人间看成脏的，把人全看成是糊涂的，自己站在半空中呐？”屈原说：“想叫我洗了澡，再跳到污泥里去吗？这我可办不到！”渔父说：“您既然办不到，那么，就应当跟我学。我打我的鱼，您种您的地。君王不需要咱们，咱们也不需要君王。干什么自寻苦恼，受别人的排挤呐？”

屈原听了渔父这一番话，觉得也挺有道理，可是一来，他是贵族，哪儿真能种庄稼过日子呐？他忘不了自己的家族，不情愿眼瞧着宗庙毁了；二来，他比渔父年轻，没有那样的修养，就决心不在这脏的人世里做个醉生梦死的人。终于在公元前278年(周赧王三十七年)五月初五那天，抱着一块大石头，跳到汨罗江里去了。

渔父得到了这个信儿，一面立刻叫人去告诉那些渔民跟附近的庄稼人，一面自己划着小船去救屈原。不大一会儿工夫，好些小船好像比赛看谁划得快似的赶过去。可是汪洋大水，哪儿有屈原的影儿？渔父四面一瞧，就见靠左边远远地漂着一个人。他就急忙往那边划去，别的船也像射箭一样一齐赶过去。可是漂在水面上的只是一捆苇子。突然听见后边“啪喇”一声，好像大鱼跳出水面的声儿。大伙儿回头一瞧，只见一个浪花还在那儿打旋，好些小船赶到那边，又扑了个空。他们在汨罗江上闹了半天，到了儿也没把屈原找着。渔父挺难受，他对着江面上祭祀了一会儿，把竹筒子里的米，撒在水里，就算是献给朋友的。别的同情屈原的渔民跟农民也有几个这么做的。

到了第二年五月初五那一天，大伙儿想起这是屈原的周年了，又划着船用竹筒盛上米撒到水里去祭祀他。到后来，把盛着米的竹筒子改成粽子，划小船改为赛龙船。纪念屈原这件事，就变成了一种风俗了。就把五月初五称为端午节，也叫端阳节。

要是当初赵主父在赵国，楚怀王不能死在秦国，屈原也许不自杀。赶到赵主父从云中回来，赵惠文王早把事情做错了。

136 收养门客

赵惠文王怕得罪秦国，没帮助那个前来投奔的楚怀王，赵主父就瞧出他没有多大出息，心里挺后悔当初把太子章废了。有一天，他对公子胜说：“我想把赵国分为两部，叫安阳君去做代王，跟赵王两个人相对并立，你瞧怎么样？”公子胜想了想，说：“大王废了太子章已经错了。如今君臣的名份已经定了，要是再一更改，反倒容易引起内乱来。我看还是好好地辅导着新君为是。”赵主父回到宫里又去跟夫人吴娃谈论这件事。那夫人是赵惠文王的母亲，当然不赞成提高安阳君的地位来削弱她自己儿子的势力。赵主父只得把这个念头打消。谁知道这些话早就传到安阳君和他一党的耳朵里了。他们发兵攻打赵惠文王。可是朝廷里多一半的大臣不能体贴赵主父的心意，又怕王位一更动，自己的地位也靠不住。因此，都护着赵惠文王，反对安阳君。这么一来，安阳君可就打了败仗。他跑到主父的宫里，主父把他藏起来。李兑、公子成搜出安阳君，把他杀了。他们知道主父成心保护安阳君，如今把他杀了，不是得罪了主父吗？他们就一不做、二不休，把主父锁在宫里，让他活活地饿死。

赵惠文王为了公子胜拦住主父，不让他立安阳君为代王，就拜他为相国，把东武城(在山东省武城县)封给他，称他为平原君(不是封于平原)。这位平原君最喜欢结交天下的英雄豪杰，也不管有没有才能，凡能投到他门下来的，他一概收留，养活着他们。

这种收养门客的举动，当时成了风气。齐国的孟尝君、魏国的信陵君、楚国的春申君都彼此抢着收养门客。他们每家都有几千个门客住在家里。没想到平原君这么招待着门客，门客倒慢慢地少起来了。他就召集所有的门客对他们说："请问诸位，我有什么对不起人的地方？近来怎么总是来的人少，走的人多呐？"其中有个门客对他说："您的美人儿得罪了那个瘸腿的，您不愿意办她的罪。人家都说您把美人儿看得比门客重。我们也正想告辞呐！"

原来平原君喜爱美女。他住的房子又是临街的，楼上的女人看得见大街。有一天，有个瘸子挑着水一瘸一拐地从楼下经过。楼上的人瞧见了那个瘸子，都觉得有点特别。其中有个平原君最得宠的美人，见他那样，禁不住大笑起来。

没想到那个瘸子不是好惹的。他气哼哼地去见平原君，对他说："我听说您喜欢结交天下豪杰，才有这么些人投奔到您的门下来。他们都知道您是重视人才，不重女色的公子。我得了残疾，走起道儿来挺别扭。可有一样，我还有我的尊严。今天您的女人公然讥笑我，这种侮辱，我可受不了。因此，我特地来请求您，重重地惩办您那个女人。"平原君把他安抚了几句就算了，回头对门客们说："天下竟有这种没事找事的人，人家向他笑了笑，他就要我惩办我的美人儿！"

就为了这件事，有人对他不满意，说他太贪恋女人。有好些人走了。今天平原君问起大伙儿来，当面受了他们的责备。他不由得涨红了脸，说："这是我的不好！"他立刻拔出宝剑来，吩咐手下的人把那个女人杀了。他又亲自跑到那个瘸子家里给他赔罪。

在当时的人看来，杀个女人能够收买人心，这是一件一本万利的买卖。精明的平原君哪儿能不乐意干呐？这一来，有些人称赞平原君，门客也就越来越多，平原君的势力更加大起来了。

137 鸡鸣狗盗

平原君收养门客的新闻传到了秦国。秦昭襄王叹息着对大夫向寿说："像平原君这么贤明的人，天下少有！"向寿说："不过他要比起齐国的孟尝君来，还差得远呐！"秦昭襄王挺稀奇地问："孟尝君又是怎么样的人？"向寿说："孟尝君田文继承他父亲田婴做了薛公（薛，在山东省滕州市东南；田婴封于薛，叫薛公，田文继承他父亲，也叫薛公），就大兴土木，修盖房子，招待天下豪杰。只要是投奔他的，他都收留。他自己吃、喝、穿戴跟住处，全跟大伙儿一样。孟尝君的家当可就这么快花完了。门客的饭食，当然也不能再像先前那样丰富了。听说有一天晚上，有个客人见了那种饭菜，心里不高兴。可巧他瞧见孟尝君独自一个人在上边正吃得挺香。他一想主人吃的准是山珍海味。他发了脾气，扔下筷子，说，'岂有此理！我干什么上这儿来吃这种东西？'孟尝君连忙拦住他，端着自己的饭菜让他瞧。这位门客一瞧，原来主人吃的跟他的一个样，这才叹了口气，说，'孟尝君这么真心诚意地待我，我还起疑心，我简直是个小人，还有什么脸在这儿住着呐？'说着，他就拔出宝剑，自杀了。可是平原君呐，纵着女人欺负瘸子，答应了人家的请求，还舍不得把她治罪。直到门客慢慢地散了，这才去给人家赔不是，这不是已经晚了吗？"秦昭襄王说："我挺尊重这种人，怎么能把他请到秦国来呐？"向寿说："这没有什么难事。要是大王能够打发自己的子弟上齐国去做抵押，然后请孟尝君上这儿来，我想齐国是不能不答应的。等到孟尝君到了这儿，大王拜他为丞相，齐国当然也不好意思不拜咱们的人当齐国的相国。这么着，秦国跟齐国联合到一块儿，要打算收服诸侯，事情可就好办得多了。"

秦昭襄王真就打发自己的兄弟泾阳君到齐国去做抵押，请孟尝君上咸阳来。就在这短短的几天，孟尝君和泾阳君交上了朋友。齐宣王在公元前301年死了，他儿子即位，就是齐湣王（湣 mǐn）。齐湣王不敢得罪秦国，只好叫孟尝君上秦国去。后来大臣当中有人对齐湣王说："大王既然成心跟秦国结交，何必把泾阳君留着做抵押呐？"齐湣王就把泾阳君送走了。

孟尝君带着一大帮门客，一块儿上咸阳去。秦昭襄王亲自去迎接他。

他见孟尝君威风凛凛，仪表不凡，不由得更加敬仰起来。两个人说了一些彼此敬仰的话。孟尝君奉上一件纯白的狐狸皮袍子，作为见面礼。秦昭襄王知道这是挺名贵的银狐，当时就挺得意地穿上，向宫里的美人们夸耀了半天。那时候天还暖和，他就把袍子脱下来交给手下的人好好地收藏起来。

孟尝君和他的那些门客到了咸阳之后，就有一批秦国的大臣怕秦王重用他，背地里商量怎样排挤他。秦王打算择个日子拜孟尝君当丞相。樗里疾首先反对说："田文是齐国的贵族，手下的人又多，他当了秦国的丞相，准得先替齐国打算。他要仗着他丞相的权力暗中谋害秦国，秦国不就危险了吗？"秦昭襄王说："那么，还是把他送回去吧！"樗里疾说："他在这儿已经住了不少日子，秦国的事，他差不多全都知道了。哪儿能放他呐？不如杀了他，倒干脆，免得将来有后患。"秦昭襄王觉得不能杀，可也不能放，就先把孟尝君软禁起来。

泾阳君为了建立自己的势力，在齐国的时候，跟孟尝君已经交上了朋友。这会儿一听说秦王要谋害他，就替他想法子。他带了两对玉璧送给秦王最宠爱的燕姬，请她想个法子。燕姬拿手托着下巴颏儿，装腔作势地说："叫我跟大王说句话倒是不难，你把这两对玉璧带回去，别的谢礼我不要，我只要一件银狐皮袍子就够了。"泾阳君把她的话告诉了孟尝君，孟尝君皱着眉头子，说："就是那么一件，已经送给秦王了，哪儿还能要回来呐？"当时就有个门客说，"三讨不如一偷，我有办法。"他就跟管衣库的人做了朋友。

有一个晚上这位门客从狗洞里爬进宫里去，找着了衣库去偷那件狐狸皮袍子。他掏出好些钥匙，正在开门的时候，看库的人醒了，咳嗽了一声。那个门客装狗叫："汪汪"地叫了两声，看衣库的人就又睡着了。那位门客进了衣库，开了箱子，拿出那件狐狸皮袍子，然后又锁了箱子，关上库房，从狗洞里钻出来。

孟尝君得到了这件皮袍子，送给燕姬。燕姬得着了这件宝贝，就甜言蜜语地劝秦王把孟尝君放回去。秦王到了儿依了她，发下过关文书，让孟尝君回去。

孟尝君得到了文书，好像"漏网之鱼"，急急忙忙地往函谷关跑去。他怕秦王反悔，派人来追；又怕把守关口的人刁难他，他就更名改姓，打扮成买卖人的样儿。他的门客中有个专门假造文书的，挺巧妙地把那过关文书上的名字改了。他们到了函谷关，正赶上半夜里。依照秦国的规矩，每天清早，关口要到鸡叫的时候才许放人。他们只好在关里等天亮。

那边樗里疾听说秦王把孟尝君放了，就去朝见秦昭襄王。他说让孟尝君回去，好比“纵虎归山”，将来准有后患。秦昭襄王果然后悔了，立刻派人去追。那追上去的人赶到函谷关，查问守关的人，说：“孟尝君过去了没有？”他说：“没有。”还拿出过关文书让他们瞧，果然没有孟尝君的名字。他们才放了心。大概孟尝君还没到。

等了半天，孟尝君还没来，他们有点起疑，就跟守关的人说明了孟尝君的长相，还有他带着的门客的人数，车马的样子。守关的人说：“哦！有，有！他们早就过去了，是第一批过的关。”他们又问：“你什么时候开的城？我们到这儿，什么都还看不清楚呐。难道你半夜就把城门开了吗？”守关的人一愣，说：“我们也正在纳闷呐！城门是鸡叫的时候才开的，可是呆了半天，东方才发白。我们还纳闷今天太阳怎么出来得这么晚？”他们哪儿知道孟尝君的门客之中各色各样的人都有。有会学狗叫唤的，有会学鸡叫唤的，还有会挖补文书的。孟尝君算计着秦王准得派人追上来，大伙儿愁眉苦脸地正在恨老天爷怎么还不叫天快点亮，忽然这些门客里有人捏着鼻子学起公鸡打鸣儿来了。接着一声跟着一声地好像有好几只公鸡叫着。紧跟着关里的公鸡全都叫起来了。关上的人就开了城门。验过了孟尝君的过关文书，让他们出了关口。

138 收账烧债券

孟尝君逃回齐国，齐湣王好像丢了的宝贝又找着了那么高兴，仍旧请他做相国。秦国为了齐国远在东方，不便再去麻烦，总算两国相安无事。

孟尝君比以前更有钱了，门客也越来越多，他就把门客的待遇分为三等。头等门客吃的是鱼肉，出去有车马；二等门客吃的也是鱼肉，可没有车马；三等门客只吃些粗菜淡饭，反正饿不着就是了。他一个人要供给三千多门客的吃、喝、住，当然不能单靠他的俸禄。他就在自己的封地薛城向老百姓放账。这种高利贷的进项就用来补助他一部分的费用。可是薛城的人在这种高利贷的压迫之下，就喘不过气来了。孟尝君顾到了养活门客，哪儿能替老百姓着想呐？

有一天，那个招待门客的总管对孟尝君说：“下一个月的开支不太够了，请打发人到薛城去收账吧。”孟尝君问他：“叫谁去呐？”那个总管说：“早先老拍着宝剑唱歌的那位冯先生，在这儿呆了一年多了，还没做过事。我瞧他人倒挺诚实可靠，不如叫他走一趟吧。”孟尝君就打发冯驩(huān)上薛城去收账。

冯驩是齐国人。当初穿着一双草鞋，破破烂烂的来见孟尝君。孟尝君问他有什么本事。他说：“没有什么本事。听说凡是投奔您这儿来的，您都收留。我为了穷得没饭吃，才投奔到您这儿来。”孟尝君点点头，收留了他，把他安排在三等门客里头。过了十几天，孟尝君问总管：“那位新来的客人都做些什么事？”他说：“冯先生穷得要命，他只有一把宝剑，连个鞘(qiào)也没有，只用绳子拴着挂在腰里。他每回吃完了饭，老拍着宝剑唱歌。什么‘吃饭没有鱼，宝剑哪，你还不如回去！’”孟尝君说：“就给他鱼吃吧！”冯驩就升为二等门客，吃鱼、吃肉了。又过了几天，孟尝君又问总管：“冯先生满意了吧？”他说：“我想他总该满意了。可是他每逢吃完了饭，还是拍着宝剑唱歌，什么‘出门没有车，宝剑哪，你还不如回去！’”孟尝君愣了愣，他想：“他原来要当上等门客，看样儿准是个有本事的。”回头跟总管说：“把冯先生升为上等门客，你留心他的行动，听他还说什么，再来告诉我。”又过了五六天，总管来报告孟尝君，说：“冯先生又唱上歌儿了。这回是，‘不能养活家，宝剑哪，还是回去吧！’”孟尝君问冯驩家里还有什么人，他说还有个母亲。孟尝君叫人去供养冯驩的母亲。冯驩这才挺安停地住下去了。

这回孟尝君叫他到薛城去收账，冯驩就问：“顺便买些什么东西回来？”孟尝君随口回答了一句：“这儿短什么，就买些什么。您瞧着办吧。”冯驩坐着车马上薛城去收利钱。薛城的人民听说孟尝君打发一个上等门客来收账，大伙儿吓得叫苦连天。有的竟打算躲到别的地方去，有的托人去说情，缓些日子。等到冯驩要老百姓付账的第一天，只有一些个比较宽裕的人家给了利钱。冯驩一算计，已经收了十万。他就拿出一笔钱来买了好些牛肉跟酒，出了一个通告，说：“凡是欠孟尝君钱的，不论能还不能还，明天都来把账对一对，大伙儿聚在一块儿吃一顿。”

那些该账的老百姓都来了。冯驩一个个地招待他们，还请他们喝酒、吃饭。大伙儿吃得酒足饭饱。冯驩就根据债券一个一个地问了一遍。有的请求延期，冯驩就在债券上批上。有的说不准什么时候能还，冯驩就把这些个搁在一边。等到债券批完之后，堆在一边的倒有一大半。刚才欢天喜地地喝酒吃饭的老百姓，这时候全都哭丧着脸，跪在冯驩跟前，一个个地哀求着他，说：

“今年年成不好，我们连饭都吃不上。”

“我妈死了，连棺材还没有呐！”

“我已经交了好几年的利钱，交的利钱比本钱都多了，今年实在不能给了。”

“我的孩子病着，抓药的钱都没有！”

“我的媳妇儿难产……”

“我自从摔折了一条腿……”

冯驩不愿意再听下去了。他叫人拿火来，把这一大堆的债券全都烧了。他替孟尝君收买人心，对他们说：“孟尝君放给你们账，原本是实心实意地救济你们，他并不贪图利钱。可是他收留着好几千人，光靠他的俸禄哪儿够呐？这才不得不来收利钱。如今我已经查明白了。那些能够给的，再缓一期，将来再给。那些给不了的，烧了债券，一概免了！”众人连连磕头，好像疯了似的嚷着说：“孟尝君是我们的恩人！”“孟尝君是我们的救星！”

冯驩回来，把收账的经过报告给孟尝君听。孟尝君听了，脸上变了颜色，说：“您怎么花了这些钱，又打酒又买肉的，还把债券烧了！我请您去收账，您收了些什么回来呐？”冯驩回答说：“您别生气，我说给您听。没有酒给他们喝，没有肉给他们吃，他们哪儿能都来？他们不来，我上哪儿去查看他们的情况？如今那些请求延期的，将来准能还清。那些实在穷得还不了的，就是您留着债券，再过十年，利钱越来越多，一辈子也还不了，反倒把他们逼得跑到别的地方去了。这些债券简直没有用，还不如烧了倒干脆。您要是拿势力去逼他们，利钱也许能够多少收回点，可是民心就丢了。您说过，‘这儿短什么，就买些什么。’我觉得这儿短的，就是对老百姓的情义，我就买了情义回来。我敢说，收回民心要比收回利钱强得多呐！”孟尝君无可奈何地向他拱了拱手，说：“先生眼光远大，佩服！佩服！”

139 狡兔三窟

冯驩虽然没收回账来，可是孟尝君的名声就更大了。秦昭襄王没能追上孟尝君，本来已经不高兴了，如今听说齐湣王又重用了他，更担了一份心。他就暗中打发心腹上齐国去散布谣言，说："孟尝君收买人心，齐国的人光知道有孟尝君，不知道有齐王。孟尝君眼瞧着快要当上齐国的君王了。"他又打发使臣上楚国去对楚顷襄王说："楚王死在敝国，实在是敝国上了齐国的当。秦王屡次三番要把楚王送回去，都给孟尝君拦住了。他如今执掌着齐国的大权，听说就要当齐王了。他要当上齐王，准得来打贵国和敝国。敝国情愿跟贵国联合起来，一块儿对抗孟尝君。请大王别计较以往，重新跟敝国和好吧。"

楚顷襄王听了秦国使臣的话，也打发人上齐国去散布谣言。齐湣王听见这些谣言，果然起了疑，收回了孟尝君的相印，叫他回到薛城去。

"树倒猢狲散"，孟尝君革了职，那些门客全都散了。孟尝君觉得挺凄凉。只有这位收账的冯先生还一步不离地跟着他，替他赶车，一块儿上薛城去。薛城的老百姓一听说孟尝君来了，男男女女、老老少少，都来迎接他。有的带了一只鸡，有的拿着一瓶酒，有的拿着牛肉，有的提着一筐子鸡子儿。大伙儿连拥带挤地都来献给孟尝君。孟尝君一见，感动得掉下眼泪来。他对冯驩说："这就是先生给我买来的情义呀！"冯驩说："这一点算得了什么？如今您能安居的地方只有这个薛城。俗语说，'狡兔三窟'，您至少得有三个能安身的地方才能踏实。您要是能借给我这辆车马，让我上秦国去一趟，我准能再叫齐王重用您，增加您的俸禄。那时候薛城、咸阳、临淄三个地方，都会欢迎您。好不好？"孟尝君说："全凭先生！"

冯驩到了咸阳，对秦昭襄王说："如今天下有才干的人，不投奔秦国就投奔齐国。上秦国来的都想叫秦国强，齐国弱；上齐国去的都想叫齐国强，秦国弱。可见当今之世，不是秦国得天下，就是齐国得天下，这两个大国是势不两立的。"秦昭襄王听了他的话之后，您猜怎么着？他跪起来了，说："先生有什么计策能叫秦国强大呐？"冯驩连忙请他坐下，说："齐国把孟尝君革了职，大王知道了吗？"秦王装模作样地说："我听说倒是听说了，可不大清楚。"冯驩说："齐国能够有现在这样的地位，全仗着孟尝君。如今齐王听了谣言，革了他的官职，收回了相印。他这么以怨报德地对待孟尝君，孟尝君当然也怨恨齐王，大王趁着他怨恨齐王的时候，赶紧把他请来。要是他能够给大王出力，还怕齐国不来归附吗？齐国要一归附，天下可就是秦国的了。大王赶紧打发人用车马带着礼物上薛城去请他，还来得及。万一齐王反悔，再拜他为相国，齐国可又要跟秦国争高低了。”

这时候正巧樗里疾死了，秦王正要找人才，就依了冯驩的话，打发使臣带了十辆车马，一百斤黄金，用迎接丞相的仪式上薛城去迎接孟尝君。冯驩就告辞了，他说：“我先回去告诉孟尝君一声，免得临时匆促。”

冯驩来不及去报告孟尝君，就急急忙忙地一直到了临淄，求见齐湣王。他对齐湣王说：“齐国跟秦国是势不两立的两个大国，谁要是得到人才，谁就能够号令天下。我在道儿上听说秦国暗中去拉拢孟尝君，打发使臣带了十辆车马，一百斤黄金，用迎接丞相的仪式上薛城去迎接他。真要是孟尝君当上了秦国的丞相去号令天下，临淄、即墨不就危险了吗？”齐湣王真没防到这一招儿，挺着急地说：“怎么办呐？”冯驩说：“不能再耽误了，趁着秦国的人还没到，赶紧先恢复孟尝君的官职，再加封给他一些土地，孟尝君准得乐意。他做了相国，难道说秦国没得到大王的认可，就可以随便接走人家的大臣吗？”

齐湣王答应重新重用孟尝君。可是他嘴里虽是答应了，心里头还有点疑惑。他背地里打发人上边境上去打听秦国的动静。派去的人一到了边界上，就见那边大队的车马已经来了，一问果然是来接孟尝君的。他就连夜赶回临淄，向齐湣王报告。齐湣王连忙吩咐冯驩带了节杖去接孟尝君来做相国，另外又封给他一千户的土地。赶到秦国的使臣到了薛城，孟尝君已经官复原职了。秦国的使臣白跑了一趟。秦昭襄王只怪自己晚了一步。

早已散了的门客一听说孟尝君又当上了相国，争先恐后地都回来了。孟尝君生了大气，他跟冯驩说：“哼！他们还有脸来见我？”冯驩说：“人情本来就是这样的。倒不如好好地招待他们吧！”孟尝君向冯驩拜了一拜，说：“先生的话对。我就收留他们吧。”

孟尝君官复原职以后，秦昭襄王接连打败了韩国和魏国，占领了好几百里土地，就觉得秦国不应该再跟其余的六国并列着。七国的诸侯都称为“王”，怎么能够分别出来呐？秦昭襄王要把“王”改称为“帝”，可是他又不敢单独行动，就在公元前288年(周赧王二十七年，秦昭襄王十九年，齐湣王三十六年)，打发使臣上齐国去，请齐湣王也称为“帝”：秦王号令西方，称为“西帝”；齐王号令东方，称为“东帝”。这么着，秦国和齐国就能平分天下了。齐湣王听了秦国使臣的话，一时拿不定主意，就问孟尝君。孟尝君说：“诸侯没有不恨秦国的，大王千万别跟他一块儿干。”

呆了一个月，秦国又打发使臣来约会齐国一块儿去打赵国。可巧苏秦的兄弟苏代从燕国到齐国来。齐湣王问他对于改“王”为“帝”和进攻赵国的意见。苏代说："秦国只请大王称帝，原是尊重贵国。不答应呐，得罪了秦国；答应呐，可就得罪了诸侯。我想还不如答应秦国所给的'帝号'，可先别公开称呼。秦王改称了，让他先试试。要是秦国称帝之后，诸侯不反对，大王再称'帝'也不晚。说到去打赵国，实在没有名目。赵国离秦国近，离齐国远，大王要是帮秦国去打赵国，打了胜仗，得到土地的是秦国，对齐国有什么好处呐？要打还不如去打邻近的宋国。宋王无道，宋国的人都管他叫'暴君'。大王要打宋国，一来有征伐暴君的名目，二来有扩展土地的好处。这是一举两得的事情。"齐湣王挺赞成苏代的话，就接受了帝号，可是不公开用，准备去打宋国的暴君。后来"东帝"、"西帝"的称号用了两个月，就都取消了，仍然恢复了"秦王"、"齐王"的称号。

140 相思树

宋国自从大夫向戌倡导"息兵会议"之后，一直没有人注意它，在列国里头简直没有什么地位可说。到了公元前333年，就是苏秦当了合纵抗秦的"纵约长"那一年，宋公子偃杀了他哥哥，自立为宋君。他一个劲儿地整顿军队，挑选壮丁，亲自训练兵马，练成了十几万精兵。接着就向东攻打齐国，夺了五座城；向南攻打楚国，占领了二百多里土地；往西攻打魏国，夺了两座城；把滕国也灭了，兼并了滕国的土地。他打发使臣去跟秦国交好，秦国也打发使臣去聘问他。宋君偃就称起王来了。宋王偃不光侵略邻国，还虐待本国的人，简直成了阎王爷了。

有一天，这位阎王爷上城外去闲逛。瞧见好些个年轻的妇女在那儿采桑。宋王偃跟宫女们玩腻了，一见这些服装朴素的乡下妇女，另有一种风韵，就挺喜欢。他叫人在那儿起了一座高台，叫"青陵台"，专门作为欣赏那些采桑叶的妇女们用的。他天天瞪着眼睛瞧着，居然给他瞧上了一个特别可爱的女子。在宋王偃看来，这个女子的容貌真把后宫里所有的美女都给压倒了。手底下的人一打听，原来是个穷苦文人韩冯(píng)的媳妇儿息氏。宋王就打发一个心腹去劝韩冯把息氏献上来。韩冯哭丧着脸跟息氏商量，问她愿意不愿意去陪伴宋王，享受荣华富贵。息氏低着脑袋不言语，呆了一会儿，嘴里念着一首诗：

南边山上有只鸟儿，
北边山上张着罗网；
鸟儿向天空飞去，
不上猎人的当。

韩冯知道媳妇儿不愿意去陪伴君王，就打算两口子躲到别的地方去。宋王偃早就派人暗中看着他们，还预备把韩冯弄死。他们就是长了翅膀，也飞不出这个罗网了。小两口子对哭着，正在对天祷告情愿同生同死的当儿，宋王偃的手下人已经到了。他们一见这些人，就不顾死活地紧紧地抱着。士兵们把息氏从她丈夫的怀里抢过去，弄上了车。韩冯眼瞧着媳妇儿给人家抢去，自己又没有力量去对付他们，就自杀了。宋王偃召息氏上了“青陵台”，对她说：“我是君王，叫谁富贵，谁就能富贵；叫谁死，谁就得死。如今你丈夫已经死了，你还惦记着谁呐？只要你从了我，我把你立为王后。”息氏不开口，做了一首诗回答他：

家雀儿不是凤凰，
小女子配不上君王；
我愿跟着丈夫到地下，
不愿和你到天上！

宋王偃嬉皮笑脸地说：“你已经到了这儿，不从也得从。到天上，到地下，全没有你的份。我上哪儿你也得上哪儿。”说着，过去就抱。息氏连忙把他推开，挺正经地说：“大王真要是叫我伺候您，也得答应我跟我那死去的丈夫先办个交代，让我洗个澡，换上一身衣裳，向他的灵行个礼，然后才能够一心一意地陪伴大王。”宋王偃就叫随身的宫女们去预备澡盆和衣裳。息氏挺从容地洗了澡，换了衣裳，还说要写一篇祭文带在身边。宋王偃只好静静地等着。息氏拜了几拜，往前一扑，从“青陵台”上一直扑到地下去了！宋王偃急忙去拉她的裙子，只拉住了一条飘带，美人儿可早就摔在地下，断了气了。宋王偃拿着那根飘带，直发愣。赶到他清醒过来，就见飘带上还写着祭文。细细一瞧，原来不是祭文，是一封信。上头写着说：“请把我的尸首和韩冯的埋在一个坟里。我们在地下必定感激大王的恩德。”宋王偃又是气又是恨，故意叫人在大道两边刨两个坟，把他们分开埋了。

韩冯的街坊有个上了年纪的农民，他瞧见韩冯夫妇死得这么可怜，连尸首都不能合穴，非常替他们难过。他就偷偷地半夜里在坟头上种了两棵树，作为纪念。那两棵树长得挺快，没有多少日子，两棵树的枝子互相交错着连在一块儿。附近的老百姓都说：“这是韩冯两口子的化身”，就管那两棵树叫“相思树”。

141 十大罪状

宋王偃自从活活地逼死了民间的恩爱夫妻之后，不但没醒悟，反倒更加凶暴胡闹。他自以为天下的英雄没有人能比得过他，也想建立起霸业来了。

为了要显示大英雄的威严，宋王偃想出了几种玩意儿。第一，在他临朝的时候，大臣们必须一齐大喊三声“万岁”。堂上一呼，堂下接应，门外的卫兵也使足劲儿喊着。这种喊叫，不光宋王偃听了非常神气，别人也觉得挺威风的。这叫“齐呼万岁”。第二，他拿皮口袋盛着牛血，挂在一根挺高的竹杆子上，作为靶子。他在底下拿弓箭往上射。皮口袋射破了，牛血就像下雨似的落下来。这种肮里肮脏的玩意儿有什么好玩的呐？宋王偃可有他的道理。他把挂在杆子上的皮口袋当做“天”。“天”都让他射得鲜血淋淋，他还不就是威武无敌的英雄了吗？这叫“射天得胜”。第三，他老叫大臣们喝酒，一喝就喝个通宵，没有一个不喝得东倒西歪，醉么咕咚的。他可是越喝越有精神，一壶、两壶、十壶的，从来没喝醉过。大臣们都称赞他是“海量”。他的“海量”只有给他斟酒的手下人知道。

这位“洪量如海”，“射天得胜”，叫人“齐呼万岁”的宋王偃，这么荒淫无道下去，当然失了民心。大臣里头也有劝告他的，也有责备他的。他觉得腻烦透了，就在座位旁边搁着弓箭，谁要跟他来叨唠，他就射谁。有一回，一天工夫，射死了三个大臣。打这儿以后，再没有人敢张嘴了。大家伙儿背地里都管他叫“暴君”。

列国的诸侯，为了他侵略边疆，也都恨上了他。他们曾经请齐国去征伐他。这回齐湣王听了苏代“一举两得”的话，就打发人去约会楚国跟魏国一块儿去征伐宋国。

公元前286年（周赧王二十九年），齐、楚、魏三国的兵马到了宋国。宋国的老百姓恨不能把这位暴君去了，也不准备抵御。齐国、楚国、魏国三国的将军在一块儿商量着。魏国的大将说："宋王荒淫无道，人人痛恨。咱们三个国家都受过他的欺负，还让他占了不少地方。我想咱们不妨把宋王的罪状宣布出去，通知宋国的人，他们也许会来投降的。"齐国和楚国的将军都赞成这么办。当时他们写了一个榜文，宣布宋王的十大罪状。那十大罪状是：

一、谋害哥哥，篡夺王位；

二、欺负弱小，吞灭小国；

三、专凭武力，侵犯大国；

四、对天射箭，得罪上帝；

五、通宵饮酒，不理国事；

六、抢夺妇女，荒淫无耻；

七、射死大臣，不听忠告；

八、自称为王，妄自尊大；

九、勾结强秦，藐视邻国；

十、虐待人民，全无君道。

榜文所到的地方，老百姓全都骚动起来。三国的兵马到哪儿，哪儿的人都来欢迎。这一来，三国的军队简直没费多大力气，一直到了睢阳。

齐湣王唯恐打不下睢阳，就亲自率领着三万大军前去助战。宋国人一个个吓破了胆，人人害怕。宋王偃知道大势已去，独自逃出了睢阳，给齐国的将士追上，把他杀了。齐、楚、魏三国分了宋国的土地。

齐湣王当然得到了宋国大部分的土地，他可还不满意。他说："这回灭宋国，全是齐国的力量，楚国跟魏国怎么能坐享其成呐？"他就出乎人家意料地向楚军、魏军进攻，还把他们打败，从他们那里抢过来好几百里的地界。这一来，楚国和魏国恨透了齐国，就全毁了盟约，归附秦国去了。

齐湣王并吞了宋国大部分的土地，越发骄横起来。他对大臣们说："早晚我把周朝的天下灭了，把九座宝鼎搬到临淄来，就能当天王了。谁还敢反对我呐？"孟尝君说："宋王偃为了狂妄自大，得罪了列国，大王才把他灭了。请大王别学他的样儿。天王虽说失了势力，终究还是列国诸侯共同的主人。列国虽说彼此攻打，可从来没有一个敢去侵犯天王的。

为什么呐？ 还不是怕他的名义吗？ 上次大王不用‘帝号’，天下的诸侯哪个不称赞大王。 如今大王怎么想要去攻打天王呐？”齐滑王说：“为什么不能？ 成汤攻打桀王，武王攻打纣王，我为什么就不能当成汤跟武王呐？ 可惜你不是伊尹、太公罢了！”君臣俩就这么闹了别扭。 齐滑王又把孟尝君的相印收回去。 孟尝君怕再得罪他，带着门客逃到大梁，投奔了魏公子无忌。

齐滑王自从孟尝君走了以后，更加骄横了，天天想去进攻成周，自己好当天王。 这一来，列国诸侯都对他不满意起来。 北边的燕国，就趁着这个机会，前来报仇。

142 黄金台

燕国在公元前314年因为相国篡位，起了内乱。 齐滑王趁火打劫，借着平定燕国内乱的名义，派大将匡章把它灭了。 后来燕国人发起了一个复国运动，找到了从前的太子，公推他为国君，就是燕昭王。 各地原来投降了齐国的将士们也都反对齐国，把齐国人轰出去，归顺了燕昭王。 匡章没法镇压，只好退回齐国去。 燕昭王回到了都城，修理宗庙，整顿政治，立志要向齐国报仇。

他对相国郭隗说：“我成天成宵地想到燕国的耻辱，有谁替国家出力报仇呐？ 要是有人能这样做，我情愿去伺候他。 这事请相国替我打算打算，怎么样去搜罗天下人才。”郭隗先替自己打算，他回答说：“从前有位国君，他拿出一千两金子，打发人去买千里马。 那个人跑了好些地方，连一匹也没买着。 后来他在半道上瞧见好些人围着一匹死了的马在那儿直叹息。 他问他们为什么这么丧气。 他们说，‘这是一匹千里马，如今死了，怎么不可惜呐？’他听了这话，就拿出五百两金子，把那匹死马的骨头买了回去。 国君骂他，说，‘你这个傻瓜！ 死马的骨头可有什么用呐？ 也值得花这么些金子？’他说，‘这是千里马的骨头哇！ 当时我就听见大伙儿说，死的千里马还这么值钱，别说活的了。 为这个，我相信往后准能有人把千里马献上来的。’果然，不到一年工夫，那位国君得到了三匹千里马。 从这件事上看来，大王要搜罗天下人才，请先把我当作死马，活的千里马准能献上来的。”

燕昭王还真给郭隗起造了一所挺精美的房子，自己就像徒弟似的伺候他，听他的教导。又在易山（在河北省易县地界）旁边盖了一座高台，里头堆着黄金，作为招待客人的费用和礼物。这座台就叫“黄金台”。这么一来，燕昭王招待客人的真心实意可就传遍了天下。好些有才干的人从各地跑到燕国去。比方说，从赵国去的有剧辛；从洛阳去的有苏代；从齐国去的有邹衍；从卫国去的有屈庸；从魏国去的有乐毅。真是“人才济济”！燕昭王都拜他们为“客卿”。其中最受燕昭王重用的要算乐毅。

乐毅是赵国人，就是当初魏文侯所重用的那个治理中山的乐羊的后代。后来中山给赵武灵王并吞了，乐羊的子孙做了赵国人。在赵主父遇上内乱的时候，乐毅跑到大梁，就在魏国当了大夫。有一回，乐毅做了魏国的使臣上燕国去，燕昭王挺恭敬地招待着，把他当做知心朋友，挺直率地把燕国的委屈跟他说了，一心打算向齐国报仇，希望乐毅帮他完成这个志愿。乐毅知道这是国家的机密，不能随便跟人家谈的。燕昭王把心事全告诉了乐毅，乐毅把他当做知己，就留在燕国。燕昭王请他训练兵马。

这回燕昭王听说齐湣王轰走了孟尝君，虐待百姓，还想去进攻天王。他就对乐毅说：“燕国受了齐国的欺负，到如今已经二十八年了。请先生想想，二十八年了哇！天天太阳一出来，我就带着满肚子的冤仇起来；太阳落了，我的冤仇可不能下去。我天天想替先王报仇，可就是不敢轻举妄动。如今齐王无道，国里失了民心，国外又跟诸侯结下了冤仇，这正是老天爷要灭齐国的时候了。我打算发动全国的军队去跟齐国一死相拼，先生您看怎么样？”乐毅回答说：“齐国地大人多，很有点实力，咱们单个儿去攻打，怕办不到。大王要去征伐齐国，必须联络别的国家。列国之中跟咱们紧挨着的是赵国。大王要跟赵国一联合，韩国准会加入。孟尝君在魏国也正恨着齐国，他也许会请魏王帮助咱们。这样，燕国联合了赵、韩、魏，四国一块儿去征伐齐国，准能把齐国打败。”

燕昭王就请乐毅上赵国去接头。赵平原君替他在赵惠文王跟前说了一遍，赵惠文王答应了。可巧秦国的使者也在那儿，乐毅跟他说起去打齐国的好处。秦国的使者回去报告了秦昭襄王。秦昭襄王正怕齐国太强大，这会儿也愿意帮帮燕国。同时，燕昭王请剧辛去见魏昭王。剧辛先跟魏公子无忌接头，公子无忌果然也赞成发兵，还帮他去约会韩国。这么一来，燕国联络了赵、魏、韩、秦四个国家一同去攻打齐国，军事方面就有了挺大的把握。

143 大王的架子

公元前284年(周赧王三十一年)，燕国的大将乐毅、秦国的大将白起、赵国的大将廉颇、韩国的大将暴鸢(yuān)、魏国的大将晋鄙，各人带着本国的兵马，按着约定的日子会合到一起。燕国的乐毅当了上将军，统率着五国的兵马，浩浩荡荡地向齐国进攻。

齐湣王一听说五国的军队一起来打齐国，就亲自带着大队人马，赶到济水的西边去对敌。上将军乐毅老跑在赵、韩、魏、秦各国兵马的头里，到最接近敌人的地方去指挥作战。四国的将士一见，个个拼命往前打，把齐国的军队打得死的死、伤的伤，剩下的只能往后退。齐湣王大败，跑回临淄，打发人连夜上楚国去求救兵，愿意把淮北一带的土地送给楚王，作为谢礼。

赵、韩、魏、秦这四国的将士打了几回胜仗，各自占领了齐国的几座城，就心满意足地驻扎下来，不愿意再接着往下打了。乐毅认为夺下来的城由他们几国守住，也挺好。他自己带着本国的军队接连着往下打。沿路宣扬燕国军队的纪律，安抚齐国的人民，挺顺利地一直打到齐国的都城临淄。

齐湣王急得没有办法，只好带着几十个亲信的文武大臣，偷偷地从北门逃出去，跑到卫国去了。卫国原本是个小国，这时候，只剩了濮阳(在河南省清丰县西南)一块地盘了，哪儿敢得罪大国的君王呐？卫君挺恭敬地好像臣下伺候君王一样地招待着齐湣王。齐湣王为了要摆出大王的架子，鼓着肚子往朝堂上一坐。他见了那个跪在他下边的卫君，连理也不理。这种神气简直把卫国的大臣们气炸了肺。他们虽说是小国的臣下，可是打打落水狗的胆量还是有的。当天晚上齐湣王的行李就给人拿走了。第二天，他肚子饿了也没有人去理他。他知道情形不对，再呆下去非得受到卫国的暗算不可，就没精打采地带着大臣夷维、太子法章等几个人，慌里慌张地跑了。其余的人他也顾不得了。

他们跑到鲁国的郊外，鲁君派人去迎接，首先碰上了夷维。夷维是个老牌走狗。他懂得怎么样对傲慢的主人摇头摆尾，怎么样对谦虚的底下人汪汪乱叫。他叫鲁君像招待天王一样地来招待齐王。鲁国的君王一听，觉得又可笑，又可气，干脆把城门一关，让他们爱怎么着就怎么着。齐湣王没法儿，只好跑到别处去了。可是谁也不敢迎接这位爱摆臭架子的“天王”。这一下，他可急得走投无路了。夷维说：“听说莒城还没丢，不如先上那边去吧！”他们到了莒城，在那儿招兵买马，准备把守这座城。

乐毅把临淄打下来了，就把齐国的库房和当初齐国从燕国抢去的财宝，都弄到燕国去。燕昭王亲自跑到济水来慰劳将士，把昌国城(在山东省淄博市淄川东北)封给乐毅，称他为昌国君。又叫他再去攻打齐国其余的地方，自己先回去了。

乐毅出兵也就有半年工夫，接连打下了齐国八十多个城，光剩下莒城和即墨，这两处还顽强地抵抗着。乐毅一想：“单靠着武力，收服不了齐国的民心。民心不服，就算把齐国全打下来，也守不住。好在齐国只剩了两座城了，也不能再成什么大事，不如拿恩德去打动齐国人，叫他们自己来投降。”他就做出几件讨好齐国人的事情来。他废除当初齐王所定的苛刻的法令；减轻人民的捐税；尊重他们的风俗习惯；保存他们固有的文化；优待地方上的名流；给齐桓公修建庙宇，还郑重其事地祭祀他。齐国的大小官员们一见燕国人这么对待他们，果然挺感激。尤其是祭祀齐桓公这件大事更叫他们受到挺大的感动。你瞧咱们虽说亡了国，可是敌人倒先向咱们的先君磕头下跪，这够多么体面哪！只有莒城和即墨还顽强地守着，一心一意地等着楚国的救兵。

楚顷襄王见齐国的使者来求救兵，还把淮北的土地送给他做为谢礼，他就派大将淖齿带着二十万大军先去接收淮北，对他说：“只要对楚国有利，你只管瞧着办。”

淖齿到了莒城，齐湣王高兴得好像得到了一位救命恩人似的，立刻拜他为相国，请他主持抵抗敌人的大事。齐湣王到了这步田地，还不改变他那种独断独行的做法，还不愿意听一听别人的意见，还不愿意使用齐国人自己的力量，还痴心妄想地等着别国的军队替他打胜仗。淖齿一见燕国军队那么强盛，反倒暗中打发心腹去见乐毅，说：“大将淖齿愿意帮着贵国把齐国灭了。事成之后，请贵国让他做齐王。”乐毅答应了。

淖齿跟乐毅接头之后，就在离莒城几里地的鼓里那儿操练兵马，请齐湣王去检阅。齐湣王得意洋洋地带着夷维到了鼓里。只见楚军士气旺盛，配备整齐，不由得又摆起大王的架子来了。正在他得意的当儿，淖齿叫人把他绑起来，宣布他的罪状。齐湣王低着脑袋，一声不言语。夷维抱着他哭了一顿。那位救命恩人可就变成了阎王爷，先把夷维杀了，然后把齐湣王抽了筋，活活地吊在房梁上，呆了三天，他才断了气。

144 右　　袒

淖齿把齐湣王和夷维弄死之后，回到莒城，才想起还得去杀齐太子法章。谁知道法章早就跑了。淖齿把大军驻扎在城外，自己住在齐湣王临时的王宫里，喝着酒、搂着美女，眉开眼笑地当上“齐王”了。他正在得意忘形的时候，有个十几岁的小孩子叫王孙贾，带着四百多个壮丁，杀到宫里来了。

王孙贾是齐湣王的手下人。他十二岁的时候，死了父亲。齐湣王见他可怜，又喜欢他那机灵劲儿，把他留在身边，当个“小大夫”。齐湣王逃难的时候，他跟着那几十个文武大臣在一块儿。后来齐湣王和夷维、法章偷偷地从卫国逃出来，王孙贾可就失散了。他只好独个儿逃跑，吃尽苦头，回到家里。

他妈一见他，就问：“君王哪儿去了？”他说：“我们在卫国失散了，如今下落不明。”他妈咬着牙骂他，说：“你做臣下的半夜里跟着君王一块儿逃出去，如今君王不知下落，你独个儿回来。天下哪儿有像你这种做臣下的，亏你还有脸来见我！”王孙贾红着脸，辞别了母亲，又去寻找齐王。

好容易给他打听着了齐王的下落，等他跑到莒城，淖齿已经把齐王弄死了。他得到这个信儿大哭起来，就用左手把衣裳的右边撕下了一块，露出右边的肩膀来（文言就叫“右袒”），在莒城街上嚷嚷着说：“淖齿当了齐国的相国，把君王杀了，这种不顾忠义、没有廉耻的人就应该治罪！齐王虽说有过错，齐国到底是咱们的国家，哪儿能让这种狼心狗肺的外人骑在咱们的脖子上呐？难道齐国没有人了吗？怎么全不起来呀？谁愿意跟我一块儿去杀那乱臣贼子的，请右袒！大家去吧！”街上的人全聚拢来，乱哄哄地嚷嚷着说：“这么个小孩子都知道忠义，难道咱们还不如他吗？大家伙儿去吧！”一会儿就有四百多个年轻小伙子都露着右肩膀，拿着刀、叉、锄头、棍子什么的，跟着王孙贾拥到宫里去，后头还跟着一大队人大声嚷嚷着“右袒！右袒！”

楚军虽说有二十万，可是全都驻扎在城外，宫里只有几十个卫兵。冷不防地见这些人拥了进来，摸不清是怎么回事，大伙儿慌了。这一群老百姓不顾死活地抢过卫兵的家伙，杀到宫里去，七手八脚地就把淖齿逮住。你一下、我一下地把他剁成了肉泥烂酱。群众的队伍越来越大。他们杀散了城里的楚国士兵，马上守着莒城。城外的楚国军队一听说大将给人家杀了，有一部分人投降了燕国，其余全回去了。

这件惊天动地的群众杀敌的事情一下子传遍了齐国。同时，齐国的一个老头儿王蠋(zhú)自杀的事件也轰动起来了。齐湣王当初有两个老大臣，一个是太傅王蠋，一个是太史嬓(jiào)。他们都劝过齐湣王别太凶暴。为这个，差点给齐湣王杀了。他们就告了病假，扔了官职，隐居起来。后来乐毅打到昼邑(在山东省淄博市临淄西北)地方，听说太傅王蠋的老家就在那儿。乐毅打算借重“德高望重”的王蠋当个幌子去收服齐国的民心。他打发人带了一份挺厚的礼物去请王蠋，对他说：“上将军请太傅出来，这对齐国、对太傅都有好处！要不然大军可就要打到城里来了。”王蠋挺坚决地说：“君王不听忠告，我已经辞官不干了。如今君王死了，国也亡了，你们还要逼着我投降吗？我出来替你们做事，怎么对得起全国的人呐？不忠不义地多活几年，还不如清清白白地早点儿死！”说着，就自杀了。

145 落难公子

这一老一少两个人的行动激起了齐国人。逃散了的那些大臣也前前后后跑到莒城来了。王孙贾做了领袖，可是齐国还没有君王。这怎么行呐？他们想尽法子，到处去找那个失了踪的太子法章。

法章本来跟齐王在一块儿。他一听说父亲被杀的信儿，就打扮成一个穷苦的老百姓跑了。淖齿派了好些个士兵各处去逮他。当天晚上淖齿又派人打着灯笼各处搜查，逼得法章没处藏、没处躲。末了，他摸着黑爬进一个花园，在假山的石头洞里躲了一夜。第二天早晨，他瞧见一个年老的使唤人来打扫花园，就跪在他跟前，说：“老大爷，您行个好吧。我是逃难的老百姓，叫王立，父母在兵荒马乱之中都死了。如今我没处投奔。求您老人家行个好跟东家说一声，让我在这儿当个奴仆，我决忘不了您的大恩。”那个年老的使唤人是太史嬓家里的老管家，瞧见这位眉清目秀的难民，怪可怜的，就在太史嬓跟前替王立说了几句好话。太史嬓也不在乎多一个奴仆，挺痛快地答应了。王立就这么在太史府里做些个浇花、扫地的零散活儿。虽说累一点，倒挺清静，还保全了性命。他就安心地住下去了。

有一天，太史的女儿来逛花园，一见这个新来的底下人，就挺留心。他的面貌长得这么端庄可爱，举止行动又这么大方、文雅。她想："这么样儿的一个年轻的人怎么会上这儿来当奴仆呐？别是个'落难公子'吧。"她越瞧越想，越想越起疑，就叫丫头过去问他的来历。太子怕再遇到祸患，说什么也不露出自己的底细来。太史的女儿挺有点见识，她越是问不出王立的来历，越猜疑他是个落难的阔公子。打这儿起，她时常打发丫头背地里去帮助他。有时候送他几件衣裳，有时候给他送点吃的。王立挺感激她。

日子长了，彼此有了说话的机会，一来二去地越来越熟，就你爱我怜地私自订了终身。太子法章不好意思再瞒着她，就兜根实底地把自己的身世倒了出来。她一知道王立原来就是太子法章，更愿意把自己的心全给了他。

王立在太史嬓的家里早就听说聚在莒城的大臣们派人正在各处找太子，可是他还不大放心，不敢轻易出去。过了几个月，他们还是到处打听太子的下落。他这才知道他们是真心实意地找他，就对太史嬓说明了。太史嬓慌了，立刻报告了王孙贾。莒城的大臣们连忙派来车马，用挺隆重的仪式来迎接他，立他为齐王。齐国有了君王，大伙儿就有了发挥忠义的对象。这一来莒城变成了恢复齐国的大本营。他们通知即墨的将士，叫他们守住城，彼此通消息，共同抵抗燕国的军队。

乐毅围困着莒城和即墨整整三年，压根儿就没法打下来。他既然采用王道，就下令退兵，大军扎在离城十来里的地方。又下了一道命令，说："城里的老百姓出来打柴，就让他们随便来往，不准留难。瞧见挨饿的，给他们吃；瞧见受冻的，给他们穿。"要是燕国的君臣能够相信乐毅到底，实行收服人心的办法，那么莒城和即墨的抵抗也许长久不了。可是有人从中破坏，辜负了乐毅的一番苦心。

146 有始有终

燕昭王始终认为乐毅是知己，乐毅也真心实意地去报答他。可是燕国的大夫骑劫，为了自己有点武艺，又懂得点兵法，早想拿到兵权。就因为在他上面还有乐毅，他不能顶上去。

骑劫和燕太子乐资一向亲密，就对他说："齐王已经死了，齐国就剩了莒城跟即墨两处，其余的地界全在燕国军队的手里。乐毅能在半年之内打下了七十多个城，为什么费了好几年工夫还打不下这两座城来呐？这里头准有鬼。"太子点了点头。没言语。骑劫接着又说："他要是诚心打下这两个城，早就可以打下来了。听说他怕齐国人心不服，因此想拿恩德去感化他们。等到齐国人真正归附了他，他不就当上齐王了吗？他再要回燕国来当臣下才怪呐！"太子乐资把这话告诉了燕昭王。燕昭王一听，蹦了起来，怒气冲冲地打了太子二十板子，骂他是个忘恩负义的畜生。他说："先王的仇是谁给咱们报的？昌国君的功劳简直没法儿说。咱们把他当做恩人还怕不够尊敬，你们还要给他说坏话？就是他真做了齐王，也是应该的呀！"

燕昭王责打太子之后，打发使者拿了节杖上临淄去见乐毅，立他为齐王。乐毅非常感激燕昭王的心意，可是他对天起誓，情愿死，也不愿接受这封王的命令。使者回报燕昭王。燕昭王感动得直流眼泪。

可是太子乐资为了乐毅挨了二十板子。这件事，虽说他不愿意计较，可也没法忘了。公元前279年(周赧王三十六年，燕昭王三十三年，齐襄王五年，楚顷襄王二十年，赵惠文王二十年，秦昭襄王二十八年)，燕昭王死了。太子乐资即位，就是燕惠王。俗语说，"一朝天子一朝臣"，燕惠王信任骑劫正像燕昭王信任乐毅一样。他还算顾全大局，没把乐毅当做仇人。可是燕国人已经上了齐国人的当，听信他们散布的谣言，三三两两地传着说："乐毅本来早就当了齐王了，为了不愿辜负先王，就没敢做王。如今新王即位，乐毅可就要做齐王了。要是新王另外派个将军来，莒城跟即墨准得完了！"

燕惠王听信了这种流言，就把乐毅调回来，派骑劫为大将去接替乐毅。

乐毅倒是比伍子胥更有见识，他相信"善始者不必善终"，再说他和燕昭王的交情可以说已经是有始有终的了。要是他回到燕国，万一给新王杀了，丧了一条命倒不算什么，只是太对不起燕昭王了。末了他说："我原本是赵国人，还是回老家去吧。"他就逃到赵国。赵惠文王封他为望诸君。

骑劫当了大将，接收了乐毅的军队。他有他的一套。他把乐毅的命令全改了。燕军都有点不服气，可是大伙儿敢怒而不敢言。骑劫到了大营，休息了三天，就去围攻即墨，围了好几层，可是城里早就有了准备。守城的将军田单，把决战的步骤已经很周密地布置好了。

147 火牛阵

田单是齐国田氏远房的贵族。齐滑王在世的时候，他在临淄是个无声无臭的小官。赶到燕军打到临淄的时候，城里的人纷纷往外逃难。他也随着本族的人坐着车逃到安平（在山东省淄博市临淄东）。这回逃难给了他一个新的想头。他觉得车轴在车轱轳外面伸出一个头来，不光太占地方，还容易损坏。他把本族的车全改了，把车轱轳外头伸出的那截轴头锯短了，再拿铁皮把车轴包上。这种小小的改革正跟赵武灵王把长袖子改为短袖子一样，只是为了方便罢了。可是也有人讥笑他，说："把车轴头锯得那么短，还像个什么样儿呐？"日子不多，燕军攻破了安平，安平人争先恐后地乱跑，路上车辆拥挤得像打转的牛阵。车轴头伸在外面老碰着别的车辆，有的车动不了啦；有的刹不住车，车轴折了翻了车。那些讥笑过田单的人有不少给燕军俘掳去了。田单这族人因为有了这小小的一点改革，居然脱险逃到即墨。为这个，田单出了名。

接着，燕国军队来打即墨。即墨大夫出去一打，打了败仗，受了重伤，没多大会儿死了。城里没有人主持，军队没有人带领，差点乱起来。大伙儿就公推田单为将军，才有个带头的人。田单亲自操作，跟士兵们同甘共苦，又把本族人和自己的妻子也都编在队伍里。即墨的人见他有这种忘我的精神，特别佩服他。

田单知道乐毅的本领，不敢出去跟他开仗，老是挺严实地把守着城。等到燕惠王一即位，田单就钻了空子，暗中派人上燕国到处散布谣言。燕惠王果然派骑劫去打即墨。田单头一步"挑拨是非，离间君臣"的计策办到了。他又利用军队里的迷信，向士兵们报告，说："老天爷在梦里跟我说了，齐国还能够强起来，燕国准得败落；再过几天，老天爷一定打发个军师来，敌人就快打败仗了。"

田单在军队里挑了一个挺机灵的小兵叫他装做"老天爷的军师"，给他穿上特别的衣裳，叫他朝南坐着。以后田单每逢下令，先去禀告"军师"，这个命令就格外受到尊敬。他对城里的老百姓说："军师嘱咐说，'在吃早饭跟吃晚饭的时候，先得祭祖宗，祖宗的神灵就来帮助咱们'。祭祖挺简便，只要在房檐上搁上一点点儿吃食就行。"城外燕国人听说城里来了一位老天爷的军师，已经有点害怕了，后来又瞧见好些鸟儿天天早晚两趟飞到城里去，就更加害怕起来了。彼此传说着，"老天爷帮助齐国，咱们可有什么办法呐？"

田单还叫几个心腹到城外去谈论。他们说："从前昌国君太好了，抓了俘虏还好好地待他们，城里的人当然不怕了。要是燕国人把俘虏的鼻子削去，齐国人还敢打仗吗？"有的说："我们祖宗的坟都在城外，燕国军队要真刨起坟来，可怎么办呐？"这种仨一群儿、俩一伙儿的谈论传到了骑劫的兵营里。骑劫听见了这些话，就真把齐国俘虏的鼻子都削去，又叫士兵把齐国城外的坟都刨了，把死人的骨头拿火烧了。即墨的人听说燕国军队这样虐待俘虏，全愤恨起来。后来他们在城头上瞧见燕国的士兵刨他们的祖坟，就都哭了，咬牙切齿地痛恨敌人，大伙儿全都一心一意地要替祖宗报仇。

即墨的士兵们和群众都纷纷向田单请求，一定要跟燕国人拼个死活。田单就挑选了五千名先锋队，一千头牛，先训练起来，叫老头儿和妇女们在城头上值班。他又搜集了民间的金子，打发几个人装作即墨城里的富翁，偷偷地给骑劫送去，说："城里粮食已经完了，不出三天就得投降。贵国军队进城的时候，请求您保全我们的家小。"骑劫欢天喜地地满口答应，还交给他们几十面小旗子，叫他们插在门上，作为记号。骑劫得意洋洋地跟将士们说："我比乐毅怎么样？"他们说："强得多了！"这一来，燕军净等着田单来投降，用不着再打仗了。

那些派去的人回来报告了田单以后，田单就把那一千头牛打扮起来。牛身上披着一件褂子，上面画着红红绿绿，稀奇古怪的花样；牛犄角上捆着两把尖刀；牛尾巴上系着一捆吃透了油的麻和苇子。这就是预备冲锋的牛队。那五千名"敢死队"的脸上也都打上五色的花脸，一个个拿着大刀、阔斧跟在牛队后头。到了半夜里，拆了几十处城墙，把牛队赶到城外，牛尾巴上点起火来。牛尾巴一烧着了，它们可就犯了牛性子，一直向着燕国兵营冲过去。五千名"敢死队"紧跟着杀上去。城里的老百姓狠命地敲着铜盆、铜壶，也随着跟到城外来呐喊。一霎时，震天动地的喊杀声夹着鼓声、铜器声，打破了黑夜的安静，吓醒了燕国人的好梦。大伙儿手忙脚乱，慌里慌张地找不着家伙了。睡眼矇眬地一瞧，成千成万的怪物尾巴烧着火，脑袋上长着刀，已经冲过来了，后头还跟着一大群稀奇古怪的妖精。胆小的吓得腿也软了，走不动。逃命要紧，见了“老天爷的军师”派下来的鬼怪，哪儿还敢抵抗呐？别说一千对牛犄角上的刀扎伤了多少人，那五千名敢死队砍死了多少人，就是燕国军队自己连闯带踩地一乱也够受的了。骑劫坐着车，打算杀出一条活路，正可巧碰上了田单。那个自认为比乐毅强得多的大将就给田单像抹臭虫一样地抹死了。

田单整顿了队伍，接着还往下反攻。全国哄动起来。已经投降了燕国的将士一听到田单打了胜仗，燕国的大将已经死了，都准备归顺田单。田单的军队打到哪儿，哪儿的齐国人都打跑敌人，向本国反正。各地民众先后响应，田单的兵力就越来越大。不到几个月工夫，乐毅占领的七十多个城，全都收回来了。将士们和民众为了田单恢复了父母之邦，立了大功，要立他为齐王。田单说：“太子法章住在莒城，我是远族，哪儿能自立为王呐？”他就从莒城把太子法章接到临淄来。择了个好日子，祭祀太庙，太子法章正式做了国君，就是齐襄王。

齐襄王对田单说：“齐国已经亡了，全靠叔父重新建立起来，这个功劳实在太大了，叫我怎么来报答您呐？叔父早先在安平出了名，就封叔父为安平君吧。”田单当时谢了恩。齐襄王又拜王孙贾为亚卿。一边迎接了太史嬓的女儿，立她为王后。

燕惠王自从骑劫打了败仗之后，才想起了乐毅的好处，后悔也来不及了。他写信再去请乐毅来，乐毅回了他一封信，说明他不能回来的难处。燕王闷闷不乐，又怕乐毅在赵国怨恨他，就把他的儿子乐闲封为昌国君。这一来，乐毅好像做了燕国跟赵国和好的中间人。末了儿他死在赵国。

赵国跟燕国和好的时候，秦国屡次三番地来侵犯赵国，可都给大将廉颇打回去了。秦昭襄王没法儿，只好假意跟赵国和好。他想用别的手段来收拾赵国。

148 完璧归赵

公元前283年（就是齐国人杀了淖齿立法章为齐王那一年），秦昭襄王听说赵王得着了“和氏璧”，就是当初楚国丢了、害得张仪受了冤枉的那块玉璧。他派使者带了国书去见赵惠文王，说秦王情愿拿出十五座城来换那块玉璧，希望赵王答应。赵惠文王就跟大臣们商量。要想答应秦国，又怕上当；要不答应，又怕秦国打进来。大伙儿计议了半天，还不能决定到底应当怎么办。赵惠文王问谁能够当使者上秦国去办这件事。他瞧了瞧大将廉颇，廉颇低着头不说话。

当时有个宦官令叫缪贤（缪 Miào）的，他对赵王说："我有个门客叫蔺相如（蔺 Lìn），他是个挺有见识的谋士。我想，叫他上秦国去倒挺合适。"赵惠文王就把蔺相如召上来，问他："秦王拿十五座城来换赵国的玉璧，先生认为是答应好呐还是不答应好？"蔺相如说："秦国强，咱们弱，不能不答应。"赵王接着又说："要是把玉璧送了去，得不着城，怎么办呐？"蔺相如说："秦国拿出十五座城来换一块玉璧，这个价钱总算够高的了。赵国要是不答应，错在赵国。要是大王把玉璧送去，秦国不交出城来，那么错在秦国了。我说，宁可叫秦国担这个错儿，咱们可不能不讲道理。"赵惠文王说："先生能上秦国去一趟吗？"蔺相如说："要是没有可派的人，那我就去一趟。秦国交了城，我就把玉璧留在秦国；不然的话，我一定完璧归赵。"赵惠文王当时就拜蔺相如为大夫，派他上秦国去。

蔺相如带着"和氏璧"到了咸阳。秦昭襄王听说赵国送玉璧来了，挺得意地坐在朝堂上。蔺相如恭恭敬敬地把玉璧献了上去。秦王看完了，挺高兴。他把玉璧递给左右，大伙儿传着看，又交给后宫的美人们瞧了一回，大臣们都给秦王庆贺，一齐欢呼万岁。蔺相如一个人冷冷清清地站在一边等着。等了老大半天，也不见秦王提起那交换城的事。他想："秦王果然不是真心实意地想交换。可是玉璧已经到了他手里，怎么能拿回来呐？"他当时急中生智，上前对秦王说："这块玉璧，看着虽说挺好，可是有点小毛病，别人不容易瞧出来，让我指给大王瞧一瞧。"秦王就叫手下的人把玉璧递给蔺相如。

蔺相如拿着玉璧，往后退了几步，靠着柱子，瞪着眼睛，气哼哼地对秦昭襄王说："大王当初派使者送国书的时候，说是情愿拿出十五座城来换赵国的玉璧。赵国的大臣们都说，'这是秦国骗人的话，千万不能答应。'我可反对说，'老百姓还讲信义，何况大国的君王？我们哪儿能拿小人的心思去瞎猜君子？'赵王这才斋戒了五天，然后叫我送了来。这是多么郑重的一回事。可是大王太不恭敬了。拿着这块玉璧随随便便地叫左右传着瞧，还送到后宫去给宫女们玩弄，没把它重视得像十五座城一样。从这点看来，我知道大王没有交换的真心实意。为这个，我把这块玉璧拿了回来。大王要是逼我的话，我宁可把我的脑袋跟这块玉璧在这根柱子上一块儿碰碎！”说话之间，他就拿起玉璧来，对着柱子要摔。秦昭襄王连忙向他赔不是，说：“大夫别错会了我的意思。我哪儿能说了不算呐？”他就叫大臣拿上地图来，指着说：“打这儿到那儿，一共十五座城，全给赵国。”蔺相如一想：“可别再上了他的当！”他就对秦王说：“好吧，不过赵王斋戒了五天，又在朝堂上举行了一个挺郑重的送玉璧的仪式。大王也应当斋戒五天，然后再举行一个接受玉璧的仪式。要这么恭恭敬敬地尽了礼，我才敢把玉璧奉上。”秦王说：“就这么办吧。”他只好叫人把蔺相如送到宾馆里去歇息。

蔺相如拿着那块玉璧到了宾馆里。他想：“过了五天，仍然得不到那十五座城，可怎么办呐？”他就叫一个手下的人扮做买卖人的样儿，把那块玉璧包着系在身上，偷偷地从小道跑回赵国去了。

过了五天，秦昭襄王召集大臣们和几个在秦国的别国的使者，大家伙儿都来参加接受玉璧的仪式。他想借着这个因头来向各国夸耀夸耀。朝堂上坐满了人，非常严肃。忽然传令官喊着说：“请赵国的使臣上殿！”蔺相如不慌不忙地走上殿，向着秦王行了礼。秦王见他空着两只手，就对他说：“我已经斋戒了五天，这会儿举行接受玉璧的仪式吧。”蔺相如说：“秦国自从穆公以来，前后二十多位君主没有一个不重用欺诈的人。孟明视欺骗了晋国，商鞅欺骗了魏国，张仪欺骗了楚国……过去的事一件一件地都在那儿摆着。我也怕受欺骗，对不起赵王，已经把那块玉璧送回赵国去了。请大王治我的罪吧！”秦王大发雷霆，嚷嚷着说：“你说我不恭敬，我就依了你的话斋戒了五天。今天举行仪式，你竟把玉璧送回赵国去了。是你欺骗了我还是我欺骗了你？”他气呼呼地对底下人说：“把他绑上！”蔺相如脸上一点不变颜色地对秦王说：“慢着！让我把话说完了。天下诸侯都知道秦是强国，赵是弱国；天下只有强国欺负弱国，决没有弱国欺负强国的道理。大王真要那块玉璧的话，请先把那十五座城交割给赵国，然后再打发使者跟我一块儿上赵国去取那块玉璧。赵国得到了十五座城之后，决不能不顾信义，得罪大王的。我的话说完了，请把我杀了吧。好在各国的使者都在这儿。他们都知道是我得罪了大王，不是大王欺负了弱国的使者。”

秦国的大臣们听了这番话，你瞧着我、我瞧着你，大伙儿都不作声。各国的使者都替蔺相如捏着一把汗。两边武士正要去绑他，秦昭襄王喝住他们，说：“不许动手！”回头对蔺相如说：“我哪儿能欺负先生呐？一块玉璧不过是块玉璧，我们不应该为了这件小事儿，伤了两国的和气。”他挺尊敬地招待了蔺相如，让他回去。

秦昭襄王本来也不是一定要得到“和氏璧”的，不过要借着这件事去试探赵国的态度跟力量罢了。蔺相如这回的“完璧归赵”就表示了赵国不能屈服的决心。可是秦昭襄王总忘不了赵国。要是一个小小的赵国都收服不了，怎么还能够并吞六国呐?

149 渑池会

过了两年，秦国又去侵略赵国，夺了一座城。又过了一年，秦国又去打赵国。可是这都不能算是大规模的开仗。秦昭襄王一想，老这么下去也不是个办法，索性跟赵国和好了吧。公元前279年(赵惠文王二十年，秦昭襄王二十八年)他请赵惠文王上西河外渑池(古城名，在河南省洛阳市西；渑miǎn)地方会面。赵惠文王怕像当初楚怀王似的当了秦国的“肉票”，不敢去。廉颇和蔺相如都认为要是不去反倒叫秦国看不起。赵惠文王准备硬着头皮去冒一趟险，叫蔺相如跟着他一块儿去，廉颇辅助太子，留在本国。平原君赵胜说：“最好挑选五千精兵作为随从，再把大队兵马驻扎在三十里外的地方，作为接应。”赵惠文王就叫大将李牧带领着五千人，叫平原君带领着几万大军一块儿去。廉颇还觉得不大妥当。他对赵惠文王说：“这回大王上秦国去，是凶是吉谁也不能断定。我想，在道上一去一来，加上两三天的会，至多也不过三十天工夫。要是过了三十天，大王还不回来，能不能仿照楚国的办法，把太子立为国王，好叫秦国死了心，不能要挟大王。”赵惠文王也答应了。

到了约会的日期，秦昭襄王和赵惠文王在渑池相会，挺高兴地一边喝酒，一边闲谈，彼此都觉得相见恨晚。秦昭襄王喝了几盅酒，醉么咕咚地对赵惠文王说：“听说赵王挺喜欢音乐，弹得一手好瑟。我这儿有个宝瑟，请赵王弹个曲儿，给大伙儿凑个热闹！”赵惠文王脸红了，可不敢推辞，就弹了个曲儿。秦昭襄王称赞了一番。没想到秦国的御史当场就把这件事记了下来，念着说：“某年某月某日，秦王和赵王在渑池相会，赵王给秦王弹瑟。”赵惠文王气得脸都紫了。赵国还没亡呐！秦王竟把赵王当做臣下看待，叫他弹就弹，还要把这种丢脸的事记在历史上，赵国的体面可丢尽了。 可是赵惠文王没有反抗的能耐，只好忍受这件丢脸的事，把眼泪往肚子里咽。 这时候，就见蔺相如拿着一个瓦盆，跪在秦昭襄王跟前，说：“赵王听说秦王挺能演奏秦国的音乐，我这儿有个瓦盆，请秦王赏脸敲敲吧。”秦昭襄王立刻变了颜色，不理他。 蔺相如的眼睛射出了正义的光辉，好像母鸡保护着小鸡对抗老鹰似的。 他说：“大王太欺负人了！ 秦国的兵力虽说强大，可是在这儿五步之内，我就可以把我的血溅到大王身上去！”秦王一见他逼得这么紧，不得不屈服，只好拿起筷子来在瓦盆上敲了一下。 蔺相如回过头去叫赵国的御史也把这件事记下来，说：“某年某月某日，赵王和秦王在渑池相会，秦王给赵王敲瓦盆。”

秦国的大臣眼瞧着蔺相如伤了秦王的体面，挺不服气，其中有几个大官站起来，说：“请赵王割让十五座城给秦王祝寿！”蔺相如也站起来对着秦王说：“请秦王割让咸阳给赵王祝寿！”这时候，秦昭襄王已经得到了密报，说赵国的大军驻扎在临近的地方，知道用武力也得不到便宜，就喝住秦国的大臣，又请蔺相如坐下，和颜悦色地说：“今天是两国君王欢聚的日子，诸位不必多言。”说着，他就给赵惠文王敬了一杯酒。 赵惠文王也回敬了他一杯。 两下里约定谁也不侵犯谁。

秦昭襄王又叫太子安国君的儿子异人，上赵国去做抵押。 这样，赵惠文王挺有面子地回到赵国去了。 可是秦国的大臣们还不明白怎么还把王孙送去做抵押呐？ 秦昭襄王知道赵国目前有人才，有实力，一时不好欺负，索性跟他结为兄弟。 要结为兄弟，就得叫人真正相信。 他把自己的孙子去做抵押，就是叫赵国一心一意地跟秦国交好。 这么一来，秦国就能够踏踏实实地去打别的国家了。

150 将　相　和

赵惠文王回到本国，正好是三十天工夫。 打这儿起，他就更加重用蔺相如，拜他为上卿，地位比大将廉颇还高。 这可把廉颇气坏了。 他回到家里，满脸通红，气乎乎地对自己的门客说：“我是赵国的大将，拼着命替赵国打仗，立了多少功劳！ 他呐，一个宦官手下的人，仗着一张嘴，有什么了不起的？ 倒爬在我的上头来了！ 有朝一日，他要碰在我的手里，哼！

就给他个样儿瞧瞧！”早就有人把这话传到蔺相如的耳朵里，蔺相如就装病，不去上朝。就是有公事，也不跟廉颇见面。蔺相如手下的人都说他胆小，三三两两地谈论着，替他不服气。

有一天，蔺相如带着一群随从出去。真是冤家路窄，老远就瞧见廉颇的车马迎面来了。他连忙叫赶车的退到东口，走另一条道儿。赶到他们退到东口，就瞧见廉颇的车马正从那边过来。蔺相如只好叫赶车的再退回西口。万没想到廉颇的车马很快地又把西口堵住了。蔺相如耐着性子，劝告手下的人叫赶车的退到小巷里去躲一躲，让廉颇的车马过去了再出来。这一来，可把门客、底下人们都气坏了。他们私下里开了个会，派几个领头的去见蔺相如，对他说："我们远离家乡，投奔在您的门下，还不是为了敬仰您吗？如今您和廉颇是同事，地位又比他高，他骂了您，您反倒怕了他，在朝上不敢跟他见面，半道上碰见他，也这么藏藏躲躲的，叫我们怎么忍受得了！要这么下去，人家还要骑在我们脖子上来呐！我们没有涵养，只好跟您告辞了！"蔺相如拦着他们，说："诸位看廉将军跟秦王哪个势力大？"他们说："那当然是秦王的势力大啊！"蔺相如说："对呀！天下的诸侯，哪个不怕秦王？哪个敢反对他？可是我蔺相如就敢在秦王的朝堂上当面骂他。怎么我见了廉将军反倒会怕了呐？你们替我抱不平，难道我自己就没有火气吗？可是各位要知道：那样强横的秦国为什么不敢来侵犯咱们赵国呐？还不是为了咱们同心协力地抵御敌人吗？要是两只老虎斗起来，准是'两败俱伤'，秦国听见之后，准得来侵犯赵国。为了这个缘故，我只好厚着脸皮，忍气吞声。你们想想：还是国家要紧呐，还是私人要紧呐？"他们听了这番话，一肚子的气全消了。打这儿就更加佩服蔺相如了。

后来他的门客碰见了廉颇的门客的时候，都能够体贴主人的心意，总是让他们几分。可是廉颇反倒越来越自高自大了。

这件事情让赵国的一位名士叫虞卿的知道了。他告诉了赵惠文王。赵惠文王就请他去做和事佬。虞卿见了廉颇，先夸奖他的功劳。廉颇听了，挺高兴。虞卿接着说："要论起功劳来，蔺相如比不上将军；要论起气量来，将军可就比不上他了。"廉颇听了，又犯起他那蛮横的劲头来了，他说："他有什么气量啊？"虞卿就把蔺相如对门客说的话跟他说了一遍。廉颇当时脸就红了。虞卿说："秦王独霸天下，列国诸侯全都怕他，可是蔺相如就敢当面骂他，够多么勇敢啊！他为了国家，为了共同对付敌人，他好像挺胆小似的躲避将军，这才是真正的勇敢哪！将军把他看作胆小

廉颇露着上身，背着荆条，跑到蔺相如家里跪下请罪：“我是个粗人，见识少，气量小，哪知道您这么容让我。”蔺相如也连忙跪下，说……

鬼，错了！ 说他气量不怎么样，更错了！”廉颇举起拳头来，连连敲着自己的脑袋，低着头说：“我是个粗鲁人。 先生要不说，我还在鼓里蒙着呐！这么说来，我……我太对不起相国了！”他就露着上身，背着荆条，跑到蔺相如家里，跪在地下，说：“我是个粗人，见识少，气量小。 哪儿知道您意这么容让我，我实在没有面目来见您。 请您只管责打我，就是把我打死了，我也甘心。”蔺相如连忙跪下，说：“咱们两个人一心一意地伺候君王，都是重要的大臣。 将军能够体谅我，我已经感激万分了，怎么还来给我赔错儿呐？”廉颇连话也说不出来，只是流着眼泪。 蔺相如也哭了。 两个人挺亲热地抱着，好久不放。 将军跟相国不但就这么和好了，还做了知心朋友。

两只老虎做了好朋友，秦国就真不敢来侵犯。 自从渑池会之后，整整十年工夫，秦国和赵国没发生过怎么大的冲突。 可是在这十几年里头，秦国从别国得到了不少土地。 大将军白起打败了楚顷襄王，楚国的郢都就变成了秦国的南郡(公元前 278 年)；大将魏冉打下了黔中，楚国的黔中就变成了秦国的黔中郡(公元前 277 年)；白起围困了大梁，魏国割让了三座城(公元前 275 年)；胡伤打败了魏国的大将芒卯，魏国的南阳就变成了秦国的南阳郡(公元前 273 年)。 到了公元前 270 年(周赧王四十五年)秦国又打算发兵去打齐国。 正在这当儿，秦昭襄王接到了一封信，落名张禄，说有要紧的话来禀告他。 秦昭襄王一时想不起这张禄是谁来。

151 一领破苇席

这张禄究竟是谁呐？ 他原本是大梁人，原名叫范雎(suī)。 虽说挺有才干，可惜没有机会进见魏王，只好投到大夫须贾(gǔ)门下做个门客。 当初乐毅联合五国一同攻打齐湣王的时候，魏国也曾经出兵帮助过燕国。 后来田单用火牛阵打败了燕军，恢复了齐国，齐襄王法章即位。 魏昭王(魏襄王的儿子，魏惠王的孙子)怕他来报仇，就跟相国魏齐商量，打发大夫须贾上齐国去聘问。 须贾带着范雎一块儿去。

齐襄王见了魏国的使臣；不由得触景生情，想起以前的仇恨，痛骂魏国反复无常。 他说：“从前先王跟贵国一同征伐宋国的暴君，彼此帮忙，够多么亲密。想不到你们后来会帮助燕国打得我们齐国差点亡了国。这个仇我还没忘呐，你们倒还有脸来见我！”须贾迎头就碰钉子，窘得说不出话来。范雎在旁边替他回答说：“大王这话可不能那么说。当初魏国、齐国、楚国征伐宋国的时候，齐王约定灭了宋国之后，所有的土地三股平分。可是大伙儿灭了宋国，宋国的土地呐，全叫贵国独吞了。这是贵国失信，不是敝国失信！后来各国诸侯都怕贵国强横起来，才跟着燕国一同出兵。这是五国共同的事，不能单怪敝国。再说敝国知道‘适可而止’，才没跟着燕军打到临淄来。这也就是敝国对贵国的交情！如今大王即位，贵国有了这么一位英明的君王，寡君非常高兴，他希望大王能接续齐桓公的事业，好替湣王遮盖遮盖，这才特地打发使臣前来庆贺，两国重新和好。哪儿知道大王只知道责备别人，不想想自己的错处。难道大王不看桓公的样儿，反要学湣王的样儿吗？”齐襄王站起来，拱着手说：“这是我的不是！”回头问须贾，说：“这位先生是谁？”须贾说：“是我的门客，叫范雎。”齐襄王挺器重范雎，真想把他留在齐国。

齐襄王打发人背地里去见范雎，对他说：“我们大王挺钦佩先生，打算请先生做个客卿，请您千万别推辞！”也是范雎一时大意，没想到自己是跟着须贾出使到齐国来的，不该私自跟别国有交往。他就回答说：“我是跟着魏国的使臣一块儿出来的，要是不跟他一块儿回去，不就没有信义了吗？不讲信义，还能算人吗？”齐襄王听了这个回话，更加敬重范雎，就派人给他送去十斤金子，一盘子牛肉，一瓶子好酒。范雎一死儿地推辞，非叫他拿回去不可。来人一定要请他收下，还说：“这是寡君的诚意，先生要不收下，叫我怎么回去交代呐？”他苦苦地央告，说什么也不走，闹得范雎实在没有法子，只好把牛肉跟酒留下了，那十斤金子死也不收。来人知道不能再强逼他，叹息着带回去了。

早有人把这件事向须贾报告，须贾不由得疑心范雎私通齐国。他们回到魏国之后，须贾把这事跟相国魏齐说了。魏齐疑心更重，立刻把范雎拿住，带到宾客们面前审问他，说：“你把魏国的机密大事告诉齐王了吧？”范雎说：“我哪儿敢做这种事！”魏齐说：“那么为什么齐王要留你呐？”范雎说：“他虽说留我，可是我并没答应他！”魏齐大声骂着说：“你倒推得干净！我再问你：你不是收了齐国的金子、牛肉跟酒吗？说啊！”范雎说：“他们再三再四地逼着我，我怕得罪齐王，弄坏了我们两国交好的大事，就把牛肉跟酒收下了；金子我可死也没收。”魏齐又喝了一声，说：“你还强嘴？他无缘无故给你送礼干么？先打你一百板子再说，瞧你招不招。”

两边把他按倒，噼呖啪啦地打了一阵，范雎嚷嚷着说：“老天爷在上，我并没做错什么事，叫我招认什么呐？”须贾坐在一旁只是冷笑。魏齐恼羞成怒，吩咐底下人把他打死。起先范雎还直喊冤枉，打到后来，连一点声音也没有了。手下的人报告说：“已经断了气了！”魏齐还不大相信，亲自下来一瞧。就瞧见他浑身没有一处好地方。一根肋骨折了，戳到肉皮外头，两个门牙也掉了。魏齐指着他骂：“你这个奸贼，死得正好，也好给别人瞧个样儿。”回头叫手下的人拿领破苇席把他裹起来，扔在厕所里，叫宾客们往他身上撒尿，叫他死后做个邋遢鬼。

天黑下来了，范雎慢慢地缓醒过来。睁眼一瞧，只有个底下人在那儿看着他，范雎叹了口气，就对那个人说：“我活是活不了啦。可是我家里还有几两金子，你要是能够让我死在家里，我把金子全给你。”那个人一听说有金子，就答应了他，说：“你还得跟死人一样地躺着别动换，我去请求相国把你抬出去。”这时候，魏齐和宾客们已经喝得醉么咕咚的了，就见那个看尸首的来回禀，说：“那尸首臭得厉害，不能再搁在厕所里了。”宾客们也都劝解魏齐，说：“范雎虽说有罪，相国已经把他治死，就算了吧。”魏齐说：“扔到城外叫鹞鹰收拾他去。”

看尸首的那个人等到半夜里，趁着别人不注意的时候，把范雎背了去。范雎家里的人一见，全都哭了。范雎叫他们别声张，又叫他媳妇儿拿出金子来谢了那个人，把那领破苇席交给他，嘱咐他扔到城外去。那个人走了之后，范雎跟他媳妇儿说：“魏齐也许还要打听我的下落，你快把我送到西门郑家去。”家里人连夜把他弄到西门郑安平的家里。范雎嘱咐家里人千万不许走漏风声，叫他们第二天在家里号丧穿孝。

第二天，魏齐果然疑心范雎没死，打发人上城外瞧瞧去。那个人回来说：“那领苇席还在，尸首可早给野狗吃了。”魏齐又叫人去探听范雎家里的动静。他们正在那儿披麻带孝地哭着。他这才相信了。

152 搜查车厢

郑安平给范雎上药调养。等到范雎能够活动了，就把他送到山里隐居起来。范睢更名改姓叫张禄。打这儿起，再没有人提起范睢了。郑安平随时留心国里的事情，时常下山去结交魏国的小官儿。他跟一个使馆里的小兵交了朋友，时常打听着国内国外的新闻。有一天，那个小兵对他说：“今儿个来了一位秦国的使臣叫王稽。他老问我这个那个的。我见了大官连句话都说不上来，怪难为情的。”郑安平说：“明儿个你歇息，我替你去当差。”

第二天，郑安平伺候着秦国的使臣王稽。王稽一见他挺机灵的，比起昨天那个底下人来可强得多了，心里挺喜欢他。晚上没有人的时候，偷着问他：“你们国里有没有想要出来做官的头等人才？”郑安平说：“头等人才不容易找！早先倒有一个叫范睢的，可惜给相国打死了。”王稽说：“死了还说他什么！我要活的！”郑安平说：“活的还有一个，他叫张禄，是我的同乡。论起他的才干来，真得说跟范睢一模一样。”王稽本来是受了秦昭襄王的嘱咐来物色人才的。一听说张禄是个头等人才，就挺痛快地说：“能不能叫他来见见我？”郑安平摇了摇头，说：“张先生在国里有个仇人，弄得他不敢露面。说实在的，他要是没有仇人的话，早就当上魏国的相国了。”王稽说：“请他晚上来一趟，我暗中背着人跟他谈谈，总可以吧。”

郑安平叫张禄也打扮成个底下人的样儿，上使馆去见王稽。两个人一谈，谈了半宵。王稽叫他一同上秦国去，跟他约定五天之后在边界上的三亭岗相会。

过了五天，办完了公事，王稽辞别了魏王。大臣们把他送到城外。王稽急忙赶着车马跑到三亭岗，东张西望地等着。忽然树林子里跑出两个人来，正是郑安平和张禄。王稽就像拣着了宝贝似的请他们上了车，一块儿上咸阳去。他们到了秦国湖关的时候，就见一大队车马老远地过来。张禄问：“那是谁呀？怎么这么威武？”王稽瞧见头一辆车马，就知道是丞相穰侯的巡查队。他说：“这是丞相上东部视察来了。”张禄一听，连忙叫郑安平一起藏在车厢里。王稽觉得挺纳闷。

原来穰侯就是魏冉，是秦昭襄王的舅舅，宣太后的兄弟。秦昭襄王即位的时候，年纪还轻，由太后执掌大权。太后拜她兄弟魏冉为丞相，封为穰侯，又封她第二个兄弟为华阳君，姐儿三个把持着秦国的大权。后来秦昭襄王长大了，怪太后一家专权，就封自己的兄弟公子悝为泾阳君，公子市为高陵君，把太后的势力分散了一些。穰侯、华阳君、泾阳君、高陵君，在秦国称为“四大贵族”。权力最大的要数太后的兄弟丞相穰侯了。张禄曾经听说过穰侯的专横和他那气恨外人的脾气。今天碰上他，怕过不了这一关，才藏起来。

一会儿，穰侯到了。王稽下车，向他行礼。穰侯也下车相见。两个人说了几句客气话。穰侯的两只眼睛就像找食吃的鹞鹰，直往王稽的车里瞧，说：“你在魏国没把他们的门客带来几个吗？这种人只凭一张嘴混些俸禄，实在一点用处都没有。”王稽说：“那我哪儿敢！”两个人就各自上了车，分手走了。

张禄从车厢里出来，说：“好危险哪！我怕他还要回来搜查。我们先上前边去等着您吧。”说着，他就叫郑安平一同下了车。王稽说：“丞相已经过去了，还怕他什么？”张禄说：“从他的口气里，我知道他已经起了疑。刚才没搜查，呆会儿，他可能后悔。我们还是约好在离这儿十里地的地方再见吧。”说着，他就拉着郑安平往树林子里跑去。王稽只得赶着车马慢慢地走着，心里还直怪张禄太多心。大概也就走了八九里地的光景，忽然听见马响铃的声儿。回头一瞧，果然从东边飞似的跑来了一队人马，追上王稽，对他说：“奉丞相的命令搜查车厢，请大夫别过意。”王稽吃了一惊，不由得暗中直佩服张禄有先见之明。

王稽带了张禄和郑安平到了咸阳。他向秦昭襄王报告之后，就说：“魏国有位张禄先生，真称得起是天下少有的人才。他对我说，秦国是非常危险的；要是大王能够用他，他有法子能够转危为安。为这个，我把他带来了。”秦昭襄王说：“这是说客（说 shuì）的老调。他们总是夸夸其谈——暂且叫他住在客馆里吧。”

张禄住在客馆里足有一年多，秦昭襄王压根儿就没召过他一回。张禄觉得挺失望。有一天，他在街上走，听街上的人纷纷地讲论着，说穰侯要去攻打齐国的刚寿（刚城和寿城）。张禄拉住一位老大爷，问他：“齐国离着秦国这么远，中间还有韩国和魏国，怎么跑到那么远去打刚寿？”那个老大爷咬着耳朵对他说：“你还不知道吗？陶邑是丞相的封邑。刚寿跟陶邑紧挨着。丞相要把它打下来，不是增加自个儿的土地吗？”张禄回到客馆，当天晚上就给秦昭襄王写了封信，大意说：“下臣张禄禀告大王：我在客馆里已经住了一年多。大王要是认为我有点用处，那么就请给我一个朝见的日子；要是认为我没有用的话，那么，把我留在客馆里又是什么意思呐？再说，我还有挺要紧的话想跟大王说一说。说不说在我，听不听在大王。万一我的话说得不对，大王只管把我治罪。请别为了看轻我，连那推荐我的人也看轻了。”

秦王看了这封信，一时想不起来张禄是谁。后来他从那些“客馆里”，“一年多”，“推荐我的人”几句话里头，才想起王稽来了。就叫王稽去约会张禄上宫里来。

153 远交近攻

张禄准备上宫里去，路上碰见了秦王坐着车过来。他也不迎接，也不躲避，大模大样地照旧走他的道。秦王的卫士叫他躲开，说：“大王来了！”张禄回说：“什么？秦国还有大王吗？”正在争吵的时候，秦昭襄王到了。张禄还在那儿嚷嚷说：“秦国哪儿有什么大王呐？”这句话正说在秦昭襄王的心坎上。一问，他就是张禄，就挺恭敬地把他迎接到宫里去。

秦昭襄王叫左右都退出去，向张禄拱了拱手，说：“请先生指教！”

张禄说：“哦，哦！”他可一句话也不说。秦王见他还不说话，就又说：“请先生指教！”张禄仍然不言语。秦王第三回挺真心实意地请求说：“难道先生认为我是不值得教导的吗？”张禄说：“从前姜太公碰见了文王，给他出了主意，文王灭了商朝，得了天下。比干碰见了纣王，给他出了主意，倒给纣王杀了。这是什么缘故？还不是为了一个信服一个不信服吗？如今我跟大王还没有多深的交情，我要说的话可是非常深。我怕的是‘交浅言深’，也像比干那样自招杀身之祸，因此大王问了我三回，我都不敢张嘴。”秦昭襄王说：“我仰慕先生大才，才叫左右退出去，诚诚恳恳地请先生指教。不管是什么事，上自太后，下至大臣，请先生只管实实在在地说，我没有不愿意听的。”张禄说：“大王能给我这么个机会，我就是死了也甘心。”说着他拜了一拜，秦王也向他作了个揖。君臣俩就谈论起来了。

张禄说：“论起秦国的地位来，哪个国家有这么些天然的屏障？论起秦国的兵力来，哪个国家有这么些兵车、这么些强壮的士兵？论起秦国的人来，哪个国家的人也没有这么遵守纪律、爱护国家的！除了秦国，哪个能够管理诸侯、统一中国呐？大王虽说是一心想要这么干，可是几十年来也没有多大的成就。这就是因为秦国光知道一会儿跟这个诸侯订立盟约，一会儿跟那个诸侯打仗，根本没有个一定的政策。听说新近大王又上了丞相的当，发兵去打齐国。”

秦王插嘴说："这有什么不对的地方？"张禄说："齐国离着秦国够多么远，中间隔着韩国和魏国。要是出去的兵马少了，就许给齐国打败，让各国诸侯取笑；要是出去的兵马多了，国里头也许会出乱子。就算一帆风顺地把齐国打败，也不过叫韩国和魏国拣点便宜，大王又不能把齐国搬到秦国来。当初魏国越过赵国把中山打败了，后来中山倒给赵国并吞了去。为什么？还不是因为中山离赵国近、离魏国远吗？我替大王着想，最好是一面跟齐国、楚国交好，一面去打韩国跟魏国。离着远的国家既然是我们有了来往，就不会去管跟他们不相干的事情。把近的国家打下来，就能够扩张秦国的地盘，打下一寸土地就是一寸，一尺就是一尺。把韩国和魏国兼并之后，齐国和楚国还站得住吗？这种像蚕吃桑叶似的由近而远的法子叫'远交近攻'，是个最妥当的法子。"秦昭襄王拍着手说："秦国真要是能够兼并六国，统一中原，全在乎先生的'远交近攻'了！"当时就拜张禄为客卿，照着他的计策做去，把攻打齐国的兵马都撤回来。打这儿起，秦国单把韩国和魏国当作进攻的目标了。

秦昭襄王非常信任张禄，老在晚上单独和他谈论朝廷大事。只要张禄说出办法来，秦王没有不听的。这样过了几年，张禄知道秦王已经完全信服他了，就挺严密地对他说："大王这么信任我，我就是把我的命丢了，也报答不了大王的情义。可是我还不敢把我整个儿的意见献出来呐。"秦昭襄王央告他，说："我把国家托付给先生，先生有什么意见，只管说吧！"

张禄挺正经地对他说："我在山东的时候，就听说齐国有孟尝君，没听见说过有齐王；可是秦国呐，光听说有太后、穰侯、华阳君、高陵君、泾阳君，听不见说有君王！一国的大王原本是最高的首领。太后把持着大权已经四十多年了。穰侯、华阳君、高陵君、泾阳君全是她的一党，这四个人各立门户，统治着秦国，称为'四大贵族'。这四大贵族的私人势力和财产比大王的还大、还多！大王只是拱着手当个挂名的国王。这够多么危险？当初齐国的崔杼把持着大权，把齐庄公杀了；赵国的李兑把持着大权，把赵主父杀了。如今穰侯仗着太后的势力，借着大王的名义，每打一回仗，诸侯没有不怕他的，每逢讲和，诸侯没有不感激他的。国内国外他都有联络，朝里的人全成了他的心腹。大王已经孤立了。我真替大王担心！"

秦王一听，汗毛都竖起来了，他说："先生说的，句句都是从心坎里发出来的话。怎么先生不早点提醒我呐？"

公元前266年(周赧王四十九年，秦昭襄王四十一年，魏安僖王十一年，赵惠文王三十三年，楚顷襄王三十三年，齐襄王十八年)，秦昭襄王把穰侯的相印收回来，叫他回到陶邑去。穰侯把他历年搜括来的财宝装了足有一千多辆车，其中有好些宝物连秦国国库里都没有。过了几天，秦昭襄王又打发华阳君、高陵君、泾阳君上关外去住。跟着他逼着太后去休养，不许她参预朝政。他拜张禄为丞相，把应城封给他，称他为应侯。

第二年，宣太后闷闷不乐地害病死了。秦昭襄王更加可以自己作主了。他听说赵惠文王死了，新君赵孝成王刚即位，惠太后掌握了大权，平原君做了相国，就趁着这个机会发兵进攻赵国。秦兵很快地打下了三个城，急得赵王马上派使者向齐国求救兵。齐国要求赵国把惠太后的小儿子长安君送去做抵押，才肯发兵。惠太后要了她的命也不答应。大臣们再三恳求太后，太后气得痰涌上来。她说："再要有人提长安君做抵押，我老婆子就唾他的脸！"这一来，谁也不敢再多嘴了。

有个老大臣叫左师触龙求见太后。太后就知道他准是为了长安君做抵押的事来的。她气冲冲地等着，心里想："他一开口，我就把他顶回去，用不着多废话。"左师挺吃力地又挺慢地走到太后跟前，一坐，连忙赔不是，说："老臣腿有病，不便走路，好久没来向太后请安了，又挺惦记着太后的身子。"太后说："我的腿也不行，要走动就得坐车。""胃口不错吧？""也就是吃点稀饭。"左师又说："老臣平时吃不下饭，我勉强自己每天走三四里地，身子一活动，倒能够吃一点了。"太后说："老婆子还走不动呐。"这时候惠太后的脸色稍稍缓和了些。左师说："我那个舒祺孩子，岁数最小，没多大出息。我老了，身子骨儿又差，不知道为什么我就喜欢那个小儿子。我希望太后能够让他补上黑衣队的缺，保卫王宫。太后能不能开开恩？"太后说："可以。多大啦？"左师回答说："十五啦。岁数不算大，可是我总想在我没死以前先托托太后。"太后笑了笑，说："做父亲的也疼小儿子吗？"左师回答说："要比做母亲的疼得多了。"太后笑着说："妇女不同了，特别疼小儿子。"左师说："照老臣看来，太后疼燕后要比疼长安君多得多。"太后说："你错了，长安君疼得多。"左师说："做父母的疼儿女，不在眼前而要顾到将来。燕后出嫁的时候，太后送她，拉住她的手，哭得真是厉害，越想到她以后怎么过日子，越哭得伤心。燕后走了，您还老想着她。祭祀的时候，祝告着说，'千万别退回来呀！'您这不是为了她长远打算吗？您不是希望她的子孙能继续做燕王吗？"太后说："那倒是。"左师说："咱们赵国君主的子孙，三辈以后继续封侯的，有没有？"太后说："没有。"左师说："赵国没有，别的诸侯当中有没有？”太后说：“老婆子没听说过。”左师说：“为什么君主的子孙不能继续封侯呐？这是因为地位高的人没有功劳就长不了。现在太后提高了长安君的地位，不让他对赵国立上大功，太后百年之后，您叫长安君去靠谁呐？所以老臣说太后疼长安君还不如疼燕后那么多。”太后点了点头，说：“长安君交给您，听您指挥吧。”

长安君到了齐国，齐国立刻发兵帮着赵国抵抗秦兵。秦兵只好退去。秦昭襄王这才服了张禄，真心采用远交近攻了。

154 赠绨袍

秦昭襄王听了丞相张禄的计策，准备去进攻韩国和魏国。魏安僖王(魏昭王的儿子)得着了这个消息，立刻召集大臣们商量怎么办。魏公子信陵君无忌说：“秦国无缘无故地来打咱们，这明明是欺负咱们。咱们应当守住城狠狠地跟他们打一下子。”相国魏齐说：“现在秦是强国，魏是弱国，咱们哪儿打得过人家呐？听说秦国的丞相张禄是魏国人，他对‘父母之邦’总能有点情分。咱们不如先跟他交往，请他从中说情。”魏安僖王依了魏齐的办法，打发大夫须贾上秦国去求和。

须贾到了咸阳，住在宾馆里。张禄一听说须贾来了，心里又是高兴又是难受，说：“这可是我该报仇的时候了！”他换了一身破旧的衣裳去拜见须贾。须贾一见，吓了一大跳，强挣扎着说：“范叔……你……你还活着呐？我以为你给魏齐打死了，怎么会跑到这儿来？”

范雎说：“他把我扔在城外，第二天，我缓醒过来。正可巧有个做买卖的打那儿路过，发了善心，救了我一条命。我也不敢回家，就跟他上秦国来了。想不到在这儿还能够跟大夫见面。”须贾问他：“范叔到了秦国，见着秦王了吗？”范雎说：“当初我得罪了魏国，差点丧了命。如今跑到这儿来避难，哪儿还敢再多嘴？”须贾说：“那么，范叔在这儿靠什么活着呐？”范雎说：“给人家当使唤人，凑合着活着。”

须贾知道范雎的才干，当初怕魏齐重用他，对自己不利，因此巴不得魏齐把他治死。如今范雎既然到了秦国，须贾就想到“冤仇宜解不宜结”，倒不如好好地待他，免得他来报仇。他就叹了口气，说：“想不到范叔的命运这么不济，我真替您难受。”说着，就叫范睢跟他一同吃饭，挺殷勤地招待着他。

那时候正是冬天。范睢穿的是破旧的衣裳，冻得直打哆嗦。须贾显出挺怜悯的样子，对他说：“范叔寒苦到这步田地，我真替老朋友难受。”他就拿出一件茧绸大袍子（古代叫绨袍）来，送给范睢穿。范睢推辞着说：“大夫的衣裳，我哪儿敢穿？”须贾说：“别再‘大夫，大夫’的了！你我老朋友，何必这么客气？”范睢就把那件袍子穿上，再三向他道谢。接着问他：“大夫这次上这儿来，有什么事情吗？”须贾说：“听说秦王十分重用丞相张禄，我想跟他交往交往，可就是没有人给我引见。你在这儿这么些年了，朋友之中总有认识张丞相的吧，给我引见引见成不成？”范睢说：“我的主人也是丞相的朋友。我跟他上相府里去过好几趟。丞相最喜欢谈论，有时候，我们主人一时答不上来，我凑合着替他回答。丞相见我的口齿还好，时常赏给我一点吃食，还算瞧得起我。大夫要想见丞相，我就伺候着大夫一块儿去见他吧。”

须贾说：“您能陪我一块儿去，这是再好没有的了。可是我的车马出了毛病，车轴头也折了，马腿也伤了。您能不能借一套像样点的车马呢？”范睢说：“我们主人的车马倒可以暂且借用一下。”说着，他就出去了。

不大一会儿工夫，范睢赶着自己的车马来接须贾，须贾心里犹犹豫豫地怀着一肚子鬼胎，只好上了车，跟他一块儿去见丞相。到了相府门口，范睢先下了车，对须贾说：“大夫先在这儿等着，我去通报丞相一声。”范睢就先进去了。须贾在门外等着，正等得心烦意躁的时候，忽然听见里边“丞相升堂”的喊声，可不见范睢出来。须贾就问看门的说：“刚才同我一块儿来的范叔，怎么还不出来？”那个看门的说：“哪儿来的范叔？刚才进去的是我们的丞相啊！”须贾一听，才知道范睢就是张禄，吓得脑袋嗡嗡地直响，自己剥下使臣的礼服，跪在门外，对看门的说：“烦你通报丞相，就说，魏国的罪人须贾跪在门外等死。”

须贾跪在门外，里面传令出来叫他进去。他跪在地下不敢站起来，就用膝盖跪着走，一直跪到范睢面前，连连磕头，嘴里说：“我须贾瞎了眼，得罪了大人，请把我治罪吧！”范睢坐在堂上，问他：“你犯了几件大罪？”须贾说：“我的罪跟我的头发一般多，数不过来了！”范睢说：“我是魏国人，祖坟都在魏国，才不愿意在齐国做官，你硬说我私通齐国，在魏齐跟前诬告我。这是头一件大罪。魏齐发怒，叫人打去了我的门牙，打折了我的肋骨，你连拦都不拦。这是第二件大罪。后来他把我裹在一领破苇席里扔在厕所里，你喝醉了还在我身上撒了一泡尿。这是第三件大罪。我受了你这么大的侮辱，如今你碰在我手里，这是老天爷叫我报仇。你还想活命吗？”须贾又连着磕了几个响头，说：“是我该死！请大人治罪吧！”范雎说：“我本该把你砍头，至少也得把你的门牙打掉，把你的肋骨打折，也拿一领破苇席给你裹上。可是为了你这件绨袍，觉得你还有点人味儿。就为了这一点饶了你的命。你应当感激，打这儿起改恶为善！”须贾没想到范雎这么宽宏大量，流着眼泪，一个劲儿地磕头。范雎叫他第二天来谈公事。

第二天，范雎禀告秦昭襄王，说：“魏国打发使臣来求和，咱们不用一兵一卒，就能够收服魏国，这全都仗着大王的威德。”秦昭襄王挺高兴。突然范雎趴在地下，说：“我有件事瞒着大王，求大王饶了我！”秦王把他扶起来，说：“你有什么为难的事只管说，我决不怪你。”范雎说：“我并不叫张禄，我是魏国人范雎。”他就把当初齐襄王法章怎么送他金子要留他做官，他怎么一死儿地推辞，受了冤枉，魏齐怎么把他打死，又活了，怎么更名改姓逃到秦国——从头到尾说了一遍。“如今须贾到这儿来，我的真姓名已经泄露了。求大王宽恕。”秦昭襄王说：“我不知道你受了这么大的委屈。如今须贾自投罗网，把他杀了，给你报仇！”范雎拦住说：“须贾是为了公事来的，哪儿能为难他呐？再说成心打死我的是魏齐，我不能把这件事完全搁在须贾身上。”秦昭襄王说：“你真是天下少有的君子！魏齐的仇我准得给你报。须贾的事，任凭你自个儿办吧。”

范雎出来，把须贾又叫到相府里来，对他说：“秦王虽是答应了讲和，魏齐的仇可不能不报。你回去跟魏王说，快把魏齐的脑袋送来，再把我家眷好好地送到秦国，两国就此和好；要不然，我就亲自领着大军打到大梁去。那时候，可别后悔！”

须贾谢过了范雎，就两个肩膀扛着个脑袋，连夜回去。他见了魏王，把范雎的话学说了一遍。魏王一听，当时脸就绷了，嘴唇也白了。他情愿好好地把范雎的家眷派人送到秦国去，可是叫他砍去相国的脑袋，这怎么行呐？

155 患难之交

魏齐听说秦昭襄王向魏安僖王要他的脑袋，连夜逃到赵国投奔平原君赵胜去了。魏安僖王打发人护送范雎的家眷上咸阳，还送了一百斤金子、一千匹绸缎给他家眷，托他们带个话，就说“魏齐已经偷着跑到赵国去了。魏国实在是没法办。”范雎把这事禀告了秦昭襄王。秦昭襄王说：“秦国跟赵国向来有交情，当初在渑池会上又结为兄弟。我还把王孙异人送了去做抵押，为的是叫赵国跟秦国不再为难捣乱。如今赵王居然敢收留丞相的仇人，丞相的仇人就是我的仇人，这回非去征伐他不可了。”他亲自统领着二十万大军，带了大将王翦去攻打赵国。很快地打下了三座城。

这时候，蔺相如已经告退了，赵孝成王拜虞卿（就是给蔺相如和廉颇当和事佬的那个人）为相国，叫大将廉颇去抵挡秦兵。又打发人上齐国去请求救兵。齐国派大将田单带领着十万大军去救赵国。廉颇和田单都是出名的大将，他们联合起来，王翦未必能占上风。

王翦禀告秦昭襄王，说：“赵国重用廉颇跟平原君，一时半会儿不容易打下来，再说又加上个齐国。咱们不如暂且先退兵，以后再说吧。”秦昭襄王说：“我拿不到魏齐，回去哪儿有脸见应侯呐？”他就打发使者去对平原君说：“这回我们上贵国来，就是为了魏齐。只要贵国把他交出来，我们立刻退兵。”平原君回答说：“魏齐根本就没上我这儿来，请别听外面的谣言。”

秦国的使者来回跑了三四趟，平原君说什么也不认账，弄得秦王一点法子也没有。要是开仗吧，又怕齐国和赵国联合到一块儿，秦国未必赢得了；退兵吧，魏齐就拿不到了。他前思后想地费了好几天工夫，到了儿想出个主意来。他给赵孝成王写了封信，说：“敝国和贵国原来是兄弟，多年交好。我为了听人说魏齐住在平原君家里，才上这儿来要。如今魏齐既然真没在贵国，我何必又多这份事呐？这回我们打下来的三座城，照旧归还给贵国，咱们还是照旧交好吧。”赵孝成王也打发个使者去给秦昭襄王道谢。田单听说秦国退了兵，就回齐国去了。

秦昭襄王回到函谷关就给平原君写了一封信，请他上秦国来一趟，喝喝酒，聊聊天，大伙儿聚会聚会，交个朋友。平原君拿了那封信去给赵孝成王看。赵孝成王没有主意了。相国虞卿就拿从前楚怀王和孟尝君做例子，主张不去。大将廉颇拿当初蔺相如做例子，主张还是去好。赵孝成王岁数小，又是鸡毛小胆儿，不敢得罪秦国，到了儿还是打发平原君去了。

平原君到了咸阳，秦昭襄王特别亲热地招待他，天天喝酒谈心。两个人挺“投缘”，交上了“朋友”。秦昭襄王给平原君斟了一杯酒，说：“我有件事情跟您商量。要是您肯答应的话，就请干了这杯酒。”平原君说：

"大王的命令，我哪儿敢不听从。"他就把那杯酒干了。秦昭襄王说："从前周文王得到了吕尚，尊他为太公；齐桓公得到了管仲，尊他为仲父。如今我这儿的范君就是我的太公，我的仲父。这样，范君的仇人就是我的仇人。如今魏齐躲在您府上，请您打发个人去把他的脑袋拿来，替范君报了仇，我必定感激您这份情义！"平原君说："酒肉朋友不足道，患难之交才可贵。魏齐是我的朋友，他如今有了难处，正是要朋友帮忙的时候。要是他真在我那儿，我也不能做出'卖友求荣'的事，何况他并不在我那儿。"秦昭襄王翻了脸，说："您一定不把他交出来，那我可就不能放您回去了！"平原君说："全凭大王。大王叫我来喝酒，我就遵命来了。如今大王威胁我，我也不在乎。好在是非曲直，天下自有公论！"

秦王知道平原君决心不交出魏齐来，就把他软禁在宾馆里。一面又给赵孝成王写了封信去。那封信上说：

> 平原君在敝国，我的仇人魏齐在平原君家里。请把魏齐的人头送来，我就把平原君送回去。要是贵国一定要偏护魏齐，那我只好亲自带领大军上贵国来要我的仇人。请大王原谅！

赵孝成王接到这封信，连忙召集大臣们，对他们说："咱们为了别国的一个亡命徒，把秦国得罪了，害得平原君扣在秦国，弄得赵国眼瞧就要受到兵荒马乱的祸患，这太说不过去了。"大臣们觉得这话很对，都同意派兵把平原君的家围困起来。谁知道平原君的门客早就偷着把魏齐放走了。

魏齐连夜跑到相国虞卿家里，求他收留。虞卿说："赵王怕秦国比怕豺狼虎豹还厉害。要去说情那是没有用的。我瞧您还不如回到大梁去。听说魏公子无忌慷慨仗义，招收宾客，天下的亡命徒都投奔他去。再说他跟赵公子又是亲戚，准得收留您。不过您是带罪的人，怎么能单独一个儿跑出去呐？"魏齐哭丧着脸，急得没有办法。虞卿想派个人送他去，又怕走了风声，反倒丧了他的命。末了，他下了个决心，说："还是我跟您一块儿走吧！"

他当时就扔了相国的职位，交出了相印，给赵孝成王留下一封信，带着魏齐上大梁投奔魏公子无忌去了。好不容易，他们才跑出了赵国，一路上往大梁跑下去。魏齐在半道上对虞卿说："我怕公子无忌未必能够像您这么热心。他要不肯把我收留下，不就辜负了您这片好心了吗？"虞卿说："您在魏国，还不知道他吗？我说段儿事情给您听听，您就知道了。"

156 鹞鹰和斑鸠

虞卿对魏齐说："我听见有人说过公子无忌救护斑鸠的那段故事，都称赞他的心眼好。"他就把那段故事说了一遍。据说有一天，魏公子无忌正在吃早饭的时候，有一只鹞鹰追着一只斑鸠。那只斑鸠急得没有地方可逃，就飞到公子无忌身边。公子无忌把它遮蔽起来，把那只鹞鹰赶跑了。他等那鹞鹰飞去了，这才把那只斑鸠放了。哪儿知道那只鹞鹰原来没飞开，它藏在房檐上等着呐，一见斑鸠出来，就把它抓去吃了。公子无忌见了这个不痛快的事，自己埋怨自己说："斑鸠遇了难来投奔我，我没保住它的命。我哪儿对得起它呐？"他就一天没吃饭。第二天，他的门客们给他逮了几十只鹞鹰，一只只圈在笼子里送来，让他发落。公子无忌说："害斑鸠的只有一只鹞鹰，我哪儿能不分青红皂白地乱杀呐？"他拔出宝剑来跟那些鹞鹰说："没吃斑鸠的冲我唤一声，就放了你们。"说也新鲜，那些鹞鹰都叫起来了，只有一只低着脑袋不出声儿。他就把那只宰了，其余的全都放了。为了这件事，人们都说公子连只斑鸠都不愿意辜负，要是对人那就更不必说了。因此，虞卿估计信陵君无忌准能够收留他们。

魏齐说："这件事我也听说过。可是他收留我比收留斑鸠还难。秦王比鹞鹰可厉害得多了！"虞卿只是安慰他，叫他把心放宽了。他们到了大梁城外，虞卿说："您在这儿等着，我先去见公子，请他来迎接您。"

虞卿到了信陵君的门房里，把自己的名字报了进去。信陵君正在洗脸，一听虞卿到了，倒吓了一跳，"他是赵国的相国，怎么会上这儿来了呐？"他叫自己的门客先请虞卿坐一坐，问他上这儿来有什么事。虞卿就把魏齐得罪了秦国，自己扔了相印，跟他一同来投奔信陵君的话说了一遍，请那位门客赶紧去回报。信陵君知道了他们的经过，心里害怕秦国，不敢收留魏齐。可是虞卿老远地到这儿来，怎么能够拒绝他呐？这可真是进退两难，一时想不出妥当的办法来。他这么一犹豫，工夫可就大了。虞卿等得心里不耐烦。他想，魏齐的话算猜着了，公子无忌果然怕"鹞鹰"。他赌着气走了。

信陵君出来，皱着眉头子，问门客们，说："虞卿是怎么个人？"有个老头儿叫侯生在旁边冷笑了一声，说："一位堂堂的相国，为了一个落难的朋友，扔了相印，撇了荣华富贵跟他一块儿逃难。像这种雪里送炭的人，天下能找得出几个来？公子还问他是怎么个人！唉，可见得一个人要叫人家知道实在太难了！要想知道一个人也不容易呀！"信陵君一听侯生这种扎心的话，觉得面子上挺不好看，立刻赶着车，亲自去追虞卿。

虞卿到了城外，含着眼泪对魏齐说："原来公子无忌真不是大丈夫。他怕秦国，就不敢收留咱们。咱们还是上楚国去吧。"魏齐摇了摇头，说："我为了范睢私自接见了齐国的大臣，怕他泄漏机密，一时糊涂，得罪了他。这才连累了赵公子，又连累了您。万一楚国也怕秦国，我怎么对得起您呐？您的情义，可就没法儿报答了！"说着，他就自杀了。虞卿连忙去抢宝剑，魏齐的嗓子已经拉断了。虞卿正在难受的当儿，忽然听见车马的响声。回头一瞧，信陵君正往这边赶来。虞卿不愿意跟他见面，急忙躲到树林子里去。打这儿起，他不再做官，他专心著作，写了一部书，叫《虞氏春秋》。

信陵君见了魏齐的尸首，就从车上蹦下来，趴在上头哭着说："哎呀，是我晚了一步！这是我的不是。"他只得把那尸首带回去。赶到信陵君正要安葬魏齐的那天，赵国的使臣到了。原来赵孝成王一听到魏齐跟着虞卿跑了，就打发人上各处去找。后来他得到魏齐在魏国自杀的消息，立刻打发使臣去见魏安僖王要魏齐的人头，好去换回平原君来。信陵君哪儿能答应呐！使者挺恳切地说："赵公子是您的姐夫，他跟您一样地想保护魏齐，才给秦王扣起来。要是魏齐活着，我也不敢这么说。如今他人已经死了，我想您总不至于为了一个死人的脑袋，让赵公子一辈子当秦国的俘虏吧！"信陵君没有办法，就皱着眉头，拿木头匣子装了魏齐的人头，交给赵国的使臣。

赵孝成王打发使臣把魏齐的人头给秦王送去。秦昭襄王就把平原君送回赵国。范睢拜谢了秦昭襄王替他报了大仇，就禀告说："俗语说，'有仇报仇，有恩报恩'。可是我觉得报恩比报仇更要紧。大王替我杀了魏齐，我是万分感激的。不知道大王能不能再给我个报恩的机会？"这时候，秦王非常信任范睢，哪儿会不答应他呐？就问："你要干什么，尽管说吧。"范睢跪下来，说："我要是没有郑安平，早就死在魏国了；要是没有王稽，哪儿能拜见大王！请大王把我的爵位降低两级，加在他们身上，好叫我尽一点报答恩人的心意。"秦昭襄王说："你不说，我真忘了。"他就拜王稽为河东太守，郑安平为将军。

157 活埋赵兵

秦昭襄王按照范雎“远交近攻”的计策，一边跟齐国、楚国交好，一边侵略临近的小国，首先是韩国。

公元前261年(周赧王五十四年)，秦昭襄王派大将王龁(hé)攻打韩国，占领了野王城(在河南省沁阳市)，切断了上党(在山西省长治市东南部)和韩国都城(在河南省新郑市)的联系。这一来，上党的军队可就变成了孤军了。这部分军队的首领冯亭对将士们说：“秦国占了野王城，上党再也守不住了。我想，与其投降秦国，还不如去投降赵国。赵国得到了上党，秦国准得去争。这一来，赵国跟韩国就不得不联合到一块儿去抵抗秦国了。”大伙儿全都赞成他这个办法。当时就打发使者带着上党的地图去献给赵孝成王。

赵孝成王叫相国平原君(平原君回到赵国之后，赵王因为虞卿走了，就拜他为相国)带领五万人马到上党去接收土地。平原君到了上党，仍然派冯亭为上党太守，又封他为华陵君。冯亭关了门，在屋子里哭着，不愿意跟平原君见面。平原君左三右四地请他出来，他总是推辞说：“我有三件大罪，没有脸见人：我不能为国君守住城，这是头一件大罪；自作主张把土地献给了赵国，这是第二件大罪；断送了国家的土地，自己得了富贵，这是第三件大罪。我身上背着这么大的罪过，怎么还能当太守呐？”平原君在门口等着不走，冯亭只好含着眼泪出来跟平原君见面。他请求平原君接收上党，另外派个人去做太守。平原君挺诚恳地叫他保卫着上党，维持秩序。冯亭实在推辞不了，只好接受了太守的职位，可是不受封号。平原君临走的时候，冯亭对他说：“上党归了赵国，秦国一定来攻打。公子回去之后，请赵王快派大军来，才能够把秦军打退。”

平原君回去把所有的经过报告了赵孝成王，赵孝成王得了上党，非常高兴，天天喝酒庆祝，反倒把抵抗秦国的事搁下了。秦国的大将王龁随后就把上党围住。冯亭这点儿军队不顾死活地守了两个月一直不见赵国的救兵。将士们和老百姓急得没有法子，只好开了城门，拼着死命往赵国逃跑。冯亭的残兵败将，带着上党的难民，一直到了长平关(在山西省高平市西北），这才碰见赵国的大将廉颇带着二十万大军来救上党，可是上党已经丢了。

廉颇和冯亭会合在一起，打算反攻。秦国的兵马跟着就到了，一下子把赵国的前哨步队打败了。廉颇急忙退下去，守住阵脚，叫士兵们增高堡垒，加深壕沟，准备跟远来的秦军对峙下去，作个长期抵抗。他出了一道命令，说："谁要出去跟敌人开仗，就有死罪，就算打了胜仗，也照样定罪。"王龁屡次三番地向赵军挑战，赵军说什么也不出来。两下里耗了足有四个多月，王龁想不出进攻的法子。他派人去禀报秦昭襄王，说："廉颇是个有经验的老将，不轻易出来交战。我们老远地到了这儿，本来想痛痛快快决战一下。真要是这么长期对峙下去，粮草接济不上，可怎么好呐？"

秦昭襄王请应侯范睢想办法。范睢说："要打败赵国，必须先想个办法叫赵国把廉颇调回去。"秦昭襄王说："这哪儿办得到呐？"范睢说："让我试试看。"

过了几天，赵孝成王的左右纷纷地议论，说："廉颇太老了，哪儿还敢跟秦国开仗呐！要是叫那年轻力壮的赵括去，秦国这点儿兵马早就给他打散了。"赵孝成王听了这种议论，就真派人去催廉颇快点跟秦国开仗。廉颇还是照旧不动声色地守住阵线。这下子可把赵孝成王气坏了。他把赵括叫来，问他能不能把秦军打退。赵括说："要是秦国派白起来，我还得考虑一下。如今来的是王龁，他不过是廉颇的对手。要是碰上我，不是我说句大话，简直就像秋天的树叶子遇见大风，全都得刮下来！"赵孝成王一听，特别高兴，当时就拜他为大将，去替换廉颇。

赵括还没动身，他母亲上了一道奏章，请求赵孝成王别派她儿子去。赵孝成王不知道其中底细，把她召了来。赵括的母亲见了赵孝成王，说："他父亲赵奢临死的时候，再三嘱咐过，他说，'打仗是多么危险的事儿，战战兢兢，处处都顾虑到，还怕有疏忽的地方。赵括这小子倒把军事当作闹着玩儿似的，一谈起兵法来，就眼空四海，目中无人，纸上谈兵，夸夸其谈。将来要是大王用他为大将的话，我们一家大小遭了灾祸还在其次，怕的是连国家都要断送在他手里。'为这个，我请求大王千万别用他。"赵孝成王说："我已经决定了，你不必说了。"她说："那么万一有个三长两短，请别连累我们一家大小。"赵孝成王答应了她，就叫赵括带领着二十万兵马，从邯郸一直向长平关开去。

公元前260年，赵括到了长平关，请廉颇验过兵符，办了移交。廉颇带着一百多个手底下的人回邯郸去了。赵括统领着四十万大军，声势非常浩大。紧跟着他就把廉颇的法令废了，换了一些将士，出了一道命令，说：“要是秦国来挑战，必须迎头打回去；敌人要是打败了，就一直追下去，非杀得他们片甲不留不算完。”冯亭极力劝止他，把廉颇打算消耗秦国兵马的意义说了一遍，还劝他像廉颇那样守住阵地。赵括说：“他懂得什么？”

当天就有两三千的秦国士兵来挑战。赵括立刻出兵一万，跟他们交战。秦国兵马败了下去，退了十几里地。赵括一瞧前哨得胜了，第二天亲自带领着大队兵马追赶下去。冯亭赶紧拦住他，说：“秦国人向来狡猾，将军千万别上他们的当。”赵括哪儿肯听。他说：“这种西戎，不值一打。”他带着士兵一气又追下了十几里地。他接着往下追，催促后队人马一齐上来。王龁只好反攻为守，不跟赵括交战。

赵括进攻了好几天，王龁不让秦国军队出去。赵括乐着说：“我早就知道王龁不过如此！”他正在得意的当儿，忽然一位将军慌慌张张地跑来报告，说：“后队的大军给秦国人切成两截，过不来了。”话还没说完，接着又有一位将军跑来报告，说：“西边全是秦国的军队，东边一个人也没有。”赵括只得指挥着军队，往长平关退却。

他们跑了四五里地，横斜里钻出一队人马来，带队的是秦国的大将蒙骜(áo)。就听蒙骜高声喊着说：“赵括，你中了武安君的计了！还不快快投降！”赵括一听说“武安君”这个名儿，吓得脸色都白了。他早就说过，他不怕王龁，就怕白起。哪儿知道范雎一得到赵括替换了廉颇的信儿，就暗中叫武安君白起去指挥王龁。这下子可真把赵括吓坏了。他连忙在半道上驻扎下来，准备守在那儿。冯亭对他说：“咱们虽说打了一阵败仗，要是大家伙儿同心协力，跟秦军拼个你死我活，咱们还能够回到大营去。要是在这儿驻扎下来，万一给他们前后围起来，咱们说什么也跑不了啦！”赵括不理他，照旧吩咐士兵们筑堡垒，也不跟敌人交战。白起早把他们围上了。

赵括的大军就这么变成了孤军，受尽艰难困苦，守了四十六天，眼瞧着粮草接济不上，救兵也没有。赵括只得把大军分为四队，四面八方地冲出去。白起早就挑选了弓箭手，四下里埋伏着。赵国军队一出来，就见乱箭像狂风暴雨似的一齐射过来了。他们一连气往外冲了三四回，全给人家的箭射得没法出去。

赵括的人马实在冲不出去。他们在那圈儿里凑合着又呆了几天。士兵们一见内无粮草，外无救兵，就乱起来了。赵括带着五千名精兵作最后一回的挣扎。他首先骑着一匹快马冲出去。没想到迎头来了两位大将，一瞧正是王翦和蒙骜。赵括哪儿还敢对敌？急忙往横斜里跑下去，没留神踩了个空，连人带马掉下去，给乱箭射死了。赵国军队大乱起来。那些有本事的将军，趁着乱哄哄的当儿，有的跑出去了。冯亭叹了一口气，说："我接连劝了他三回，他一死儿不听，这真是无可奈何，我还跑个什么呐？"他就自杀了。

白起叫人竖起一面大旗，叫赵军投降。赵军一见，全把家伙扔了。白起又叫人挑着赵括的脑袋，上赵国另一个兵营去招抚其余的士兵。那边赵国兵营里还有二十多万人。他们一听说主将给敌人杀了，全都投降了。盔甲兵器，真是堆积如山，营里的辎重也全给秦军拿去了。

白起一检查赵国前后投降的人数，一共有四十多万人。他把他们分为十个营，每营配上秦国的士兵，由秦国的将官管理着。当天晚上，秦国兵营里，把牛肉和酒都搬到赵国兵营里来，给赵国的将士儿郎们大吃一顿，对他们说："明天武安君要改编军队。赵国的士兵情愿编在秦国兵营里的都发给兵器，其余年岁大的，身子不太好的，还有不愿意或是不便上秦国去的，武安君都让他们回赵国去。"四十万赵兵一听到这个命令，大家伙儿全都欢天喜地地睡觉去了。

王龁偷偷地跟白起说："将军干么这么优待他们？"白起说："别傻了！上回你打下了野王城，上党不是早就在你手里了吗？可是他们不愿向你屈服，反倒投降了赵国。由这儿就可以看出这儿的人并不是愿意归附秦国的。如今赵国投降的人数，前前后后有四十多万，随时随刻都能叛变。谁管得住他们？你去通知咱们那十个将军，叫每个秦国人都拿块白布包上脑袋。这么着，凡是脑袋上没有白布的，全是赵国人，把他们统统杀了。"

秦国的士兵们得到了这个秘密的命令，一齐动起手来。那些投降了的赵国人，一来没有准备，二来手里没有家伙，全给秦国人捆上。四十多万人怎么杀呐，再说这些尸首扔到哪儿去呐？白起早就叫人刨了好些个大坑，把俘虏全都埋了。这是战国时期最残酷的一个大屠杀。赵国四十多万士兵，一宵工夫全结果了，只留下二百四十人，叫他们活着回邯郸去传扬秦国的"威力"。

158 牢　骚

那二百四十个逃出活命的小兵跑回赵国，把武安君活埋四十多万赵兵的经过向赵孝成王和大伙儿报告了，整个赵国变成了一个哭天哭地的世界。赵孝成王、平原君和大臣们正在惊惶失措的时候，又来个报告，说："秦国的兵马已经把上党一带十七个城都夺了去了。武安君亲自带着大队人马，要来围攻邯郸。"赵孝成王赶紧召集大臣们，问他们有什么退兵的法子。他们哭就哭糊涂了，一个个都成了哑巴。平原君回到家里，想跟门客们商量商量。他们也全都不说话。正可巧燕国的大夫苏代也在平原君家里，他就自告奋勇地去见范雎，请他在秦昭襄王跟前给赵国和韩国求情。范雎一来怕武安君的势力太大，不容易管得住，二来几次打仗，秦国的兵马也死伤了不少正需要休整，他就叫韩国和赵国割让几座城，答应他们讲和。秦王全准了，吩咐白起撤兵回国。

白起一连气直打胜仗，正想连下去把邯郸也打下来，没想到秦昭襄王叫他退兵的命令到了。他只得没精打采地回去。后来他一打听退兵的情由，这才知道原来是应侯范雎出的主意，背地里大发牢骚。已经过了两年了，白起还是唠唠叨叨地说那次不该退兵。他对门客们说："要是连下去打，顶多再费一个月工夫，准能把邯郸拿下来。可惜咱们失了这个机会，还有什么说的呐？"白起的话一来二去地传到了秦昭襄王的耳朵里，秦昭襄王后悔了。他说："要是再有一个月工夫就能够把赵国全拿下来，武安君为什么早不说呐？"他就想再叫白起去打赵国。白起装病不去。秦昭襄王叫大将王陵带着十万兵马去攻打邯郸。王陵的运气不强，他的对手不是那个纸上谈兵、自作聪明的赵括，而是饱经世故的大将廉颇！这一来他不但没打下邯郸，反倒吃了几阵败仗，连着向本国请求救兵。秦昭襄王就又派白起去替换王陵。

白起禀告秦昭襄王说："邯郸这回可打不下来。上回赵国吃了败仗，死了四十多万人，全国人心惶惶。那时候要打过去，我是有把握的。如今过了两年，赵国已经喘过气来了。还有一节，各国诸侯全知道赵国割地求和，秦国已经跟他和好了。现在忽然又打过去，大伙儿准说咱们不讲信义，也许去帮助赵国。为这个，咱们这回出兵，未必能胜。"他干脆就不去。

秦昭襄王又叫范雎去请白起。白起本来就跟范雎有意见，哪儿还能给他面子呐？他又装病了。秦昭襄王就问范雎："武安君真病了吗？"范雎说："真病假病，我不知道。他不愿打仗倒是真的。"秦王说："白起也太自大了！难道除了他之外，秦国就没有大将了吗？"他叫王龁再带十万兵马去替换王陵。

王龁把邯郸围了差不多半年工夫，可是打不下来。白起对门客们说："我早就说过邯郸打不下来。大王偏不听我的话。你们看如今到底怎么样？"背地里又有人把这话传到秦昭襄王耳朵里。秦昭襄王可真火儿了，他革去白起的官职，不准他住在咸阳。白起没有法子，只好走。在路上唠唠叨叨地直发牢骚。秦昭襄王怕他跑到别国去，就打发人给他送了一把宝剑去。这个杀人不眨眼的刽子手，活埋过四十多万赵国投降了的士兵，这会儿只好亲自拉下自己的脑袋。

秦昭襄王杀了白起之后，又派郑安平带领着五万精兵去帮助王龁。赵孝成王听说秦国又增了兵，非把邯郸打下来不可，急得没有办法。平原君请赵孝成王打发使者分头上各国去请救兵。他说："魏公子无忌是我的亲戚，再说我们跟他一向就有交情，他准能劝魏王发兵来救。楚国挺有实力，就是离这儿太远。我亲自去一趟，楚王也许能帮帮咱们。"赵孝成王就叫平原君去辛苦一趟。

159 毛遂自荐

平原君打算带二十个文武全才的人跟他一块儿到楚国去。他有三千多个门客，要挑选二十个人本来不算回事。可是这些人文的是文的，武的是武的，要文武全才真不易找。平原君挑来挑去，对付着挑选了十九个人。这可真把他急坏了。他叹息着，说："我费了几十年工夫，养了三千多人，如今连二十个人也挑不出来，真太叫我失望了！"那些个平日就知道吃饭的门客这时候恨不得有个耗子窟窿能钻进去。忽然有个坐在末位的门客站起来自己推荐自己，说："不知道我能不能凑个数？"好些人都拿眼睛骂他，差点把他吓回去。平原君笑着说："你叫什么名字？"他说："我叫毛遂，大梁人，到这儿三年了。"

平原君冷笑了一声，说："有才能的人就好像一把锥子搁在兜儿里，它的尖儿很快就露出来了。可是先生在我这儿三年了，我就没见你露过一回面。"毛遂也冷笑了一声，说："这是因为我到今天才叫您看了这把锥子呀！您要是早点把它搁在兜儿里，它早就戳出来了，难道单单露个尖儿就算了吗？"平原君倒佩服他的胆子跟口才，就拿他凑上了二十人的数。当天辞别了赵孝成王，上楚国陈都(就是以前的陈国，后来称为陈州，在河南省淮阳县)去了。

楚国的国都本来是郢都(楚文王时候的郢都是在湖北省江陵县北，楚平王迁到湖北省江陵县东南的郢县，还叫郢都；楚昭王又迁到湖北省宜城市东南叫新郢)，怎么这回平原君会跑到陈都去呐？原来在公元前278年(就是田单恢复齐国的第2年)，秦国大将白起打败楚国，把郢都占了，改为秦国的南郡。楚顷襄王就把都城迁到以前给楚国灭了的陈国，这就是所说的陈都。第二年，秦国又占了黔中，改为秦国的黔中郡，连镇守滇池的庄跻的归路也给秦国截断了(庄跻的就在那边建立了滇国，自己做了滇王，跟中原隔绝了)。楚顷襄王这才向秦国求和，又打发太子熊完和太子的老师黄歇上秦国去做抵押。熊完和黄歇在秦国呆了十多年，看看没有回去的指望了。后来黄歇听说楚王得了重病，他怕楚王万一真要死了，熊完也许会跟楚怀王一样，当了秦国的“肉票”，他把太子打扮成一个老百姓的样子偷着回国去了。黄歇一个人留在秦国，还向秦昭襄王说明太子私逃的经过。秦昭襄王听了范睢的劝告，索性当个好人，叫黄歇也回去。黄歇回到了楚国之后，楚顷襄王死了，太子熊完即位，就是楚考烈王(公元前263年)。楚考烈王拜黄歇为相国，封他为春申君。春申君黄歇挺羡慕孟尝君、平原君、信陵君他们那种举动，他也就养着三千多名门客，其中当然也有些人才。他辅助楚考烈王整顿政治，训练兵马，增加生产，爱护百姓。不到几年工夫，楚国可以跟秦国抵抗一下了。因此，平原君亲自上陈都去见考烈王。

平原君和考烈王在朝堂上讨论着合纵抗秦的事，毛遂和其余十九个人站在台阶底下等着。平原君把嘴都说得冒了白沫子，考烈王说什么也不同意合纵抗秦。他说：“合纵抗秦是贵国提倡的，可是没有什么成果。苏秦当了纵约长，给张仪破坏了；我们的怀王当了纵约长，下场是死在秦国；齐湣王当了纵约长，反倒给诸侯围攻，还死得挺惨。各国诸侯就只能自己顾自己，谁要打算联合起来，谁就先倒霉。还有什么话可说呐？”平原君说：“以前的合纵抗秦也确实有过用处。苏秦当了纵约长的时候，六国结为兄弟。自从‘洹水之会’以后，秦国的军队就不敢跑出函谷关来。后来怀王上了张仪的当，想去攻打齐国，就这么给秦国钻了空子。这可不是合纵的毛病。齐湣王呐，借着合纵的名义打算并吞天下，惹得各国诸侯跟他翻了脸。这也不能说合纵的失策！”考烈王说：“话虽是这么说，可是事情都在那儿明摆着。秦国一出兵，就把上党一带十七个城打下来了，还活活地埋了四十多万赵国人。如今秦国大军围上了邯郸，叫我们离着这么远的楚国可有什么办法呐？”平原君分辩着说：“提起长平关的那回败仗，是由于用人不当。赵王要是一直信任廉颇，白起就未见得赢得了。如今王龁、王陵带了二十万大兵，把邯郸围了足足有一年工夫，还不能打败敝国。要是各国的救兵联合在一块儿，准能把秦国打败，中原就能够太平几年。”考烈王又提出一个不能帮助赵国的理由来，说：“秦国新近跟敝国挺好，敝国要是加入了合纵，秦国准得把气恨挪到敝国头上来，这不是叫敝国代人受过吗？”平原君反对他，说：“秦国为什么跟贵国和好呐？还不是为了一心要灭三晋（韩、赵、魏）？等到三晋灭了，贵国还能保得住吗？”

考烈王到了儿为了害怕秦国，愁眉不展地总是不敢答应平原君，只是低着脑袋，抓抓耳朵，挠挠头皮，显着对不起的样子。突然他瞧见一个人拿着宝剑，上了台阶，跑到他跟前，嚷着说：“合纵不合纵，只要一句话就行了。怎么从早晨说到这会儿，太阳都直了，还没说停当呐！”楚王问平原君，说：“他是谁？”平原君说：“是我的门客，毛遂。”考烈王就骂他，说：“咄（duō）！我跟你主人商量国家大事，你来多什么嘴？还不滚下去！”毛遂拿着宝剑，往前走了一步，说：“合纵抗秦是天下大事。天下大事天下人都有说话的份儿。这怎么叫多嘴呐？”考烈王见他奔了上来，害怕了，又听他说出来的话挺有劲儿，他只好像斗败了的公鸡似的收起翎毛来，换了副笑脸对他说：“先生有什么话要说？”毛遂说：“楚国有五千多里土地，一百万甲兵，原来就是个大国。自从楚庄王以来，一直做着霸主。以前的历史够多么光荣！没想到秦国一起来，楚国连着打败仗，堂堂的国王当了秦国的俘虏，死在敌国。这是楚国的耻辱。紧接着又来了个白起那小子，把楚国的国都改成了秦国的郡县，逼得大王迁都到这儿来。这种仇恨，十年、二十年、一百年也忘不了！把这么天大的仇恨说给小孩子听，他们也会难受，难道大王倒不想报仇吗？今天平原君来跟大王商议抗秦的事，还不是也为了楚国吗？哪儿单单是为了赵国呐！”这一段话一句句地就像锥子似的扎在楚王的心坎上。他不由得脸红了，连着说：“是！是！”毛遂又钉了一句，说：“大王决定了吗？”考烈王说：“决定了。”毛遂当时就叫人拿上鸡血、狗血、马血来。他捧着盛着血的铜盘子，跪在楚王的跟前，说：“大王做合纵的纵约长，请先歃血。”楚王和平原君就当场歃血为盟。台阶下那十九个人全都佩服这把锥子的尖锐劲儿。

平原君和二十个门客回到赵国，天天等着楚国和魏国的救兵。等了好些日子，连一个救兵也没来。平原君叫人去打听，才知道楚国的春申君带着八万兵马驻扎在武关（在陕西省商州市东），魏国的大将晋鄙带着十万兵马，驻扎在邺下（在河北省临漳县西）。这两路救兵全都停下了，也不往前进，也不往后退。这是什么缘故哇？

160 奇货可居

秦昭襄王听说魏国和楚国发兵去救赵国，就亲自跑到邯郸那边去督战。他派人去对魏安僖王说："邯郸早晚得给秦国打下来。谁要去救，我就先打谁！"魏安僖王吓得连忙派人去追晋鄙，叫他别再往前进。晋鄙就在邺下驻扎下来。春申君听说魏国的军队不再往前进，他就在武关驻扎下来。秦昭襄王把两路救兵吓唬住了，就叫大将王龁加紧攻打邯郸，夜里小心巡逻，不许赵国人偷过阵线再到外面去请救兵。

有一天早晨，还看不出人脸的时候，秦国的士兵逮住了一些赵国的探子，把他们送到秦王的大营里去。王龁刚要审问他们，其中有个人说："将军不可失礼！这位是王孙。从邯郸逃出来，要回秦国去。请好好地护送他和他的家眷。"王龁一听说王孙到了，急忙赔了不是，他说："大王亲自在这儿督战，他的行宫离这儿也就十来里地。我现在就送你们去见大王。"

他们到了行宫，秦昭襄王见了自己的孙子异人，理着雪白的胡子，非常喜欢，问他："你怎么跑出来的？"异人指着旁边一个人，说："都仗着这位吕先生！"他就把吕不韦怎么救他出来的事潦潦草草地说了一遍。

原来王孙异人是秦国太子安国君的儿子，自从渑池之会以后，一直留在赵国做抵押。赵孝成王为了秦国屡次发兵来侵犯，早想把异人杀了。平原君拦住他，说："秦太子有二十几个儿子，异人是最不重要的一个，把他杀了又有什么用呐？不如留着他，往后也许还能够做个退身步儿。"赵孝成王这才没杀他。可是从这儿起，就不怎么供给他穿的、吃的了。异人只好闷闷不乐地过着苦日子。这个落难的王孙引起了一个大买卖人的注意。这个大买卖人就是阳翟（在河南省禹州市；翟 zhái）吕不韦。他认为这位贫困的王孙是个好货色，可以囤积一下（文言叫"奇货可居"），等到时兴起来，就能卖好价钱。他问他父亲："种地能够得到几倍利益？"他父亲说："十倍。""做珠宝生意呐？""一百倍。"吕不韦又问："要是立一个国王，平定一个国家，能够得到几倍利益呐？”他父亲说：“那是说也说不完的。”吕不韦就花了好些金子，结交那些监视异人的人，跟异人时常来往。

有一天，他对异人说：“秦王已经上了年纪了，令尊眼瞧着就要即位。即了位，就要立太子。他心爱的华阳夫人又没有儿子，这一来，您二十几位兄弟全是将来候缺的太子。您怎么不回去好好地伺候伺候华阳夫人呐？要是她收您当个儿子，您不就是将来的太子了吗？”异人抹着眼泪，说：“我哪儿还敢有这种想头？我要能够回到老家，就心满意足了。”吕不韦说：“我拿出几千两金子来，替您去想个法子，叫太子和华阳夫人来接您，您瞧怎么样？”异人连忙给吕不韦跪下，说：“要是你能这么办，我决不忘你的好处！”他就叫吕不韦去见安国君。

吕不韦到了咸阳，先去拜见华阳夫人的姐姐，送了她好些值钱的礼物；另外又拿出一大包金子和玉璧什么的，托她转送给华阳夫人。他说那些礼物都是王孙异人托他带来孝敬夫人和姨母的。姨母一见这些东西，高兴得了不得，赶紧就问：“异人这程子挺好吧？”吕不韦说：“赵王为了秦国去打邯郸，气得要杀王孙，幸亏赵国的大臣都护着他，一个劲儿地给他说情，总算保住了这条命。”她说：“他们怎么待他这么好？”吕不韦说：“王孙是个又有才学又有孝心的人，赵国人没有不知道王孙的。每逢太子和夫人生日那一天，王孙总冲着西边磕头拜寿。见到的人都说他是个孝子。他素日又喜欢结交天下豪杰。各国诸侯和他们的大臣差不多都跟王孙有点交情。他们哪儿能让赵王害他呐？”吕不韦见她有点喜爱异人，脸色显着高兴的样子，就说：“令妹华阳夫人得到太子的宠爱，可真有福气。可惜跟前没有儿子，久后可依靠谁呐？如今王孙能这么孝顺她，跟亲生的儿子有什么两样？夫人要是能够收留他，她不是就有了儿子了吗？王孙也就有了妈。这是一举两得，两下里都有好处的事。夫人得着这么个又孝顺又有才学的儿子，久后的福气可不小哇！”

华阳夫人的姐姐挺赞成吕不韦这个主意。当时就跟她妹妹去说，还有枝添叶地这么一煽惑，逼着她去接异人。华阳夫人果然愿意了，就向她丈夫安国君请求。安国君虽说有好些个儿子，可是架不住华阳夫人一死儿地撒娇。安国君为了宠爱她，答应把异人立为嫡子。他叫吕不韦来，对他说：“我想把异人接回来，你有什么办法没有？”吕不韦说：“太子真要把王孙异人立为嫡子，我情愿倾家荡产地去跟赵王的左右联络，想办法把他弄回来。”太子和夫人就叫吕不韦去办这件事。还给了他三百斤金子。夫人一高兴，自己又加了一百斤。

吕不韦回到邯郸，把太子安国君要立他为嫡子的喜信告诉了异人，把太子和夫人叫他带来的金子交了。异人就好像快要干死的花浇了水，立刻转了过来，精神百倍，有说有笑的了。他叫吕不韦去结交赵王的左右，还求他做媒，打算成家了。吕不韦真给他找了个大户人家的姑娘叫赵姬。王孙异人娶了这位新姑娘，挺如意。年轻轻的小两口儿，恩爱得了不得。过门十个多月，赵姬就给异人养了个胖小子，因为他生在赵国，就起名叫赵政，就是后来兼并六国、统一中原的秦始皇。

这时候(公元前258年，周赧王五十七年，秦昭襄王四十九年)，秦国围困着邯郸，楚国的兵马驻扎在武关，魏国的兵马驻扎在邺下，赵政已经两岁了。吕不韦对王孙异人说："万一赵王把气撒到您身上，真要把您害了，可怎么办呐？我瞧赵国跟秦国一时半会不能讲和，咱们还是想法跑了吧。"异人说："这件事全仗先生了！"吕不韦送了三百斤金子给那个把守南门的一位将军，说："我是阳翟人，在这儿做买卖，全家都在城里，早就想回老家去。秦国围上了邯郸，弄得我要走也走不了。家里老老少少吵着要回老家去。如今我把手底下所有的本钱全交给您，请您向各位将士求个方便，放我一家老小出城，忘不了您的好处。"将士们受了贿，把他们放出去了。

吕不韦和异人一家大小，出了南门，连夜逃跑，绕了个大弯，到了西门。天刚亮，给秦国哨兵逮住。见了王龁，王龁把他们送到行宫去见秦昭襄王。秦昭襄王挺高兴地说："太子老想念你，难为你逃出了虎口，你们赶紧回咸阳去吧。"

吕不韦带着异人、赵姬、赵政到了咸阳。先打发人去告诉安国君，又叫异人换上楚国的服装。异人拜见了父亲安国君和华阳夫人，抽抽搭搭地说："儿子真是不孝，不能伺候二老，直到今天才回来，请宽容我的罪过！"夫人一见他那装束，挺纳闷地问他："你在邯郸住着，怎么穿楚国的衣裳？"异人立刻禀告说："我天天想着母亲，特地做了这套衣裳。"华阳夫人乐得眼睛眯成了一道缝儿，说："我是楚国人，你也喜欢这么打扮，真是我的亲儿子了。"安国君巴不得讨好心爱的夫人，就对异人说："好，从今天起，你就算是夫人亲生的，改个名字叫子楚吧！"子楚立刻向他父亲、母亲磕头。安国君回过头去对吕不韦说："全仗先生救了我的孩子。我赏你二千亩地，一所房子，五十斤金子，请你先歇息歇息。赶到父王回国，再封你官职。"吕不韦拜谢了。子楚就住在华阳夫人的宫里，等着秦昭襄王回来。

吕不韦和异人一家大小，出了南门，连夜逃跑。

秦昭襄王送走了王孙之后，就叫王龁、王陵加紧攻打邯郸。赵孝成王又打发使臣偷偷地跑到魏国催他们快点进兵。

161 宁可跳东海

赵国的使臣见了魏安僖王，请他催促大将晋鄙快点进兵。魏安僖王想要进兵，怕得罪秦国；不进兵吧，又怕得罪赵国。真是“羊撞篱笆”——进退两难。魏国有个将军叫新垣衍(新垣，姓；衍，名)，他提议说：“我想秦王围困邯郸，决不是光为了要多得一个城就算完了。他准还有别的心意。从前秦王把齐王称为‘东帝’，自己称为‘西帝’，后来大家伙儿又都不叫了。各位总还记得吧。如今齐湣王死了，齐国也衰落了。只有秦国势力越来越大。可是不管怎么强大，秦王也不过是个诸侯。他不断地东征西讨，就是想列国诸侯都尊他为帝罢了。要是赵国能尊他为帝，秦王一定比得到邯郸还高兴，也许立刻退兵。赵国只要给秦国一个空洞的称号，就能够躲过这个祸患，这不是比向别人求救兵方便得多吗？”魏安僖王本来不敢得罪秦国，就打发新垣衍跟着赵国的使臣上邯郸去见赵王。

赵孝成王和大臣们讨论了好大半天，可没讨论出一个办法来。平原君也没有主意了，闷闷不乐地回到家里。他那些门客们就好像蛤蟆坑里的蛤蟆，呱呱呱地叫唤着，可是叫唤不出个名堂来。没有两天工夫，整个邯郸城里的蛤蟆都叫唤起来，把一个困在邯郸城里的齐国人鲁仲连，吵得有点不耐烦了。他犯了傻劲去见平原君，问他：“到处都说您打算称秦王为帝，真的吗？”平原君回答说：“我是‘惊弓之鸟’，神志恍惚，哪儿还敢谈这种事呐？这是魏王叫新垣衍将军上这儿来说的。”鲁仲连见平原君没有肩膀，就当面责备他，说：“我以为您是天下闻名的贤公子，见识比别人高，胆量比别人大。哪儿知道您竟把这么重大的事情推在一边，任凭一个外人随便在这儿闹鬼！他在哪儿？我替您去对付他！”

平原君就把新垣衍引见给鲁仲连。新垣衍挺勉强地跟他见了面，问他：“先生有什么贵干？”鲁仲连说：“我来请求将军帮助赵国，千万别去称秦王为帝！”新垣衍说：“您叫我帮助赵国，您自己呐？”鲁仲连回答说：“我吗？我要叫魏国跟燕国都来帮助赵国。”新垣衍笑着说：“燕国爱不爱帮助，那我不知道。至于敝国，我就是敝国派来说这件事的，先生怎么能叫我听您的话呐？”鲁仲连说：“贵国还没瞧出称秦王为帝的害处呐。要是瞧出来的话，准得帮助赵国。”新垣衍问：“那有什么害处？”鲁仲连说：“秦国向来不守信义，不讲道理，就知道凭武力欺负别人。这几十年来，哪一个国家没受过秦国的欺负？哪一国的人没受过秦国的杀害？秦王如今只不过是个诸侯，跟别的国君还是平列的，已经横行霸道，暴虐到这步田地了。他要是称了帝，列国诸侯都得受他管。到那时候，他是帝，你是诸侯；他是管着人的，你是被管着的；他是主子，你是奴才；不知道他还要欺压人到什么地步呐？我鲁仲连宁可跳东海，也不当他的奴才！难道贵国甘心情愿吗？”

鲁仲连一连串慷慨激昂的话就像鞭子那样有劲，一下一下地抽得新垣衍服了软儿。他只得红着脸，吞吞吐吐地说：“倒不是情愿不情愿。可是十个奴才不敢违抗一个主子，这并不是说十个人的能耐跟力气比不上那一个人，就因为大伙儿都怕他罢了！”鲁仲连冷笑了一声，说：“贵国是秦国的奴才吗？魏王就怕秦王吗？那么，我叫秦王把魏王砍成肉泥烂酱，怎么样？”这句话说得过火儿了，新垣衍哪儿受得了？他挺起腰板，责问鲁仲连，说：“你怎么能叫秦王去杀魏王呐？真是胡说八道！”鲁仲连说：“我的话是有来由的。我说给你听：早先纣王手下有三个诸侯，就是九侯、鄂侯、文王。九侯把自己的女儿献给了纣王，纣王嫌她太正经，不淫荡，就把九侯剁成肉泥烂酱；鄂侯忠言劝告，给纣王杀了，做成了咸肉干；吓得文王不敢再说话。他叹了一口气，就给纣王押起来，关了一百天。这就叫君要臣死，臣不得不死。”

新垣衍结结巴巴地说：“这个……不过是古时候的昏君，这可得两说着啦。”鲁仲连说：“好，古时候的事不提。东帝齐湣王总是现代的吧？他给乐毅打败了，带着大臣夷维一块儿逃到鲁国。鲁君打发使臣去迎接他。夷维问那个使臣，说：‘鲁君打算怎么样招待？’使臣回答说：‘预备十份太牢（牛、羊、猪三牲叫太牢）请您的国君。’夷维说：‘这是什么话？我们的国君是天子啊！天子上诸侯国来，诸侯就得上太庙去伺候他，早早晚晚地伺候他的饮食。伺候完了，才能够退到朝里去办理自己的事。光预备十份太牢就算得了吗？’使臣回禀了鲁君，鲁君可火儿了，立刻叫人关上城门，不准齐湣王进去。齐湣王跟夷维又到了邹国。那时候，邹君刚死不久，齐湣王要去吊祭。夷维跟邹国人说：‘天子降临吊祭，你们赶紧把棺材调个方向。天子是朝南坐着，臣下的孝堂跟棺材应该搁在南边，面要朝北。’邹国的臣下说：‘我们宁可死了，也不愿受这份侮辱！’将军请想想：邹、鲁那样微弱的小国，他们的臣下还有点骨头，不受‘东帝’的欺压。魏国是天下的大国，向来跟秦国并起并坐的。难道‘三晋’的大臣反倒不如邹、鲁的臣下吗？再说，秦王没称帝就罢了，他一称了帝，可就要使出那帝制的大权来了！到那时候，他可以由着性儿调动各国的大臣。他要派一个大臣来，你就不能不认可；他要革去一个大臣，你也不能挽留。到了那时候，将军您自己的地位也未见得准能保得住哇？”

新垣衍一听这话有理，他没想到秦王称了帝，各国的形势跟着就得变，这一变，连自己的地位也就保不住。他挺郑重地向鲁仲连拜了一拜，说：“先生的话实在不错！我决不再提称帝的事了，我回去跟魏王说去。”平原君也拜谢了鲁仲连。他送走了新垣衍，再打发人上邺下去请魏国大将晋鄙进兵。

162 讨厌的老头子

晋鄙回答平原君，说：“魏王叫我驻扎在这儿，我不能自作主张。”平原君就给魏公子信陵君无忌写了一封信，说：“我为了佩服公子的侠义精神，才跟您结为亲戚，我觉得挺荣幸。如今邯郸万分危急，敝国眼瞧就要亡了。全城的人都眼巴巴地盼着救兵快点来。贵国的军队竟驻扎在邺下，说什么也不再往前进。我们在火里，他们倒挺坦然。您姐姐黑天白日地哭着，劝解她的话我都说尽了。公子即使不愿意帮我的忙，也该替您姐姐想一想啊。”信陵君接到这封信之后，心里就像有好几百条虫子咬他似的。他再三再四地央告魏安僖王叫晋鄙进兵。魏安僖王挺冷淡地对信陵君说：“你何必这么着急？他们自己不愿意尊秦王为帝，倒叫咱们去打仗？”信陵君知道再求也没用，就回家对门客们说：“大王不愿意进兵，怎么办？好罢！我自己上赵国去，要死我就跟他们死在一块儿。”他就预备了车马，上赵国去跟秦国的兵马拼命。有一千多个门客也愿意跟着他一块儿去。

他们路过东门，信陵君下了车，去跟侯生辞别。这个侯生就是上回责备信陵君不收留虞卿和魏齐的那个老头子。他是看守大梁东门的一个小官儿，已经七十多了，家里挺穷。别人就知道他是个看城门的，信陵君可知道他是个隐士，想着办法要把他收在自己的门下。可是那老头子不理他。

有一天，信陵君亲自瞧他去，给他二十斤金子作为见面礼。侯生推辞说："我向来吃苦耐劳，安分守己，人家的就是一个小钱，我也不愿收。如今我已经老了，更犯不上改变主意。"信陵君只得请求他，说："那么请先生指定一个日子，让我请一回客，也可以稍微表表尊敬先生的一点心意。无论如何，请先生赏个脸！"侯生不好再推辞，就答应了他。

到了那天，信陵君大摆酒席，所有魏国的贵族、大臣和自己家里最体面的门客都请到了，乱哄哄地聚在大厅里。信陵君请他们坐下，官职大的坐在上手，官职小的坐在下手，留下一个最高的位子空着。他请客人们等一等，自己赶着车带了几个底下人，上东门去请侯生。侯生果然在那儿。他就上了车，坐在正座上。信陵君拿着鞭子坐在旁边给他赶车。他们过了一道街，侯生对他说："我有个朋友叫朱亥，住在一家肉铺里。我想瞧瞧他去。公子能不能送我去一趟？"信陵君说："成，成！我跟先生一块儿去。"

他们到了肉铺门口，侯生说："公子在车上等一会儿，我去跟朋友说几句话。"侯生下了车，见了朱亥，两个人就在柜台前坐下，你一言、我一语地聊起天来了。这两个人的屁股好像是江米做的，粘在那儿就老不起来。侯生回头瞧瞧信陵君，见他还是拿着马鞭子老老实实地坐在那儿。他想："好在你也没有事，你不催我，我索性再坐一会儿。"可是那几个底下人等得不耐烦了，背地里骂着："讨厌的老头子！总算咱们倒霉，饿着肚子在这儿死等！"这些人嘟嘟囔囔地埋怨着，早就给侯生听见了，他也不跟他们计较。街上的人见了信陵君的车马和底下人在肉铺门口等着，还以为那个宰猪的出了什么乱子，都来看热闹。大伙儿一瞧铺子里的那两个人好像没事人似的闲谈着，不由得全纳起闷来了。后来他们听见这些人的骂声，才知道那个老头子实在太讨厌了。大伙儿都替信陵君不服气，就嘁嘁喳喳地说开了。侯生只当没瞧见，又坐了好久，才跟朱亥告辞出来，上了车跟着信陵君一块儿走了。

等着的客人们眼瞧着太阳都偏西了，还不见信陵君回来，都有点厌烦了，有的东拉西扯地瞎聊天，有的打哈欠，可是谁也不敢离开。信陵君留着的是第一个座位，那还不是给大国的使臣留的吗？好容易大伙儿听见说："公子接了客人回来了！"他们一齐站起来，低着脑袋搭拉着手，恭恭敬敬地站在那儿。赶到他们抬头一瞧，原来是个衣裳破烂的老头儿。他们还以为自己瞧花了眼，赶紧又眨巴眨巴眼睛，再细细一瞧，可不是个白胡子的糟老头子吗？公子无忌给侯生引见了之后，请他坐在头一个位子上。侯生也不推让，一屁股就坐下。这时候，大伙儿才算连吃带喝地活动起来了。信陵君斟了一杯酒，端到侯生面前，祝他的健康。侯生接过酒杯来，说："我不过是个看守城门的小卒子，承蒙公子下顾，已经够荣幸的了。又叫公子在街上等了挺大的工夫，这实在太过分了。可是我为什么要这么干呐？街上的人都替您不服气，说我不识抬举，还骂我是个讨厌的老废物。这就行了。他们越骂我，就越称赞公子；看公子这么待人，就越把公子当作了不起的人物。就拿今天在座的各位贵宾来说吧，哪一位不佩服公子殷勤好客的热心呐？"

从这儿起，侯生就做了信陵君的贵宾。他又推荐了朱亥。信陵君也像请侯生一样地去请他。可是朱亥的架子比侯生还大，连一次也没回拜过他。

这会儿信陵君带着一千多门客上赵国去，预备去跟秦国人拼命。他先上东门，向侯生说明他上赵国去的心意。侯生挺冷淡地说："公子保重。我老了，不能跟您一块儿去。请别怪我！"信陵君向他拱了拱手，丢了魂儿似的看着他，等着他再说几句话。这是最后一回的见面了。侯生可没说什么。信陵君只好走了，还不断地左回头、右回头地瞧着侯生。侯生还是不动声色地站在那儿。

信陵君在道上越想越难受，就自言自语地叹息着，说："我这么对待他，拿他当做知心人，他倒眼瞧着我去送死，不但不替我出个主意，连一句挽留我的话或者一句送别的话都没有。唉，人情太薄了！"他越想越伤心，没精打采地走了几里地，再也忍不住了！就叫门客们站住，自己再去跟侯生说句话。门客们都说："这种半死不活的讨厌的老头子，还有什么用处，公子何必再去见他呐？"信陵君也不理他们，就回到侯生那儿去了。

侯生还在门外站着！他见了信陵君，就笑着说："我算计着公子准得回来！"信陵君说："为什么？"侯生说："公子这么对待我，我反倒挺冷淡地让您去送死，连句送别的话都没有。您还不恨我吗？我知道您准得回来。"信陵君向他拱了拱手，说："是啊！我想我一定有得罪先生的地方，因此特地回来请先生指教。"侯生说："公子收养了几十年的门客，吃饭的有三千多人，怎么没有一个替您想想办法的，反倒让您去跟秦国拼命？你们这么上秦国兵营里去，正像绵羊去跟狼拼命，不是白白去送死吗？”信陵君说：“我也知道没有什么用处，可是我这么一死，总算尽我的力量了！”侯生见他又可怜又可敬，就说：“公子进来坐一会儿，咱们商量商量吧。”

163 盗兵符

侯生支开了旁人，对信陵君说：“听说咱们大王在宫里最宠爱的是如姬(如，姓)，对不对？”信陵君连连点头说：“对，对。”侯生接着说：“当初如姬的父亲给人害死，她请大王给她报仇，大王派人去找那个仇人，找了三年也没找着。后来还是公子叫门客去给如姬报的仇，把仇人的脑袋给她送了去。有这么回事没有？”信陵君说：“有，有。”侯生说：“如姬为了这件事非常感激公子，她就是替公子死，也是甘心情愿的。因此，只要公子请她把兵符(把兵符做成老虎的形状，也叫虎符)偷出来，咱们拿了兵符去夺取晋鄙的军队，就能够率领着大军去跟秦国打了。这比空手去送死不是强得多吗？”信陵君一听侯生的话，就好像从梦里醒过来一样。当时拜谢了侯生，叫门客们暂且在城外等着，自己回到家里，托了一个一向跟他有交情的内侍叫颜恩，去替他跟如姬商量。如姬说：“公子的命令我决不推辞，水里火里也去。”

当天晚上，如姬服侍魏安僖王睡下。到了半夜，乘着他正睡得香的时候把兵符偷出来，交给颜恩。颜恩立刻送给信陵君。信陵君拿到了兵符，再上东门去跟侯生辞别。侯生说：“万一晋鄙验过了兵符，不把兵权交出来，怎么办？”信陵君突然觉得脊梁上浇了一桶凉水，皱着眉头子，说：“这……这怎么办呐？”侯生接着说：“我的朋友朱亥是天下数一数二的勇士，公子可以请他出点力。要是晋鄙能够痛痛快快地把兵权交出来，最好。要是他不答应，就叫朱亥杀了他。”信陵君鼻子一酸，眼泪快掉下来了。侯生说：“公子怕死吗？”信陵君说：“晋鄙老将并没做错了事。他不答应我，也是应当的。我要是把他杀了，这……这怎么不叫我痛心呐？”侯生说：“死一个人，救了一国的危急，还不值吗？咱们应当从大处着想，婆婆妈妈的怎么行呐？”

他们到了朱亥的家里，信陵君跟他说明来意。朱亥说：“我是个宰猪的下贱人，承蒙公子屡次下顾，我一次也没回拜过。公子也许怪我不懂人情世故吧。可是我有我的脾气，我不喜欢浮面上的‘礼尚往来’。如今国家有了急难，这正是我报答公子的时候。好，咱们去吧。”侯生说：“照理，我也应当一块儿去，可是我老了，跟着你们反倒叫你们多一份麻烦。祝你们马到成功！”信陵君不敢再耽误，立刻带着朱亥上车走了。

信陵君带着宰猪的朱亥和一千多个门客到了邺下，见了晋鄙，说：“大王为了将军在外头辛苦了好几个月，特地派无忌来接替。”说着，奉上兵符，请他验过。晋鄙把兵符接过来，再跟自己带着的那一半兵符一合，果然，合成了一个老虎形的信物。虎符完全符合。可是他又想了一想，说：“请公子暂缓几天，我把将士们的名册整理出来，把军队里的事务结束一下，然后才能够清清楚楚地交出来。”信陵君说：“邯郸十分紧急，我想连夜进兵去救，哪儿能耽误日子呐？”晋鄙说：“不瞒公子说，这是军机大事，我还得奏明大王，才能照办，再说……”他的话还没说完，朱亥大喝一声，说：“晋鄙，你不听王命，就是反叛！”晋鄙问他：“你是谁？”朱亥从袖子里拿出一个四十斤重的大铁锤，冲着晋鄙的脑袋一砸，说：“我就是大铁锤！”

信陵君拿着兵符对将士们说：“大王有令，叫我接替晋鄙去救邯郸。晋鄙不听命令，已经治死了。你们不用害怕。好好地服从命令，一心一意去杀敌人，将来都有重赏！”兵营里静悄悄的连个咳嗽的声音都没有。大伙儿就等着进军的命令。

信陵君下了一道命令：“父亲和儿子都在军队里的，父亲可以回去；哥哥和弟弟都在军队里的，哥哥可以回去；独子可以回去养活老人；有病的或者身子不结实的，都可以回去。”大概十成里有二成的士兵请求回去。信陵君就打发他们回家，重新编排队伍。这新编的队伍全是经过挑选的精兵，总共有八万人。公元前257年(周赧王五十八年，秦昭襄王五十年，魏安僖王二十年，韩桓惠王十六年，赵孝成王九年，楚考烈王六年，燕孝王元年，齐王建八年)，信陵君亲自出马跑到最前面，指挥着将士们向秦国兵营冲过去。秦国的将军王龁没想到魏国的军队突然会来攻打，手忙脚乱地抵挡一阵。平原君开了城门，带着赵国的军队杀出来。两边夹攻，秦国的军队就像山崩似的倒了下来。多少年来秦国没打过这么一个大败仗。秦昭襄王赶紧下令退兵，人马已经死伤了一半。郑安平的两万人给魏国军队切断退路，变成一队孤军。他叹了一口气，说：“我本来是魏国人，还是回到本乡本土去吧。”他就带领着两万人马投降了信陵君。

赵孝成王亲自上魏国兵营来给信陵君道谢，说：“这回赵国没亡国，全仗公子大力！”平原君更是感激他，在前面替他领路，把他迎接到城里来。信陵君免不了得意洋洋，挺有点劳苦功高的神气劲儿。朱亥偷偷地对他说：“人家对公子有好处，公子不应当忘了；公子对人家有好处，可不能老记在心里！再说，公子假传大王的命令，夺取晋鄙的军队。公子对于赵国虽说有点功劳，可是对于魏国还背着大罪，哪儿还能得意洋洋呐？”信陵君红了脸，说：“谢谢您的指教！”

信陵君进了邯郸城，赵孝成王亲自打扫宫殿，特别恭敬地招待他，又封给他五座城。信陵君已经接受了朱亥的劝告，挺虚心地推让着，说：“我对于贵国没有多大的功劳，对于本国还背着大罪呐。大王肯收留我这个罪人，我就够知足了，哪儿还敢受封？”赵孝成王再三请他接受，又叫平原君劝他，他只好接受了赵王的赏赐。他自己不敢回国，把兵符和军队交给魏国的将军带回去。自己只好留在赵国。赵孝成王又要封鲁仲连，鲁仲连说什么也不接受，他说：“替人家消除患难，排解纠纷，还有点意思；要是为了报酬，那还不如去做买卖。”他辞别了赵王和平原君，自由自在地走了。

楚公子春申君黄歇听见秦国打了败仗跑了，就从武关带着没出过一点力气的八万大军回到楚国去了。

164 避债台

楚考烈王一听说信陵君大破秦兵，就想起平原君和毛遂请他当合纵抗秦的纵约长的事来了。他为了怕秦国，不敢答应，后来架不住毛遂一逼，他才叫春申君带着兵马去抵抗秦国。如今想起来实在怪害臊的。呆了几天，春申君带着军队回来了，一点功劳也没立。考烈王叹息着说：“赵公子所说的合纵计策实在不错，可惜咱们没有像魏公子那样的大将。”春申君一听，臊得什么似的，可是他心里头还有点不服气。他想：“我一向学着孟尝君、平原君、信陵君的派头，也养了不少门客，怎么会跟不上他们呐？真怪！”他就厚着脸皮，对考烈王说：“上回不是赵公子他们公推大王为纵约长吗？如今秦国打了败仗，威风下去了。大王这时候就该掌起纵约长的大权来，赶紧打发使者去约会各国，再能够得到周天王的同意，借着他的号令去征伐秦国。大王能够这么办，就比齐桓公、楚庄王的功业大得多了。”考烈王经春申君这么一鼓动，又引起了当霸主的瘾来了。当时就打发使臣上成周去请求周赧王下令征伐秦国。

周赧王向来软弱无能。虽说挑着个天王的旗号，他还不如列国里最小的诸侯呐。真正受他管辖的土地不过几十个县。哪儿知道光是这么个小小的天下，还分成两半。河南巩县一带叫东周；河南王城一带叫西周（平王东迁的时候把镐京叫西周，洛阳叫东周；到了周赧王的时候，这原来的东周又分成了东、西两周）。东周由东周公治理，西周由西周公治理。不光各自独立，时常还要你欺我、我压你地彼此攻打。天王只不过是个高高在上的大傀儡。他就好比是一个大户人家的老太爷，没权没势，受着晚生下辈们的欺负。这还不算，连那最小的一些房产也给两个管家分着霸占了。周赧王就是这么个老太爷。有时候受了西边管家的气，就跑到东边管家那儿去住几天；有时候受了东边管家的气，就跑到西边管家那儿去住几天。这会儿，周赧王正住在西周，西周公总算还养活着他。

周赧王接见了楚国的使臣，高兴得差点掉下眼泪来。他正在气恨秦王欺负他，屡次三番地要想打通三川来抄他的老窝。真难得有这么个远房的孝子贤孙替他打抱不平，他哪儿能不答应呐？他立刻用天王的名义叫楚国去约会列国诸侯。

周赧王把楚国的使臣打发走了之后，叫西周公准备出兵，跟着六国一块儿去征伐秦国。西周公把西周的兵马集合起来，东拼西凑地好容易把军队都拢在一块儿，数了一数，老老少少，一股脑儿还不到六千人。这哪儿像话呐？白起一个晚上坑死的赵国投降的士兵就有四十五万。这六千来人能顶什么事？不用管那些个，出去替人家壮壮声势也是好的。周赧王和西周公就决定把这六千人送出去加入合纵抗秦的阵营。

六千人一集合起来，就发生了几件难事：头一件，那些破旧的兵车得修理修理；第二件，拉车的马不够了；第三件，人吃马嚼一点没有着落。库房里拿不出这笔打仗的开销来。老太爷皱着眉头子，抓耳挠腮地急得差点要哭出来了。末了，还是那个管家的西周公想出一个借钱的招儿来。周天王就向那些富裕的商人、地主去借钱，给他们立字据，说明这回借的钱是作为军饷用的，等到打仗回来，拿战利品作为担保，连本带利一齐归还。这个新招儿居然招起商人、地主们的兴头来了。有钱的人愿意放账的还真不少。军饷、军费就有了着落了。

公元前256年，西周公带了六千人马到了伊阙，就在那儿驻扎下来等候各国诸侯的大队人马。可是韩、赵、魏三国刚跟秦国打了仗，元气还没恢复，没有出兵的力量。齐国跟秦国一向是挺不错的，不愿意发兵。只有燕国和楚国派了几队人马，大家伙儿在伊阙驻扎下来。楚国和燕国等了三个多月，也没见别的国派兵马来。这回合纵抗秦的玩意儿又算吹了。他们没精打采地回去。西周公也只好原封不动地带着他那六千人马回王城去了。

周赧王出了一回兵，一仗没打，什么东西都没得着，军饷可全耗费完了。这回的买卖连老本全赔在里头。那些账主儿拿着字据在宫门外头向天王要账。要账的要不着钱，也见不着该账的，哪儿能答应呐？可就哇啦哇啦连吵带闹地嚷开了。这一下子，弄得周赧王脸红得一直到耳根子。跑又没处跑，躲又躲不了。他只好到高台上去躲账。就为了这件事，那座高台，人家就给它起个名儿叫“避债台”。直到如今，我们不是有句成语叫“债台高筑”吗？

165 王室完了

天王还不上账，老在高台上躲避那吵闹的声儿。没想到有一天，这吵闹的声儿越来越大，越听越近。没有法子，他只好红着脸下来。那些进来的人报告的比那要账的事更倒霉。打头的是西周公，后头跟着一群大臣们。他们慌里慌张地嚷嚷着说：“不得了！不得了！秦国的军队打到西周来了！”天王吓得差点晕过去。哭丧着脸问西周公：“各国的诸侯呐？燕国和楚国的军队呐？”西周公说：“各国的诸侯连自己还顾不过来。秦国打败了韩国，夺去了阳城(在河南省登封县东南)和负黍(在登封县西南)，杀了四万多韩国的士兵。秦国又打败了赵国，夺去了二十多个城，杀了九万多赵国的士兵。燕国和楚国的军队早就回去了。如今咱们没有像样的军队，又没有粮饷、草料，简直是等死！”周赧王说：“那么逃到三晋去吧。”西周公说：“有什么用呐？天王归附了三晋，赶到秦国把三晋灭了再去归附秦国，反倒多受一回罪，现两回眼。那可犯不着。我瞧还不如直截了当地投降秦国，也许还能保全一点地位。”周赧王急得两只手也不知道放在哪儿好，来回地搓着。后来只好带着自己的子侄和大臣上太庙去，对着上辈祖宗哭了一场。西周公捧着户口册和地图上秦国兵营去投降，献上了仅有的三十六个小城，三万户口。秦国将官一面派人“护送”周赧王上咸阳去，一面进兵接收西周。

周朝的天王周赧王到了咸阳，红着脸见了秦昭襄王，鞠躬认错。秦昭襄王一见他这个样儿，不由得也直替他难受，就把梁城封给他，称他为周公，把原来的西周公也降了一级，管他叫家臣。这位由天王降为周公的老头儿，心里烦恼，再加上路上的劳累，到了梁城就病了。不到一个月工夫，死了。秦昭襄王当时就收回了周公的领土，把周朝的宗庙也拆了。打这儿起，西周完了。

秦昭襄王灭了西周以后，通告列国，列国诸侯就更不敢得罪秦国了，都抢着先打发使臣上咸阳去道贺。韩桓惠王头一个去朝见秦昭襄王，紧跟着就是齐、楚、燕、赵，都派使臣去朝贺。秦昭襄王一瞧，列国诸侯前后全来了，单单少了个魏国。魏王没派人来。秦昭襄王要派河东太守王稽去征伐。王稽跟魏国素来挺有交情，就偷偷儿打发人去告诉魏安僖王。魏安僖王得到了这个消息，立刻打发太子连夜赶到秦国来赔不是。这么一来，六国的诸侯全都归顺了秦国。

王稽私通魏国的事走了风，给秦昭襄王知道了。秦昭襄王就依照当时的规矩把他办了死罪。这一来，丞相范雎的两个恩人，全犯了罪：郑安平投降了魏国；王稽私通了魏国。这两件事对范雎都挺不利，因为这两个人都是他推荐的。依照秦国的规矩，荐举人也一样得定罪。范雎就扮成罪人的样子，请秦昭襄王发落。秦昭襄王反倒再三劝他，说：“他们两个人都是我派出去的。这是我用人不当，你用不着多这份心。”秦国的大臣们背地里可就讲究开了。有的说：“咱们大王太宽大了。”有的说：“丞相的功劳也实在大，他犯了法，大王也不好意思去办他的罪。”这些风言风语，秦昭襄王多少也听到了。他怕范雎心里头不踏实，就下了一道命令，说：“王稽已经灭了族，别人不准再多嘴！”他格外优待范雎，时常给他送点味道好的食物或是名贵的衣料。大伙儿一见丞相还是红人儿，谁还敢再多嘴呐？

范雎越见秦昭襄王这么对待他，越觉得自己不踏实。他想：“当初商鞅、吴起、文种、伍子胥他们都立过大功，得到了君王的重用，到后来谁也没有好下场。俗语说，人无千日好，花无百日红。我不如及早引退，免遭后患。”这时候（公元前 255 年）正可巧来了一位燕国人叫蔡泽。范雎跟他一谈，就知道他是个了不起的人物。范雎把蔡泽推荐给秦昭襄王，打算把自己的官职让给他。秦昭襄王就召蔡泽去见他，君臣俩人一问一答地足足说了半天的话。秦昭襄王瞧着蔡泽真不错，他又不是秦国本地人，更加有意要重用他。列国诸侯只能重用贵族大夫，他们都是大族，人口多，势力大，到后来，国君反倒捏在他们手里。秦国一向利用外来的人，他们个人的权力尽管大，也不能组织成一个大集团来跟国君对抗，因此，秦国的政权就集中在国君身上。秦昭襄王决不让贵族掌权，他当时就拜蔡泽为客卿，可是不准范雎辞职。范雎就假装病了，才算告了病假。呆了几天，他上个奏章，说他上了年纪，时常犯病，不能上朝办事。秦昭襄王知道他决心要告老，就送他到应城去养老。接着拜蔡泽为丞相，担任了范雎的职位。

范雎这一告老退休，渐渐招起秦昭襄王的心事来了，他已经当了五十多年的君王，如今快七十了。东征西讨，劳累了一辈子，秦国倒是强大起来了，可是中国并没统一。范雎有个蔡泽来替换他，自己找谁来替换呐？安国君虽说是太子，可惜他没有那么大的能耐掌管国家大事。王孙子楚呐？也靠不住。子楚的儿子赵政呐？还是个孩子，更提不上了。他就时常这么前思后想。到了公元前251年秋天，这位精明强干、一心一意想统一中国的秦昭襄王一连好几夜睡不着觉，得病死了。

太子安国君即位，就是秦孝文王。这时候，秦孝文王已经五十三岁了。他就立子楚(就是王孙异人)为太子。秦孝文王即位才三天，据说“中毒”死了。子楚即位，就是秦庄襄王。秦庄襄王奉华阳夫人为太后，立赵姬为王后，儿子赵政为太子。

这位秦庄襄王是吕不韦一手培植起来的，当然他得重用吕不韦。蔡泽就告了病假，交了相印。秦庄襄王拜吕不韦为丞相，封他为文信侯，把洛阳十万户作为他的俸禄。留下蔡泽为大夫。

吕不韦跟秦庄襄王说：“我近来得到各地的报告，都说东周公为了秦国接连着过去了两位君王，料想秦国不能安定，他就打发使者上各国去，要重新合纵抗秦。我一想咱们既然把西周灭了，东周就不能再留着。别瞧这残余微弱的东周君，他还自称是文王的子孙、周朝的亲支正统呐。他还想凭着这个名义，煽惑天下，扰乱中原。咱们不如索性把他也灭了，免得各国诸侯再借着这顶破旧的大帽子来欺压咱们。”秦庄襄王就拜吕不韦为大将，带着十万兵马去打东周。东周本来就是快要灭的蜡头，哪儿架得住狂风暴雨？周朝从武王即位(公元前1122年)到东周君给秦国掳去(公元前249年)，总共874年，从此可就完了。

166 卖酒开赌场

秦庄襄王把东周灭了，接着又去打韩国，打下了荥阳和成皋（就是虎牢），改为三川郡（公元前249年）；又打下了赵国的榆次、新城等三十七个城，改为太原郡（公元前248年）。跟着就叫王龁去打魏国（公元前247年）。魏国一连气打败仗，眼瞧着支持不住了。如姬对魏安僖王说："赶紧把公子无忌请回来，叫他去联合各国，共同抵抗秦国，也许还能挽回大局。不然的话，魏国准保不住。"魏安僖王虽说恨透了信陵君，可是正在急难的时候，实在想不出别的主意来，只好依了如姬的话，打发使者上赵国去，请信陵君回来挽救这个局面。信陵君还恨着魏安僖王，说什么也不回去。

信陵君为了假传魏王的命令，夺了晋鄙的军队，把魏王得罪了。他打败了秦国，救了赵国，也总算替魏国争了光。他满打算能够将功折罪，照旧回去当魏国的相国。魏安僖王要撑着他那君王的尊严，不准信陵君回国。这回受不了秦国王龁、蒙骜的攻打，魏安僖王这才打发颜恩去请信陵君。

信陵君可犯起怪脾气来了，气狠狠地说："魏王把我扔在赵国，整整十年了！如今遭了难，才来找我，我偏不去！"他就关上大门，外人一概不见。魏国的使者颜恩没有法子见着他。信陵君的那些门客都劝他回到魏国去，至少也得跟魏国的使者见一见面。信陵君不理他们。他写了一张通告挂在门口。那通告上写的是："凡替魏王通报的，都有死罪！"这一下，那些门客都吓得伸了伸舌头，谁也不敢再言语了。魏国的使者颜恩等了足有半个月，连信陵君的影儿也没见着。魏安僖王接连不断地打发人去催颜恩，颜恩苦苦地哀求公子的门客们替他回报一声，可是那些门客为了保全自己的命，谁敢替他通报。颜恩就好像猫儿候着耗子似的天天在邻近一带等着，指望信陵君出来，能够在路上跟他见面。这个耗子可真机灵，压根儿就不出来，急得颜恩一点办法都没有。

正在无可奈何的当儿，颜恩瞧见两个客人来拜访公子。他拉住那两个客人不撒手，死乞白赖地向他们苦苦央告。这两个人说："你去预备车马，我们去叫公子动身。”这两个人怎么能有这种把握？究竟他们有多大的来头？

说起来有点新鲜。那两个人的名字一直到如今也没有人知道。在中国历史里只有他们两个人的姓：一个姓毛，叫毛公；一个姓薛，叫薛公。提起他们的出身，也挺个别。毛公是开赌场的，薛公是卖酒浆的。那时候，卖酒浆和开赌场不光是下贱的营生，还有点像流氓混混儿的勾当。这种人在士大夫的眼里比平民还要低一等。信陵君可不管这套。他的门客里的侯生不就是个穷老头儿吗？还有个宰猪的朱亥，也是这一类的人。信陵君见了毛公和薛公，曾经打发朱亥去拜访过他们。他们的架子可比当初朱亥对待信陵君的架子还大。您猜怎么着？他们全藏起来，不跟朱亥见面。信陵君就穿了便衣带着朱亥亲自跑到酒铺里。正赶上毛公和薛公在那儿喝酒，没留神进来的这两位客人是谁。信陵君走到他们跟前，说了好些敬仰的话。他们已经见着面了，藏也来不及藏，只好请信陵君和朱亥一块儿坐下喝酒。四个人又吃又喝，说说笑笑，大伙儿可就交上朋友了。打这儿以后，信陵君时常上酒铺去喝酒，有时候上赌场去玩玩，跟毛公、薛公混在一块儿。

这件事给平原君知道了。他对夫人说：“当初我以为你兄弟是位英雄豪杰，哪儿知道他竟自暴自弃，跟那些开赌场的，卖酒浆的一些下流人来往。怎么他连自己的身份也不顾了？”有一天姐儿俩见了面，姐姐就把平原君的话一五一十地跟兄弟信陵君说了。本来打算劝劝兄弟留点体面。信陵君回答她，说：“我早先以为姐夫是位英雄豪杰呐，他原来是个公子哥儿，就知道出风头、讲体面，在阔气的门客们身上花钱，什么叫搜罗人才，他满不管。我在魏国的时候，就听说毛公和薛公两个人是赵国数一数二的隐士，我恨不得早点跟他们来往。如今我跟他们结交，我就是给他们拿马鞭子赶车，还怕他们瞧不起我，不愿意跟我交往呐！谁知道姐夫反倒看作是丢人现眼的事。好！像这种贵公子我也高攀不上，还不如上别国去。”当天信陵君就叫门客们收拾行李，准备动身。

平原君一见信陵君和他的门客们忙忙叨叨地赶着打铺盖卷儿，不由得吓了一跳，立刻去问夫人，说：“我并没得罪你兄弟，怎么他要走啦？”夫人说：“他说你不好。他不愿再在这儿呆着了。”她就把信陵君的话学舌了一遍。平原君叹息着说：“赵国有这么两位人物，我还不知道，公子倒知道得这么清楚，变着法儿把他们拉了过来。我哪儿比得上他呐？”他就亲自跑到信陵君的公馆里，直向他磕头赔不是。信陵君只好照旧住在赵国。

这回毛公和薛公听见颜恩这番话，就进去对信陵君说：“秦国的兵马把魏国围上了，天天攻打，情势挺紧，公子知道不知道？”信陵君说：“早就知道了。可是我离开魏国整整十年了。如今我是赵国人，不敢过问魏国的事。”毛公说：“这是什么话！赵国和各国为什么都尊重公子？还不是为了有魏国吗？公子的名声怎么传扬天下的？还不是为了有魏国吗？各国诸侯哪个不都称赞魏公子怎么怎么能干，魏公子怎么怎么义气大方，魏公子怎么怎么招待天下豪杰。人家这么尊重魏国的公子，可是公子的心目中反倒没有魏国。这不成了笑话吗？魏国的光荣就是公子的光荣，魏国的耻辱就是公子的耻辱。要是魏国给敌人灭了，公子也就变成亡国奴了。到那时候，谁还来尊敬一个亡国奴呐？”薛公紧接着说：“秦国人要是占了大梁，拆毁魏国先王的宗庙，公子怎么对得住自己的祖宗呐？到了那时候，公子还有什么脸面在赵国呆着吃人家的饭呐？”

信陵君听了这两位上宾的话，好像小学生给老师数落了一顿似的。他当时满脸通红，低着脑袋，坐也不是、站也不是地出了一身汗，赶紧赔着不是，说：“我完全听从两位先生的话。要是两位先生不这么给我破说，我差点落个天下头一个大罪人的罪名！”

他当时就告诉门客们准备动身，自己去跟赵孝成王辞行。赵孝成王拉着他的手，掉着眼泪，说：“敝国全仗着公子，才没受人家的欺负。我哪儿舍得让公子走呐？可是如今贵国这么紧急，我也不好意思强留公子。这真是无可奈何的事。上回公子带着魏国的军队来救赵国，这回公子去救魏国，也带着赵国的军队去吧。”他就拜信陵君为上将军，庞煖为副将，发了十万兵马去抵抗秦国。

167 回光返照

信陵君统率着赵国的军队到魏国去，同时又打发门客分头上各国去求救兵。燕、韩、楚三国向来佩服信陵君，一听说他当了上将军，全派大将带着兵马来帮助他。只有齐国不愿意加入抗秦阵营。

信陵君统率着五国的军队，挺巧妙地切断了王龁和蒙骜的联络，夺过来不少秦军的粮草，连着打了几回胜仗，打得秦国的士兵五零四散地跑了。

五国的军队一直追到函谷关，在关前驻扎着五座大营，耀武扬威地向秦国挑战，吓得秦国的将士把城门关得挺严实，不敢出来。这么着呆了一个多月，秦国人不敢再出来。这回打仗可以说是五国诸侯最露脸的事，发出了灿烂的光芒，正像夏天的太阳从西山顶上照得人挣不开眼睛一样。可是，这回灿烂的光芒只是合纵抗秦的回光返照罢了。信陵君不见秦国人出来，就想：要是敌人老不出来，五国的军队在这儿再住上一年半载，也没有用。再说函谷关也打不下来，就算把函谷关打下来了，也灭不了秦国。他这么一核计，还不如下令退兵。各国的兵马就各自回去了。从此，合纵抗秦的大势已去，秦国可就更加强盛了。

信陵君回到魏国，离着国都还有三十多里地，就见魏安僖王亲自迎接他来了。魏安僖王和信陵君本来是异母兄弟。哥儿俩分别了十年，这回一见面，又是喜欢，又是伤心。他们一块儿坐着车回到城里。魏安僖王拜信陵君为相国，除了原来的俸禄之外，又封给他五座城。他又免了朱亥刺死晋鄙的过错，请他为将军。这么一来，谁都知道信陵君的威名了。各国诸侯都给他送礼，求他指教打仗的法子。信陵君就把他平日用兵打仗的心得作了一部书，就是《魏公子兵法》。

各国诸侯为了佩服信陵君，全都来送礼。秦庄襄王也打发使臣来结交信陵君，请他上秦国去逛逛。信陵君把这事儿禀告了魏安僖王。魏安僖王不愿意叫他去冒这个险。可是信陵君觉得能够和好，总是和好好。他先打发朱亥带了一双玉璧上秦国去答谢。

朱亥见了秦庄襄王，举行了回拜的礼节，就要回去。秦庄襄王使出各式各样的法子，说了不知多少好话，想把他留住，要封他官职。朱亥一死儿不答应。蒙骜对秦庄襄王说："他就是打死晋鄙的那个勇士，咱们吃过他的亏。要是他不愿意归顺大王，千万不可放他回去！"秦庄襄王把朱亥扔到老虎圈里。圈里的老虎一见有人进来正要扑过去。朱亥大喝一声，说："畜生，你敢！"这一嗓子，好像霹雷似的，居然把那只老虎吓住了。它趴在地下，不敢动弹。秦庄襄王和手下的人全愣了。他们又把他领出来。秦庄襄王还想劝他投降。朱亥知道他已经万万回不了赵国，就下了决心，自杀了。

朱亥的底下人跑回魏国，报告了秦庄襄王逼死朱亥的经过。信陵君痛哭一场，心里非常恨秦国。秦国又派使者来，送了信陵君好些礼物，另外还有一封信。大意说："公子的威名轰动天下，各国诸侯没有不佩服公子的。可不知道魏王什么时候能让位。我们都等着公子即位呐。奉上一点礼物，表一表我们庆贺公子的意思。”信陵君把送来的礼物都退回去，把秦庄襄王的信拿给魏安僖王看，对他说：“这是秦国的诡计。咱们可别上他们的当！”魏安僖王嘴里不说什么，心里可不免有点猜疑。自古以来当君王的最怕的一件事就是怕别人去抢他的王位。君王最容易犯的毛病就是疑心病。魏安僖王害怕信陵君真比害怕秦庄襄王还厉害！为了这个，信陵君告了病假，交还了相印和兵符。

他想起毛公和薛公隐身的法子来了，就拿喝酒、耍钱当作消遣解闷。还怕魏安僖王再去逼害他，就天天喝酒作乐，恨不得早一些离开这个充满猜疑的人世。这位公子，外表上是荒淫无度，谁知道他是“黄连树下弹琴”——苦中作乐。不到三年工夫，就把自己一条命断送了(公元前244年)。门客们一个个都哭得挺伤心。

信陵君给秦庄襄王害得辞职的那当儿，秦庄襄王倒先跑在他头里，得病死了(公元前247年)。吕不韦帮着那个十三岁的孩子即位，就是秦王政(后来称为秦始皇)。秦国的大权全在吕不韦手里。他得着信陵君辞职的信儿，就知道合纵的玩意儿又完了。他派大将蒙骜、张唐、王龁，接连不断地去攻打赵国、韩国和魏国，得了几十座城，逼得各国诸侯不得不拿出“合纵”的法子去抵抗。

韩桓惠王想个办法叫秦国劳民伤财，免得再来攻打韩国。他派水工(相当于水利工程师)郑国(姓郑，名国)去献计策，劝秦王开凿泾水(在甘肃省里的分南北两源，会合后流入陕西省)。秦王和吕不韦不知道他是来害秦国的，完全同意他的办法，派他负责主管这个巨大的工程。他就从仲山(在陕西省泾阳县西北)挖掘河道，一直向东开凿，通到洛水。这个工程实在太大了，人力、物力真费了不少。工程已经做了一大半，秦国忽然发觉这是上了韩国的当，就要弄死那个水工郑国。郑国也不隐瞒，老老实实地说：“我这么干，原来是叫秦国忙着挖河，好叫韩国延长几年寿命。可是这条泾水一挖成，对秦国来说，是个千年万代的大事情，好处是说也说不完的。”吕不韦就叫他接下去完成这个水利上的大工程。这新开凿的河道能灌溉四百多万亩田地。这条河渠叫郑国渠。据说以后平均每亩收割了六石四斗粮食。在这以前(公元前250年)，秦昭襄王吩咐蜀郡太守李冰大兴水利，开辟稻田。李冰修建了著名的都江堰(在四川省都江堰市西，岷江中游)，把岷江的激流分成两条河道，穿过成都，使河流转为平缓。都江堰不但控制了岷江的激流，免除水灾，而且两条河道灌溉了一百多万亩庄稼。这会儿郑国渠的工程比都江堰的工程更大，灌溉的田地更多。从此，秦国就更富强了。

公元前241年(秦王政六年)，各国诸侯，除了齐国以外，赵、韩、魏、燕、楚，都出兵加入了合纵阵线，公推楚国为领袖，拜春申君黄歇为上将军，浩浩荡荡地杀奔函谷关来。秦国的丞相吕不韦派蒙骜、王翦、桓齮(齮 yǐ)、李信、内史腾五个大将，每人带着五万兵马，分头去对付五国的军队。王翦准备集中力量先去袭击楚军。他暗中调动兵马，打算连夜进攻。没想到他这计策被一个手下人偷偷地透露给了春申君。春申君吓得魂不附体。连其余四国的兵营也来不及去通知一声，他立刻下令退兵，连夜跑了五六十里地，才喘了口气。等到秦军开到楚军驻扎的地方，才知道楚军已经跑了。王翦那五大队人马就合在一起攻打四国的兵马。四国的将士儿郎们听说领头的楚军先跑了，全泄了劲儿，瞧见秦国的兵马就好像耗子见了猫似的撒腿就跑。合纵抗秦的蜡头就此完全熄灭了。

168 移花接木

春申君跑回陈都。赵、韩、魏、燕四国全都派人去责问楚国：“贵国当了纵约长，怎么不通知别人，自己先回来了？”楚考烈王就数落春申君。春申君光瞧着自己的靴子，连句遮羞脸的话也说不出来。打这儿，楚王对他就不怎么信任了。

春申君回到家里，两只眼睛还是老瞧着靴子，心里想：“我在列国四公子之中，难道光是这靴子上缀着的珠子比别人阔气吗？”在他旁边的门客朱英早就知道了他的心事，鼓励他，说：“别人都说楚国是强国，到了您做了相国(楚国令尹的官衔已经像列国一样改为相国)才衰落下去。这话我可不承认。当初楚国四周围没有强国，秦国离着又远，不能来侵犯，因此，楚国一向称为南方大国。如今形势变了。西周、东周已经给秦国灭了；韩国、魏国早晚也得给秦国吞并了去。秦国越往外伸展，就越跟楚国接近。所以我说并不是楚国比从前弱，实在是秦国比从前强罢了。这么下去，陈都也不是个安全地界。您不如早点劝大王作个准备，迁都到寿春(在安徽省寿县)去吧。”春申君就把这个意思告诉了楚王。

楚王听了春申君迁都寿春的话，觉得这也是大功一件。春申君又得到了楚王的信任，心里可就踏实得多了。他还想立个大功。楚王没有儿子，春申君得想个办法别让他绝了后。他曾经给楚王献上过好几个女子，她们连一个也没生养过。急得春申君想不出主意来，就又叹气出神。他这心事给一个从赵国来的门客，叫李园的，瞧出来了。李园想把他妹妹献给楚王，又怕她照样不能生养，白费心机。为了这个，他还得费点脑筋。

他向春申君告假，说是要回老家去一趟，到了日子准回来。春申君答应了。李园到了赵国以后，成心误了限期才回楚国去。春申君问他，为什么在家里住了这么些日子。李园咕嘟着嘴，翻着白眼，说："都是受了我妹妹嫣嫣的累赘！为了嫣嫣长得有几分颜色，连齐国人也都知道了。没想到齐国还真派人来求婚说媒，我只好招待他几天。"春申君一想："赵国的女子，连齐国也全知道，准是个天下无双的！"不由得就问："你答应齐人了吗？"李园说："还没呐。""那么，能不能叫我见见面儿？"李园连连点头，说："我在您门下，我妹妹就是您的丫头，这还用说吗？"李园把妹妹送给了春申君。不到三个月工夫，嫣嫣有了身子。兄妹俩一商量，就想"移花接木"，来夺取楚国的大权。

有一个晚上，圆圆的月亮照得屋子直发亮，春申君指着天上的月亮对嫣嫣说："你瞧，月亮也像咱们一样，又圆满又快乐。"嫣嫣叹了口气，说："我也想咱们两个人能够天长地久，永远团圆。可是咱们大王还没有儿子，千秋百岁之后，王位就得传给他的兄弟。您做了二十多年相国，一向得到大王的重用；将来的新王不见得还能够这么重用您。"春申君一声没言语。嫣嫣接着说："不能再做相国，倒也没有什么。我知道您在这几十年当中，难免有得罪人的地方。万一您得罪过的人当上了君王，您还想躲得开吗？"春申君一下儿就坐了起来，挺着急地说："这倒是真的！怎么办呐？"一阵微风吹过来，有些透着凉意。嫣嫣给春申君披上一件上衣，说："计策倒是有，不光能够躲过祸患，还能福上加福。只是我说不出口来。说出来怪难为情的。"春申君催着说："你替我打算，有什么不好说的呐？我一定听你的。"嫣嫣抬起头来，咬着他的耳朵，说："我已经有了喜了，连您还不知道呐。您要是把我献给大王，大王准得宠我。要是天从人愿，养个儿子，他可就是楚国的太子，也就是您的亲骨肉。将来您的亲骨肉当了楚王，您还怕什么呐？您瞧这个'移花接木'的计策好不好？"春申君眉开眼笑地说："天下竟有像你这么机灵鬼道的女子！"春申君就替楚考烈王做媒，把李园的妹妹嫣嫣送到后宫。到了生产的时候，嫣嫣不光替老年的楚王养了个儿子，而且还是个双胞儿。楚王就立嫣嫣为王后，长子为太子，李园为国舅，跟春申君一块儿管理朝政。

李园虽说得了势，可是对春申君特别显着恭敬。只要能叫春申君高兴的事，他都肯干，甘心情愿地哈着腰去干。

迁都以后第三年（公元前238年，秦王政九年，楚考烈王二十五年），楚考烈王病了。春申君静静地等待着，他那“亲骨肉”眼瞧就要即位了。一到那时候他就是太上王了。忽然有一天，他的门客朱英来见他，对他说：“天下有意想不到的福气，有意想不到的灾祸，还有意想不到的人。您知道吗？”春申君说：“你别让我猜谜儿，痛痛快快地说吧。”朱英说：“您做了二十多年相国，富贵无双。如今大王得了重病，没见好。一旦小王即位，您就是伊尹、周公。这就是意想不到的福气。可是那位国舅李园外表上透着恭敬，背地里可养着武士。为了他妹妹的事，他怎么能放过您呐。大王一死，他准先来对付您。这就是意想不到的灾祸。”春申君笑着说：“他哪儿敢？——还有意想不到的人呐？”朱英指着自己的鼻子，说：“我替您去对付李园，免得您落在他手里。我就是一个意想不到的人。”春申君说：“李园这么殷勤地伺候着我，哪儿能害我呐？你别瞎猜别人！”朱英微微一笑，说：“当断不断，反受其乱。原来您也是一位意想不到的人哪！”

朱英劝不了春申君，就跑到别的国隐居起来了。

朱英走了之后，过了十几天，楚考烈王死了。李园叫人去报告春申君。春申君赶到宫里，就给李园的武士们围上，嚷嚷着说：“奉王后密令：黄歇谋反，理应处死！”春申君就这么遭到了意想不到的灾祸，全家灭了门。

169 不中用的小子

自从合纵抗秦失败以后，又加上楚国的没落，这下子秦国要兼并各国就更便当了。头年吕不韦派蒙骜和张唐去攻打赵国，又派秦王政的兄弟长安君成蟜为大将和将军樊於期（於 wū）去接应。门客们对吕不韦说：“长安君才十七岁，年轻轻的哪儿能做大将呐？”吕不韦微微一笑，说：“这个你们哪儿能知道哇！”

蒙骜的大军从上党去攻打赵国，给赵国的大将庞煖在尧山（在河北省邢台县东北）、都山（在河北省）一带截住。两边的军队打了几仗，真是棋逢对手，一时分不出胜败来。蒙骜就叫张唐上屯留（在山西省长子县北）去催长安君的大军快点来。张唐还没跑到屯留，听说长安君的军队已经叛变了。那长安君成蟜，本来是个公子哥儿，忽然当上大将，自己也有点糊里糊涂的。樊於期告诉他，说："文信君拜您为大将，是叫您来送死。他为的是好一手把持秦国的大权，还想把秦国的天下变成吕家的呐！"成蟜说："哎呀，这怎么能呐？"樊於期编了个故事，说："您还不知道哇，如今的太后原来是吕不韦的姨太太呀！如今的国王也不是先王的后代，您才是先王的亲骨肉！因此，吕不韦非要把您消灭不可。他外表上拜您为大将，好像挺尊重您。其实，要是蒙骜打了败仗，吕不韦就好借着这个因由定您的罪，办得轻点革职，办得重点处死！"成蟜吓得直掉眼泪，说："哎呀，这怎么办呐？"樊於期说："蒙骜给赵国军队绊住，一时不能回来。要是您有胆量的话，就可以借着手下的军队，守住屯留，一边通告全国，把吕不韦的阴谋揭破了，秦国人准能护着您。"成蟜在气头上，起着誓，说："男子汉大丈夫死就死，说什么也不能在一个买卖人的儿子底下窝囊着。请将军好好地干吧！"

樊於期写了一篇通告，说吕不韦盗国，叫全国军民帮着先王的亲骨肉，就是长安君成蟜。当时就派人把通告送到各处去。秦国人当初也有听说吕不韦替王孙异人说媒的事。如今见了这个通告，说赵姬原来是吕不韦的姨太太，先有了身孕，然后才转送给王孙异人，就议论纷纷了。有的说赵姬是大户人家的闺女，豪门大族的千金小姐，怎么能给人家做小呐？可是又有人说她是歌女，说得有鼻子有眼儿。大伙儿都有点半信半疑，只把这个通告当作一件新闻罢了。

张唐本来是去催长安君的，一听见这件新闻，连夜跑回咸阳去向秦王政报告。秦王政见了这个通告，非常恼怒，立刻就把吕不韦召来叫他出个主意。吕不韦说："长安君年轻轻的，决不敢这么胡作非为。这准是樊於期干的勾当。可是他有勇无谋，成不了大事。咱们立刻发兵，把他拿来就完了。"他就拜王翦为大将，桓齮、王贲（王翦的儿子）为左右先锋去围剿长安君。

王翦的大军到了屯留，还没开仗，早就把成蟜吓坏了。樊於期安慰他，说："这几天咱们已经把长子（在山西省长治市西）、壶关（在山西省长治市东南）两座城夺过来了，加上屯留一共有三座城了，兵马也有十四五万，怕他干什么？ 再说您已经骑在老虎背上，要想下也下不来了！”成峤一听说“老虎”，更心慌了。

樊於期开了城门，布置阵势，准备跟王翦开仗。 王翦在阵上跟樊於期说：“秦国有哪点对不起你？ 你怎么引诱长安君造反？”樊於期在兵车上行了个礼，说：“秦政是吕不韦的儿子，长安君才是先王的亲骨肉。 咱们都是先王的大臣，应当尽忠报答先王，惩办奸贼，废去假王，同心协力地保着长安君，这才是正理。 将军能够仗义归正，就是秦国的功臣。”王翦说：“太后怀胎十月，才养了这位君王。 你怎么能造谣生事，污辱君王？ 说话也得有个分寸。 你无凭无据，胡说八道，欺哄百姓，扰乱军心，就是国家的大罪人。 我哪儿能把你放过去呐？”说着，他就冲了过去。 樊於期也犯起杀性，抡起大刀，见人就砍。 王翦叫士兵们把他围上。 樊於期很有能耐，左冲右闯，反倒把他们砍倒了不少。 王翦怕士兵们死伤太多，只好收兵。

当天晚上，王翦就在营里问将士们：“你们有认识长安君的没有？”有个将军叫杨端和的，他说：“我当初在长安君的门下当过门客。”王翦对他说：“我有一封信，你想法混进城给长安君送去，劝他早日反正，就是你的大功一件。”王翦把信交给杨端和，又叫桓龁去攻打长子城，叫王贲去攻打壶关，自己攻打屯留。 三个地方同时进攻，逼得樊於期没法儿应付。

樊於期对成峤说：“王翦分兵三处，我不如先跟他去决战。 要是长子和壶关给他们打下来，可就更难对付了。”成峤掉着眼泪，说：“哎呀，怎么办呐？ 这事是将军发动的，还是请将军做主吧。 只要不连累我就行了！”

樊於期跟王翦打了好几天，眼见王翦的兵马越来越多，自己的兵马越来越少。 有一天，突然见桓龁和王贲的兵马也开到屯留来了。 樊於期就知道长子和壶关已经丢了。 他只得退回城里，把守着城。 他亲自在城上巡逻，鼓励将士，一天到晚，简直没有休息的工夫。 王翦、桓龁、王贲合在一起，加紧攻打，眼瞧着屯留是保不住的了。

他抽空来见成峤，对他说：“咱们还是上燕国或是赵国先去躲一躲，慢慢地再想办法吧。”成峤说：“哎呀，我本族的人全在咸阳，怎么能跑到别的国去呐？ 要是人家不收留咱们，可怎么办呐？”樊於期说：“诸侯哪一个不恨秦国，哪儿能不收留您呐？”他们正在说话的时候，外边传话说：“王翦又来挑战！”樊於期直催成峤：“王子再不动身，怕要跑不出去了！”成峤只是慢条斯理地耗着。 樊於期做梦也想不到成峤已经给王翦派来送信的那个杨端和说活了心。 他只盼望着秦王能饶了他，让他回咸阳去。 哪儿还能跟着樊於期逃跑呐？ 樊於期还想给成峤杀出一条活路，就开了南门跟王翦的兵马打了起来。

打了一会儿，一见敌人越来越多，樊於期实在抵挡不了啦，只好跑回来。没想到城门早就关上了！樊於期大声嚷着说：“开门！开门！”城门楼子上的人说：“长安君已经投降了，请将军自便吧！”樊於期抬头一瞧，只见杨端和站在成蟜的旁边。成蟜不说话，连“哎呀，怎么办呐？”也没有了，只是流着眼泪看着樊於期。樊於期叹了一口气，说：“不中用的小子！枉费我一番心血！”他立刻转过身来，又去跟王翦拼命。

秦国的士兵就像蚂蚁翻窝似的围了上来。樊於期还能有命吗？没想到秦王政给王翦下了一道命令：要逮活的，好让秦王亲自砍他的脑袋，才解心头之恨。因此，他们不敢伤害他。樊於期就趁着这个方便，杀开一条血路，逃到燕国去了。

王翦没追上樊於期，只得进了屯留城，把成蟜押在公馆里，等候秦王政发落。太后替长安君请罪，又叫吕不韦去说情。秦王政说：“要是造反的不治罪，谁都可以造反了！”当时就打发人去通知王翦，叫他把成蟜就地正法。成蟜老想回到咸阳去，到了儿还是回不去，他在屯留吊死了。

秦王政处死了长安君成蟜，又因为屯留的人附和了成蟜，把他们都迁移到临洮（在甘肃省岷县）去开垦荒地。他出个赏格：谁能拿住樊於期，把他解到咸阳来的，赏五座城。他还要找赵国报仇。当初蒙骜听说长安君兵变的消息，只得下令退兵，在半道上给赵国的大将庞煖杀了。赵国这一回的袭击叫秦国受了挺大的伤耗。庞煖杀了蒙骜，自己也受了重伤，回到赵国，没呆几天工夫也死了。秦王政为了这回出兵不但没得着什么，反倒弄得长安君叛变，受了挺大的损失，又气又恨，就准备再去攻打赵国。

170 天才儿童

秦王政为了再去进攻赵国，先打发大夫蔡泽去拆散燕国和赵国的联盟。燕王喜果然听信了蔡泽的话，叫太子丹上秦国去做抵押，又请秦王政派一个大臣上燕国来当相国。他以为这么一来，燕国攀上了秦国，就不必再怕赵国了。蔡泽带着燕太子丹到了咸阳，请秦王政打发一个大臣上燕国去，作为交换。吕不韦派张唐去，可是张唐推辞不去，跟着就告了病假。

吕不韦亲自跑到张唐的家里去请他。张唐说："我好几次打过赵国，赵国当然恨我。如今丞相叫我上燕国去，我不能不路过赵国，这不是叫我去送死吗？"吕不韦再三再四地请他去，他坚决不干。吕不韦只得闷闷不乐地回去，赌着气坐在家里。门客们见他这个样儿，全回避了。其中有个小门客，叫甘罗（秦武王手下的大将甘茂的孙子），可不怕吕不韦。他走过去，说："丞相闷闷不乐，有什么心事吗？"吕不韦说："小孩子家懂得什么，也来问我！"甘罗说："我吃着您的饭，就得替您办事。您有心事不说，叫我怎么能懂呐？不懂得什么，才来问您哪。"吕不韦只得把张唐不上燕国去的事说了一遍。甘罗说："这点小事情也值得这么烦吗？他不去，我去请他！"吕不韦骂他："滚，滚！我亲自去请他，他都不去。难道他能听你小孩子的话吗？"甘罗不服气。他说："怎么丞相老是小孩子长，小孩子短地小瞧我！我要是请不动他，您再骂我也不晚哪！"吕不韦还真向他赔不是，说："那么，你去试试，要是办到了，就是大功一件。"

甘罗挺高兴地去见张唐。张唐虽说也知道他是吕不韦的门客，见他岁数小，没把他放在眼里，张嘴就说："小孩子干什么来啦？"甘罗说："我是来警告您来的！"张唐说："警告我什么？"甘罗说："别忙！我有几句话先问您：将军的功劳跟武安君白起比起来，哪个大？"张唐说："我哪儿比得上他呐。武安君南边打败了强大的楚国，北边打败了燕国和赵国。不知道他打了多少回胜仗，夺到了多少座城。我连一星儿也比不上他！"甘罗又问他："那么文信侯的权力跟应侯的权力比起来，哪个大呐？"张唐说："当然文信侯大！"甘罗说："对呀！将军既然知道文信侯的权力比应侯的权力大，您的功劳比武安君的功劳小，怎么还不听从文信侯的话呐？从前应侯叫武安君去攻打赵国，武安君不愿意去，应侯就把他轰出国去，秦王还派人给他送了一把宝剑，叫他自杀。如今比应侯还要厉害的文信侯亲自来请您这位不如武安君的将军上燕国去当相国，将军坚决不干。这种举动完全跟武安君一样，难道文信侯能把您放过去吗？我怕的是您不光要给轰出国去，怕也要领受一把宝剑吧！"张唐听了，慌慌张张地恳求甘罗："求你救救我吧！"甘罗说："那么您就跟我这个小孩子一块儿去见丞相。"

张唐跟着甘罗去向吕不韦谢罪，情愿上燕国去。吕不韦叫张唐准备动身，回头又谢过了甘罗。甘罗说："张唐听了我的话，不得不上燕国去，可是他还害怕赵国。请丞相派我上赵国替他去疏通疏通。”吕不韦已经知道了甘罗的才干，就领他去见秦王政，把这几天的经过说了一遍。秦王政问甘罗：“你见了赵王怎么说呐？”甘罗说：“这得瞧赵王怎么样，必须见机而作。说话就像浪头随着风向转，哪儿能预先规定呐？”

秦王政给了他十辆车马，一百个人，送他上赵国去。赵悼襄王听说燕国跟秦国和好，正担着心。他怕这两国联合起来打赵国。一听秦国的使臣来了，自然挺高兴。当时就派人去迎接。赶到一见面，原来是个小孩子，不由得纳起闷儿来了。赵悼襄王问他：“小先生光临，有何见教？”甘罗说：“燕太子丹上秦国去做抵押，不知道大王知道不知道？”赵悼襄王说：“听说了。”甘罗又问：“张唐上燕国去当相国，大王知道不知道？”赵悼襄王说：“也听说了。”甘罗说：“是呀！大王既然都听说了，就应当明白贵国所处的地位。燕太子上秦国去做抵押，就是燕国信任秦国；秦国的大臣上燕国去当相国，就是秦国信任燕国。燕国跟秦国这么彼此信任，那么贵国可就危险了！”赵悼襄王故意挺镇静地说：“为什么呐？”甘罗说：“秦国联络燕国，就是打算一块儿来进攻贵国，为的是要夺取河间一带的土地。依我说，大王不如把河间的五座城送给秦国，秦王准得喜欢。我再去替大王求求秦王，别叫张唐上燕国去，别跟他们来往。这么着，贵国要是去进攻燕国，秦王准不去救。这么强大的赵国对付一个弱小的燕国，那还不是要几座城就是几座吗？送给秦王的那五座城简直就算不了一回事儿啦。”

赵悼襄王本来是个“软的欺、硬的怕”的家伙，就想拿五座城做本钱去侵略燕国，好夺到一些土地。当时就送给甘罗一百斤金子，两对玉璧，又把五座城的地图和户口册子交给他。甘罗满载而归。秦王政自然高兴，就封他为大夫，又把当初封给甘茂的土地赏给他。

赵悼襄王一打听，果然秦国不派张唐上燕国去，就知道燕国真孤立了。他叫大将李牧带兵去攻打燕国，夺了几座城。这么着，秦国和赵国都得着了好处，就是燕国太倒霉了。燕太子丹住在秦国，眼瞧着秦国失了信，让赵国去欺负燕国，这个日子太难过了。他天天愁眉苦脸，心头好像滚油煎、刀子扎一样。他想偷着跑回去，又怕过不了关。一个人孤苦伶仃地在秦国，又没有帮手，跟谁去商量呐？他忽然想起甘罗来了，打算跟他去结交结交，也许能有个出路。没想到这位聪明伶俐、年纪轻轻的小政客，原来是个短命鬼，才当了几天大夫就死了。燕太子丹想去求求吕不韦，可是吕不韦也跟自己一样，他心里头也正滚油煎着呐。

171 驳逐客令

吕不韦为了一个落难的王孙异人，真是倾家荡产，费尽心机，给他争到太子的地位，又给他娶了赵姬，养了这位秦王政。在他看来，秦王政就算是叫他一声“爸爸”也不过分。那赵姬本来是吕不韦介绍给异人的，如今当上了太后，当然也是吕不韦的一党。他的权势可想而知了。秦王政是中国历史上真正了不起的人物。他的聪明、智慧、见解和魄力都很突出。年轻时候，一切事情全由吕不韦和太后作主。一到二十二岁上，他就要执掌大权，自己作主，反倒觉得吕不韦是碍手碍脚的人了。公元前238年(秦王政九年)，太后赵姬跟长信侯嫪毐(Lào'ǎi)造反，附和他们的人也不少。秦王政剿灭了这群乱党，杀了嫪毐，又把嫪毐私通太后所生的两个小孩子也全杀了。案子重的抄灭了二十多家，比较轻一点的四千多家都迁到巴蜀去。

又过了一年，他觉得自己已经有了实力，而且眼瞧着吕不韦的主张和做法跟他不对头，就拿出主子的手段来，要把吕不韦也拿来治罪。原来吕不韦也像孟尝君、信陵君、平原君、春申君一样，养了三千多门客，其中有学问的人也不少。吕不韦叫几个能够编书的人，根据他的意见，写了一部书，叫《吕氏春秋》，大约有二十多万字。这部洋洋大篇的著作在秦王政八年的时候才写成功。吕不韦看了很满意，把全部书在咸阳市门公布，还出了一个赏格：有谁能够在这部书上增加一个字或者删去一个字的，赏一千金。一来，那部书在当时也实在写得不坏；二来，谁那么大胆敢修改文信侯的文章？可是秦王政就不能同意《吕氏春秋》所提出的主张。什么“天下不是一个人的天下，天下是天下人的天下”。这种话是跟秦国一百多年来所奉行的商鞅的主张大不相同，不合秦王政的口味。他不能同意吕不韦的主张和做法，就借着嫪毐造反的案件，旧事重提，说嫪毐是吕不韦保举的，说他跟去年的叛变多少也有牵连。没想到朝廷上的大臣多半都跟吕不韦有交情。大伙儿禀告说：“文信侯辅助先王，立过大功；再说他对于嫪毐的事也许有点嫌疑，可是没有真凭实据，哪儿能就办他呐？”秦王政碰了个钉子，可是决不后退，也不跟钉子硬碰，他会绕着弯儿走。他听了大臣们的话，把吕不韦放了，可是收回了相印，叫他回到本国去。

各国诸侯一听到文信侯离开了咸阳，都抢着打发使臣去请他当相国。秦王政怕他到了别国对秦国不利，就写了一封信给他。那信上说：“嫪毐的叛变跟你有关。我不忍治罪，让你回国，原本是宽大为怀，给你一个悔过的机会。你反倒跟各国诸侯的使臣来往，你哪儿对得起我的一番好意呐？请你带着家眷搬到巴蜀去吧。我划给你一座城，给你养老。”吕不韦知道秦王政决不能把他放过去。要是真信了让他养老的话，那未免太天真了。再活下去只有多受罪，他就喝了毒酒自杀了。

秦王政杀了吕不韦，把他的门客都轰走了。他疑惑着：别国的人为什么跑到秦国来做官呐？一个人不能爱护本乡本土，还能爱护秦国吗？再说，秦国的事，他可以叫秦国人来办；秦国的朝政应当由他自己来管。他越想越有道理，就下了一道命令：“凡是别国来的客人不许住在咸阳。凡是在秦国做官的别国的人，一概免职，三天之内离开秦国。谁要收留别国的人一概治罪。”

这道“逐客令”一出来，所有别国的人都给轰出去。被轰出去的大小官儿当中有个楚国人叫李斯。他本来是儒家的大师荀卿的弟子，一向在吕不韦的门下。吕不韦把他推荐给秦王政，秦王政曾经拜他为客卿。这回李斯给轰出咸阳城外，非常懊恼。一路上他还想着办法。如果因为他是吕不韦一派的人而给秦王轰出去，那他以后不提吕不韦也行啊。只要秦王能够用他，别说是吕不韦，就是他老师荀卿的主张，他也不妨扔了。左思右想，他决定再撞一回大运。他就写了一个奏章，叫秦国人去送给秦王政。秦王政拿过来一瞧，上头写着：

从前穆公搜罗人才，从西边得到了由余，从东边得到了百里奚，从宋国迎接了蹇叔，从晋国迎接了丕豹和公孙枝。由余、百里奚、蹇叔、丕豹、公孙枝都不是秦国人，可是穆公用了他们，收服了二十个小国，当了西方的霸主。孝公用了魏国人公孙鞅，改革制度，移风易俗，人民增加了生产，国家因此富强。惠王用了张仪，征服了三川、巴蜀、上郡、汉中、郢都这些地方，扩张了好几千里的土地，粉碎了六国合纵的计策。昭王用了范雎，废了穰侯，轰走了华阳，加强了公家的势力，实行远交近攻的计策，一步步地扩大了地盘。这都说明穆公、孝公、惠王、昭王都是借重外来的人，做了大事。要是这四位君王不搜罗人才，不重用外来的人，秦国哪儿能有像今天这样的富强？这么看来，外来的人并没有对不起秦国的地方，凭什么要轰走外来的人？再瞧大王所喜爱的东西吧：昆山的白玉、随县的明珠、吴国的宝剑、北狄的快马、江南的金银、西蜀的丹青、齐国的绸缎、郑国、卫国的音乐——这些大王所喜爱的东西，没有一件是秦国出产的！如果不是本国的人不用，不是土产的东西不要，那么：孔雀毛编成的旗子就不能用；鳄鱼皮蒙成的鼓就不能打；宫女们的玉簪、珠圈、绣花的衣裳、五彩的飘带，都得扔了；王宫里精美的象牙的装饰品都应当改为粗糙的木器；音乐队里的丝弦乐器都得废除，一概改成秦国的瓦盆。可是大王不光是喜爱这些好看的装饰、好听的音乐，并且还把赵国的舞女、郑国和卫国的美女都收在后宫里。这是为什么呐？还不是为了享福作乐吗？凡是能够享福作乐的东西，就是别国的也要，并且比起本国的还加倍地爱；一提起人才来，就不分是非曲直，凡不是秦国的就轰出去。这么说来，大王单单看重音乐、珠子、玉器、美人，反倒看轻了有关国家兴亡的人才了！我听说土地广的粮食多，国家大的人口多，军队强的勇士多。泰山不把泥土扔了，所以能够堆得那么高；大海容纳了小河流，所以能够变得那么深；王者不拒绝众百姓，所以能够发扬他的德行。如今大王轰走外来的人，天下的英雄豪杰只好跑到别的国去了。大王轰走别国的人就是给敌国增加了力量。将来秦国的危险跟祸患那还用说吗？

秦王政一边念着，一边不断地点头。他立刻收回逐客令，打发人叫回李斯，把他官复原职。秦王政向他道歉，接着就问他：“我要兼并六国，统一中原，先生可有什么高见？”李斯说：“韩国离秦国最近，又最软弱。可以先从那儿下手。”

秦王政听了李斯的话，叫内史腾带了十万兵马去攻打韩国。韩王安（桓惠王的儿子）吓得直打哆嗦，叫公子非（就是韩非子）上秦国去求和，情愿割让土地，当秦国的属国。韩非子也是荀卿的弟子，跟李斯是同窗好友。李斯还认为自己比不上他。韩非子从前也劝过韩王安，献过计策，打算叫韩国转弱为强，转危为安，只是韩王安不能用他。这次情况吃紧了，才派他上秦国去。韩非子到了咸阳，一心想做秦国的臣下。他写了几篇文章献给秦王政。秦王政倒挺钦佩他的才能，可是这时候秦王政正信任李斯，听了李斯的话把他扣起来。后来李斯还送他一份毒酒。韩非子问看监牢的人：“我犯了什么罪呀？”他回答说：“一个鸡笼里容不了两只公鸡！人家碰见像公子这么有才干的人，只有两个办法：不是重用，就是害死，根本提不到什么犯罪不犯罪。”韩非子叹息了一会儿，自杀了。

韩王安听说公子非死了，更加害怕了，就投降了秦王政，情愿当他的臣下。秦王政答应了，叫内史腾退兵。韩国既然归顺了秦国，秦王政又想起韩非子来了。可惜他已经死了，秦王政不免有点怪李斯。李斯说："大王别再心疼他了。我来推荐一个人，论他的才干，要比韩非子强！"秦王政说："他在哪儿？"李斯说："他正巧在咸阳。不过他的脾气挺古怪，随随便便去召他是不行的。"秦王政就像招待贵宾一样地派人去请他。

172 一斗米、十斤肉

秦王政请来的是个大梁人，叫尉缭。秦王政挺恭敬地问他："怎么样才能够统一天下，请先生指教。"尉缭说："如今各国大权全在大夫手里。大夫占了公家的土地，国君当然不乐意，大夫可不管这些个。这是说，大臣们并不是个个都忠于国君的。再说做官的差不多都是贪财的。大王只要花上二三十万金子，就能够把他们收买过来。要是能够把各国的大臣收买过来，诸侯还不就完了吗？"秦王政真舍得花钱，当时就先给尉缭五万斤金子让他去花。尉缭又把他的门生王敖推荐给秦王，叫他到各处跑跑道儿。他又请秦王派大将桓齮带了十万兵马去攻打魏国。

魏景湣王（安僖王的儿子）一听说秦国军队来了，立刻打发人上赵国去求救，还拿邺郡三座城作为谢礼。赵悼襄王就派大将扈辄（Hùzhé）带着五万兵马先去接收邺郡三座城。扈辄接收了邺郡，还没布置好，桓齮的军队已经到了。两下里一开仗，扈辄就败下来了。三座新得来的城给秦国军队夺了去。这还不算，另外又丢了赵国自己的几座城。

扈辄退到平阳（在河北省临漳县西），赶紧派人去请求赵悼襄王再派救兵来。赵悼襄王召集了大臣们，叫他们出个主意。大臣们都说："以前赵国只有廉颇大将能够打得过秦国。除了他以外，要算庞煖了。如今庞煖死了，廉将军倒还在大梁闲着。要打算打败桓齮，除非把廉将军再请出来。"大夫郭开反对说："廉将军已经是七十岁的人了，哪儿能再打仗呐？再说以前因为大王不信任他，他才赌着气跑了。如今再把他请来，反倒彼此不便。"

原来当初廉颇骂过郭开是个小人，郭开就在赵悼襄王跟前给他说坏话。赵悼襄王才把廉颇的兵权收回。廉颇气哼哼地说："我自从伺候惠文王一直到如今，已经四十多年了，一向没打过败仗。他竟听了小人的话，把我的兵权夺了去。这怎么能叫我受得了呐？”他就赌着气跑到魏国去了。魏王虽然收留了他，可是不敢用他。廉颇只好闷闷不乐地在大梁住着。这回赵国遇见急事，大臣们都劝赵王把廉颇请回来。可是郭开一来跟他有私仇，二来他已经接受了尉缭的门生王敖送给他的三千斤金子。因此，他在赵悼襄王跟前直说廉颇不中用。

赵悼襄王听了郭开的话，本来不用再费心了。可是扈辄打了败仗，找谁去抵挡桓齮呐？他就说：“要不然先派人去慰问廉颇。要是他还能够当大将，咱们再去请他。”郭开不便再开口，心里可是挺着急，怕廉颇真回来。

赵悼襄王打发宦官唐玖带着一副挺名贵的盔甲和四匹快马，上大梁去慰问廉颇，顺便看看他的身子骨儿还硬朗不硬朗。郭开偷偷地把唐玖请到他家来喝酒，说是给他送行。喝酒的时候，郭开送了他二十斤金子。唐玖一愣，说：“无功不受禄，这叫我怎么能收呐？”郭开说：“受禄就有功。我有一件事情拜托您。您收下礼物，我才敢开口。”唐玖说：“大夫有什么指教，尽管说吧。”郭开厚着脸皮说：“不瞒您说，廉将军跟我素来有点仇恨。这回您去看他，要是他身子骨儿不结实，那就不用说了。万一精神还是挺好，请您回报君王的时候，就说他……哎，您知道怎么说。拜托拜托。”

唐玖到了大梁，见了廉颇。廉颇开口就问他：“秦国打到赵国来了吧？”唐玖说：“将军怎么知道？”廉颇说：“我在魏国已经好多年了，赵王从来没跟我通过音信。如今突然给我盔甲、马匹，想着准有用我的地方了。”唐玖故意说：“将军恨不恨大王呐？”廉颇说：“我整天整宵地想念着本国，怎么能恨大王呐？”两个人随便谈了一会儿。廉颇请唐玖吃饭。他故意在唐玖面前卖弄筋力，狼吞虎咽地吃了一斗米、十斤肉。又把赵王给他的盔甲穿上，跳上马，来来回回地跑了几回，对唐玖说：“您瞧我跟年轻的时候差不多吧？请在大王面前多替我说几句好话。就说我情愿把我晚年的精力全拿出来报效国家。”

唐玖回到邯郸，对赵悼襄王说：“廉将军虽说年老，饭量可真好。可惜老年人得了肠胃病。跟我坐了一会儿工夫，倒拉了三回屎。”赵王叹了口气，说：“战场上哪儿能老忙着出恭呐？可惜廉将军老了！”廉颇再也得不着为国效劳的机会了。

廉颇回不了本国，郭开无拘无束地做他那卖国的勾当。他对尉缭派来的王敖说：“我瞧赵国非常危险，魏国也保不住。先生是魏国人，我是赵国人，万一敝国和贵国都亡了，咱们上哪儿去呐？”王敖说：“我已经有了着落了。要是大夫愿意的话，我能把您推荐给秦王。”郭开说：“秦王能用着我吗？”王敖笑着说：“大夫还蒙在鼓里呐！秦王知道大夫能够管理赵国，才派我来跟您结交。要是赵国亡了，秦王还得请您管理赵国的事呐。”说着，他又拿出七千斤金子交给郭开，对他说：“秦王托大夫拿这点礼物去结交贵国的大臣。以后的事情，还得请大夫多帮忙。”郭开一个劲儿哈腰打躬、眉开眼笑地说：“我受了秦王这么大的恩典，要是再不用心去报效，我是小狗子！”

王敖辞别了“小狗子”，回去禀报秦王政，说：“五万金子还富余四万。我拿一万金子结交了一个郭开，拿一个郭开就能够了结赵国！”秦王政就又催着桓齮进兵，赵悼襄王急得病死了。赵悼襄王原来有个嫡长子叫公子嘉。后来因为赵王爱上了邯郸城里的一个妓女，跟她生个儿子叫公子迁。他就废了公子嘉，立公子迁为太子，叫郭开做太子迁的师傅。如今赵悼襄王一死，郭开就奉太子迁即位，封给废太子嘉三百户，他自己当了相国。君臣俩非常投缘，常在一块儿饮酒作乐，反倒不把眼前的困难放在心上。公元前234年(秦王政十三年，赵王迁二年)，桓齮把平阳打下来，赵国的大将扈辄和十几万人全都给杀了。桓齮乘胜一直打到邯郸来了。

173 北方名将

赵王迁再也不能安心地玩了，急忙打发人上代郡(在山西省东北部和河北省蔚县附近的地方)去把大将李牧调回来。李牧留下十几万人把守北边，把其余的精兵都带到邯郸来。他先去拜见赵王迁，对他说：“秦国一连气打了几回胜仗，声势浩大，一时不容易打退他们。这回打仗更不能按一定的死规矩。要是大王能够允许我看事行事，我才敢遵命。”赵王迁见他说话的时候，从眼睛里头发出一道光芒，好像照透了赵王的心思似的。他就在这光芒底下连连点头，全都答应了他。赵王问他：“你带来的兵马够吗？”李牧回答说：“冲锋陷阵是不够的，守城还行。”赵王迁说：“这儿还有十万兵马，我叫赵葱、颜聚，每人带领五万，听将军指挥吧。”

李牧出来，当时就安排阵地，守住肥累(在山西省昔阳县东)。宰牛、宰羊，慰劳将士，叫他们比武射箭，就是不许他们出去打仗。将士们自打头道地请求去杀敌人，李牧老拿好话安慰他们，始终不许他们出去。

桓齮见李牧死守着阵地，不出来打，反倒着起急来了。他说：“早先廉颇抵抗王龁就用这个法子。这么看来，李牧成了第二个廉颇了。”他就分出一半兵马，去攻打甘泉市(在邯郸东北 250 里的地方)。

赵葱得了这个消息，跑来请李牧去救。李牧挺沉着地说：“他们去攻打甘泉市，咱们就去救，正上了他们的套儿。可是他们既然分了一半兵马出去，这儿就减少了兵力。咱们不如去打他们的大营。”

他就把赵国的军队分成三路，半夜三更突然冲了过去。秦国兵营里的将士们空等了好些日子，万没想到赵国的兵马突然会来这一手。大伙儿慌得手忙脚乱，大败而逃。死了十几个将士，伤耗了好几万士兵。败兵跑到甘泉市向桓齮报告。桓齮心里一急，赶紧带着大军，离开了甘泉市，跑了回来，不料正闯到李牧安排好了的埋伏里。桓齮抵挡不住，死伤了不少人马，好容易才冲出了阵地，跑回咸阳去了。

赵国打了胜仗，赵王迁把李牧当做赵国的白起，也封他为武安君。秦王政气得鼻子眼冒烟，革去桓齮的官职，罚他去做平民。接着又吩咐大将王翦和杨端和带着大军，分头再去攻打赵国。又叫内史腾发兵十万上韩国去办理交割的事儿。韩王安只好把全国的地图和户口册子献了出来，自己当了秦国的臣下。秦王把韩国改为颍川郡(公元前 230 年，秦王政十七年)。韩国第一个亡了。

王翦到了灰泉山，不能再往前进。一眼望去，全是武安君李牧的营寨，接连不断的，足有好几十里地的连营，好像铜墙铁壁，秦国人想钻也别打算钻进去。小规模的交手是有的，可是都占不了便宜。王翦只好打发人去报告。秦王政叫尉缭的门生王敖上王翦的营里去想办法。

王敖见了王翦对他说：“李牧是北方名将。他一向守着北方，打败过东胡，收服了林胡，歼灭过匈奴十几万人，轰走了单于(匈奴王；单 chán)，吓得匈奴这十几年来不敢挨近赵国的边界走。咱们凭这点兵力，说真的，只能在中原跑跑。要想打败匈奴，还谈不到。将军您呐，请您别过意，也未见得比单于强。怎么敌得过李牧呐？我想将军不如先跟他通通信，叫两国的使者能够彼此来往，商议商议讲和的事。这么着，我就有办法了。”王翦听了他的话，就打发使者上赵国的兵营里去提议讲和。李牧也派人去接头。王翦拢住了李牧，就这么有时候谈谈，有时候打打，把战争拖下去了。

王敖又去见赵国的相国小狗子郭开，对他说：“听说李牧跟王翦私自讲和。他跟王翦说停当了：赵国灭了之后，请秦王封李牧为代王。我说这就不对了。秦王要封代王，也应当封您哪！哪儿有李牧的份呐？您得赶紧劝赵王另外派人去替换李牧。咱们有这份交情，我才先来告诉您。”郭开谢了王敖的好意，赶紧在赵王迁跟前透露了这个情报。君王的疑心病是没法治的。他把赵葱升为大将，叫他去接替李牧。李牧叹息着说：“唉，我一向替乐毅、廉颇伤心，想不到今天也轮到我身上来了。”他连夜换了便衣，打算逃到魏国去。郭开和赵葱还不能放过他，就派武士四处搜查。李牧闷闷不乐，躲在一个客店里借酒消愁，喝得跟死人一样。他这一醉，从此再也醒不了啦。一颗宝贵的头颅就给赵葱手下的暴徒割去了。赵王迁只叫赵葱去替换李牧，可没叫他去害死他。如今郭开和赵葱把他弄死了，不用说在赵王跟前没法交代。再说赵葱也压不住李牧军队里的士兵。他们可有办法：赵葱假装发了虎威，他下命令搜查暗杀李牧的凶手，还嚷嚷着要重重地惩办。凶手闻风而逃，早跑到大营里向赵葱领赏去了。闹到末了，说是没拿住凶手，也就算了。

赵葱当了大将，颜聚当了副将。他们哪儿管得住李牧带来的队伍呐？代郡的士兵知道了李牧的屈死和搜查凶手的把戏，当夜就爬山越岭地跑了一大半。赵葱没法管，只好收集自己的兵马，重新整编队伍。队伍还没排定，王翦和杨端和的大队人马两路夹攻，冲过来，当时就把赵葱杀了。颜聚比较有点能耐，带着自己的兵马，赶紧退到邯郸，准备死守。

秦王政亲自带着三万精兵帮助王翦来攻打邯郸。邯郸人好像给黄鼠狼吓乱了的鸡，连蹦带跳，满处叫唤，谁也没敢希望还有活命。赵王迁不敢言语，就会流眼泪。小狗子郭开外表上装出慌张的样子，心里头非常得意。眼瞧着就要得到秦王的称赞了。他要做多大的官就做多大的官，要发多大的财就发多大的财。这一下子差点笑出声儿来。他劝赵王迁投降。赵王迁亲自上秦王的兵营里去。赵王迁的哥哥公子嘉和颜聚带了随从的几千人杀出北门，逃到代城，准备恢复赵国。秦王政带领着军队进了邯郸，改赵国为秦国的钜鹿郡，拜郭开为上卿，把赵王迁送到别的地方去住。到了这时候，赵王迁才知道郭开是个叛徒。他叹息着说：“要是李牧还在，我也不会当俘虏了。”他自叹自怨地得了病，没有几天工夫就死了。

赵王死了，郭开当了秦国的上卿。赵国的人哪个能像他那么阔气呀！他把积攒在家里的金子装了好几十车，准备全带到咸阳去。这一辈子可够花的了。郭开挺得意。一路上称赞着自己有见识。在这种兵荒马乱的年月，管他国家不国家呐！真的，要是良心不黑，脸皮不厚，不是早已做了秦国的俘虏了吗？ 哪儿还能带着几十车的金子上秦国去当上卿呐？ 他正在摇头晃脑，浑身全是舒服自在的时候，迎头碰见了李牧的一班门客。 金子全给抢了去倒也罢了，连小狗子的狗头也给他们砍了去了。

颜聚带着一队兵马和公子嘉到了代城，知道赵王迁已经死了，他们就公推公子嘉为代王，也就是赵王，祭奠了李牧，表扬了他的功劳。 代城人都归附代王嘉。 代王嘉一心要恢复赵国，他打发人上燕国去联络，共同抵抗秦国。

174 借　　头

那位留在秦国做抵押的燕太子丹，在赵公子嘉做代王的前五年已经逃回来了。 太子丹知道秦王决心要兼并列国，屡次侵犯燕国，夺去燕国的土地，哪儿还能放他回去。 他就换了一身破衣裳，脸上抹了好些泥，打扮成一个穷人的样子，给人家去当使唤人，一步步地离开了咸阳。 公元前 232 年(秦王政 15 年)混出了函谷关，跑回燕国。 他恨透了秦王，一心要替燕国报仇。 可是他不从发展生产，操练兵马着手，也不想联络诸侯共同抗秦。 他认为这些都办不到，只是把燕国的命运寄托在刺客身上。 他的能力也就可想而知了。 他把所有的家当全拿出来收买能刺秦王的人。

那时候，有个杀人的罪犯叫秦舞阳，太子丹挺佩服他有胆量，把他救出来，收在自己的门下。 这一来，燕太子丹优待勇士的名声可就传遍了燕国，连藏在燕国深山里的樊於期也知道了。 他就是当初扇动长安君造反的那个将军。 他大胆地出来投奔太子丹。 果然太子丹把他收下，还当做上宾看待，在易水(发源在河北省易县)的东边给他盖了一所房子，叫樊公馆。

太子丹的太傅鞠武劝告他，说：“秦国正在并吞诸侯，您怎么反倒收留秦王的仇人？ 我瞧不如请樊将军躲到匈奴去，咱们再去联络齐国和楚国。 这么着，也许还能够抵抗得了秦国。 您如今不先去结交诸侯，反倒把秦王的仇人敬奉起来，这不是催着秦国快点打过来吗？”太子丹说：“先生的计策固然不错，可是要把诸侯联合起来不知道要等到哪年哪月。 我的心好像油煎着，哪儿等得了呐？ 再说樊将军到了末路才来投奔，我怎么能够把他送到漫荒野地里去呐？ 他住在这儿，我们不传扬出去就是了。”鞠武说：

“燕国这么软弱，秦国那么强盛，咱们哪儿能跟人家对敌呐？ 一根鸡毛扔在火里，还不是一燎就完了吗？ 拿着鸡子儿砸石头，还有不碎的道理吗？我简直想不出主意来。”太子丹说：“还是请先生再想个办法吧。”鞠武闭着眼睛，摇晃着脑袋，呆了一会儿，他说：“有位田光老大爷又精明，又有胆量。 太子要向秦国报仇，他也许有办法。”

太子丹就请鞠武去请田光，自己在宫里等着。 不大会儿工夫，就见鞠武把田光请来了。 太子丹赶紧过去亲自搀着田光下了车，把他迎进里屋，跪在地下亲自给他掸席子，请他坐下。 田光哈着腰摇摇摆摆地走过来坐下。 太子丹跪在田光跟前，说：“如今燕国跟秦国是不能并存的了。 久仰老先生智勇双全，不知道您能不能用点心计，想个办法救救燕国？”田光说：“人老珠黄不值钱。 老了的千里马还不如一条狗呐！ 鞠太傅他只知道年轻时候的田光，可没想到我如今已经老了。”太子丹说：“先生的朋友里头总有像先生年轻时候的人吧。”田光说：“太难了，太难了！ 人倒是有一个，可不知道他愿意不愿意出力。”太子丹赶紧就问：“谁呀？ 要是有这么一个人，我非请他帮助不可。”田光说：“这人叫荆轲，是一位剑客。 论起他的气概、智谋来，都比我高好几倍呐！”太子丹就苦苦地央告田光去把荆轲请来。 田光答应了。

太子丹叫人把自己的车马套上，亲自搀着田光上车。 他还咬着耳朵对田光说：“我跟先生所商量的是国家大事，请先生千万别泄漏消息！”田光笑着说：“这还用说吗？”

田光见了荆轲，对他说：“太子丹跪在我面前，真心实意地跟我商量国家大事。 我已经老了，哪儿还有力量呐？ 我向来知道你的才干，就在太子跟前把你推荐给他。 请你替我去挑这个担子。 他叫我来接你，你去见见他吧。”荆轲说：“先生的吩咐我还敢不听吗？”田光还怕他出于勉强，就拔出宝剑来，对他说：“太子把国家大事告诉了我，嘱咐我别给泄漏了。 可见他还不大放心。 我既然要帮助他成功，怎么反叫他起疑呐？ 请你赶紧去见太子，就说我决不能泄漏机密。”说着他就自杀了。

荆轲正在伤心的时候，太子丹又打发人来催请。 荆轲就坐着田光赶来的车去见他。

太子丹也像招待田光一样地招待荆轲，问他：“田先生怎么没一块儿来？”荆轲说：“为了太子嘱咐他保守机密，他已经自杀了！”太子丹捶着胸脯，低声地哭着说：“田先生为我而死，我怎么对得起他呐？”哭了半天，才抹着眼泪跟荆轲说：“田先生瞧得起我，才叫我能够见着先生，请先生指教！”荆轲说：“太子打算怎么样去抵抗秦国呐？”太子丹说：“赵公子嘉做了代王，他想跟燕国联合起来，一块儿去对付秦国。就算把燕国士兵和代郡的士兵都会合在一起，也抵不上秦国的一队人马。要拿兵力去对付秦国，那简直就像拿鸡子儿去砸石头。去联合各国的诸侯吧，韩国和赵国已经完了；魏国和齐国向来是归顺秦国的；楚国离着又远，没法派人来。合纵抗秦是办不到的了。我想：要是能够得着一位天下的勇士，打扮成一个使臣去见秦王。那时候，他站在秦王面前，逼他退还诸侯的土地，就像当初曹沫对付齐桓公那样。秦王要是答应了，再好没有；要是不答应，就把他刺死，这是没有办法的办法。先生看行不行？”荆轲说：“这是国家大事，还得斟酌斟酌！”太子丹再三请他帮忙，荆轲就答应了。可是他还不能马上动身。

太子丹在樊公馆的右边又盖了一所房子，叫荆公馆。自己挺小心地伺候着荆轲，还老怕招待不周到。有一天，太子丹慌里慌张地来见荆轲，对他说：“秦王派王翦来打北方，已经到了燕国南部的边界上。代王嘉打发使者来约咱们发兵，一块儿去守上谷。先生快想个办法吧！再耗下去，我怕先生有力也没处用了。”荆轲说：“我早就仔细想过了。要挨近秦王的身边，必得先叫他相信咱们是跟他去求和的。秦国早想得到燕国最肥沃的土地督亢（河北省涿县东南有督亢陂；涿县、定兴、新城、固安一带都是当初燕国督亢的地界）。我要是能够拿着督亢的地图去献给秦王，他一定喜欢，也许能够叫我当面见他。”太子丹说：“督亢的地图拿去行。我叫他们找出来吧。”

荆轲背地里到了樊公馆，挺秘密地对樊於期说：“秦王害死了将军的父母宗族，还出了赏格要将军的脑袋，将军不想报仇吗？”樊於期一听这话，当时眼泪就掉下来了。他叹息着说：“我一想起秦王，恨得我连骨髓都发痛。我恨不得跟他拼命去，可是哪儿办得到呐？”荆轲说：“我倒有个主意能够解除燕国的祸患，还能够替将军报仇。可就是说不出口来。”樊於期连忙问他：“什么主意呀？说啊，说啊！”荆轲刚一张嘴就又闭上了。樊於期见他话到嘴边又咽回去，催他说：“只要能够报仇，就是要我的脑袋，我也乐意给的。你还有什么不好出口的呐？”荆轲说：“我打算去行刺，怕的是见不了秦王。我要是能够拿着将军的头颅去献给他，我想他准能见我。那时候，我左手揪住他的袖子，右手拿刀扎他的胸脯，这一来，将军的仇、燕国的仇、各国诸侯的仇，可就全报了。将军您瞧怎么样？”樊於期咬牙切齿地说：“我天天想着的就是这一件事，你还怕我舍不得这颗头颅吗？好吧，你拿去！祝你马到功成！”说着，他拔出宝剑来自杀了。

175 刺秦王

荆轲派人去通知太子丹，太子丹急忙跑到樊公馆，趴在樊於期的尸首上呜呜地哭了一阵。他叫人好好地把尸身安葬了，那个人头装在一个木头匣子里交给荆轲，又送给他一把顶名贵的匕首。匕首用毒药煎过，只要刺出像线那么一丝血，就会立刻死去。太子丹然后问他：“您什么时候动身呐？”荆轲说：“我有个朋友叫盖聂，我是等着他呐。我想叫他做个帮手。”太子丹说：“哪儿等得了呐？我这儿也有几个勇士，其中秦舞阳最有能耐。要是您看能够用他，就叫他当个帮手吧！”荆轲见他这么心急，盖聂又不知道在什么地方，樊将军的脑袋已经割下来了，不能多搁日子。这么着，荆轲就决定走了。

荆轲跟秦舞阳动身的那天，太子丹和几个心腹偷偷地送他们到了易水。挑了一个僻静的地方摆上酒席。喝酒的时候，太子丹忽然脱去外衣，摘去帽子，别的人也都这么做了。一霎时，他们变成了全身穿孝的了。大家伙儿特别显着悲伤。天是那么凄凉，风又那么冷，太阳显着没有光彩，河里的水愁眉苦脸地皱着波纹，河岸上的荒草，来回摆摇着，就好像哭不出声儿来要把肠子绞断似的。在场的几个人全都哭丧着脸，搭拉着手，搭拉着脑袋，一声不响地压着眼泪，不让它流下来。他们都气恨自己，又瞧不起自己。明明知道燕国快要亡了，可不知道怎么样去抵抗秦国。他们只好暗中祷告着，求老天爷叫荆轲成功。瞧瞧流着的水，心里还嗔着它不应该这么安闲的流着。荆轲的朋友高渐离拿着筑（zhù，古时候的一种用竹尺敲出音乐来的乐器）奏着一个悲哀的歌儿。他们听见这竹尺敲着筑弦的声音，伤心得连汗毛都竖起来了。荆轲按着拍子，对着天吐了一口气，就唱着：

仰天吐气快胸怀，
跑进虎穴除灾害；
北风呼呼易水冷，
壮士一去不回来！

太子丹和其余送行的心腹，一听到“壮士一去不回来”，那关在眼眶子里的眼泪再也摁不住了。太子丹斟了一杯酒，跪着递给荆轲。荆轲接过来，一口喝下去，伸手拉着秦舞阳，蹦上了车，连头都不回，飞也似地去了。

公元前227年(秦王政二十年，燕王喜二十八年，代王嘉元年)，荆轲到了咸阳，通报上去。秦王一听到燕国的使臣把樊於期的脑袋和督亢的地图都送来了，就叫荆轲去见他。荆轲捧着樊於期的脑袋，秦舞阳捧着督亢的地图，一步步地上了秦国朝堂的台阶。

秦舞阳一见秦国朝堂那么威严，不由得害怕起来了。秦王的左右一见，喝了一声，说：“使者干么脸变了颜色？”荆轲回头一瞧，就见秦舞阳的脸又青又白跟死人差不多。他只得磕了一个头，对秦王说：“他是北方的粗鲁人，从来没见过大王的威严，免不了有点害怕。请大王原谅！”秦王防着他们不怀好意，就对荆轲说：“叫他退下去！你一个人上来。”荆轲心里直怪秦舞阳真是“帮腔的上不了台”，只好独自捧着木头匣子献给秦王。秦王打开一瞧，果然是樊於期的脑袋。他就叫荆轲拿过地图来。荆轲回到台阶下面从秦舞阳的手里接过了地图，回身又上去了。他把那一卷地图慢慢打开，一个地方一个地方地指给秦王瞧。打到末了，卷在地图里的匕首可就露出来了。秦王一见，立刻蹦起来，荆轲连忙抓起匕首，扔了地图，左手揪住秦王的袖子，右手扎了过去。秦王使劲地向后一转身，那只袖子就断了。他一下子蹦过了旁边的屏风，刚要往外逃，荆轲拿着匕首追了上来。秦王一见跑是跑不了，躲也没处躲，就绕着朝堂上的大铜柱子跑，荆轲紧紧地逼着。两个人好像走马灯似地直转悠。台阶上面站着的几个文官全都手无寸铁；台阶下面的武士，照秦国的规矩没有命令不准上去，再说他们还得在下头对付秦舞阳。荆轲逼得那么紧，秦王只能绕着柱子跑。他身边虽然带着宝剑，可是连拔出来的那一点工夫都没有。有一两个文官拉拉扯扯地想去拦挡荆轲，全给他踢开了。其中有个伺候秦王的医生，他拿起药罐子对准荆轲打过去，荆轲拿手一扬，那药罐子碰得粉碎。秦王就趁着这一眨眼的工夫，拼命拔那把宝剑。可是心又急，宝剑又长，怎么也拔不出来。有个手下人嚷着说：“大王快把宝剑拉到后脊梁上，就能拔出来了！”秦王就按着他的话，真把宝剑拔出来了。他手里有了宝剑，胆子可就壮起来了。他往前一步，只一剑就砍去了荆轲的一条腿。荆轲站立不住，一下子倒在铜柱子旁边，拿起匕首直向秦王扔了过去。秦王往右边一闪，那把匕首从耳朵旁边擦过去，打在铜柱子上，“绷”的一声，直冒 火星儿。秦王跟着又向荆轲砍了一剑，荆轲用手去挡，砍掉了三个手

秦王一见，立刻蹦起来，荆柯连忙抓起匕首，扔了地图，左手揪住秦王的袖子，右手扎了过去。

指头。他苦笑着说："你的运气真不坏！我本来想先逼你退还诸侯的土地，因此，没早下手。可是你专仗武力并吞天下，你也长不了！"秦王一连气又砍了荆轲几剑，结果了他的性命。那个站在台阶底下的秦舞阳早就给武士们剁烂了。

176 兼并列国

秦王政差点死在荆轲手里，他恨透了燕国，当时就派大将王贲再带一队兵马去帮助他父亲王翦，加紧攻打。他们爷儿俩合在一块儿攻打燕国，燕太子丹亲自带领着燕国的军队出去交战，给他们打得稀里哗啦。燕王喜和太子丹带着一部分兵马和老百姓退到辽东。秦王非要把燕太子丹拿住不可。燕王喜逼得无路可走，杀了太子丹，向秦王谢罪求和。

秦王就问尉缭这事应当怎么办。尉缭说："北方挺冷，将士们受不了这苦，不如暂且退兵。燕国已经搬到辽东去了，赵国只剩了一个代城，他们还能干得了什么呐？如今还是先去收服魏国和楚国。把这两国收服了，辽东和代城自然也就完了。"秦王就把北方的军队撤了，又派王贲为大将，带领十万大军去打魏国。

魏王假(魏景湣王的儿子，魏安僖王的孙子)派人去跟齐王建(齐襄王的儿子)联络，对他说："敝国和贵国是相依为命的。要是敝国亡了，贵国也保不住。"可是齐国的大权掌握在相国后胜手里。齐国的相国后胜正跟赵国的相国郭开一样，他早已受到了秦国的好处。尉缭说的那收买各国大臣用的二三十万金子，一部分已经装到后胜的腰包里了。大馒头堵住嘴，他不能跟秦国抓破脸。后胜说："秦国向来没亏待过咱们，咱们哪儿能平白无故地去得罪秦国呐？"齐王建认为别人家打仗，他还是不去过问好。他不帮魏国，也不帮秦国，省得得罪了这一边或者那一边。他就听了后胜的话，没答应魏国的请求，让魏国独个儿去对付秦国。

公元前225年，王贲把大梁围上，正是连阴天的季节，附近的大河眼瞧着就要发大水了。王贲叫士兵们赶紧叠坝，打算把河水引到大梁去淹城。刚叠好了新坝，连着又下了十几天大雨。秦国的士兵开了个口子，大水照直就冲过去。不到三天工夫把城墙冲坍，秦国士兵随着大水拥进了大梁城。王贲把魏王假和魏国的大臣全拿住，把他们装上囚车，派人押到咸阳去。秦国就在那儿设置了三川郡。魏国亡了。

秦王灭了魏国，打算去攻打楚国。他问大将李信要用多少人马。李信说："也就是二十万吧。"秦王点点头。他又问老将军王翦。王翦回答说："二十万人去打楚国不行！照我的估计，非六十万不可。"秦王一想："年纪大的人到底胆儿小。"他就拜李信为大将，蒙武为副将，带着二十万兵马往南方去。王翦因为有病，告老还乡了。

李信和蒙武分做两路进攻，一路去攻打平舆(在河南省汝南县东南)，一路去攻打寝丘(在河南省沈丘县东南)，约定在城父(在河南省宝丰县东)会师。李信年轻英勇，一鼓作气地就把平舆攻下。接着往下攻，一直到了西陵(在湖北省黄冈县西北)，碰见了楚国的大将项燕。李信马上就跟项燕打起来。项燕带了二十万人马早已分成七处埋伏着。两下里一交手，七处的伏兵一齐起来，李信一下子就败下去了。逃了三天三夜，还没逃出项燕的包围圈。秦国的将军死了七个，士兵死伤无数，一直给楚国兵马追到平舆。蒙武还没到城父，就听说李信打了败仗，连忙退到赵国，一面派人去向秦王报告。

秦王大怒，把李信革了职，亲自跑到王翦养老的地方去见他，请他勉为其难，再辛苦一趟。王翦推辞，说："我已经老了，还是请大王另派别人吧。"秦王直向他赔不是，说："上回是我错了，这回非请将军出马不可。将军千万别再推辞了！"王剪说："那么，还是非要六十万人不可！"秦王说："历来打仗没有超过十万人的。如今虽说人马增加了，也不至于要用六十万人吧。"王翦说："年月不同了。如今围攻一座城，也许要费几年工夫，夺过来的地方又得派人驻扎。几十万人哪儿够分配呐？再说楚是东南大国，地大人多，楚王号令一出，要发动一百万人马也不太难。我说六十万，还怕不太够呐！再要少，那就不行了。"秦王赞叹着说："将军真是位经验多、见识广的行家；要不然，哪儿能看得这么透呐！就照将军这么办吧！"

秦王用自己的车马，亲自把王翦迎接到朝廷里来。当时就拜他为大将，交给他六十万大军，仍旧派蒙武为副将。出兵的那天，秦王亲自送王翦到了灞上(在陕西省长安县东)，在那儿摆上酒席，给他送行。王翦斟了一杯酒，捧给秦王，说："请大王干了这杯，我要请求点事。"秦王接过来，一口喝完，说："将军有什么话尽管说吧！"王翦从袖口里掏出一张单子来，上头写着咸阳最好的田地几亩，上等的房子几所，请秦王赏给他。

秦王看了，说："将军成功回来，跟我同享富贵。难道还怕受穷吗？"王翦说："我已经老了。大王就是给我多大的俸禄，我也享受不了。不如趁着我还瞧得见的时候，赏给我一点田地、房产，叫我的晚世下辈能够活着，我就感恩不尽了。"秦王大笑起来，心里想："这位老将军真有点太小家子气了。"他完全答应了下来。

王翦带着六十万大军去打楚国，路上就打发一个手下人回去，向秦王请求给他修一个花园。过了几天，又派人去恳求秦王，还想要个水池子，里头好养些鱼、虾、鸭子、鹅什么的。副将蒙武笑着说："老将军请求了房屋、田地也就是了，为什么还要花园、水池子？打完仗回来，将军还怕不能封侯吗？干么要像老妈子讨喜封似地没结没完？这算怎么回事呐？"王翦咬着耳朵对他说："哪个君王不猜疑，你能保证咱们大王不这样吗？他这回交给了咱们六十万大军，简直把秦国全部兵力全托给咱们了。我左一次右一次地请求房屋、田地、花园、水池子，为的是叫他知道我惦记着的不过是这点儿小事，好让他安下心去。"蒙武这才明白过来，点点头说："老将军的高见真叫我佩服得没法说。"

王翦的大军到了天中山（在河南省汝阳县），在那儿驻扎下来。这一带好几十里地全是连营。楚国的大将项燕，带了二十万兵马，副将景骐也带了二十万兵马，两路一共四十万兵马，不光来抵挡，还直跟王翦挑战。王翦反倒叫将士们建筑堡垒，不跟楚国人交手。这么呆了好几个月工夫，将士们成天地酒足饭饱，闲呆着没有事，大伙儿都有点腻烦起来了。王翦想出一个玩儿的法子来。他教给他们跳远、跳高、扔石头。这么一来，士兵们全都玩起来，操练着身体，挺安心地守着阵地。王翦把一部分人马专门用在运输粮草这件大事上，对于楚国军队的挑战，压根儿不去搭理他。

这样过了一年多，项燕没法跟秦国交手。他想："王翦原来是上这儿来驻防的。"他就不怎么把秦国的军队搁在心上了。没想到在楚国人没有防备的时候，秦国的军队排山倒海似地冲了过去。楚国的士兵好像在梦里给人家当头打了一棍子，全都晕头涨脑，手忙脚乱地抵抗了一阵，各自逃命。项燕和景骐带着败兵一路逃跑。兵马越打越少，地方越丢越多。项燕只好上淮上去招兵。王翦打下了淮南、淮北，一直到了寿春。楚国的副将景骐急得自杀。剩下楚王负刍（楚幽王悼的兄弟，楚考烈王的儿子）当了秦国的俘虏。

项燕招募了二万五千壮丁，到了徐城（在安徽省泗县北），碰见了楚王的兄弟昌平君刚从寿春逃到这儿，报告楚王被掳的消息。项燕说："吴、越有长江可以防御敌人，地方一千多里，还能够立国。”他就率领着大伙儿渡过长江，立昌平君为楚王，准备死守江南。

王翦知道昌平君和项燕退守江南，就叫蒙武造船。第二年（公元前223年，秦王政二十四年），王翦准备了不少战船，训练了一队水兵，渡过长江，攻打吴、越。到了这时候，楚国已经不能再挣扎了。昌平君在混战的时候，给乱箭射死，大将项燕眼瞧着一败涂地，叹了口气，自杀了。秦王就把楚国的本土和属地改为秦国的三个郡，就是南郡、九江郡和会稽郡。楚国亡了。这一来，秦国想要兼并的六国只剩下三个了。

王翦灭了楚国，得胜回朝，就向秦王要求告老。秦王赏给他一千斤金子，送他上老家去休养。接着就拜他儿子王贲为大将，再去收拾代王嘉。公元前222年，王贲打下辽东，逮住了燕王喜，把他送到咸阳去。燕国亡了。接着他就进攻代城。代王嘉兵败自杀，云中、雁门也全归并到秦国。赵国亡了。

六国诸侯只想保持自己的领主政权，对老百姓加重剥削和压迫，彼此之间不但不能协作，而且还经常互相攻打，想拿别人的地盘来补偿自己的损失，企图小范围地保持着割据的局面。另一方面，秦国占了绝对优势，不但在经济和军事上占了优势，而且因为它代表了新兴的地主阶级的利益，符合地主、富商和一般人民要求统一的愿望，这才有可能在不到十年工夫，一个一个地把韩、魏、楚、燕、赵灭了。如今光剩下一个齐国了。

177 松柏歌

王贲派人上咸阳去报告胜利的消息。秦王挺高兴，亲自给王贲写了一封信，大意说：

> 将军一出兵，就把燕国和赵国平了，奔走了两千多里地，劳苦功高和令尊不相上下。将军这么辛苦，按理应当回来休息休息。可是从燕国回来，最好顺便到齐国去一趟。五国全平了，光剩下个齐国，好像一个人五官都挺齐备，可就少了一只胳膊。请将军再发挥一下威力，中原就能够统一了。将军父子对于秦国的功劳，谁还比得上呐？

王贲瞧完了这封信，非常得意。他就带领着军队到齐国去了。

齐王建向来听从相国后胜的话，不敢得罪秦国。秦王也一个劲儿地拉拢他，称他为东帝。齐王建觉得天下应该分为东西两部：秦国统治西部，齐国统治东部。让秦国去奔走、去作战，自己坐享其成。多少年来，各国遭了殃，齐国远在东边，过着比较太平的日子。每回列国中有谁来求救，他老是用好言好语拒绝了。每逢秦国灭了一国，齐王建就打发人去给秦王祝贺，秦王老给他个糖头儿叨着，送给他不少金子作为回敬。齐国的使臣得到了秦国的好处，回去老跟齐王建说秦王怎么怎么好，秦国怎么怎么尊敬齐国。齐王建就挺放心地把“和好”作为靠山，死心塌地地听秦国的话。他觉得有了秦国，什么都不必怕了，就是天塌下来，也有秦国替他顶着呐。你瞧好多年来齐王建就因为跟秦国和好，不去帮助别的国家，秦国没打过他。齐国不打仗，干么还操练兵马呐？赶到韩、魏、楚、燕、赵五国都灭了，齐王建才觉得秦国太强大了。他这才害怕起来，跟后胜商量派兵去守西部的边界。可是已经太晚了。公元前221年，好几十万的秦国军队好像泰山一样地压下来。多年没打过仗的那一点齐国的兵马哪儿抵挡得住呐？这时候，齐王建才想起来向各国去求救，可是各国早已完了。王贲的大军一路进来，简直一点拦挡也没有，没几天工夫就到了临淄。齐国人不拿兵器，连城门都没关，等候着秦国来接收就是了。相国后胜早已拿定了主意：他劝齐王建投降。齐国根本用不着攻打，王贲就把所有的城全接收了过来，好像晒台上收衣裳那么容易。

王贲派人去报告接收齐国的经过。秦王下令说：“难为田建向来顺服，这回免他死罪。叫他和他家小搬到共城去住，每天给他们一定的口粮。把后胜就地杀了。”王贲接到命令，先把后胜杀了，然后派兵把齐王田建和他的后妃宫眷押解着送到共城去。

齐王建到了给他住的那个地方，就是几间小屋子。一进去，欢迎他的是一屋子潮湿的猫屎味儿。住惯了宫殿的大王，哪儿受得了这种委屈呐？齐王建和王后倒还能够忍饿受冻，可是他们还有个小孩子。他哪儿知道什么叫亡国，就知道肚子饿得难受，半夜三更哭哭啼啼地逼着他妈、他爹回王宫去。哭得他爹跟妈整夜合不上眼。有时候他们坐起来，你看着我、我看着你，一句话不说，只能静静地掉眼泪。四周围就跟坟地那么可怕，那么凄凉。松树和柏树给风一刮，那声音显着特别叫人难受。没有几天工夫，这两位当初享过荣华富贵的君王和王后，就离开了人间。宫人们只得五零四散地跑了。那位王子的下落也就没有人知道了。

齐国人听说齐王落了这么个下场，又是恨又是伤心。大家伙儿叹息着，叨唠着。后来还真都唱着一首民歌叫《松柏歌》。齐国人背地里偷着小声地唱，也就算纪念他们的国君。那首歌是：

松树哇，柏树哇！
没见咱们的君王受饥寒吗？
松树哇，柏树哇！
谁害得他去住共城啊？

178 统一中原

齐国一亡，范雎和尉缭的“远交近攻”的计策完全成功了。打这儿起，六国全归并到秦国，天下统一。东周列国，经过了五百年的变迁，才合成了一个大国。秦王兼并六国，统一中原，跟着就改变国家的制度。头一样，他知道“名不正，则言不顺”。当初六国诸侯都称为“王”，如今“王”没有了，那么自己又叫什么呐？他总得比“王”的名号更大、更高吧。还有，君王的称号要等到他死了以后让大臣们共同来起，这不是叫臣下来议论君王吗？秦王把这种办法废了。他用了“皇帝”这个名称。自己是中国头一个皇帝，就叫“始皇帝”。以后就用数目字计算：第二个皇帝，就叫“二世”，第三个叫“三世”……这么下去一直到万世，没结没完。他又叫玉器匠刻了一个大印，算是皇帝的玉玺。那玉玺刻好之后，大臣们全都给秦始皇庆贺，还要听他的新命令。

秦始皇瞧了瞧那些大臣们真是什么样儿的人才都有，朝堂上黑压压地都挤满了。可是那个出计策收买各国大臣的尉缭在哪儿呐？他的门生王敖又在哪儿呐？这回兼并六国，统一中原，拿打仗来说，功劳最大的当然要数王翦、王贲爷儿俩啦。可是拿对付各国的计策来说，尉缭和王敖师徒俩的功劳也不在他们两位大将之下。秦始皇就问大臣们这两个人到哪儿去了。大臣们正在怀疑：皇帝得了天下，怎么还不把土地封给他们呐？丞相王绾(wǎn)就借题发挥了。他说：“尉缭、王敖帮助皇帝平定四海。他们的功劳好比周朝的太公、周公，当然指望皇帝封他们做诸侯。如今皇帝没分封

秦王兼并六国，统一中原，东周列国经过了五百年的变迁，这才合成了一个大国。

有功的大臣，他们就挺没指望地走了。”秦始皇一听这话，眼珠子一转，又问大臣们：“周朝分封诸侯的制度还能用吗？”他们都说：“这是古时候的制度，怎么会不能用呐？再说齐国在东边，楚国在南边，燕国在北边，这么又远又大的地界，要是不封王、封侯，怎么管得住呐？”秦始皇闭着嘴，屏住气，眼珠子在朝堂上一扫，眼光就停在李斯身上。

李斯早就和秦始皇计划妥当了，跟背书似地说：“周武王把天下分成好几百个小国，封给自己的子弟和功臣们。到后来，这些小国你打我、我打你，简直没有一天安静的日子。好容易几百个小国并成了几十个，再由几十个并成了十几个，最后，就剩了七国。可是七国还是不安定。老是彼此不合，互相攻打。如今皇帝兼并六国，统一中原，哪儿能把一统的天下再分开来，重新退回到周朝那种混乱的老路上去呐？有大功的臣下，当然要有重赏。比方说，增加他们的俸禄，可不能割据国家的土地。咱们已经把列国改为郡县，那么，就应当用郡县制度来统治天下。”大家伙儿听了，心里全不赞成，可又说不出反对的理由来。

秦始皇就采用了李斯建议的郡县制度，把天下分为三十六郡，就是：

1. 内史郡
2. 三川郡
3. 河东郡
4. 南阳郡
5. 南　郡
6. 九江郡
7. 鄣　郡
8. 会稽郡
9. 颍川郡
10. 砀　郡
11. 泗水郡
12. 薛　郡
13. 东　郡
14. 琅玡郡
15. 齐　郡
16. 上谷郡
17. 渔阳郡
18. 右北平郡
19. 辽西郡
20. 辽东郡
21. 代　郡
22. 钜鹿郡
23. 邯郸郡
24. 上党郡
25. 太原郡
26. 云中郡
27. 九原郡
28. 雁门郡
29. 上　郡
30. 陇西郡
31. 北地郡
32. 汉中郡
33. 巴　郡
34. 蜀　郡
35. 黔中郡
36. 长沙郡

郡下面再分县。每个郡由朝廷直接任命三个顶重要的官长，就是：郡守、郡尉和郡监，管理全郡。郡守是一郡中最主要的官长。郡尉是个武官，在郡守的下头，管理治安，全郡的军队也由他统领。郡监执掌监察的事情。三十六郡全是这么统治的。全国行政机构都一律了，办起事情来当然提高了效率；可是好几千年来没统一过的国家，当初是各自为政的，倒不觉得怎么不方便。如今天下统一了，过去种种的毛病就显出来了。要是这些毛病不去掉，三十六郡的事情就很难统一进行。秦始皇还得下个决心来个大改革。

179 划一制度

在秦始皇统一中原以前，列国诸侯向来就没有一个划一的制度。不说别的，就拿交通来说吧。各国都有车马，主要的地方都有通车马的道儿，可是道儿有宽有狭，车辆有大有小。各地方的车只能够在自己的地方走着方便。当时秦国的兵车要在三十六郡的道儿上都能很快地走，可就办不到了。要是秦国的兵车不能立刻开到每个郡县，这么些城怎么管得住呐？秦始皇就规定车轴上两个车轮子的距离，一律改为六尺。车的大小规定好了，道儿自然就得修一修。这就是说，三十六郡都应当有一定宽窄的“驰道”(就是“马路”或者“公路”的意思)。这样，一面改造车辆，一面赶修“驰道”。天下三十六郡都修起驰道来，从咸阳出发，北边通到燕国，东边通到齐国，南边通到吴国、楚国，甚至湖边、海岸上都修了驰道。驰道宽五十步(秦以六尺为一步)，每隔三丈还种上青松。好在天下已经统一，各地方不再打仗，所有的兵器都搬到咸阳来，铸成了十二座挺大的铜像(古文叫金人)跟好些个大钟。各地方不打仗，原来的士兵一部分变成了修路的人。改良交通这件事，挺快地就办到了。

交通一方便，商业跟着就发达起来了。商业一发达，麻烦的事儿又多了。除了秦国以外，各地方的尺寸、升斗、斤两全不一样，怎么做买卖呐？比方说：东郡的一丈绢到了南郡一量，才合八尺；三川郡的一斗大麦，用钜鹿郡的一斗一量，倒多了一升；南阳郡的十斤腌肉，到了九江郡，才够八斤四两。各地方的买卖人必须来回地折合计算，要不然，就得带着好几十种不同的尺、斗、秤，才能做买卖，这哪儿成呐？ 弄得老百姓天天为了争分量，打官司告状的，哪儿还像个统一的清平世界？ 那时候，中国早已出现了不少工商业者聚会在一起的大城市，像：咸阳、洛阳、临淄、定陶、邯郸、大梁、寿春等等。 在这些大城市里差不多什么东西都能买到，比如说：北方的马、牛、羊、大狗；南方的羽毛、象牙、犀牛皮、油漆颜料；东方的海鱼、食盐；西方的皮革、毛织品等。 又因为手工业的发达，农民自己不打铁，不烧窑，可以买到铁器和陶器；工商业者自己不种地，不养蚕，随时可以买到粮食和布帛，甚至绣花的丝织品。 全中国工商业的发展，为了通商的方便，也要求有个统一的制度。 秦始皇就规定全国一律的度、量、衡，禁止使用旧的杂乱的度、量、衡。 这么一来，全国的老百姓可就方便得多了。

交通和商业的发达促进了度、量、衡的统一。 可是还有一件多少年来顶难办的事情，也必须有个妥当的改革办法，才能叫三十六郡的官长、百姓，彼此都能交往和了解。 那就是中国的语言和文字。 中国从夏、商、周三代以来，已经不是一个单纯的民族了。 比方说，夏朝人还把东部的人当做夷族，就是所说的“东夷之人”；商朝人把周人当作“西夷之人”。 这些“东夷之人”和“西夷之人”全都变成了中国人，中国的民族已经够杂的了；还有南方的群蛮、百濮，北方的匈奴，辽东的东胡和西方的西戎等等好些个部族。 这么些人合成了一个国家，当然各有各的语言。 文化比较高的，还各有各的文字。 有几个邻近的诸侯国，像“三晋”或者像邹、鲁，语言都是大同小异的。 可是楚国和燕国的人民不会说一样的话。 那么，当初各国使臣的访问，比方说，屈原到了齐国，晏子到了楚国，还都带着翻译吗？ 那又不然。 那时候，各地方虽说都有“方言”，可是已经有了一种比较普通的互相可以听得懂的语言，叫作“雅言”，就好像书面官话那样。这种雅言老百姓不怎么听得懂，可是各国的大夫和念过书的人都能够南腔北调地说几句。 秦始皇就把这种雅言作为正式的语言，好像我们现在所说的共同语。

可是口头的雅言写在书面上应当用哪一种文字呐？ 别说那时候中国有好几种不同的文字，就是一样的文字拿不同的文具写就变了样。 那时候，有拿刀子刻在竹片上的，有拿生漆写在羊皮上或是绢上的。 拿刀子刻的字，当然就是直线，因为曲线是不容易刻的。 拿生漆写的字老是头大尾巴细，因为蘸了生漆，一下笔，就是一个大点子，以后生漆一少，笔画就细了，写出来的字，正跟蛤蟆骨朵儿一样，所以叫蝌蚪文。 可是拿生漆写到底比拿刀子刻快得多，再说羊皮和绢也比竹片轻便得多。秦始皇就决计采用比较方便的书法，规定为正式的统一的文字，其余各地写法不同的文字，也跟那些杂乱的度、量、衡一样，一律废除。

秦始皇费了挺大的力量，规定了“书同文”，可是当时各地方的儒生都起来反对。他们学会了的文字是他们已经得到了的宝贝，谁也不愿意把自己的宝贝扔了，重新来学另一种东西。废除旧文字比废除旧车轮和旧升斗要麻烦得多。邹、鲁一带尊重孔子、孟子的那些个念书的人，对秦始皇废除古代圣贤所规定的分封诸侯的制度，早就不满意了。如今连他们用惯了的文字也要改，就格外反对。他们背地里约好了一些人，共同来干一下子，推举齐国人淳于越当个头儿，去跟秦始皇反抗。可是“手无缚鸡之力”的书生，怎么能反抗得了这么威武的皇帝呐？他们总得借个名目，去拉拢那些带兵的将军们，才有力量。他们一想，要是他们请求皇帝恢复古代的分封诸侯的制度，那么那些有过功劳的大将都能封为诸侯，他们自然会赞成念书的人了。古代的分封诸侯的制度一恢复，那么别的制度也都能改回来，旧式的文字就能够抬头了。

180 焚书坑儒

公元前213年(秦始皇三十四年)，秦始皇为了去年添了桂林郡、象郡、南海郡，今年大将蒙恬又把匈奴打败了，添了一个朔方郡，两年来增加了四个郡，开展了国土，就在咸阳宫里开了一个庆祝会。大臣们全给他敬酒，祝他健康。其中有个大臣叫周青臣，还预备了一篇庆祝的话，大意是：“从前秦国只有一千里的地界，如今凭着皇帝英明的作为，平定海内，统一天下；把列国诸侯都废了，改为郡县；边界上的蛮夷也全轰走了；统一规定了国家的法度；车和轨道有了一定的尺寸，文字有了一定的标准。天下人民都能够安居乐业，再也受不着打仗的苦处。自古以来有哪个君王干过这么伟大的事业？”秦始皇听了，挺得意。那位儒生的头儿齐国人淳于越心里一想：“再要不反驳，可就没有机会了。”他站起来，说：“周王把土地分封给子弟和功臣，叫他们共同辅助朝廷。周朝享受了八百多年的天下。如今皇帝得了天下，可是自己的子弟和功臣们连一块土地也没有。万一有几个郡县出了事情，可怎么办呐？ 不论干什么，要是不把古人当做老师，是长不了的。 刚才青臣的话全是奉承皇帝的，叫皇帝离开正道。 这种小瞧古人，当面奉承人的人决不是忠臣！”秦始皇一见两位大臣争吵起来了，就问别的大臣有什么意见。

李斯站起来，说：“五帝的事业各不相同，不是把前一个人的事照样再来一下子；三代的制度也不一样，不是每一代都把前一代的制度再抄一遍。这不是说他们不愿意向古人学习，偏要来一套新奇特别的花样；完全是为了时代变了，办法当然也就不一样了。 如今皇帝所创造的伟大的事业是从古以来没有过的。 一般儒生连听都没听说过，想也想不到。 他们懂得什么呐！ 淳于越所说的是三代时候过去的老账，到了今天还有什么用处呐？ 从前列国散乱，诸侯胡打一气，那些念书的人就假造圣贤，托古说教。 不是说古代怎么怎么好，就是说如今怎么怎么坏。 诗书百家议论纷纷。 实在说来，一点用处都没有。 这批念书的人根本就不会动手出力，不去钻研实在的学问。 他们不知道怎么耕地，怎么种菜，怎么栽树，怎么治病，怎么管理百姓，怎么执行刑法——这些个他们都不懂得，也不往深里钻研。 他们就知道背熟了几篇古文，凭着一张嘴，批评朝廷，颠倒是非，想起什么说什么。 如今天下一统，制度划一了，只要注重法令，劝导农工，叫他们拿出力气来就是了。 最要紧的是起来干活儿，不是坐着说废话。 朝廷的法令，应当受人尊敬，才有用处。 可是这批儒生一看见新法令，就拿出古书来对照一下，瞧瞧古时候有没有这种法令。 要是古书里找不着根据，他们就你一言、我一语地议论个没完。 有的还胡造谣言，毁谤朝廷。 这么下去，国家还像个样儿吗？ 一切应当改革的事情还能办得下去吗？ 因此，我请求皇帝下令：除了秦国的历史和那些有用处的书，像医药、占卜、种树、法令这些，其余的诗、书、百家的言论，全给烧了。 谁要私藏就治罪；口头传说这种书的就是死罪；拿古代的议论来反对现在的法令的也是死罪。 我的话完了，请皇帝决定。”

大臣们听完了李斯的这篇大道理，有的不敢反对，有的说不出反对的理由，大伙儿瞧见秦始皇听一句，点一点头，他们也只好随着点点头。 秦始皇就批准了李斯的建议，马上下令，烧毁诗、书、百家的书籍。 那些儒生一见势力完了，有嘴不能说，有笔不能写，只好在背地里商量办法。

秦始皇虽说是个能人，可是他的事情实在太多了。 天下的事情，一个人哪儿办得了呐？ 兼并六国以后，他差不多每年都亲自出去到各处巡游。从西北到西南，从北方到南方，从西边到东边，中国主要的高山、大河他差不多都走遍了。他为了要把国家大权都拿在自己的手里，不得不亲自批核各郡县的奏章公文。一干就是半夜，还不能休息。天天这么下去，他就是铁打的也受不了。他不但要吃强身健脑的补药，还想找长生不老的仙方。俗语说："做了皇帝要做神仙。"这话对秦始皇来说，一点不假。一些做补药买卖的商人和走江湖的方士就都想发笔大财。有的拿了不三不四的土方子，做了丸药，就说是仙丹；有的向皇帝骗了一笔钱财，说是替他去采办仙药。这么一来，真正有灵验的补药还没办到，秦始皇想当神仙的消息可就传遍了天下了。那批方士骗了钱财，求不到仙药，就怕秦始皇一旦办他们的罪。因为秦国有条法令：方士试验不灵的，重的定死罪。方士的头子侯生和卢生就在背后跟儒生们说："始皇帝是个专制暴君。在他的手下，博士也好，方士也好，算卦详梦的也好，看星星看气象的也好，反正只能说奉承的话，可不能批评他的过错。他这么贪于权势，我们就没法儿替他求仙药。"儒生和方士本来老混在一起，这会儿由于侯生和卢生背地里反对秦始皇的专制独裁，那批儒生引经据典地又批评起秦始皇来了。

秦始皇一听见那些儒生和方士又议论起来了，就派心腹暗地里去探听他们的动静。他还准备逮捕一些反对他的人，头一个就是侯生，第二个就是卢生。他正打算派人去抓他们，没想到这两个人早就跑了。秦始皇这才知道原来他们还有内线。他就叫御史把那些有反对皇帝嫌疑的儒生和方士拿来审问。哪儿知道这批人还没受拷打，就直打哆嗦，东拉西扯地供出了一大批人来了。审问下来，秦始皇把那些认为犯禁的四百六十几个人都活埋了，把那些犯禁的情形次一等的都轰到边疆上去开荒。秦始皇杀了这一小撮(cuō)儒生和方士，不但从此跟孔、孟一派的儒家结下了怨仇，而且后来的人也多随声附和，把他当作典型的暴君。

大儿子扶苏为人厚道，劝告他父亲别这么对付儒生。他说："这些儒生都是效法孔子的，现在拿这么严重的刑法处理他们，我担心天下不安。"秦始皇认为扶苏不懂这些事，乱党不镇压，怎么能治理天下呐？他叫扶苏到上郡去监督蒙恬的军队。扶苏的想法可跟他父亲不一样。他总觉得焚书坑儒究竟是个暴行。他怕这么下去，天下怎么能太平得了！扶苏哪儿知道：焚书坑儒对于天下的老百姓关系不算太大，可是如果秦国的统治对老百姓加紧压迫，一味暴虐的话，它的统治也就长不了。旧六国贵族还不肯死心，他们随时随地还想恢复原来战国的局面，天下也就不能太平了。

【附录】

作者原序

我国的历史资料非常丰富。据记载，三代就有史官。早在周朝，列国就各有国史。历史家把这些资料写成史书，如《左传》、《史记》、各种“通鉴”和“通史”，让我们能够有系统地研究历史事件发展的过程和它们之间的相互关系。有不少历史事迹的叙述，就故事本身来说，又是很高级的文艺作品。只是历史事件太繁杂，所用的语文到了今天也太深奥，要是没有老师讲解，一般人很难自己阅读。我喜欢学习现代口语，同时又喜欢中国历史，就不自量力，打算把古史中很有价值的又有趣味的故事改写成通俗读物。就这本书来说，开头我从《左传》着手，后来把范围放大些，从周平王迁都洛邑写起，到秦始皇统一中原为止(公元前 770 年到前 221 年)，就是东周列国时代所包括的那些历史故事。

这五百多年可以说是中国由大小宗族兼并战争演进而为统一的东方大国的大时代。其中有不少故事，虽然过了两千多年，直到今天，仍然为群众所熟悉，我们还经常谈着。今天我们有不少常用的四言成语，还都是那时候的典故，例如，一鼓作气，老马识途，唇亡齿寒，退避三舍，一鸣惊人，卧薪尝胆，鸡鸣狗盗，狡兔三窟，完璧归赵，奇货可居，毛遂自荐，图穷匕见等等。每一个成语后面都有一段极动人的历史故事。要是我们能够用现代汉语把这些故事写出来，那该多有意思。但是我自己对于历史研究十分浅薄，语文学习又很不够，我只觉得这种工作是值得做的。

在写作过程中，有两件事情是应当向读者报告的，就是有关本书的写法和自己在语文方面的学习。

本书的写法

在有关春秋、战国历史的古书里，有几点是很突出的，例如：正统观念，重男轻女观念，迷信思想，刺客行为等。故事还是旧故事，古书上没有的，我们不能凭空捏造，古书上明明记着的，也不能一笔抹煞。不过我们可以利用现代人的分析方法把它们整理一下，在叙述方面当然有些区别了。

先说正统观念吧。一个国家或者一个部族，为了内部的统一和团结，正统观念有它积极一面的作用。可是领主和领主之间的混战，贵族内部的争权夺利，在我们今天比较客观地看来，就不必拿当时的正统观念去尊重这个，看轻那个。只要哪一个诸侯比较开明，对老百姓多少有点好处，就算不错了，管他是正夫人生的嫡子还是姨太太生的庶子，管他是老大还是老几。如果是个昏君，就暴露他的罪恶，也不必管他正统不正统。

还有，按照正统观念的说法，周朝分封诸侯的制度是不能废除的，七国灭了一百一十七个“国家”，后来秦又灭了六国，都是违反正统制度的。所谓“灭人之国，毁人宗庙”，在古书里都被描写为罪大恶极的行为。其实，从春秋战国，直到秦始皇统一中原，都是封建领主和封建领主的兼并过程，根本谈不到“灭人之国”。因为那时候被灭的只是某一个领主和他的统治，并不是那儿的人民。这跟民族斗争中“灭人之国”或者帝国主义者向殖民地侵略，完全是两回事。秦灭六国只是摧毁六国贵族的统治，六国的老百姓并没有因此做了亡国奴。正相反，秦国兼并六国，推翻了直接压在他们头上的一层恶势力，客观上帮助了新兴的土地所有者和商人，发展了生产力。因此，作者把兼并诸侯领土看成是统一中国的好事情，而不是坏事情。可是在兼并战争的过程中，那些蔑视政治道德的流氓政客，欺诈和屠杀人民的统治者是应当受到责备的。

其次，蔑视女性的观念必须予以纠正。自从人类进入男子中心的社会以后，重男轻女的现象本来不足为奇。可是不近人情的、有意蔑视女性的记载应当根据历史事实加以分析、批判。女人也像男人一样，有好的，也有坏的。可是同样一件坏事因为是女人干的，就说成更坏些，那就不合理了，把男子的过失推在女人身上，那更说不过去。在这本书里对有些过去描写成反派的妇女，根据历史事实，给她们一个比较近乎情理的评价。

迷信的思想是跟古人的生活分不开的。古时候的人老把不容易解释的因果关系和心理现象归之于鬼神，这种事例太多了。可是古书里有关鬼神的记载差不多都可以根据现代心理学的说法，加以科学分析或者比较合理的叙述。

暗杀行刺的记载一般都很动人。《史记》的《刺客列传》更是写得有声有色。我想这是因为司马迁自己觉得受了委屈，希望有侠客一类的人物出来替他抱不平。可是我们始终认为暗杀或者行刺的行为不但是违反政治道德，而且不能解决问题。我们的人民大众并不赞成这一类的举动，所谓“大丈夫明刀明枪”，“暗箭伤人不是好汉”。在这本书里并不提倡暗杀或行刺，没把刺客当作好汉来描写。

在写作过程中，有几个技术性的问题也不妨交代一下，主要是指在叙述方面力求系统化。

我从独幕剧的编法上和电影摄制中“跟镜头”的办法上得到了启发，把空间尽可能地限制在一个地点上，地点非移动一下不可或者人物非替换一下不可的时候，就用“跟镜头”的办法把地点或人物连接起来。这样，就能把这本书里前前后后的故事像环儿套环儿似的连成一条链子。环儿有大有小。大环是指几件关键性的大事和几个主要人物。比如说，这本书里的故事有几个大环：先是郑庄公，接着是五个霸主（齐桓公、晋文公等），以后是四个公子（孟尝君、信陵君等），末了是秦国。这里头还套着许多小环儿。这么一来，千头万绪的东周列国故事，读起来就比较清楚点了。

为了便于阅读，我在这本书里采用统一的年号和一致的人名。年号一律以公元为主，而以周天王或者列国诸侯的年号为辅，也作为正文，可是用括号括起来。

跟年号的统一相似的一点是人名的一致。历史上的人名本来已经够多的了，有不少人还用了好几个名字，更没法记。为了容易记，本书尽可能地让一个人用一个名字。可是一个人有好几个名称的，用哪一个呐？用名呐还是用字，还是用号？我就尽可能地用比较通俗的和多音节的那一个，名也好，字也好。例如，“伍子胥”、“孟尝君”就比“伍员”、“田文”通俗点，而且各多了一个音节。要是音节多的那个字不通俗，那就用通俗的那一个。比如“管仲”比“管夷吾”少了一个音节，可是因为“管仲”比较熟悉，也就用了。

关于故事的写法就说了这么些。我一直希望能贡献给读者一些正确的历史知识，使读者大致能看到一些时代的演变和社会的发展。在主观的努力上我注意到三件事，就是：要介绍真实的历史知识；要有教育意义；读起来要有趣味。在取材和编写的时候，我虽然向这些方面努力，可是心有余而力不足，离开自己的要求实在太远了。

语文的学习

我定出三个要求作为自己语文学习的方向，就是：要用现代口语；在用词上要注意规范化；在语法上要力求精密。

在目前，北京口语和书面官话是有区别的，而且各有各的特点。在这本书里暂且决定：故事中的对白用北京口语，故事的叙述酌量用书面话。

文字跟口语能够一致的应当求得一致。同样一个单词或者同样一句话，文言里有，口语里也有，说法不一样，可是意义相同，我就采用口语，决不故意转文。要是口语里没有，那么就采用文言。为了使现代汉语更丰富起见，不但文言，就是方言，甚至外来语，在必要的时候，也可以拿来利用。这就使我明确了：采用口语是指尽量采用口语，并不是连术语、新词都不用的意思。

在用词上注意规范化是个选词问题。因为汉字是单音的，就有人误认为每一个汉字就是一个可以独用的意义单位，好像随时可以拼凑，甚至一个双音节的词儿又好像可以颠倒使用。这种随意拼凑词儿的办法不但增加了学习的困难，而且连单词也不能规定下来，就是说，许多词儿还没做到规范化。例如“战士”这么一个单词，在过去就写成“兵”、“卒”、“兵卒”、“卒兵”、“兵士”、“士兵”、“士卒”、“兵丁”等等不同的形式。一个条件连接词，文言口语合起来，我们就有：“若”、“如”、“倘”、“苟”、“要”、“使”、“设”、“要是”、“假如”、“假使”、“假令”、“假若”、“倘然”、“倘若”、“倘使”、“倘或”、“倘令”、“若然”、“若果”、“如果”、“如或”、“设使”、“设或”、“设若”、“诚能”等二十多个，也就是增加了二十多倍学习的困难。这些汉字好像可以随意拼拼凑凑，意义都差不多，其实并不那么简单。初学的人如果写了“倘果”、“苟果”、“若倘”、“若假”、“若设”……那就不行。可见挑一两个词儿专门使用，可以减轻学习的负担。因为在用词上希望力求规范化，并注意到同音字的混淆，我就有意识地避免使用不必要的同义字。比如上述的条件连接词，只用了“要是”和“如果”两个，别的一概不用。又如这儿用了“士兵”这个词儿，别的地方用到这个词儿，仍旧是“士兵”，决不有时写成“士兵”，有时写成“兵士”。

努力于词儿规范化的另一个尝试是把兼职过多的字尽可能地予以分工。例如北京话里一个“给”字，通常就有五种用法：

(1) “给予”的意思，如：甲给乙一本书。

(2) “被”的意思，如：甲给乙打了。

(3) “替”或“为”的意思，如：甲给乙寄信。

(4) “把”的意思，如：甲给乙那本书拿来了。

(5) “对”或“向”的意思，如：甲给乙赔不是。

在这本书里原来也是这么用的，后来我有意识地把“给”字的职司尽可能地限于“给予”和“被”两种用法。这只是一种尝试，自己还没达到很熟练的程度，看不到而没改的地方一定还有。

这本书的用词还远远说不上规范化，只能说因为已经注意到这个问题，尽可能地利用复音词，所以同音字的混淆虽然不敢说没有，可以说是比较少的。要是我们能做到词儿规范化，利用复音分化同音字，那么，一篇文章就不必全靠书面上字形的区别来区别意义，只要我们看得懂，大体上我们也一定听得懂。

我总觉得过去我们有不少文学作品，读起来固然很顺口，可是按语法分析起来，好像还不够精密似的。其中最显著的一点是过分节省笔墨，不是省去一个主语，就是删去一个宾语，至于代词更是可删则删。我为了想在语法上力求精密，有时候就故意补上代词。例如，本书第 31 篇有一段本来是这样的："晋国许下五座城，到现在还没交割。今年遇到了饥荒，派人来籴粮，应当答应吗？"后来把这一段改成："晋国许下咱们五座城，到现在还没交割。今年他们有了饥荒，派人来买粮食。咱们答应不答应呐？"加了两个"咱们"、一个"他们"，虽然多几个字，可是比原来的说法到底清楚了不少。

同语法力求精密有联系的是用字和造句的精密性。有些北京话的词儿和句子对北京人来说不致混淆，可是在别的地区的人看来，有时候难免发生误会。例如，"甲被乙打了"这么一句话，北京人可以有五种说法，意义完全一样：

(1) 甲给乙打了。

(2) 甲让乙打了。

(3) 甲叫乙打了。

(4) 甲让乙给打了。

(5) 甲叫乙给打了。

这儿的"给"、"让"、"叫"都是"被"的意思，可是有些地区的人看了不明白，为什么甲会自愿地让人家打，甚至主动地叫人家打。这是因为"让"本来有"退让"、"邀请"的意思，"叫"本来有"招呼"、"叫唤"的意思。我认为把"给"(被)、"让"(请)、"叫"(呼)三个字按一般的用法分工，那要比都当作同义字精密得多。

在句子方面，口语当中也有值得讨论的地方。例如，"他差点儿摔了一跤"这么一句话，我们知道"差点儿摔"实际上并没摔。地道的北京话说成"他差点儿没摔了一跤"。按理说"差点儿没摔"是已经摔了的意思。如果是指没摔，不过险些儿摔，那么这个"没"字就是多余的了，因为北京话也并不在“他差点儿没了命”这么一句话里加个“没”说成“他差点儿没没了命”。像这一类地道的、可不大合乎一般习惯的北京口语，我就改成普通的说法。

我当初写中国历史故事的动机只是想借着这些历史故事来试验通俗语文的写作，换句话说，是从研究语文出发的。在写作的过程中，越来越感觉到我国的历史故事实在丰富，内容也真有价值，有必要而且有可能用现代口语翻译或改写出来，让一般不大接触古文的读者也可以自由阅读。由于自己的政治水平低，文学修养差，几年来我把这本历史故事新编写了又改，改了又重写，始终觉得缺点太多，随时需要改正。

这本书曾于1948年由生活书店出版。全国解放以后，也再版过。几年来读者提了不少宝贵的意见。这次承几位同志嘱咐，要作为通俗历史故事出版。我就忙里偷闲地看了几遍，加以修订。错误和不妥当的地方一定不少，请读者多多指教。

林汉达

1962年3月修订

1964年6月再修订